高鴻縉編著

中國字例

三民書局

國家圖書館出版品預行編目資料

中國字例／高鴻縉編著.——二版一刷.——臺北市:
三民，2023
面；　公分.——（中國語文）

ISBN 978-957-14-7583-7（精裝）
1. 漢語 2. 中國文字

802.2　　111018772

中國語文
中國字例

編著者	高鴻縉
發行人	劉振強
出版者	三民書局股份有限公司
地址	臺北市復興北路386號(復北門市) 臺北市重慶南路一段61號(重南門市)
電話	(02)25006600
網址	三民網路書店 https://www.sanmin.com.tw
出版日期	初版一刷 1960年8月 初版十刷 2008年2月 二版一刷 2023年1月
書籍編號	S800041
ISBN	978-957-14-7583-7

高鴻縉君事略

君諱鴻縉，字笏之。生于民國前二十年七月二十八日，原籍湖北沔陽。世代耕讀，忠厚傳家。少從其尊翁丹圃公受句讀。稍長，習四書五經及説文。年十二，赴省垣就學武昌公立東路高等小學堂，卒業後，以高第升入文普通中學肄業，勤奮好學，成績每冠儕輩。民國四年考入國立武昌高等師範學校英語部深造。八年夏畢業，掄派湖北省立小學中學及教育廳服務。十二年春奉派美國舊金山任中國代表團代表，出席第一屆世界教育會議。尋補公費額，留學美國哥倫比亞大學，專攻教育。十五年春學成歸國，取道歐西，考察英法諸國戰後新教育及社會狀況。返國後，任教于國立武昌大學，國立武昌中山大學及湖北省立教育學院，十餘年間栽成極衆。抗日戰起，舉家隨政府西遷重慶，先後執教于國立社會教育學院、四川省立教育學院及國立杭州藝術專科學校。惟時敵機肆虐，空襲頻仍，棲棲遑遑，不暇寧處，君安貧樂道，布衣蔬食，晏如也。三十六年夏，前台灣省立師範學院院長禮聘來校講學，授文字學、古文字學、訓詁學、詩經、論、孟諸科，前後歷時十四載，受業者蓋以千計，桃李盈門，于時稱盛。五

十年夏，新加坡南洋大學慕名敦聘，期以二年，君遂遠涉重洋，傳薪海隅，學者沾其雨化，咸有吾道南來之嘆。而台省門生故舊，無不翹首企足，仰望德音。方冀杖履歸來，再侍講席，不意于五十二年六月十八日，竟以腎結石症，遽歸道山。越日遂安葬于星加坡基督墓地，遵遺命也，惡耗傳來，親友為之痛悼！

配梁淑珍夫人，生子緒侃，在美國康奈爾大學及紐約大學，先後任教十餘年，以機械工程科著稱。娶媳蘭西女士，瑞典籍人，遠居美國，迄未謀面，孫女孝玉極聰慧。先是梁夫人逝世之日，君方留美深造，未能盡夫妻喪葬之情，引以為憾。故晚年懷念子媳倍感殷切。繼配呂青士夫人，隨侍三十餘年，內外佐理，秩然有序，世多稱之。當侍居南洋之日，夫人深慮水土不服，醫藥設備不周，屢促早歸。君以學業為重，不忍中道而退，約以歲杪為歸期。及病逝星洲，夫人孑然一身，侍醫藥，治喪葬，籌後事，雖在心腸痒裂之中，而臨變不亂，具有條理，誠難能也。生女緒仁，適陳應球，僑居香港，嘗以選婿得人為慰。胞姪緒价由君躬自教養，視同己出，而緒价伉儷事其叔嬸如同父母，諸姪孫繞膝承歡，怡娛老年，亦足以彌補天倫之樂矣。三月十七日君寄姪書內稱：「目前叔嬸雖均健康，但年

事已高，亦應枉留遺囑，余死用土葬，葬在南洋大學附近。」對夫人及子姪輩，均有所安排。蓋在三月以前，若有所預感，誠異數也。

君幼承庭訓，讀說文而好之，長習外語，因考中西語法之異同。壯遊萬里，究心時務，旁及人類文化民情風俗，因悟古人造字之理，必出實用，而造字之法，必尚淺顯，人人易解易學，方能約定俗成，行之久遠。所謂六書，實由後世學者歸納古代文字演進之次第與原則，分別部居，不相襍廁也。退閒以後，遂專心文字之學，以許慎說文解字為經，上溯甲骨鐘鼎，下及近世邊民象形楔文，遍讀古今名著，寢饋其間，樂而忘返，四十年來無間寒暑，且學且教，且教且學，自謂中國文字，原是一脈流傳，形雖屢變，音雖屢易，意雖有叚借通叚之殊，要皆有本末次第，可資尋繹。乃據六書綱領，將說文所載九千三百五十三字分類部勒，每字復按甲文、金文、篆文、隸書及楷書五體排列，以明字形之源流，以考字音之變遷，以斷文字之本意與借意。更有注音符號、國音羅馬字，及英文譯義，以便外人研習。全書區分八篇，輯為中國字例。（即中國文字大全）通古今之變，成一家之言，提要鈎玄，實啟蒙之軌範，沿波溯流，示學者以津梁。論者以為斯篇之作，窮源竟委，無異字根之字根，字典之字典，誠名山之

鉅業，可傳世而不朽矣。現已輯成六篇，其象形指事二篇早由君繕校出版，會意轉注假借偕聲四篇，在臨終之前，雖校稿甫畢，然與手定目錄相較則仍有缺。稿由楊樹人先生攜回台灣，刻經汪中李瀅林明波三生繕校完竣，復承各方佽助印行。至首尾兩篇，僅有零星遺稿，尚待整理續成云。

君嘗謂：「研究說文有五要：一曰宗許，二曰明許，三曰疑許，四曰訂許，五曰廣許。六書定義，應宗許氏。明許之功，以清人段，桂，王，朱各家爲最，然許書間有古意失傳，旁錄時俗緯學之言，或後人竄亂改補，去古意逾遠者，當細參甲骨彝鼎，合以先秦典籍，確定形意，以訂正許書。」故其治學也，不主一家，不宗一派。古今諸說，其是者從之，非者正之，紛歧者折衷而董理之，務求歸于至當。其平正篤實，廓然大公，疏通知遠，識鑑超邁，其寬裕有如此者。

至誨人不倦之精神，老而彌篤，窮年兀兀，伏案鑽研，往往爲一音一意，一點一劃，而遍查典籍，勘比參正，以求其安，不敢率爾稱引，貽誤後學。所編講義，皆躬親抄校，勤加修訂，期其精審。平日獎掖後進，如恐不及，其有一得之見者，屢加延譽，登之篇什，以著其美，其援疑質理者，皆爲之剖析底蘊，發其憤悱，務使飫聞勝義，適性稱意而止，故學者

欽然宗仰，心悅誠服。喜書法，尤擅鍾鼎文，有得其尺幅者，無不珍同拱璧。平居不假造作而內誠外恕，自然和樂，制行廉正，謙沖淡遠，蓋一代純儒也。

中華民國五十三年九月　同學弟程發軔謹撰

本書再版承
李鎏先生重新繕正
付印特此誌謝
高呂青士識
民國五十六年九月

中國字例目錄

高鴻縉編著

總目

詳目

再版新附 中國字例引用甲文書名簡稱表

輯作者	書名	簡稱	備註
1. 劉鶚	鐵雲藏龜	藏	卷次、頁次、片次、依次以數字稱之。下仿此。
2. 羅振玉	鐵雲藏龜之餘	餘	
3. 葉玉森	鐵雲藏龜拾遺	拾	
4. 羅振玉	殷虛書契（後人稱之曰前編）	前	
5. 羅振玉	殷虛書契後編	後	
6. 羅振玉	殷虛書契續編	續	
7. 羅振玉	殷虛書契菁華	菁	
8. 林泰輔	龜甲獸骨文字	林	
9. 王國維	戩壽堂所藏殷虛文字	戩	
10. 商承祚	殷契佚存	佚	
11. 方法斂	庫方二氏藏甲骨卜辭	庫	
12. 明義士	殷虛卜辭	明	
13. 方法斂	金璋所藏甲骨卜辭	金	
14. 唐蘭	天壤閣甲骨文字考釋	天	

15.	近人郭氏	卜辭通纂	通
16.	近人郭氏	殷契萃編	萃（粹）
17.	孫海波	甲骨文錄	錄
18.	孫海波	誠齋殷虛文字	誠
19.	商承祚	福氏所藏甲骨文字	福
20.	容庚 瞿潤緡	殷契卜辭	契
21.	金祖同	殷契遺珠	珠
22.	中研院史語所	殷虛文字甲編	院甲
23.	中研院史語所	殷虛文字乙編	院乙
24.	董作賓	殷虛文字外編	外

中國文字學綱要問答

高鴻縉

一、問：中國文字創始於何時？

答：中國何時初有文字，不可確知。但周秦學人，均有猜測傳說。(1)世本稱：「黃帝之史沮誦、蒼頡作書。」韓非子五蠹篇：「古者蒼頡之初作書也，……」呂覽君守篇：「蒼頡作書。」淮南子本經訓：「昔者蒼頡作書。」若此承襲世本之說，謂「倉頡作書」無異詞。故許序曰：「黃帝之史倉頡……初造書契。」又曰：「倉頡之初作書，蓋依類象形。」則似「倉頡作書」可無疑也。(2)然而荀子解蔽篇曰：「好書者衆矣，而倉頡獨傳者壹也。」言「好書」不言「造書」，言「衆矣」而「倉頡獨傳」。則是造書之人，在倉頡以前。且好書不只倉頡一人。荀卿儒者，與韓非世本之言，固未知孰是。然視呂覽、淮南則較為核實矣。於是今之文字學者，折衷上述二說，參以社會進化必然之過程，而推斷之曰：

(一)中國文字，最初不必是倉頡所造。倉頡為黃帝史官，或乃為之整理而已。

(二)倉頡為整理文字之人，據史記、距今不過四千六百年。是初有文字之時，或可上推至五千年。且初變一二圖形之輪廓，以為線條，一二個體命音立意，以流傳他人，以為一二文字。是即初造文字之人，亦即初造

文字之時也。

二、問：何謂六書？並述其先決觀念。

答：中國文字之構造，一向傳有六種不同之方法，名之曰六書。六書者，造字之六法也。除將其名稱沿革與定義例證，另作詳明說解外，凡究心此項問題者，必應有「先決觀念」五條，在己懷抱。

(一)中國文字，是中國人自己創造。原先即無他種文化力量自外侵入。其後自身一脈流傳，由古迄今，雖有內變，並無外染，不似今日他種文字之複雜。

(二)中國文字非一人所造，亦非一時所造。始造之字必少，後世累代皆有增益，且造字者皆為無名之人。

(三)商代甲骨文字，已有六書之實，但未聞六書之名。此六書之實，亦非最初造字之人或整理文字之倉頡所預為設定，乃由倉頡至盤庚遷殷一千三百年間自然演進之文字所自有。

(四)周禮一書，或以證據多端，定為秦世隱君子之所作。可知周代典籍如易、詩、書、論語、左傳、老、莊、孟、荀、管、晏、韓非、離騷，以及諸子百家之言，絕無六書學說之痕跡。

(五)秦世隱居儒生，研究商周古文之構造，統計而歸納之，始得六書。
一、因始皇暴虐，儒生懼禍，不敢談論政治，乃退而考文。
二、因秦人尚六，儒生納文字構造之類，亦以六為準。
三、因秦之儒生，閉門自撰周代官制，全不合於詩書之所載，西周春秋戰國之所留，獨抒一家之言，名其書曰周禮，本其實有秦人尚六之遺。錄舉六德、六行、六藝。六藝曰禮、樂、射、御、書、數。又於書藝之下，「五曰六書」，但不詳其目。由今所知，漢劉歆作七略，其六藝略中，於六書下詳舉其名。其後漢人雖說者不一，然六書名稱，秦人始倡之，漢人方以為學術之研究，說至可信也。

三、問：六書之沿革如何？
答：(一)秦人周禮地官保氏：「掌諫王惡，而養國子以道，乃教之六藝，一曰五禮，二曰六樂，三曰五射，四曰五馭，五曰六書，六曰九數。」此六書二字見於載籍之始。
(二)漢人劉歆六藝略與班固漢書藝文志皆有六書名稱。
1. 象形 2、象事 3. 象意 4、象聲 5、轉注 6. 叚借
(三)漢人鄭衆周禮注亦有六書名稱。

1象形 2會意 3轉注 4處事 5假借 6諧聲

(四)漢人許愼說文解字序列舉六書，即

1指事 2象形 3形聲 4會意 5轉注 6假借

(五)清人段玉裁主張六書之名稱宗許氏，而次序宗劉班。

1象形 2指事 3會意 4形聲 5轉注 6假借

段說有理，亦與鄭樵所舉六書次序相同。依照其說，以舉六書之字例，均順適無牾。

四、問：六書義例如何？

答：六書之定義與例證，東漢許愼作說文解字一書，其序文始言之。許序所述六書定義，每書兩句，乃是四言韻文。所舉例證，前四書，每書兩字，後二書，轉注與假借只各舉一字。前四書之例，謂之並舉，二字平列。後二書之例，謂之側舉，二字相關。許序義例之文，依段氏主張調整之則為：

(一)象形者，畫成其物，隨體詰詘，日或月是也。

(二)指事者，視而可識，察而見意，上或下是也。

(三)會意者，比類合誼，以見指撝，武或信是也。林或崔是也。

(四)形聲者，以事為名，取譬相成，江或河是也。

(五)轉注者,建類一首,同意相受,考由老是也。弒由殺是也。

(六)段借者本無其字,依聲託事,令為長是也。太陽為日期。

五、問、許序六書義例之說,言簡例約,後世往往誤解,令可得以要言淺釋之乎?

答:後世誤解許說,殊為可惜。鄭樵曰:「經術之不明,由小學之不振。小學之不振,由六書之無傳。」茲將許書六書義例,淺釋之於次:

(一)象形者,物象也。由觀察實物而畫其印象。例如日字或月字是也。

(二)指事者,意象也。由設想之意思而畫其印象。例如上字或下字是也。

(三)會意者,連合二三意符,而成一新字之謂。例如武字(止戈為武)或信字(人言為信)是也。淺言之,a+a 謂之本文比類,如林字是也。a+b 謂之異文合誼。如雀字是也。

(四)形聲者,意符加聲符而成一新字之謂。例如江字或河字是也。

(五)轉注者,形省之意符,加一聲符而成一新字之謂。例如考字由老轉丂而注之,是也。例側舉。如屐字,由履轉尸彳而注之,弒由殺轉杀而注之是也。

(六)段借者,只有意義,而借依他字之形與聲而成一字者也。例如借依號令之令之形與聲,而表縣令之令,其意為首長是也。如借依太陽之日之形與聲,而表日期之日是也。亦側舉。

六、問：除淺釋許序義例外，更有概括之言以說明六書否。

答：(一)許序六書義例，若非成於秦世隱居儒生，許氏承師說筆而錄之，則必許氏精心審量之自創學說也。其字句並無後世鈔譌，不可輕議修改。

(二)劉、班、鄭眾博訪群言，得之傳聞，故雖在前，而不一其辭。許氏專攻小學，親承師說，故雖在後，而獨得的解。

(三)依班固六書皆造字之本是也。後世始有四體二用之說，明楊慎以象形、指事、會意、形聲為經，轉注、叚借為緯。清戴震又從而緣飾之，以前四種為文字之體，後二種為文字之用。其說似是而非，不可從也。

(四)鄭樵云：「獨體為文，合體為字。」又云：「象形、指事，文也。會意、諧聲、轉注，字也。假借，文字俱也。」其說甚是。

(五)象形、指事、會意、形聲、轉注，五書之字，皆在闡明本意。本意與字形有密切關係。叚借一書，在推行借意。借意與字形絕不相干。

(六)一字之本意只有一個，一字之叚借意有零至多(二十)個。一字之形音，有時絕不外借，有時外借不只一次，表示別意不只一個。

(七)一字只屬一書，界限本自分明，不可宗後世一字或兼跨數書之說。會意字之意符有亦聲者，其字不可撥入形聲。形聲字之聲符，有兼意者，其字

不可混入會意。

(八) 中國文字之音，多數為單音，古或少數為雙音，而其來源不外二途，一、外命。二、內取。外命之音，多本於語源與自然，有些有理由，有些無理由。如獨體之象形字與指事字之音是也。內取者其字音即在本字構造之中，如合體之形聲字與轉注之音是也，或由外命，或由內取如合體之會意字之音是也。王筠釋例史字下曰：「凡象形指事之文，其聲必在字外，形聲之字，其聲必在字中，會意字雖兼二者，而有聲者較少」是也。借他字之音以為音者，叚借字是也。叚借字既借用他字之形，亦借用他字之音。

(九) 六書之所由分，皆依文字之構造，不依其聲音與意義，茲綜其構造及定義、體別、字音來源、字意個數，列表如左：

構造	定義	體別	字音來源	字意個數
一、象形	取物象	獨體	外命	本意一個
二、指事	取意象	獨體	外命	本意一個
三、會意	意符加意符	合體	外命 內取(亦聲)	本意一個
四、形聲	意符加聲符	合體	內取	本意一個
五、轉注	意符(形首)加聲符	合體	內取	本意一個

六、叚借	只有新意借用他字形聲	無體借入	無音借入	一、新意可借用(零至多)文字 一、文字可借為(零至多)新意

注：(1)一意借用多字者，例較少，衍為爾雅式。
一字借為多意者，例較多，衍為字典式。
(2)中國文人用字，以兩字同音之故，權叚甲以當乙，是為通叚之法。
通叚最與叚借無混，當嚴為分辨。叚借之法，各國文字均有，通叚之法，他國文字絕無。

七、問：單字之研究，有字形、字音、字意之學，試申其大略。
答：文字之初造也，字形、字音、字意，莫不三者俱備。且三者各只一個。及歷史漸長，地區漸廣，文人用字，喜異好奇，於是字形、字音、字意，均是由一變多而三學俱複。
(一)字形之學，又曰金石學。宗其業者，注意形變，雖字之音意無別，而其形變之異，總因歷代書法異體，自然姿態有差，全部文字皆然也。更有小組形變，計分五途：
甲、一字分化為二，如隹分化為隹與鳥之類也。
乙、象意聲化(唐立菴說)初本象形或指事符號之意，後乃自變為聲符。
丙、一字既造，以其他借或不用之久也，往往另加音符或意符以當其字。

其變有七：

1. ✗
2. ✗＋音
3. ✗＋意
4. ✗＋音＋意
5. ✗＋意＋音
6. ✗＋音＋音
7. ✗＋意＋意

丁、一字既造，以其他借或不用之久也，往往另換他法再造一字以代之。

其法依五：

1. 象形　2. 指事　3. 會意　4. 形聲　5. 轉注

戊、一字既造，以其他借或不用之久也，往往另叚同音之他字以代之。

(二)字音之學，又曰聲韻學。研究之者，以字音之上半爲聲，字音之下半爲韻，分其聲類韻部，雙聲疊韻，聲通韻轉，聲韻二者同時通轉，又具音調之調節配其清濁抑揚，以詳審其音質，初也假其音標，極也窮其變化，兼及發音學，方音學，古音學，音轉學，往往爲一人一生之事。

(三)字意之學，又曰訓詁學。中國文字之意，向分九品。

1. 名詞　2. 代詞　3. 狀詞　4. 動詞　5. 副詞　6. 介詞　7. 連詞
8. 嘆詞　9. 助詞

前八品英文已並具、後一品中文所獨有。中國名詞、狀詞、動詞、副詞、嘆詞、五者既有造、亦有借、惟代詞、介詞、連詞、助詞、四者俱是借用、未嘗制造也。如何分用九品詞以表語意、中英語文法大致相同。

不過中國文字因語文法之異而定其詞性、並不因詞性之不同、而變更其字形。

一字之意、本意只有一個、借意可有零至多個。段借意多者、或有兩組、甲組曰引申、乙組曰非引申。引申者先作引申枝布圖、後依先短後長之法錄其次第。非引申者、依九品詞之次。

中文獨有之同音通段、雖非六書之事、而古今典籍中有者極多、文法學者不可不討之字、編輯字典者不可不錄之同音代用字意也。錄通段意者、亦依九品詞為次。

八、問、文字之形、音、意、三者缺一、即非文字、可試之否？

答、(一)三者之中、雖只缺形、而有音意、是乃語言而已、故曰非文字。

(二)三者之中、雖只缺音、而有形意、是乃圖畫符號而已、故曰非文字。

(三)三者之中、雖只缺意、而有形音、古字亡意、僅以同音通段代他字、乃不可

復用之字也。如齊國佐𦅫銘文有「[illegible]」四字一句，二字已喪其意。然可讀為「毋咎毋㞢」而瘖與疵兩字俱不可識。

九、問：今日研究中國文字學之人，對於東漢許慎所著之說文解字一書，信仰如何？

答：說文解字是中國中古時代傳留之第一部中國文字學好書。但今日研究中國文字學之人，對於此書，有五種態度：「一曰宗許，二曰明許，三曰疑許，四曰訂許，五曰廣許。五者不偏廢，不偏重」，凡潛心字學之士，無不自問如此，誠屬善良之計也。

(一)宗許

1、研究中國文字，舍許書外，無條理可尋。

2、舍許書外，不知六書定義，及其例證。

3、許書載字九三五三，而每字釋其本義，及其字形之構造，有時兼及字音，皆後學之所亟求。

4、說字九三五三，用五百四十部首以領之，使次序不亂，據形聯系，雜而不越，用意誠為後學所宗。

(二)明許

說文一書，許慎作成實在西曆紀元百年，距今一千八百六十餘年，彼時文格後人不識其古奧，許慎用意，或者不測其幽玄，必須

(三)疑許

講釋明白，始能了解。清人段玉裁、王筠，均深注意及此，倘因不懂而繼之以不信，是自咎也。故許書最宜講解明白。

1. 五行陰陽之說，始創於戰國之時，經西漢董仲舒之摻於儒學，遂至東漢而大盛於緯學家言。許氏生當東漢，以六書精義說解文字構造，前造後造，無一不合。雜以五行陰陽之說，混入古字構造之中，淆亂違理，眩惑後人。此許書可疑者一。

2. 文字構造之用意，必在始造未變之時。甲文、金文，均可覘也。許書「敘篆文，合以古籀」，篆文即秦之小篆，視古籀大篆，或頗有改。況許書古文，乃戰國末年所遺之古文經，籀文乃戰國西秦所用之文字，距商代與西周之遺文俱遠，若依小篆字體，通論古今文字構造，則周秦間新造之字，可為明確。商周遠古之字，合者鮮矣。此許書可疑者二。

3. 文字義訓一節，自以本義一個為主，借意可有多個，非文字學之書所宜詳。求詳者，字典之責也。今許書釋文字九三五三，或以其借意塞本意之位，或以同音通段以為本字意訓，此許書可疑者三。

4. 言文字之義訓者，應以①古今字②同意字③定義式，合於文字學之書。若用普通泛言，以大概念釋小概念，如：

松，木也。　鰥，魚也。

莧，艸也。　蔥，菜也。

等等，皆病在確而不切。此許書可疑者四。

5. 文字學之書，既釋本意及其構造，是也。注音一節，亦當完備，乃僅少具音訓，及讀若某，多數缺略不全，倘非二徐補入唐人音切，則後人對此字書，均感大惑。此許書可疑者五。

(四)訂許

商代甲骨文字，清朝光緒二十五年(即西曆紀元一八九九年)在殷墟(即今河南安陽小屯)發現出土，至今六十餘年。考釋文字者，層出其是，採明中國文字本原，周代鐘鼎文字，亦自宋人開始注意，清及民初，多有考文供獻，使中國文字，得以上承甲文，下啟小篆說文。而今日言字學者，得以展列形變，除篆隸楷三體外，追本溯源，補具商周字體，並依甲金考釋之精進，對於許書之可疑者，有所訂正，以求形變之源流，條理清楚，構造之分析，不誤毫釐，豈非幸事之甚者哉。

(五)廣許

六書之説，秦人既已歸納古代遺文而撮其綱要，許氏精舉義例，於東漢和帝永元十二年（西曆紀元一百年）而箸成説文解字一書，詳釋群書所載九三五三文，著本意、構造，有時兼及音讀。今日字學之人，多宗其善良矣。於是上推於三千三百年前甲骨文初有之時，下推於隋唐宋明增益之字，至清康熙五十五年（西曆紀元一七一六年）康熙字典，作成輯錄文字四二一七四，以及民國四年（西曆紀元一九一五年）中華大字典，作成輯錄文字四四四九八。之時，許書挈舉精義，多見其契合重要也。故揚之曰廣許。

十、問：説文立文字之部首五百四十部，説者謂其「取捨失當」，又「次序無理」，細心研究，應如何改良之？

答：甲、應依「六綱領十條目」以分、併、删、補、存五法理之。

乙、應依天文、地理、艸木、蟲魚等十四目以整理其次序。

至六綱領十條目，可述之如次：

(一)文字構造，分為六書，需用部首與否，各書不同。

(二)象形字、指事字皆獨體，無需部首。部首者，合體字之意符也。

(三)合體會意字，甲類不需部首，乙類正需部首。

甲、本文比類(a+a)、另有合理之綱目。

乙、異文合誼(a+b)、字多且有主要意符、正須另編專門系統以部勒之。

(四)合體形聲字、甲類不需部首乙類正需部首。

甲、形聲字之意符「非文字」者不但自有次序、(依其構造、分為象形符、指事符、會意符、實際有序)而且無法分承部首、而許書乃分以採入部首之下、是以說解構造、淆亂違理、使後世學者疑惑。

乙、形聲字之意符、適為一個文字者、字數甚多、正須用部首以部勒之、但此一形一聲、形聲字部首、宜單獨按新系統編列、不令與會意字部首、轉注字部首相混。

(五)轉注字之意符、即其部首。意符原為省體、說文稱為「以某省」統計而按其不省之意義、就天文、地理等十四目編列專表、不令與會意字部首表、形聲字部首表相混。

(六)欲編「會意字部首」「形聲字部首」「轉注字部首」三專表、先可於說文所定五百四十部首、用下列十條目整理之：

1、部首必須為合體字之意符。五百四十部首、其有非一合體字之意符者、應予剔除。

2. 部首必須為一文字。五百四十部首，其有非文字者，應予剔除。
3. 部首必須確有所屬。五百四十部首，其有無所屬者，應予剔出。
4. 審知一文字應為他字之部首，而說文部首表未列者，應予補入。
5. 審知其應為兩部首，或三部首，而說文部首表誤合之為一者，應予分別。
6. 審知其應為一部首，而說文部首表誤分之為二或三者，應予合併。
7. 今之字學者，既合甲文、金文、說文之字而考之，其有說文失收應行增加之字，因增加部首，而說文部首表未列者，應予補入。
8. 會意字部首，形聲字部首，轉注字部首，無論專屬或公用，均應分別釐定，統計無遺。各按天文、地理、等十四目之次序編列三專表，以成合理之系統，以部勒所屬之文字。
9. 部首字體從多數以小篆為主，若儘其先，必用甲文、或金文或籀文，而不可改變者，必須予以注明。
10. 部首既分列三表，各部首之音讀，仍依說文大徐本參以段注錄唐人切音於其下。

天文、地理等十四目之名稱次序如次。

(一)天文 (二)地理 (三)艸木 (四)蟲魚 (五)鳥獸 (六)人體 (七)服飾
(八)飲食 (九)宮室 (十)行動 (十一)器用 (十二)形容 (十三)聲音 (十四)鬼神

十、問、象形字原有(一)全畫物形、及(二)倚文畫物兩類。而兩類又各有甲、本形本意
乙、託形寄意兩項。兩類四項。試各舉三字以證明之。

答：(一)類甲項：山 竹 馬 目 門
(一)類乙項：小 齊 終 宁(貯) 彔(淥)
(二)類甲項：州 夫 眉 介(鎧) 尢(尪)
(二)類乙項：朮(茂) 永(泳) 異(戴) 來 疒(疾)

十二、問、指事字分有三類
(一)文字加意象
(二)物形加意象
(三)全部意象
試於三類各舉三字以證明之。

答：(一)文字加意象 公 五 卯 本 失 (五字取三字)
(二)物形加意象

土　弗(拂)　京　而(鬚)　率（五字取三字）

(三) 全部意象

入　上　四　十　八(分)（五字取三字）

十三、問：指事字第一類為「文字加意象」，而意象自可區分為：

1. 通象　2. 假象　3. 動象　三項。

假象中又有甲、指部位。乙、表意義之不同。試於此甲、乙、各舉二字以為證明。

答：假象甲、指部位

八指腋之部位　一指肘之部位　二指尪之部位　丶指刃之部位（四字擇二）

假象乙、表意義

乚表牛鳴聲　丨表手所司　丿表丂之聲　一表口語言（四字擇二）

十四、問：指事字亦有本字借用為他意久而不返，乃另以一法造字以還其原。試舉四證以明之。

答：(一)　示口中有所含也。自借用為甘甜，乃另作含　从口。今聲。形聲含字。

(二)　示手中有所把也。自借用為父親，乃另作把　从手。巴聲。形聲把字。

(三)　示分物為二。自借為地支卯，乃另作剖　从刀。咅聲。形聲剖字。

(四) 示口出言。自專作文言、乃另作 从言、兑聲。形聲說字。

(五) 示有識之衣、自借為穿比衣之人、乃另作 从衣、者聲。形聲褚字。

(任舉四證)

五、問、會意字原有(一)本文比類(二)異文合誼兩類。本文比類、稱為a+a、異文合誼、稱為a+b。今於本文比類中、可再分幾項。試分項舉例以明之。

答、本文比類、可分三項。甲、虛實相比。乙、反正相比。丙、重並相比。

甲、虛實相比者、本文二者相比、但一不書為虛、一書出為實。其書出之文、又有(1)倒文、(2)反文、(3)省文、(4)變文之別。

(1)倒文 屰、不順也。 七 人倒、變化也。 从、倒止、故有退意。

(2)反文 身、依。反身為㐆。 匕 女性、反人為匕。 叵、不可。反可為不可。

(3)省文 片、木之直剖、故片从木省。 毛、尾上髮、故毛从尾省。 小步、行遍步行。故亍从行省。

(4)變文 禾、停止。故禾从木曲頭。 走、奔走。从大曲肘。 交、交脛。从大交脛。

乙、反正相比者、本文二者相比、一正書一反書也。

(1) 古𠨍字。从二人相𠨍。
(2) 北、古背字。从二人相背。
(3) 拱字古形。从手相拱。
(4) 攀字古形。从二手向外攀。
(5) 𨆫、不滑也。从四足相對、不能行也。
(6) 戔、古戰字。从二戈相鬥也。

丙、重並相比者。本文二者相比，或左右相並，或上下相重，或本文三者四者相累。

(1) 林　二木為林。謂叢木也。

(2) 森　森、木多皃。三木、猶多木。

(3) 卉　卉、花卉之總名。三屮猶多屮。

(4) 茻　茻、榛莽之象。从四屮。

十四、問：會意之異文合誼一類，其兩意符排列之位置有幾？試分別言之，並舉例為證。

答：會意字異文合誼者，兩意符排列之位置有四項不同。

1. 左右排列：鳴、吠、牝、牡、之類是也。
2. 上下排列：杲、杳、雀、集、之類是也。
3. 內外排列：闖、閑、閃、閒、之類是也。
4. 穿合排列：爽、罠、衷、裹、之類是也。

十五、問：會意字異文合誼一類，其兩意符結合之方式有幾？試分別言之，並舉例為證。

答：兩意符結合之方式有二項不同。

1. 順讀其兩意符即得新字之意者，語句文字也。清王筠稱之曰「順遞為義」，今改稱「順成結合」。如：

雀 小隹為雀。　赤 大火為赤。紅色。

昶 日長也。日永為昶。　衍 水朝宗於海也。水行為衍。

2、展列其兩意符而思其關係，乃得新字之意者，圖象文字也。清王筠稱之曰「並峙為義」，今改稱「並列結合」。如：

杲 杲，明也。从日在木上。　杳 杳，冥也。从日在木下。

灾 意同烖。天火為烖。从火燒屋。　苗 艸生於田者曰苗。从田上生艸。

十八、問：會意字異文合誼，其中有一意符亦供字聲，說文稱之曰「某亦聲」，試舉四例以明之。

答：此項字音，稱之曰「內取」。

1. 焚 篆文作燓。从火燒楙，楙亦聲。

2. 葻 艸得風皃。从艸，从風，風亦聲。

3. 桀 所乘之木曰桀。从二止在木上。止亦聲。

4. ⿱止隹 後世進字同。从隹，从止。止，足也。會意。止亦聲。

5. 同 同，合會也。凡口皆同，會意，順成。凡亦聲。

6 仁 仁，親也。从人，从二。人與人相處之心也。會意。人亦聲。

十九、問：會意字異文合誼一類中，審其字之意符，雖有二三，但最主要者只屬一個，

可稱其字之部首，試舉四例以證明之。

答：異文合誼之會意字，誠有一主要意符為之部首，如：

1. 杲　明也。从日在木上。　應列入會意字日部。
2. 朙　月來盛之明也。从月出會意。　應列入會意字月部。
3. 衍　水朝宗於海也。从水行會意。　應列入會意字水部。
4. 赤　赤、大火為赤。从大火會意。　應列入會意字火部。
5. 雀　雀、依人小鳥也。从小隹會意。　應列入會意字隹部。
6. 吠　吠、犬鳴也。从犬从口會意。　應列入會意字犬部。

(以上六例任舉四例)

二十、問：今日合甲文、金文、說文而研究，知會意全體有一千四百餘字，原分 a+a 本文比類，a+b 異文合誼兩大類。屬第一類者已分甲、虛實相比、乙、反正相比、丙、重並相比三項。索舉例證，共一百一十餘字，屬於第二類者，尚有一千三百餘字。應如何分項以舉其字例？

答：會意字之異文合誼一類，可依其部首之次序分三項以舉其字例。甲、合誼不省，乙、合誼省體，丙、合誼變體，並可盡舉其一千三百餘字。惟第一項字最多，第二三兩項字較少，茲各摘其三例以證之。

甲、合誼不省。言其中意符均不省體也。

1. 杲、明也。从日在木上。會意。
2. 朏、月未盛之明也。从月出會意。
3. 衍、水朝宗於海也。从水行會意。
4. 赤、大火為赤。从大火會意。
5. 雀、小隹為雀。从小隹會意。
6. 吠、犬鳴也。从犬从口會意。

(答者任擇三例)

乙、合誼省體。意符有省體不完者。如：

1. 氂、犛牛尾也。从犛、从毛。犛省。
2. 馗、同逵。通衢也。从九道(道路)會意。道省。
3. 孝、子承老也。从子从老會意。老省。
4. 勞、力營為勞。从力營會意。營省。
5. 豚、小肥豕。足以奉祭者也。从祭豕會意。祭省。
6. 豈、息壴所以凱歸。豈為凱之初字。从壴微會意。壴省。微省。

(答者任擇三例)

丙、合誼變體。意符有變更其體者。如：

1.  危，相支持也。从二人相支。人字俱變其體。

2.  射，發矢也。从矢，在弓上。矢變橫體。

3.  艮，狠止也。目以止人。从目从人。人反身則止。

4.  頃，頭不正也。从人从頁(頭)。人反身則頭不正。

(答者任擇三例)

五、問：說文說解形聲字之通式如何？並其分別研究之影響。

答：說文解字一書，載中國形聲字七千餘個。說解語句七千餘條，而其形式只是一致。

「X，Y也。从A，B聲。」

X代本形聲字。

Y代訓詁其字之語句。

A代意符。B代音符。「从A，B聲。」是說解X之構造。

A謂X意義之所由傳來。

B謂X音讀之所由承取。

後之人於形式一致之中，以其語句之不同，而且多條也，研究之，遂因比較而攝其精要。

研究Y與X之關係也，可以啟知訓詁學。

研究A與X之關係也，可以知：

1.意符之類別：有「非文字」與「一個文字」。

2.意符之性質：有「本意」「借意」「通段意」。

研究B與X之關係也，可以啟知聲韻學。

三問、研究形聲字訓詁之義，得何精要之說？

答：許書訓字，旨在注釋其本意，自應全可信從。但詳經勘比形聲字訓詁之文，不覺竟有下列態度發生。

甲、確可信從者。

1.單字用古今字。或且採互訓方式。

2.單字用或文。或且採互訓方式。

3.單字用同意字。或且採互訓方式。

4.語句用定義式。

乙、勉可信從者：

以大概念釋小概念。或亦兼採互訓，究竟確而不切。

丙、可疑者：

1、兼存數説，不知孰為本意。

2、以本借二説充塞本意。

3、兩義相似，而實際不同。　或竟以互訓方式出之。

丁、不可信者：

1、用其借意，以塞本意。

2、用其通叚意以塞本意。

3、用儒家道德之言，以充説解字意之言。

4、漫用道家言，或曆數家言、五行陰陽家言，以及雜家言，以充一字之本意。

三、問、形聲字意符之類別，有「非文字」與「一個文字」之不同，試分述之。

答：「非文字」之意符，雖非文字，而有意義，分象形符、指事符、會意符三項，茲分項舉例如次：

1、象形符

①  皇、煌。明光也。字除聲符王外，意符 、實象明光之形。

②  余、語之舒也。字除聲符  外，意符八、實象气之越于。

③  高、崇也。字除聲符  外，意符 、實象臺觀。

④ 缶 缶，瓦器。字除聲符午外，意符凵實象瓦器。

2、指事符

① 敢 敢，進取也。字除聲符甘（甘）外，意符𠬞實指示一力參橫出二手合作之間，欲其分開，可云敢矣。

② 平 平，横平也。字除聲符釆（釆，讀若辨）外，意符一，非文字，實指横平之象。

③ 亼 今，是時也。字除聲符亼（音集）（對轉）外，意符一，非文字，實指是時，此時之意。

④ 少 少，不多也。字除聲符小（小字）外，意符丿，非文字，實指不多之意。

3、會意符

① 冥 冥，幽也。字除聲符冖（原帽字）外，意符昦，非文字，實从日入二字會幽意也。（入為古入字，亣亦古入字，周時始分定為六，6）

② 碧 碧，石之青美者。字除聲符白外，意符王石，非一文字，實从玉从石，會石青美之意。

③ 藕 藕，芙蕖根。字除聲符禺外，意符艸水，非一文字，實从水从艸，會芙蕖之意。

④㴇　梁、水橋也。字除聲符𣲓外、意符𣲓、非一文字、實从水、从木、會水橋之意。

「一個文字為意符之形聲字」、研究之、便生三點注意：

1、意符與音符排列之位置。唐人賈公彥發現六式。茲更覺另有一式。續之為七。

①左形右聲：　曉、錫、楊、江。

②右形左聲：　邯、鷄、雎、翔。

③上形下聲：　雀、霜、蕭、庠。

④下形上聲：　煮、柴、忠、勇。

⑤外形內聲：　閨、闌、園、圃。

⑥內形外聲：　聞、問、徽、黴。

⑦形聲穿合：　衙、衷、裹、彥。

2、意符即部首。部首取定方法有二。

甲、按說文部首五百四十部、依六綱領、十條目、以分之、併之、刪之、補之、存之。（六綱領、十條目另見。）

乙、就所取群部首、按天文、地理、艸木、蟲魚等十四目以理定其次序。

（十四目名稱次序乃地）

3、意符有用其本意者，有用其借意者，亦有用其通叚意者。在多數形聲字中，審查某一意符，用其本、借、通、三意也。有專有兼。於數意符計之、可得七式。

意符用意七式表（有、有用之者）

	意符	本意	借意	通叚意
1	酉	有	有	有
2	日、月、水、火、	有	有	○
3	牛、羊、犬、馬、	有	○	○
4	行、	有	○	有
5	辛、	○	有	有
6	麥、	○	○	有
7	心、貝、	○	有	○

二十四、問、意符用本意。或用借意。或用通叚意。有專有兼。於數意符而統計之、可得七式、試舉例以明之。

答：分七式言之如：

①意符酉字，在形聲字中，本意、借意、通段意，三者俱用。

酉　為酒尊之象形文。　酒尊為其本意。

酸　酢也。从酉，夋聲。　酉用本意。

酉字从同音通段為酒。

醞、釀、醉、醺等字皆从酉。　酉用通段意。

酉字又因借為酸酢之意。

酢、酸、醶、酨、等字皆从酉。　酉用段借意。

②日　為太陽之象形文。　太陽為其本意。

暘、昭、暉、晴等字皆从日。

日借為時光。

早、莫、昧、昏、暫、暇等字皆从日。　日用段借意。

日又借為天氣。

晵、暘、旱、晞等字皆从日。　日又用段借意。

日又借為日子。

曏、曩、昨、昱等字皆从日。　日又用段借意。

意符日、兼用本借、不用通叚。(並無通叚)

③ 牛　為耕田動物。字象其正面頭形。意符牛皆用本意。

特、犢、牷、犖、等字、凡从牛者、牛皆用本意。

④ 行　行、道路也。象通衢之形。　行有時通術。術見石鼓及爾雅。从人走於路中。動詞、行亦聲。

街、衢、術、衕、等字皆从行。　行用本意。

衝、衡、衙、衎、等字皆从行、　行用通叚意。

⑤ 辛　辛、剞而曲刀。辛借為罪、又通腥。　意符辛不用本意。

辜、辟、等字从辛。　辛用叚借意。

辣、原作辢。味辛辢、从辛束聲。　辛代腥、用通叚意。

⑥ 麥　麥、原與來字互相通叚。　麥只用𥝩意。

麵、麯、麩、麰、等字皆从麥。　麥代𥝩、只用通叚意。

⑦ 心　心、本迴環系中樞之象形文。字極借用為神經系中樞之名。字(凡單

獨或作意符者、均只用此叚借意。

思、惟、悲、慈、及凡从心之字、皆用心之叚借意。

⑻ 貝　貝、海介蟲。古者用為貨幣。

貨、財、賞、賜等字皆从貝。　貝只用假借意。

二十五、問：形聲字之聲符研究說文者、如何了解之。

答：一個形聲字、只有聲符一個、今說文說解形聲字、具二聲者二字、皆非也。

1、竊　篆作竊　說解曰：「禼廿皆聲。廿、古文疾。」

林義光曰：「廿為古文疾、無攷。廿即口之變。」

縉按此僅高聲。除聲符外、从鼠口自穴食米、不敢全身出穴者、懼而食米也。不懼則為偷、為盜而非竊矣。

2、[illegible]　說解曰：「次、朿皆聲。」

縉按石鼓鑾車鼓有[illegible](朿次)字、則此[illegible]字、从非、𣢽聲也。

形聲字聲符、皆其字音之所承受、正可曰音符、而清人沿六朝以後之聲韻學、講求過甚、對於說解「某聲」之了解、竟、有四種意見。(形聲字說解之通式「X、身也。从A。B聲」欲知B與X之關係、即說解「某聲」之意義)。

甲派：　雙聲說。　即認定B與X必是雙聲。今查形聲字音讀、偶有不合於此者、乃後世聲類之變也。此說也、章太炎等主之。章箸文始、均以聲轉為中心。

其例若曰：果(ㄍㄨㄛˇ)聲之字祼(ㄍㄨㄢˋ)、雙聲也。而顆(ㄎㄜ)則聲類之變。

乙派：疊韻說。即認定B與X必是疊韻。今查形聲字音讀偶有不合於此者，乃後世韻部之變也。此說也，段玉裁等主之。（段著六書音均表，以韻為綱，分古韻為十七部。）

其例若曰：余(ㄩˊ)聲之字，徐(ㄒㄩˊ)疊韻也。而除(ㄔㄨˊ)則韻部之變。

丙派：有字為雙聲，有字為疊韻說。即認定有一部分形聲字，B與X為雙聲。有一部分形聲字B與X為疊韻。今查形聲字音讀，偶有不合於此者，乃後世聲類韻部之變也。此說也，孔廣居等主之。

其例若曰：女(ㄋㄩˇ)聲之字，奴(ㄋㄨˊ)努(ㄋㄨˇ)弩(ㄋㄨˇ)必雙聲。而如(ㄖㄨˊ)汝(ㄖㄨˇ)非雙聲者，乃後世聲類之變也。

古聲之字，苦(ㄎㄨˇ)枯(ㄎㄨ)胡(ㄏㄨˊ)必疊韻。而居(ㄐㄩ)箇(ㄍㄜˋ)非疊韻者，乃後世韻部之變也。

丁派：同音說。既為雙聲，又為疊韻，即認定X創造之時，B必與X同音（又雙聲，又疊韻）今查形聲字音讀，偶有不合於此者，乃後世聲類韻部之變也。此說也，近世進步之文字學者主之。

其例若曰：工(ㄍㄨㄥ)聲之字，攻(ㄍㄨㄥ)功(ㄍㄨㄥ)巩(ㄍㄨㄥˇ)鞏(ㄍㄨㄥˇ)貢(ㄍㄨㄥˋ)同音也。既雙聲，又疊韻。（古無韻調之別）而今查有紅(ㄏㄨㄥˊ)虹(ㄏㄨㄥˊ)項(ㄒㄧㄤˋ)空(ㄎㄨㄥ)缸(ㄍㄤ)江(ㄐㄧㄤ)者，乃後世聲與韻或有變遷也。

同(ㄊㄨㄥˊ)聲之字，桐(ㄊㄨㄥˊ)筒(ㄊㄨㄥˇ)銅(ㄊㄨㄥˊ)恫(ㄊㄨㄥ)同音也。既雙聲，又疊韻。而今查有洞(ㄉㄨㄥˋ)峝(ㄉㄨㄥˋ)胴(ㄉㄨㄥˋ)

者，乃後世聲與韻或有變遷也。

以上四派，以丁派最為合理。遠徵甲、金文，早有形聲字。直至東漢許君之時，凡造字之取聲符也，均即其音符，並無聲韻學說。聲韻學說起於六朝，唐宋漸精，後之文字學者，固不可以晚出之聲韻學理，妄推古人造字取音之用意。故許君所謂「某聲」即某字之音，亦即ㄨ以ㄅ字之音為音也。在造字之時，在造字之地，ㄅ與ㄨ同音之說，應是不折不扣。

本書目錄原有總論乙篇，因作者逝世，未及列入。茲從遺稿中檢得中國文字學綱要問答二十五則，以其內容通論六書體例，姑置篇首，以代總論云。

第二篇 Part II 象形 Pictographs

第一章 Chapter I 象形定義及其類目 Definition and Classification of the pictographs

第二十一節 § 21. 象形字定義 Definition of the Pictographs

六書之説，依段玉裁之主張，其名稱宗許君，而次第宗劉歆，班固，即一，象形，二，指事，三，會意，四，形聲，五，轉注，六，段借，其分類之要義，皆以文字之構造，惟段借字不變其聲，只遷其意。而六書義例，許書舉述為詳，茲依次分篇章敘列之。

許序曰：「象形者，畫成其物，隨體詰詘，日月是也。」衛恒曰：「日滿月虧，象其形也。」段氏曰：「詰詘見言部，猶今言屈曲也。日下曰實也，太陽之精。象形。月下曰闕也，太陰之精。象形。此復舉以明之，物莫大乎日月也。」段又曰：「每書二句，皆韻語也。」是也。繙按象形者，物象也。字由物形圖畫簡化而成，故曰象形字。

段氏曰：「有獨體之象形，有合體之象形。獨體如日月水火是也。合體者，从某，而又象其形，如眉从目，而以⺁象其形，箕从竹，而以𠀠象其形，衰从衣，而以[illegible]象其形，[illegible]从田，而以[illegible]象耕田溝詰屈之形是也。獨體之象形則成字可讀，附於从某者不成字不可讀。説解中往往經淺人刪之，此等字半會意半象形，一字中兼有二者。會意則兩體皆成字，故與此別。」按段氏之意，分象形字為二類，甚是。惟獨體合體字樣，此處不可輕用。鄭樵曰：「獨體為文，合體為字。」象形指事，文也。會意，形聲，

轉注字也。假借，文字俱也」其說不可易。而段氏又分象形字為獨體合體云云。顯與鄭樵用語相牾。凡象形字皆獨體。體謂文也。故段氏之意可從。而其用語不可從也。茲分象形字為1全畫物形，2倚文畫物兩類。兩類之中又各有「本形本意」與「託形寄意」兩項。本形本意者，具體之名詞也。託形寄意者，抽象之動詞，狀詞，副詞，嘆詞也。中國文字，惟代詞，連詞，介詞，助詞等四類詞不曾創造。皆段借為之。兩類四項之中，又各分(一)天文，(二)地理，(三)草木，(四)蟲魚，(五)鳥獸，(六)人體，(七)服飾，(八)飲食，(九)宮室，(十)行動，(十一)器用，(十三)聲音，(十四)鬼神等十四子目。

第二十二節 §22. 象形字分類 Classification of the Pictographs

1 全畫物形 A Figure Taken as a Whole

甲 本形本意 Concrete Pictographs

(一) 天文 Heavenly Phenomena
(二) 地理 Ground Features
(三) 艸木 Plants
(四) 蟲魚 Insects, Reptiles, Amphibia and Fishes
(五) 鳥獸 Birds and Beasts
(六) 人體 Human Body
(七) 服飾 Apparel
(八) 飲食 Food and Drink
(九) 宮室 Dwellings
(十) 行動 Movement and Actions
(十一) 器用 Implements
(十二) 形容 Modifiers
(十三) 聲音 Onomatopoeia
(十四) 鬼神 Divination

乙託形寄意 Abstract Pictographs

(一)天文 Heavenly Phenomena

(二)地理 Ground Features

(三)艸木 Plants

(四)蟲魚 Insects, Reptiles, Amphibia and Fishes

(五)鳥獸 Birds and Beasts

(六)人體 Human Body

(七)服飾 Apparel

(八)飲食 Food and Drink

(九)宮室 Dwellings

(十)行動 Movement and Actions

(十一)器用 Implements

(十二)形容 Modifiers

(十三)聲音 Onomatopoeia

(十四)鬼神 Divination

2倚文畫物 A Figure combined with a Simple Character

甲本形本意（本項各目之下本宜再分「a由物生意」「b由文生意」兩子目，方可說明文字構造。茲乃分別注釋於各例字之下。不另分題其子目以求簡易。） Concrete Pictographs

(一)天文 Heavenly Phenomena

(二)地理 Ground Features

(三)艸木 Plants

等十四目。

乙、託形寄意（本項各目之下本宜再分「a由物生意」「b由文生意」兩子目，方可說明文字構造。茲分別注釋於各例字之下不分題其子目以求簡易。） Abstract Pictographs

(一)天文 Heavenly Phenomena

(二)地理 Ground Features

(三)艸木 Plants

等十四目。

第二十三節 象形字目錄 Contents of the Pictographs

§23.

I 全畫物形 A Figure Taken as a Whole

甲 本形本意 Concrete Pictographs

(一) 天文 Heavenly Phenomena　頁數

① 日、　九
② 月、　一〇
③ 晶、星、　一二
④ 云、雲、　一三
⑤ 气、汽、旡、氣(氣)、　一三
⑥ 申、(伸、昌、𢓊)電、　一三
⑦ 雨、　一四
⑧ 虹、(虹)　一七

(二) 地理 Ground Features

① 山、屾、　一七
② 丘、　一八
③ 厂、厈、岸、　一八
④ (凵)、坎、　一九
⑤ 田、陸、　二〇
⑥ 畕、畺、疆、𤳳、界、　二一
⑦ 𠃬、疇、　二二
⑧ 行、衖、鄉、巷、巷、　二二
⑨ 水、沝、　二三
⑩ 泉、灥、　二四
⑪ 㴊、淵、　二四
⑫ (冫)、冰、　二五
⑬ 川、　二五
⑭ (巛)、澮、　二六
⑮ (乙)、甽、畎、　二六
⑯ 火、　二七

(三) 艸木 Plants

① 屮、艸、草、　二八

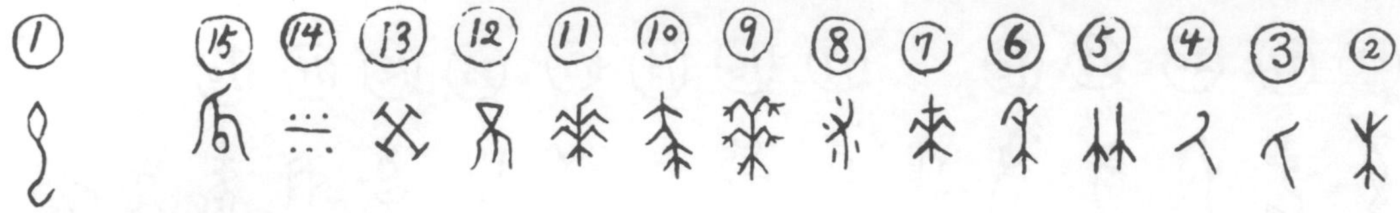

編號	字	頁
②	木.	二八
③	氏.	二九
④	乇.	二九
⑤	竹.	四〇
⑥	禾.	四〇
⑦	來.(麥).	四一
⑧	朮,秫,稷,穈,粢,穄.	四二
⑨	桼.	四三
⑩	丰.蔡.	四三
⑪	(𠌶),華,荂,花.	四四
⑫	不.柎.	四四
⑬	桂.(癸).	四五
⑭	桊.	四六
⑮	瓜.瓞.蓏.	四六

(四) 虫蚰魚 Insects, Reptiles, Amphibia and Fishes

編號	字	頁
①	虫,蚰,䖵.	四七

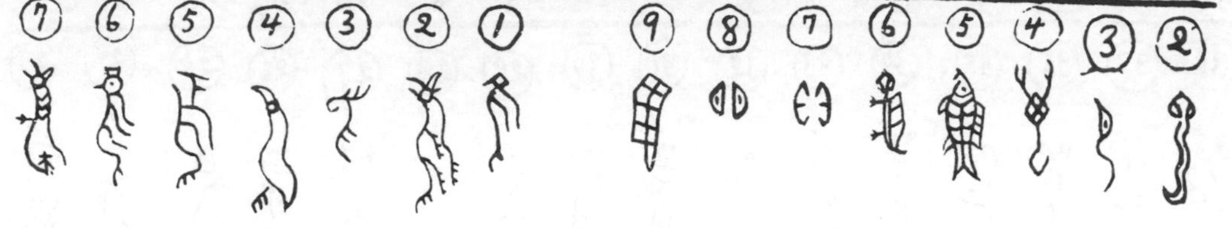

編號	字	頁
②	它.蛇.	四八
③	巴,蟒.	四九
④	萬(十千).蠆,禼,禺,蝎,蠍.	四九
⑤	魚,𩺰,鱻.	五〇
⑥	龜.	五一
⑦	貝.	五一
⑧	卵.	五二
⑨	龔,翼.	五二

(五) 鳥獸 Birds and Beasts

編號	字	頁
①	隹.鳥.	五三
②	雞,鷄.	五三
③	舄,誰.	五四
④	鳩.	五四
⑤	焉,鷰,鸎.	五五
⑥	烏,於.	五六
⑦	雉.	五六

⑧	燕.	五七
⑨	鷹.	五七
⑩	鳳,朋,鵬,風.	五八
⑪	羽.	五九
⑫	西,巢.	五九
⑬	牛.	六〇
⑭	羊.	六〇
⑮	犬,狗.	六一
⑯	馬.	六二
⑰	豕,豬,豨,豪.	六三
	㣇.	
⑱	象.	六四
⑲	鼠.	六五
⑳	兔.	六五
㉑	㲋.	六六
㉒	莧,[羊莧],羱,羦.	六六

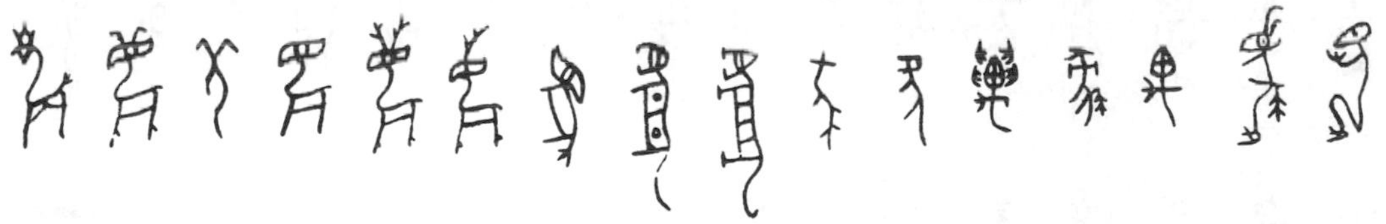

㉓	夒,猴,猱,獿	六七
㉔	夔,魖,山繰,山魈.	六七
㉕	禺.	六八
㉖	彖,蝯,猿,猨.	六八
㉗	[禺鳥],狒,獖,猩猩.	六九
㉘	彖,豺,𧳜,貄,[豸隶],肆.	六九
㉙	彙,蝟.	七三
㉚	虎.	七三
㉛	豹,貔.	七四
㉜	舄,兕,犀.	七四
㉝	廌,獬(豸).	七五
㉞	鹿.	七六
㉟	麀,[鹿盧].	七七
㊱	麂,[鹿旨].	七七
㊲	麋.	八二
㊳	麟,麐.	八三

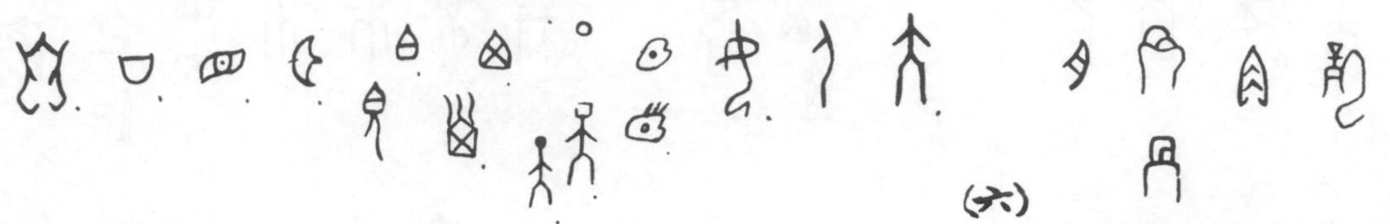

- ㊴ 龍. 八四
- ㊵ 角. 八四
- ㊶ 冎,骨. 八五
- ㊷ 肉. 八五

(六) 人體 Human Body

- ① 大. 八六
- ② 人. 八六
- ③ 女. 八六
- ④ (百),首,頁,頭. 八七
- ⑤ 丁,天,頂,顛,題,題,顯. 八八
- ⑥ 囟,甾. 八九
- ⑦ 白,皃,貌. 八九
- ⑧ 耳. 九〇
- ⑨ 目. 九〇
- ⑩ 口. 九一
- ⑪ 自,鼻. 九一

- ⑫ 牙. 九一
- ⑬ 冉,髯. 九三
- ⑭ 手. 九二
- ⑮ 又(右). 九三
- ⑯ (ナ)(左). 九四
- ⑰ (厷),肱. 九五
- ⑱ 心. 九六
- ⑲ 呂,膂. 九六
- ⑳ 止,趾. 九七
- ㉑ 巳. 九七
- ㉒ 子. 九八

(七) 服飾 Apparel

- ① 衣. 九九
- ② 冒,帽. 九九
- ③ 求,裘. 一〇〇
- ④ (糸),(絲),綵. 一〇一

⑤ 匹 一〇二

⑥ 己,紀,異. 一〇三

⑦ 黹. 一〇三

⑧ 巾. 一〇三

⑨ 袚,襏,紱,韍,韠. 一〇四

⑩ 黃,珩. 一〇五

⑪ (幵)笄. 一〇六

(八) 飲食 Food and Drink

① 鬯. 一〇七

② 鹵,迺,鹽. 一〇八

(九) 宮室 Dwellings

① (宀) 一〇九

② (广),庵. 一〇九

③ 且,廟. 一一〇

④ A,宇. 一一一

⑤ 壳,幢. 一一一

⑥ 門 一一二

⑦ 户,床. 一一三

⑧ 囱,窗,窻. 一一三

⑨ 㸚,櫺. 一一四

⑩ 瓦,屋瓦. 一一四

⑪ 井水井,井井田. 一一五

⑫ 㐭,廩. 一一五

⑬ 亞家族,亞次類. 一一六

⑭ 墉. 一一六

⑮ (郭). 一一七

(十) 行動 缺

(十一) 器用 Implements

① 鼎. 一一八

② H,鼏,鉉. 一一九

③ 鬲,䰛,甗. 一二〇

④ 鬳,甗,甑. 一二〇

編號	字形	字	頁
5		䰙, 鍋.	二二
6		豆, 梪, 登.	二二
7		皀, 𣪘, 匭, 匭, 朹, 簋.	二二
8		酉	二三
9		壺.	二四
10		卣, 逌, 𠧪.	二四
11		斝.(散)	二五
12		爵,(雀).	二六
13		彝 雞 尊.	二六
14		斝, 𨭼(斗).	二七
15		盤, 槃, 鎜.	二七
16		也, 匜, 𥁕, 鉇, 𥃝.	二八
17		斗. 枓.	二九
18		勺. 杓.	二九
19		匕, 匙, 柶.	三〇
20		皿.	三一
21		曲, 去, 㕣, 𥬉, 筁, 苖.	三一
22		匚, 匡, 筐.	三二
23		由.	三三
24		主, 炷	三四
25		刀.	三五
26		乂, 刈, 前, 剪.	三五
27		九, 鉤.	三六
28		觿.	三六
29		丌.	三七
30		几, 机.	三七
31		爿. 牀, 床.	三八
32		其, 箕.	三八
33		帚, 箒.	三九
34		彗, 篲, 𥳐.	四〇
35		午, 杵.	四一
36		臼.	四一

37 東,橐. 一四一
38 玄.繩. 一四二
39 因,丙,茵,筃,鞇,席,蓆,⿱竹席. 一四三
40 梯,阜. 一四四
41 舟,船. 一四四
42 俞.(獨木舟) 一四五
43 車. 一四五
44 厄,軛. 一四六
45 南,鈴. 一四七
46 壴,(鼓) 一四八
47 珡,琴. 一四九
48 瑟. 一五〇
49 龠,籥. 一五〇
50 冊,(策). 一五一
51 東,簡. 一五二
52 耒,(⿰耒辥,⿸耒辛). 一五四

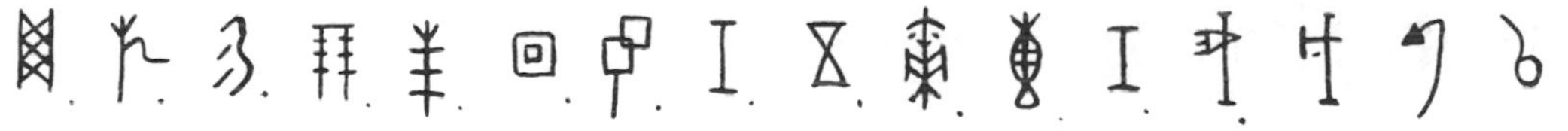

53 呂,梠,⿰耒呂,梩. 一五四
54 斤,釿. 一五七
55 戉,斧. 一五八
56 我,鋸. 一五八
57 工,巨,矩,榘. 一五九
58 叀,塼,磚,甎. 一六一
59 爾,檷,(柅)尒. 一六二
60 五,籆. 一六三
61 壬.滕. 一六三
62 予,杼,梭,⿱竹秒. 一六四
63 璧. 一六五
64 玉. 一六六
65 (玨).(朋). 一六七
66 勿,⿰方勿. 一六七
67 (㫃),旂,⿰方斦,旗. 一六八
68 (冈),罔,網. 一六九

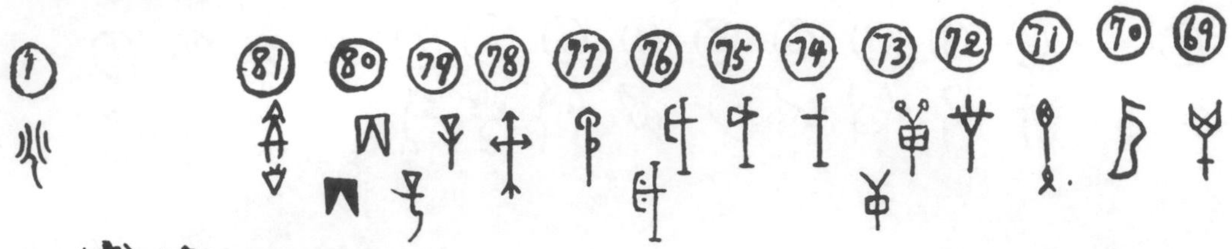

(69) 畢. 一六八

(70) 弓. 一七〇

(71) 矢,箭. 一七〇

(72) 羋. 一七三

(73) 單,畢,干,盾,瞂,楯. 一七五

(74) 戈. 一七六

(75) 戊,戚. 一七七

(76) 戉,鉞. 一七八

(77) 矛,我. 一七八

(78) 癸,戣. 一七九

(79) 辛,辛,亏,咢,戟. 一八〇

(80) 丙(柄). 一八二

(81) 幸,桊,枷. 一八二

(十二) 行動

(十三) 聲音 俱缺

(十四) 鬼神 Divination

(1) 兆,兆卜. 一八三

乙. 託形寄意 Abstract Pictographs

(一) 天文 Heavenly Phenomena

(2) 示. 一八四

(1) 小. 一八五

(二) 地理 Ground Features

(1) 珏(展). 一八五

(2) 回,洄. 一八六

(3) 災,災,𢦏,烖,灾,秋,菑. 一八七

(三) 草木 Plants

(1) 屯. 一八八

(2) 齊. 一八九

(3) 𠂹(垂). 一八九

(4) 噩,䆮. 一九〇

(四) 蟲魚 Insects, Reptiles, Amphibia and Fishes

(1) 夏. 一九一

(2) 秋. 一九二

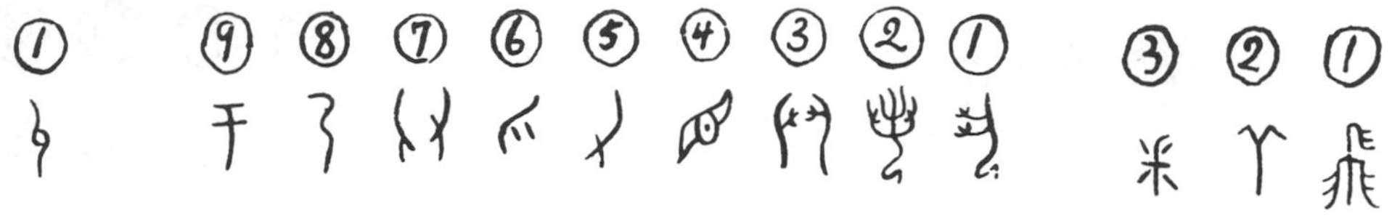

(五)鳥獸 Birds and Beasts

① 飛 一九四

② 乖 一九四

③ 釆 一九五

(六)人體 Human Body

① 丮，執持(執) 一九五

② (若) 一九六

③ 鬥，鬬 一九七

④ 臣，瞋 一九七

⑤ 力，劣 一九八

⑥ 爪，抓 一九八

⑦ 臼，掬 一九九

⑧ 乃，𠄎(難) 一九九

⑨ 于，吁，訏 一九九

(七)服飾 Apparel

① 丩，糾 二〇〇

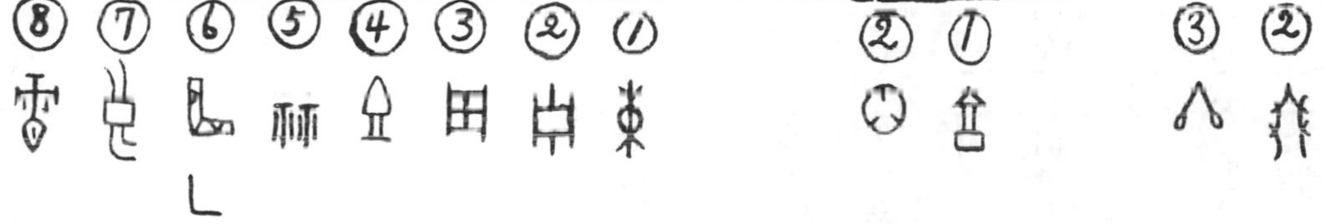

② (叕)綴 二〇〇

③ 終 二〇一

(八)飲食 缺

(九)宮室 Dwellings

① 享，𩫏，亨，烹 二〇一

② 囧，明，明 二〇二

(十)行動 缺

(十一)器用 Implements

① 東 二〇三

② 宁，貯，儲 二〇三

③ (周) 二〇四

④ 燀 二〇五

⑤ 秝，筭，算 二〇六

⑥ (曲) 二〇六

⑦ 良 二〇七

⑧ 彔，淥，漉 二〇八

⑨  弔,雉(弋). 二〇八

(十二)形容 (十三)聲音 俱缺

(十四)鬼神 Divination

① 卜. 二一一

② 士,筮. 二一二

2. 倚文畫物 A Figure Combined with a Simple Character

甲 本形本意

(一)天文

① 亰. 二一三

②  暈. 二一三

(二)地理 Ground Features

①  州,洲. 二一四

② 𡿧,邕. 二一四

(三)艸木 Plants

① (枼)葉. 二一五

②  帝,蔕. 二一五

③  果,菓. 二一六

④  朿. 二一七

⑤  束. 二一七

⑥  桼(漆)柒. 二一七

⑦  朩,林,麻,蔴. 二一八

⑧  桑. 二一九

⑨  某,槑,楳,梅. 二二〇

⑩  栗,𣡕. 二二一

(四)蟲魚 Insects, Reptiles, Amphibia and Fishes

①  蜀,蠋. 二二二

②  禹,蝺. 二二二

③  黽. 二二三

④ (壳殼) 二二三

(五)鳥獸 Birds and Beasts

① 隺,鶴. 二二四

②  隼,雛 二二四

- ③ 萑,雈. 二二五
- ④ 牢. 二二五
- ⑤ 尨. 二二六
- ⑥ 豭. 二二六
- ⑦ 豕. 二二六
- ⑧ 血. 二二七
- ⑨ 皮. 二二八
- ⑩ 革. 二二八

(六) 人體 Human Body

- ① 夫. 二二九
- ② 美,僕,媄. 二二九
- ③ 母. 二三〇
- ④ 史. 二三〇
- ⑤ 髟,髮. 二三一
- ⑥ 面. 二三二
- ⑦ 眉,首,覓. 二三二

- ⑧ 眔,遝. 二三二
- ⑨ 涕. 二三三
- ⑩ 齒. 二三四
- ⑪ 須,鬚. 二三五
- ⑫ 肩. 二三五
- ⑬ 丑,叉. 二三五
- ⑭ 腹. 二三六
- ⑮ 乳. 二三七
- ⑯ 胃. 二三七
- ⑰ 脛. 二三七
- ⑱ 死,屍. 二三八
- ⑲ 尿,(溺). 二三八
- ⑳ 屎,(矢),菌. 二三九

(七) 服飾 Apparel

- ① 胄. 二三九
- ② 覍,弁 二三九

③ 兇. 二四〇
④ 兒,覍,繞. 二四〇
⑤ 類,魌,䰠,倛. 二四一
⑥ 介,(甲). 二四二
⑦ 褱,褢. 二四三
⑧ 褓,緥. 二四三
⑨ 帥,帨. 二四四
⑩ (巠),經. 二四四
⑪ (先),(兟),簪. 二四五

(八)飲食 Food and Drink

① 酋,酒. 二四六

(九)宮室 Dwellings

① 向. 二四六
② 壺. 二四七
③ 圃. 二四七

(十)行動 缺

(十一)器用 Implements

① 豊,豐,籩. 二四八
② (冘),枕. 二四九
③ 丈,杖. 二四九
④ 炬(苣). 二五〇
⑤ (关),縢. 二五一
⑥ 喜,轄. 二五一
⑦ (殸),磬. 二五二
⑧ (聿),聿,筆. 二五二
⑨ 殳,投. 二五三
⑩ 弦. 二五四
⑪ (葡),箙. 二五四
⑫ 圅(函). 二五四
⑬ 繼. 二五五
⑭ 戲. 二五六
⑮ 旗,竿. 二五七

(十二)形容
(十三)聲音
(十四)鬼神 俱缺

乙、託形寄意 Abstract Pictographs

(一)天文 Heavenly Phenomena

① 易、暘、 二五七

(二)地理 Ground Features

① 阱、 二五八

② 薶、埋、 二五九

③ 沈、沉、俗 二五九

④ 柰、燎、 二六〇

⑤ 黑、 二六一

⑥ 熏、 二六一

(三)艸木 Plants

① 春、 二六二

② 丰、豐、 二六四

③ 耒、楙、茂、 二六四

(四)蟲魚　(五)鳥獸　俱缺

(六)人體 Human Body

① 𠤕、疑、肄、 二六五

② 異、戴、 二六八

③ 無、舞、(翌) 二六九

④ 乘 二六九

⑤ 陵 二七〇

⑥ 蕩、 二七一

⑦ (襲)、 二七一

⑧ 㱃、飲、 二七二

⑨ 醉、 二七三

⑩ 頮、沬、沐、 二七三

⑪ 浴、 二七四

⑫ 永、泳、 二七四

⑬ (疒)、(疾)、 二七五

⑭ 㝱(夢)、 二七六

⑮ 克、 一七七

⑯ 允、 一七八

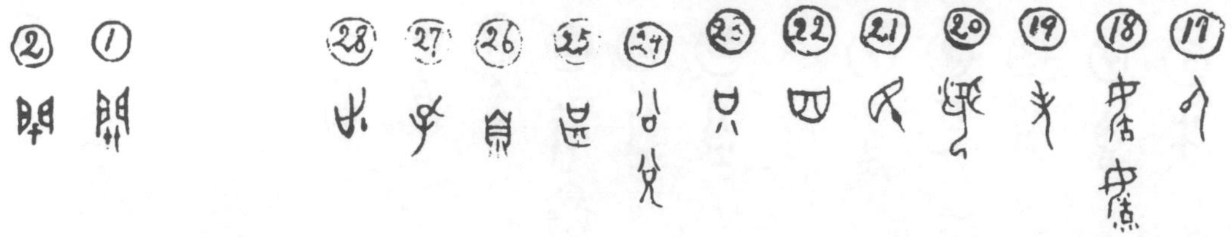

號	字	頁
⑰	挈,攜.	二七八
⑱	毓,(𠫓),(㐬)育	二七九
⑲	禿.	二八〇
⑳	聋,䎽,聞.	二八一
㉑	民,眠,盲.	二八一
㉒	四,呬.	二八二
㉓	只.	二八二
㉔	㕣,兑,(說)悅.	二八三
㉕	甚.	二八四
㉖	息眉	二八四
㉗	孔.	二八五
㉘	洗.	二八六

(七) 服飾 (八) 飲食 俱缺

(九) 宮室 Dwellings

號	字	頁
①	闢.	二八六
②	閉.	二八七

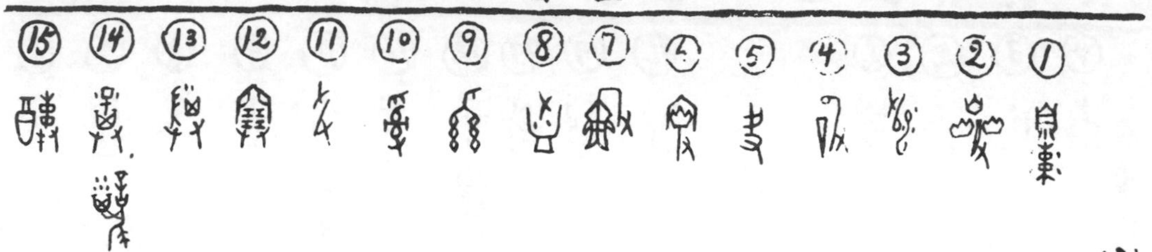

(十) 行動 Movement and Actions

號	字	頁
①	歆.	二八七
②	燮.	二八九
③	椎.	二九〇
④	震.	二九〇
⑤	夬,缺.	二九一
⑥	叜,叟,搜.	二九二
⑦	釣.	二九二
⑧	盥.	二九二
⑨	系,(繫).	二九三
⑩	(𤔔),(亂).	二九四
⑪	爰,援.	二九四
⑫	塞.	二九五
⑬	冀.	二九五
⑭	棄.	二九六
⑮	莤.	二九六

⑯ (烝). 一九七
⑰ 婁，摟，擄. 二九八
⑱ 解. 二九九
⑲ 遷. 三〇〇
⑳ 出. 三〇〇
㉑ 各，格，逧，(格). 三〇一
㉒ 更，鞭. 三〇二
㉓ 襄. 三〇二
㉔ 監. 三〇三
㉕ 泌. 三〇四

(十一)器用 Implements

① 䰛. 三〇四
② 奠. 三〇五
③ 益，溢. 三〇六
④ 盍，(蓋). 三〇六
⑤ 央 三〇七
⑥ 方，旁. 三〇七
⑦ 斷. 三〇八
⑧ 升，昇，陞. 三〇八
⑨ 畫. 三〇九
⑩ 耤，犂，耤，耕. 三一〇
⑪ 弟，(第). 三一一
⑫ 毌，串，貫. 三一一
⑬ 執. 三一二
⑭ 斲，(新). 三一三
⑮ 弘，弓，彈. 三一三

(十二)形容

(十三)聲音　俱缺

(十四)鬼神 Divination

① 禱. 三一四
② 歹. 三一五
③ 亡，无，(無). 三一五
④ 用. 三一六

右象形字四百二十三文.

第二章 Chapter 2 象形字舉例 Examples of Pictographs

第二十四節 2~24. 全畫物形 全畫其物形，並不依託他字也。

甲、本形本意（此乃進具體名詞，與下文說形寄意，進抽象之狀詞動詞等有別。）Concrete Pictographs

(一)天文 Heavenly Phenomena

商 周 秦 漢 晉（國羅）（英文）

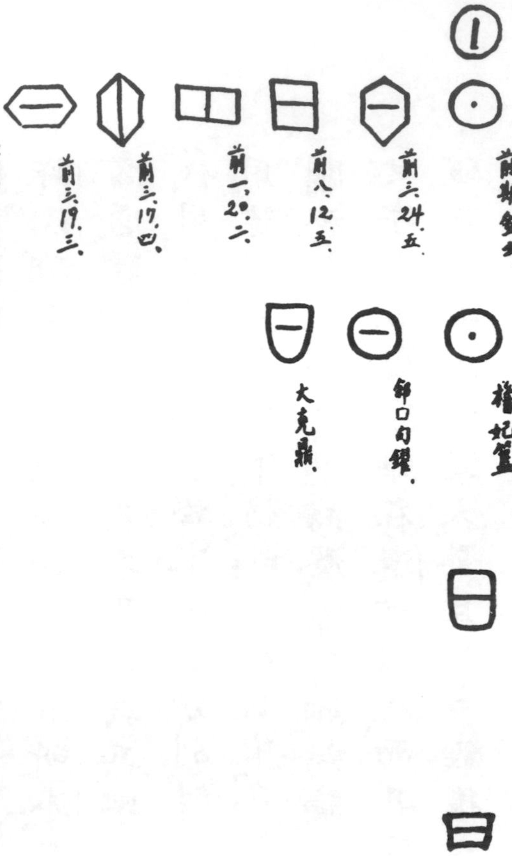

日 日 (ryh) (The sun.)

說文：「日，實也。太昜之精，不虧。象形。凡日之屬皆从日。〇，古文。象形。」人質切。

按：日體正圓。此字只是象形。中著一畫者，明其為實體，非僅圓圈輪郭也。羅振玉曰：「日體正圓，卜辭中諸形或為多角形，或正方者，非日象如此，由刀筆能

為方，不能為圓故也。」是也。許說曰、實也，與下文月、闕也，狗、叩也，馬、武也，羊、祥也；同例。皆是溯語源以為音訓。蓋未有文字以前，先有語言。造字之時，畫日之形，因即以語音為字音。而語音之來源，蓋以日實不虧，故以實音為語音。許氏溯字音之來源如此。必有所本。其所謂太昜之精者，乃日字之本意。許書通體皆述本意，凡本意必與其字之構造相應也。至其字之借意與通段代用之意，則本書於末二篇分別詳之。前各篇皆不贅。人質切。採宋徐鉉本，用孫愐唐韵音。下仿此。又說解中「凡某之屬皆从某」本書引用時一律刪去。關於部首問題，俟形聲篇詳細討論。又說文所載古文皆指孔壁古文經中之字而言。壁經雖在漢世出現，而其字乃晚周齊魯之通行文字。率多俗省破碎，與兩周金文大異。且許書經後人輾轉相鈔，不免有譌。故許書所稱古文，不可盡以為據。

②

後下27、十六　藏99、一　藏16、一　前六6、六　菁五、一

庚午盦　免簋　沇兒鐘　鄀公鉦

月

月 ㄩㄝ (yueh) (The moon)

說文：「月，闕也。太会之精。象形。」魚厥切。
按：甲文月字變形頗多。俱象半月之形者，取上下弦時月也。不畫滿月形者恐與日無別也。本義為太陰。「闕也」是其音訓。

③

 後下.9.一、
 拾.14.六、
 前七.26.三、
 古匋星字。
 麓伯星父簋

 晶
 星

晶 ㄐㄧㄥ (Jing)
星 ㄒㄧㄥ (Shing) (A star)

說文：「晶，精光也。从三日。」子盈切。
說文：「曐，萬物之精。上為列星。从晶生聲。一曰象形。从〇。古〇復注中，故與日同。，古文曐。，曐或省。」桑經切。
王筠曰：「晶當作。且當為星之古文。許君誤。」
朱駿聲曰：「晶字不從三日，乃象星三兩相聚之形。或曰晶即古星字。亦通論也。」
徐灝曰：「晶，即星之象形文，故曑（，）曟（）字从之。古文作二形。」
孫詒讓名原曰：「晶即星本字。象其小而眾。原始象形當作。說文曑亦从，金文，梁上官鼎曑字，省作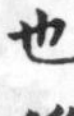，是也。後人增益作曐，遂生分別耳。」
按：晶字原為星宿之星。王筠三下曰：「三也者，無盡之詞也。」舉三以示眾也。象形。

後凡出三者仿此。商周時或於品下加生為音符作「曐」，秦篆仍之。隸省作「星」。故。品與星原為一字。晶，說解釋為「精光」，乃其借意。借意行而本意亡。今字專作「星」，「萬物之精，上為列星」，乃陰陽家言，許氏偶採之，讀者不可泥。又說文所稱「或作曐」者，意謂同時代之異體字也。後人稱之曰「或文」。

④ 前一、38六。　全右。　古鉢

云 (yun)
雲 (yun) } (Cloud.)

說文：「雲，山川气也。从雨，云，象雲回轉形。」云，古文，省雨。亦古文雲。王分切。

按：云，雲之初文。象層雲舒卷之形。後世通以為云謂之云，(如詩云)周秦間乃加「雨」為意符作「雲」，於是「云」與「雲」分化為二。云非雲省雨。而雲實云字加雨也。

⑤ ○　公緘鼎

气 (chih) (Vapour.)

說文：「气，雲气也。象形。」去既切。

饒炯曰：「山川初出者為气，升於天者為云(雲)。」

按：本一物而有二名。气只象形而已。後通段以代「餼」(陰陽對轉)故有求請意。久而(周秦間)省其一畫作「乞」以為別。戰國秦所遺「石鼓文」迄字偏旁猶作气。可

證也。後人用字又以氣字代气。日久而气字幾廢。其實氣，饋客芻米也。从米，气聲。故曰「廩氣」自通段氣以代气，久而不返。乃另造廩氣字作槩，又作餼，而水气字作汽，皆晚出。

⑥

 藏163四。  戈叔鼎  申 申ㄕㄣ (shen)

靁 番生簋。 電 電ㄉㄧㄢ (diann)

(Electricity.)

說文：「，神也。七月陰氣成，體自申束。从臼，自持也。吏以餔時聽事，申旦政也。，古文申。，籀文申。」失人切。

說文：「，霒昜激燿也。从雨，从申。，古文電。」堂練切。

葉玉森釋甲文字曰：「此象電燿屈折形。乃初文電字。許書虹字下出籀文蚺，謂申，電也。可證。」

按：字原象雲中有閃電之形。後（殷代已然）借為地支之名。久而成習。周時乃加雨為意符作電（見番生簋）以還其原。從此分化為二字。地支原以紀日。秦漢時又以紀月。言夏曆者，以申屬七月。後又以紀時。申屬餔時。而復又借為引申之申，申述之申。許書云云，皆就借意言之。於是申字原為電字

後人多不能明。

又"楚子簠"之庚申作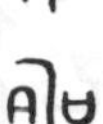，"蹇兒鼎"之壬申作。其日形乃雲捲形之譌變，並非口字。於此可見字之譌變失古，周代已然矣！

又"籀文"乃戰國秦人所用之字體。時人錄為字書十五篇，稱史籀篇。傳至東漢建武而亡其六。許氏所見，乃其未亡之九篇也。其字體多複形，大類"石鼓文"。"石鼓文"申字作，不作。許書展轉傳鈔，不免有譌。他仿此。

又天干十名：曰甲、乙、丙、丁、戊、己、庚、辛、壬、癸。地支十二名：曰子、丑、寅、卯、辰、巳、午、未、申、酉、戌、亥。干支二十二名，皆屬借用之字。而各字各有本意。自借為干支以後，先以天干紀日。十日一輪迴。名之曰旬。其後干支兩相順配：曰甲子、乙丑、丙寅、丁卯等以次列數，得不同之名六十。古人（商或商以前之人）用以紀日。初與歲月之月不相聯繫，週而復始，可以無窮。（甲子之制，約傳至秦漢始兼用以紀月、繼乃兼用以紀年。後更兼用以紀時。）至於春秋戰國之際，五行學說興起，漸以干支配入五行之內。而陰陽家、曆數家、儒家、星相家、方輿術士以及醫巫者流，辨聲色味與唱五德帝學說之人，莫不接踵附會，採五行學說，用干支之名，以為某種代名詞。而干支之名之內涵意義，遂極趨複雜。茲姑錄之如下表：

天干字	本意	五行	五方	五季	五色	五味	人體	五正	五臟	五常	五聲	五蟲	五帝
甲	切	木	東	春	青	酸	頭	句芒	肝	仁	角	鱗	太昊
乙	溪	木	東	春	青	酸	頸	句芒	肝	仁	角	鱗	太昊
丙	柄	火	南	夏	赤	苦	肩	祝融	心	禮	徵	羽	炎帝
丁	頂	火	南	夏	赤	苦	心	祝融	心	禮	徵	羽	炎帝
戊	斧	土	中	四季之末	黃	甘	脅	后土	脾	信	宮	倮	黃帝
己	紀	土	中	四季之末	黃	甘	腹	后土	脾	信	宮	倮	黃帝
庚		金	西	秋	白	辛	臍	蓐收	肺	義	商	毛	少昊
辛	剠面曲刀	金	西	秋	白	辛	股	蓐收	肺	義	商	毛	少昊
壬	滕	水	北	冬	黑	鹹	脛	玄冥	腎	知	羽	介	顓頊
癸	桂	水	北	冬	黑	鹹	足	玄冥	腎	知	羽	介	顓頊

地支字	本意	五行	十二方位	十二季節	十二月(夏曆)	十二時	十二屬
子	小孩	癸水	正北	仲冬	十一月	二十三點至一點	鼠
丑	叉	己土 癸水 辛金	北偏東	季冬	十二月	一點至三點	牛

寅	夾脊肉	甲木 丙火 戊土	東偏北	孟春	正月	三點至五點	虎
卯	剖	乙木	正東	仲春	二月	五點至七點	兔
辰	蓐	乙木 戊土 癸水	東偏南	季春	三月	七點至九點	龍
巳	胎兒	丙火 戊土 庚金	南偏東	孟夏	四月	九點至十一點	蛇
午	杵	丁火 己土	正南	仲夏	五月	十一點至十三點	馬
未	茂	乙木 己土 丁火	南偏西	季夏	六月	十三點至十五點	羊
申	電	庚金 壬水 戊土	西偏南	孟秋	七月	十五點至十七點	猴
酉	飲酒器	辛金	正西	仲秋	八月	十七點至十九點	鷄
戌	戚	辛金 丁火 戊土	西偏北	季秋	九月	十九點至二十一點	犬
亥	荄	壬水 甲木	北偏西	孟冬	十月	二十一點至二十三點	豬

注 天干既分含於地支之中，則前表天干所代表各意，自亦存在於地支之中。

干支二十二名用借意既久而本意因而晦亡。許書說解文字之本意亦頗採五行學說至為後人所惑。但讀者若依文字之構造，先事辨明本意借意，則自得清明矣！

⑦

 藏6.四.

 藏59.三.

 後上32.十.

雨 楚公鐘.　雨 石鼓.　雨　雨ㄩˇ (yeu) (Rain)

說文：「雨，水从雲下也。一象天，冂象雲，水霝其間也。𠕲古文。」王矩切。

按甲文前雨字俱象雨自雲下滴之形。上層三滴，空中三滴，均象雨點之多。甲文第三雨字於其上畫一為天，金文以下仍之。許氏說解構造之意，與甲文第三雨字略合。所舉古文雨字作𠕲，未可盡信。

⑧

 前七.43.二.

　虹　虹　虹ㄏㄨㄥˊ (horng) (A rainbow)

說文：「虹，螮蝀也。狀似蟲。从虫，工聲。明堂月令曰：『虹始見。』䖶，籀文虹。从申，申，電也。」戶工切。

按甲文此字于省吾以為係虹字之象形，為虹之初文，是也。本為象形，籀文（戰國秦文）變為會意，如電復如蟲也。小篆變為形聲。

(二) 地理 Ground Features

①

前五.14.八.

父乙斝.　伊彝.

(山山)

山ㄕㄢ (山山) (shan)(A mountain)

說文：「山，宣也。謂能宣散氣生萬物也。有石而高。象形。」所閒切。

按山只象三峯之形。三有多意。宣也，為音訓。

又說文「𡺭，二山也。」𡺭字經傳未見。疑為山之籀文。籀文多複體。

②

前六.35.五.

子禾子釜.　商丘叔簠.

丘 ㄑㄧㄡ (chiou)(A hill)

說文:「丠，土之高也。非人所為也。从北，从一。一，地也。人居在丠南，故从北。中邦之居在崑崙東南。一曰四方高中央下為丠。象形。𡍮，古文，从土。」去鳩切。

按丘，小山也。象二峯之形。比山少一峯，謂較小也。雙引號內說解文句釋構造全誤，可刪。丘字古文變為𡍮者，乃戰國時人或加土為意符耳。

③ ○

厂（散盤）

厂　厈　岸

厂　厈　岸

厂ㄢˋ　厈ㄢˋ　岸ㄢˋ

(ann) (The river bank.)

說文:「厂，山石之厓巖，人可居。象形。厈，籀文，从干。」呼旱切。

又說文:「岸，水厓而高者。从屵，干聲。」五旰切。

按「厂」字本象石岸之形，周秦間或加干為聲符作厈。後又或於厈加山為意符作岸。故厂、厈與岸實為一字。金文「厂」字見西周厲王時散盤。說文贅出「屵」字，解曰:「屵，岸高也。从山、厂，厂亦聲。」五葛切。應刪。其以「屵」為意符作偏旁以造字者，應从岸省。列轉注。

④ ○

○

凵　坎

坎

坎ㄎㄢˇ

(kaan)(A pit.)

說文：「凵，張口也。象形。」口犯切。

又：「埳，陷也。从土，欠聲。」苦感切。

朱駿聲於凵下曰：「一說坎也，塹也。象地穿。凶字从此。」

饒炯曰：「按其音則凵又當為坎之古文。象地穿形者，沿篆與人口之凵無別，合二為一，例與丨同。後人不知，竄亂說解，存人口之說形，坩地坎之本音。各不相蒙，而偏旁猶有可辨者。」

按凵應為坎之象形文，秦漢始改為从土欠聲之字。凵作張口意者，應只為形。而非文字。

⑤ 田

田 戩11.一　田 克鼎　田　田　田 ㄊㄧㄢˊ (tyan)(A field.)

說文：「田，陳也。樹穀曰田。象囗十，阡陌之制也。」待年切。

按樹穀之田，即田畝之田，象地有阡陌之形，名詞。陳（列）也為其音訓。春秋時有塦字，亦田字也。从土，陳聲。陳敬仲以為氏，故其後為田氏。亦稱陳氏者，通段其音也。陳為戰陣之陣之初字。古者田音與陳音同，故得通段。田、商周亦借為田獵之田。動詞。

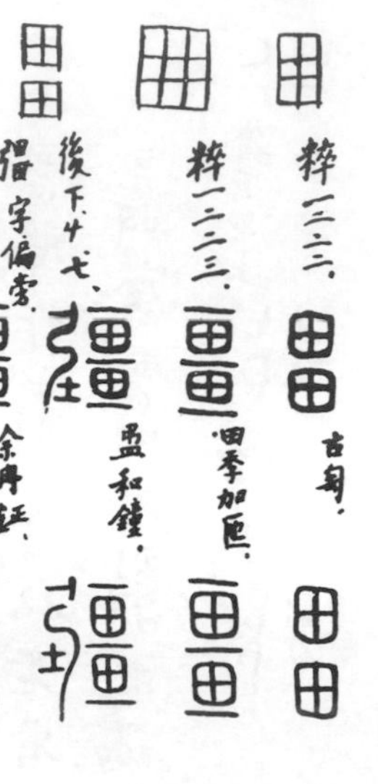

(畕)(畕)

(畺)(畺) (jiang)

疆 疆 4-九 (jiang)

界 界 4-廿 (jieh)

(Boundary.)

說文：「畕，比田也。从二田。」居良切。

又：「畺，界也。从畕，三，其界畫也。疆，畺或从彊，土。」居良切。

又：「界，境也。从田，介聲。」古拜切。

按田界字初文作畕，作(glyph)。本象田之疆界之形。甲文粹編1221、1222、1223等片有"(glyph)畕"字。即封疆封界之意也。(glyph)即封初字。从丰起土會意。周人作封，从又土。聲意無別。秦時譌變作封，故許說封字構造，陷於支離。隸作封，楷作封。其相承之跡甚明也。詳見會意篇封字下。界字初文由畕變為畺。又變為畺。又變為疆。又變為界，自象形，會意，以至形聲。形意無不相銜。至於音讀，疆，與界，迄今猶屬雙聲，而本意不別也。其為一字無疑。粹編1224片，有"惟其命畕"字樣。即"其命某畕"。畕用為動詞。則亦猶後世勘界或疆理之說矣！彊乃强弱之强之本字。另見形聲篇。疆字以之為音符。

⑦

前四.12.一.　𦑬姞簋 壽偏旁.　𠃬　𤰞 (chour)

前七.38.二.　邾遣簋 壽偏旁.　疇　田壽　疇 (chour)　(Cultivated land.)

說文:「𤰞、耕治之田也。从田。𠃬，象耕田溝詰屈之形。𠃬，疇，或省。」直由切。

桂馥曰:「凡既耕既耙之後，田之文理詰屈，正如𠃬字。……𤰞篆下云，𠃬或省。非也。當云古文𠃬字。象形。小篆加田以表之耳」。

按田疇字當以𠃬為初文。前人用ㅂ、後人用ㄩ，皆耕田文理形。並非文字。故𠃬即𤰞。小篆加田為意符作𤰞也。其作𠷎或𠃬者，應為疇咨(語詞)(或借用為誰)之本字。从口或曰。𠃬聲。其篆作𠷎者，應與𢾭為一字。說文解𢾭曰:「棄也。从攴𠷎聲。」从攴與从又意同。今本說文多為後人所亂。誤出𠷎解曰:「誰也。从口。𠃬，又聲。𠃬，古文疇字。」直由切。　於此，𠃬不能生誰意。而以為意。又非𠷎聲，而以為聲。遂啟清代各家之疑。壽字金文作𠷎者，从老省、𠷎聲。作𠷎者，从老省，𠷎聲。作𠷎者，从老省，𠷎聲。隸作壽者，从老省、𠷎聲。𠷎乃𠷎之譌變也。

⑧

後下2.12.　虢季盤　行 (harng)(A street.)

說文:「𠓷,人之步趨也。从彳从亍。」戶庚切。
徐灝曰:「行又為道路之偁。戴氏侗曰:『詩云:寘彼周行。』曰:『嗟行之人。』曰:『行有死人。』是也。」

按徐說是行字本意。字原象通衢四達之形。名詞。後通段以代衍。(从人在道路上行走。行亦聲。動詞)(見甲文及石鼓文)行乃有行走意。後世既以行代衍(行走),久之而衍字廢。而行亦失其本意。乃造衖字(見爾雅)以還其名詞(巷)之原。後人又造𨞒以代衖。說文:「𨞒,里中道。从𨙨从共。皆在邑中所共也。胡絳切。𨞒,篆文从𨙨省。」段玉裁曰:「道在邑中人所共由。胡絳切,共亦聲也。九部。」𨞒,隸省作巷。是可見卝、衖、𨞒、𨞒、巷皆一字之異形。至說文贅出𨙨字解曰:「𨙨,鄰道也。从邑从邑。」𨙨應只為𨞒字偏旁。不為字。當刪。

⑨

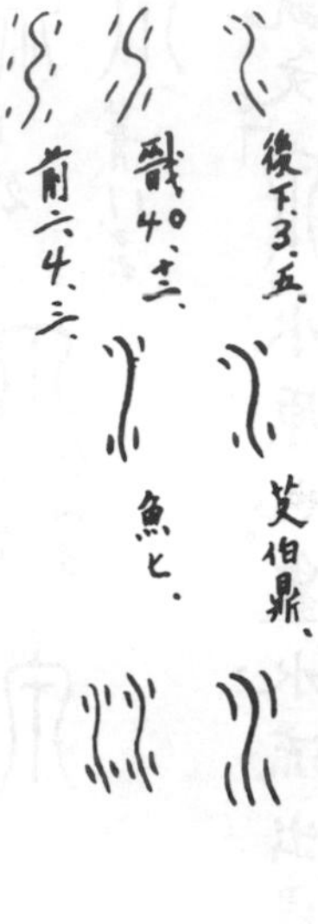

水 (氵水)

水 (氺水)

(shoei) (Water)

說文:「𣱱,準也。北方之行。象眾水並流,中有微陽之氣也。」式軌切。

按初字象流水之形。準也為音訓。「北方之行」乃戰國以後五行學說之遺。東漢緯學家宗之。非文字構造之朔也。不可據。下仿此。

又說文：「巛，二水也。闕。」之壘切。按疑此為水之"籀文。""籀文流字作𣴎。見"石鼓文。"又巛為合體字之左旁者，隸作氵，楷作氵。

⑩

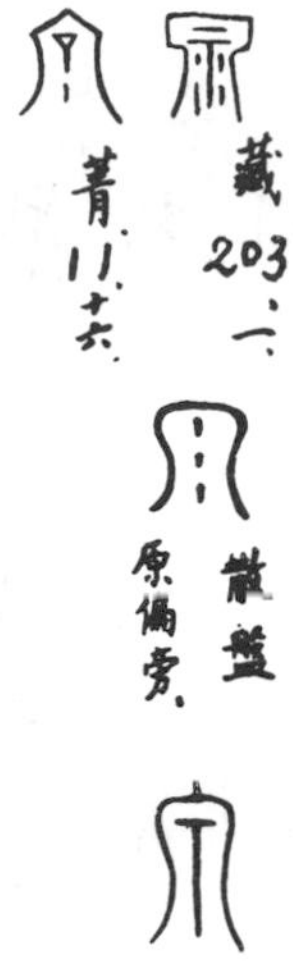

藏203.一　菁11.16　散盤原偏旁

泉　泉　(chyuan)(spring.)

說文：「泉，水原也。象水流出成川形。」疾緣切。

羅振玉曰：「此从巛。象水從石罅涓涓流出之狀。」

按羅說是也。字亦象水從石穴出向下墜流之形。金文泉字見"散盤"原字偏旁。隸變為白水，形誤。

⑪

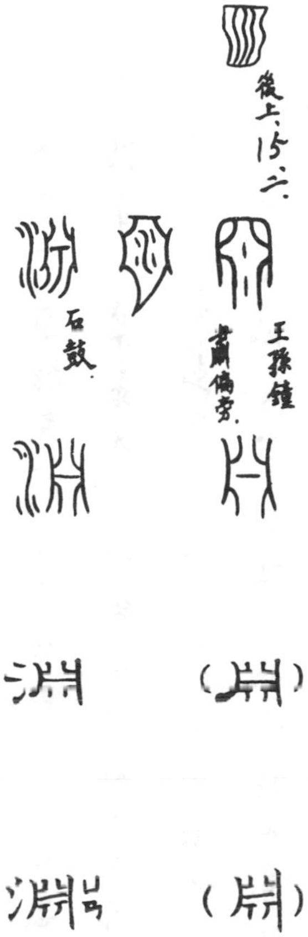

後上15.二　王孫鐘肅偏旁　石鼓

(淵)(淵)　(iuan)(Abyss.)

又說文：「灥，三泉也。闕。」詳遵切。此字經傳未見。今疑為泉之"籀文。"

說文：「淵，回水也。从水。象形。左右，岸也。中象水貌。𣶒，淵或省水。囦，古文。从囗水。」烏玄切。

按字原象圍岸中有水形。周（石鼓）籀文始加水旁為意符耳。淵行而𣶒廢。今𣶒只在偏旁中。

⑫

效父簋

古鉢

冰（二）

冰ㄅㄧㄥ（ㄧ）

（bing）（Ice）

說文：「仌，凍也。象冰凝之形。」筆陵切。

又：「冰，水堅也。从仌，从水。凝，俗冰。从疑。」魚陵切。臣鉉等曰：「今作筆陵切。以為冰凍之冰。」

按仌字原象水凝有稜角形。秦時加水為意符故作冰耳。仌字漢晉只作偏旁，不獨用。今本說文附凝於冰下，作或文。誤。凝為動詞，冰為名詞。不應混。凝與凍同意。仌與冰為一字。

⑬

前四13.三

令彝

朝字偏旁。

川

川ㄔㄨㄢ

（chuan）（A river.）

說文：「川，貫穿，通流水也。虞書曰：『濬く（甽）巜（澮）距川。』言深く巜之水，會為川也。」昌緣切。

羅振玉釋甲文川字曰：「象有畔岸而水在其中。疑是川字。」

按依"甲文"則為兩岸之間有水流之形。是謂之川。周以後其中水形略變。

(14)

〇

〇

澮巜

澮(巜)

澮ㄎㄨㄞ(巜)

(kuay)(A ditch.)

說文："巜，水流澮澮也。方百里為巜。廣二尋。深二仞。"古外切。

按巜即古澮字。巜或周有之。澮為秦人始造。今書，皋陶謨作"濬畎澮距川。"說文："澮，水。出河西霍山西南入汾。从水。會聲。"古外切。應以溝澮為本意。水名為借意。方百里之意未聞。

(15)

藏57.二

叔上匜

乚

乚(yii) (An agricultural drain.)

說文："乚，水小流也。"周禮，匠人"為溝洫，梠廣五寸。二梠為耦。一耦之伐，廣尺深尺。謂之乚。倍乚謂之遂。倍遂曰溝。倍溝曰洫。倍洫曰巜。"甽古文乚。从田。从川。畎篆文乚。从田。犬聲。六畎為一畝。"姑泫切。

按甲文有甽字。與許書所載之古文合。疑是小流水之乚。借為天干第二名以後乃另造甽字以還其原耳。又就甲文甽字偏旁川字作巛。金文(盂鼎)甽字偏旁川字作巛。斠之，知川字古文由巛變為巛。固在殷周之間。而其時期究不能劃然。本只溪溝之乚一字。說文乃歧出甲乙之乙，與玄鳥之乙。誤

也。

又說文：「乙，象春艸木冤曲而出。陰氣尚彊，其出乙乙也。與｜同意。乙承甲。象人頸。」於筆切。

按誤以借意釋之。此處應刪。

又說文：「乚，玄鳥也。齊魯謂之乚。取其鳴自呼。象形。」烏轄切。

按此、說文以為部首，謂孔乳等字屬之。不知孔乳所从之乚，非文字也。另詳於后。此處應刪。

⑯

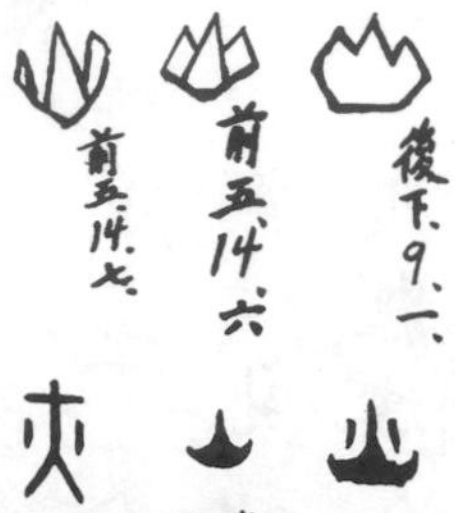

後下9、一　前五14六　前五14七　召鼎 赤偏旁　滕虎簋 滕偏旁　曾伯黍簋 狄偏旁

火　火　火（ㄏㄨㄛˇ）(huoo) (Fire.)

說文：「火，燬也。南方之行。炎而上。象形。」呼果切。

按原字全象火焰形。金文作𤆍者，亦見金文𤈦及篆文𤈦之偏旁。燬也，為音訓。「南方之行」為緯學家言。不可從。又大火為合體字之下旁者隸作灬。

楷作灬。

(三) 艸木 Plants

(1)

艸(屮)

茻(屮)

(tsao)(Grass.)

說文：「屮，艸木初生也。象丨出形。有枝莖也。古文或以為艸字。讀若徹。」丑列切。

說文：「艸，百卉也。从二屮。」倉老切。

按屮字象形。作艸者應是複體。故屮與艸一字。金文無艸字。即偏旁草頭亦無一見。知金文艸頭只作屮耳。說文中艸頭之字，猶留有芬字、崟字、未改從複體。漢人著書亦有以屮為艸者。如漢書，敘傳作：「屮木」。又曰：「天造屮昧」是也。商代有从艸之字。如：「庚辰卜，爭。婦𦱡來」(院乙六七一六)又院乙二八二片有"艿"字。似即蓐。如此，則甲文有艸頭作艸也。艸周人復加早為聲作草。草字通行而艸與屮浸廢。秦漢以後，俗或稱櫟實為草斗。草斗字又變為皁，為皂。

(2)

木

木ㄇㄨˋ (muh)(A tree)

說文：「木，冒也。冒地而生。東方之行。下象其根。上象枝也。」莫卜切。

按字本象樹木形。說解下象其根，上象枝也，甚為明白。二徐本逸下句。茲從丁福保考正補入。"冒也"為音訓。"東方之行"為緯學家言。木在合體字中為下旁

者隸作朩，楷作朩。

③

粹七一五 昏旨偏旁、 粹七一七 昏旨偏旁、 鐵下別六、

散盤、 令鼎、 頌壺、 苟公鬲、

氏 氏 氏 ㄓ (jy) (Root.)

說文：「氏，巴蜀名山岸脅之旁箸欲墮者曰氏。氏崩聲聞數百里。象形。乀聲。」揚雄賦曰：「響若氏隤。」承旨切。

林義光曰：「按字古作作。不象山岸脅之形。本義當為根柢。氏柢雙聲旁轉。象根，•其種也。姓氏之氏，亦由根柢之義引申。」

按林說視許說為長。惟甲文只象根柢之形。故氏為象形字。名詞。自借為姓氏之氏，乃別造柢字。說解云云，乃對坻字或阺字釋義。今文選揚雄解嘲：「響若坻隤」可證。又疑氏與下文氒為一字。甲文前二字取昏字偏旁。後一氏字見後編下21頁六片。均有畫無點。周人始加點。故林氏據以為說。

④

◯

克鼎、 盂鼎、 虢叔鐘、

 氒 氒 ㄐㄩㄝ (jyue) (Lump root.)

大鼎。

伯中父簋。

說文：「氒，木本。从氏。大於末。讀若厥。」居月切。
林義光曰：「按古作、作、作。象木始生根形。•亦象種」。
按林說視、許說為長。惟各形不皆有點，以象木本之形。故氒為象形字。名詞。又
按氒與氏疑為一字。其義同為根。其音古亦相近。其文在金文亦僅小異。應
是一字之分化。作者流而為柢。借而為姓氏。作者周人段以代"其"。
及漢人段"厥"代，而字廢。秦文段代舊。如嶧山刻石"利澤長久"。
傳為長久之久。而字之本義亦廢。商周表長久之意，用"舊"，用"永"。

⑤

竹

竹 ㄓㄨˊ (jwu) (The bamboo.)

說文：「，冬生艸也。象形。下垂者，箁箬也。」陟玉切。
按象竹葉形。金文竹字取陳"猷"、"簠"、"節"字偏旁。甲文亦取偏旁。見阮乙。竹為合體
字偏旁時，恒居字之上方。

⑥

前三.29.三

前四.39.六

曶鼎。

禾

禾 ㄏㄜˊ (her) (A rice plant.)

說文:「禾,嘉穀也。二月始生。八月而熟。得時之中和。故謂之禾。禾、木也。木王而生。金王而死。从木。从𠂹省。𠂹象其穗。」戶戈切。

羅振玉曰:「上象穗,與葉。下象莖與根。許君云从木从𠂹省。誤以象形為會意矣!」

按羅說甚是。字全象形。說解禾、木也以下各句,應刪。稻苗不得从木。

⑦

来 來ㄌㄞˊ (lai) (Oats or wheat.)

說文:「來,周所受瑞麥來麰。一來二夆象芒朿之形。天所來也,故為行來之來。詩曰:『詒我來麰。』」洛哀切。

朱駿聲曰:「往來之來,正字是麥。菽麥之麥,正字是來。三代以還,承用互易。」

徐灝曰:「來本為麥名。廣雅曰:『大麥,麰也。小麥,麳也。』是也。古來麥字祇作來。段借為行來之來。後為借意所專。別作麳、秾,而來之本意廢矣!……又行來之字,別作倈。」

羅振玉曰:「卜辭中諸來字皆象形。其穗或垂或否者,麥之莖強,與禾不同。或省作𣎴,作朩。而皆段借為往來字。」

按朱徐羅之說皆是也。來是Wheat。或Oat。象形。名詞。麥是Come。从夂。來聲。(亦

作徠。从彳。來聲。又作逨。从辵。來聲。）形聲字。動詞。兩字甲文已互相通叚用之。

⑧ ○

大盂鼎述偏旁

(shwu) (Millet.)

說文：「，稷之黏者。从禾朮，象形。，秫或省禾。」食聿切。
又：「稷，齋也。五穀之長。从禾。畟聲。稷，古文稷省。」子力切。
又：「齋，稷也。从禾。齊聲。粢，齋或从次。」即夷切。
又：「穄，穈也。从禾。祭聲。」子例切。
徐灝曰：「稷之黏者為秫。其不黏者曰穈。穈亦名穄。穄稷同聲。實本一物。」
按為象形之初文。後人加禾為意符作秫。其異文（不黏者）則稷。从禾。畟聲。齋。从禾。齊聲。粢。从禾。次聲。（稷音與秫音，亦猶之寂音與叔音也）金文，見"大盂鼎"述命之述之偏旁。（述通遂。遂，終也）是故朮、秫、稷、齋、粢、穄，六字實一字。
堯典：「帝曰："棄！黎民阻飢！汝后稷！播時百穀！"」阻通祖。祖，始也。后，疑司字之反書。後人誤讀后。時，通蒔。蒔，更別種也。是此處帝舜之言：「棄！黎民開始飢餓矣！望汝司掌稷務！廣植百穀！」可見棄為其名。而司稷為其職掌、或官名。不得稱后稷。後人誤也。

⑨

 藏248.二

 曾伯黍簠.

 後下.6.九.

黍　黍 ㄕㄨˇ (Shuu) (Glutinous millet.)

説文：「黍，禾屬而黏者也。以大暑而穜，故謂之黍。从禾，雨省聲。孔子曰：『黍可為酒。』故从禾入水也。」舒呂切。

按黍字原全象形。甲文或加水為聲符。金文有"曾伯𩃬簠"。𩃬為人名。疑即黍字。下象黍形，上為雨聲。不省。清人沈濤箸説文古本考"焉"下云：「許君所稱孔子曰，皆出緯書」是出偽託，不可據。金文"仲𣪘父盤"有字。説者釋為黍字，但察其文意，甚不確。

⑩

 戩39.九.

 蔡子□匜.

 蔡姞簠.

 𣪘鐘.

丰　丰 ㄐㄧㄝˋ (jieh) (The Weed.)

蔡　蔡 ㄘㄞˋ (tsay)

説文「丰，艸蔡也。象艸生之散亂也。讀若介。」古拜切。

按甲文見戩三三、九。金文屢見，用為陳蔡之蔡。正象艸散亂形。孟子：「君之視臣如艸芥」以芥代丰（説文「芥，菜也。从艸，介聲」與艸蔡之意別。）「一介不取」一「

介不與。」以介代丰。（介為介胄之介與艸蔡之意亦別。）均同音通叚。秦人造蔡字。說文：「蔡，艸也。从艸，祭聲。」後世蔡行而丰廢。

⑪

華（𠌶）　蘤（𠌶）　ㄏㄨㄚ（hua）（A flower.）

說文：「𠌶，艸木華也。从𠂹，亏聲。蘤，𠌶或从艸，从夸。」況于切。

說文：「蕐，榮也。从艸，从𠌶。」戶瓜切。

徐灝曰：「𠌶蕐亦一字。而說文別之者，以所屬之字相從各異也。……𠌶乃古象形文。上象蓓蕾，下象莖葉。小篆變為亏耳。」

按字原象形。甲文用為祭名。秦人或加艸為意符，遂有華字。及後華借用為光華意。秦漢人乃另造荂。荂見方言。六朝人又另造花字。日久而華字為借意所專。荂字少用。花字遂獨行。

⑫

不　ㄅㄨˋ（buh）（The calyx base.）

說文：「不，鳥飛上翔不下來也。从一。一猶天也。象形。」方久切。

羅振玉曰：「象花不形。花不為不之本誼。許君訓為鳥飛不下來，失其旨矣！」

按詩，常棣：「常棣之華，鄂不韡韡」鄭箋：「承華者曰鄂。不、當為柎。柎、鄂足也」鄭是而許非。是不、原意為鄂足，象形字名詞。後借用為否定副詞，日久而為借意所專。乃另造柎字以還其原。

⑬

桂 桂 桂 ㄍㄨㄟˋ (guey) (The Osmanthus fragrans)

說文：「癸，冬時水土平，可揆度也。象水從四方流入地中之形。癸承壬。象人足。癸，籀文。从癶。从矢。」居誄切。

按癸為桂之初文。原象桂花四蕊形。商周俱借為天干第十名。天干第十名，周末復假三鋒矛癸字為之。秦人另造桂字以代癸。於是桂行而癸廢。戰國初五行學說興。周末人以干支及五方四季，分配五行。於是甲乙東方木，又屬春。丙丁南方火，又屬夏。庚辛西方金，又屬秋。壬癸北方水，又屬冬。戊己中央土，又屬四季之末。東漢緯學大盛。許氏囿於時尚，據以說文字之初形。誤也。

又𤇾與𠬸本非一字。許氏亦承前人習用而誤合。𤇾者，三鋒矛也。餘詳象形篇器用目字條下。」

⑭

米(mii)(Millet grain)

說文：「米，粟實也。象禾實之形。」莫禮切。

按甲文象禾粟穗上實粒眾多之形。金文形略變。小篆字中有橫直非古。粟實二字，釋其本意。象禾實之形，猶言象穗實之形也。漢以後稻仁通曰米。蓋引伸用之。與初意別。

⑮

瓜(gua)(Melon)

說文：「瓜，蓏也。象形。」古華切。

徐鍇曰：「厶，瓜實也。外，蔓也。」

按說文：「㼌，本不勝末。微弱也。从二瓜。讀若庾」以主切。艸部蓏字下曰：「在木曰

果。在地曰蓏。从艸，从㼌。」郎果切。竊意瓜㼌蓏本為一字。瓜為象形字。㼌為其複體。蓏則㼌上加意符艸者也。徐灝曰：「唐韵以主切者，聲之轉，亦猶蠃从𣎆聲而讀如纍矣。」又曰：「瓜者，果蓏之合聲。古音讀若孤。今浙人語近之。」可證瓜㼌蓏三者實一音之變。

(四) 虫蚰魚 Insects, Reptiles, Amphibia and Fishes

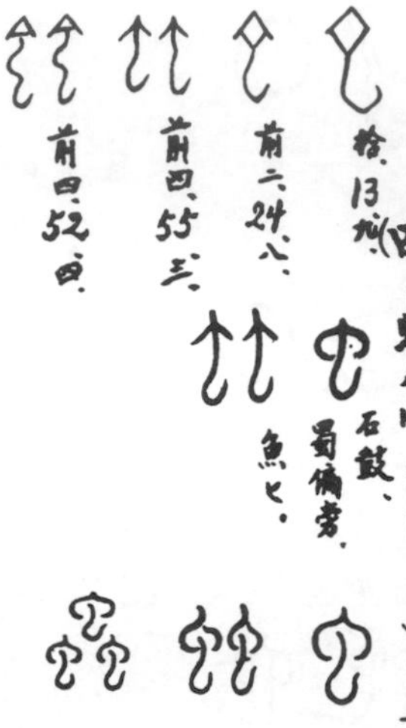

虫 (說文讀厂ㄨㄟˇ)

蚰 (說文讀昆)

蟲 ㄔㄨㄥˊ (chorng) (A worm.)

說文：「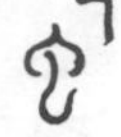，一名蝮。博三寸。首大如擘。象其臥形。物之微細，或行，或飛，或毛，或蠃，或介，或鱗。以虫為象。」許偉切。

說文：「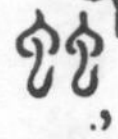，蟲之總名也。从二虫。讀若昆。」古魂切。

說文：「，有足謂之蟲。無足謂之豸。从三虫。」直弓切。

按三字實一字。羅振玉釋甲文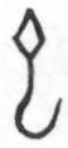曰：「象博首宛身之狀。」是也。殆其複體。或其籀文。許書分為三字。今以所从之偏旁觀之。知其意無別。字音亦當為一音之分化。

蝥　蝥
蝥　蝥　蟊　以上或二字同意。或三字同意。
蚍　螕　均可證虫、蚰、蟲、三字一義。
蜚　蜚

又爾雅、釋魚：「蝮虺、博三寸。首大如擘。」此處說解引用。蝮虺、皆蛇類。但不知博三寸何所指。其或「首大。形如擘。博三寸。」字句之鈔譌歟！段云：「古虫、蟲不分。故以蟲諧聲之字，多省作虫。如融𧍮是也。鱗介以虫為形。如螭虯𧖴蚌是也。飛者以虫為形。如蝙蝠是也。毛蠃以虫為形。如蝯蜼是也。（蜼、猴屬。卬鼻、長尾。从虫。隹聲。音息遺切。）」

②

○ 

○ 它  它（ㄊㄨㄛ）(tuo)

○ 蛇  蛇（ㄕㄜˊ）(sher)

(A Snake)

說文：「、虫也。从虫。而長。象冤曲𠂹尾形。上古艸居、患它。故相問無它乎：，它。或从虫。」託何切。臣鉉等曰：「今俗作食遮切。」玉篇又弋支切。

徐灝曰：「古無"他"字。假"它"為之。後增人旁作"佗"。而隸變為"他"。」

按甲文字，見胡厚宣甲骨學商史論叢初集。載商錫永契齋藏龜之一、某

字之偏旁。

③

○ 巴 巴ㄅㄚ (ba)

○  蟒 蟒ㄇㄤˇ (maang)

(A python.)

說文：「，蟲也。或曰食象蛇也。象形。」伯加切

按山海經「巴蛇食象。三歲而出其骨。」此極言巴蛇之大也。巴字最早當係周人所造，實即蟒之初字。爾雅釋魚：「蟒，王蛇。」郭注：「蟒蛇最大者。故曰王蛇。」說文無蟒字。爾雅為西漢初年作品。蟒殆秦漢間新字。故說文失收。巴，象巨頭蛇形。蟒，形聲。从虫，莽聲。莽亦有大意。見小爾雅。巴，蟒古同音。今猶同屬脣音。後世巴借用為地名。久而為借意所專。蟒字遂獨行。

④

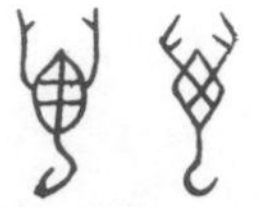

前三.30.五 前五.31.五

師趛鼎

 萬 萬ㄨㄢˋ (wann) (A scorpion.)

 禼 禼ㄒㄧㄝˋ (shieh)

 (⿱巛禼) (⿱巛禼)

說文：「，蟲也。从厹，象形。」無販切。

又：「蟲也。从厹。象形。讀與偰同。古文。」私列切。

按萬，甲金文均象蝎形。不从厹。（厹非文字。說文增厹篆，誤也）周初始於其形加足。字自商周借為千萬之萬，秦人乃加虫旁為意符作蠆。而字古又分化為為。而後人又造蝎、或蠍。於是蝎與蠍通行，而蠆字亦少用。而萬之本意遂亡。古萬音變為蝎音，亦猶之害音之變為曷音也。

⑤

（前期金文）（前期金文）前四、55、七　後上、31、一　前六、50、三

石鼓

魚

魚 ú (yu)(A fish)

說文：「水蟲也。象形。魚尾與燕尾相似。」語俱切。

羅振玉曰：「說文解字：魚，象形。魚尾與燕尾相似。謂从火也。卜辭魚與燕尾皆作从形。不从火。然石鼓文魚字下已作火形。知許君有所受之矣！卜辭諸魚字皆叚為捕魚之漁。」

王國維曰：「乃魚字之繁文。周禮，魰人，作⿸虍魰人。知魚可作⿸虍魚矣！」

按字原象形。其作⿸虍魚者，乃增虎省聲者也。至魰字，應是甲文字之省

變。原从雙手舉網捕魚。決為漁字無疑。金文"遹簋"作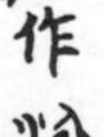。"石鼓"作。从𠂇或ㄋ(即ㄋ)在水捕魚。𢼄从又捕魚。𩵋同。故為動詞。見會意篇漁字下。又說文有字。解曰：「二魚也」。此疑為魚之籀文，不另為字。

⑥

前四.54.七　前四.54.三　前七.5.二　代七商簋

龜　ㄍㄨㄟ (guei)(A tortoise)

說文：「龜，舊也。外骨內肉者也。从它，龜頭與蛇頭同。天地之性，廣肩無雄，龜鼈之類，以蛇為雄。象足甲尾之形。古文龜」。居追切。

羅振玉曰：「卜辭諸龜字，皆象昂首披甲短尾之形，或僅見其前足者，後足隱甲中也」。

按許書古文龜作，乃漢所傳孔壁古文經中之字，戰國末齊魯通行之文字也，多簡體。

⑦

藏104.四

剌鼎

貝　ㄅㄟˋ (bey)(A cowrie)

說文：「貝，海介蟲也。居陸名猋，在水名蜬。象形。古者貨貝而寶龜，周而有泉，至秦

廢貝行錢」。博蓋切。

按貝原為海介蟲。象形。及用為交易媒介物，貝始有財貨之意。後世凡从貝之字，皆訓財貨，而非海介蟲。借意行而本意晦也。

⑧

卵　卵 (loan)(The ova of a frog.)

說文：「卵，凡物無乳者卵生。象形。」盧管切。

按字象蛙卵之形。後通為凡卵之稱。疑周人始造。

⑨

前五.4.七　前三.28.四　寧滬角　籀文

翼　翼 (yih)(Wings.)

說文：「𦐃，翄也。从飛，異聲。𦐃，籀文𦐃。翼，篆文𦐃，从羽。」與職切。

按甲文此字，羅振玉、王國維並定為昱日之昱。葉玉森謂象蟲翼上有網膜形。當是古象形翼字。金文陳介祺、吳大澂均定為角字。茲以葉說為長。前人取蟲之網翼為形。周人取飛為意符，異為聲符，為形聲字。秦人取鳥羽為意符。其所以為翼則意同。

(五) 鳥獸 Birds and Beasts

①

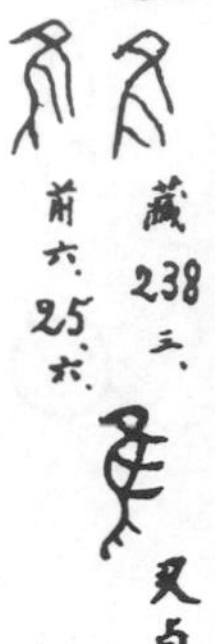

隹　隹　隹ㄓㄨㄟ (juei)(A bird.)

鳥　鳥　鳥ㄋㄧㄠˇ (neau)(A bird.)

說文：「隹，鳥之短尾總名也。象形。」職追切。

說文：「鳥，長尾禽總名也。象形。鳥之足似匕，从匕。」都了切。

按隹字全象鳥側立形。上古之時，隹與鳥非二字。東周時乃漸分化。甲文有隹字無鳥字。今人認卜辭中有鳥字，實皆非鳥字，乃鷄鳩等字之象形者也。鳥為隹之分化字，始于東周之春秋時。"徐王孫遺諸鐘"鳴字偏旁作鳥，乃鷄旁之變。戰國"秦石鼓"鳴字偏旁作鳥，亦鷄旁之變。"皆非鳥字。隹古音讀若堆，則與都了切為一聲之轉。其為一字之變無疑。羅振玉曰：「蓋隹鳥古本一字，筆畫有繁簡耳。許以隹為短尾鳥之總名，鳥為長尾禽之總名。然鳥尾長者莫如雉與雞，而並从隹。尾之短者莫如鶴鷺鳧鴻，而均从鳥。可知強分之未為得矣！」又鳥下〃乃其爪，不从匕。

②

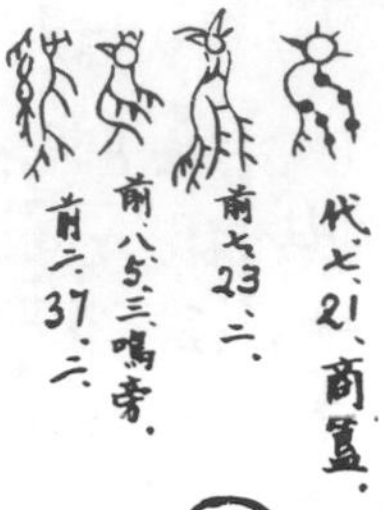

〇

雞　雞　雞ㄐㄧ (ji)(A cock.)

說文：「，知時畜也。从隹，奚聲。，籀文雞，从鳥。」古兮切。

羅振玉曰：「卜辭中諸雞字皆象雞形，高冠修尾，一見可別於他禽。或增奚聲。然其他半仍是雞形，非鳥字也。說文解字，雞，从隹；籀文从鳥，均失之矣！」

按羅說是也。古人畫雞，高冠、采身，著其特徵。又卜辭鳴字从雞从口。亦非从鳥字。說文所載「籀文雞从鳥」，當與「石鼓文」鳴字之偏旁同為商周以來雞字之變，非鳥字。

③ ○

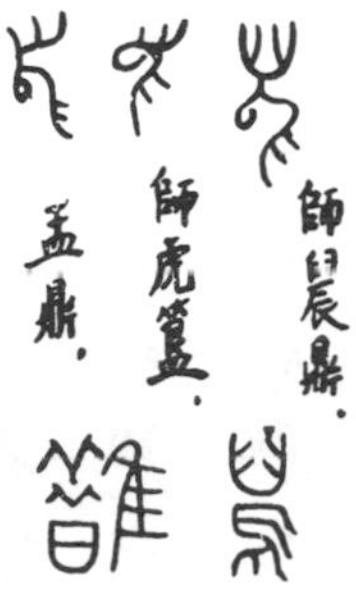

舄　䧿

舄ㄒㄧˋ (shih)

䧿ㄑㄩㄝˋ (chiueh)(A magpie.)

說文：「，鵲也。象形。，篆文舄，从隹，昔聲。」七雀切。

林義光曰：「按古作，象張兩翼形。」

按林說是也。形似鳥而羽旁有白條。疑周人始造此字。「吳彝」變作，「石鼓」寫字偏旁作，小篆乃變其上作，其形遂不可說。鵲从昔聲，昔聲與舄聲同。舄古亦通段以代屣。金文「赤舄」，即「赤屣」也。

④  ○  鳩

鳩ㄐㄧㄡ (jiou)(A pigeon.)

說文：「鳩，鶻鵃也。从鳥，九聲。」居求切。

段玉裁曰：「今本說文奪譌。……鳩為五鳩之總名，……當先出鳩篆，釋云：『五鳩，鳩民者也』。乃後云：『鶌鳩，鶻鵃也，雕，祝鳩也。秸鵴，尸鳩也。鶪，王鶪，鶪鳩也』……而雃為爽鳩，已見於隹部矣。度說文古本當如是。」

按鳩既為五鳩之總名。甲文，正象其緊身秀尾而挺胸之形。見中研院乙編六六六四片。文曰：「丙申，卜㱿，貞：來乙巳，酒下乙？王占曰：『酒，隹有祟，其有𠬝』。乙巳，酒。日夜雨，伐，既雨，咸伐，亦雨，𢼸（椎，動詞）卯（剖，亦動詞）（鳩），𡉚（星，通禳）。」又反面院乙六六六五片：「乙巳，夜，有𠬝于西。」椎，即椎牛宰羊之椎。椎卯鳩者，椎死而後剖之也。正象鳩形。椎卯鳩者，所以禳雨之止也。星字湖北蒲圻正讀禳音，故可通禳。說文：「禳，磔禳，祀除厲殃也。古者燧人禜子所造。从示，襄聲。」汝羊切。甲文星字通禳，亦有數例，不但此處。金文有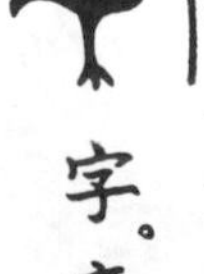字，應亦鳩字。見代，六，一，彝。

⑤ ○ ○ 焉 焉 焉 一ㄢ (ian) (A golden oriole.)

說文：「焉，焉鳥，黃色，出於江淮。象形。」有乾切。

按應即有冠毛之黃鳥。徐灝曰：「焉古蓋作焉，象形」是也。吾友李敬齋以為即

黃鶯之鶯。鶯焉古音同。焉為象形字，鶯為形聲字。確可信也。說文：「鶯，鳥也，从鳥，𤇾省聲。(𤇾今本誤作榮)詩，小雅，桑扈曰：「有鶯其羽。(有鶯，猶鶯鶯。鶯鶯，毛傳以為鶯然有文章。)」烏莖切。又玉篇「鶯，黃鳥也。」高誘以鸎，鶯為一字。似此，則焉，鶯，鸎，為一字一物。而詩之"有鶯"，為鶯然有文章之狀詞。另一義。

⑥ ○

沈子毁　毛公鼎　余義鐘

烏　於

烏ㄨ　(ㄨ)　(A crow)

於ㄨ ㄩ　(ㄨ, ㄩ)

說文：「烏，孝鳥也。象形。孔子曰：'烏，盱呼也。'取其助氣，故以為烏呼。」，古文烏。象形。，象古文烏省。」哀都切。臣鉉等曰：「今俗作嗚，非是。」

按毛公鼎字，近人馬氏以為从鳥，亡聲。吾友李敬齋以為从烏口。取其善呼。余則以為烏上有冠毛之形。於，為烏之異體。烏，側立。於，則飛也。兩形均可上溯至周。戰國中葉以後，於又通以代于。而烏除用為嘆詞(俗别作嗚，非)烏乎外，又借為烏黑之意。兩字遂分化。清人沈濤著說文古本攷，烏下云：「許君所稱"孔子曰，"皆出緯書。」

⑦ 四.43.二

雉 石鼓

雉

雉

雉ㄓ (jyh)(A ringed pheasant.)

說文：「雉有十四種。盧諸雉。喬雉。鳪雉。鷩雉。秩秩海雉。翟山雉。翰雉。卓雉。伊洛而南曰翬。江淮而南曰搖。南方曰𠷎。東方曰甾。北方曰稀。西方曰蹲。从隹。矢聲。𨾊古文雉。从弟。」直几切。

按雉首有高冠。身有文采。似雞。而較長瘦。甲文雉字見殷虛書契四、43、二。象形。雉，今俗名野雞。甲文又有[illegible]字。見前七、23、六。又有[illegible]字。見前二、11、六。羅振玉曰：「从矢，象以繩繫矢而射。所謂矰繳者也。雉不可生得，必射而後可致之。所謂二生一死者是也。」

⑧

前六、45、一

○

燕

燕

燕 一ㄢˋ (yann)(A swallow.)

說文：「燕，玄（灰黑）鳥也。籋口，布翄，枝尾。象形。」於甸切。

徐鍇曰：「籋音聶。小鉗也。」

羅振玉曰：「象燕籋口布翄枝尾之狀。篆書作燕。形稍失矣！卜辭借為燕享字。」

按甲文，正象燕形。與說解所述合。金文無覯。小篆以後，形變。

⑨

後下18五、

[illegible] 應公尊、

䧹

鷹

鷹 一ㄥ (ing)(An eagle)

說文：「䧹鳥也。从隹。瘖省聲。或从人，人亦聲。鷹，籀文䧹。从鳥。」於凌切。

按鷹為肉食鳥。鉤嘴聳肩。弔眼利爪。甲文鷹字原象形。王靜安釋金文[illegible]字，以為人之養鷹，常在臂腋間。故从亦。𠂆乃側面亦字。今按𠂆為聲符。非會意也。亦鷹陰陽對轉。小篆从疾隹。鷹飛疾，故从疾。疾，省。人聲。許書必為後人所

亂。丁福保曰：「慧琳音義二十九卷十五頁鷹注，引說文『鷙鳥也』……所引者係古本，尚存其真。」

⑩

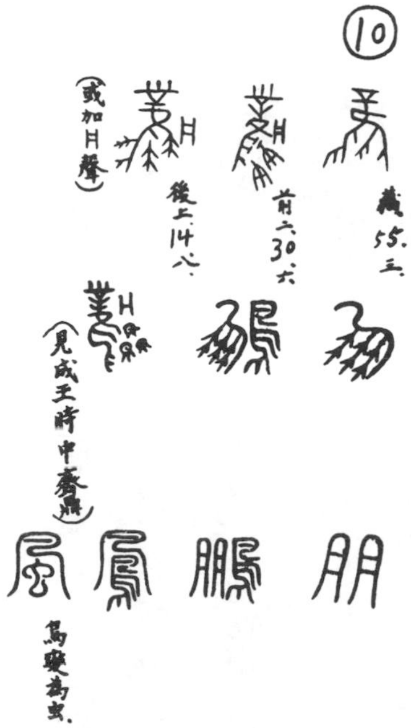

朋　鵬　鳳　風

朋（perng）　鵬（perng）　鳳（feng）（A peacock.）　風（feng）

說文：「鳳，神鳥也。天老曰：『鳳之象也，鴻前麐後，蛇頭魚尾，（鸛顙鴛顋）龍文龜背，燕頷雞喙，五彩備舉。出于東方君子之國，翱翔四海之外，過崑崙，飲砥柱，濯羽弱水，莫宿風穴。見則天下大安寧。』从鳥，凡聲。朋，古文鳳，象形。鳳飛群鳥從以萬數，故以為朋黨字。鵬，亦古文鳳。」馮貢切。

按字原象孔雀之形，頭有簇嶽並出之冠毛，身有五采及鱗斑，羽尾長大，其飛生風。古時以為神鳥，因其飛有風，故卜辭借以為風字。周以後分化為四：①作朋者，通以代倗（友人之字，古作倗从人，朋聲）故後世作朋友字。朋行而倗廢。②周末加鳥為意符，作鵬者，後世以為大鵬鳥。③秦人造鳳

字。漢人寫經作鳳凰字。④秦人又造𠙊字。以虫代鳥。後世風雨字俱作此。猶遠承甲文遺意也。說文「𠙊，八風也。東方曰明庶風。東南曰清明風。南方曰景風。西南曰涼風。西方曰閶闔風。西北曰不周風。北方曰廣莫風。東北曰融風。風動蟲生。故蟲八日而化。从虫。凡聲。𠙊，古文風。」方戎切。說差。

⑪

羽 前二.21.四　羽 前四.29.六　羽 文言鼎羽字偏旁　羽 代七.31.2　羽　羽　羽 以 (yeu) (Feathers.)

說文「羽，鳥長毛也。象形。」王矩切。

按象二羽相疊之形。甲金文形較似。小篆以後，與羽形正相戾。

⑫

西 前四.6.一　西 戩26.四　西 前七.38.二　西 散盤　西 國佐𦉜　西 石鼓　西　西　西 T (Shi)　巢　巢 (chaur) (A nest.)

說文「𠧧，鳥在巢上。象形。日在西方而鳥棲。故因以為東西之西。棲，西。或从木，妻。𠧧，古文西。𠧧，籀文西。」先稽切。

又「，鳥在木上曰巢。从木。象形。」鉏交切。

按，原象鳥巢形。亦巢形。為架於枝柯之巢。為懸於枝下之巢。今人習動物學者皆能知之。是兩形均古巢字名詞。商時兩形均借用為東西之西。周時分化。前者為西。後者為巢。小篆字之，即之變。下加者，加意符耳。至「棲」考非西字之或文。乃集之晚出字。應入會意篇集字下。此處誤沾。、當是「籀」文。見「石鼓」。或是「古」文經中字。此處亦互譌。

⑬

後上.28.八.

師寰簋.

牛

牛 ㄋㄧㄡˊ (niou)(an ox)

說文：「，大牲也。牛，件也。件，事理也。象角頭三，封尾之形。」語求切。小徐遊求反。

按代.二.又鼎有字。又同頁鼎有字。俱象正面牛頭及其兩角兩耳之形。並無封尾。甲文牛字正由此簡化。名詞。牛乃反芻偶蹄類。原為野生。後變為家畜。體大力強。堪為人役。牝牡皆有角。

鈕樹玉新附攷：「經典及漢碑並無件字。玉篇雖有件，而在人部末，俗字中。所引說文云云，則後人本新附增也。……說文當是牛，牽也。牽，事理也。今作件者，蓋後人改。……則牽正與事理合。故疑件為牽之俗字。牛字注中，斷非原文。」

⑭

前期金文 前一.12.四 藏197四 前四50.一

羊 師寰簋

羊

羊

羊 (yang)(A sheep.)

說文:「羊,祥也。从丫,象頭角足尾之形。孔子曰:『牛羊之字,以形舉也』」与章切。

按代,二.2.鼎文有字。又代六.2.彝有字。俱象正面羊頭,及兩角兩耳之形。羊字甲文正由此簡化,並無足尾,更不得从丫。王筠曰:「先有羊,而後有丫。羊字不可从丫也」羊乃反芻偶蹄類,原為野生種。後乃豢養於人。牝牡皆有角。

⑮

後下34.七 前一.26.六

犬 員鼎

犬

犬

犬 (cheuan)(A dog.)

說文:「犬,狗之有縣蹏者也。象形。孔子曰:『視犬之字,如畫狗也』」苦泫切。

按代.二.48鼎有字。又代.二.21.鼎有字。又代.二.16.鼎有字。又代二.38.鼎有字。俱前期金文。而甲文正由此簡化,並正反不拘。金文始(周)又省去其肚皮。後世(或在周末)加句為聲符作狗。犬與狗並非二字。孔子曰

云云，乃緯書臆詎。說文另出狗字。解曰：「孔子曰，狗，叩也。叩气吠以守。从犬，句聲。」古厚切。當併。犬屬食肉裂腳類，無角，為人所畜，性忠勇，用為守户，牧羊，曳撬，助獵等事。

章爾斯世界史綱一九二三年版，第九章，載舊石器時代末期西方人洞壁石刻有曰：「其初期所作圖畫，甚幼稚，如兒童所繪。四足動物，只畫作前一足，後一足。以他面之足不易繪也。」此言與我國古人造象形字四足動物只畫二足者，完全一致。

原文

"In its early stages the drawing is often primitive like the drawing of clever children; quadrupeds are usually drawn with one hind leg and one fore leg, as children draw them to this day. The legs on the other side were too much for the artist's technique"

(16)

藏五二

克鐘

馬

馬 (maa) (A horse.)

說文：「，怒也。武也。象馬頭髦尾四足之形。，古文馬。，籀文馬。與影同。有髦」莫下切。

按：怒也，武也，皆音訓。代十九·11·戈文有字。原象頭，嘴，耳，目，鬣，足，身，尾之

形。馬字甲文正由此簡化。後代漸有改變。周人以目代首。並省去其肚皮。小篆又略省。隸書變方楷則於古意全失。馬屬奇蹄類。最初為野馬。及為人畜而種漸變。性溫順。有記憶力。而善走。壽約二三十歲。四五歲至十四五歲間。適任勞役。

⑰

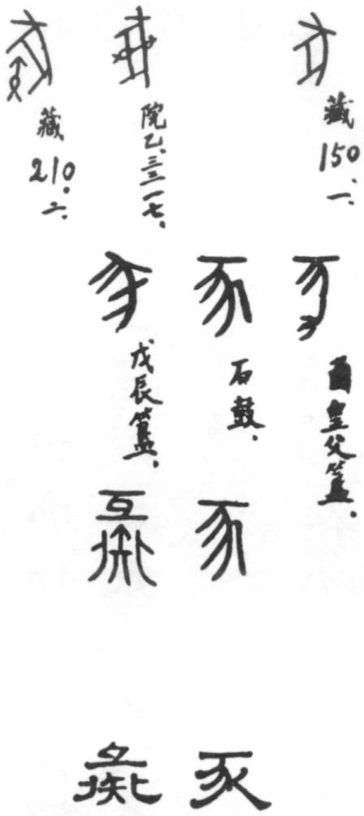

豕ㄕˇ (shyy)
彘ㄓˋ (jyh)
(A boar.)

說文：「豕、彘也。竭其尾、故謂之豕。象毛(段曰、毛當作頭四二字、轉寫之誤)足而後有尾。讀與豨同。」按今世字誤以豕為豕。彖為象。何以明之？為啄琢从豕。蠡从彖。皆取其聲。以是明之。」式視切。

說文：「彘、豕也。後蹏廢故謂之彘。从彑矢聲。从二匕。彘足與鹿足同。」直例切。

說文：「豨、豕走豨豨。从豕希聲。古有封豨脩蛇之害。」虛豈切。

段玉裁於「竭其尾故謂之豕」下注曰：「此與後蹏廢故謂之彘。相對成文。於其音求其義也。立部曰：『竭、負舉也。』豕怒而豎其尾。則謂之豕。」

又說文：「豬，豕而三毛叢居者。从豕。者聲」陟魚切。
徐灝曰：「三毛叢居，何以謂之豬，其義未明。爾雅曰：『豕子，豬。』蓋豬之言諸也。謂其羣衆耳。三毛字疑有譌誤」
按代六、22彝有字。甲文豕字正由此簡化。豕尾有時擧而不垂。故說解豕下云竭其尾。雙引號內文句，疑後人所注。鈔者又誤入正文也，當刪。甲文或加矢聲作彘。省作彘（甲金或通段以代失，用為動詞）流為彘。後世或於豕加者聲作豬。流為豬。俗譌作猪。後或又於豕加希聲作豨。流為豨。成語封豕長蛇，亦作封豨脩蛇。後或又於豕加㐅聲作彖流為彖（讀若弛）式視切。王筠疑為豕之重文。是也。是故豕、彘、豬、豨、彖，五字一字。

⑱

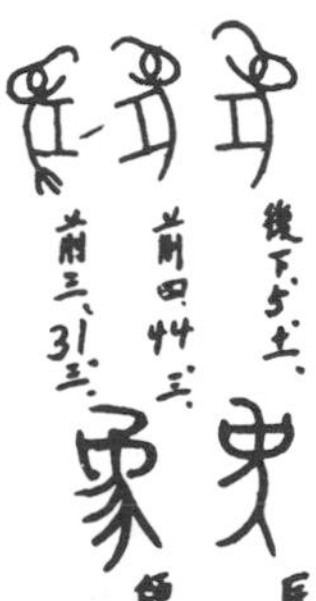
後下5、十一。前四、44、三。前三、31、三。臣辰卣。
象　師湯父鼎。
象
象

象　ㄒㄧㄤ　(shiang)(An elephant.)

說文：「象，南越大獸。長鼻牙。三年一乳。象耳牙四足尾之形」徐兩切。
按代二、17鼎有字。及甲文一二兩形俱象長鼻豐首巨身及前後足與尾之形。狀象如繪。第三形著尾如馬尾本不倫。但金文以下各體沿之文

字中凡四足動物均只畫側面兩足。除牛羊畫正面頭外，無不如此。凡許言象四足形者均誤。

⑲ ○ ○ 鼠 鼠ㄕㄨˇ (shuu) (A rat.)

說文：「鼠，穴蟲之總名也。象形。」書呂切。

徐鍇曰：「上象齒，下象腹爪尾。鼠好齧傷物，故象齒。」

按詩「相鼠有皮」是周時已有鼠字。甲文字乃武丁婦名。或以為即鼠。象鼠食米形。是否待攷。

⑳ 前四.52.六. 拾.13.六. 前六.[illegible].六. ○ 兔 兔ㄊㄨˋ (tuh) (A hare.)

說文：「兔，獸名。象踞後其尾形。兔頭與㲋頭同。」湯故切。

王筠曰：「謂蹲踞之時，其足後于其尾也。」

按說文有兔無免。錢氏大昕以為兔免當是一字。漢人作隸誤分之。今按錢說非也。免字金文作，从人戴冕形。乃冠冕之初文。與兔字異。篆後人譌書形近。詳下文，"倚文畫物"，"本形本意"項下。

㉑

前二.14.四.
⿱㲋膚偏旁.

井季卣
⿱㲋史偏旁.

石鼓
⿱㲋史偏旁.

㲋

㲋 ㄔㄨㄛˋ (chuoh)(A wild cat)

說文：「㲋，獸也。似兔，青色而大。象形。頭與兔同，足與鹿同。，籒文。」丑略切。

按商文見卜辭前二.14.四片，⿱㲋膚字偏旁。周文見井季卣及石鼓文⿱㲋史字偏旁，俱象獸形。或即貍屬也。玉篇有⿱㲋史字，解曰：「生箕切。獸，似貍。」字當是从㲋，史聲。

㉒

○

萈

萈 ㄏㄨㄢ (huan)(A kind of antelope.)

說文：「萈，山羊細角者。从兔足，首聲。讀若丸。寬字从此。」臣鉉等曰：「首，徒結切。非聲。疑象形。」胡官切。

臣鍇按本草注：「萈羊，似麢羊。角有文。俗稱羱。」

徐灝曰：「萈字又作羦。廣韻：『羦，山羊細角而形大也。』……爾雅，釋獸：『羱如羊。』……一切經音義八，引廣志作羦。並字異義同。萈不當从首聲。……鼎臣云，象形得之。」

顏思古注急就篇曰：「西方有野羊，大角。牡者曰羱，牝者曰羦。」……

按王筠林義光亦均以為全象形。首非聲。金文見齊侯盤字偏旁。又莧，莧菜也。从艸，見聲。侯澗切。與此別。

㉓

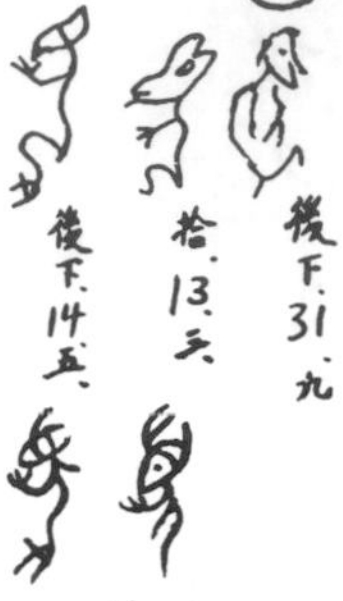

(夒) 夒 猴

(夒) 夒 猴

(夒) 夒 猴 (猱) (獶)

(rou) (hour) (A monkey.)

說文「猴，夒也。从犬，矦聲」。乎溝切。

又「夒，貪獸也。一曰母猴，似人。从頁，巳，止，夂其手足」。奴刀切。

段云：母猴與沐猴、獮猴，一語之轉。母非父母字。詩小雅作猱。……樂記作獶。

隸之變。鄭曰『獶，獮猴也』。

按金文有字。見代二·8·鼎。又有字。見代二·15·鼎。與猴字甲文、

俱象形。夒、猱、獶、猴，乃一字之異作。惟夒為象形字。篆文增者，蓋

象其懷子之形。憂字應从心。夒聲。憂即夒之變也。今脫節，不成字矣。

㉔

○ 夔 夔 夔 ㄎㄨㄟˊ (kwei)(A monkey with face like man's.)

說文「夔，即魖也。如龍，一足。从夊。象有角手人面之形」。渠追切。

林義光文源，始以為夔。

王筠曰「即者，辨正之詞。漢書揚雄傳『捎夔魖而抶獝狂』……夔魖與獝狂對

舉。獝狂無異訓，則夔魖亦非兩物矣……廣韻魖下云『夔魖，蝄蜽，木石

之怪也。』說文：『魖，耗鬼也。』張之洞曰：『魖為耗鬼。亦是獸屬。非神靈也。』韋昭說夔為山繅。後世變作山魈。……亦獸屬。非神靈。

按此字初形見商代銅器小臣俞尊銘曰：「丁巳，王省且（祖）。王錫小臣俞貝。惟王來征尸（夷）方。惟王十祀又五。彤日。」字於此為地名。似即夔字之初文。象形。殆罕見之禺屬動物也。

㉕ ○

史頌簋 陽偏旁

禺

禺 ㄩˋ (yu) (A long-tailed monkey.)

說文：「禺，母猴屬。頭似鬼。从甶。从禸。」牛具切。按古音如偶。

按山海經傳曰：「禺似獼猴而大。赤目長尾。」此云母猴。母即獼字之通叚。甶為人皃之象形文。⊕則似人皃非人皃。故曰鬼頭。禺从此形者，謂其頭似人非人也。禸，周初以來，恒以表蟲或獸之足與尾之形。非文字。禺字合兩形成文。意謂頭似人非人，而有足有尾之獸也。全象其形。長尾之猴也。名詞。

㉖ ○

石鼓 古逸偏旁

彖

彖 ㄊㄨㄢˋ (tuànn)

蝯

蝯 ㄩㄢˊ (yuan) (An ape.)

說文：「蝯，善援禺屬。从虫。爰聲。」臣鉉等曰：「今俗別作猨。非是。」雨元切。

玉篇：「猿似獮猴而大。能嘯也。」
干祿字書曰：「猿、俗。猨通。蝯、正。」
雷浚說文外編補遺：「玉篇下犬部：『猨，于元切。似獮猴而大。能嘯也。』猿、俗。說文無猿字。亦無猨字。」
按石鼓文高原之原作。說文謞其形作。解之曰：「高平之野。人所登。」是故鼓文偏旁、乃其音符也。字正象巨口廣肩。及足與封尾之形。乃猿之象形文也。及篆隸以下。形變相殊。然緣、椽、瑑、篆等字以之為聲符。猶可追尋。

㉗ ○ ○ 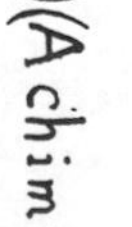 𥜽 𥜽（𥜽）(fey) (A chimpanzee.)

說文：「周成王時州靡國獻𥜽。𥜽人身反踵。自笑。笑即上脣弇其目。食人。（段云：以上見周書王會篇。郭璞云：『亦見尚書大傳。』北方謂之土螻。爾雅曰：『𥜽、如人。被髮。』讀若費。一名梟陽。从禸。象形。」符未切。
按𥜽亦作狒。俗又作𤢿。審其形態。即今所謂猩猩也。象其頭被髮之形。禸則獸足尾之通形也。

㉘  (jyh) (A jackal.)

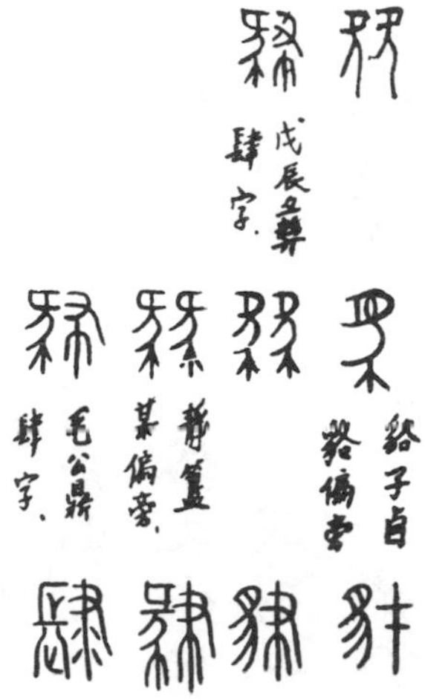

豺　貄　𨽸　隸　肆

豺ㄔㄞˊ(chair)　貄　貄　隸　肆ㄙˋ(syh)

說文：「豸，獸長脊，行豸豸然，欲有所司（伺）殺（也象）形。」池尔切。

段玉裁曰：「古多段豸為解廌之廌，以二字古音同也。」

徐灝曰：「象側視之形。……豸自是猛獸，故貔貙豺豹等字皆从之。」

按司通伺，也象二字，據沈濤古本攷補。徐鍇曰：「欲有所伺殺，謂其行緩也。」苗夔曰：「豸之言遲也。」豸字甲文屢見，茲取前四·53頁字，金文取毛公鼎肆字偏旁，及貉子卣貉字偏旁。本意為貪猛噬殺之獸，即豺也，典籍或通以代解。左氏宣公十七年傳「庶有豸乎！」杜注「豸，解也。」乃同音通段。

秦人加才為聲符作豺。說文：「豺，狼屬，狗足，从豸，才聲。」士皆切。一切經音義十一引蒼頡解詁：「豺似狗，白色，有爪牙，迅捷善搏噬也。」禮王制：「豺祭獸，然後田獵。」呂氏春秋季秋紀「豺則祭獸戮禽」注云：「豺，獸也，似狗，而長毛。」

其色黃。於是月殺獸，四圍陳之。世所謂祭獸」。左氏文元年傳：「蠭目而豺聲，忍人也」。史記秦始皇本紀：「秦王為人，豺聲」。似此則豺為體瘦而貪噬殺之獸甚明。與說文所云：「獸長脊，行豸豸然，欲有所伺殺也。象形」。意合。字在商周或作複體。或又加殺(古拭字。見會意篇)為聲，作𧳜(見商紂王時〝戊辰彝〞及周宣王時〝毛公鼎〞)。此形秦漢以來，譌變甚歧，詳如上列。

說文：「𦘔，習也。从聿，㣇聲。𦘔，籀文肆。𦘔，篆文肆」。羊至切。說解於形意俱非，所謂籀文篆文亦俱誤。又雷浚說文外編曰：「肆，釋獸『肆，脩毫』。說文無肆字。部首：『㣇，脩毫獸。从彑，下象毛足。讀若弟』。此脩毫之正字。陸釋文曰：『肆本又作𨽻』。案說文亦無𨽻字。釋獸『貍子𨽻』，陸釋文曰：『𨽻，眾家作肆。又作隸』。案隸，說文正體。肆，俗體。無𨽻字」。章太炎文始曰：「說文：『㣇，脩豪獸。从彑，下象毛足。讀若弟。古文作𢑚』。此古文變易也。亦變易為『𦍒，㣇屬。从二㣇。古文又作𦍒』。此則舒為齒音矣。㣇蓋與豸同物。從長脊言，為豸；從脩毫言，為㣇。狐、貒、貙、貍，皆兼二事。豸、㣇古音並如弟。釋獸又㜽以㣇為貍子(變作𨽻)，本或以隸為之。夏小正：『七月貍子肇肆』。說文引書：『𦍒類於上帝』。今亦作肆。然則𦍒又同㣇音也。小正之肆，傳訓肆為殺。取豸欲伺殺義也。說文，古文殺作𢑚。即㣇字。然則變舌為

齒，轉攴入㒸，然後孳乳為殺戮也」。

茲據各家說，理之如次：

(一)肆為豸之累加字。音義不變，音伺，音才，音似，音以，均一音之轉。

(二)引申段借為

⑴伺殺。動詞。廣雅釋詁「肆，殺也」。如詩皇矣「是伐是肆」。論語「吾力猶能肆諸朝」。

⑵犯突。動詞。小爾雅「肆，突也」。左氏文十二年傳「若使輕者肆焉其可」。注「肆，暫往而退也」。

於是統計非引申段借得六意。同音通段得二十五意。俱詳本書段借及通段篇。

㉙

說文：「㣇，修豪獸。一曰河內名豕也。从彑，下象毛足。讀若弟。㣇，籒文。㣇，古文」羊至切。

又：「㣇，蟲。似豪豬。从㣇。胃省聲。或从虫作」。于貴切。

孫詒讓曰：「為古文㣇字。說文：『㣇，修豪獸。一曰河內名豕也。从彑。下象毛足。讀若弟。』『籀文作』，『古文作』。此文簡畧耳」。

近人郭氏釋甲文字曰：「此字當讀為祟。如卜辭『貞甲王？（林二·二）』『貞：父乙不。（林一·二）』即言人鬼為祟」。

按此字甲文俱象刺蝟之形。即蝟之初文也。名詞。文人用字，以其行走如鼠兔，拳曲如刺球。鬼蜮善變。故借以為鬼祟之祟。動詞。周秦間另造新字祟。說文：「祟，神禍也。从示出聲。」（依繫傳補聲字）此亦先用借字，後造專字之一證。秦時兩字分化。神禍字由祟字流傳。刺蝟字形既變為㣇。意亦只存修豪獸。時人乃另就籀文而加胃省聲作字。又借為蝟集形容詞。而形經隸楷，復變為彙。於是僅由或文蝟以傳至今。

(30)

前四·卌·五。 召伯虎簋。 虎 虎 ㄏㄨˇ (huu)(A tiger.)

說文：「虎，山獸之君。从虍。虎足象人足。象形」。呼古切。

按金文有  字。見代·七·1 簋文。又有  字。見代·七·1 簋文。

與虎字甲文，俱象巨口利齒，文身，長尾之形。而虍為虎首之變形，非文字也。說文立虍為部首，誤。故凡說解以為从虍之字，實皆从虎省也。

(31)

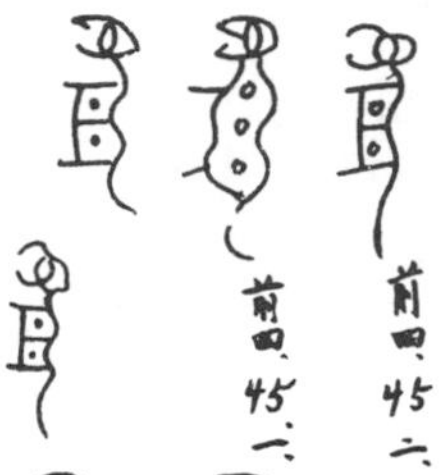

○ 　豹　豹 ㄅㄠˋ (baw)(A leopard.)

說文：「豹，似虎。圜文。从豸。勺聲。」北教切。

按字原象虎形，而身有圜文，是豹也。其身作點者亦是圜文之省。周文豹字無覿。秦篆有豹字。又說文皃下曰：「貌，籀文皃。从豹省。」籀文乃戰國秦文。則字作豹者，始於戰國秦矣。秦篆有貔字。亦省作豼。說文：「貔，豹屬。出貉國。从豸。毘聲。詩曰：『獻其貔皮。』周書曰：『如虎如貔。』」字林：「貔，豹屬。一曰白狐。」爾雅釋獸：「貔，白狐。」郭云：「一名報夷。」今按「報夷」，擬貔之音也。「白狐」，擬豹之音也。貔與豹疑是一字之異作。

(32)

○ 　𤉡　𤉡 ㄙˋ (syh)(A rhinoceros.)

　兕　兕

說文:「𤉡,如野牛而青。象形。與禽离頭同。兕,古文从儿。」徐姊切。

按甲文從唐蘭釋𤉡應即犀之異名也。一角。而山海經:「禱過之山,其下多兕犀」兕犀並舉,何也?說解疑有脫文。

藝文類聚卷九十五引作「如野牛,青(色)皮堅厚。可以為鎧。嶓冢之上,其獸多兕。」

徐鍇曰:「爾雅:『𤉡,似牛。』注:『一角,青色,重千斤。』」

王筠曰:「𤉡作兕者非。然當作𤉡。」

饒炯曰:「爾雅云:『兕似牛,犀似豕。』南山經云:『禱過之山,其下多兕犀。』亦對文為異物。據許說,犀兩角。一在鼻,一在頂。爾雅:『犀似豕。』注云:『三角,一在頂。一在額上,一在鼻上。』而海南經云:『兕,其狀如牛,蒼黑,一角。』爾雅:『兕似牛。』注云:『一角,青色。』據此,以一角者為兕,二角而頭似豕者為犀也。」

按饒說即古籍分兕犀為二物之故。然,以今動物學言之,兩者實一物。非有二也。

(33)

前三.32.四.

召伯虎簋

慶偏旁.

廌

廌 ㄓ (Jyh) (An goat like animal with one horn.)

說文:「𢊁,解廌。獸也。似山牛,一角。古者決訟令觸不直。象形。从豸省。」宅買切。直倚切。

徐灝曰：「或云似鹿。或云神羊。或云山牛者。蓋此獸本罕見。各擬其形似耳。豸象形。从豸省，三字衍文。」

按廌似山羊。獨角。而其尖分歧。亦名獬。或通段以豸字代之。日本內外動物原色大圖鑑第九圖之四，載一獸，似山羊，一角。而上端分歧，列為牛科。野屬。可家畜。毛長可剪用。肉亦可食。殆即我國古人所謂廌也。又慶字金文作（見召伯虎敦）明明从心。廌聲。篆文譌變作。說文乃解之曰：「行賀人也。从心。从夂。吉禮以鹿皮為贄。故从鹿省。」丘竟切。此因形變而說誤也。漢武帝郊祀，得一角白鹿。以為祥瑞。亦將燎祭。疑即廌類物。

㉞

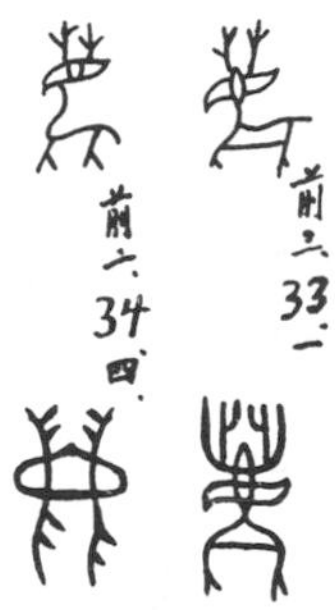

前二.33.一　前六.34.四　（石鼓）　貉子卣　（命簋代八.31）

鹿　鹿　鹿　ㄌㄨˋ　(luh)(A deer.)

說文：「鹿，獸也。象頭角四足之形。鳥鹿足相似，从匕。」盧谷切。

按字全象形。頭有枝角。小篆角省不分歧。甲金文形完者，及小篆，均畫其腹。隸楷省之且前後各只一足。隸楷形變如比。鹿為反芻偶蹄

類。體癯弱。四肢細長。前二趾踏地。有蹄。尾短。牡者有支形角一對。牝者無之。性温順。善走。常以一牡多牝而成羣。感覺敏銳。不易獵獲。

㉟ 

前四.47.七　石鼓

麀 ㄧㄡ (iou) (A female deer)

說文：「，牝鹿也。从鹿。从牝省。䴦，或从幽聲。」於糾切。

按：牝鹿無角。代二·8鼎有字。與甲文俱象形。周變為會意。（見石鼓文。）从匕鹿。作䴦者，則形聲。从鹿。幽聲。

㊱ 

麂 ㄐㄧˇ (jii) (A muntjac)

麔　麔

說文：「 大麇也。狗足。从鹿。旨聲。麂或从几。」居履切。

按：麂之為物，似羊又似鹿。古人以其似羊，故書作羊頭。後人以其似鹿，故書作鹿頭。 本象其身足及尾形。後變為几聲。古文字如此變化，即唐立菴所謂"象意聲化"者也。字應以麂為正文。以麔為或文。甲文字羅振玉釋羌。近人郭氏釋狗。皆非。縉始釋為麂。茲復推之曰：

字形作□或□者，商周文反正不拘。凡獵者所獲之麑，均是如此。其有作□者，象其伏卧之形。其有作□者，象其尾之有肥大者也。其有作□，□，□，□，□，□，□，麑雖野獸，亦可短時芻養：其頸或加有械繫者也。

其捕之之法，

或曰□□。即追麑。

或曰□□。即獲麑。

或曰□□（□，从止，从□。會意）

□□（□，从止。□即土，即地，聲）

□□（□，从□省。□即土，即地，聲）

以上三字同意。即桎麑（或絆麑）也。

或曰□□。即械麑（或枷麑）也。

或曰□□。即執麑也。

或曰□□。即圉麑也。

麑亦為貢品。甲文用"來"，"或"攜"為"貢"。如

庚子卜㝑。貞翌甲辰，用望乘來□。（契五九六）

貞：[甲骨文]來一[甲骨文]，一牛。（院甲五二五。）

己卯卜，穷。貞：翌甲申。用射[甲骨文][甲骨文][甲骨文]，自上甲。（契二三五。）

（[甲骨文]，郭釋挈。按即攜。）

己亥，貞：用望乘呂[甲骨文]，自上甲。（佚，八七五。）（呂，即古梠。此處通攜。）

□未卜，殼貞：[甲骨文][甲骨文][甲骨文]。（院，乙，二四六六。）

貞：[甲骨文]不其[甲骨文][甲骨文]。（院，乙，二六五九。）

取麃自龍曰[甲骨文][甲骨文]。即出麃。

殺麃以祭曰[甲骨文][甲骨文]。即用麃。或曰[甲骨文][甲骨文]。即御麃。（御通用）或曰[甲骨文][甲骨文]。

即又麃。（又通用。）

麃最通常用為祭牲。如甲文

……酒報于上甲。九[甲骨文]。卯一牛。（後，上，二八二。）

甲午卜，貞：翌乙未，出于且乙。[甲骨文]十又五。卯宰。又一牛。（佚，一五四。）

又古者人君祭祖先，有迎牲之禮。于省吾引周禮、大祝，禮記，明堂位、祭統、祭義之說。是也。如甲文

王于宗門逆[甲骨文]。（院，甲，八九六。）

王于南門逆[甲骨文]。（于省吾藏明義士墨本。）

至用牲之法，

或曰□□。即伐麂。（伐，殺也。）

或曰□□。即斬麂。（□即說文𠕋字。告也。从口。冊聲。疑以同音通斬。）

或曰□□。即椎麂。（𦀚按□象以手持椎擊蛇蟲出血水致死之形，古稱椎牛宰羊。此即椎牛之椎之初文也。）

或曰□□。即刳麂。（□、即商紂刳孕婦之腹之刳。原从戚刳彙會意。）

或曰□□。即卯麂。（卯即古剖字。）

或曰□□。即箙麂。（箙通副。副，即副。副，判也。）

或曰□□。亦曰□□。即俎麂。（俎，即俎醢之俎。細切其肉也。）

□，甲文又段為殛。動詞。說文：「殛，殊也」。（按後世通作誅。猶殺也。書：「殛鮌於羽山」。）

丙午卜，翌甲寅，酒□，御于大甲。□百□。卯十牢。（粹一九〇。）

（按此刻行欵錯落。粹編原釋誤脫午字。□字下文是□非畢。□百□。上□字，粹編以為狗字，通𦎫。今則以為麂字，通殛也。）

十又五人。王受又（祐）。（粹五九三。）

其又十人。王受又。（粹五九四。）

貞三人。卯宰，又一牛。（粹五五七。）

亦用為山名。與山字合書。如甲文

王田于。（院甲三九四一。）

戊戌，王卜貞田。往來亡災。王乩曰：吉。茲御。獲鹿四。（前二·35·二。）

戊申卜。貞其雨。今日王田。不冓雨。茲御。（前二·35·三。）

又用為國邑之名。如甲文

勿人呼伐。（院乙四五九八。）（伐此處為討伐之伐。與前片訓殺者視上下文分別之。）

壬辰卜，爭貞：我伐。（佚六七三。）

貞：弗。（庫一五九一。）

辛巳卜貞。婦好三千登旅一萬。呼伐。（庫三〇一。）

貞：。十三月。（拾·五·五。）

。（庫七〇六。）

。（庫五二九。）（按疑即圍攻之圍。）

□國亦稱□方。如甲文

癸卯卜宂。貞：□□乎命□□□方。十月。(前．六．60．六。)

貞□□方伐。(院甲二七一四。)

□國亦有時騷擾殷之東邊。如甲文

壬子卜，王。貞：□其□于東。

壬子卜，王。貞：□不□于東。(粹．一二九四。)

(按□，象一人持篙蕩舟之形。此處借用為蕩搖邊疆之蕩。左傳，呂相絕秦「以來蕩搖我邊疆」字法正與此同。)

殷時有杞國，稱杞侯。此處□不知是否通段以代杞。杞，夏後。姒姓。地原在今河南開封府杞縣。若□即杞，則地望正在殷之東方也。

又□殷王或以為號。如

□丁 □甲。即沃丁 沃甲。(于省吾以為字之譌，非音之變也。)

(37)

藏110．三

石鼓

麋 (mi) (A kind of deer.)

說文：「麋，鹿屬。从鹿。米聲。麋，冬至解其角。」武悲切。

王筠曰：「顏注急就篇：『麋似鹿而大。目上有眉。因以為名也。』」
按甲文象形。而其二角亦有短歧前出如眉然。故字以其頭聲化作眉（𠃬古眉字。）石鼓變為从鹿米聲。後遂仍之。鹿或有梅花紋。麋均無之。而色稍幽褐。

㊳

拾13二

○

麟　麐

麟ㄌㄧㄣˊ　麐

（lin）（A giraffe）

說文：「麟，大牝鹿也。从鹿。粦聲。」力珍切。
徐鍇曰：「書傳多以為麒麐字。」
說文：「麒，仁獸也。麋身。牛尾。一角。从鹿。其聲。」渠之切。
又「麐，牝麒也。从鹿。吝聲。」力珍切。
玉篇：「麐，為麟之重文。」
王筠曰：「疑春秋以其單名麟。戰國以後始双名麒麟。而麟又別立專字作麐。訓詁家強分以牝牡。」
玄應引說文：「麒，麢身。牛尾。一角。角頭有肉。不履生蟲。不折生艸。音中律呂。行中規矩。不入陷網。文章彬彬然。亦靈獸也。」

按此即今人所謂長頸鹿也。頭有肉角二。

(39)

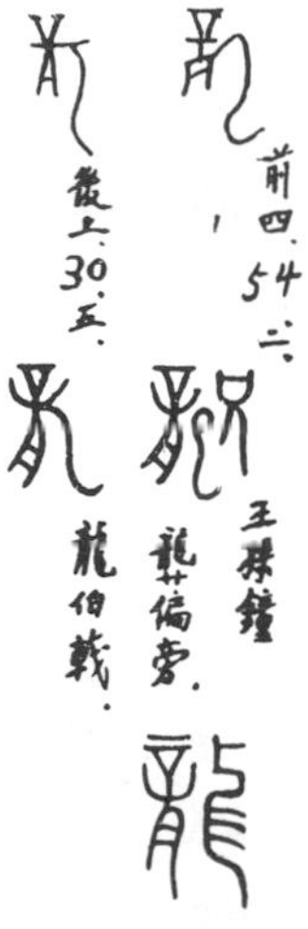
前四.54.二　後上.30.五　王孫鐘　龍作偏旁　龍伯戟

龍

龍　ㄌㄨㄥˊ　(long) (A dragon.)

說文「龍鱗蟲之長能幽能明能細能巨能短能長。春分而登天。秋分而潛淵。从肉。飛之形。童省聲」力鐘切。

臣鉉等曰「象夗轉飛動之皃」。

羅振玉曰：「卜辭或从平。即許君所謂童省。从 月 象龍形。月，其首。即許君誤以為从肉者。乙，其身矣！或省平。但為首角全身之形」

按龍不知為何物。或曰即今之鱷魚。鱷即鰐。亦即蝴。說解云云已屬神化。

甲文首上作平者，與鳳首同。象簇（嶽）並起之形也。鰐本兩棲。不列蟲魚而側於獸類者以其靈怪也。

(40)

青1.二　藏62.三　馭方鼎

角

角　ㄐㄩㄝˊ　(jyue) (A horn.)

說文「角獸角也。象形。角與刀魚相似」古岳切。

按此殆畫牛角之形。遂以為凡獸角之稱。

㊶

冎（冎）

骨 ㄍㄨˇ（冎）（guu）（The head of a bone.）

說文：「冎，剮人肉，置其骨也。象形。頭隆骨也。」古瓦切。

說文：「骨，肉之覈也。从冎，有肉。」古忽切。

徐灝曰：「血肉字皆取義於牲血胾肉。則骨亦當然。即以為象人骨，亦不必剮肉置骨，始見其形。許說稍甚。」

按：冎，應為骨頭隆狀。後又加意符肉作骨耳。冎與骨實為一字。說解「剮人肉置其骨也」一句，應是下文別字下語。謂別字作冎刂者，乃剮肉置骨之意。故从冎从刀會意。後世錯簡在此。又復鈔譌。故徐以許說稍甚。

㊷

前一、29、四 膏偏旁。

前二、15、一、膏偏旁。

秦公簋 膌偏旁。

肉

肉 ㄖㄡˋ（ruh）（A Piece of meat.）

說文：「肉，胾肉。象形。」如六切。

徐鍇曰：「肉無可取象，故象其為胾。禮，鄭注：『胾，切肉也』。」

段玉裁曰：「生民之初，食鳥獸之肉。故肉字最古。而製人體之字，用肉為偏旁，是亦叚借也。人曰肌，鳥獸曰肉。此其分別也。」

饒炯曰：「象胾臠平面之形。中乃肉之紋理。以生肉難象，取象於胾。與血同意。」

按徐段饒說均是。

(六)人體 Human Body

①

大　大ㄉㄚˋ (dah) (A man from the front.)

說文：「大　天大，地大，人亦大。象人形。古文人也。」特奈反。(錄繫傳)

又：「亣，籀文大，改古文。亦象人形。」他蓋切。

按代二1.鼎有字。與甲文大字俱象正面人形。甲文猶見兩膝。應是人之初文。如等字所从之大俱是人意。後借為大小之大。如奕奄等字所从之大，俱是大意。本意為人。其所以借用為大小之大者，即所謂天大，地大，人亦大也。此字久而為借意所專。乃另造側面人。見下。

至大字為偏旁居下者，秦漢間人或譌書作介。故說文贅立介部。當併。

②

人　人ㄖㄣˊ (ren) (A man from the side.)

說文：「人　天地之性最貴者也。此籀文。象臂脛之形。」如鄰切。

又：「儿，仁人也。古文奇字人也。象形。孔子曰：『在人下，故詰屈。』」如鄰切。

按此字原象側面人形。甲金文皆然。非必籀文。小篆以後，形變不類。至儿字為偏旁居下者，秦漢間人或譌書作儿。故說文贅立儿部。當併。孔子曰云云，出緯書。

③

女　女ㄋㄩˇ (nieu) (A woman.)

說文：「㚢 婦人也。象形。王育說。」尼呂切。
按古者掠婚。此象人跪地而雙手被縛之形。故為男女之女。

④

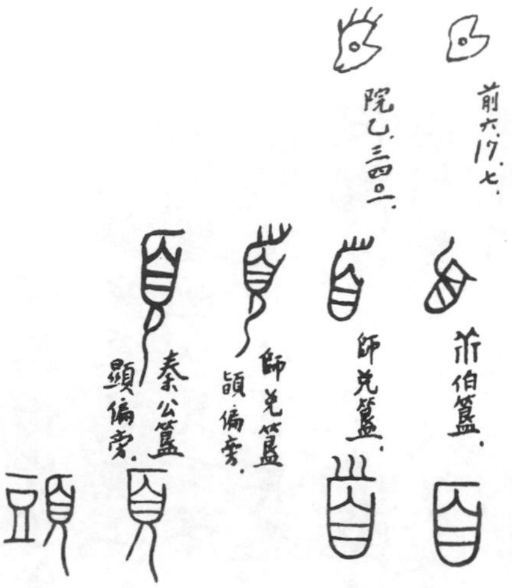

(百)　首　頁　頭

(百)　首ㄕㄡˇ (shoou)　頁ㄧㄝˋ (yeh)　頭ㄊㄡˊ (tour)

(A man's head.)

說文：「𦣻 頭也。象形。」書九切。
又：「𩠐 百同。古文百也。巛象髮。謂之鬊。鬊即巛也。」書九切。
又：「頁 頭也。从百。从儿。古文䭫首如此。」胡結切。
又：「頭 首也。从頁。豆聲。」度侯切。
按第一字象人頭形。象頭及耳。並非頭有缺也。小篆以後，只見於偏旁。第二字象人頭有髮形。直傳至今。第三字於首下增人字。亦只見於金文偏旁中。小篆以後無傳。第四字於百下增人字。直傳至今。存於偏旁中。獨行者

音變為葉。亦通以代書葉。第五字於頁旁加音符豆。讀度侯切。其意不殊。此五字為一字之變。英文意為 head。

⑤

□ 前五.8.五、
□ 後下.37.五
 前六.3.七

● 戊寅鼎、
 毛公鼎、
● 虢季盤、

个　天　頂

丁　天　頂

丁ㄉㄧㄥ (ding)
天ㄊㄧㄢ (tian)
頂ㄉㄧㄥˇ (diing) (The top of a man's head.)

說文：「个，夏時萬物皆丁實。象形。丁承丙。象人心。」當經切。
又：「天，顛也。至高無上。从一大。」他前切。
又：「頂，顛也。从頁。丁聲。頂或从𩑋作。䪷籀文。从鼎。」都挺切。
又：「顛，頂也。从頁。真聲。」都季切。
顁，釋言：「顁，題也。」說文無顁字。
又：「題，額也。从頁。是聲。」杜兮切。
按●即頂之象形文。象人之頭頂。所謂圓顱方趾也。甲文作匡郭，且作方形者，就刀筆契刻之便。並非商文如此也。自此字借為天干第四名。習用既久，乃於其下加（人）為意符作。以還頭頂之原。旋●與先後復

通段以代上帝之帝。(帝本蒂之初文。借用為上帝在●與[glyph]字之先。)而[glyph]又借為上天同雲之天。於是於丁旁加頁為意符作頂，以還頭頂之原具後又有顚顛題，題，等字。皆頂字之異文。是故天不从一大而天與顛為古今字。「至高無上」僅是釋天之借意而已。至以夏時釋丁。乃陰陽家言。丁象人心。乃命相術士之言。皆非造字之本。不可從也。

⑥

囟

囟 ㄒㄧㄣ (shinn) (The skull.)

說文：「⊠，頭會𡿺蓋也。象形。[glyph]，或从肉宰。[glyph]，古文囟字。」息進切。

王筠曰「當依"繹山碑"[glyph]字作⊠。頭之會𡿺之蓋也。……[glyph]疑當作巛⊠。[glyph]字所從即此也」。

按王說是也。思字从之得聲。腦字从之得意。

⑦

前五.40.二　盂鼎.

白　皃　貌

白 ㄅㄛˊ (bor) (Features.)

皃 ㄇㄠˋ (maw)

貌 ㄇㄠˋ (maw)

說文：「白，西方色也。陰用事，物色白，从入合二。二，陰數。[glyph]，古文白。」旁陌切。

又「皃，頌(容)儀也。从人。白象人面形。貌，皃或从頁。豹省聲。貌，籀文皃。从豹省。」莫教切。

按白應即貌之初文。象人面及其束髮形。面字作。見下文"倚文畫物類"意只謂囗中有目者是面。不連束髮。故與白別。白借為黑白之白與伯仲之伯，乃又加人為意符於其下作皃。戰國秦人又加豹省聲作貌。其作額者，應較晚出。至今人謂白為朝日之有光形。故曰東方發白。又或以白原為伯之初文，象大拇指上端，皆臆說也。說解雜陰陽五行家言，不可據。

⑧

耳　耳ㄦˇ (eel) (A man's ear.)

說文:「耳，主聽也。象形。」而止切。

按甲文字象自前視人右耳之形。反之作者，應即人之左耳。卜辭:「貞:疾。佳有壱(害)。」(珠:二七一) 即貞問耳疾將有害否也。

⑨

目　目ㄇㄨˋ (muh) (A man's eye.)

說文:「目，人眼也。象形。从二。重童子也。古文目。」莫六切。

按字原象人目形。不見重童子。如甲文
貞：有疾[?]、[?]。貞：有疾[?]。不其[?]。(院乙、九六〇。)
貞：王[?][?]。王[?][?](毋不：)其[?]。(院乙、三〇一八。)
貞：国亡疾[?]。(續、六、8、七。)
貞：王其疾[?]。 
貞：王弗疾[?]。(院乙、二二三六。)　按[?]為龍字。通段為痛。

⑩

谷口角、
口　口(ㄎㄡˇ)(Koou)(A man's mouth.)

說文：「口，人所以言食也。象形。」苦后切。
按字應原作口。象人口形。變作口以後，已文字化矣。言與食，是口之功用。
今凡從口旁之字，猶可分言食二類。如呼，叫，唱，告，吾，嘆，嗟，商，問，言之類也。嚼，呑，咀，嚥，嗜，哺，食之類也。
甲文：「貞：疾口。」(武丁時卜辭。)問王之口疾如何也。(院乙、一四六三。)

⑪
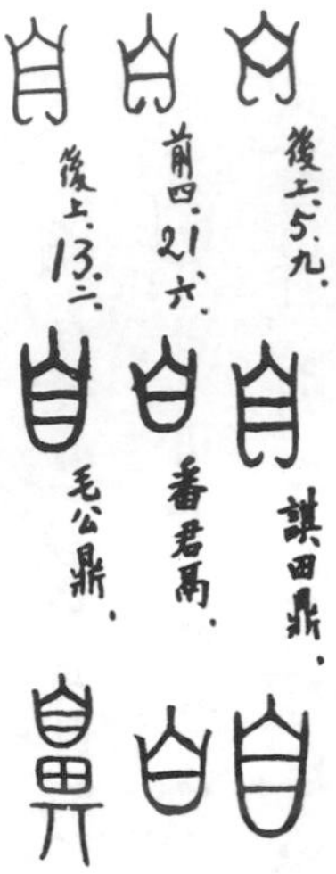

自　自(ㄗˋ)(tzyh)
鼻　鼻(ㄅㄧˊ)(byi)(A man's nose.)

說文：「自，鼻也。象鼻形。𦣹，古文自。」疾二切。
又：「白，此亦自字也。省自者，詞言之气，从鼻出，與口相助也。」疾二切
又：「鼻，引气自畀也。从自、畀。」父二切。
按：徐灝曰：「自，即古鼻字。ㄩ，象鼻形。中畫，其分理也。…… 因為語詞所專，復从畀聲為鼻。今自與鼻不同音者，聲變之異也」是也。所謂語詞者即借為從，為己也。卜辭曰：
貞：有疾自。隹(其)有𡆥(害)。（院：乙、六三八五。）
貞：有疾自。不隹有𡆥。（院：乙六三八五。）
均用本意。說文收自白二形。均訓鼻。羅振玉曰：「許既以自白為一字。而分為二部者，以各部皆有所隸之字故也。卜辭中自字作自或作白。可為許書之證。但白部諸字，以古文考之多非从白，魯字、者字，均从ㄩ，或从ㄩ。𣅀字等亦然。許君生炎漢之季，所見古文，舍壁中書而外，固不能如今日之博。自不能無疏失矣！」

⑫ ○

員敖簋

(ya) (A molar.)

說文：「牙，牡齒也。象上下相錯之形。𤘗，古文牙。」五加切。

按犬牙相錯。人牙不相錯。此不過象自上視下牙之形。金文見"屖敖簋"。

⑬ ○ 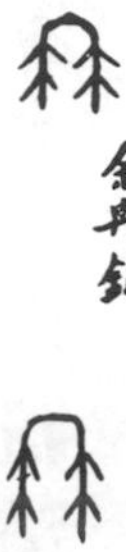 余冄鉦　冄　冄 ㄖㄢˇ (raan) (The long beard.)

髟  髯　髯 ㄖㄢˊ (ran)

說文：「冄，毛冄冄也。象形。」而琰切。

王筠曰：「釋名在頰耳旁曰髯。隨口動搖，冄冄然也」。

按冄為象形字。髯為累加字。二者實一。名詞。至段氏曰：「冄冄者，柔弱下垂之皃」則疊字詞之意矣！

⑭ ○  師俞簋　手　手 ㄕㄡˇ (shoou) (A hand.)

說文：「手，拳也。象形。古文手」。書九切。

按象手有五指之形。甲文必有此字。偶缺載之耳。楷書手字為合體字偏旁時，在下者常省作龵。在左者常省作扌。

⑮  藏7.四　毛公鼎　又　又 ㄧㄡˋ (yow) (The right hand.)

右　右 ㄧㄡˋ (yow)

說文：「又，手也。象形。三指者，手之𠚥多，略不過三也。」于救切。

按字原象右手形。手本五指，只作三者，古人皆以三表多。後借為又再之又。乃通叚右助之右以代之。久而成習。乃加人旁作佑，以還右助之原。說文：「右，助也。从口，又聲。」言不足以又，又手助之是也。又凡人作事，多以右手。故从又之字多有製作之意。羅振玉曰：「卜辭中左右之右，福佑之佑，有亡之有，皆同字。」今按卜辭並借為又再之又，及右祭之右。此當以左右為本意。象形。餘為借意。借意與字形無關。

⑯

林二.4.五.
𤔲狄鐘.

左　（𠂇）

左 ㄗㄨㄛˇ（𠂇）

(tzuoo)(The left hand.)

說文：「𠂇，𠂇手也。象形。」臧可切。

王國維曰：「古文反正不拘。或左或右，可任意書之。惟𠂇又（二）諸字例外。」

按𠂇象𠂇手形。後通以左字代之。久而成習。乃加人旁作佐以還左字之原。秦以後而𠂇字廢。

左，說文：「手相左助也。从𠂇，工。」徐鍇曰：「今俗別作佐。」

⑰ ○ 𠃋 厷 肱 胘(古) 肱ㄍㄨㄥ(厷) (gong)(The forearm.)

說文：「厷，臂上也。从又，从古文𠃋。𠃋，古文厷，象形。肱，厷或从肉。」古薨切。

按𠃋字甲文無睹。金文亦他無所見。惟宋人摹刻之周宣王時師訇(應即詢字之古形)簋有：「乃聖祖考克左右先王，作厥乛𠂇。用夾翼厥辟」語句。近人某氏釋"乛𠂇"為肱股。文從字順，可無疑也。則周時肱字作乛，或𠃋，與說文所載「𠃋，古文厷。象形。」合。由此推之知𠃋，厷，肱，乃一字之相承增偏旁者也。又人之上肢通曰臂。臂之下節曰肘。臂之上節曰肱。下肢之上節曰股。下節曰脛。書，皋陶謨(周人託擬)帝曰：「臣作朕股肱耳目。予欲左右有(有，語助詞。亦如有易、有唐、有虞、有夏、有周也。無義)民。汝翼！」句法與師詢簋"乃聖祖考克左右先王，作厥肱股，用夾翼厥辟"甚為相似。不但可測金經兩文撰者之時間上下不遠。亦可證簋文之"乛𠂇"，確為肱股。肱股，猶股肱也。惟簋文之原器已亡。其銘文由宋以来展轉摹刻。"𠃋𠂇"二字竟譌作"乛𠂇"耳。𠃋，弘字以之為聲。厷，宏字以之為聲。厷，又增肉旁為意符，故有或文肱字。漢以後或文行而𠃋與厷俱晦。

⑱   克鼎   心 ㄒㄧㄣ (shin) (The heart.)

說文「㣺,人心。土藏。在身之中。象形。博士說,以為火藏。」息林切。
徐灝曰:「五經異義曰『今尚書,歐陽說,肝,木也。心,火也。脾,土也。肺,金也。腎,水也。古尚書說,脾,木也。肺,火也。心,土也。肝,金也。腎,水也。月令與古尚書同。』灝按博士所說,乃五行本義。博士,漢醫官。至今醫家依此治病。不誤。古尚書說則誤會月令祭物之義耳。……凡艸木初生,尖刺謂之心。……詩,凱風『吹彼棘心』。禮器如松柏之有心也。」

按字本心肺之心。而其用恒為心思之心。心肺之心為循環系之中樞。心思之心為神經系之中樞。二者截然不同。古人不知,昧為一事。後人習用,視為固然。英文中亦有時以 heart 替代 mind。其為仿自東方歟?抑為東西文字之偶合歟?未能明也。又春秋時"徐沈兒鐘"偏旁心字作㣺則心下右出之筆,不始于秦小篆也。又心字為合體字之左旁者,隸變作忄。楷書作忄。

⑲  林一.5八.  邾公牼鐘.  呂 呂 ㄌㄩˇ (leu) (The back bone.)

說文「呂,脊骨也。象形。昔太嶽為禹心呂之臣。故封呂侯。膂,篆文呂。从肉,从

「旅」。力舉切

按呂為脊椎骨。象形。膂則其後出之形聲字。从肉。旅聲。故典籍用字，呂與旅通。攷工記函人「為甲，權其上旅，與其下旅」鄭衆注：「上旅，謂要以上。下旅，謂要以下也。」

⑳

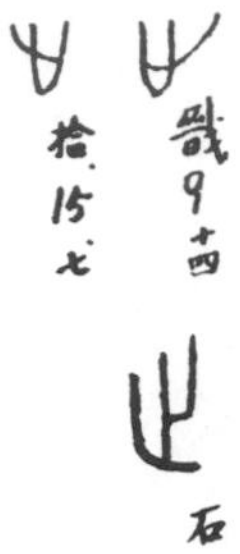

戩9.十四　拾15.七　石鼓

止　止 ㄓˇ (jy̌) (A foot.)

說文「止，下基也。象草木出有址。故以止為足。」諸市切。

徐灝曰：「从止之字，其義皆為足趾。許以為象艸木出有址。殆非也」。

林義光曰：「象人足。即趾之本字。儀禮『北止』注：『足也』」。

按止字原象人足形。足五趾。茲三者，亦略不過三之意也。卜辭曰：

貞：疾止。卸(禦)于妣己。(庫九二)

貞：疾止。隹(其)有莬(害)。(拾一〇五)

又足能行。故止字引申而有行意至於停止，則因止可通以代此(停止之本字)之故也。

㉑

前四.十四.　盂鼎.

巳　巳 ㄙˋ (syh) (An embryo.)

說文：「巳，巳也。四月陽气已出，陰气已藏，萬物見，成文章，故巳為蛇，象形。」詳里切。

按巳為胎兒，象大頭小尾之形。甲文通以代祀字。而包(胞)从之得意。包即胞之初字。从巳勹(抱字)聲。巳無巳止意。只因通段以代此。(此為停止之初字。見形聲篇)故有止意。巳既借用為地支第六名。曆法夏正四月建巳。故說解云云。又「巳為蛇」乃十二生屬之說。秦漢始有之。皆不可以說古文字。又說文解包字曰：「象人裹妊，巳在中，象子未成形也。」云云。是許巳認巳為胎兒。今此處只以"巳止"意與四月建巳意以說之。與本形不符。何得之於彼，而失之於此也！

(22)

子 藏109一　子 楚，子

子

子 ㄗˇ (tzyy) (A baby.)

出 前四.13.一

兒 前三.4.三

說文：「子，十一月。陽气動，萬物滋。人以為偁。象形。李陽冰曰：『子在襁褓中，足併也。』即里切。　子，古文子。从巛。象髮也。兒，籀文子。囟有髮，臂脛在几上也。」

按子為小兒。象頭及兩手，及足在襁褓之形。又巳為胎兒。象蝌蚪頭尾之形。兒亦為小兒。象小兒頭有髮及二足之形。甲文省作出。三字俱借用為干支之

名。商周習用，與秦漢以後不同。商周甲金文，甲子作「十[古文]」或「十[古文]」。乙巳作「乙[古文]」，或「乙[古文]」。決不相混。秦漢以後，則作甲子。乙巳。而[古文]或[古文]字並於干支中廢除。「十一月陽气動，萬物滋」，乃就夏曆十一月建子而言。「人以為偁」，乃因子亦借為男子尊稱之故。皆非本意。惟象形二字，及古文，籀文二形，述子字本意。餘詳段借通段示例。又子字為合體字左旁者，隸作子。楷作子。

(七) 服飾 Apparel

① [古文] 林二.6.二 [古文] 前六.44.六 [古文] 頌鼎 [古文] 衣 衣一 (1) (Clothes.)

說文：「[古文] 依也。上曰衣。下曰裳。象覆二人之形。」於稀切。按古音哀。亦讀如殷。

按字原象衣一身及兩袖之形。非覆二人也。說解誤。徐灝曰：「此象形文。明白無可疑者。」許君蓋偶未審耳。王筠曰：「人無羽毛鱗介，以衣為所依也。」是為音訓。

② ○ [古文] 大盂鼎 [古文] [古文] (冂) (冂) (冂) (冂)

冃　冒

冒(冃)　帽

帽ㄇㄠˋ　冒ㄇㄠˋ(冃)

(maw)(A cap.)

說文：「冂，覆也。从一下垂也。」莫狄切。
又：「冃，重覆也。从冂一。讀若艸苺苺。」莫保切。
又：「冃，小兒蠻夷頭衣也。从冂。二，其飾也。」莫報切。
又：「冒，冡而前也。从冃。从目。𠕅古文冒。」莫報切。
雷浚說文外編曰：「帽，說文無帽字。……又通作冒。」
按冂，冃，冃，冒，帽，五形一字。且由古文冒字作⿱古冃，知冒即帽。又由冠字从冂，知冂即帽。由"大盂鼎"知冂即帽。說文⿱冃見字曰：「突前也。」莫紅切。知冂即帽。說文冃部有⿱冃見字。說曰：「犯而見也。从冃。从見。」沒黑切。知冃即帽。又王筠以為冒、⿱冃見一字。⿱冃見沒，即冒眛。⿱冃見妃，即冒妃。⿱冃見干，即干冒。是也。

③

求　裘

求ㄑㄧㄡˊ　裘ㄑㄧㄡˊ

(chyou)(A fur garment.)

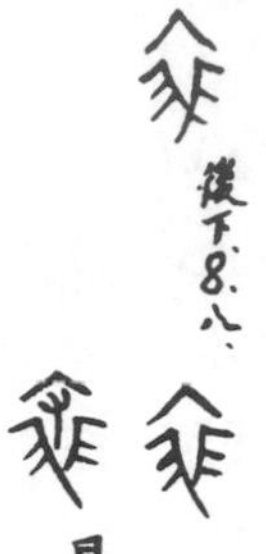

說文：「裘，皮衣也。从衣。求聲。一曰象形。與衰同意。求，古文省衣。」巨鳩切。
按古者食肉寢皮。亦以獸皮為衣。求只象獸皮形。甲文又有裘字。則已成衣狀矣。周時既叚求為乞求。秦人遂以裘專為衣裘。兩字乃分化為二。

④

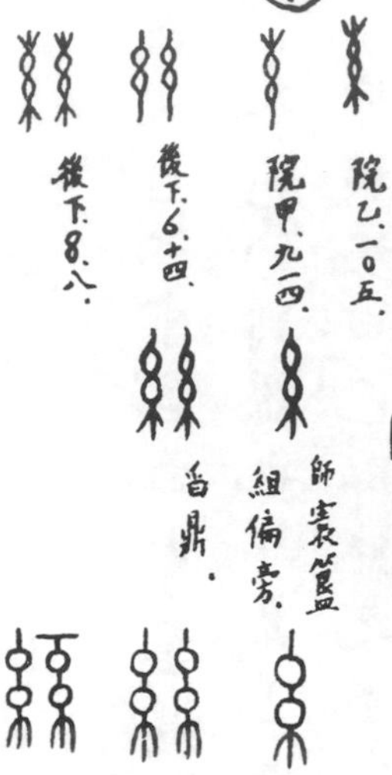

⿰糸系 絲 (糸)

⿰糸系ㄙ 絲ㄙ (糸)
(sy) (sy) (Silk)

說文：「糸，細絲也。象束絲之形。讀若覛。古文糸。」莫狄切。
又：「絲，蠶所吐也。从二糸。」息茲切。
饒炯曰：「炯案糸与絲同字。後人好為分別。說解離而二之。」
按饒說是也。糸字象束絲之形。為初字。絲為複體。⿰糸系則秦世演變之形聲字。从糸。系聲也。

⑤ ○

匹

匹

匹ㄆㄧˇ (Pii) (A roll of silk or cloth.)

說文：「匹，四丈也。从八、匸。八揲一匹。八亦聲。」普吉切。
林義光曰：「古字不从八。象布一匹數揲之形。」
按林說是也。許說構造與古形不合。四丈為一匹。當是周制。小爾雅：「五尺謂之墨。倍墨謂之丈。倍丈謂之端。倍端謂之兩。兩謂之匹。」是也。周借為馬匹字。後或以布疋代布匹。

⑥ 己 菁3.1　己 紀侯簋　己　紀　己　紀

紀ㄐ一ˇ　己ㄐ一ˇ (Jii) (Some stronger threads provided in a woven article in ancient China.)

說文：「己，中宮也。象萬物辟藏，詘形也。己承戊，象人腹。𢀳，古文己。」居擬切。
又：「紀，別絲也。从糸，己聲。」居擬切。
朱駿聲曰：「己即紀之本字。古文象別絲之形。三橫二縱，絲相別也。」
按己所以別絲縷之數，故為紀綱之紀。象縱橫絲縷有紀之形。名詞。後借為天干第六名。又借為自己之己。習用既久，秦人乃加糸旁為意符作紀。紀行而己之本義廢。己於商周兩代，己加⊠或其為聲符作⿱己⊠或𢀳。意與己不殊。亦用為紀國之紀。但說文：「𢀳，長踞也。从己，其聲。」暨己切。林義光以為「从己，不能得長踞之義。」余謂商時有⿱己ㄛ字。應即跽之初字。𢀳、或因有時

通段用以代己也。故許書誤採，通段意以為長踞也。附正於此。

⑦  前四.38七.  寰盤.  黹 黹 ㄓˇ (jyy)(An embroidered article.)

說文：「黹，箴縷所紩衣。从㡀，丵省。」陟几切。

按：繫傳，丵省下有「象剌文也」四字。當補。則「从㡀，丵省」四字當刪。徐鍇曰：「紩，剌繡也。」王筠曰：「衣，蓋衍文，或"也"字之譌。……釋言：『黹，紩也。』廣韻曰：『鍼縷所紩。』不言衣也。」又曰：「當有古文希。」今說文無希字。沈濤曰：「本書莃，睎，脪，郗，稀，俙，欷，豨，絺諸字，皆从希聲。嚴孝廉曰：『希，即黹字。今黹下脫重文耳。』」各說均是。

⑧  前七.5.三  石鼓 帥偏旁.  巾 巾 ㄐㄧㄣ (jin) (A piece of cloth.)

說文：「巾，佩巾也。从冂，丨象系也。」居銀切。

按：字原象布巾下垂之形。不當从冂有系。徐灝曰：「巾以覆物。……亦用拭物。……因繫於帶，謂之佩巾。……由幕義引申之，則凡覆蓋包裹，皆謂之巾。故頭巾謂之幅巾，衣車謂之巾車，書紩謂之巾箱。……亦如以巾拭物曰巾。是也。又从巾之字，與从衣之字多相通。如常或作裳，帬或作裠。」

⑨ ○ 巿 巿（盂鼎） 巿 巿 (fwu) (A front-pad worn with ancient court dress.)

說文：「巿，韠也。上古衣，蔽前而已。巿以象之。天子朱巿。諸侯赤巿。卿大夫葱衡。从巾。象其連帶之形。韍，篆文巿。从韋，从犮。」分勿切。

徐鉉曰：「今俗作紱。非是。」

段玉裁曰：「卿大夫下當有赤巿二字。奪文也。」

丁福保曰：「周易，乾鑿度，有朱紱，赤紱。……紱乃韍之異體。」

徐鍇曰：「以韋為之也。」詩曰：『三百赤巿。』易曰：『朱巿方來。』多用此字也。

又說文：「韠，(ㄅ一韠)韍也。所以蔽前。以韋。下廣二尺。上廣一尺。其頸五寸。一命縕韠。再命赤韠。从韋。畢聲。」卑吉切。

鄭康成注禮曰：「古者佃漁而食之。衣其皮。先知蔽前。後知蔽後。後王易之以布帛。而獨存其蔽前者。不忘本也。」

禮，玉藻：「頸五寸。肩，革帶，博二寸。」

又玉藻：「一命，縕韍幽衡。再命，赤韍幽衡。三命，赤韍葱衡。」

段玉裁曰：「經傳或借黻為韍。如明堂位注曰：『韍，或作黻。』是也。」

今按說文：「黻，黑與青相次文。从黹。犮聲。」分勿切。是黻與韍非一字。經傳可相

代用者，實只同音通叚之故。
又說文「祓，蠻夷衣，从衣，犮聲。一曰蔽厀。」北末切。
玉篇「祓，蔽膝也。」又「蠻衣也。」有重文襏。
綜上各說。市，象形字。後世以其為衣也，作祓。作襏。以其為絲製也，作紱。又以其為革製也，作韍。作韠。後人用字，同音通叚，亦以黻代韍。又詩或以芾代市。又易或以沛代市。

⑩

前五.40.七. 甲骨文字編

後上.30.四. 甲骨文字編

古鉨 黃子.

黃

黃 ㄏㄨㄤˊ (hwang) (A pair of jade ornaments worn on the belt.)

珩

珩 ㄏㄥˊ (herng)

說文「黃，地之色也。从田。从炗。炗亦聲。炗，古文光。，古文黃。」乎光切。
又「珩，佩上玉也。所以節行止也。从玉，行聲。」户庚切。
鈕樹玉曰：「玉篇引止作步。當不誤。」
按象佩玉之形。所繫玉左右半環各一。下，其綏也。後世借為黃綠之黃。久而不返，乃另造珩字以還其原。珩行而黃之本義亡。說解言黃之本意與構造俱非。珩，後人或通叚衡字代之。

⑪〇

幵 石鼓汧偏旁，

幵 笄

(幵) 笄

(幵) 笄 (ji) (A pair of bamboo hair pins)

說文：「幵，平也。象二干對構，上平也。」古賢切。

又：「笄，簪也。从竹。幵聲。」古兮切。

按干非干戈之干。乃象一笄之形。笄之為用，恒以二。故其字作幵。象形。左右橫插髮內，兩端呈⊢⊣狀。所以繫之使固也。男女俱可用笄。後人以其多為竹製也，故又加竹為意符作笄。幵與笄乃一字之累加。非二字也。說解得之於笄，而失之於幵。朱駿聲曰：「髮內安髮之笄，男女皆有之。固冕弁之笄，惟男子有之。又冕弁則有笄貫之於其左右，屈組為紘，垂為飾。……此男子安髮之笄也。……詩『副笄六珈』，周禮追師『為副編次追衡笄』，儀禮喪服：『箭笄』，傳『長尺』，注『箭篠也』。又『惡笄』，傳『櫛笄也』，注『以櫛之木為笄，或曰榛笄』。又傳『吉笄者，象笄也』，『吉笄尺二寸』。公羊僖九年傳『字而笄之』，鄭語『既笄而孕』，注『女十五而笄』。……此皆女子安髮之笄也。」

(八)飲食 Food and Drink

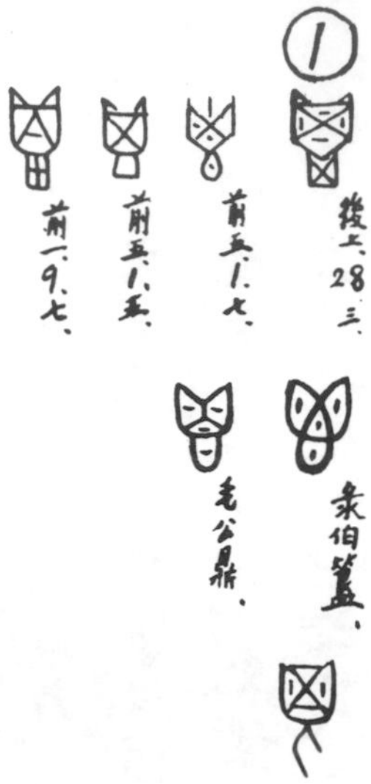

鬯

鬯（ㄔㄤˋ）（chang）(Sacrificial spirits made by fermenting millet and fragrant herbs.)

說文：「鬯，以秬釀鬱艸，芬芳攸服，以降神也。从凵，凵，器也。中象米，匕，所以扱之。易曰：『不喪匕鬯。』」丑諒切。

徐鍇曰：「秬，黑黍也。服，服事也。周人尚臭。灌用鬱鬯。乂⺀，象中秬，及鬱形。」

徐灝曰：「大雅正義曰：『禮有鬱鬯者，築鬱金之艸而煮之，以和秬黍之酒，使之芬香條鬯，故謂之鬱鬯。鬯非草名。以其可和秬鬯，故謂之鬯艸也。』灝按：鬯固非草名。即鬱亦非其本名。蓋以百艸之香者，和秬黍之酒，取條鬯之義。命之曰鬯。遂以鬯名其酒。而造字象其器。又取蘊蓄之意，命之曰鬱。因以鬱名其艸。而以鬯為鬱。蓋造字鬯先鬱後。不得以鬱為艸之本名也。互言可謂之鬯艸亦可謂之鬱酒。渾而言之則但曰鬱鬯耳。鬯之言暢也。鬱積久發之必條暢也。」

按古者以黃色之香艸築於秬黍之酒中。微火煮之。不使出氣。俟其冷而飲之。則酒芬芳而人舒暢。古遂名其酒曰鬯。而多用以灌神。名其艸曰鬱金草。王

者並常以卣賜臣僚。曰錫秬鬯幾卣。卣，中尊也。有提梁。是以卣字古原象形。象器中鬱築香艸於酒中之形。許說構造誤。所云「芬芳攸服」者，或以為乃芬芳條暢之譌。攸，條之脫。服，暢之誤也。

②

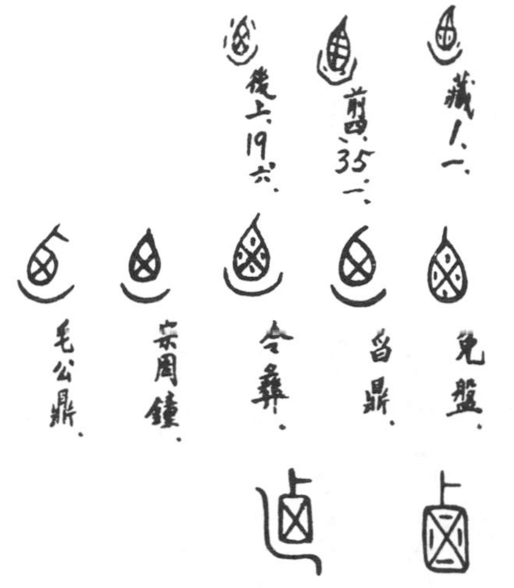

鹵 ㄌㄨˇ (luu) (Salt)

迺 ㄋㄞˇ (nae)

說文：「鹵，西方鹹地也。从西省。象鹽形。安定有鹵縣。東方謂之㡿。西方謂之鹵。」郎古切。

又：「迺，驚聲也。从乃，鹵省聲。籀文迺不省。或曰，迺，往也。讀若仍。迺，古文迺。」

臣鉉等曰：「西非聲。未詳。如乘切。」

按金文鹵字，見免盤及小臣謎毀，𪉊字偏旁。俱象鹽鹵結晶之形。不从西。迺，(其或加乚)於其下者，與卣(之下加乚)同。王靜安考以為𠀠字之省。蓋

鹽鹵常盛在皿中也。故作，與作，無別。而其作，作，亦其省變。後，獨鹽傳其意。其作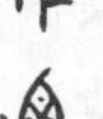或者，周人俱借用為"於是"意。連詞。與乃字周人借用為"汝"之意（代詞）者，有別。秦漢以後，"乃"亦用為"於是"意。而迺字少用矣！漢時"迺"亦變作"迺"。後遂沿之。說解：「驚聲也」，經傳無徵。所釋兩形構造俱非。後人又於鹵加監為聲符作鹽。說文：「鹽，鹹也。从鹵，監聲。古者宿沙初作煑海鹽。」余廉切。　今按讀監聲如藍聲，則鹵迺鹽乃一聲之轉。故三字原為一字。

（九）宮室　Dwellings

① 戩39.七 宋字偏旁　 霸姞鼎 寶偏旁　　（宀）　（宀）ㄇㄧㄢˊ（mian）（A house.）

說文：「宀，交覆深屋也。象形。」武延切。

按朱駿聲曰：「象一極兩宇兩墻之形」是也。故原意為房屋。隸楷以降，字只為偏旁。

② 後上9.三 龐偏旁　 克鼎 廟偏旁　　（广）　（广）ㄧㄢˇ（yean）（A hut.）

說文：「广，因厂為屋。象對剌高屋之形。讀若儼然之儼。」魚儉切。

段玉裁曰：「刺，各本作刺。今正。讀七亦切。謂對面高屋森聳上刺也。」

徐灝曰：「因厂為屋，猶言傍巖架屋。此上古初有宮室之為也。……六書故曰：『一夏架楹，一夏倚墉，故其文視宀而殺。』是也。……對刺，謂屋上作∧，形相對也。」

桂馥曰：「馥謂广，即庵字。隸嫌其空，故加奄。變象形為諧聲。黃山谷張謙中楊升庵謂古無庵字。坐不識此广字也。……漢衡方碑有庵字。廣雅：『庵，舍也。』……或作菴。」

按段徐桂三氏之說俱是。广即庵之初文。广後加「奄」為音符，故作庵。

③

藏110、二、　林二、12、七、　拾2、一、　前一、36、六、　後下、38、六、

善夫克鼎

且

且

且　ㄗㄨˇ　(tzuu)　(An ancestral temple.)

齊侯鎛

祖

祖

祖　ㄗㄨˇ　(tzuu)

說文：「且，薦也。从几。足有二橫，一，其下地也。」子余切。又千也切。段注：「且，所以薦也。」

又：「祖，始廟也。从示，且聲。」則古切。

按且字本意為祖廟。只象祖廟之形。且，上象廟宇。左右兩牆。中二橫為楣限。下則地基也。廟為祖宗之鬼所居。故與人居之宀無不同。字只分詳略之異而已。商周皆借為祖宗之祖。至戰國時或加示為意符作祖。而經典中祖亦借為始。故許曰：「祖，始廟也。」包本借二意而說之也。王筠句讀以始字為句。廟也為句。甚是。至于說解「薦也」，段補為「所以薦也」，乃所以釋鼎俎之俎。鼎俎之俎，為叚借字。木器也。乃置肉其上，而切之之具。與此別。至所切之肉，向稱俎醢之俎。俎醢之俎，从肉省，且聲。甲文作俎或俎者，从二肉不省也。俎以俎醢為本意，以鼎俎房俎為借意。另詳形聲篇。凡字各有本意。其有同音通叚者，當分別觀之。

④ A A A (亼) (亼)ㄐ，(jyi) (A roof.)

說文：「A，三合也。从入一。象三合之形。讀若集。」秦入切。

徐鉉曰：「此疑只象形。非从入一也。」

按甲金文取今字偏旁。字皆作A。象屋極形。不象三合之形。殆即屋頂之意。古舍字作舍。舍，茅舍也。从屮(艸)A會意。合字、僉字、今字、侖字、令字，均从A得聲。A亦借為集合。侖字从其意。侖，理也。集冊所以理之也。

⑤ ○ 青　青　壳　壳 ㄎㄜˊ (ker) (A tent.)

說文：「青，(壳)幬帳之象。从冂，㞢其飾也。」苦江切。

徐鍇曰：「幬音稠。單帳也。㞢象其幄上飾形。」

段玉裁曰：「殳部，殼，从殳，青聲。凡穀縠愨等字从殼聲。」

徐灝曰：「青，疑即古幢字。廣雅曰：『幢謂之幬。』本或作幬。』方言曰：『翿，幢翳也。楚曰翿。關西關東皆曰幢。』……青，當是全體象形。」

釋名：「幢，容也。施之車蓋童童然。以隱蔽形容也。」

林義光曰：「古作青。虢叔殷匜『殼』字偏旁如此。象形。」

按各說均是。本翳帳之名。後人又借以為甲壳字。朱駿聲曰：「凡物之郭甲在外者曰壳。字作壳。書以殼為之。」

⑥ 門（後下9.四）　門（前四.15.六）　門（前四.16.一）　門（頌鼎）　門　門　門 ㄇㄣˊ (men) (A gate.)

說文：「門，聞也。从二户。象形。」莫奔切。

羅振玉釋甲文門字曰：「象兩扉形。次象加鍵。三則其上有楣也。」

按字只象二扉之形。不必从二户。"閒也"為音訓。

⑦  後下36.三. 石鼓所偏旁 戶 户 ㄏㄨˋ (huh) (A door)

說文「戶護也。半門曰户。象形。㦾，古文户从木。」侯古切。

按一扉曰户。兩扉曰門。皆屬象形。茲門下曰从二户。户下曰半門曰户。不但疑是會意。且兩字不知孰先矣！兩句可删。"護也"為音訓。㦾字經傳無覩。或是戰國末年齊魯户字之異體。

⑧  囱 囪 ㄔㄨㄤ (chuang) (A window.)

 窗 窗 ㄔㄨㄤ

 窻 窻 ㄔㄨㄤ

說文：「在牆曰牖。在屋曰囱。象形。或从穴。古文。」楚江切。

嚴章福曰：「，此校者由黑下移補議删。」

又說文：「通孔也。从穴。悤聲。」楚江切。

玉篇：「窻，俗窗字。」

按囱字象形。後人加穴為意符，則作窗。後又再造形聲字窻。从穴，悤聲也。本是一字。㊃依嚴議刪。

⑨ ○

（㸚）

（㸚）ㄌㄧㄥˊ (ling) (The holes through the lattice of a window)

說文：「㸚，二爻也。」力几切。

徐灝曰：「疑象門戶疏窗之形。非卦爻字義。爾下曰：『㸚，其孔。』是也。」

按：散盤爽字从㸚，正象窗櫺之形。重之者，謂其孔不一也。象形。非从二爻。說文：「爽，明也。从㸚大。」徐鍇曰：「㸚，孔歷歷然，大其中隙縫光也。」㸚大，即疏窗孔大。故為明也。形聲字有兩體穿合例。會意字亦然。爽字為會意字之兩體穿合者也。凡言㸚㸚，猶歷歷，麗爾，離婁，丽陸也。㸚，後世作櫺。說文：「櫺，窗楯間子（孔）也。从木，霝聲。」即謂欄干間孔。王逸注楚辭：「縱曰檻，橫曰楯。」按即直曰欄，橫曰干。

⑩ ○ ○

瓦ㄨㄚˇ (woa) (A tile.)

說文：「瓦，土器已燒之總名。象形。」五寡切。

林義光曰：「按象鱗次之形。本義當為屋瓦。」

按林説是也。屋瓦為本意。象形。已燒土器之總名，乃借義也。今从瓦之字多用借意。凡偏旁為意符者，用其本意，亦用其借意。

⑪ ○ 井 叔男父匜。 井 井 井 ㄐㄧㄥˇ (jiing) (A well.)

井 戩35.五。 井 毛公鼎。

説文：「井，八家一井。象構韓形。•，罋之象也。古者伯益初作井。」子郢切。

按井當以水井為本意。韓，井欄也。罋，井口也。至孟子述井田之制。八家為井。井九百畝云云。為井字之借意。世本云：「化益作井。」宋衷云：「化益，伯益也。堯臣。」金文井字見曶鼎。

⑫  前四.11.六。  楚公冢鐘亩𣪊偏旁。   亩 廩 亩 ㄌㄧㄣˇ (liin) (A temporary pile of grain plants in the open.) 廩 ㄌㄧㄣˇ (liin)

説文：「亩，穀所振入。宗廟粢盛蒼黃，亩而取之，故謂之亩。从入回。象屋形，中有戶牖。㐭，亩或从广，从禾。」力甚切。

徐鍇曰：「振，擧也。倉廩有戶牖，以防蒸熱也。」

段氏曰：「亩而取之之亩當作癛。癛癛，寒也。」

戴侗曰「㬎禾露積曰亩。上亼，象覆亩。」

王筠曰「象屋。謂亼也。户牖，謂回也。然，此乃全體象形字。不可闌入會意。」

⑬

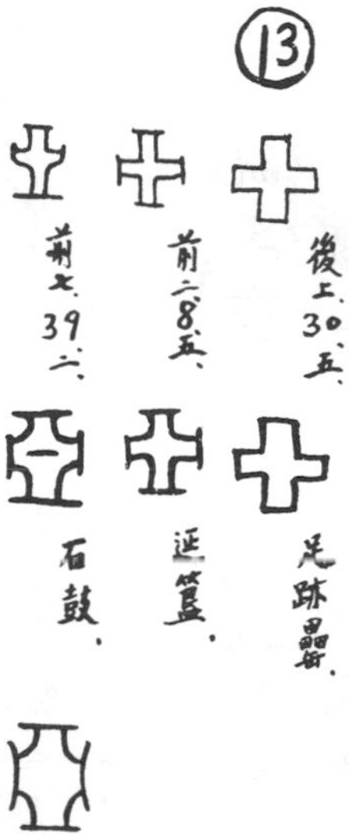

亞　亞 (yah) (A house for a family.)

說文：「亞，醜也。象人局背之形。賈侍中說以為次第也。」衣駕切。

羅振玉曰：「許因訓醜，乃為局背之說。然，醜古亦訓比，訓類。与賈侍中次第之說固無殊。爾雅，兩壻相謂曰亞。正謂相類次也。」

按亞字本義失傳。吾謂字原象四向屋相連之形。乃古者宮室之制也。前期金文著族徽者多圍以亞字。亞，蓋家族之家之最初文也。後引借為族類之類。故許援其訓為醜。醜，類也。又引借而可兩壻相謂。又引借為次弟。

⑭

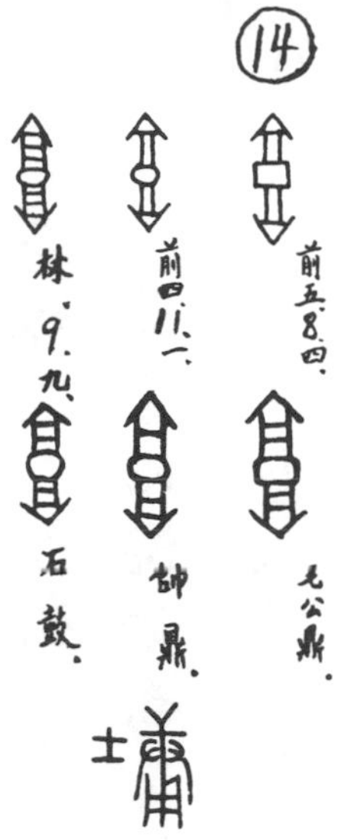

墉　墉 (iong) (A fortified wall.)

說文：「墉，城垣也。从土，庸聲。𩫏，古文墉。」余封切。
按墉字甲金文俱象城垣而有兩城樓之形。前八．10．一．更有□字，乃象城垣有四城樓之形。周文於"曶鼎""石鼓"均可攷見□字。又金文城堨坏垺等字均从□得義。甲文「□卄」，通段為「肜昕」，亦可知其音讀為墉。獨今本說文墉下載古文作𩫏，是乃城郭之郭，外城也。古作□，非墉字。清小學家皆未能辨之。詳下。

⑮

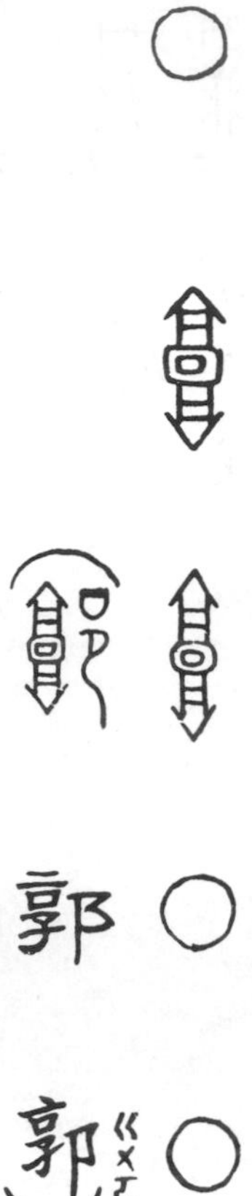

郭 ㄍㄨㄛ (guo) (An outer city wall.)

說文：「𩫏，度也。民所度居也。从回，象城𩫏之重，兩亭相對也。或但从囗。」音古博切。
按此字乃外城之名，音郭。見國佐𩰫。字原象城郭之重，兩亭相對。秦以後失傳。漢以來皆通段郭字代之。說文：「𨞠，齊之郭氏虛。善善不能去，惡惡不能退，是以亡國也。从邑，𩫏聲。」古博切。可見郭為國邑之名，非外城本字也。後人習用通段字既久，遂卒亡其朔。段氏曰：「釋名曰：『郭，廓也，廓落在城外也。』按城𩫏字今作郭，郭行而𩫏廢矣。」徐灝曰：「□字又作廓。」

(十)行動 缺

(十一)器用 Implements

器物字之次序姑擬定如下

(1) 飲食　(2) 家用　(3) 交通　(4) 樂器

(5) 士用　(6) 農用　(7) 工用　(8) 商用(貨幣)

(9) 旗幟　(10) 漁獵　(11) 兵戰　(12) 刑罰

①

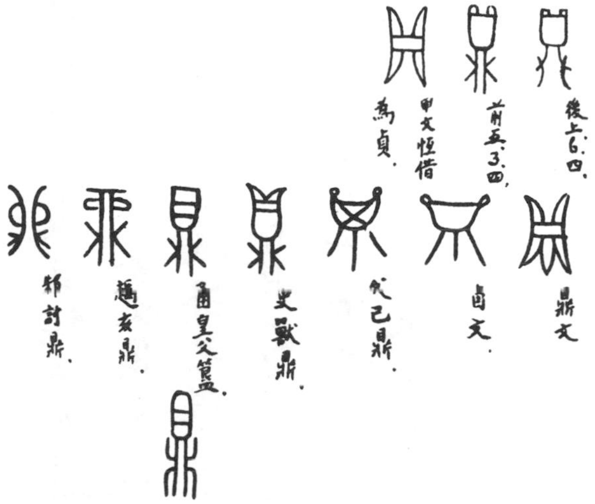

鼎

鼎 ㄉㄧㄥˇ (diing) (A round vessel of earth or bronze with two ears and three legs used as a kettle or a dish.)

說文：「鼎，三足兩耳，和五味之寶器也。昔禹收九牧之金，鑄鼎荊山之下。入山林川澤，螭魅蝄蜽，莫能逢之，以協承天休。易卦，巽木於下者為鼎。象析木以炊也。古文以貞為鼎，籀文以鼎為貞。」都挺切。

按鼎字初形象刺蚌之殼。古人或原用刺蚌殼作食器。久之而以土器、陶器、仿製之。又久之而以銅器仿製之。遂兼烹器、食器之用。秦漢間更用為刑具。至貞鼎二字之互代，乃同音通叚也。

② ○

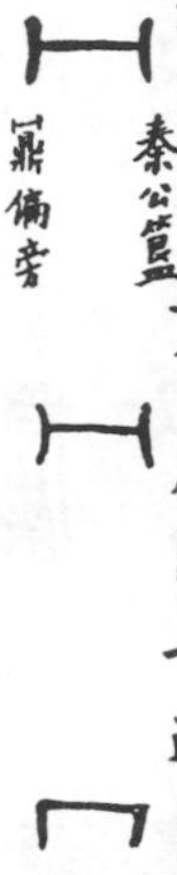

鼏偏旁　秦公簋

冂 ㄐㄩㄥ (jiong) (A wooden pole decorated with metal for carrying a tripod.)

說文：「冂，邑外謂之郊。郊外謂之野。野外謂之林。林外謂之冂。象遠界也。冋，古文冂。从口。象國邑。坰，冋或从土。」古熒切。

又：「鼏，以木橫貫鼎耳而舉之。从鼎。冂聲。周禮廟門容大鼏七箇。即易玉鉉大吉也。」古熒切。

又：「鉉，舉鼎具也。易謂之鉉。禮謂之鼏。从金。玄聲。」胡犬切。

按三字實一字。冂象形。橫貫鼎耳之木也。可以舉鼎。說解鈔爾雅之文而脫五字。原為郊外謂之牧。牧外謂之野等句。實所以釋坰字也。冋為詗之初字。从口。冂聲。与詗均為"知處告言之"意同偵。冂，後人加意符鼎作鼏，鼏易與鼏（鼏蓋也。音密）字棍。後又造鉉。（从金。玄聲。形聲）鉉行而鼏與冂俱廢。

③ 〇

召仲鬲。　單伯鬲。

鬲　鬲ㄌㄧˋ (lìh) (A big earthen pot with three legs used for cooking.)

說文：「鬲，鼎屬。實五穀。斗二升曰穀。象腹交文。三足。䰛，鬲或从瓦。䥶，漢令鬲。从瓦，厤聲。」郎激切。

按爾雅，釋器：「鼎款足者謂之鬲。」款足，即空足。空足，取其烹易熱也。鬲字原象形。後世加瓦為意符作甂。至於䥶，則又後起之形聲字也。从瓦，厤聲。

④

前七、五、二。　前五、牛、二、　前五、牛、一、

仲龍父鬳　獻偏旁。

鬳　鬳ㄧㄢˋ (yean) (An ancient boiler for steaming food.)

甗　甗ㄧㄢˇ (yean)

說文：「鬳，鬲屬。从鬲，虍聲。」牛建切。

桂馥曰：「鬲屬者，疑作䰛屬。本書甗，甑也。虍聲者，戴侗曰：『唐本，虍省聲。』

林罕同。」

沈濤曰：「六書故云：『唐本，虍省聲。』林罕亦曰『虍省聲』。是古本不作虍聲矣！大徐本，音牛建切。小徐本，音俱願切。皆與虍聲相近。則今本作虍聲者誤。」

又說文：「甗，甑也。一穿。从瓦，鬳聲。讀若言。」魚蹇切。

羅振玉釋甲文字曰：「上形如鼎，下形如鬲，是甗也。」郭氏以為至確。
按字象器形。器分上下兩截，或分或聯，中隔以有穿之板。上盛米，下盛水。所以蒸也。故即後世之甑字。初變作鬳。从鬲，虍省聲。後又加瓦為意符作甗。董逌以鬳為古文甗字，是也。金文鬳字見"仲𩰫父鬳"獻字偏旁。

⑤ ○

攸从鼎

散盤

䰙 䰙 䰙 ㄍㄨㄛ (guo) (An ancient cooking pot.)

說文：「䰙，秦名土釜曰䰙。从鬲，午聲。讀若過。」古禾切。
徐鍇曰：「土釜瓦為之，又交趾之南或用土為鍋。」
段玉裁曰：「今俗作鍋。土釜者，出於匋也。」
按字象器形。器似鬲，左有柄，右有煙口。或作見"散盤"。王靜安以為吅聲。
說文「吅，讀若讙。古音歌元二部陰陽對轉，故䰙字亦以吅為聲。」

⑥ ○

散盤

豆閉簋

豆 豆 ㄉㄡˋ (dow) (A round vessel of wood with a tall pedestal for holding meat used at sacrificial meals, etc.)

說文：「豆，古食肉器也。从口，象形。古文豆。徒候切。

按豆為籩豆之豆。象豆有蓋形。秦漢時造荳字，以代菽字。(豆聲与叔聲古同)後人又省荳作豆。於是豆為菽之通稱，而菽字浸不用矣。籩豆之豆，又或以其木製也，亦加木旁作梪。詩：「于豆于登」解者以木豆謂之豆，瓦豆謂之登。

⑦

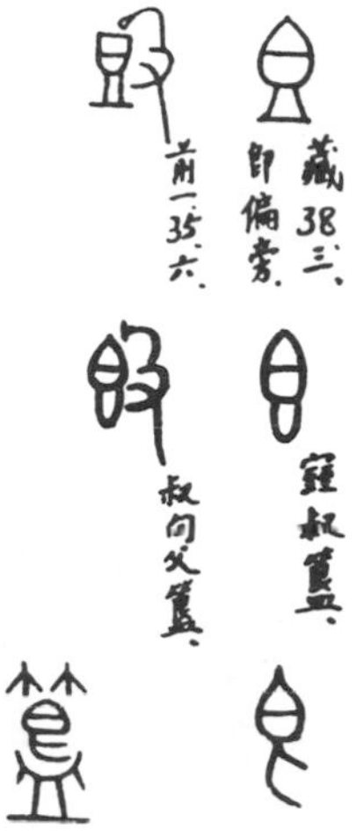

簋　(皀)

簋ㄍㄨㄟˇ　(皀)

(goei) (A round vessel of earth or wood or metal for holding grain used at sacrifices, feasts meals, etc.)

說文：「，穀之馨香也。象嘉穀在裹中之形。匕，所以扱之。或說皀，一粒也。又讀若香。」皮及切。

說文：「，黍稷方器也。从竹。从皿。从皀。，古文簋。从匚，飢。，古文簋或从軌。朹，亦古文簋。」居洧切。

徐鍇曰：「飢，軌，九，皆聲」

按周禮舍人，鄭注：「方曰簠。圓曰簋。盛黍稷稻粱也」。今驗之實物，皆簠方而簋圓。則鄭是而許非矣！字原象器形。後又加，象手持勺於簋中取食之形。故作。金文變形甚多。而大致類此。小篆始於原字加竹加皿為意符。則知周秦間簋有以竹為之者。原字，今惟於食，既，卽，簋等字之

偏旁中見之。小篆簋字通行而𣪘字亦廢。宋以來金文學者誤釋𣪘為敦（音對）。而以器之名盨者當簋。自錢坫、嚴可均、許瀚、韓崇等疑𣪘非敦。黃紹箕作說𣪘一文，詳述𣪘即簋而非敦。容庚復博引其例。於是皀也𣪘也簋也為一字之古今異形。始得正是。說解於皀字形音意全誤。

⑧

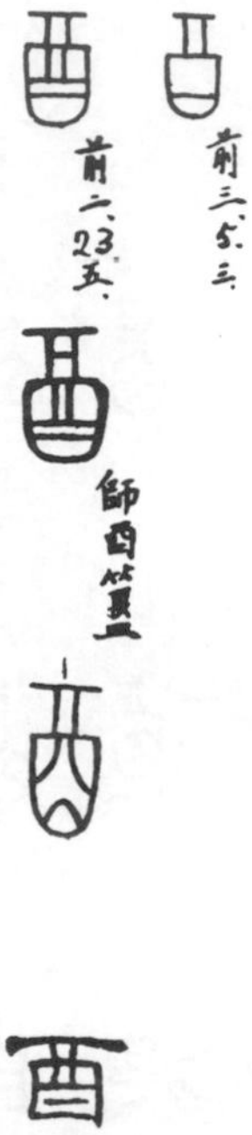
前三.5.三　前二.23.五　師酉簋

酉 ㄧㄡˇ (yeou) (An earthen wine pot.)

說文：「，就也。八月黍成，可為酎酒。象古文酉之形也。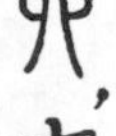，古文酉。从丣。丣為春門，萬物已出。為秋門，萬物已入。一，閉門象也。」与久切。

按為古之酒器。飲頸，侈口，而尖底，瓦質，可置灰火中以溫酒。酉之上或旁有點滴，均為酒字。作或。後借為酋長之酋。而改从水旁。篆作。酉盛酒置架上以祭曰奠。字作或作。設酉以祭曰尊。動詞。尊古作或作。至金文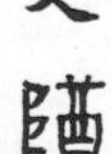乃尊卑之尊。从阜。尊聲。小篆乃酒器之公名。今均通用尊字。說解酉字云云，乃就曆數家二月建卯，八月建酉之意。故卯為春門，酉為秋門之說。全非酉字本意。

⑨

前五5.五　番匊生壺　周棠壺

壺　壺ㄏㄨˊ (hwu) (A pot for holding drinks.)

說文：「壺，昆吾。圜器也。象形。从大，象其蓋也。」户吳切。

朱駿聲曰：「昆吾，雙聲連語。壺之別名。」

按玉篇「壺盛飲器也」禮，注曰：「壺，酒尊也」。字原象器形。上為其蓋。非从大。今日之酒壺，有鋬，有流。實類古代之盉。有時並有提梁。又類古代之卣。至古代之壺則極類胡蘆，而附有裙足。頸旁並有兩耳。

⑩

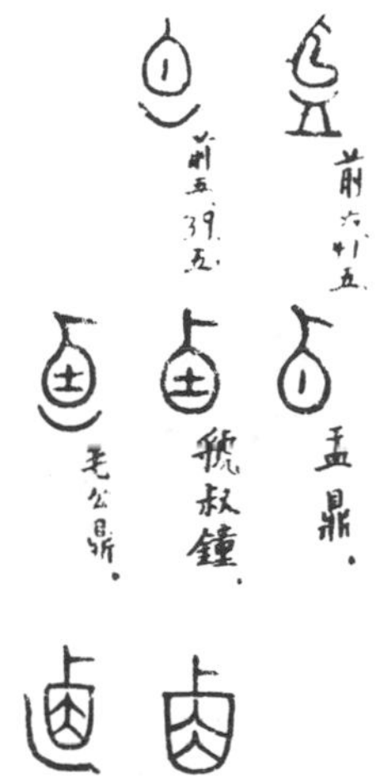

前六.41.五　前五.39.五　盂鼎。　虢叔鐘。　毛公鼎。

卣　逌

卣ㄧㄡˇ (you) (A wine pot with a moveable handle.)

逌ㄧㄡˇ (you)

說文：「𠧪，艸木實垂𠧪𠧪然。象形。讀若調。𠧪，籀文三𠧪為𠧪。」徒遼切。

按此盛酒之器有提梁。象形。其加皿者，加意符耳。或於字下加乚者，王靜安以為皿之省。是也。爾雅：「卣，中尊也」。是其本意。後世讀若攸。說文有逌字。解曰：「逌，气行皃。从乃。𠧪聲。讀若攸」。以周切。亦此字金文逌小變。非另字。至於金文逌、篆文逌，隸書逌字，讀若乃者。則與此別。

又「石鼓」栗字作。因知此字籀文作。不作也。「石鼓」之字，皆「籀文」也。

⑪

 後下、七、十

 前五、五、三

 代六、二、五

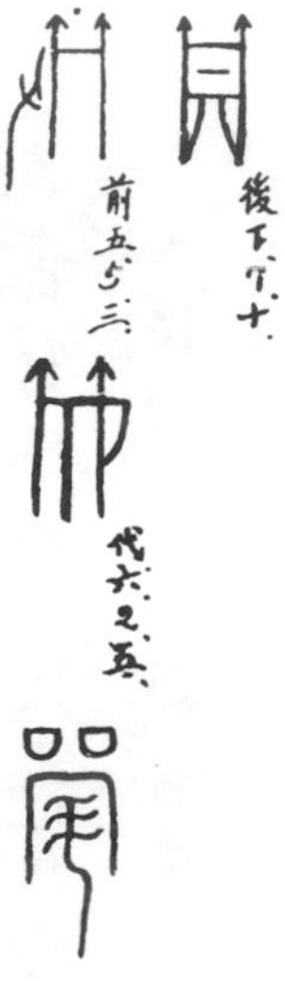

斝

斝 ㄐㄧㄚˇ (jea) (A big wine pitcher with a handle, two ears and three legs.)

說文：「斝，玉爵也。夏曰琖，殷曰斝，周曰爵。从吅，从斗，冂，象形。與爵同意。或說斝受六升。」古雅切。

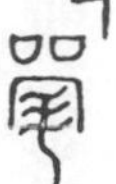

羅振玉曰：「案斝从吅不見與爵同之狀。从冂亦不能象斝形。今卜辭斝字从，上象柱，下象足。从爵而腹加碩，甚得斝狀。知許書从吅作者，乃由而譌。卜辭从，象手持之。許書所从之斗，殆又由此轉譌者也。又古彝文有字，與此正同，但省耳。其形亦象二柱，三足，一耳，而無流，與尾。與傳世古斝形狀脗合，可為卜辭字之證。又古散字作。與字形頗相似。故後人誤認斝為散。韓詩說諸飲器，有散無斝。今傳世飲器有斝無散，大于角者惟斝而已。故諸經中散字，疑皆斝字之譌。」

按羅說是也。後王靜安攷證散斝信為一物。又「詩、邶風、碩人」：「赫如渥赭」。

公言錫爵。」爵字本當作斝。斝與赭為韵。傳云：「見惠不過一散」，則經本作斝。轉譌為散。後人用散字，不得其韵，又改為爵。其實散本斝字。斝赭同部，不煩改爵也。」其說至精確。

⑫

後下.5.五

田侯田脊簋

爵

爵 ㄐㄩㄝ (jyue) (A wine cup with a handle and three legs.)

說文：「禮器也。象雀之形，中有鬯酒。又，持之也。所以飲器象雀者，取其鳴節節足足也。古文爵，象形。」即略切。

按爵，古之飲酒杯也。腹小而口侈，口一端有流，另端有尾，兩旁有二柱。腹旁有鋬，其下有三足。頗高。甲金文均象器形。而並不類雀。雀者，字音也。雀之鳴節節足足，而飲酒貴有節知足，故其器取雀音。小篆於原字加鬯，加又，為意符，則屬倚文畫物之象形字矣！倚文畫物者，即段氏所謂合體象形也。見後。說文所載"古文"爵，今甲金文無覯，疑是戰國末年雀字之象形文。

⑬

前五.1.三

前二.6.六

豚簋

伯卣彝

彝

彝 ㄧˊ (yi) (A chicken shaped wine cup.)

說文：「，宗廟常器也。从糸。糸，綦也。廾持。米，器中實也。此與爵相似。周禮六彝：雞彝、鳥彝、黃彝、虎彝、蜼彝、斝彝。以待祼將之禮。、，皆古文彝。」以脂切。

按彝，雞尊也。飲酒之器。器象雞形。字象器形。復加廾於其下者，謂其器可持之而飲也。彝，後世通段以代器字。周禮六彝，即六器。金文作「寶彝」，即「作寶器」。彝遂為禮器之公名矣！字後世亦省變作「彝」。

⑭

○　○

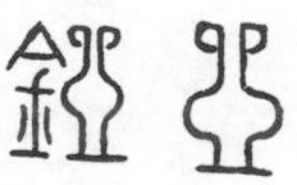

𧯠　鋀

𧯠ㄉㄡˋ　鋀ㄉㄡˋ　(doou)　(A small wine cup with big belly.)

說文：「，酒器也。从金。𧯠，象器形。，鋀或省金。」大口切。

徐灝曰：「按此字當先有𧯠象形，然後再加金旁。」

按徐說是也。攷工記：「飲一豆酒。」段豆代𧯠。又「太白斗酒詩百篇。」段斗代𧯠。𧯠，飲酒器也。其用如今日之杯。

⑮

前一、43六　前五、27五

虢季盤

盤

盤ㄆㄢˊ　(parn)　(A basin used for washing hands and face.)

說文：「般(篆)，承槃也。从木，般聲。鎜，古文，从金。盤，籀文，从皿。」薄官切。

按：槃，古之盥手器。內則注曰：「槃，承盥水者。」是也。甲文作 H 者，為盤之象形文，象其上有圈匡，下有圈足。作 H 者，羅振玉曰：「象形，旁有耳，以便手持也。」其作 般 者，為搬之初字，从攴，與从又同，形聲字，動詞。許訓般旋者，其引借意也。般旋字之字形當有止或辵等偏旁。今只从攴，故知般旋非其本意。後變作搫，作搬。另詳形聲篇。「盤庚」之號，為身後之稱，曰庚者，以忌日為廟號也，與太甲之甲，祖乙之乙同。庚上着搬者，謂其搬遷於殷也。本應書為 般 庚，亦書為 H 庚者，用字之通段也。金文盤字多書為 般 者，亦用字之通段也。後世以其為皿也，作盤，以其為金製也，作鎜，以其為木製也，作槃。皆 H 之後起字矣！盥盤曰盤，承盤亦曰盤，承盤亦曰承舟。舟與盤物有大小，而用絕異，以字形相近，故習用通之。

⑯ ○

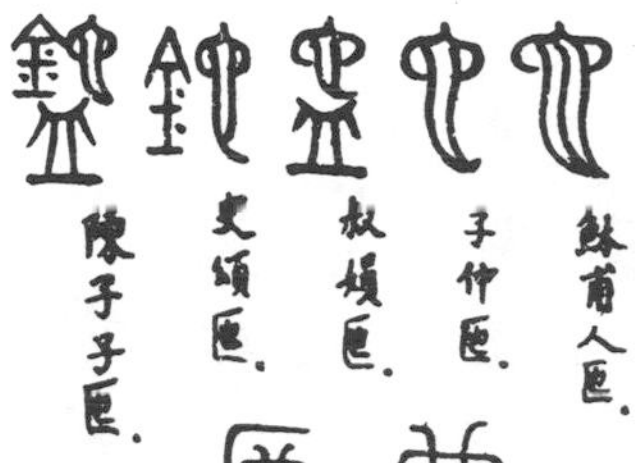

也 一世 (yee)

匜 一 (yi) (A basin for carrying water.)

說文：「、似羹魁。柄中有道，可以注水。从匸，也聲。」移尔切。
戴侗曰：「，沃盥器也。有流，以注水。象形。亦作。借為詞助。詞助之用多，故正義為所奪。而加匸為匜。」
按戴說是也。春秋傳曰：「奉匜沃盥」字原象匜注水之形。水之流注，二與三無別。以其為皿也，故加皿旁；以其金(銅)製也，故加金旁。亦或金皿並加之。東周之時，「也」始借用為語助詞。小篆以「也」已借為助詞，乃加匸(音方，亦作。乃匡字之初文。亦借為器皿之公名。)作匜。於是歧為二字。

⑰ ○  秦公簋  斗 斗ㄉㄡˇ (doou)(A wooden dipper with a long bent handle.)

說文：「，十升也。象形。有柄。」當口切。
按斗原非量名。乃挹注之器。有長柄，似杓而深。並如北斗七星之形。金文，象其傾注。故口八下也。小篆以下字形距象形遠矣。其後以其器為木製，故加木旁作枓。至於升斗之斗，乃後世叚借之義，非其朔也。

⑱ ○   勺 勺ㄕㄨㄛˋ (shuoh)(A ladle.)

說文：「，枓也。所以挹取也。象形。中有實。與包同意。」之若切。

段玉裁曰：「攷工記：『勺一升。』注曰：『勺，尊斗也。』斗同枓，謂挹以注於尊之枓也。士冠禮，注亦云尊斗，所以斞酒也。今皆譌尊升，不可通矣！詩：『酌以大斗。』毛云：『長三尺。』謂其柄。」「勺是器名。挹取者，其用也。」「外象其侈口有柄之形。中央有所盛矣！與包同意。謂包象人裹子，勺象器盛酒漿，其意一也。……此字當依攷工記上灼反，中庸市若反，篇韵時灼、市若切。大徐之若切非也。今俗語猶時灼切。二部。俗作杓。」

按：段說是也。勺小而淺，斗大而深。金文 ʃ，取毛公鼎 𣂑（約）字偏旁。正象杓形。其中並無所盛。小篆乃加一為實耳。

⑲　○　○　匕　匕　匙　匙（chyr）（A spoon）

說文：「匕……所以取飯也。一名柶。」卑履切。

又：「匙，匕也。从匕，是聲。」是支切

段氏曰：「方言曰：『匕謂之匙。』蘇林注漢書曰：『北方人名匕曰匙。』玄應曰：『匕或謂之匙。』今江蘇所謂搽匙、湯匙也。亦謂之調羹。實則古人取飯載牲

之具。其首蓋銳而薄。故左傳『矢族曰匕』昭二十六年傳是也。『劍曰匕首』周禮桃氏注是也。」

按匕字象器形。匙則後世加是為音符者也。兩字實一字。

⑳

前五、3、七、　盂鼎　盂偏旁、　齊侯盂、　盥偏旁、

皿　皿ㄇㄧㄣˇ (miin) (A basin.)

說文：「皿，飲食之用器也。象形。與豆同意。讀若猛。」武永切。

按皿為飲食之器。豆為食肉之器。其下皆有骰跗。惟豆有蓋，皿有耳，不同。皿本專器之名。故有形可象。後通為凡器之稱。

㉑

曲　曲ㄑㄩ (chiu) (A bamboo bent frame for keeping silk worms or holding grain.)

去　筁　去ㄑㄩˋ 筁ㄑㄩ ⿱竹曲ㄑㄩ ⿱艹曲 (chiuh)

說文：「凵，象器曲受物之形。或說曲，蠶薄也。」丘玉切。

又：「凵，盧飯器。以柳為之。象形。⿱竹去，凵或从竹，去聲。」去魚切。

又：「去，人相違也。从大，凵聲。」丘據切。

按三字實一字。凵為竹器，可為蠶薄，亦可以作𥂝飯器。字象器形，下碩而上斂，省之則為凵，凵之省為凵，猶匚之省為匚，匚之省為乚也。後凵加聲符玉作𠚕。自凵因同音通段以代乚（直之反也）、而凵復加蓋形大（非大字）作去，而去又段以代𢓈（此去來之去之本字。从辵去聲，只見於古鉢）。於是加竹為意符於去之上，作⿱竹去。後世更有竹製器作筁，艸製器作䒧。要皆一物一名也。說文又有㕣字，解曰：「㕣，口上阿也。从口，上象其理。㖦，㕣或如此。臄，或从肉从豦。」其虐切。林義光以為㕣與去當亦同字。今按林說是也。說文㕣字誤贅，當刪。口上阿，應以御為正字。

㉒

匚 後上六.七

匚 粹一一八

匚 商丘叔簠 簠偏旁

匚 戰國末古文 匭偏旁

匚

（匚）

（匚）ㄈㄤ (fang) (A square box woven of bamboo.)

說文：「匚，受物之器。象形。讀若方。𠥬，籀文匚。」府良切。

又：「匚，褱僕，有所俠藏也。从乚，上有一覆之。讀與傒同。」胡禮切。按匚為竹器，其形方。饒炯謂即匧字之初文，是也。或又作筐。匚古亦借為方圓之方。至說文訓褱傒，有所俠藏之匚。林義光曰：「按象藏物之器，古作匚（盉鼎匧字偏旁）。與篆匚字無別。今按說文匚部所屬之匧，匯，匣，匱，匵五字均可併入匚或匚部，匸字入象形，則匚與匚實一字也。

㉓

 前五.38.六.

 吳偏旁.

由

由ㄧㄡˊ（you）（A bamboo basket.）

說文：「甾，東楚名缶曰甾。象形。甾，古文。」側詞切。（按此音六朝人誤讀。）

丁福保曰：「說文甾，迪，胄，笛，宙，岫，油，妯，紬，軸，袖，抽，等卅有一文皆从由而正文無由字。小徐以為即甹字。段氏若膺則以為繇之古文。江氏子屏以為許書奪由字。鈕氏匪石則以為訓鬼頭之田形最相近。按各說皆非。甾即由字。考唐寫本玉篇，用部，第二百七十九：甾，今為由字。說文以由，東楚謂缶也。其証一。又攷正始石經尚書，非克有正，迪惟前人光。天不可信，我迪惟寧（按乃文字之譌）王德延。凡迪字中之由，皆作甾。其証二。案夢英千字文由作甾。其証三。漢款識亦作甾。其証四。缶由聲近，正合方言音轉而變。今大小徐本誤以由作甾，且自六朝以來，即音側詞切，與甾

同音。宜乎後之學者，以為說文正文無由字也。隸變與切音之謬，無有過於此字者矣！又案"側詞切，"宜從廣韻作"以周切。"

徐灝曰：「此當从玉篇作由。戴氏侗曰：『由，竹器也。畚、𤭛、𤬪，皆从由。是以知為竹器也。』灝按，由正象竹編之形。仲達說是也。許云東楚名缶曰由。疑有誤。此字隸變作甾。以上三歧為曲筆。遂與草部之菑相溷。故廣韻誤認為一字。」

朱駿聲曰：「由，象形。古文亦象形字。與"从田，从巛聲"之甾迥別。」

王靜安曰：「余讀敦煌所出漢人書急就殘簡，而知說文由字即由字也。」

按以上各家說均是。由為竹器，則與缶為瓦器者自別。"東楚名缶曰由，"謂俗偶段彼名此，非謂彼即此也。如俗名門一戶曰一扇。不得謂戶即扇也。

(24)

後上19七

金文 王偏旁

主　炷

主　炷

主 ㄓㄨˇ (juu) (The wick of a lamp.)

炷 ㄓㄨˋ (juh)

說文：「●，有所絕止，●而識之也。」知庾切。

又：「主，鐙中火主也。从王，象形。从●，●亦聲。」非是。臣鉉等曰：「今俗別作炷。」之庾切。

孔廣居曰：「正譌謂 丶，即古主字。象大炷形。小篆作 主。上从 丶。下象燒鐙器。俗作炷，非。」

按孔說是也。字原象炷形。甲金兩文均取王（即旺字初文）字古體，之所从。說文分 丶 主 為二字。而解 丶 為有所絕止，丶 而識之。似如讀書斷句之點。失之遠矣！李敬齋並以燭為主，炷之後起字。說文：「燭，庭燎大燭也。」甚是。

㉕

前八.13.二

刀

刀 ㄉㄠ (dau) (A knife)

說文：「刀，兵也。象形。」都牢切。

玉篇：「亦姓。俗作刀。」

王筠曰：「周禮五兵，無刀。考工記以鄭之刀與斤削劍並數。亦不盡是兵器。疑或鸞刀之類。惟公羊傳：『孟勞，魯之寶刀也。』可以殺敵，則是兵矣！」

按刀字原象形。古作用具多。作兵器少。至刀，不成字。左傳豎刀字，原作貂。省作刀。又變作刀耳。

㉖

前一.44.七

乂

乂 ㄧˋ (yih) (A pair of scissors.)

說文：「乂，芟艸也。从丿从乀，相交。刈，乂或从刀。」魚廢切。
按乂當即剪之初文。象形。名詞。芟艸也者，乃其用。為其段借之意。動詞。更引申而有治理之意。經典又作嬖。嬖，治也。乂既借為治理意，乃另造前字。从刀。歬聲。其後前（即前）又通段以代歬。久而不返，乃又加刀作剪。

㉗  前四.40.三  師趁鼎 九 九 九 ㄐㄧㄡˇ (jeou) (A hook.)

說文：「九，陽之變也。象其屈曲究盡之形。」舉有切。
又「鉤，曲鉤也。从金。从句。句亦聲。」古侯切。
按九為鉤之象形文。自借用為數目九，久段不歸，乃另造鉤。"陽之變"也，為易學中語。未可以說初民造字之旨。後世防淆改者復段佩玖之玖以代數目字九。

㉘  前七.38.一 ○ 觿 觿 觿 ㄒㄧ (shi) (A horny spike for untying a knot.)

說文：「觿，佩角。銳耑。可以解結。从角。嶲聲。詩曰：『童子佩觿。』」戶圭切。
按字原象解結之器形。其上細鉤，所以佩者也。下銳耑，角質。所以解結者也。兩旁之回鉤，所以防結之鬆繩套入角之粗耑而不易脫者也。其象古之觿形審矣！甲文用為地名。稱之曰「下」。前人釋為下危。非也。釋為危，

無理。下□之地，殷王常以伐之而受祐。必為邊民所居。時叛時服。吾友程旨雲氏謂春秋城濮之戰「楚師背酅而舍」。酅，疑即觿。則下觿必在其附近無疑。說甚是。城濮為衛地。在今山東濮縣。酅在其南。殷人伐下觿，出師不遠。地望可合。

㉙ ○ 丌 丌 丌 丌 ㄐㄧ (ji) (A wooden stand with short legs.)

說文：「丌，下基也。薦物之丌。象形。讀若箕。」居之切。

段氏曰：「平而有足。可以薦物。」

按甲文奠字作□。典字作□。「晉鼎」奠字作□。其他金文奠字作□。小篆奠字作□。然則丌者，薦物之具由一變為〓。變為一。變為丌。再變為丌。其跡可尋。殆由平墊漸變為有足者歟！

㉚ ○ (几)(几) 几 几 几 ㄐㄧˇ (jii) (A small rectangular table with short legs.)

說文：「几，凥几也。象形。」周禮，五几：玉几，雕几，彤几，髹几，素几。居履切。

段氏曰：「古人坐而凭几。」

按几，古人坐席上時所凭。今日本人猶用之。字本象形。凥（即居）字、処字、皆从其意。俗加木旁作机。金文兩字取處字偏旁。

㉛

（爿）（爿）

牀　牀 ㄔㄨㄤ (chwang) (A bed.)

說文：「牀，安身之几坐也。从木。爿聲。」仕莊切。

按說文無爿字。而偏旁中多有之。林義光曰：「考爿並有牀象。實即牀之古文」是也。象牀形。縱之則為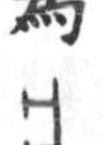也。甲文取疾字偏旁。金文取疾、將、牆等字偏旁。又前編·四·45頁，有字。前編·七·3頁，有字。文均殘。意不明。然、為牀之初文，應不差也。後人加木為意符作牀。俗又作床。

㉜

藏181四、 後上25四、 前六32五 前六57五、
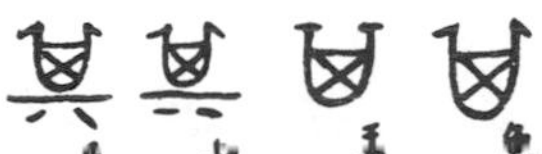
曾伯簠、 盂鼎、 叔向父簋、 殳季良父壺、
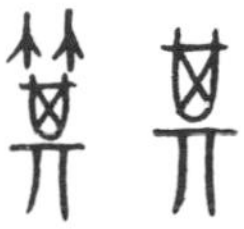
其　箕
其 ㄐㄧ (ji)　箕 ㄐㄧ (ji) (A bamboo dust pan)

說文：「箕，簸也。从竹。象形。下其丌也。」居之切。古文箕省。，亦古文

箕。𠑹，亦古文箕。𠁁，籀文箕。𠥱，籀文箕。」

段氏改箕，所以簸者也。曰：「所以者三字，今補。全書中所以字為淺人刪者多矣！小雅曰：『維南有箕。不可以簸揚。』廣韻引世本曰：『箕帚，少康作。』按簸揚與受叁皆用箕。」

按𠀠原象編竹之形。後加丌為聲符作𠁁。後𠁁字又借為語詞，或代名詞。乃加竹為意符作箕以別之。故𠀠，其，箕，實古今字。

㉝

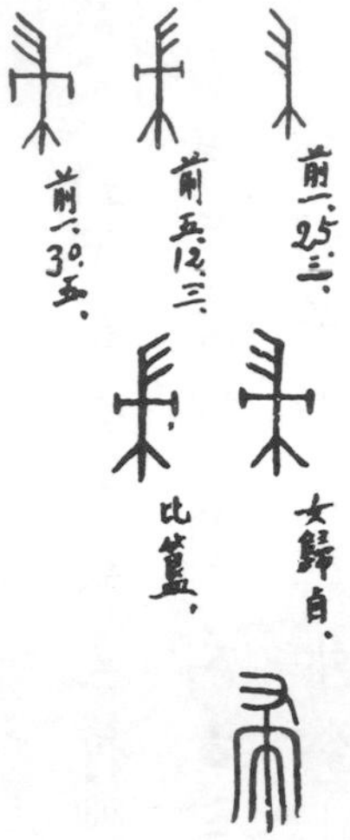

前一.25.三　前五.12.三　前一.30.五　女歸卣　比簋

帚

帚 ㄓㄡˇ (jóou) (A broom.)

說文：「帚，糞也。从又持巾掃冂內。古者少康初作箕帚秫酒。少康，杜康也。葬長垣。」支手切。

段氏改所以糞也。註曰：「所以二字，淺人刪之。今補。……嫌少康即夏少康。故釋之。」

羅振玉曰：「卜辭帚字从𠂤。象帚形。⺅，其柄末，所以卓立者。與金文戈字之⺅同意。其从冂者，象置帚之架。埽畢而置帚於架上倒卓之也。許

君所謂从又，乃ㄋ之譌。从巾，乃木之譌，謂冂為門內，乃架形之譌。亦因形失而致誤也」。

按羅說是也。近俗以箕帚同稱，而亦於帚上加竹作箒，非是。

(34)

後下25.九、　院乙.一七八〇　後下8.十三、

〇

(huey)(A bamboo broom)

說文：「彗，掃竹也。从又持甡。篲，彗或从竹。䎚，古文彗。从竹从習。」祥歲切。

按葉玉森以羽為古雪字，非也。乃羽字。又以羽象水雪雜下，亦非。乃彗字。除羽字已另見外，今此甲文第一形，正象彗除糞土。第二形象彗之全形以除糞土。第三形則更用兩手持之，皆有糞除之狀。其均彗之異體無疑。惜金文無覯，莫由詳其變遷之跡。篆文彗，殆即甲文第三形之譌變。省二手為一手。徐灝釋篆文曰：「甡，蓋象竹彗之形，非甡字」是也。秦人或加竹為意符作篲，意自不別。至於雪字，篆作䨮，乃形聲字。說文：「䨮，凝雨說物者。从雨，彗聲。」是也。如後下一、十三卜辭曰：「甲辰卜，丙午，雨雪。」雪作雨羽。亦从雨，彗聲。又後下二五、九、卜辭曰：「己酉，卜，貞：亞从，止有雪，三月」雪作羽。則彗以同音通段而代雪者也。

(35)

前五、3、二　文王命癘鼎　前五、38、六　邛仲盦

午

午 ㄨˇ (wuu) (A pestle.)

說文：「午，啎也。五月陰气午逆，陽冒地而出。此與矢同意。」疑古切。又：「杵，舂杵也。从木，午聲。」昌與切。

戴侗曰：「斷木為午，所以舂也。亦作杵。借為子午之午。所以知其為午臼之杵者，舂从午，从臼。此明證也。」

按午，杵古今字。許釋杵，是。釋午，因用曆數家言，非制字本源。午之初形直象杵。兩端粗壯，中央細小。兩端壯，則重而有力。中央細，則便於執手。今山地之民，仍用此形之杵。

(36)

前四、15、四　舊偏旁　宗周鐘　舀偏旁

臼

臼 ㄐㄧㄡˋ (jiow) (A mortar.)

說文：「臼，舂臼也。古者掘地為臼，其後穿木石。象形。中象米形。」其九切。

按字直象臼形。金文當為臼壁內粗糙之狀，並非米形。蓋掘地為坎，內壁粗糙以利舂。故臼之初文作凵以象形。與坎之初文形似而大小不同，意各有當。

(37)

前六、26、一　舀鼎

東

東 ㄉㄨㄥ (dong) (A bag opening at both ends.)

前五.20.二.　王命明公尊.
前六.46.五.　散盤.

橐　橐（two）(A bag opening at both ends.)

說文：「東，動也。从木。官溥說：从日在木中。」得紅切。
又：「橐，囊也。从橐省。石聲。」他各切。
按東，近人徐中舒、丁山均以為橐之初文，是也。埤倉：「有底曰囊。無底曰橐。」字原象兩端無底，以繩束之之形。後世借為東西之東。久段不歸。乃另造橐字。許氏引官溥說从日在木中，不可據。日在木中，晨固可謂東。晚則必將謂西也。東西南北方向之名皆是借字。

(38)

○

玄　玄（Shyuan）
石鼓.
繩　繩（Sherng）
(A cord.)

說文：「玄，幽遠也。黑而有赤色者為玄。象幽，而入覆之也。古文玄。」胡涓切。
又：「繩，索也。从糸。蠅省聲。」食陵切。
按玄即繩之初文。象形。籀文複體作𢆶。見石鼓文。用為弓弦字。玄之為

繩，韋字从之得意。可證也。自玄借為幽玄，為玄黑，為玄妙，於是乃另造繩字。小爾雅：「大者謂之索。小者謂之繩。」顏注急就篇：「麻緣曰繩。草謂之索」。莊子：「繩繩兮不可名。」即玄玄兮不可名。（門人王淮發明。）

39

因 後下.26.五　因 宰叔簋 宿偏旁　因 藏229.四 宿偏旁　因 田侯因資簋　因 前五.38.三

席　西　因

席　(西)　因

席 (shyi)　(西)　因 (in)　(A mat.)

說文：「因，就也。从口大。」於真切。

江永曰：「因，象茵褥之形。即茵之古文。中象縫綫文理。」

林義光曰：「按口大無因字意。訓因為茵，是也。古作因。弻篆从西。古从因。宿篆从西。古从因。因亦因字。並當為茵。於形意方合。廣雅：『西，席也』。西即因字。說文『西，舌皃。从谷省。象形。讀若三年導服之導。』按西為舌貌，無他證。弻，宿皆从因。古當無西字。」

說文：「席，藉也。禮，天子諸侯席有黼黻純飾。从巾，庶省。席，古文席。从石省。」祥易切。

按因即席之初文。象形。後因借為原因，因為之因。形亦變為口大。

於是乃加石省聲作[篆]。後[篆]復變為[篆]。从巾。石聲。又變作[篆]。因與席之形意遂相遠矣!後世更於囷上加艸以示艸製作茵。因旁加韋以示革製作鞇。俗並於席上加艸以示艸製作蓆。加竹以示竹製作⿱竹席。更孳乳不可究詰矣!

(40)

後下11.13、陟偏旁。 數狄鐘 降偏旁。 菁3. 克鼎 陴偏旁。 大保簋。

阜(阝)

阜ㄈㄨˋ(阝)

(fuh) (A steplog.)

說文:「[篆],大陸山無石者。象形。[篆],古文。」房九切。

按字象獨木梯之形。故原意為獨木梯。後借用為高地之名。謂高坎地非梯不能登也。習用既久。借意專行而本意亡。爾雅,釋地:「大陸曰阜」是也。此字為合體字之偏旁時常居左方。而具意常可分為(1)階梯,(2)高地兩類。

(41)

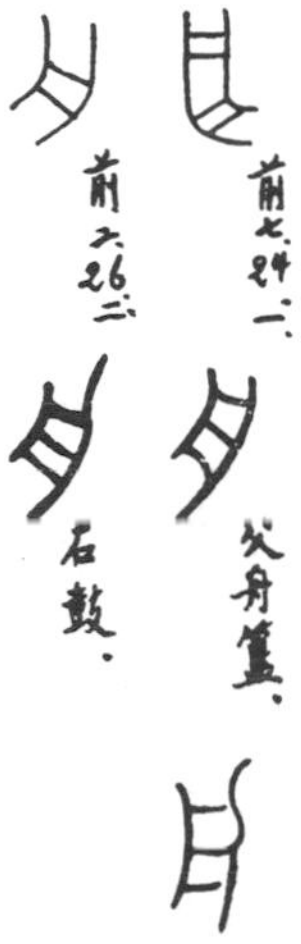

前七.24.一。 前六.26.二 父舟簋。 石鼓。

舟

舟ㄓㄡ

(jou) (A boat.)

說文:「[篆],船也。古者共鼓,貨狄刳木為舟。剡木為楫。以濟不通。象形。」職流切。

按字原象形。秦人或加㕣為聲符作船。舟船一字。方言：「舟自關而西謂之船。自關而東謂之舟。」漢時方言分別之也。共鼓貨狄，向傳為黃帝二臣名。

㊷ ○

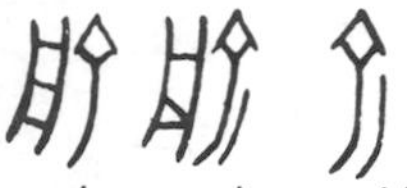

輪鎛　魯伯俞父簠　師俞簋

俞　俞　俞ㄩ (yu) (A hollowed log.)

說文：「俞，空中木為舟也。从亼。从舟。从巜。巜，水也。」羊朱切。

按俞，見春秋時"輪鎛"讀為渝。即俞字之初文也。全象獨木舟在水上之形。東南亞島民至今猶用之。後加舟為意符作𦨶。省作𦨶。說文就小篆立言。說字意是，說構造非。

㊸

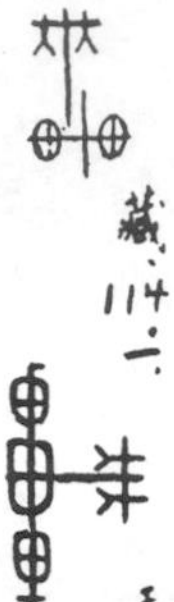

藏.114.二　盂鼎

車　車　車ㄔㄜ (che) (A carriage)

說文：「車，輿輪之總名。夏后時奚仲所造。象形。䡅，籀文車。」尺遮切。

按字象輿輪形。中方者為車箱。兩邊圓者為車輪。輪之外為車轄。中長橫為車軸。長直為車輈。前橫者為衡。衡之兩邊為軛。甲文省變之形亦有數種。惟此形最完。後世復為省變。遂成隸楷之形。許書"籀文从二戈。乃周

文之鈔譌。今攷甲，金文，車字異體頗多。無一从戔作者。釋名曰：「黃帝造車。故曰軒轅」是造車不始於奚仲也。其或車製至奚仲而始備。故許君云然。又據此甲文之形，知殷人初乘二馬。路車始用四馬。中二曰兩服。旁二曰兩驂。兩驂或晚殷所益。周之平民，棧車，復一車兩馬。論語：「城門之軌，兩馬之力歟？」是也。而田車，兵車，無不乘四。如言百乘，千乘，萬乘，皆謂一車四馬也。其後秦人始乘六馬。易，象辭傳：「大明終始，六位時成。時乘六龍以御天。……」因知象辭乃秦漢間人作。又淮南子：「君子之居民上，若以腐索御奔馬」晉人造僞古文尚書，五子之歌：「予臨兆民，懍乎若朽索之馭六馬」竟以秦制述商周之文。益見僞古文之僞。

(44) ○

求伯簋

厄 ぜ (eh) (A yoke.)

說文：「戹，隘也。从户。乙聲」於革切。
又「軛，轅前也。从車。厄聲」於革切。
按字原為叉馬頸之具。象形。上一橫為衡。中孔為轙。所以載轡。徐鍇曰：「爾雅：軛上環，轡所貫也」是也。兩邊下曲，如叉狀者，名曰軥。即所以叉馬頸者。厄字小篆形尚近古。隸楷竟譌變如从户从乙。說解就其譌形而言。失之。秦時或

加車旁為意符作軛。其為叉馬頸之具之意，固不殊也。後世借厄為災厄，因厄之厄。而專以軛為本字。遂分化為二。

(45)

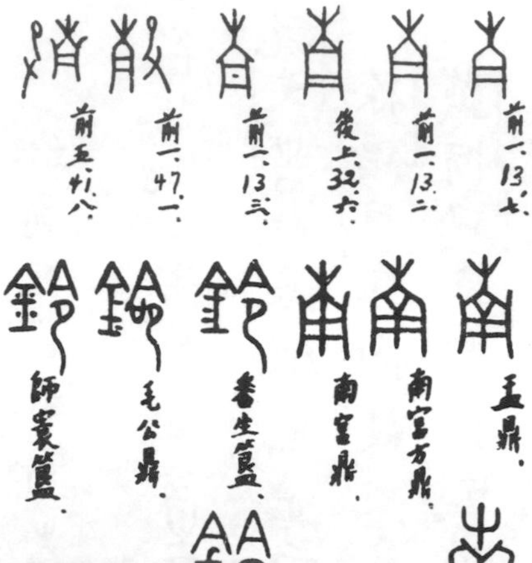

南 南 ㄋㄢˊ (nan) (A bell)

鈴 鈴 ㄌㄧㄥˊ (ling) (A bell)

由卜辭知為武丁時卜官之名。而三代吉金文存卷六第三頁彝銘有此字。蓋商代中葉之器也。

說文：「南，艸木至南方有枝任也。从𣎵。羊聲。𡴭，古文」。那含切。

又「鈴，令丁也。从金。令聲」。郎丁切。

徐灝曰：「丁寧，令丁，皆狀其聲。急言之為鈴。……形如鐘而有舌」。

按甲文南字之本意，近人某氏據其形象以為殆鐘鎛之樂器。即古鈴字也。並舉多證，詳其音義。至為可信。蓋字作者，借為南方之南。作者，傳為小鐘之鈴。一字分化為二。乃流變之通例，不足異也。但就字之形而言。古可持槌擊之，則古之鈴，殆不必有舌。許氏說南字全誤。說鈴字亦只解其

音而已。於是唐立厂氏釋與為穀。而某氏駁之。並據堂野前氏藏骨有卯三。斷定為動物。乃改釋穀。嗣唐氏復從某氏說。惟謂𣪊與穀乃畜子之通稱。不僅小豕穀也。而于思泊氏又以唐之前說釋穀為是，餘說皆非。並引金璋氏623：「貞：尞于王亥。五牛。新。」及金璋氏637：「貞：㞢于父乙。白豕。新。」兩辭証明牲類無言新之理。今按此字確詁，深勞時賢辯論，足以啟後生好學之思矣！然當以某氏之初釋為鈴者是。其用為牲，如「八九」，與牛羊同稱者，則段為羚也。說文無羚而有麢。羚，即麢也。大羊而細角。至「白豕，新」云云，則新固段為騂也。論語，註：「騂，赤色。」

㊻  前五.4.四.   壴 壴 ((ㄓㄨˋ)) (A drum.)

說文：「壴，陳樂也。立而上見也。从屮，从豆。」中句切。

徐鍇曰：「壴，樹鼓之象。屮，其上羽葆也。象形。」

戴侗曰：「壴，樂器也。艸木箟籩豆非所取象。其中蓋象鼓。上象設業崇牙之形下象建鼓之虡。伯曰：『疑此即鼓字。鼓，擊鼓也。故从支。』」

徐灝曰：「按楚金仲達說是也。鼓鼙彭，皆从壴。是其明證。壴上从屮。與屵同意。中口，象鼓。下象虡。與樂同意。」

按：為鼓之初文，無可致疑。三代吉金文存卷二六頁，鼎文有字，乃前期金文，應為甲文之所本。後人用字，以鼓琴瑟之鼓，代鐘壴之壴，久之而壴字廢。壴之音讀，應與鼓同。而大徐本作中句切，小徐本作陟具反，乍視之，似不相同。然段注說文，居……从尸，古聲。知古聲之可諧居聲，（居，九魚切。）則知壴聲之變為中句切，陟具反矣！綜上各說，則壴字說解之文，易之以今語，應為「壴，戰陳之樂也。立於架而上見其飾也，象形。」不从豆。

(47)

○ 珡

○ 珡 琴

琹ㄑㄧㄣˊ 琴ㄑㄧㄣˊ（ˊchyn）

說文：「珡，禁也。神農所作。洞越。練朱五弦。周加二弦。象形。古文琴。从金。」巨今切。

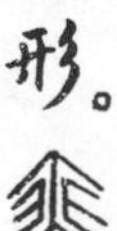

段氏曰：「禁者，吉凶之忌也。引申為禁止。白虎通：『琴，禁也。以禁止淫邪，正人心也。』此疊韻為訓。」

按：珡字之形，蓋象七弦琴之首，側視之也。珡，象琴之雁柱。二，所以繫弦。徐灝曰：「隸變从今聲。古文異體，从古文瑟，金聲。」是也。王筠曰：「洞者，迵之借字。通達也。燕禮：『小臣左何瑟，面鼓，執越。』注云：『越，瑟下孔也。』」

(48) ○

瑟 ㄙㄜˋ (seh) (A fifty stringed musical instrument.)

說文：「瑟，庖犧所作弦樂也。从珡，必聲。古文瑟。」所櫛切。

段氏曰：「玧古文琴瑟二字，似先造瑟字，而琴从之。」

徐灝曰：「庖犧造瑟，在神農造琴之先。故古文琴从古文瑟。今瑟之小篆从珡者後製之字耳。白虎通禮樂篇：『瑟者，嗇也，閑也。所以懲忿窒欲，正人之德者。』爾雅釋樂：『大瑟謂之灑。』古文象形。」

按瑟之古文，當象瑟之形。瑟形似琴，而中有脊，兩端各二十五弦。合之則為五十弦。兩手鼓瑟，左右手各操二十五弦，以合和其音。史記封禪書：「太帝使素女鼓五十弦瑟，悲。帝禁不止。故破其瑟為二十五弦。」此語雖託神仙之術，而瑟之形制可以想像也。就琴瑟二字之周末古文而言，應瑟字在先，琴字在後。段徐之說是也。

(49)

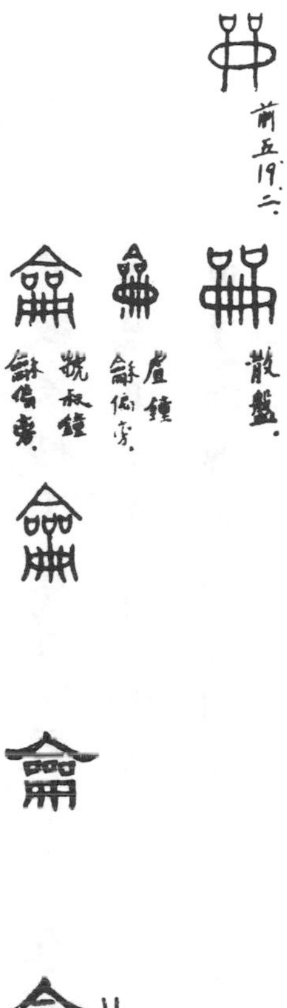

龠 ㄩㄝˋ (yueh) (A bundle of pipes, an ancient wind instrument.)

說文：「龠，樂之竹管。三孔。以和眾聲也。从品，侖。侖，理也。」以灼切。

徐灝曰：「龠，籥，古今字。公羊宣八年傳『籥，所吹以節舞也。』三孔。蓋象形。非品字」。

按龠之為器，乃編管為之。故其形為[glyph]。甲文，金文从二口。小篆从三口。二口三口，皆所以象管端之孔。周禮，禮記，鄭注，爾雅郭注，並同曰三孔。惟毛傳云六孔。廣雅言七孔。是龠者，編多管而成也。不必三管。字本象形。後又加A（音集）為聲符，故作侖。後人又加竹為意符，故作籥。詩，簡兮：「左手執籥。右手秉翟。」是也。原字卜辭借為祭名。後人變之為禴。

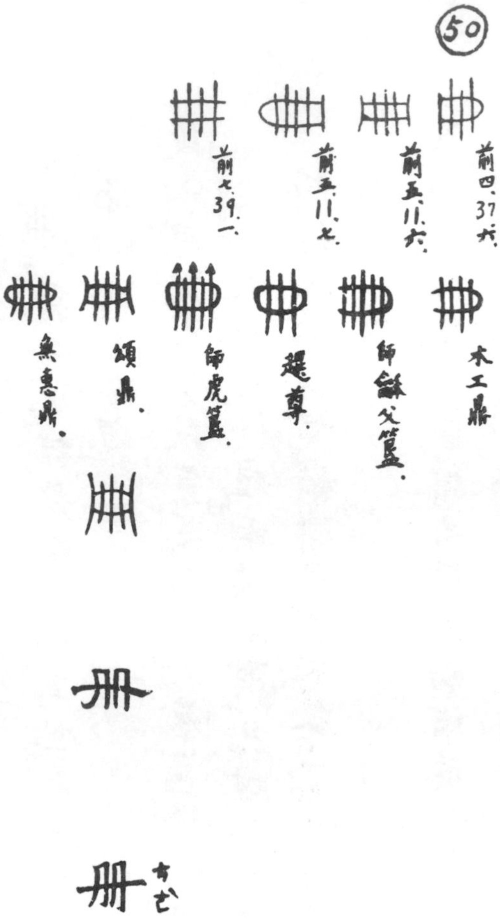

冊 ㄘㄜˋ (tseh)(A bundle of bamboo slips, an ancient kind of book.)

說文：「冊，符命也。諸侯進受於王也。象其札一長一短，中有二編之形。𠕁，古文冊。从竹。」楚革切。

段氏曰：「後人多叚策為之。……蔡邕獨斷曰：『策，簡也。其制長者一尺，短者半之。其次一長一短，兩編下附。』札，牒也，亦曰簡。編，次簡。次簡者竹簡長短相間，排比也。以繩橫聯之上下各一道。一簡容字無多，故必比次編之，乃容多字。」

徐灝曰：「凡簡書，皆謂之冊。不獨諸侯進受於王也。此舉其大者而言。符，冊，亦二事也。」

商承祚曰：「師酉敦蓋冊作𠕋。古文所从从𠈌，殆由𠁦而譌也。」

按此字但象編簡之形。冊籍之冊也。至於策，則為馬箠。鞭馬之具也。經典多段策以代冊。實僅同音通段。並非策有冊籍之意。

51 〇

柬　柬　柬 ㄐㄧㄢˇ (jean)

簡 石鼓　簡　簡　簡 ㄐㄧㄢˇ (jean)

(A slip of bamboo for writing.)

說文：「柬，分別簡之也。从束，从八。八，分別之也。」古限切。

說文：「簡，牒也。从竹。閒聲。」古限切。

沈濤說文古本考：「濤案漢書，高惠高后文功臣表，注，晉灼引許慎云：『柬，古簡字也。』是古本有重文柬字。」

段玉裁曰：「片部曰：『牒，札也。』木部曰：『札，牒也。』案簡，竹為之。牘，木為之。牒，札，其通語也。釋器：『簡謂之畢。』學記云：『呻其佔畢。』是也。等者，齊簡也。編者，次簡也。」

王筠曰：「劉向別錄：『書以殺青。』風俗通：『新竹有汗。善朽。生蠧。凡作簡者，皆於火上炙乾之。』尚書正義顧氏曰：『簡長一尺二十。』」

按柬為簡之初文。說文本有之。柬為象形字。簡為形聲字。一簡之形、不可象。縱之則嫌於十。(甲文十字作丨。)橫之則嫌於一。故以橐中藏柬之形象之。作。變作戰國時又造簡字。簡字通行，而柬字漸少用矣！今"甲文"未見柬字。金文則取闌字偏旁為例。察其中信非从八。特象橐中有簡而已。又、攷闌字、說文「闌，門遮也。从門。柬聲。」洛干切。竊以為門遮之字而取柬聲者，當亦謂柬為竹簡，可編之以遮門也。諫字說文：「諫，正也。从言。柬聲。」古晏切。臣子諫正其君父之字而取柬聲者、當亦謂柬為竹簡，可書其事而持之以諫正也。然則簡為柬之後起字可無疑。"籀文簡字見"石鼓文"。又古稱刀筆之吏者言一面用筆書字，一面用刀刮去。可鍛鍊其判讞之字句以文致其罪也。刀之為用，如今日之橡皮。

(52)

前六、17、五、耤偏旁、

前七、15、六、耤偏旁、

前六、17、七、耤偏旁、

令鼎 耤偏旁、

代六、3、彝、耤偏旁，即耒字、

耒

耒(Jeei)(A forked wooden plow.)

說文「手耕曲木也。从木推丰。古者垂作耒耜。以振民也。」盧對切。

徐灝曰「鄭仲師云『耒，謂耕耒。庛，謂耒下歧。』灝按耒之初制，蓋其末為歧頭。後人易以鐵齒。說文所謂六叉犂也。耒與耜異。說詳木部梠下。丰，許訓艸蔡。耒用犂田，與艸蔡之義不協。戴仲達以為丰聲。是也。古音丰耒皆在齊部。阮太傅亦曰『耒从木推丰。下當有丰亦聲三字。』徐氏不知而刪之耳。」

按耤田之耤，即耕字之初字。甲文作。作。作。皆象人持耒而耕之形。而耒之初形，實為曲木歧庛。與鄭徐之說合。與近世牛耕之犂有異。則古之耒，為人耕之具，不以牛也。說文「耕，犂也。从耒。井聲。」「犂，耕也。从牛。黎聲。(後人省作犁)」兩字互訓。均為動詞。自後世通段動詞之犂以代名詞之耒。習慣既久。而耒字少用矣！

(53)

前六、61、七、

毛公鼎、

㠯

㠯(yii)(A wooden hoe.)

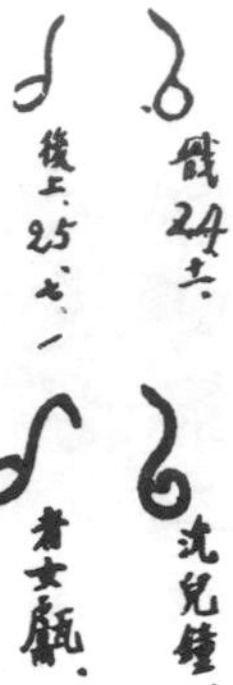
戩24.十　後上25.七.一　沇兒鐘　者女觥

（㠯　梠

以　梠　耜

以）梠ㄙ　耜ㄙ

(syh)(An ancient shovel)

說文：「㠯，用也。从反巳。賈侍中說：『㠯，意㠯實也』。象形。」羊止切。

林義光曰：「按反巳無用意。㠯古作〔古文〕。作〔古文〕。亦不象意苡實。」

嚴章福曰：「經典借"以"為之。"以"即"㠯"。"訓像隸變為似」。

說文：「梠，臿也。从木，㠯聲。一曰徙土輂，齊人語也。臣鉉等曰：「今俗作耜。詳里切」。梩，或从里。（輂，居玉切。說文：「大車駕也」。又轝，亦作輂。徙土器。）」

段玉裁曰：「周禮注引司馬法曰：『輂一斧，一斤，一鑿，一梩』。疏曰：『梩，或解謂臿。或解為鍬』。鍬臿亦不殊。……梩同梠。可以臿地椻土者。」

徐灝曰：「易繫辭下傳：『斲木為耜。揉木為耒』。釋文引京房云：『耜，耒下耓也。耒，耜上句木也』。」灝按耒耜本二物。京氏誤合為一。漢儒多承其誤。攷工記曰：『匠人為溝洫。耜廣五寸。二耜為耦。一耦之伐，廣尺深尺謂之甽』。是耜為伐地起土之器甚明。記又曰：『車人為耒。庛長尺有一寸。中直者三尺有三寸。上句者二尺有二寸。堅地欲直庛。柔地欲句庛。直庛利推。

句庛則利發。此則為耕𤰈之用。鄭司農云：『庛，謂耒下歧』。按耒之初制，蓋於其末為歧頭。後人易以鐵𦥑。許云：『梠，臿也』。『耒，手耕曲木也』。蓋臿本耜類。故以臿訓梠。而耒則自為一器。不可強同。後鄭云：『庛，讀為棘刺之刺』。耒下前曲接耜』。亦誤以耒下鐵𦥑為耜。蓋由耜耒連文，遂相沿誤。獨許君之說釐然。與攷工記足以互證。且繫辭明明分晰言之。則為二物可知矣！梠即今之耜字。玉篇曰：『梠與耜同』。耒下曰：『垂作耒耜』。是梠即耜之明證。從土輂者，孟子，滕文公篇：『蓋歸反虆梩而掩之』。孫奭音義曰：『虆，力追切。土籠也。梩，力知切。土輂也』。廣韻：『梩，里之切。從土輂。出六韜』是也。齊人語也，句，當在梩篆下。一曰從土輂，又在其下也」。

按徐說極是。耒耜為二物。耒下歧𦥑。耜之形，下不歧。如今日之挖鍬。下端與其柄相折。其用在發土。故其古文作㠯。象形。甲骨文正反書不拘。後以其為木製，故加木旁作梠。又後以其用與耒同功，故加耒旁作耜。耒耜原均木製。後乃各加金於其首。徐中舒曰：「耜異體甚多。小篆作梠。作枱。作鈶。籀文作辝。或作耛。經傳作耜。廣雅作鈶』。又㠯字後世音變為私。人遂誤以為公私之私之初文。不如其實即耜字也。說文另出㠯字。列為部首第三四八。解曰：「㠯，姦衺也。韓非曰：『蒼頡作字，自營為㠯(私)』。公私之

私乃借意，非本意。說解摭引詭言以証曲說。遺誤後人孰甚。

54

斤 ㄐㄧㄣ (jin) (A hoe-shaped axe.)

說文：「斤，斫木斧也。象形。」舉欣切。（斫，之若切。）

王筠曰：「斤之刃橫，斧之刃縱，其用與鋤钁相似，不與刀鋸相似。故云斫也。」玄應引賈逵國語注：「斤，钁也。」

饒炯曰：「孟子云：『斧斤以時入山林。』又云：『斧斤以伐之。』皆連語恒言。其實斧斤異器。斧刃縱向，伐木者用之。其形與刀同。斤刃橫向，斫木者用之。其形與鋤同。」

按：王、饒說斤形極是。甲文取析字，新字偏旁。依近人考定，象其柄及折頸，與刃之所向之形。金文則柄與器俱為雙線。且與甲文同，是刃上柄下形狀較然。篆隸以降，形變不可說。今鮮能知斤字象何形矣！古以斤恒用金為之，故字亦作釿。後世斤借為斤兩（十六兩為斤。）之斤。本意幾為借意所奪。

55

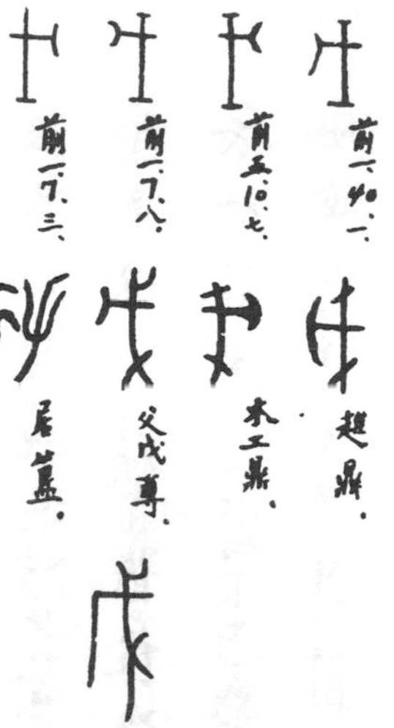

前一.40.一　前五.10.七　前一.7.八　前一.7.三

趠鼎　木工鼎　父戊尊　居簋　居簋

戊　斧

戊(wuh)　斧(fuu)　(An axe.)

說文：「戊，中宮也。象六甲五龍相拘絞也。戊承丁。象人脅。」莫候切。又「斧，斫也。从斤，父聲。」方矩切。

按戊斧一字。其形如戈，而刃在援端，刃廣。故字形如物形。而與戈異。及戊借為天干第五位之名，乃另造从斤父聲之斧。戊斧分行，而人莫知戊為何物。許書"中宮、及六甲五龍"之說，非其本意。徐灝曰：「詩豳風，破斧，毛傳『隋銎曰斧。』按隋銎，謂其銎為長圓形。傳云，隋銎。今作橢孔，所以納斧之柯。斧為用具。孟子：『斧斤以時入山林，材木不可勝用也。』是也。其口更圓曲者曰戉。用為兵器。戉亦象形字。另詳於後。

56

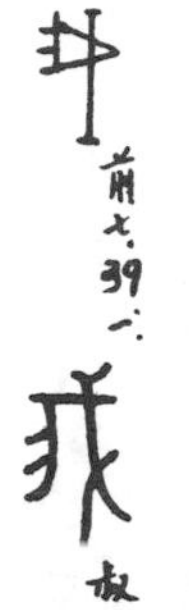

前七.39.一　叔我鼎

我　我

我(woo)　(A saw shaped weapon.)

説文：「𢦏，施身自謂也。或説，我頃。頓也。从戈，𠂇。𠂇，古垂字。一曰古殺字。𢦏，古文我。」五可切。

按施，古音怡。此處通段代余。施身自謂者，猶言余身自謂也。王筠曰：「我字凡三説：施身自謂也，經典皆用此義。而左从右戈，不能得此意。我頃，又一義。亦於从戈無干。一曰古殺字，則有戈義矣！然从非義非聲。終不可説也。故三義並列，不能別白，而定一尊。」王國維曰：「我字疑象兵器形。訓余為借義。」今按二王説是也。近人某氏以為字象斧有齒。是即刀鋸之鋸。而齟齬是其本音之延長。其説甚是。應即許説古殺字之本源。我國凡代名詞皆是借字。此𢦏字自借以為第一人稱代名詞，久而為借意所專，乃另造鋸字以還其原。

(57)

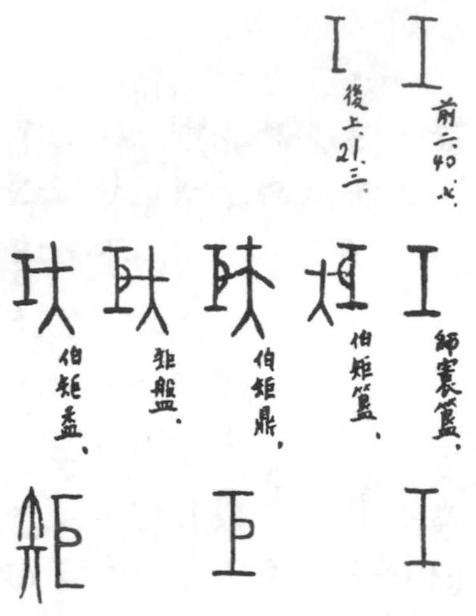

前二.40.七　後上21.三　師寰簋　伯矩簋　伯矩鼎　矩盤　伯矩盉

工　工 ㄍㄨㄥ (gong) (A carpenter's square.)

巨　巨 ㄐㄩˋ (jiuh)

矩　矩 ㄐㄩˇ (jeu)

說文：「工，巧飾也。象人有規榘也。與巫同意。𢒄，古文工。从彡。」古紅切

徐灝曰：「此字形蓋象為方之器。周髀算經曰：『圜出於方，方出於矩。』是矩為諸形之本。故造字象之也。引申之凡有職業皆曰工。與巫同意四字，恐為後人所增。」

按「巧飾也」，應為𢒄字之訓。工，𢒄，當異字。工為矩。𢒄為巧飾。工為為木之器。故从工之字，式，法也。从工。弋聲。巧，技也。从工。丂聲。其意皆可由矩引申。

說文：「巨，規巨也。从工。象手持之。榘，巨或从木矢。矢者，其中正也。𢀚，古文巨。」其呂切。

按周髀算經，商高曰：「數之法出於圓方。圓出於方。方出於矩。矩出於九九八十一。故折矩以為句廣三，股修四，徑隅五。既方其外，半之一矩，環而共盤。得成三、四、五。兩矩共長二十五。是謂積矩。」

按工與𢀚一字。工象榘形。為最初文。自借為職工百工之工，乃加畫人形以持之，作𢀚。後所加之人形變為夫，變為矢，流而為矩。省而為巨。後巨又借為巨細之巨。矩復加木旁作榘。而工與巨復因形歧而變其音。於是人莫知其朔矣。觀算經「折矩以為句廣三，股修四，經隅五」之折字，則

知古之矩不折者，其形不如今日木工所用之曲尺也。曲尺之形雖不折，而自有句股徑。唯古矩為工形。乃必須折之。此明證也。近人馬氏以工為巨初文，得之。

(58)

叀

叀 ㄓㄨㄢ (juan) (A weight for spinning thread)

說文：「叀，小謹也。从幺省。屮，財見也。屮亦聲。〇，古文叀。〇，亦古文叀。」職緣切。

又：「專，六寸簿也。从寸。叀聲。一曰專，紡專。」職緣切。

徐灝曰：「叀即古專字。寸部，專亦曰紡專。紡專所以收絲。其制以瓦為之。小雅斯干：『載弄之瓦。』毛傳：『瓦，紡專也。』是也。今或以竹為之。〇，象紡專形。上下有物貫之。今云从屮从幺省者，望文為說耳。專从寸，與又同。蓋取手持之意。叀訓小謹，與專同義。其形亦相承。本為一字無疑也。」

按：徐謂叀即紡塼之象形文。極是。至"專"則轉動之初字。甲文作〇作〇。均象手轉紡塼之形。故為旋轉。後字形變為專，又借用為專志專權之專。乃復加車旁（車旁取其旋轉）作"轉"。動詞也。而名詞紡塼之字則由篆形文

變為形聲塼，或磚，或甎，浸假而砌牆之土石瓦塊，亦曰塼，曰磚，曰甎。不知其初源于紡叀也。叀古音與惠同。故惠，从心，叀聲。叀聲之諧惠，亦猶耑聲之諧瑞也。小謹，近人馬氏以為戴侗引無小字。謹應是顓字義。是也。至六寸簿，則應為專字之別訓。

(59)

○

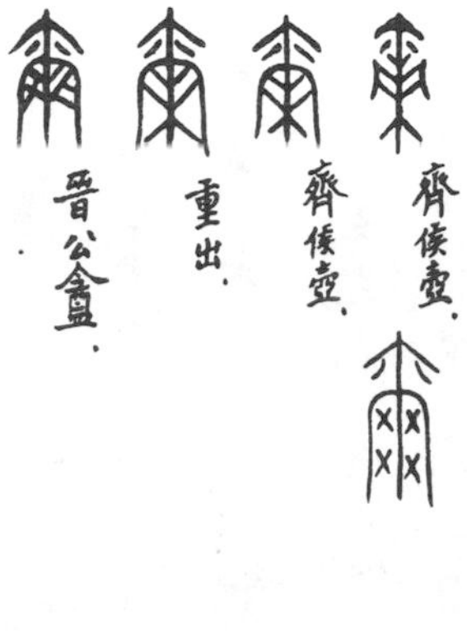

爾

爾 ㄦˇ (eel) (A small wooden wheel for reeling silk.)

說文：「，丽爾。猶靡丽也。从冂，从㸚。其孔㸚。尒聲。此與爽同意。」兒氏切。

王筠曰：「丽爾字鑑引作爾爾。非。嚴氏曰：『靡丽，當作丽廔。據下「其孔㸚」，知之。』」

林義光曰：「按古作，作。實檷之古文。絡絲架也。象形。下象絲之糾繞。易『繫於金柅』以柅為之。說文『，詞之必然也。从入，丨，八。八，象气之分散。』按入，丨，八，非義。尒，即爾之省。不為字。」

按爾為絡絲架。象形。名詞。後世借為第二人稱代名詞。用同「女」，同「汝」。又叚為語助詞。用同「耳」。爾又省作尔。借為代詞者，或又加人旁作你。

(60)

五 ㄨˇ (wuu) (A bamboo frame for reeling silk.)

說文：「⧗，五行也。陰陽在天地間交午也。（臣鉉等曰：二，天地也。）疑古切。㐅，古文五如此。」

按近人丁山以⧗為收紗之具，是也。象形。我古代數目之名，自六以前，皆為積畫。為意象字。如一，二，三，亖。後以積畫數多者易於混淆，乃以同音之⧗（收紗具。）代亖。久而便之。於是亖字廢，而⧗亦失其本意。（殷周之世，兩字並行。以後亖字廢）後世復造篗字以還收紗具之原。說文：「篗，收絲者也。从竹，蒦聲。」王若切。

(61)

壬 ㄖㄣˊ (ren) (A wooden wheel for winding the warp.)

說文：「壬，位北方也。陰極陽生。故易曰：『龍戰於野。』戰者，接也。象人褢妊之

形。承亥，壬以子生之叙也。與巫同意。壬承辛。象人脛。脛，任體也」。如林切。

林義光曰：「按壬與人懷妊形不類。古作。作。即滕之古文。機持經者也。象形。滕壬雙聲旁轉。故禮記，戴勝，爾雅，釋鳥，作戴鵟。亦作戴鵀。巠為經之古文。古作，正象滕持絲形。从壬」。

按林說極是。壬為持經之器之象形文。及借為天干第九名，乃另造滕字以還其原。

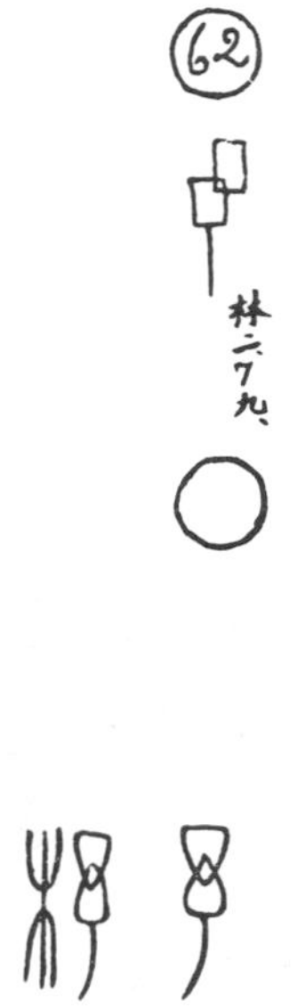

予　杼

予ㄩ (yu) (A small frame for holding the woof.)

杼ㄓㄨˋ (juh)

說文：「，推予也。象相予之形」。余呂切。又：「，機持緯者。从木。予聲」。直呂切。

徐灝曰：「杼，俗作梭。聲轉而異其文也。廣韵又作筬」。

按為杼之象形文。象持緯器之形。台灣島民猶有編織用原始之梭者。其形與此同。而與內地各省用中廣而兩端銳之梭形異。予，後世同音通段代余我之余，取與之與。乃加木旁為意符以其為木製也。作杼。杼行既久，而予之本意亡。後世復造梭字以代杼。梭杼古同音同意。梭行而杼字少用。而人漸

不知杍為何物矣！

(63)

回 林二.3.十六. 毋偏旁.

囗 後下.37.二. 毋偏旁.

◎ 古匋 吳大澂誤以為回字.（A round piece of jade with a round hole in the center of it, once used as money.）

⊖ 師害簋 辟偏旁.

璧 蘇侯簋.

璧 齊侯壺.

璧

璧

璧 ㄅㄧˋ (bih)（A jade coin with a round hole in the center of it.）

說文：「璧，瑞玉，環也。从玉，辟聲。」比激切。

按段氏曰：「瑞，以玉為信也。」爾雅．釋器：「肉倍好謂之璧。郭注，肉邊，好孔。好倍肉謂之瑗。郭注，孔大而邊小。肉好若一謂之環。郭注，邊孔適等。」是知璧者，小孔之環也。玉質扁平，形圜而孔圜。古人以為瑞信，亦用如貨幣。左傳晉公子重耳出亡，過曹，僖負羈饋盤飧，置璧焉。公子受飧反璧。璧者，貨幣也。周人有以銅仿璧形製之者。今考古家稱之為圜錢。圜錢至秦而變為方孔。於是漢之"五銖錢"，唐之"開元錢"，宋以來之年號錢，皆其流變。而其淵源實遠溯於璧。璧以繩穿之曰毌。（毌後世加貝為意符作貫。故毌貫為古今字。）毌三璧側視之曰丰。（玉字初形。）每毌五璧，兩掛而連繫之，謂之玨。甲文璧字二形，取於甲文

毌字二形。毌原作中，作申。此因甲文刀契，匡郭不易作圓，多改為方形。羅振玉氏早已發明之。金文前二形全為象形。後改為形聲字。以玉為意符。以辟為聲符。作璧。此形篆隸楷俱沿之。金文之作𤔀者，則璧之省○（原始字）者也。至於辟字，則是从屖，◎聲。其意訓法。屖，則是从辛。尸聲。其意訓辠。均詳形聲篇。

64

丰　前六、六五、三

丰　後上、二十六、二十五

王　前一、十三、三

王　毛公鼎

王

玉

玉　(yuh) (Jade)

說文：「王，石之美者。有五德。潤澤以溫，仁之方也。䚡理自外，可以知中，義之方也。其聲舒揚，尃以遠聞，智之方也。不橈不折，勇之方也。銳廉而不忮，絜之方也。象三玉之連。丨，其貫也。𤣩，古文玉。」魚欲切。

按玉之形不可象。此特象繫貫璧側視之形也。徐鍇解古文玉字𤣩曰：「八，亦系也。」羅振玉曰：「卜辭亦作丰。丨，或露其兩端也。……金文皆作王。無作𤣩者。」但隸楷加一點，其或系端之遺痕歟！借繫璧之形，以象玉。亦以見古之璧無非玉質者。說解言玉有五德。語雖雋雅。但空言無

當於說字。可刪。

65

後下8.五

遽伯還簋

○

（朋 ○ 朋 ㄆㄥˊ ○）（perng）（A chain of shells used as money.）

按 ，貝之二系也。一系五貝，二系十貝，為一 。此象形字。五而以三表之，三謂多也。王國維曰：「余意古制貝玉皆五枚為一系，合二系為一玨若一朋。」故  者，乃系貝單位之名。本字泰以後失傳，乃通段"朋"以代之。

66

藏37.四

師酉簋

勿 勿 ㄨˋ（wuh）（A flag with three cross strips）

說文：「，州里所建旗。象其柄有三斿。雜帛。幅半異。所以趣民。故遽稱勿勿。旃，勿或从㫃。」文弗切。

段註曰：「象其柄，謂右筆也。有三游，謂  也。三游，別於旂九游，旟七游，旗六游，旐四游。雜帛，句。幅半異，同常曰『通帛為旜。雜帛為物』。所以趣民，趣者，疾也。色純則緩，色駁則急。故雜帛所以促民。」

按 ，只象旗之三游，從風之形。未着其柄。著之則必為  形矣！後世勿字借為禁止之助動詞。如甲文：「 右于父甲。（鐵一、四）」「貞： 右于

祖辛。(鐵五、四、二、)」久而成習。乃另加㫃(古㫃字。)旁為意符作旂。

(67)

前五、六、七、 休盤、 旂作父戊鼎、 蔡姞簋、

旂(㫃) 旂(㫃) (chyi) (A flag)

說文：「㫃，旌旗之斿。㫃蹇之皃。从中曲而下垂。㫃相出入也。讀若偃。古人名㫃，字子游。㫃，古文㫃字。象形。及(今按：及字衍。)象旌旗之斿，及㫃之形。」於幰切。

羅振玉曰：「㫃象杠，與首之飾。㫃象游形。段君以為从入。非也。蓋篆形既失。初意乃全不可知矣！」

按：㫃當即旗之初文。象形。名詞。"休盤"鑾旂字作㫃。許釋偃蹇之皃，蓋就其借意言之。非本意也。讀若偃，必有誤。周人或於㫃加斤為聲符作旂。(即後世之旂。)或又加單(即干盾。執旂者常並執盾以自衛。)為意符，作旂。金文常用旂以代祈。祈，周時作祈，作祈也。旂，秦人或又造旗字。音意無二。清各家皆泥許說。未能正之。甲文有「其立㫃」(粹四)。㫃而云立。更足証明為名詞旗，而非偃蹇之皃也。

68

後下8.十二　前六38.二　前四9.二 罘字偏旁　前八7.三 罶字偏旁

石鼓 罔偏旁　古匋 罘偏旁

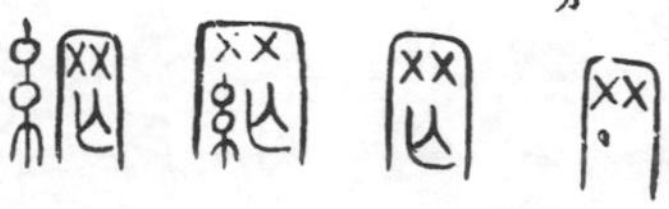

(罒) 罔 網

(罒) 罔 ㄨㄤˇ (woang)　網 ㄨㄤˇ (woang)　(A net.)

說文：「网，庖犧所結繩，以田以漁也。从冂，下象网交文。罔，网或从亡。網，网或从糸。网，古文网。网，籀文网。」文紡切。

按网字全為象形。後加聲符亡作罔。及罔借為欺罔，並通段以代無，乃又加意符糸作網。网，罔，網，實一字之累加。

69

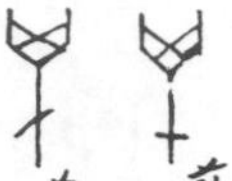

前一29.四　前二5.七

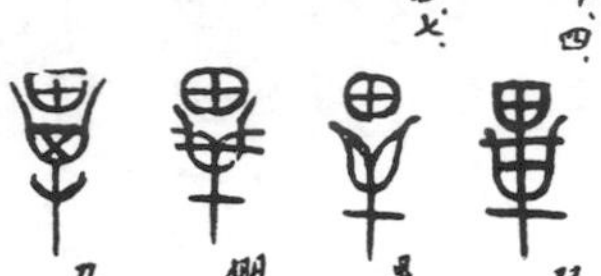

段簋　畢鮮簋　倗仲簋　召尊

畢 ㄅㄧˋ (bi.) (A net with a handle for hunting.)

說文：「𠦬，箕屬。所以推棄之器也。象形。官溥說。」北潘切。
又：「畢，田罔也。从𠦬。象畢形。微也。或曰由聲。」卑吉切。
徐灝曰：「𠦬、畢一聲之轉。故篇韻：『𠦬，又音畢。』疑𠦬畢本一字。」
羅振玉曰：「卜辭諸字正象网形。下有柄。即許君所謂象畢形之𠦬也。但篆文改交錯之網為平直相當，於初形已失。後人又加田。於是象形遂為會意。漢畫象刻石，凡捕兔之畢，尚與畢字形同。是田網之制，漢時尚然也。又許書隸畢字於𠦬部。于畢注云：『从𠦬。象畢形。』而於𠦬注，乃曰：『箕屬。所以推棄之器也。象形。』一若𠦬既象田網之畢，又象推棄之箕者。許君又謂糞棄二字皆从𠦬。今證之卜辭，則糞字作糞。乃从甘不从𠦬。糞除以箕，古今所同。不聞別用他器。其在古文𠦬即畢字與甘不同。糞棄固無用畢之理。此因形失而致歧者。」
按徐羅之說，均是畢字。象形。周人加田（畋周閒田獵字均借用田。）為意符，作畢。畢與畢兩字並傳。後人不知其為一字。許誤以畢為甘。故為歧說。羅氏剖析，蹤跡顯然。秦漢以後，畢行而𠦬廢。余又疑卜辭之畢，加又者，皆動詞。當从又畢會意。畢亦聲。卜辭：「貞，王夢畢。不佳（通為）咎。」（前五、14、四）是問王夢畢捕禽獸，不為咎否也。詩曰：「鴛鴦于飛。畢之羅之。」則又通

段畢以代斁。於是斁字廢矣！今金文有⿰畀攴字，說文有斁字。解曰：「盡也」。誤以完畢之義之⿱𠆢畀字訓之。⿰畀攴字詳會意篇。⿱𠆢畀字詳形聲篇。⿱𠆢畀意為完畢。从𠆢。古終字。畀古畀字。聲。

(70)

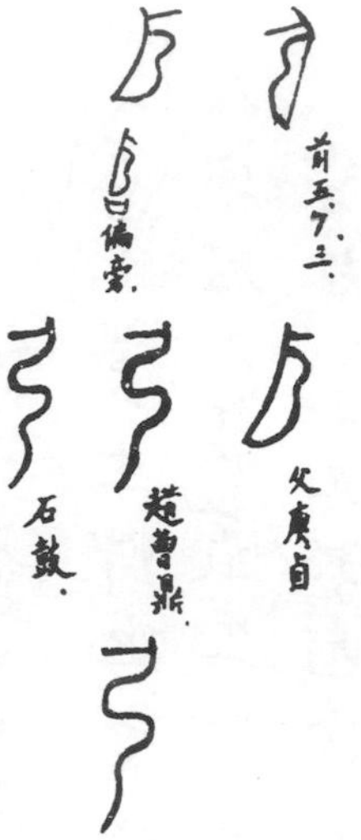

弓

弓 ㄍㄨㄥ (gong) (A bow.)

說文：「弓，以近窮遠也。象形。古者揮作弓。周禮，六弓：王弓，弧弓，以射甲革，甚質。夾弓，庾弓，以射干，侯鳥獸。唐弓，大弓，以授學射者。」居戎切。

徐鍇曰：「揮，黃帝臣也。」

徐灝曰：「釋名云：『弓，穹也。張之穹隆然也。』」

按弓字象形。其上一橫為弓柄，弭也。兩甲文皆象弓張之形。有弦。金文漸變去其弦。小篆隸楷俱從無弦之弓。

(71)

矢

矢 ㄕˇ (shyy) (An arrow.)

說文：「，弓弩矢也。从入。象鏑，栝，羽之形。古者夷牟初作矢。」式視切。

羅振玉曰：「象鏑，榦，栝之形。說文解字云：『从入。』乃誤以鏑形為入字矣！」

按矢之本形應為甲文三字俱肖本形。惟羽變小。鏑，矢鋒也。段云：「謂矢鏃之入物者。」榦，亦名笴。栝，通以代筈。段云：「歧其耑以居弦也。」方言：「箭自關而東謂之矢。江淮之間謂之鏃。關西曰箭。」

72

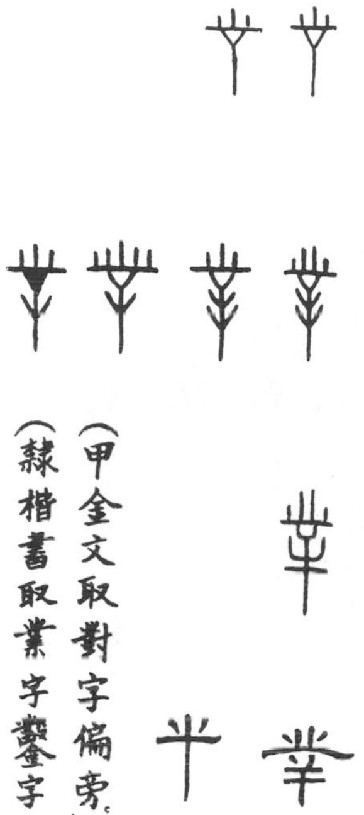

丵 ㄓㄨㄛˊ 讀若浞 (jwo) (A fork-shaped weapon with a long handle for defense.)

(甲金文取對字偏旁。)
(隸楷書取業字鑿字偏旁)

說文：「，叢生艸也。象丵嶽相並出也。讀若浞。」士角切。

按字形不類叢生艸。叢生艸之意，當為䕺字。說文：「䕺，艸叢生兒。从艸。叢聲。」是其字也。丵字之本意，以其从之之各字推之，當為古之兵器。其首有橫木，而下有直柄。柄之上周，及橫木之上方，均有簇嶽並出之齒。執其柄可以撲人，亦可以對禦刀劍戈矛之屬。其用殆如後世之九股叉。茲以其本意失傳，乃推理其从之之字以證之如次：

甲、從之得義者，有

1. 說文：「叢，聚也。从丵，取聲。」徂紅切。按丵之為器，簇嶽並出之齒甚多。故有聚意。徐鍇曰：「一本注曰：丵，眾多也。」是必兵器丵之引申意矣！

乙、從之得義而亦諧聲者有：

1. 宗周鐘「王對」對字如此。 按即對抗反對之對。引申而有對面相對之意。从 (手) 舉丵會意。丵亦聲。浞之諧對聲，亦猶之澄聲之原於登聲，重之原於東聲也。弗韵之變費韵，卒韵之變醉韵也。

2. 伯晨鼎「敢對揚王休」之對如此。 篆 菐隸 菐楷書 樸字偏旁.

說文：「菐，瀆菐也。从丵，从廾。廾亦聲。」臣鉉等曰：「瀆，讀為煩瀆之瀆。一本注云：『丵，眾多也。』兩手奉之，是煩瀆也。」蒲沃切。按說解有誤。菐从雙手執丵，仍是對字。雙手隻手無別。後引申而有樸滅撲伐之意。隸楷又加手旁為意符作撲。撲與菐實為一字。

3. 頌鼎「敢對揚」……之對如此。 字原作，而復加土為聲符耳。

4. □。"師晨鼎"：「敢對揚」……之對如此。字原作□。而復加土省聲耳。

5. □。"師𣪕簋"：「敢對揚」……之對如此。字原作□。而復省「又」，而加土省聲耳。

6. □。"召伯虎𣪕"：「敢對」……之對如此。字原作□。而復省□體，而加土聲耳。

7. □。"召伯虎簋"：「對揚」……之對如此。字从丮。从丵省。土聲。从丮與从又同。

丙、從之得聲者，有：

1. □。按此字，書所無。以其複文推之，當有此字。其義為保護、保衛。从□(人)，□聲。保護字从□(人)，猶之保傅等字之从人也。其音當同乂。浞音諧乂音者，其聲母消失，乂韻變為一韻。猶之叔韻變為寂韻，戌韻變為幾韻也。此字複體作□。金文亦失載。其後加□(去)為聲符，作□者，見於"秦公鐘"、"秦公簋"。文俱曰：「保□氒秦」。即保乂厥秦。句法與書，君奭：「巫咸乂王家」。康誥：「用保乂民」。多士、君奭：「保乂有殷」。康王之誥：「保乂王家」。詩，小雅：「保艾爾後」。相同。與"克鼎"：「諫□王家」(讀為敬乂王家)。"宗婦簋"：「保□鄁國」。"晉邦盦"：「保□王國」。亦同。惟□為初字。□為複體。□則異文。乂與艾則通叚字。□字从𠂤(師字古文單體也)，从止。(或从之。止、之俱有行動意。)師行所以衛國也。辛聲。辛聲諧乂聲，聲母消失，而韻則陰陽對轉也。

2. 業（篆）說文：「業，大版也。所以飾栒縣鐘鼓。捷業如鋸齒，以白畫之。象其鉏鋙相承也。从丵，从巾。巾象版。詩曰：『虡業維樅。』，古文業。」魚怯切。按業為加於栒上之大版，从木，丵聲。浞聲之諧業聲者，浞之聲母消失，「ㄨ」韵變「ㄧ」韵，而「ㄧ」復為「ㄝ」。亦猶之昔之諧借，即之諧節，至之諧垤也。業上有鋸齒，畧象簇嶽並出。故取丵為聲。古之縣鐘鼓之架，直桓曰虡。（虞）橫樑曰栒。（亦作簨）加栒上之大版曰業。每栒業上縣鐘磬，八曰肆，二肆為堵。鐘曰編鐘，磬曰編磬。業之複文作。見晉邦盦。說文今本載業之古文作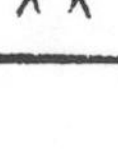者，殆此複文之形譌。

73

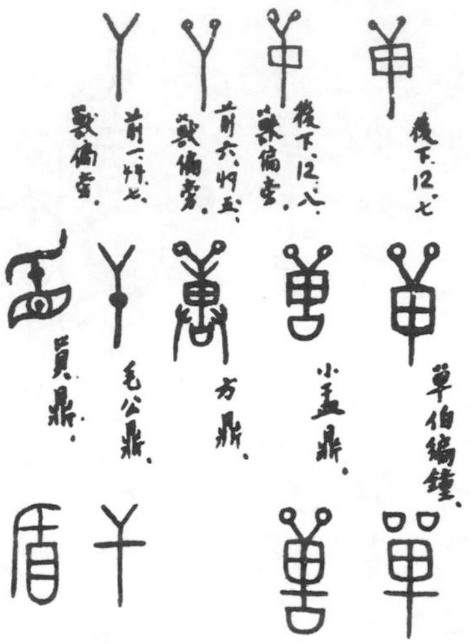

單 單 ㄉㄢ (dan) (A buckler.)

嘼 嘼 (show)

干 干 ㄍㄢ (gan)

盾 盾 ㄕㄨㄣˇ (shoen)

說文：「單，大也。从吅甲，吅亦聲。闕。」都寒切。

又「干，犯也。从反入，从一。」古寒切。

說文：「盾，瞂也。所以扞身蔽目。从目，象形。」食閏切，

又竹本說文：「干，盾也。」

丁山曰：「單之形，……流變也，往往似干。干與盾同實而異名。盾單雙聲，而單干疊韵。審其聲音遞變，竊疑古謂之單，後世謂之干。單干蓋古今字也。如契文戰或省為𢦏是其證。」

按單干與盾為一字。單與干一繁一簡。俱象盾之正面形。盾字象其側面。加目，為所蔽也。徐鍇曰：「干象盾形。」甚是。方言云：「盾自關而東，或謂之瞂。或謂之干。關西謂之盾。」別作楯。又按甲文狩字作戰作𢦏从單，(即干)从犬會意。後以狩時多立單(干)於要口，單形遂變。而金文第三形正象之。而音轉如狩。說文：「嘼，牲也。象耳頭足禸地之形。古文嘼，下从禸。」許救切。蓋誤以當畜牲字。未解初形故也。

(74) 干 前八.3.一　戈 休盤　戈　戈 从弋 (ㄍe) (A kind of war-weapon.)

說文：「戈，平頭戟也。从弋一，橫之。象形。」古禾切。

羅振玉曰：「戈全為象形。丨象柲。一，象戈。非从弋也。」

按代二·3·鼎有字。正象戈形。甲文戈字由此簡化。商時有戈無戟。周以後，始於戈上加刺，名之曰戟。既可刺，亦可殺。視戈為進步矣！漢時通用戟。不復用戈。故許君釋戈曰平頭戟。舉人所易知也。戈制，體為銅片。前者名援。後者曰内。援之周皆曰刃。西周以後，援下有胡。柲以木製。或用積竹為之。其横斷面如桃子形。尖者在前。使夜戰或酣戰時手不失戈之向也。戈柲横斷面如桃形。吾友高肖梅氏為我言之。高氏參加殷墟發掘，親見柲之敗灰遺痕也。繒以為凡句兵之柄，應皆然。

⑺⑸

戌 戚

戌 ㄒㄩ (Shiu)
戚 ㄑㄧ (chi)
(An axe with a wide blade.)

說文：「戌，滅也。九月陽氣微，萬物畢成，陽下入地也。五行，土生於戊，盛於戌。从戊含一。」辛聿切。

又：「戚，戉也。从戉，尗聲。」倉歷切。

按戌為廣刃之句兵。形似斧。自借為地支之名。習用不返。周人乃另造戚字。初不過就戌字加尗聲耳。後人誤以為从戌。實則戚之為器，與戌之刃兩端向内捲者不同。詩：「干戈戚揚。」傳：「戚，斧也。揚，鉞也。」故戚之刃視戌為斂。一如戌

字之古形。其柲應與戈柲同。

(76)

後上、27、四、

前一、36、六、

虢季盤、

戉　鉞

戉　鉞

戉ㄩㄝ(yueh)(An axe with half moon edge.)

鉞ㄩㄝ(yueh)

說文「戉，大斧也。从戈，レ聲。司馬法曰『夏執玄戉。殷執白戚。周左杖黃戉。右秉白旄。』王伐切。臣鉉等曰「今俗別作鉞。非是。」

羅振玉曰「戉字象形。非形聲。」

按羅說是也。戊與戉形相似。戊自借為天干第五名，周人乃造斧字。其刃張。戉，商周段以代越或歲。秦人乃造鉞。其刃大張而內捲。尚書，牧誓「王左杖黃鉞。右秉白旄，以麾。曰，逖矣西土之人。」說解蓋用此句。其形 ，如月。故因以為聲。甲文  亦通以代 ， 即超越之越之初字。商時借用為祭名。故周時洛誥有歲祭之稱。後歲又借用為年歲字。久而成習。人遂莫知歲即古越字矣！一查其構造，古之从步，戉聲，與後之从走，戉聲，固不二也。詩「干戈戚揚」揚代戉。亦同音通段。秦人加金為意符，始作鉞。柲亦應同戈。

(77)

克鼎

遹偏簋、

矛ㄇㄠˊ(mau)(A spear.)

說文「□，酋矛也。建於兵車。長二丈。象形。□古文矛。从戈」莫浮切。
按戈類為句兵。矛則為刺兵。矛只象□兩刃形。冠於柄端。其柄曰矜。矛為刺兵。故矜與句兵之柲異。矜之周可有觚。而橫斷面不為桃形。且視戈柲為長。故曰長二丈。孔壁古文矛旁加戈。句兵與刺兵不同類。故知為戰國末齊魯之俗字。

78

癸　戣

癸《ㄨㄟ》　戣《ㄨㄟ》 (Soei) (A three pointed spear.)

說文「□，冬時水土平，可揆度也。象水從四方流入地中之形。癸承壬。象人足。□，籀文。从癶从矢。」居誄切。

羅振玉曰「顧命鄭注『戣，瞿。蓋今三鋒矛。』今□字上正象三鋒，下象着地之柄。與鄭誼合。□為戣之本字。後人加戈耳」。

按此象三鋒矛之形。戰國時石鼓文有□字。从□。从癶會意。後人又加戈為意符作戣。商周俱借□為天干第十名。戰國秦人改借□而□字廢。許書合□與□為一字。又以□為□之籀文。非也。□為桂之初文。與三鋒矛別。已詳象形篇□字條下。

(79)

辛 (Shin) (A crooked graver for scarring the face of a criminal.)

卜辭通纂例一、何七、有𢦏字。作「[illegible]」。

說文：「辛，秋時萬物成孰。金剛味辛。辛病即泣出。从一，从䇂。䇂，辠也。辛承庚。象人股」息鄰切。

又：「䇂，辠也。从干二。二，古文上字。讀若愆。張林說」去虔切。

又：「㖕，語相訶歫也。从口歫䇂。䇂，惡聲也。讀若櫱」五曷切。

按近人某氏以辛、䇂、㖕三字係一字。其言曰：「王國維謂䇂㖕一字。羅振玉謂辛䇂一字。羅王二家，均各有所發明。足補許書之缺。……據余所見，辛、䇂、㖕、實係一字。在證明此之前，請先剔出疑似者數字、於此範圍之外。其一，為言音二字。其二為龍鳳二字。言音二字古不从辛。其與辛類似之形構，古本作[illegible]

作丫。或作丫丫。殆象簫管之形。因之可知言、訔、實非一字。龍鳳於卜辭有从辛作者。如龍作𪚦。鳳作𩾏是也。按此乃象龍鳳頭上之冠。字當如說文部首丵字之首。說文云：「丵，叢生艸也。象丵嶽相竝出也。讀若浞。」卜辭鳳字亦多从丵作者。如𩾏、𩾏、𩾏、𩾏、𩾏、𩾏諸形。即其証矣。故言、音、龍、鳳均非从䇂若辛之字。其義亦判然有別。……辛字之結構。橫畫固可多可少，而直畫亦可曲可直。……辛䇂實本一字。……由其形象以判之。當係古之剞劂。說文云：「剞劂，曲刀也。一作剞𠜾。」王逸注哀時命云：「剞劂，刻鏤刀也。」……剞劂為刻鏤之曲刀。……辛字金文作𢆉若𢆉。即其正面，之圖形作𢆉若𢆉者，則縱斷之側面也。……辛，辛本為剞劂。其所以轉為愆辠之意者，……蓋古人於……俘虜或……有罪……者，每黥其額而奴使之。……（剠額用剞劂）……其留存於文字中者，則為从辛之童妾僕等字。……辛既得黥義，故引申而為辠愆。引申而為辛酸。引申而為辛辣殘刻。」其說是也。又王國維曰：「𢆉乃𢆉之繁文。」又甲文有叶字。金文有𢦏字。加戈之意應與加刀同。則是五形一字矣！

⑧〇

冂 前一.5.四.

▲ 丙爵.

丙

丙

丙 ㄅㄧㄥˇ (biing) (The butt end of a spear,)

說文「丙　位南方。萬物成。炳然。陰氣初起。陽氣將虧。从一入冂。一者，陽也。丙承乙。象人肩。」兵永切。

徐灝曰：「丙之字形不可曉。从一入冂。望文為說耳。古鐘鼎文多作丙。或作▲。狀似魚尾。故爾雅云：『魚尾謂之丙』。然亦非其本義。闕疑可也。爾雅又曰：『魚枕謂之丁。魚腸謂之乙』。皆物形偶似篆文，非造字取象於魚也。」

按丙原象兵器柄下之鐏。所以卓地者也。矛柄作丙，辛柄作丙。均見會意篇。可資互証。自古借為天干第三名。而戰國時五行家，陰陽家，曆數家，星相家等，又各借用為代名詞。許說丙字，雜各家之言。且均出於後世。非造字之本意也。

(81)

前四、三七、五　虢季盤　執偏旁。

(幸)

(幸)ㄋㄧㄝ (nieh)　(A wooden handcuff.)

說文：「幸，所以驚人也。从大，从羊。一曰大聲也。凡幸之屬皆从幸。一曰讀曰瓠。一曰俗語以盜不止為幸。幸讀若籋。」尼輒切。

按此字即後世械手之枷。其形見於殷墟所出土俑。俑蓋罪奴。分男女。男奴械手於背後。女奴械手於胸前。說詳董作賓氏為李霖燦君麼些文字所作序。今意此固刑具。與說解所以驚人也意合。其物以木製。正視之，如

側視之有兩片，如。用以夾罪人兩手腕。上下細處，以繩束之。分繫於罪人之肩及腰。以禁其兩手之活動也。古者械手曰梏，械足曰桎。其用必以此項木具。故梏桎二字均从木。讀若鉩者，或即後世枷音之所本也。以其為刑具也，故有罪人意之執，報，圉，鞫等字从之。與說文从屰从夭，訓吉而免凶也，之幸字大別。字又可用作動詞，當訓"上枷"。如武丁時卜辭：「癸巳卜，㱿貞：臣。王占曰，吉。其隹(在)乙丁。七日丁亥既」。(院乙二〇九三)「貞弗其」。(前六、62、八)

(十二) 形容　缺

(十三) 聲音　缺

(十四) 鬼神　Divination

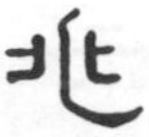

兆 ㄓㄠ (jaw) (An omen)

說文：「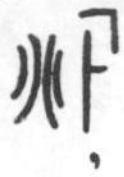，灼龜坼也。从卜从。象形。，古文兆省」。治小切。

按兆乃灼龜卜時所預現之坼。故曰預兆。當以為初文。象形。後人始加卜為意符作。後又省作耳。說解未得其本。

②

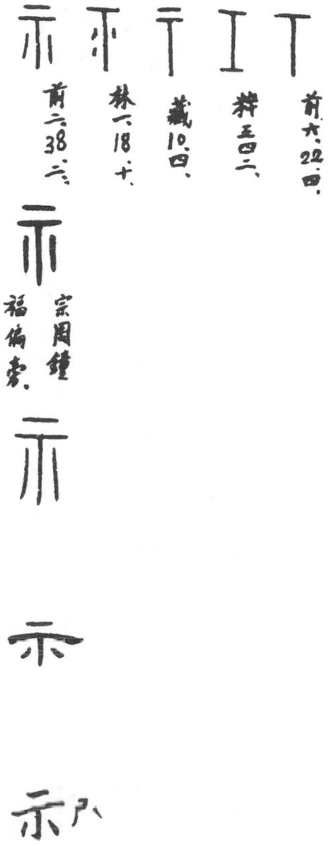

前六.22.四　粹五四二　藏10.四　林一18.十　前二38.二　宗周鐘　福偏旁

示 (shyh) (An ancestral tablet.)

說文：「示，天垂象，見吉凶。所以示人也。从二。二古文上字。三垂，日月星也。觀乎天文。以察時變。示神事也。「示，古文示。」神至切。

按示字甲文原象木主之形。本意為木主。名詞。故商人祖宗神位曰示。如示壬，示癸，元示，大示，小示，父乙示，二示，九示，十示又三。是也。借意為祭祀。動詞。凡祭神如神在。字作丅者，如在其上也。字作示者，如在其左右也。字作示者，則神無所不在矣！如卜辭「貞：其示，七月。」骨臼刻辭：「丁丑，邑示□□。」「乙未，婦好示□。㱿。」是也。又後乃借用為垂示，告示，指示，等意。亦動詞。說解云云，多就此意發揮。然非其本也。

又甲文既借示為祭祀意。後乃（商）加□為音符作祀。說文：「祀，祭無已也。从示。巳聲。禩，祀或从異。」詳里切。此望文之說。雖云已通其意。而究非其朔。禩字或文後起。但周初已通段異字為之。見康王時作"冊大鼎。

又祀，商末借為年歲意。名詞。孫炎謂取四時祭祀一訖。其說至確。丅為木主。周人或因同音，通段卧陳之「尸」字以代之。如禮，喪大記：「凡為尸，與必踊。」詩，小雅：「皇尸載起。」大雅：「公尸來燕來寧。」朱晦庵曰：「古人於祭祀必立之尸。因祖考遺體以凝聚祖考之氣。氣與質合，則散者庶乎復聚。此教之至也。」尸代丅而有神主意。習用既久，而尸之本意亡。丅之木主意亦亡。

乙、託形寄意（此造抽象狀詞，動詞等。與上文造具體之名詞者不同。）Abstract

(一) 天文 Heavenly Phenomena

① 小 前一.16.五　小 孟鼎　小　小　小 ㄒㄧㄠˇ (Sheau) (Small)

說文：「小，物之微也。从八，丨見而分之。」私兆切。

按小字象雨點之形。依葉玉森說。託雨點之微小，以寄微小之意。狀詞。

(二) 地理 Ground Features

① ○　○　工工工工　㠭　㠭 ㄓㄢˇ (jaan) (To spread.)

說文：「㠭，極，巧視之也。从四工。」知衍切。

（又「展、轉也。从尸。〔縉按應是𠂆之譌變。展轉字从人者、當與倚依僭何等字同例。均動詞。〕襄省聲。」知衍切。）

（又「襄、丹縠衣。从衣。㠭聲。」知扇切。）

按就展字言之、則㠭只可象土石塊形。不必為文字。就襄字言之、則㠭既有讀音、應即為文字。㠭既為文字、應是㠭列㠭開之㠭。象列土石塊形。故託以寄㠭列㠭開之意。動詞。謂㠭開之㠭、觀土石㠭列之形、自可知之。極巧視之也語不可曉。至展則訓轉也。應為另字。亦作輾轉。後人（漢以後）通段展以代㠭。日久而㠭字廢。

②

(hwei) (To flow in a whirlpool.)

說文：「回、轉也。从囗。中象回轉形。㔾古文。」户恢切。

按此象淵水回旋之形。故託以寄回旋之意。動詞。後引申為回歸。久而成習。而淵水回旋、乃造洄字以還其原。說文：「洄、泝洄也。」牽於爾雅毛傳而爾雅實抄毛傳。詩蒹葭「遡洄從之」朱駿聲曰：「从水回會意。回亦聲。」尚可知洄為纍加字也。甲文回字、見院甲九〇三片。文曰「其尞于回水。云云」

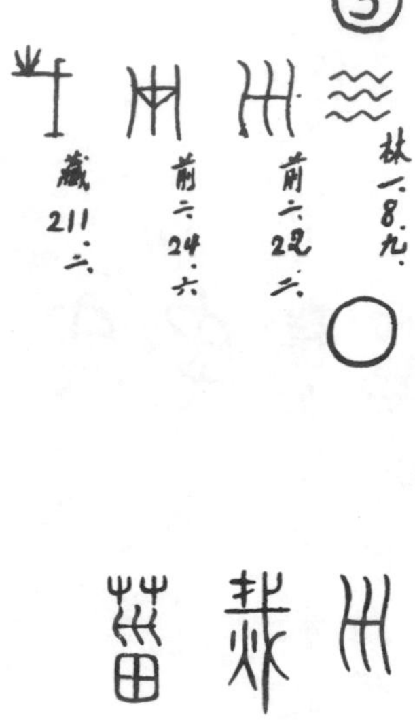

③ 災 災(ㄗㄞ)(tzai)(Flood)

按巛為災字初文。託洪水之形，以寄水災之意。狀詞。其變形有作[glyph]，作[glyph]，作[glyph]，作[glyph]，作[glyph]，作[glyph]者。音義當不異。

甲文第二形亦災字。从川，而有物壅之。故為災。說文：「巛，害也。从一壅川。春秋傳曰：『川壅為澤，凶。』」祖才切。徐鍇曰：「指事」是也。

甲文第三形亦災字。从川。言川可以為災也。才(古才字)聲。應為形聲。說文失收。

甲文第四形亦災字。乃兵災也。从戈斬艸會意。其變形有作[glyph]者。从戈斬嫩艸會意。又有作[glyph]者。从戈。才(古才字)聲。說文：「𢦔，傷也。从戈。才聲。」祖才切。

篆文第二形，亦災字。乃大災也。說文：「𢦏，天火曰烖。从火𢦏聲。」祖才切。說文此字並錄或文灾。从火焚屋會意。古文𤆎。从火。才聲。籀文[glyph]。从火。

巛會意。巛亦聲。而災，後世亦省作災。

篆文第三形亦災字。見說文。解曰：「𤰇，不耕田也。从艸。甾聲。易曰：『不菑畬』。𤰇或省艸。」側詞切。鈕樹玉曰：「又子來切。害也。」是也。王筠句讀曰「田為艸所宅，為水所淹，是不耕也。案菑以害為正義。」並舉地理志，元和志為証。其說甚精。應以菑畬為借意。（爾雅謂田一歲曰菑。二歲曰新田。三歲曰畬。）

①〇

（三）艸木 Plants

井人鐘。善夫克鼎。不𡢁簋。遣簋。遹簋。

屯 ㄊㄨㄣˊ (twen) (Hard.)

說文：「屯，難也。象艸木之初生。屯然而難。从屮貫一。一，地也。尾曲。易曰：『屯剛柔始交而難生。』」陟倫切。

按此字初形象艸木初生根芽而孚甲未脫之形。故託以寄難生之難。副詞。亦用為狀詞。金文變形三、四、而造字之初意猶有可說。小篆作屯。故說文釋構造略歧。

字金文借為純。純，衣緣也。漢後又借為屯聚、屯守、等意。

②

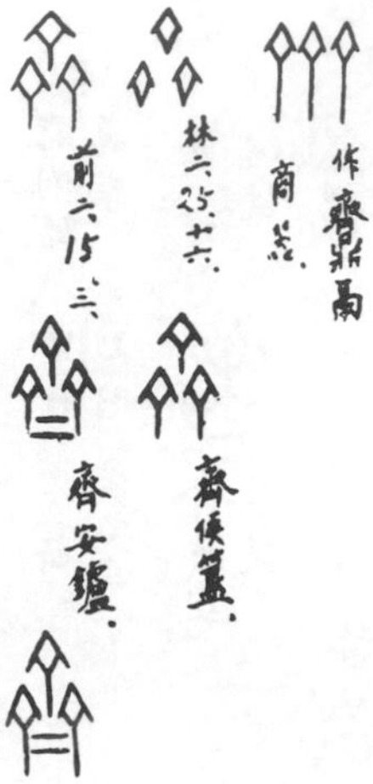

齊 齊ㄑㄧˊ (chyi) (Even.)

說文：「齊，禾麥吐穗上平也。象形。」徂兮切。

按字原象禾麥吐穗上平之形。三之者，就其多而言。故託以寄齊平之意。狀詞。周人加二為意符。以至少必有二物，方可比齊也。秦以後各體俱沿此形。

③

𠂹 𠂹ㄔㄨㄟˊ (chwei) (To hang down.)

(垂) (垂)

說文：「𠂹，艸木華葉𠂹。象形。𡍮，古文。」是為切。

又「垂，遠邊也。从土。𠂹聲。」是為切　見形聲篇。

又「𦈢，小口罌也。从缶，𠂹聲」池偽切。見形聲篇。

按𠂹原為下𠂹之𠂹，託華葉垂形，以寄下𠂹之意。動詞。後世通叚以遠邊之垂代之。日久而𠂹字廢。至𦈢，楷作𦈢。乃罌𦈢也。不可混而為一。

④

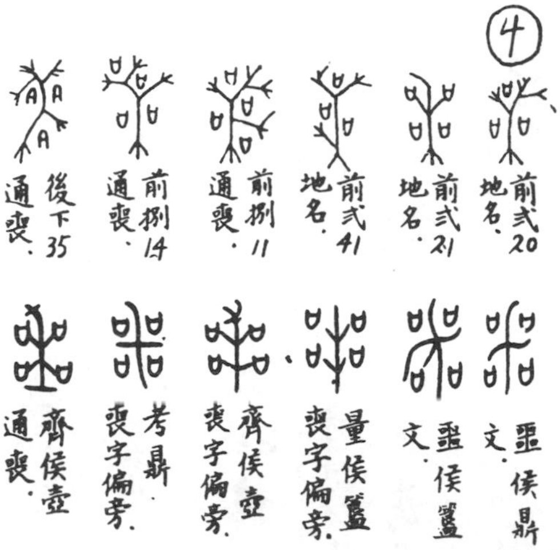

前弍20 地名。
前弍21 地名。
前弍41 地名。
前捌11 通喪。
前捌14 通喪。
後下35 通喪。
噩侯鼎文。
噩侯簋文。
量侯簋 喪字偏旁。
齊侯壺 喪字偏旁。
考鼎 喪字偏旁。
齊侯壺 通喪。

噩　噩ざ (eh)

穰　穰日尤 (rang) (Flourishing.)

說文：「，黍梨已治者。从禾，襄聲」汝羊切。

王筠曰：「治者擊其穗，而下其粒也。……未治時為穗。治之既盡，所餘者為穰」。

朱駿聲曰：「古以為彗。……廣雅，釋詁：『穰，豐也』。史記，天官書：『所居野大穰』。正義：『豐熟也』。西山經文：『鰩魚見則天下大穰』。注：『豐穰，收熟也』」。

按字當以豐穰為本義。以黍莖為借意。觀甲文此字皆象禾黍穗纍纍之

形故託以寄豐穰之意。狀詞。甲文除地名外，凡「喪眾」「喪師」「喪羊」「喪明」諸喪字皆段古穰字為之。金文凡喪字（从亡，穰聲），昧爽之爽字，（从日，穰聲。穰作。見兗段）均以古穰字為聲。秦漢而後，一字分化為兩。原字體勢變遷者，流而為噩。音亦轉為鄂。段用為驚愕意。其另行構造為形聲字者，作作穰。說文既不載噩字。又誤訓穰為桑莖。而豐穰本意，竟沈埋千古不能拔矣！

其為地名者，殷王常田獵于。變而為噩。經傳又多段鄂以代之。紂時有鄂侯。唐叔虞常居鄂。左傳隱公六年：「翼九宗五正頃父之子嘉父，逆晉侯于隨。納諸鄂。晉人謂之鄂侯」。今山西鄉寧縣南一里有鄂侯故壘。即古地也。

(四) 蟲魚 Insects, Reptiles, Amphibia and Fishes

(1)

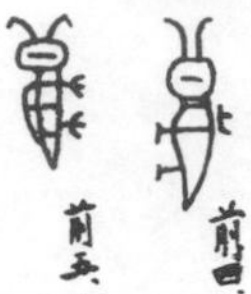

前四.5.五 前五.25.一

秦公簋

夏 夏 T-Y (Shiah) (Summer)

說文：「，中國之人也。从夊。从頁。从臼。臼，兩手。夊，兩足也。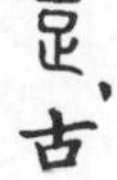，古文夏」。胡雅切。

葉玉森釋甲文夏字曰：「古人造字，春夏秋冬四時之字，並取象於某時最著

之物。卜辭未見夏字。茲援"今春"之例，獵獲三則，"今"下一字，並象形文。如：

今，其𩫖。（前、二、五、）

囗宊。貞叀今，囗（後下、一二、）

今，其有降獲。（林、二、工六、）

三辭中之象形文，並象綫首翼足。與蟬逼肖。疑卜辭假蟬為夏。蟬乃最著之夏蟲。聞其聲即知為夏矣！」

葉氏又曰：「小篆作。誤匕七七為臼。誤𦣻為頁。誤夂為夊。猶略得其似。至許君乃謂象首及兩手兩足為中國之人，一若外國之人首及手足與中國異數者然。誠強索解矣！」

按葉說是也。此字原託夏蟲之蟬，以寄夏時之夏。狀詞。後世形變。許不能識。乃以華夏之夏說之。誤矣！至甲文有，或，粹編2、4、12、88各片，均載之。並據唐氏立广說，釋為蟋蟀。用為秋，甚是。但與此非一字。

②

○

秋　龝

秋ㄑㄧㄡ (chiou) (Autumn)

說文：「秋，禾穀熟也。从禾，⿱龜火省聲。龝，籀文不省。」七由切。

按此字甲文於殷契粹編四見：

粹12：「其告[甲骨文字形]高祖夒！」

粹14：「其告[甲骨文字形]上甲！」

粹12「庚午，貞：[甲骨文字形]大□，于帝五丰臣血□。在祖乙宗，卜。」

（緍按原書分節讀之。疑此讀意長。"秋大□"，猶秋大孰、秋大穫也。）

粹188：「其告[甲骨文字形]上甲，二牛！」

粹編釋之曰：「龜字从唐蘭釋。唐讀為秋。卜辭又有⿱龜火字。文曰：『今⿱龜火，王其从。』（後下、卅三、一）即說文⿱龜火字所从出。从龜，乃形譌。漢燕然銘"秋"字作龝。（隸韵）（四、廿五）楊箸碑『畏如秋旻』作龝。均从⿱龜火作。猶存古意。（唐說見古文字學導論，下編，四一）唐說甚是。唯謂由字形推測，似乎是龜屬而有兩角，則未為得。龜屬絕無有角者。且字之原形亦不象龜。其象龜甚至誤為龜者，乃隸變耳。今案字形實象昆蟲之有觸角者，即蟋蟀之類。以秋季鳴，其聲啾啾然，故古人造字，文以象其形，聲以肖其音。更借以名其所鳴之節季曰秋。蟋蟀，古幽州人謂之趨織。今北平人謂之趨趨。蟋蟀、趨織、趨趨，均啾啾之轉變也。而其實即⿱龜火字。……」此言告⿱龜火，當是告秋。告一歲

之收穫於祖也。」

說甚是。蓋𦍒字，託蟋蟀之形，以寄蟋蟀鳴於秋季之秋。與上文託蟬寄夏同意也。狀詞。亦用為名詞。於以知說文龝字，原當作𪚲。从火，𪚲聲。與焦字同。並為形聲。而許君說曰：「𪚲灼龜不兆也。春秋傳曰：『龜𪚲不兆』」讀若焦。」乃就漢時譌變之字形而臆測耳。甲文「今𪚲王其从」，𪚲實叚為𪚲為秋。

(五)鳥獸 Birds and Beasts

①

〇 （推想）

 石鼓　 翰偏旁

飛　飛 ㄈㄟ (fei) (To fly.)

說文：「飛，鳥翥也。象形。」甫微切。

按：此字託鳥飛之形，以寄飛行之意。動詞。漢隸改變字形，中含升字。欲以足飛升意也。實則初形不然。

②

〇　〇　　

乖　乖 ㄍㄨㄞ (guai) (To deviate from.)

說文：「丫，羊角也。象形。讀若乖。」工瓦切。

又：「[glyph]，戾也。从丫，而[glyph]。[glyph]，古文別。」古懷切。

按丫，即乖字。託羊角乖分之形，以寄「乖」分之意。動詞。後人又加[glyph]為意符，故有[glyph]字。[glyph]，隸楷作乖。乖亦用為狀詞。

③ ○ [glyph]（番壺 番偏旁） 釆 釆 釆 ㄅㄧㄢˋ (biann) (To distinguish.)

說文：「釆，辨別也。象獸指爪分別也。讀若辨。[glyph]，古文釆。」蒲莧切。

按託獸指爪分別之形，以寄分辨之意。動詞。「釋」字从之得意。「番」字从之得音。

（六）人體 Human Body

① 

（丮） 丮 (jyr) (To hold.)

（執 執 ㄓˊ）

說文：「[glyph]，持也。象手有所丮據也。讀若戟。」几劇切。

按託人手丮持之形，以寄丮持之意。動詞。後人通段縛執之執，以代丮持之丮。久而丮字廢。說文「[glyph]，捕罪人也。从丮。从㚔。㚔亦聲。」之入切。此應為

从桒。丮聲。

②

前三.27.四.

毛公鼎.

師虎簋.

若

若 日ㄨㄛˋ (ruoh)(ruoq)(To straighten the hair.)

說文：「叒，日初出東方湯谷，所登榑桑。叒木也。象形。，籀文。」而灼切。又：「，擇菜也。从艸，右。右，手也。一曰杜若。香艸。」而灼切。

按：葉玉森釋甲文字曰：「此象人跽而理髮使順形。湯：『有孚，永若。』荀注：『若，順也。』」故以寄順意。動詞。後人多用為狀詞。後有字。即允諾之初字。从口。聲。用字者每以代。日久而字廢。而"若"亦冒有順意。並又借用為假若之若。連詞。遂失允諾本意。乃又加言旁為意符作諾。說文誤出"叒"字。唐人竟又以古若字之音附之。非也。叒為桑字之偏旁。不為字。擇菜之字，應為。說文：「，滑也。詩云：『叏兮達兮！』从又中。一曰，取也。」土刀切。徐灝曰：「此當从別義。訓為取。」今按：从又（手）取屮（艸）。擇菜之義甚明。今俗猶言在田中取菜曰挑菜。挑即叏也。至詩叏達，乃通以代佻達，輕脫滑泰之義也。杜若，香艸。乃兩字連語。與若之本意不可掍。另見會意篇。隸楷當補芆字。作挑者俗字。許蓋不

以屮為艸之初文。又誤以㕣為𠙴。故有艸㕣擇菜之說。

③  前五·41·七   鬥 鬥 (ㄉㄡˋ) (dow) (To fight.)

說文：「鬥，兩士相對。兵杖在後。象鬥之形。」都豆切。

段玉裁曰：「按此非許語也。許之分部次第，自云據形系聯。丮部在前部。故受之以鬥。然則當云爭也。兩丮相對。象形。謂兩人手持相對也。乃云兩士相對，兵杖在後。與前說自相戾。且文从兩手，非兩士也。此必他家異說，淺人取而竄改許書。雖孝經音義引之，未可信也。」

羅振玉曰：「自字形觀之，徒手相搏謂之鬥。」

按丮義為持。兩丮相對，不必有鬥意。鬥字初形，明明象兩人徒手搏鬥。不為兩丮相對也。象形。動詞。後世或加斲為聲符作鬭。

④  前四·32·六  前二·9·六  師寰簋 臣 臣 臣 (ㄔㄣˊ) (chern) (To stare.)

瞋 瞋 瞋 (ㄔㄣ) (chen)

說文：「臣，牽也。事君也。象屈服之形。」植鄰切。

又：「瞋，張目也。从目。真聲。䀼，祕書。瞋。从戌。」昌真切。

按董作賓氏曰：「臣，象瞋目之形。石刻人體上有此花紋」是也。此象瞋目之形。故託以寄瞋意。動詞。後借為君臣之臣，乃另造瞋。瞋行而臣之本意亡。䀢、疑䀢字之鈔譌。「祕書」當即「賈祕書（逵）說」之脫。

⑤

藏132.二 男偏旁　齊侯鎛鐘

力　力ㄌㄧˋ (lih) (To exert.)

說文：「力，筋也。象人筋之形。治功曰力。能圉大災」。林直切。

按此託肩臂肘掌用力之狀，以寄用力之意。動詞。金文或加 ⺈ 為意符作

謂抓取必須用力也。後世亦借用為名詞。甲文取男字、劦字、偏旁。「治功曰力」，夏官司勳文。「能圉大災」，國語、祭法文。

⑥

藏242.一 采偏旁　楚自 采偏旁

爪　爪ㄓㄠˇ (jao) (To grasp.)

說文：「爪，丮也。覆手曰爪。象形」。側狡切。

按此象人手向下抓取之狀，故託以寄抓取之意。動詞。後世通段以代 叉。(叉 丑) 遂為名詞。而爪又加手旁為意符，作抓。而爪為抓取之意，遂只於采，爲等字之偏旁見之矣！

⑦ 𦥑 前五.22.一 與偏旁。 𦥑 南叔興父簋 與偏旁。 𦥑 𦥑 𦥑 (jyu) (To grasp with both hands.)

說文:「𦥑，叉手也。从E彐。」居玉切。

按此象雙手掬物向上之形。故託以寄掬取之意。動詞。後另造掬字。𦥑遂淪為偏旁。

⑧ 乃 青3. 乃 君夫簋. 乃 乃 乃籀 (nae) (difficult.)

說文:「乃，曳詞之難也。象气出之難。𠄎，古文乃。𠄎，籀文乃。」奴亥切。

按此象气出之難。故託以寄困難之意。狀詞。後借用為代詞(你的)，連詞(於是)遂通叚難鳥之難以代之。久而成習。人鮮能知其朔矣!

⑨ 亏 前二.11.二 亏 前一.4.二 亏 盂鼎. 亏 于 于 (yu) (To heave a sigh.) 吁 吁 (shiu)

說文:「亏，於也。象气之舒亏。从丂，从一。一者，其气平也。」羽俱切。

王筠曰:「吾意亏當為吁之古文。詩皆連嗟言之。『于嗟麟兮!』傳以為嘆詞。『于嗟乎騶虞!』傳以為美之。『于嗟闊兮!』傳以吁嗟釋之。此三詩，蓋皆用

本義。非有借也。烏部引孔子曰「烏，盱呼也。取其助气，故以為烏呼」。古文作於。故大禹謨之「禹曰於」。偽孔傳以嘆釋之也」。

按王說是也。字直象吁嗟口氣迭出之形。故託以寄吁嗟之意。嘆詞。自借用（殷代已然）為介詞，意同在「周秦間人乃加口旁為意符作吁，以還其原。至甲金文有作者。乃紆之初字。以象紆曲之形。以于為聲。當為形聲字。另見形聲篇。特古人用字，每通段以代于耳。當別之。吁又有或文作訏。

（七）服飾 Apparel

① 
戩38.二
姑馮句鑃 句偏旁

糾（ㄐ）
糾ㄐㄧㄡˇ（ㄐ）（jeou）（To entangle.）

說文：「，相糾繚也。一曰瓜瓠結丩起。象形。」居虯切。又：「，繩三合也。从糸丩。」居黝切。

按此象繚糾繚形。故託以寄糾繚之意。動詞。後加糸旁為意符作糾。而丩又為偏旁矣。當知丩糾一字。

② ○ 
叕
叕ㄓㄨㄛˋ（juey）（To connect.）

 綴 綴(ㄓㄨㄟˋ)

說文：「綴聯也。象形」。陟劣切。

又：「合箸也。从叕，从糸」。陟衛切。

按原象絲六段連綴之形。故託以寄聯綴之意。動詞。後人加糸為意符，作綴。而叕只為偏旁矣。故叕與綴是一字。

③

 前四.32.七.

 頌鼎.

 終 終(ㄓㄨㄥ) (jong) (At an end.)

說文：「絿絲也。从糸。冬聲。古文終」。職戎切。

按，原象繩端終結之形。(或即結繩之遺)故託以寄終結之意。狀詞。周時秋冬之冬，從之得聲，作。从仌(冰)。聲。後人又造終字。从糸冬聲。而字遂廢。許書以為古文終。蓋至周末變為也。又以終為絿絲。當為借用之意。非本意也。

(八)飲食　缺

(九)宮室 Dwellings

①

 後上.21.六.

 簋.

 享 享(ㄒㄧㄤˇ) (Sheang) (To offer a sacrifice.)

說文：「亯，獻也。从高省。曰，象進孰物形。孝經曰：『祭則鬼亯之』。亯，篆文亯。」許兩切。又普庚切。又許庚切。

按吳大澂以為象宗廟之形，可從。故得寄託祭享之意。動詞。經傳多叚饗字代之。甲文亦加羊為聲符作𦎫。可見亯與𦎫同字。亯亦借為敦伐之敦。亯讀普庚切者，後世形變為烹。動詞。其讀許庚切者後世形變為亨。狀詞。又甲文有亯字。應亦亯字之複體。

②

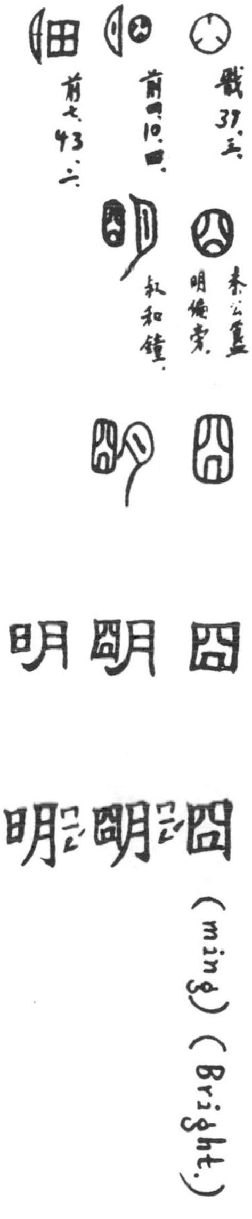

說文：「囧，窻牖麗廔闓明。象形。讀若獷。賈侍中說：讀與明同。」俱永切。

又：「朙，照也。从月，从囧。明，古文朙从日。」武兵切。

按囧字原象窗牖麗廔闓明之形。故託以寄闓明之意。狀詞。謂必有窗牖兩麗，始得闓明也。後加月為意符作朙。商時變作朙者，亦此字。周秦之間，俗或變作明。壁中經用之。許書錄以為古文。然从日月作之明，商代甲文及兩周金文均無之。秦繹山碑仍作朙。秦度亦作朙。

是以知商周文字皆只有窗牖明，而無日月明。今查甲文中有明字者，實非明字。乃日夜二字之合文也。如「丁☽日霧」(庫209)，「丁卯☽日雨，……己，☽日囧」(院乙163)，此均日夜二字合文。又如「今日☽酒」(庫221)，「今日☽有雨」(庫505)，「今日☽啓」(外63)，此均日夜二字不合書者。繙另有考。

(十)行動　缺

(十一)器用　Implements

①

束　束ㄕㄨˋ (shuh) (To bind.)

說文：「束，縛也。从口木。」書玉切。

按字就古形觀之，乃橐形之動詞。謂橐必束也。故為託形寄意。不从口木。

②

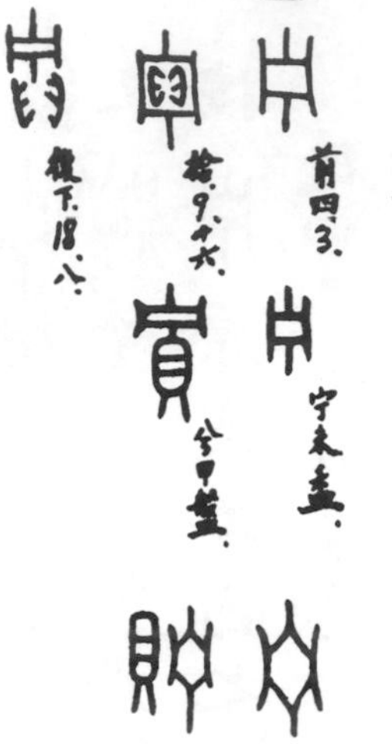

宁　貯　貯ㄓㄨˇ 宁ㄓㄨˇ (juu) (To store up.)

說文「宁，辨積物也。象形。」直呂切。
又「貯，積也。从貝。宁聲。」直呂切。
按宁，原象貯物之器。故託以寄貯藏之意。動詞。謂貯藏必以箱櫥也。後加貝旁以示其貯貝也。其後貯行而宁廢。今宁，只於偏旁中見之。說文分宁與貯為二字。失之。宁後亦加音符，者，作賭。

③

田 院乙二七〇。　由 無叀鼎。　囲 前六.63.一。　毌 克盨。
（周 盂鼎。　周）善夫克鼎。　周　周　（周 古文）（jou）（To close together.）

說文「周，密也。从用口。周，古文周。字从古文及。」職留切。
按田或囲字原象箱篋周密以藏貝玉之形。故託以寄周密之意。動詞。亦用為狀詞。其後周字从之得音。周（从口。田聲。）即啁之初字。自通段周以代田或囲。久之而田或囲字廢。而周亦失其本意。後人又造啁或嘲以還其原。

④  ○ 煇 煇 煇 (huei)(Brilliant)

說文「煇，光也。从火軍聲。」況韋切。

段氏曰「煇與光互訓。如湯象傳『君子之光，其暉吉也』是也。析言之，則煇光有別。如管輅答劉邠云『不同之名。朝旦為輝，日中為光』。玉藻『揖私朝，煇如也。登車則有光』是也。」

按甲文有光字作从火，卩聲。卩即跽或跪之初文。周時漸變作火人。故許曰「从火在人上」。甲文又有煇字，人多不識。卜辭曰：「子卜，貞：今日日」(林二、廿、十七)又鐵雲藏龜十二頁，亦有此字。文殘不可讀。全象燭光形。應是託形寄意之字。託光煇之形，以寄光煇之煇。光為形，故為名詞。煇為態，故為狀詞。卜辭「今日日煇」。日煇，猶日明也。正用為狀詞。由變煇，由象形變為形聲。由甲文至小篆，雖可徵諸他字之例而合，惟此字金文無觀。中缺八百餘年演變之跡，殊為可惜。然吾篤信不疑者，以更有吉字証明。吉字甲文變形甚多。而其最多最完之形，則為。此从口會意也。煇猶謂善言。說文「吉，善也」。徐灝曰：「吉善言也。引申為凡善之偁」是也。餘見會意篇吉字下。

⑤ ○ ○

祘 筭 箕
祘 筭 算
祘 筭 算

(suann) (To calculate.)

說文：「祘，明視以算之。从二示。逸周書曰：『士分之祘。』均分以祘之也。讀若筭。」蘇貫切。又：「筭，長六寸。計歷數者。从竹，从弄。言常弄乃不誤也。」蘇貫切。徐鍇曰：「會意。」又：「算，數也。从竹，从具。讀若筭。」蘇管切。

按祘字林義光曰：「此與筭同字。六縱四橫，象布籌之形。」直可云象祘籌十枚縱橫計祘之形。故託以寄計祘之意。動詞。漢志：「筭法，用竹，徑一分，長六寸。二百七十一枚，而成六觚，為一握。」然則祘之為字，舉竹籌十枚，以寄其意也。不从二示。後改作筭，从弄竹會意。又改作算，从具竹會意。久而忘其初字原為象形矣！

⑥ ○

乚 公伐郘鼎

乚 秦公簋 是偁簋

乚

(乚)

(曲) (乚) (chiu) (Crooked or bended.)

說文：「乚，匿也。象迟曲隱蔽形。讀若隱。」於謹切。

按乚字原象竹器曲折形。故託以寄曲折意。狀詞。金文乚字，見"公伐徐鼎。"說文曲字下古文作乚者，亦即此字。簡化之作乚。隸楷只見於偏旁中。通常通段蠶薄之曲字為之。至今不返。說文既惑於古人通段用凵，又以乚之借意"匿也"為本意。復誤構隱音。後人遂莫知乚或乚為曲折之本字矣！金文乚字，見建字偏旁，及廷字偏旁。篆文乚字見直字偏旁。

⑦

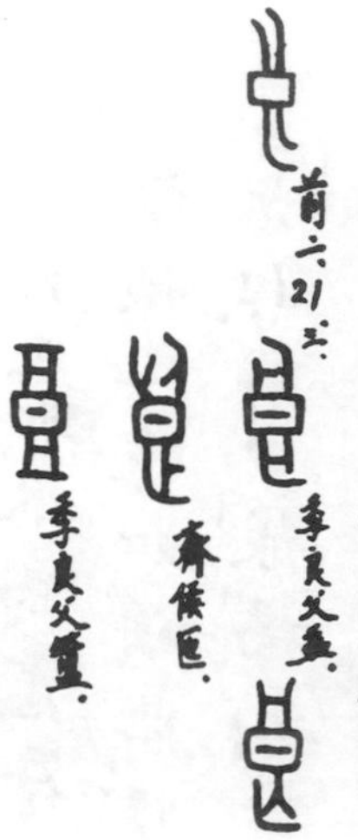

良

良 ㄌㄧㄤˊ (liang)(Good.)

說文：「良，善也。从畗省，亡聲。目，古文良。㠃，亦古文良。𥂖，亦古文良。」呂張切。

按字之本意，自詩，毛傳以來皆訓善，當不誤。惟其構造累經譌變。小篆以後，意不可說。兹細玩甲文，殆象風箱留實之器。穀之輕惡者，隨風吹去。其重而良好者，墜入此器。折轉而存留。故託以寄良好之意。狀詞。許解構造曰：「从畗省，亡聲。」衡諸初形，知此非是。

⑧

前六.八.六　頌鼎　後下.13.十四

彔　彔ㄌㄨˋ (luh) (To draw water up from a well.)

淥ㄌㄨˋ

說文「，刻木彔彔也。象形。」盧谷切。又「，浚也。从水。鹿聲。，漉或从彔。」盧谷切。

按字原象桔槔彔水形。故託以寄彔水之意。動詞。後彔淪為偏旁，失其本意。乃又加水為意符作淥以還其原。或又作漉。形聲字。(此本沈兼士說。)彔字周時借為福祿之祿。如頌鼎「頌壺」「多父盤」之類。周秦間加示為意符作祿。說文列入示部。解曰：「祿，福也。从示。彔聲。」盧谷切。解構造似是，而實非其本也。

⑨

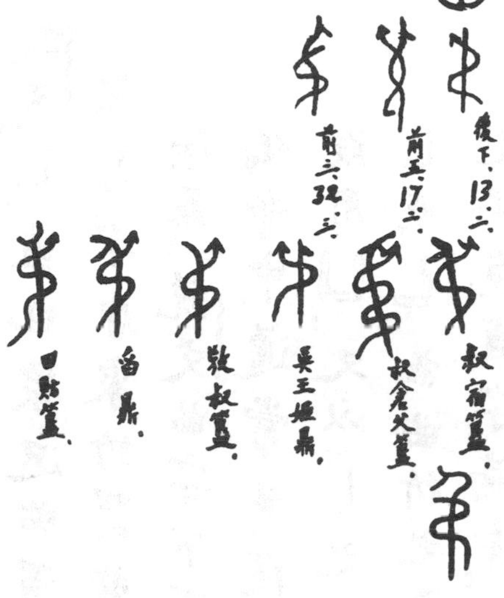

後下.13.二　前三.17.二　前三.32.三　叔宿簋　叔倉父簋　吳王姬鼎　散叔簋　曶鼎　四點簋

弔　弔ㄉㄧㄠˋ (diaw) (To shoot an arrow held by a thin silk thread.)

隿　隿 (yih)

說文：「弔，問終也。古之葬者，厚衣之以薪。从人持弓會敺禽。」多嘯切。
又：「隿，繳射飛鳥也。从隹，弋聲。」与職切。
羅振玉曰：「古金伯叔字及淑善字作弔、弔……等形。與卜辭諸文畧同。……此字从弓，象弓形。↑象矢。弓象隿射之繳。其本意全為隿射之隿。或即隿之本字，而借為伯叔歟！存以俟攷。」
按：羅說是也。弔、隿，古今字。弔象形。象矰繳及其弓形。託矰繳及其弓形，以寄隿射之意。動詞。矰為短矢。繳為生絲縷。矰尾繫繳，以射飛鳥。矰傷其體。繳縛其翼。故易隿獲。惟矰既為短矢，則弓形自異於常弓。羅謂弓象弓形。雖曰想像，殆亦近是。惟此弔射字，周人多借為(一)伯叔之叔，如：免毀「井弔」，即「邢叔」。叔向父毀「弔向父」，即「叔向父」。「幽大弔」，即「幽大叔」。黹縛「皇祖聖弔」，即「皇祖聖叔」。紀公壺「紀公作為子弔

姜……」即「紀公作為子叔姜……」之類是也。又借用為(二)俶。（說文：「俶，善也。」漢人多書為淑。淑清湛也。淑同音通叚代俶。故冒有善意。如詩：「窈窕淑女。」又「遇人之不淑矣！」之類是也。如"寡子卣："「敦不弔」，即「敦不俶（淑）。"王孫鐘："「弔于威儀」，即「俶（淑）于威儀」之類是也。惟此借為俶（淑）意之弔、秦人譌書為弔。漢人更譌書為弔。形既變易。音亦變為多嘯切弔行而弔廢。而人莫知其為一字矣！所喜者形音雖移、而漢人傳經，猶能注明古之借意。如左傳哀公誄孔子：「昊天不弔。」先鄭注周禮、大祝、引作「昊天不淑。」詩小雅：「不弔昊天。」鄭箋云：「不善乎昊天！天也！」漢人注經。更有還寫周之弔為淑者。如曲禮：「知死者傷。」鄭注：「說者有弔辭曰：『皇天降災。子遭罹之。如何不淑？』」曾子問：「父喪稱父。母喪稱母。」鄭注云：「父使人弔之、辭曰：『某子聞某子之喪，某子使某，如何不淑？』母則若云：『宋蕩伯姬聞姜氏之喪、伯姬使某。如何不淑？』」此問終之辭也。亦即弔字之意。

自周人借弔射字為(一)伯叔字。為(二)淑善字。秦漢之世乃叚橜弋之弋，以代弔射字。（其實弋橜也。爾雅釋宮：「雞棲于弋。」弋為樴。是其本意。與弔射字別。）如詩女曰雞鳴：「弋鳬与雁。」鄭箋：「弋，繳射也。」桑柔：「如彼飛蟲，時亦弋獲。」箋云：「猶鳥飛行，自恣東西南北，時亦為弋射者所

得」。盧令傳云：「襄公好田獵，畢，弋。」毛傳：「弋，繳射也。」正義云：「出繩繫矢而射鳥，謂之繳射也。」論語：「弋不射宿。」孔曰：「弋，繳射也」之類，是也。後乃復造𨿅為繳射正字。

又左氏僖二十四年傳：「昔周公弔二叔之不咸，故封建親戚，以蕃屏周。管蔡郕霍……」"二叔"與下文管蔡相牾戾。二千年來讀者惑之。今按"二叔"應為"二代"，即論語：「周監於二代」之二代也。指夏商而言。咸，通緘。固也。傷二代之不固，文從字順。惟是"代"古文作"[illegible]"。簡書磨損為"[illegible]"。漢人臆補，涉上文弔（古作[illegible]）字，故誤為"[illegible]"。遂依周文讀為"叔"字矣！

(十二)形容　(十三)聲音俱缺

(十四)鬼神 Divination

①

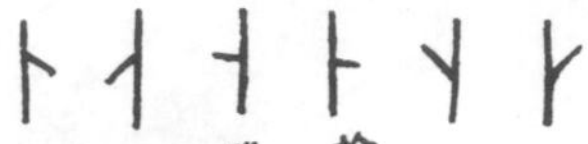

前一、5、一。　前一、5、二。　拾、15、二。　後上、24、九。　前二、20、五。　拾、9、十三。

卜 古鉢卜坤。

卜

卜

卜 ㄅㄨˇ (buu) (To divine by means of tortoise's shell or ox'es sholder blade)

說文：「卜，灼剝龜也。象灸龜之形。一曰，象龜兆之從橫也。卜古文卜」。博木切。

按此象占卜時卜兆縱橫之形。故託以寄占卜之意。動詞。此字之創造，自在骨卜施用之後。

② ○ 士（克鐘。） 士 士 士ㄕˋ (shyh) (To divine by means of bamboo sticks)

筮 筮 筮ㄕˋ (shyh)

說文：「士，事也。數始於一，終於十。从一，从十。孔子曰：『推十合一為士。』」鉏里切。

又：「筮，易卦用蓍也。从竹，从𢍰。𢍰，古文巫字。」時制切。

按士即筮之初文。周初始造，象筮籌縱橫之形。故託以寄筮占之意。動詞。後借為(一)武士，(二)男子，(三)小官員，(四)法官，(五)讀書人等，乃另造筮字，以還其原。筮，从竹巫會意。仍存竹籌占卦之意。後筮行而士之本意亡而筮後改用蓍艸，以代竹籌。

第二十五節 §25. 倚文畫物 依一文字而畫物形也。 A Figure Combined with a Simple Character

甲. 本形本意（具體的，名詞。） Concrete Pictographs

本項各目之下，本宜再分「a.由物生意」、「b.由文生意」兩子目，方可說明文字構造。茲乃分別注釋於各例字之下。不再分前後子目，以求簡易。

(一) 天文 Heavenly Phenomena

① ○ 𤽄 𤽄 𤽄 𤽄 ㄒㄧˋ (shih)(Light)

說文：「𤽄，際見之白也。从白，上下小見。」起戟切。

按此倚日畫白光⺌⺍形。而其意為際見之白。名詞。因其意由所畫之物形而生，而非直接原於日，故著其例曰「由物生意」。下仿此。

② 回 前四、八、六　回 前四、八、五　○ 暈 暈 ㄩㄣˋ (yunn)(Halo)

說文新附：「暈，日月气也。从日，軍聲。」王問切。

葉玉森釋甲文曰：「疑即周禮『眡祲』掌十煇之煇。乃暈之古文。日光炁也。匚，冂，並象日旁雲氣，四面旋捲，若軍營圍守者然。」

玉篇：「暈，有愠切。日月旁氣也。」

呂覽：「日有暈珥。」高誘注：「暈，讀如君國子民之君。气圍繞日周匝，有似軍營相圍守，故曰暈也。」

按此字初文，倚日畫有气圍繞形。由物形「回」生意。故本意為日月旁气。名詞。作暈者，後起之形聲字也。後人用字，又或通叚煇或暉或運，以代之。

(二)地理 Ground Features

① 
前四.13.4

井侯簋.

洲ㄓㄡ 州ㄓㄡ (jou) (An island in a river.)

說文:「州，水中可居曰州。周遶其旁。从重川。昔堯遭洪水，民居水中高土。或曰九州。詩曰:『在河之州。』一曰:『州，疇也。各疇其土而生之。』州，古文州。」臣鉉等曰:「今別作洲，非是。職留切。」

按字倚川字，畫其中有高地之形。而其意為州。州，川中高地也。實取所畫之◊，而非直接原於川。故為由物生意。名詞。後借用為地域區劃之名。如荊州，揚州等稱。久而成習。乃又加水為意符，作"洲"。以還水州之原。今兩字分行矣。羅振玉始釋甲文州為州。

② ○ 
毛公鼎雍偏旁;
巛○○ 籀文.

邕 邕ㄩㄥ (iong) (A moat.)

說文:「邕，四方有水，自邕成池者。从川。从邑。巛○○，籀文邕。」於容切。

按巛○○字倚巛，畫○○。○○，示環繞之形。環水為邕。名詞。巛○○字之意，由川字派生。故曰由文生意。下仿此。秦時變作邕。从川。邑聲。至

鳥鳴之和聲，字原作雝。从隹。邕聲。隸變作雍。乃另字也。與邕別。

（三）艸木 Plants

①

林一.23.十六. 前七.36.三. 齊侯鎛 壹足鼎.

葉（枼） 枼（yeh）（A leaf.）

葉 ㄧㄝ（yeh）

說文：「枼，楄也。枼薄也。从木。世聲。」餘合切。与涉切。

又「葉，（通纂釋葉）艸木之葉也。从艸。枼聲。」与涉切。

按字原倚木畫葉形。名詞。由物形〝。〞生意。故其意為葉。周秦間葉形聲化。變為从木世聲。秦人又加艸為意符作𦯓。隸楷本之。

②

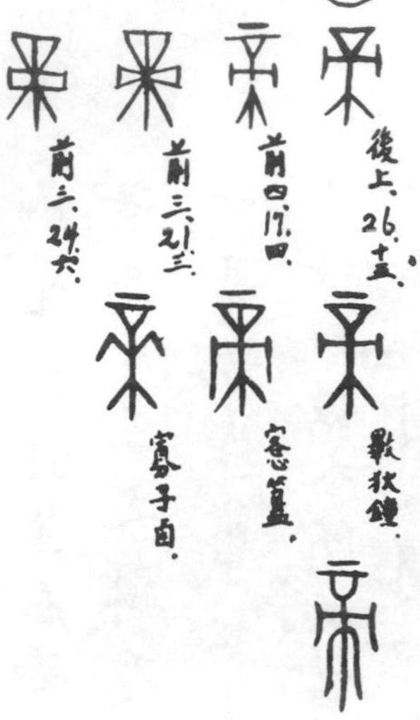

後上.26.十五. 前四.17.四. 前三.21.三. 前三.24.六. 㪤狄鐘. 寡恣簋. 寡子卣.

帝

帝 ㄉㄧˋ（dih）（The stem of a melon.）

蒂 ㄉㄧˋ（dih）

說文：「帝，諦也。王天下之號也。从二。朿聲。帝古文帝。古文諸上字皆从一。篆文皆从二。二，古文上字。辛、示、辰、龍、童、音、章，皆从古文上」。都計切。

又：「蔕，瓜當也。从艸。帶聲」。都計切。

按帝，乃蔕之初文。倚不（萼柎），畫ㅂ為蔕形。故曰倚文畫物。由物形ㅂ生意。故為瓜蔕之蔕名詞。不从上。亦非朿聲。後借為天帝之帝。又借為人王之稱。乃加艸頭為意符作蔕，以還其原。蔕行而帝之本意亡。蒂亦作蔕。蒂為累加字。蔕則形聲字也。說解：「古文諸上字，以下三十字，疑後人所加。當刪。甲文帝亦借用為祭名。如武丁時卜辭：「貞帝于王亥」。周秦間加示旁作禘。如左傳，僖公八年：「禘于大廟」。說文：「禘，諦祭也。从示。帝聲」。周禮曰：「五歲一禘」。今按漢人說周禮諦祭之意義，意見不一。余謂殷人帝祭之意雖不可確知，然每行於遠祖。當由根蔕之意引申。

③ ○

見代、七、11、盂.

果

果ㄍㄨㄛˇ 菓ㄍㄨㄛˇ （guoo）（A fruit.）

說文：「果，木實也。从木。象果形。在木之上」。古火切。

按字意為果實之果。故倚木上畫田。象果形。為倚文畫物。由物形「田」生意。名詞。後世借為終結之意。俗或加艸為意符作菓。但文人鮮用之。

④○

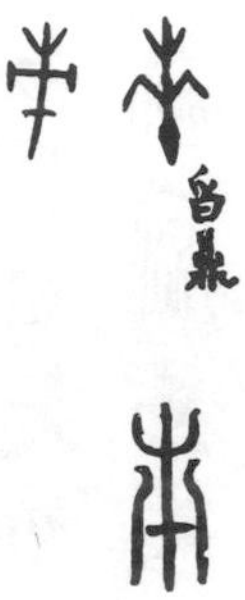

𣎵 𣎵ˇ (tzyy)(A nettle.)

說文:「𣎵,止也。从米盛,而一橫止之也」即里切。

林義光曰:「古作。不从一。則非止意可知」。

按此有刺之草也。金文取"舀鼎"秭字偏旁。字倚屮|畫刺形。由文屮生意。名詞。有刺之草,如月季薔薇之類。

⑤○

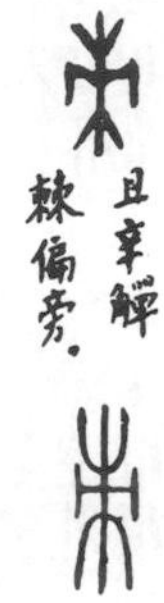

朿 朿ㄘˋ (tsyh)(A thorn tree.)

說文:「朿,木芒也。象形。讀若刺」。七賜切。

按此有刺之木也。字倚木畫刺形。由文"木"生意。名詞。有刺之木,如棗橘之類。

⑥○

漆(桼) 漆ㄑㄧ(桼) (chi)(A varnish tree.)

說文:「桼,木汁可以髤桼物。象形。桼如水滴而下」。親吉切。

按桼原倚木畫其汁點下滴之形。由文生意。故為桼樹之桼。名詞。桼與漆

兩字各別。漆為水名。說文：「漆水。出右扶風杜陵、岐山。東入渭。一曰入洛。从水。桼聲」。親吉切。另見形聲篇。後人用字、通叚漆以代桼。久而成習、而桼字廢。於是水名之漆、可兼為漆樹之漆。又可兼為木汁之漆。又可引借為動詞。謂以漆漆物也。王氏煦曰：「周官、載師、注：『故書漆林為桼林。』杜子春云：『當為漆林』」則以漆沮字為髹桼字。後漢始然矣。後人又作形聲字"柒"、以代木汁之漆。从木、从水。七聲。見廣韻。俗乃通以代七八之七。日久而柒之本意亦廢。

⑦

○

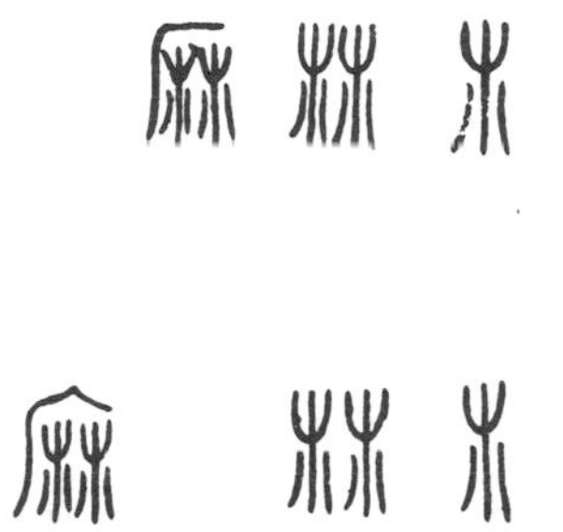

朩　𣏟　麻

朩ㄆㄣˋ　𣏟ㄆㄞˋ　麻ㄇㄚˊ (ma) (Hemp.)

說文：「朩、分枲莖皮也。从屮、八。象枲之皮莖也。讀若髕」。匹刃切。

又：「𣏟、葩之總名也。𣏟之為言微也。微纖為功。象形」。匹卦切。

又：「麻、与𣏟同。人所治。在屋下。从广。从𣏟」。莫遐切。

按朩、𣏟、麻、原為植物之名。後引借為其莖皮（可治以為繩索）之稱。三

字一字。初形朩，原為倚屮畫其莖皮之形。言此為皮可用之艸也。意由屮生。故為由文生意。名詞。後人書其複體作𣏟。金文有作𢇁若。乃於複體又加厂（岸）為偏旁，謂岸上生𣏟也。秦時變厂為广，作麻。故許說麻以為屋下治麻。後俗又加艸為意符作蔴。若匹刃切，匹卦切，莫遐切，皆一音之變。同出於脣。說文又有朩字。解曰：「艸木盛朩朩然。象形。八聲。讀若輩。」普活切。是乃匹刃切朩字之誤重者。當刪。

⑧

後上.11.文　前肆.41.四　前壹.6.六

〇

桑　桑

桑（ㄙㄤ）(sang) (A mulberry tree.)

說文：「桑，蠶所食葉木。从叒木。」息郎切。

又「叒，日初出東方湯谷，所登榑桑木也。象形。𠬞籀文。」而灼切。

按字原象有繁枝之木。倚木畫其多枝形。由文"木"生意。故為繁桑之桑。名詞。篆文變从木，从三又。徐灝曰：「叒即桑之省體。」應不為另字。後人誤分之。羅振玉釋甲文桑字曰：「象桑形。許書作桑，从叒，殆由𠂇致譌也。」許書誤出叒字。所錄籀文𠬞字，疑即𦯔（若）字之誤。亦即唐人

誤定"而灼切"之所由也。甲文三字皆用為地名。與詩，衛風「說于桑田」之桑，殆為一地歟！

⑨ ○ ○

某　槑　某某　楳　梅

某ˇ(moou)(A plum tree.)　槑ˊ(mei)　某某ˊ(mei)　楳ˊ(mei)　梅ˊ(mei)

說文：「某，酸果也。从木，从甘。闕。槑，古文某。从口。」莫厚切。

又：「梅，枏也。可食。从木，每聲。楳，或从某。」莫桮切。

按五字一物。原作某者，倚木而畫其上有小果之形。由文"木"生意。故為梅樹之梅。名詞。甘象酸果。非甘字也。前人於說解甘下注一闕字。乃不得甘字之解之謂也。其複文作槑。作某某。其加木為意符者則作楳。後人另造形聲字。从木。每聲。作梅。實皆一字之另構也。

⑩

前二19三、　同右四、　後下16、叁、

石鼓。

栗

栗（lìh）（A chestnut tree.）

說文：「⿱卤木，木也。从木。其實下垂。故从卤。⿱西⿱⿰卤卤木，古文栗。从西。从二卤。徐巡說，木至西方戰栗。」力質切，

王筠曰：「玉篇曰：『⿱卤⿱⿰卤卤木，籀文所用。蓋說文古本也。篆當从三卤作。法當如小徐作籀文⿱卤⿱卤木。下文籀文⿱卤⿱卤木可證也。从西，从二卤。五字則當刪。此後人誤以徐巡說增之。因改篆文也」王氏又曰：「宰我之說，已為孔子所訶。況戰栗本借字也。木無情，安得戰栗。即知之，亦是凡木皆然。豈獨一栗木乎？此乃曲說。故許君附之末也。」

羅振玉曰：「許書卤之籀文作⿱卤⿰卤卤。栗之籀文亦从⿱卤⿰卤卤。栗之古文从⿱西⿰卤卤者，殆亦⿱卤⿰卤卤之譌矣！」

葉玉森釋甲文此字曰：「第三文疑亦栗字。"象栗實外剌毛形"，其體物尤肖。」

按栗字初文象形。倚木，畫其有剌實之形。由文"木"生意。故為栗樹之栗。名詞。石鼓文變為形聲。从木，卤聲。卤即卣字。卣聲之諧栗聲，亦猶之

由聲之諧迪聲也。石鼓用籀文。籀文多複體。故其字作[glyph]。小篆猶顯為形聲字。隸始譌變从西作。則徐巡之臆說，章於漢人之譌形也。

(四) 蟲魚 Insects, Reptiles, Amphibia and Fishes

①

蜀　蠋 (shuu) (A caterpillar)

蜀　蠋 (jwu)

說文：「蜀，葵中蠶也。从虫。上目，象蜀頭形。中象其身蜎蜎。詩曰：『蜎蜎者蜀。』」市玉切。

雷浚說文外篇曰：「說文虫部無蠋字。……蜀即蠋。本从虫。無用更加虫旁也。」

按字原倚目畫葵蠶蜎蜎之形。[glyph]字由物形"[glyph]"生意。故為葵蠶名詞。周時加虫旁為意符作[glyph]。後以此字借為地名。人皆習之。故漢以後人又加虫旁作蠋以還其原。事出後人之累加。非古人造字有此疊架之例也。他仿此。

②

禹　禹 (yeu) (A larva or a worm with many legs.)

說文：「蟲也。从厹。象形。」王矩切。
林義光曰：「按古作，。皆象頭足尾之形。」
按禹為多足之蟲。如蜈蚣之類。故象蟲有足形。字疑周人始造。由萬字、甲文作，至周始加足形作。可推知也。列子，力命篇：「偊偊而步」。偊偊，曲皃。（偊亦作踽。）亦由多足意引申。自禹借為人名，後人乃另造蝺字。（蝺字見宋玉登徒子賦，及呂氏春秋。）

③ ○ 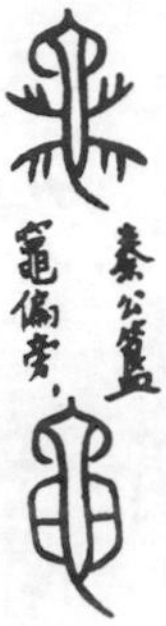 秦公簋 黿偏旁。

黽 黽 ㄇㄧㄣˇ （miin）（A lizard.）

說文：「，鼃黽也。从它。象形。黽頭與蛇頭同。，籀文黽。」莫存切。
按此殆即後世所謂四脚蛇也。亦名蜥蜴。倚（蛇），畫其有四脚之形。黽字由文生意，故為四脚蛇。名詞。後人廣其類，故有鼃黽（即蛙）黽之稱。又廣其類，故有鼅鼄（即蜘蛛）之稱。

④  前六.32.七. ○

（ 壳 壳 ㄎㄜˊ）（Ker）（Shells.）

續按此字說文所無。疑即貝殼之殼之專字。从貝。象形。，象貝殼形者，象其

二也。由物生意。甲文借為龜壳之壳。如粹編一五二五「丁巳、鑽三𠂤……」。續六、一四、一「□□鑽三𠂤、骨三」是也。至後世用壳者，乃通叚，非本字也。

說文「𠂤，幬帳也」見象形篇。全畫物形。

(五) 鳥獸 Birds and Beasts

① ◯ ◯ 寉 寉 寉

鶴 鶴 鶴 ㄏㄜˋ (heh) (A crane.)

說文「寉，高至也。从隹，上欲出冂。易曰『夫乾，寉然』」胡沃切。又「鶴，鳴九皋，聲聞於天。从鳥，寉聲」下各切。

按鳴于九皋，聲聞于天之鳥，即寉也。字倚隹而畫其首有丹頂之形。寉由文隹生意。故為有丹頂之隹。名詞。後人又加鳥為意符作鶴。鶴行而寉只為偏旁。其借意作高至者，亦僅見於古本易「繫辭」(今本作確)。

② ◯ 隼(古鉢) 隼 隼 隼 ㄓㄨㄣˇ (joen) (A hawk.)

說文「䧿，祝鳩也。从鳥，隹聲。隼，䧿或从隹一。一曰，鶉字」思允切。

按隼，鷹屬。鷙鳥也。字倚隹畫其有利爪形。隼字由文隹生意。故為有

利爪之隹。名詞。雖疑周秦間人所造。為隼之後起字。說解於正或文倒置。

③

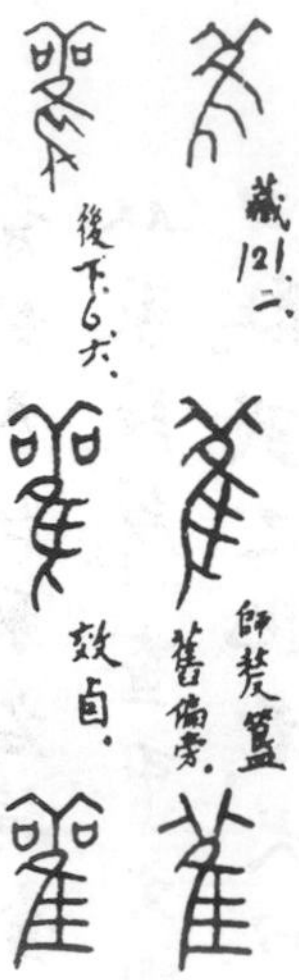

雈　雚

雈 厂ㄨㄢ (huan)(An owl.)

雚 厂ㄨㄢ

說文：「，鴟屬。从隹，从𦫳。有毛角。所鳴其民有旤。讀若和。」胡官切。

按雈為鴟屬。有毛角。字倚隹畫其戴毛角形。(非必羊角形乖字初文。)雈字由文"隹"生意。故為有毛角之隹。名詞。後(殷代已然)或加吅(音讙)為聲符作雚。意不別。今字偏旁作雈，或雚，兩形俱有。

④

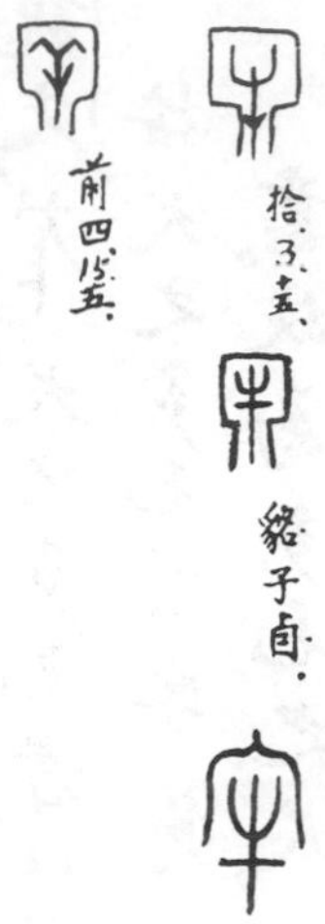

牢

牢 ㄌㄠˊ (lau)(An ox fed in a pen.)(A sheep fed in a pen.)

說文：「，閑養牛馬圈也。从牛。冬省。取其四周帀也。」魯刀切。

按甲文此字原意為牛或羊之圈養者。字倚牛或羊畫圈養之形。由文"牛"或"羊"生意。名詞。後世借用為禁牢。故說解曰：「牢，閑養牛馬圈也。」實則本意不然。小篆與偏旁相似。故說解曰：「冬省。」實則初

形亦不然也。甲文亦稱〔古文字形〕為小〔古文字形〕。(小牢。)謂羊小於牛也。後人稱圈養牛曰大牢。稱圈養羊曰少牢。意亦相貫。

⑤ 〔古文字形〕前四.54.三 ○ 尨 尨 尨 ㄆㄤˊ (parng) (A shaggy dog.)

說文:「尨,犬之多毛者。从犬,从彡。詩曰:『無使尨也吠。』」莫江切。

按犬之多毛者。字倚犬畫其多毛形。彡,非文字。乃物形。尨由文"犬"生意。故為多毛之犬。

⑥ 〔古文字形〕藏142.三 〔古文字形〕頌鼎 豭 豭 豭 ㄐㄧㄚ (jia) (A boar.)

說文:「豭,牡豕也。从豕,段聲。」古牙切。

按甲文豕作〔古文字形〕。茲作〔古文字形〕者,牡豕也。字倚豕,畫其有雄器形。由文"豕"生意。故為牡豕。名詞。金文〔古文字形〕見"頌鼎"。字通以代家。秦人改為形聲字,作豭。从豕段聲。查甲文獸之牡者,犬曰[犬土],馬曰[馬土],牛曰牡,羊曰[羊土],豕曰〔古文字形〕,鹿曰[鹿土]。獸之牝者,犬曰[犬匕],馬曰[馬匕],牛曰牝,羊曰[羊匕],豕曰[豕匕],鹿曰麀。殆造字之法,各有不同。

又說文:「〔古文字形〕,豕也。从彑。下象其足。讀曰瑕。」乎加切。

桂馥曰：「或與豭通。」朱駿聲曰：「當為豭之古文。」
今按必係金文豖，周秦之際，譌變作也。

⑦  藏86三 ○  豖 豖 ㄓㄨㄛˋ (jwo) (A gelded boar.)

說文：「豖，豕絆足。行豖豖。从豕，繫二足。」丑六切。
又：「豶，羠豖也。」
段云：「羠，騬羊也。騬，犗馬也。犗，騬牛也。皆去勢之謂也。或謂之劇。亦謂之犍。」
按甲文豖字正象豖去勢之形。字倚豕畫其雄器已割之形。由文"豕"生意。故為去勢之豖。名詞。凡家畜之去勢者，犬曰猗。馬曰騬。牛曰犗。羊曰羠。豕曰豖。（亦曰豶。）豖亦可通段椓，或豛，以代之。其動詞作劅。亦作斀。公用之動詞，作劇。亦作犍。

⑧  前四33三  追簋  卿偁卣  血 ㄒㄩㄝˋ (shiueh) ('Animals' blood.)

說文：「血，祭所薦牲血也。从皿一，象血形。」呼決切。
按此字原指牲血而言。祭時以皿盛牲血，以薦於神。而血凝固在皿中。故字倚皿而畫其盛血凝固之形。字由物形"皿"生意。故為牲血之血。

名詞。後亦借用為蟲血鳥血人血等。

⑨ ○

石鼓

皮 ㄆㄧˊ (Pyi) (Skin)

說文：「𡰻，剝取獸革者謂之皮。从又，為省聲。𥬾古文皮。𡰻籀文皮。」符羈切。

按此謂獸皮。象手剝取獸皮之形。字倚又(手)而畫獸(ㄗ，象獸頭，及其身。)皮(ㄈ)剝起之形。由物形"ㄗ"生意。故為獸皮之剝取者。名詞。原為獸皮。後亦謂人皮膚之皮。

⑩ ○

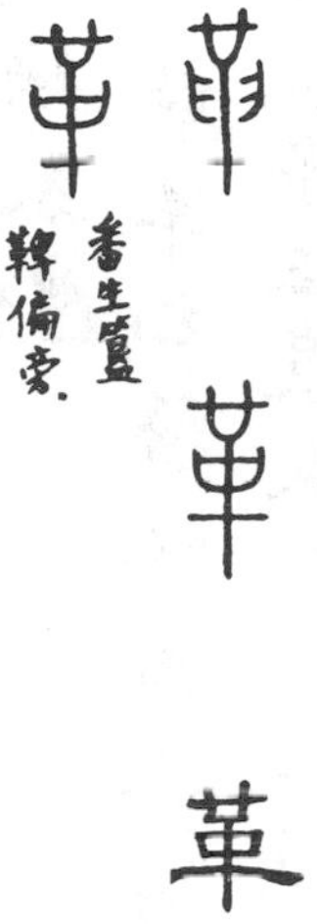

番生簋　鞞偏旁

革 ㄍㄜˊ (ger) (Leather)

說文：「革，獸皮，治去其毛，革更之。象古文革之形。𠦀，古文革。从三十。三十年為一世，而道更也。臼聲。」古覈切。

按革，獸皮，治去其毛者也。字倚臼(兩手，所以治去毛也)畫獸(ㄗ象獸頭及身。)皮形。革由物形"ㄗ"生意。故為去毛之皮。名詞。後世亦借用為改革，革除等意。動詞。

(六) 人體 Human Body

①  前四.25.四.  盂鼎. 

夫 夫 ㄈㄨ (fu)(An adult.)

說文「，丈夫也。从大一，一以象簪也。周制：以八寸為尺，十尺為丈。人長八尺，故曰丈夫。」甫無切。

按夫，成人也。童子披髮，成人束髮，故成人戴簪。字倚大（人），畫其首髮戴簪形。由文大（人）生意。故為成人意之夫。童子長五尺，故曰五尺之童。成人長一丈，（周尺）故曰丈夫。偉人曰大丈夫。許言漢八寸為周一尺。人長漢八尺也。至妻之對曰夫，或丈夫皆是借用。

②  前二.42.三.  丙申角. 

奚 奚 ㄒㄧ (shi)(Servant.)

說文：「，大腹也。从大，䌛省聲。䌛，籀文系字。」胡雞切。

按此奚奴之奚。象爪牽人髮而命事之形。字倚大（人），倚爪，而畫其髮辮。由文大（人）生意。故為奚奴名詞。亦用為動詞。後世或加人旁作傒。或加女旁作嫨。意同。徐灝曰：「周官『酒漿醯醢之事用奚』。鄭氏曰：『古者從坐男女沒入為奴。其少才智者，以為奚』。今之侍史官婢。或曰奚，

宦女。說文別有媰字。女隸也。又段借之用，與何同。奚、何、胡、曷，一聲之轉。其義一也。」是也。

③ 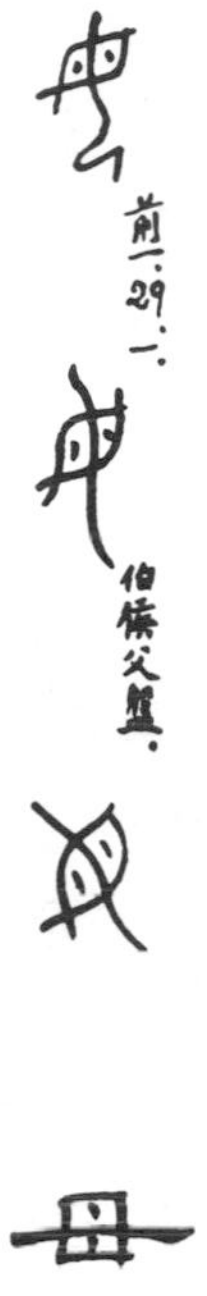
前一.29.一　伯侯父盤
母　母ㄇㄨˇ (muu)　(Mother.)

說文：「，牧也。从女。象褱子形。一曰象乳子形。」莫后切。

按：字倚女畫其乳形。由文「女」生意。言女而乳子者，為母親之母。名詞。不象褱子形。周時借用為否定助動詞。秦人妄造字，以為區別。說文解之曰：「，止之也。从女。有奸之者。」武扶切。其差誤可笑。坐不察周文也。

④ 
前五.3.一　史頌簋
史　史ㄕˇ (shyy)　(An official recorder.)

說文：「，記事者也。从又持中。中，正也。」疏士切。

按：象口有言，記事者手持簡以記之之形。由文「又」(手)生意。故為記事者。謂手為人者，亦猶後世謂「能手」為「能者」之意。史即史官。古者左史記言，右史記事。殷墟書契，卷五，第卅九頁有「其隹大史寮命」字樣。是也。商周「中」字作「」，「仲」字作「中」。秦始通作中與仲。知許謂「从又持中」，中非古之中也。又後世作史事解者，乃其借意也。

⑤  前二.8.五  前二.7.四  猶鐘 代一.四

髟　髮　髮 ㄈㄚˇ (faa) (Hair)

説文：「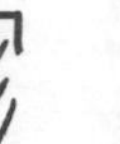，長髮猋猋也。从長，从彡。」必凋切。

説文：「，拔也。从髟，犮聲。，髮或从首。，古文。」方伐切。

按此字初文象形。倚人畫其首有長髮形。由物""生意。名詞。字亦借為長意。謂髮為最長之毛也。狀詞。後人累變形，又加毛飾之彡（所銜切），為意符，作髟。髮意實不變也。徐灝於"髟"下箋曰：「此部所屬，皆毛髮之類」是也。云長髮猋猋者，玉篇作「長髮髟髟」。又髮意之引申。金文，及或文，皆从首犮聲。篆文則直就髟加犮聲耳。左傳，韓之戰，秦獲晉侯以歸。「晉大夫反首拔舍從之」。"首拔"應為髮字古文之鈔譌。舍，通尾。古音皆近"夷"。原句即「晉大夫反髮尾從之」。反髮者，蒙萎也。尾從之者，不忍離其君也。杜注曰：「拔草舍止。壞形毀服」此誤在漢人之隸定。故晉人不得其解。

⑥  後下.15.五

新二四八

公伐郐鐘 見偏旁

面　面 (miann) (The face)

說文「面，顏前也。从𦣻。象人面形。」彌箭切。

按甲文此字余永梁初釋為面。是也。字倚目畫「□」，面形。謂頭部有目處謂之面。由物形「□」生意。故為面貌之面。名詞。秦人變目為𦣻，𦣻即首字。仍是本字之意符。隸楷本之。楷書作面者正。作靣者俗。

⑦

𦬠伯簋

趩簋

眉　眉 (mei) (Eyebrow)

說文「眉，目上毛也。从目。象眉之形。上象額理也。」武悲切。

按字象目上毛順一邊之形。倚目畫其上有毛順一邊之形。由物形「巛」生意。故為眉目之眉。名詞。由金甲文視之，只見其毛順一邊之形。並非象額理。金文或變作，象目上眉左右分之形。蔑字莧字从之為聲。小篆又變為𦣻。說文「𦣻，目不正也。」乃誤以「眣」字之訓解當之。甲文又有字。乃夷族之名。金文作見「散盤」，應亦眉字。為𦣻之加人為意符者。

⑧

藏163.三

前四.47.五

其田彝

眔　眔 (lih) (Tears)

淚　淚ㄌㄟˋ（ley）

說文：「眔，目相及也。从目，隶省聲。讀若與隶同。」徒合（合音給）切。

按：「眔」字原倚目畫其流淚形，由物「氺」生意，故為眼淚之初文。名詞。商周時借用為接續詞，甲金文均如此。意如「及」、「與」。秦漢乃另造淚字，淚行而眔廢。其借為「及」、「與」者，形或譌變作臮。說文：「臮，眾詞，與也。从乑，自聲。虞書曰：『臮咎繇。』臮，古文臮。」其冀切。今按堯典作「禹拜稽首，讓于稷、契暨臯繇。」史記作「禹拜稽首，讓於稷、契與臯陶。」可見眔之本意，漢時已亡。而其用為借意與者，形復譌誤。說文解字詁林後編六八四五頁，補「淚」篆。丁福保曰：「案說文無淚字。慧林一切經音義二卷二頁，淚注，引說文：「涕也。从水，戾聲。」又八卷十一頁，引作「淚，涕泣也。从水，戾聲。」許書原本當有淚篆。今逸。據補。」今按自目曰淚，自鼻曰涕。（涕或作洟。）王褒童約：「目淚下落，鼻涕長一尺。」淚涕二字分用，與今同。

⑨

前六8五

○

涕　涕ㄊㄧˋ（tih）（Snivel）

說文：「涕，泣也。从水，弟聲。」他禮切。

沈濤曰：「案御覽三百八十八，人事部，引『涕，鼻液也』」。甲文「貞婦好□佳出。疾」(前六．八．五)□，王靜安釋為涕。

按□字倚鼻畫其出液，並出肉之形。由物形「□」生意。名詞。鼻液之濃者，古人以為肉也。秦時另有涕字。自目曰淚，自鼻曰涕。詳上淚字下。

(10)

前七．廿二　前一．廿五．一　庫一九五七

○ 

齒　齒 (chyy) (Teeth.)

說文：「□，口斷骨也。象口齒之形。止聲。□，古文齒字」。昌里切。

按甲文倚口畫齒形。由物形「□」生意。故其意為口齒之齒。名詞。甲文「壬戌卜，亘貞：有疾□。佳(其)有壱(害)」。(續五．五四)又「貞疾□。卬(禦)于父乙」。(前一．二五．一)又「貞疾□。告于□(丁)」。(庫一九五七)秦時變為□。

王筠引印林曰：「此字當是从口𠙴切之凵。口張齒乃見也。中乃上下齒中間之虛縫耳」。是也。隸楷均沿篆形。但凵為張口形，非文字。

⑪○ 須 須 須 須ㄒㄩ (shiu) (Beard.)

髟須 鬚 鬚ㄒㄩ

說文：「須，面毛也。从頁。从彡」。相俞切。

雷浚說文外編曰：「說文無鬚字。玉篇曰：『鬚，本作須』」。

按金文須字，屢見於盨字偏旁。均象頁（頭）旁生鬚形。字倚頁畫鬚形。由物形"彡"生意。故為鬚意名詞。後"須"借用為必須意。副詞。久而不返。

秦人乃加髟（髮字之次初文）為意符，作鬚。

⑫○ 肩（石鼓） 肩 肩 肩ㄐㄧㄢ (jian) (Shoulder.)

說文：「肩，髆也。从肉。象形。肩，俗肩。从户」。古賢切。

按字實倚肉畫肩形。由物形"戶"生意。故其意為肩。秦篆變作户肉。形不可說。

⑬ 又（前五.28.五） 又（競卣） 丑 丑 丑ㄔㄡ (choou) (Fingernail)

㕚（前二.19.三） 㕚 㕚 㕚ㄓㄠ (jao)

說文：「丑，紐也。十二月，萬物動，用事。象手之形。時加丑，亦舉手時也。」敕九切。
又：「叉，手足甲也。从又，象叉形。」側狡切。
按：丑原倚又(手)畫其手甲形。由物形「∴」生意。故為手叉之初文。及後借用為地支第二名，乃又造叉字以還其原。叉行而丑失其本意。夏曆，十二月建丑。又丑時，為夜一點至三點之名。於是附會言之矣！"紐也"為音訓。

⑭

腹

腹ㄈㄨˋ (fuh) (Abdomen.)

說文：「腹，厚也。从肉，复聲。」方六切。
段云：「腹厚疊韻。此與髮，拔也；尾，微也一例。謂腹之名以其厚大。」釋名曰：「腹，複也。富也。」文法同。
按：字原倚畫其腹富厚之形。由物"∴"生意。故為腹之初文。商作匡郭。周人填實。意同。象形。甲文如(一)「疾。不佳有害」(院·乙·二六七八·)(二)「佳有疾。」(院·乙·二五九一·)(三)「貞，婦好不延」((疾)(腹)合文。)(後下、十一)是也。秦人始造形聲字腹。腹行而廢。

⑮ ○  綏和壺  乳 乳 ㄖㄨˇ (ruu) (Nipple.)

說文：「乳，人及鳥生子曰乳。獸曰產。从孚，从乙。乙者，玄鳥也。明堂月令，『玄鳥至之日，祠于高禖，以請子。』故乳从乙。請子必以乙至之日者，乙，春分來，秋分去，開生之候鳥。帝少昊司分之官也。」而主切。

按乳字倚子、畫其乳形「く」。由物形「く」生意。故為人乳之乳。名詞。至用為動詞，示生產之意者，段借也。說解誤。

⑯ ○  胃 胃 ㄨㄟˋ (wey) (Stomach.)

說文：「胃，穀府也。从肉。図，象形。」云貴切。

按字倚肉畫胃形。由物形「図」生意。故為腸胃之胃。說解甚是。

⑰  ○  脛 脛 ㄐㄧㄥˋ (jing) (Thigh.)

說文：「脛，腳胻也。从肉。巠聲。」胡定切。

按倚止（止足）畫腳脛之形。由物形「」生意。應即後世腳脛字。甲文「吺疾。不征（延）」（胡引盧藏）是也。商周金文錄遺第55號，鼎銘，亦

有字。文曰：「父癸脛冊」，填實而已。說文：「腳，脛也」。脛亦曰腓。說文無腿字。玉篇有之，解曰：「腿，脛也」。

⑱

 前五.卅三

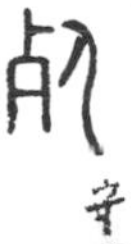 字彙

死　死 (syy) (A corpse.)

屍 (shy)

說文：「，澌也。人所離也。从歺，从人。古文死如此」。息姊切。

按此為屍體之屍之初文。字倚(裂骨)畫人俯首無生氣之形。由物形""生意。故為死屍之意。名詞。後人通段用為生死之死(動詞)乃加尸聲作屍，以還其原。動詞之死，古原作。从人在墓井中會意。自以代，而字廢。又說文：「，人之終所存形骸也。从死尸。尸亦聲」。誤以後起字為初字矣。

⑲

 菁五.六

尿　尿 (niaw) (Urine.)

說文：「，人小便也。从尾，从水」。奴弔切。

按字倚畫便溺之形。由物形「」生意。故為尿。名詞。此字商文亦用以代沈溺之溺。周文未見。篆贅从尾水。不知所本。隸作尸水。猶畧

存古形。後世多通叚沈溺之溺字以代之。

⑳ 後下26.7 圉肯鎛 屎 屎 屎 ㄕˇ (shyy)(Excrement.)

按字倚⺈畫其遺屎形。由物形「⺌」生意。故為屎。名詞。周人始誤从米。後世多通叚弓矢之矢以代之。又說文亦載菡字。訓糞也。从艸。胃省。乃屎字之晚出字。

(七) 服飾 Apparel

① ○ 虞簋 由月 冑 𩊚 ㄓㄡˋ (jow)(A helmet.)

說文:「冑,兜鍪也。从冃。由聲。𩊚,司馬法冑。从革」。直又切。

按由非古今之古。乃冑之頂形也。故冑字倚冃,畫冑頂形。由文冃生意。故為介冑之冑。名詞。篆文由冃變為月。意無別。至於說文「冑,胤也。从肉。由聲」直又切。此世冑之冑。與介冑之冑大別。

② ○ 覍 覍 覍 ㄅㄧㄢˋ (biann)(A conical cap worn in the Chou dynasty.)

弁 弁 弁 ㄅㄧㄢˋ

說文：「覍，冕也。周曰覍。殷曰吁。夏曰收。从皃。象形。𥄉、籀文覍。从廾。上象形。弁，或覍字。」皮變切。

按字倚皃畫其左右有蔽之形。由物形"八"生意。故為覍冕之覍。名詞。

或省作弁。

③

○　○

兜　兜ㄉㄡ (dou) (A helmet.)

說文：「兜，兜鍪。首鎧也。从𠑹，从皃省。皃、象人頭也。」當侯切。

按字倚皃畫其左右有鎧蔽之形。由物形「匚」生意。故為首鎧之兜。名詞。

④

○

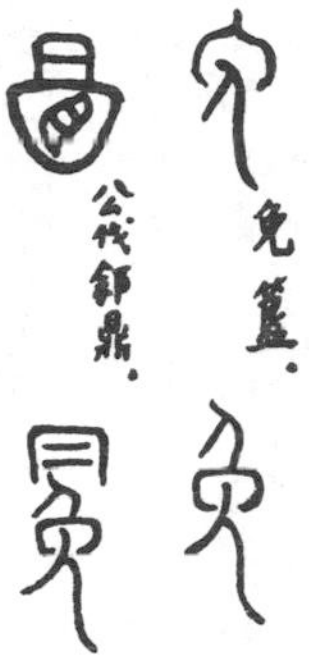

免ㄇㄧㄢˇ　冕ㄇㄧㄢˇ　絻ㄇㄧㄢˇ (mean) (A crown.)

按金文免字，見"免簋"。原象人戴冕形。由物形"冃"生意。故為冠冕之冕。名詞。金文又有異文作冕，見"公伐郤鼎"。从冃面聲。三體石經免，古文，作免。篆文作免。俱从人戴冕形。說文奪之。漢人誤書作免。後人（或即許氏）推補篆文，亦遂譌作免矣。免自借用為脫免字，久而不返，乃又加

曰（帽之次初文）為意符作曰兔。說文：「曰兔，大夫以上冠也。邃延垂瑬紞纊。从曰，兔聲。古者黃帝初作冕。」絻，冕或从絲作。亡辯切。知字由兔加曰在許氏以前也。

⑤  前七.37.二 ○ 䫏 䫏 䫏ㄑㄧˊ (chyi) (An ugly mask.)

說文：「䫏，醜也。从頁，其聲。今逐疫有䫏頭。」去其切。

按甲文此字用為地名。卜辭通纂釋為魌之初文。謂象人戴面具之形。是也。蓋字倚"大"（人），畫其首戴大面具之形。由物生意。故為魌頭之意。名詞。通纂曰：「周官，夏官：『方相氏，掌蒙熊皮，黃金四目。』鄭注云：『如今魌頭也。』」孫詒讓云：「如今魌頭也者，御覽，禮儀部引風俗通云：『俗說亡人魂氣飛揚，故作魌頭以存之，言頭體魌魌然盛大也。或謂魌頭為觸壙，殊方語也。』」按魌正字當作䫏。說文頁部云：「䫏，醜也。今逐疫有䫏頭。」淮南子精神訓：「視毛嬙西施猶䫏醜也。」高注云：「䫏，頭也。方相氏，黃金四目，衣赭，稀世之䫏貌，非生人也，但具像耳目。」字又作倛。荀子，非相篇：「仲尼之狀，面如蒙倛。」楊注云：「倛，方相也。」又引韓侍郎云：「四目為方相，兩目為倛。慎子曰：『毛嬙，西施，天下之至姣也，衣之以皮倛，則見之者皆走也。』蓋周時謂

方相所蒙熊皮，黃金四目，為皮倛。漢魌頭，即周之皮倛。故鄭援以為證也。』(見周禮正義，方相氏疏。)此說魌至詳賅。復案此字正『頭體魌魌然、盛大。』『但具像耳目。』而與韓侍郎『兩目為倛』之說尤合。決為魌之初文無疑。魌，頍，倛，等均後起之形聲字也。』說詳而確。

⑥

前一.46.二

介　介　4一ㄝ　(jieh) (coat armour.)

說文：「介，畫也。从八。从人。人各有介。」古拜切。

按說解以借意為本意。非也。此乃介冑之介之本字。羅振玉以為象人衣聯革之形。是也。字倚人畫衣聯革之形。由物形「八」生意。故為聯革之介。名詞。周時有介字。見"㝅彝"。文曰：「錫介古冑干戈。(即介冑干戈)」作介者。衣為意符，著其屬。丅為形。蓋一象介之兩袖。丨象介之身。亦屬倚文畫物，由物生意。字以介冑為本意。以鱗介為借意。或又通以代疆界之界。故有介畫，耿介等意。後或通段甲乙之甲以代介。久而甲冑、甲蟲，甲殼，等詞，乃習以為常。實皆以介為本字。

⑦ ○ ○  衰 (shuai) (A rain cloak of coir.)

蓑 (suo)

説文:「」,艸雨衣。秦謂之萆。从衣。象形。,古文衰」。蘇禾切。
按字原倚衣畫艸蓬鬆下垂之形。由物形「」生意。故為蓑笠之蓑。名詞。後世借為盛衰之衰。乃又加艸為意符作蓑。是以衰蓑一字。説文無蓑字者,當以加艸頭始于漢以後。

⑧ ○ ○  (呆) (呆) (bao) (Swaddling clothes.)

 褓 褓

 緥 緥

按,即褓之初文。象小兒有衣包之之形。字倚"子"畫包之之衣之形。由物形「」生意。故為訓「小兒衣」之褓。名詞。説文保字重文有字。見詁林三四六九頁。孟字重文有字。見詁林六六〇四頁。後世褓行而呆廢。攷雷浚説文外篇卷十四:「褓(布老切。小兒衣。)」,説文無褓字。糸部:「緥,小兒衣也。」即褓字。漢書王吉傳:「大將軍抱持幼君襁緥之中。」孔光傳:「自帝

在襁緥。」皆如此作。人通作褓，作保。」

⑨ 𠂤𠂤 前七.21.四　帥 史頌簋　帥　帥　帥 (shuay) (A handkerchief.)

說文：「帥，佩巾也。从巾𠂤。帨，帥或从兌。」所律切。又山類切。

按字意原為拭用之巾。故倚"彐彐"（兩手）畫丨（巾之垂）形。由物形「丨」生意。故為拭巾名詞。甲文前七、二一、四片曰「𠂤、丙戌、𠂤」用為動詞。蓋即「拭」也。周人加巾為意符作帥。小篆譌變从𠂤。其意遂不可說。帥，後人通借以代率。故有帥師，將帥等意。拭巾之意，後人又造帨字，以還其原。女子常佩帨。所以備拭。帨亦原為名詞，而可用為動詞。禮經有「帨手」字。注：「帨，拭也。」

⑩ 〇　巠 大盂鼎　巠　巠　巠　巠　經 虢季盤　經　經　經 (jing) (warp.)

說文：「巠，水脈也。从川在一下。一，地也。壬省聲。一曰，水冥巠也。𡿧古文巠。不省。」古靈切。

又：「絰，織從絲也。从糸。巠聲。」九丁切。
按巠倚壬（縢之初文。持縱絲之器。），畫縱絲形。由物形「巛」生意。故為縱絲之意。名詞。壬字原可作工或王形。見前巠字。周人或有加糸為意符作經者。經字行而巠字廢。說文說巠字全誤。

一一〇

兂 兓

兂 兓 簪

(兂)(兓)䒣

(兂)(兓)簪(ㄗㄢ)

(tzan) (A hair-pin.)

說文：「兂，首笄也。从人。匕，象簪形。簪，俗兂。从竹从朁。」側岑切。
又：「兓，朁朁，銳意也。从二兂。」子林切。
按兂字原倚人畫其首髮戴簪形。由物形「匕」生意。故即簪字初文。名詞。戰國時，秦用籀文。多複體。兂作兓者，應即籀文。秦漢以後作簪。从竹。（以其為竹製。）朁聲。（說文：「朁，曾也。从曰。兓聲。」）

（八）飲食 Food and Drink

(1)

〇 酒 後上21.主 酒 後上20.十 酒 酒 戊寅鼎 酒 酒尊 酋 召公尊 陳偏旁 酋 酒

酋 酒

酋 ㄑㄧㄡˊ (chyou) (Wine.)

酒 ㄐㄧㄡˇ (jeou)

說文：「酋，繹酒也。从酉。水半見於上。禮有『大酋』，掌酒官也。」字秋切。

又：「酒，就也。所以就人性之善惡。从水，从酉，酉亦聲。一曰造也。吉凶所造也。」子酉切。

古者儀狄作酒醪。禹嘗之而美，遂疏儀狄。杜康作秫酒。

按酉為盛酒之器。此倚酉畫點滴形，由物形「酉」或「氵」生意。故為點滴之酒。名詞。酋字後作酋。周禮「酋人」即酒人。後借為酋長之酋。久而不返。

酒字獨行。秦人改為水旁。

(1)

向 前二.卅七 向 叔向父簋 向

(九)宮室 Dwelling

向 向

向 ㄒㄧㄤˋ (shiang) (The northward window.)

說文：「向，北出牖也。从宀，从口。詩曰『塞向墐戶』。」許諒切。

羅振玉曰：「口，象北出牖。或从ㅂ。乃由口而譌。口ㅂ形近，古文往往不別。」

按字倚宀畫北出牖形。口為物形，非口字。由物形「口」生意。故為北出牖。

參周代宮室制度。此牖乃南面屋之北窗也。後人通叚向以代。乃有向背之向之意。

② ○ ○ 壼 壼 ㄎㄨㄣˇ (koen) (The corridor of a palace.)

說文：「，宮中道。从囗。象宮垣道上之形。詩曰：『室家之壼。』」苦本切。

按字意為宮中道。故倚文「」(行，即巷道字)，畫宮牆形。由文「」生意。故為宮中道。名詞。隸楷形變，遂不可說。

③ 前七.20.一 石鼓 前四.12.三 秦公簋 有 囿 (yow) (A menagerie.)

說文：「，苑有垣也。从囗。有聲。一曰禽獸曰囿。，籀文囿。」于救切。

羅振玉曰：或从艸，與林同意。

按字原倚四屮或四木，畫其囿垣之形。由物形「田」(非田字)生意。故為畜禽獸有垣之囿。名詞。戰國時或改為形聲字，作。从囗。(圍本字。)有聲。

(十)行動　缺

(十一)器用 Implements

①

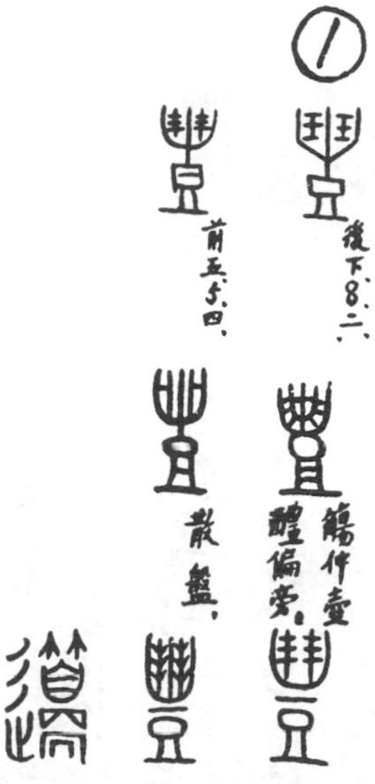

後下8.二　前五.五.四　鵑仲壺　醴偏旁　散盤

豊 ㄌㄧˇ (li)

豐 ㄈㄥ (feng)

籩 ㄅㄧㄢ (bian) (A splint: basket used to contain fruits offered in worship.)

說文：「豊，行禮之器也。从豆。象形。讀與禮同。」盧啟切。

又：「醴，酒一宿孰也。从酉。豊聲。」盧啟切。

又：「豐，豆之豐滿者也。从豆。象形。一曰鄉飲酒有豐侯者。，古文豐。」敷戎切。

又：「籩，竹豆也。从竹。邊聲。𠥾，籀文籩。」布玄切。

按字原為竹豆。禮器。秦人作籩。鄭玄注儀禮所謂「似豆大而卑」者也。木豆謂之梪。瓦豆謂之豋。竹豆謂之籩。豆以盛俎醢。籩以盛果品。上古之時。皆為食器。殷周以還。漸變為祭器。字在甲文時已有二形。而皆為倚豆畫竹編器之形。由物形「」生意。故為盛果品之竹豆。名詞。此字

在商周時借用為禮儀之禮。(周秦人加「示」為意符作禮。)又借為醴酒之醴。周人加酉(酒通)為意符作醴。秦漢時作豐形者,又通叚以代丰茂之丰。於是另造還字以還其原。後人習而不察,遂莫能究其原委。徐灝曰「豊本古禮字。相承增示旁。非由會意而造也」是也。

②

枕(冘)

枕(冘) (jeen') (A wooden pillow.)

說文:「冘,淫淫行皃。从人出冂。」余箴切。

又:「枕,臥所薦首者。从木。冘聲。」章荏切。

按:冘,原為臥所薦首者。倚畫木枕冂形。由物形「冂」生意。故為木枕。名詞。後人加木旁為意符作枕。枕行而冘亡。說文釋冘之形意俱非。凡布枕,皮枕,竹枕者,皆在木枕之後。枕亦借用為動詞。如論語:「曲肱而枕之。」是也。

③

丈 杖

丈 杖 (jang) (A stick.)

說文：「丈，十尺也。从又持十。」直兩切。
又：「杖，持也。从木。丈聲。」直兩切。
說文解字詁林第二五七四頁，杖下，丁福保曰：「案慧琳音義，四卷，二頁，杖注引說文『手持木也』。蓋古本如是。今二徐本奪"手木"二字。宜據補。」
按丈即手杖之杖。倚又(手)，畫杖形。由物形「十」生意。故為手杖之杖。後世借為度名。十尺為丈。乃加木為意符，作杖，以還其原。嗣後杖與丈遂分行。

④

後下.37.五

○

苣 炬
苣 炬
苣 炬
(jiuh) (A torch.)

說文：「苣，束葦燒。从艸。巨聲。」其呂切。
按說文無炬字。艸部苣，「束葦燒」，為炬字之意。初字倚凡，畫其手執炬形。由物形「[illegible]」生意。故為束葦而燒之意。名詞。及後人造炬。从火。巨聲。與甲文初字，音義全同。至"苣"，應是菜類物。古人通段苣以代炬，而許氏誤以通段字為本字也。

⑤ 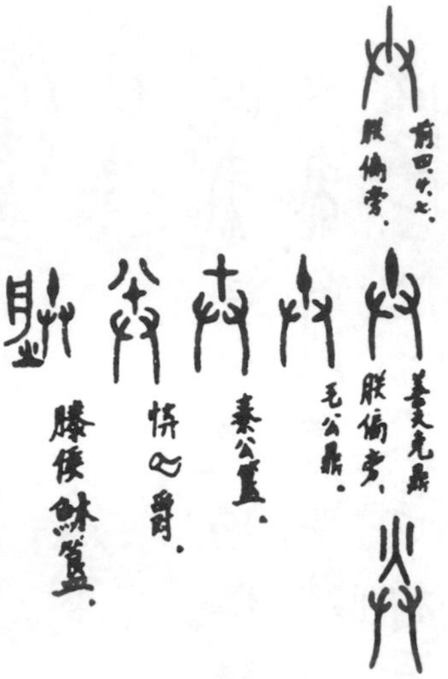

(关) (关) (A tinder)

(滕)

朱駿聲通訓定聲曰：「灷，火種也。」按朱說是也。字象兩手持火分之之形。字倚「廾」(拱)，畫火形。由物形「丨」生意。故為火種。周人或加八(分)為意符。作八灷。謂火種必分也。又或作繁形滕。从火朕聲。形聲字。此繁形後借為滕薛之滕。(見金文。)後世通段滕以代滕。日久而滕字廢。今火種字隸作「关」。只存於朕，侯，送，等字偏旁中。

⑥ 

(huey) (The end of an axle-tree.)

說文：「軎，車軸耑也。从車。象形。杜林說，轊，軎或从彗。」于濊切。

按字原倚車，畫其軸端形○。由物形「○」生意。故為車軸端「軎」。名詞。秦人另造轊字。从車。彗聲。(形聲字。)轊行而軎廢。秦漢而還，軎字只見於偏旁中。

⑦

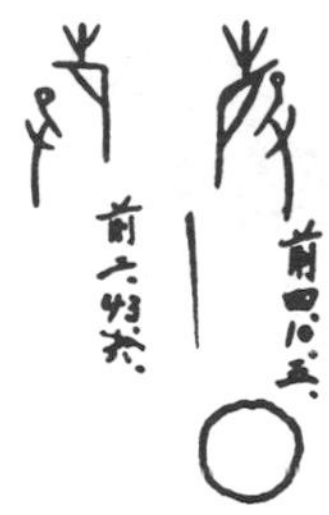

前四.10.五　前六.41.六

殸　(殸)　(殸)ㄑㄧㄥˋ (ching) (A musical instrument made of stone, shaped like a carpenter's square, and hung from the apex.)

磬　磬　磬ㄑㄧㄥˋ (ching)

說文「磬，樂石也。从石。殸象縣虡之形。殳，擊之也。古者毋句氏作磬。殸籀文省。硜，古文。从巠。」苦定切。

按字原倚「厂」(古石字。見指事篇)，畫有懸繫，及手執桴擊之之形。由文「厂」生意。故為樂石殸名詞。說文殸磬下注曰：「殸，籀文磬。」秦人或加「石」為意符，作磬。磬行而殸廢。今殸只見於偏旁中。

⑧

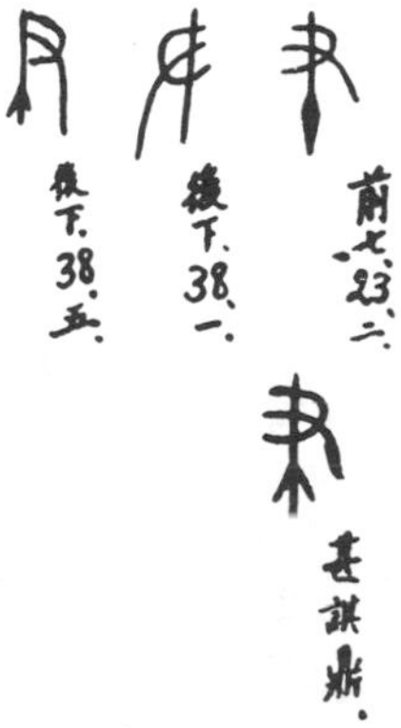

前七.23.二　後下.38.一　後下.38.五　妻諆鼎

聿　(聿)

聿　聿　聿ㄩˋ (聿) (yuh)

筆　筆　筆ㄅㄧˇ (bii) (A Chinese writing brush.)

說文「聿，手之疌巧也。从又持巾。」尼輒切。

又「聿，所以書也。楚謂之聿。吳謂之不律。燕謂之弗。从聿。一聲。」余律切。

羅振玉曰：「此象手持筆形。乃象形。非形声也。」

又「筆 秦謂之筆。从聿。从竹。」鄙密切。

按聿即筆字。倚"又"(手)"畫筆形丨由物形「丨」生意。故為書畫之筆。名詞。聿與𦘒乃一形之變。非有二字。後借為語詞。如詩「歲聿云莫」。「聿來胥宇」等。久而成習。秦人乃加竹為意符(筆桿以竹為之)作筆。筆行而聿之本意廢。許書存筆之本字於聿。甚是。而歧出𦘒字，則非。徐灝曰：「戴氏侗曰：『書傳未嘗有𦘒字。聿又作筆。實一字耳。』灝按許君固以聿𦘒為一字矣。𦘒如非筆類，何以釋曰『所以書也』而从聿建類乎？然則𦘒即聿之省。而非从巾。亦明矣！疑後人有所竄改也。」說甚是。

⑨ 殳 前六.一 殷偏旁 殳 石鼓 殳偏旁 殳 殳 ㄕㄨ (shu) (A war club)

說文：「殳 以杸殊人也。禮：『殳以積竹，八觚長丈二尺，建於兵車，旅賁以先驅。』从又。几聲。」市朱切。

按殳即後世所謂金瓜鎚。長柄大鎚。可執以擊人。詩：「伯也執殳。為王前驅。」是也。字倚"又"(手)"畫長柄鎚形。由物形「殳」生意。故為殊人之殳。名詞。後世或加木為意符作杸。間亦借用為動詞。

⑩  弜 弦 (shyan) (The string of a bow.)

說文：「弦，弓弦也。从弓，象絲軫之形。」胡田切。

段玉裁曰：「張於琴瑟者亦曰弦。俗別作絃，非也。」

按字倚弓畫其弦形，由物形「」生意。故為弓弦之弦。名詞。

⑪ 

後上28.三. 戩44.一三.

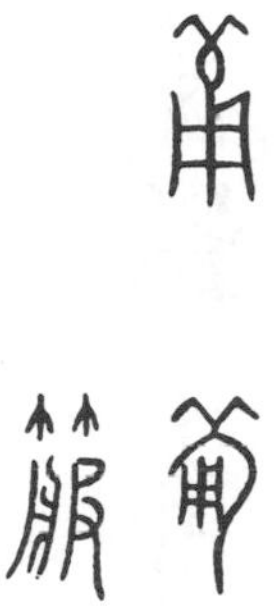 葡 葡 (bih) 箙 箙 (fwu) (A bamboo quiver.)

說文：「葡，具也。从用，茍省。」平秘切。

又：「箙，弩矢箙也。从竹，服聲。周禮：『仲秋獻矢箙』」房六切。

按字原倚矢畫其所盛器形，由物形「凵」生意。故為盛矢之器。「葡」秦人改造箙。形聲字。箙行而葡字廢。(鄭注周禮：「箙，盛矢器也。」)

⑫ 

後下22.五.

不嬰簋

 圅 圅 (hiarn) (A leather quiver.) (函)

說文：「圅，舌也。象形。舌體马马。从马，马亦聲。肣，俗圅。从肉，今。」胡男切。

按字原為盛矢之囊。倚矢畫其盛之之囊。由物形「」生意。故圅為矢囊。

名詞。秦篆譌變字形為[glyph]。故說文歧出「𢎘」篆。又訓圅為舌。俱誤。圅為矢囊。引申之凡固封者通曰圅。故有包圅、書圅等稱。後又通段函為之。函原為肣字之變。與圅為另字。至於「肣」、从肉。今聲。應與㔾之初字金文作[glyph]者。為一字。即所云舌體[glyph]也。與圅字大別。又說文：「𢎘、嘾也。艸木之華未發圅然。象形。讀若含。」乎感切。今按𢎘非字。乃圅上提手形之變。說文誤出而誤解之。所當正也。嘾、含深也。見口部。由此可見(一)[glyph]、宛轉也。指事。(二)[glyph](㔾)舌體[glyph]也。形聲。(三)[glyph]、室深曲也。形聲。皆狀詞。後世譌變其形、而亂其意。

⑬

[glyph] 佚下.26.古.　[glyph]　[glyph]　繳　繳ㄓㄨㄛˊ (jwo) (The string attached to an arrow)

說文：「[glyph]、生絲縷、系矰矢而以隿射也。从糸。敫聲。」之若切。說解依段註訂正。

羅振玉釋甲文[glyph]字曰：「此字象以二繳聯一矢。一矢不須二繳。但取象繳形。二之與一無殊。猶[glyph]之或从一矢或从二矢矣！此疑即繳之初文。至古匋器有[glyph]字。从糸从叔。蓋亦繳字。吳氏釋為[glyph]。殆不然矣！」

按字原倚墜矢尾、畫其繫有絲形。由物形「88」生意。故為繫於矢尾之繳。名詞。後人用字、以同音通段以代交。故有繳納、繳呈之繳。動詞。[glyph]先繳後。

戲 戲（shih）（Decorative ribbons on a "ko"）

⑭

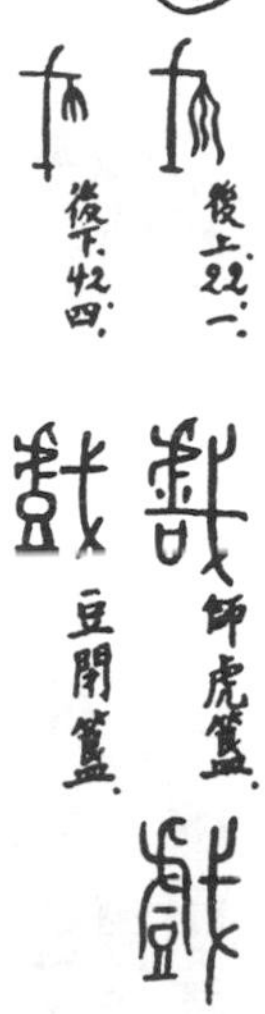

說文：「戲、三軍之偏也。一曰兵也。从戈。䖒聲。」香義切。

俞樾兒笘錄曰：「樾謂許君二說，皆於古訓無徵。史漢有云：『戲下』者，似於前說為近。然戲下者，麾下也。實為麾之段字。而非戲之本義。以旌旗字不當从戈也。」

按此字本意，當為戈綏。倚戈，畫其內垂綏形。由物形「」生意。故為戈綏。象形。名詞。周時變為戲。形聲。从戈。䖒聲。史漢項羽紀，高帝紀，皆曰：「諸侯罷戲下各就國。」謂諸侯罷離戈綏下，各往就國也。用戲字本義。師古注「戲，軍之旌旗也」。略誤。戲字又以同音通段代嬉。故有戲弄，游戲等義。動詞。甲文亦通用為動詞戲弄意。如後上二十二頁一片：「其汩方。」（某方者，某國也。）粹一一七七片：「王西師。十月。」是也。戲又段借用為三軍之偏。許瀚攈古錄，謂師虎簋「左右戲」戲即三軍之偏。是也。今按說文誤以借意為本意。而又不自信，乃以戲字从戈，故亦錄或說「兵也」以明之也。

又按先期銅器之銘，亦有單文字。或字。或連祖若父之名稱之。

如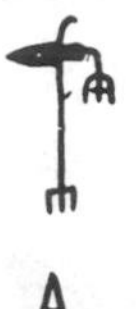A ✕。或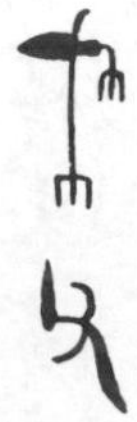己。此等字，或即與甲文同時。或在甲文以前。不得而知。阮元曰：「戈之內末，每作三垂。疑古制必有物下垂以為飾」是即戈緌矣。

⑮ ○ ○ ○ ○ 𠁩 (A flag-staff)

說文：「𠁩，旌旗杠皃。从丨。从㫃，㫃亦聲。」丑善切。

段氏曰：「杠，謂旗之竿也。詩謂之干。……以丨象杠形。加㫃為偏旁會意。」

徐灝曰：「段云丨象杠形是也。惟不得以為會意。灝謂當从㫃。象形。㫃為建類。丨為形也。……宜從廣韻讀與幢同。玉篇陟陵切。幢之聲轉也。」

按此字前不見於甲金。後無傳於隸楷。本擬刪除。旋以許書既載之，姑存之以俟後之君子。說解皃字，疑是也字之誤。構造及音，從徐說。

乙、託形寄意（抽象的，動詞，狀詞等。）Abstract Pictographs

(十二)形容　(十三)聲音　(十四)鬼神　俱缺

本項各目之下本宜再分「a由物生意」「b由文生意」兩子目，方可說明文字構造。茲乃分別注釋於各例字下，不易分題子目，以求簡易。

(一) 天文 Heavenly Phenomena

①

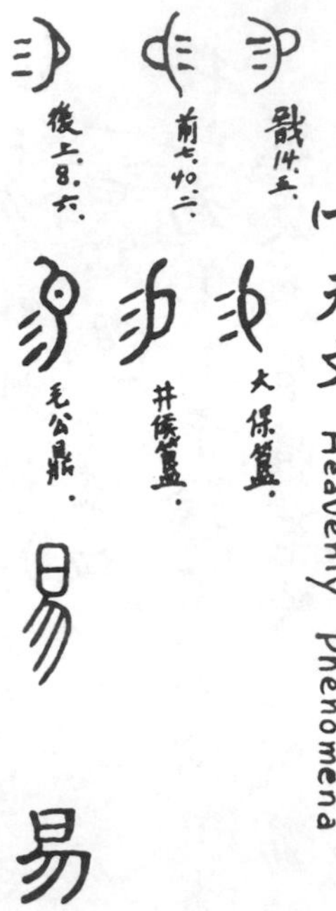

昜 (yih) (Now clear now cloudy.)

說文:「易,蜥蜴,蝘蜓,守宮也。象形。賈祕書說:『日月為易。象陰陽也。』一曰从勿。」羊益切。

按此為乍晴乍陰之意。倚日"晝雲掩,及光線露出之形。由物形「⺕」生意。故為乍晴乍陰之意。動詞。甲文有「易日」,「不其易日」等語。用易如翳。近人郭氏讀易為暘。說文「暘,日覆雲暫見也」是其意也。惟易原意為乍晴乍陰,故引申為變易,交易,等意。至蜥蜴,即蝘蜓,為四腳蛇。生于艸地,守宮,為壁虎。生牆壁間。捕食蚊蠅。二物原別,但均與易之本意無關。說解誤也。

(二)地理 Ground Features

①  前二.12.一　○　阱　阱　阱 4-2 (jiing) (To catch animals by a pitfall)

 前六.41.四

 前六.42.一

說文:「阱,大陷也。从𨸏。从井。井亦聲。穽,阱。或从穴。汬,古文阱。从水。」疾正切。

羅振玉曰:「禮記中庸,釋文,書費誓,傳,漢書,食貨志,下注,後漢書,趙

壹傳注並云：『穿地以陷獸也』。卜辭象獸在井上，正是阱字。或从坎中有水。與井同意。又卜辭諸字均从鹿屬。知阱所以陷鹿屬者矣！」

按字倚麀鹿麋畫其臨井上形。由物形「井」，或「凵」，或「凵」，生意。故託以寄陷阱之阱。卜辭用為動詞，後世用為名詞。此字金文未見。秦人另造阱字。

②

 前六.三九.五.

 前七.三.三.

○

薶

薶 埋

薶ㄇㄞˊ 埋ㄇㄞˊ (mai) (To bury.)

說文：「薶，瘞也。从艸，貍聲。」莫皆切。

羅振玉曰：「貍牛曰。貍犬曰。實一字也。」

按字象牛入坎土中，示埋祭也。牛羊犬不拘。此倚牛畫其入坎土中之形。由物形坎土「凵」，生意。故託以寄薶祭之意。動詞。爾雅釋天：「祭地曰瘞薶。」秦以後用薶字。徐鍇曰：「藏於艸下也。古之葬者厚衣之以薪。」薶行而廢。薶亦通作貍。段氏曰：「今俗作埋。」

③

 前一.卅二.三.

沈 沈子簋.

沈

沈

沈ㄔㄣˊ (chern) (To sink.)

說文：「沈，陵上滈水也。从水，冘聲。一曰濁黕也。」直深切。又尸甚切。

按字象牛入川水中，示沈祭也。牛羊犬不拘。商人祭土（地）及河，用沈埋。見甲文。此正倚牛，畫其沈入川水之形。由物形川水「巛」生意。託以寄下沈之意。動詞。周以後作沈。詩、小雅：「載沈載浮。」日久而㴱字廢。徐鉉曰：「今俗別作沉。冘不成字，非是。」至湛，深也。亦水名。澂，清也。俗作澄。三字故書多通段互用。但當分別觀之。

④ 米 前一、24、三、　𤇾 庸伯簋、　尞　尞　尞 力幺 (liau) (To burn.)

𤉈 前一、8、一、　燎　燎　燎 力幺

說文：「尞，柴祭天也。从火，从昚。昚，古文慎字。祭天，所以慎也。」力照切。

又：「燎，放火也。从火，尞聲。」力小切。

按米為焚燎之初文。字原倚木，畫其焚時有飛燼之形。由物形飛燼「∴」生意。故託以寄焚燎之意。動詞。甲文用為「燎祭」。不限於祭天。商周加火其下。意自不殊。秦人改為尞，从火，从昚。（古慎字）意反不顯。後或又加火旁作燎。燎行而尞廢。至甲文燎祭字，有作𤉈者。則早有變象形為會意者矣！

⑤ 〇

鑄黑匜簋。

黑 黑 (hei) (Black.)

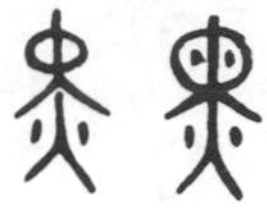

說文:「，火所熏之色也。从炎，上出囱。(臣鍇曰:「囱，古窗字。」)呼北切。

按字初倚火或炎畫其上束屮有煙跡形。由物形煙跡生意。故託以寄黑白之黑之意狀詞。其造意參熏字(見本篇下文)。古形，則更明顯。小篆束上煙跡變為囱。徐鍇誤釋為窗。說文囱下有「囱古文」。嚴章福曰:「囱，此校者由黑下移補。議刪。」今知黑字所从之囱亦非窗字。乃束上煙跡也。小徐誤。

⑥ 〇

吳尊。

熏 熏 ㄒㄩㄣ (shiun) (To fumigate.)

師兌簋。

番生簋。

毛公鼎。

說文:「，火煙上出也。从屮从黑。屮黑，熏象。」許云切。

按字原从東上畫黑點形。由物形黑點「⋯」生意。故託以寄熏黑之意。動詞。或加火為意符，亦得明火熏意。小篆變為中下黑。說解遂異。古人東舂草，以火熏之，而歆其臭。故初字从東，而志以黑點。黑點者，熏烟之跡也。

(三) 艸木 Plants

(1)

鐵151.二　託艸生之柔以寄春意（狀詞，下同）

鐵184.三　託木生之柔以寄春意

前四.5.二　託木生花以寄春意

餘8.二　加口有告人意

鐵249.二　加口有告人意

前六.43.四　加日亦有告人意

萅　春　春　彳ㄨㄣ (chuen) (Spring)

說文「萅，推也。从艸，从日。艸，春時生也。屯聲。」昌純切。

葉玉森釋甲文曰：「上揭諸字，當象方春之木，枝條抽發，阿儺無力之狀。下从口，即从日。為紀時標識。紬繹其義，當為春字。說文：「萅，推也。

从艸。从日。屯聲」。古孝經春作 。石經作 。並省艸。與卜辭近似。蓋屯本非聲。加艸更贅。旹乃後起字」。

近人郭氏從葉說。而不以「从口即从日」之解為是。以為甲文他處從未見以口代日者。此作 作 作 ，特花木盆景之象耳。

商承祚殷契佚存以為日字於各體書中決無作 形者。又卜辭一月至十一月可作 。決非如後世將一歲分為四季，每季三月也。又謂四季之稱，殆始于春秋之世。

胡厚宣甲骨學商史論叢以為仍是春字。特用以為「年」耳。是以此字之下，屬以各月，並無不合。

今按葉商胡之說，均是。古以春字代年字，雖至後世猶然。如唐人詩「誰言寸艸心。報得三春暉」。「報得三春暉」者，即「報得三年暉也」。又詩言「如三秋兮」即「如三年兮」也。惟甲文此字下或加 加 者，既非日，亦非花盆。應是告人之意。若曰，天使花木阿㑚者，乃告人以春來之謂也。狀詞。亦用為名詞。金文 字，見戰國時"越王鐘"。（前人不知者，名之曰奇字鐘。）字體似為鳥蟲書之祖。雖非文字正宗，然可據以察知春字之上加艸，下加日，不始于秦人 字也。

②

後上.2.六.

丰　丰 ㄈㄥ (feng)(Luxuriant)

(豐)

說文：「丰，艸盛生生也。从生。上下達也。」敷容切。

按字倚屮(艸)畫其枝葉丰茂之形。由物形「　」生意。託枝葉丰茂之形，以寄丰茂之意。狀詞。秦漢通叚豐(古䜪字)以代之。久而成習。而丰字廢。於是秦漢以還，人只稱豐茂矣！豐為䜪字之古形所變。已另詳前。𡴆疑丰之籀文。金文取"散盤𡴆"(即奉字。用為封)字偏旁。

又按豐茂，艸曰丰。木曰未。花曰每。古字分別言之。每古作𡟧。从華省。母聲。入轉注字。

③

後下.八.四.　前五.38.三.　中簋.　鄭楙叔壺.

未 ㄨㄟˋ (wey)(Dense.)

楙 ㄇㄠˋ (maw)

茂 ㄇㄠˋ (maw)

說文：「未，味也。六月滋味也。五行木老於未。象重枝葉也。」無沸切。

按字原為茂之初文。字倚木畫其枝葉滋茂之形。由物形重枝葉「　」生

意。故託以寄滋茂之意。狀詞。後世借為午未，或未有之未。乃另造楙（从林。矛聲），造茂（从艸。戊聲），以還其原。說解「味也。六月滋味也。」「味」，並當讀茂。

惟曆法與五行說不宜滲入。

(四)蟲魚 缺 (五)鳥獸 缺

(六)人體 Human Body

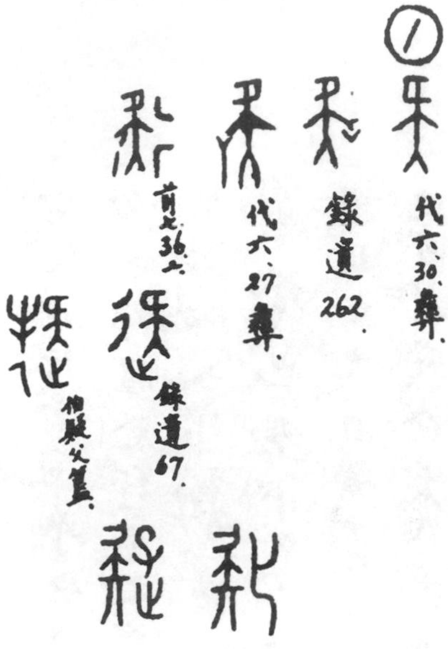

代六.30.彝 錄遺262. 代六.27.彝. 前七.36.六 錄遺67. 伯疑父簋.

𠤕 𠤕

疑 疑 (yí) (To hesitate.)

說文：「𠤕，未定也。从匕。吴聲。吴，古文矢字。」語期切。

又「𥏼，惑也。从子，止，匕。矢聲。」語其切。

徐灝曰：「𠤕，即疑惑本字。故許云未定也。」

羅振玉解甲文□字，□字曰：「許書無此字。殆即疑字。象人仰首旁顧形。」
卜辭通纂曰：「□當是古疑字。象人持杖出行而仰望天色。金文或加牛聲。秦刻詔版加子聲。聲牛聲，與疑同在之部。」

按此字甲文□字，原象桿首徬徨之形。為疑惑之疑之初文。倚文畫物。託形寄意。動詞。至商文作□者，徬徨於作乎否乎也。作□者，秉杖徬徨於行乎止乎也。作□者，秉杖徬徨於行止之意甚明。金文作□者，亦徬徨於行止之意。作□者，意與前同。特字加牛為聲符耳。秦刻詔版文作□者，就前字變□為□，變□為辶，而易牛聲為□聲也。至小篆作□者，與詔版文無甚差異。而小篆□字，則詔版文之省去「子」聲者也。是故以上各形，皆一字之衍變。又周人或於□旁加聲符□（古拭字）作□。大盂鼎有此字。作□。右旁范損。篆文譌作□。隸楷遂沿作肆作肄。今本說文誤將此篆附於□篆下。非也。□，疑，肆，三字音義同源。肆既為□之累加字。故肆與肄非一字。只以同音之故，經典中互相通段。後人遂致迷惑。茲理之如次：

(一)肄字本意與疑同。今本說文迷失其本。

(二)音以，音易，亦音似。

(三)段借

引申　缺

非引申　①水名。名詞。山海經「肄水。出臨晉西南。而東南注海。」注：「桉即溹水。或作肄水。」

(四)通段

(1)代勩。勩，勞也。名詞。詩，谷風「有洸有潰。既詒我肄。」傳：「肄，勞也。」又左氏昭十年傳「正大夫離居。莫知我肄。」詩，雨無正，作「正大夫離居。莫知我勩。」

(2)代枿。名詞。廣韵「嫩條也。」博雅「肄，枿也。」詩，周南「遵彼汝墳。代其條肄。」傳「斬而復生曰肄。」枿，即櫱。櫱「伐木餘也」。亦作蘖。

(3)代裔　後裔也。名詞。左氏襄廿九年傳「晉國不恤宗周之闕，而夏肄是屏。」注「夏肄，杞也。」

(4)代餘。餘，通肄。狀詞。禮記，玉藻「肄束及帶」。注「肄，讀為肄。肄，餘也。」

(5)代習。動詞。見廣韵左氏文四年傳「臣以為肄業及之也。」肄字

正義引,譌作肄。禮,檀弓:「君命大夫與士肄。」說文「𦘹,習也。从聿。希聲。𨽸,籀文𦘹。肄,篆文𦘹。」羊至切。 按說解形義俱非。不知此為通段意也。

②  前五.38.六.  舀鼎.

異 異 異ㄧˋ (yih) (To carry something on the head)

戴 戴 戴ㄉㄞˋ (day)

說文:「異,分也。从廾。从畀。畀,予也。」羊吏切。

又:「戴,分物得增益曰戴。从異。𢦏聲。戴,籀文戴。」都代切。

按  原象人戴由(竹器),而以兩手扶翼之之形。由物形「」生意。故託以寄負戴之戴。動詞。王静安曰:「此疑戴字。象頭上戴由之形。」是也。後人用字,通段「異」以代狀詞冀,(不同也。从北。異聲。)而冀後通以代憶,(於異形之處,用心思慮也。見玉篇。)兩字遞移。久而成習。秦人乃於異上加𢦏聲作戴。以還異本字之原。孟子,梁惠王:「謹庠序之教,申之以孝悌之義,頒白者不負戴於道路矣!」周時戴應書作異。若論其音,異與戴,亦一音之變。亦猶之怡之與台,弋之與代也。

③

無　無ˇ（wu）（To dance.）

舞　舞ˇ（wuu）

說文：「舞，樂也。用足相背。从舛，無聲。羽亡，古文舞。从羽亡。」文撫切。

按字倚大畫其兩手執羽旄而舞之形。由文「大」生意。故託以寄舞蹈之意。動詞。周時通段以代亡。久而成習。乃加亡為意符，作無亡。秦人又另加舛為意符，作舞。變為舞。至羽亡，則晚周齊魯之形聲字。从羽，亡聲。

④

乘　乘ˊ（cherng）（To ride.）

說文：「乘，覆也。从入桀。桀，黠也。軍法曰乘。乘，古文乘。从几。」食陵切。

王靜安曰：「此字象人乘木之形。虢季子白盤『王錫乘馬』之乘，作（？）。正與此同。」

按字倚大（人）畫其乘之木之形。由文「大」生意。故託以寄乘騎之意。動詞。本為乘木之乘。後世乘舟，乘車，乘馬，乘牆，乘屋，皆用之。又案貞松堂集古遺文載父乙卣蓋有（？）字。器有（？）字。疑本乘舟之乘之專字。後世廢。

⑤ [glyph] 前六.65.五.　[glyph] 散盤.　陵　陵ㄌㄧㄥˊ (ling) (To mount.)

[glyph] 菁.　[glyph] 田猷釜.　(夌　夌　夌)

[glyph] 不期女簋.

說文：「陵，大阜也。从阜。夌聲。」力膺切。

羅振玉曰：「陵，訓乘，（廣雅，釋詁，四）訓上，（漢書，司馬相如傳，集注）訓升，（文選，西京賦，薛注）故此字象人梯而升高。一足在地。一足已階而升。」

按[glyph]或[glyph]無論反正繁簡，俱是獨木梯之象形文。釋為高地者，乃借意也。今凡从阜之字，猶可分為"階梯"與"高地"兩類。可資證明。本字陵之初文，確象人登梯。羅說是也。倚"[glyph]"畫人登升之形。由物形「[glyph]」生意。故託以寄登升，陵越。動詞。周人用為名詞。謂所登越之高地也。如詩：「如岡如陵」是。故爾雅與說文均以大阜釋之。周時字形譌變，右半雖不類人之登升，尚可略得形似。而二三兩文，王靜安以為益土者，蓋亦登高自卑之意。土者地也。至秦而右半變為夌。說文出夌字，解曰：「越也。从夊，圥。圥，高大也。一曰，夌，徲也。」力膺切。但圥字為地蕈。今从夊，从圥，則形聲與會意均不可解。蓋越也，即陵字之意。其形即陵字右半之

變本不為字。說文誤出另字而曲解之耳。故說文夌字當刪。凡夌聲之字，當改為陵省聲。

⑥

前六32四

前六34三

○

 蕩 蕩ㄉㄤˋ (dang) (To disturb)

說文：「，水。出河內，蕩陰。東入黃澤。从水，𦼮聲。」徒朗切。

按此字原象人持篙蕩舟之形。倚舟畫人持篙。由物形「」生意。故託以寄蕩搖之意。動詞。如甲文「甲戌卜，貞：方其于東。九月」(粹一一七二)確係蕩搖邊疆之蕩也。秦漢變為从水，𦼮聲之形聲字。說文以蕩為水名。今按古有湯水。又有湯陰。桂馥謂从艸之蕩，宋人重修所加。是也。是故滌蕩之蕩，應作盪。蕩搖之蕩，應作蕩。古籍或有通段用之。當辨別其本。至水名、地名，皆應原借湯為之。後人復加草頭，故致混淆。

⑦

前六18六

○

( 龔 襲ㄒㄧˊ) (Shyi) (To make a surprise raid.)

說文「襲,左衽袍。从衣,龖省聲。䶑,籀文襲不省。」似入切。
按征伐侵襲意各不同。乘人不備而擊之曰襲。襲既為左衽袍。則其用為偷擊者,乃通叚字也。原字在甲文象人匿斧於身後,走以擊人之形。字倚ㄐ丨(即戌字。古之戚。用如斧)畫人執之而匿於身後之形。由物形"　"生意。故託以寄偷擊之意。動詞。甲文"呼襲鬼方","呼襲蒙方"等屢見。惟說甲者對　字往往誤解,羅振玉釋伐。葉玉森先釋頫,後釋鉏。唐蘭釋顑,讀如咸劉厥敵之咸。克滅侯宣多之滅。殷契粹編隸定為虥而不釋。並謂「象一人倒執斧鉞之形。舊釋伐,不確。」
甲文亦用為先公之名。緡以為即契也。契與襲一聲之轉。此字余於三十六年夏在滬時,曾與友人言之。三十八年春在台大史學會演講,亦詳說之。迄今猶以為不可易也。自周秦通以左衽袍之襲代　,久而成習,於是　字廢。

⑧ 菁一 ○ 　 飲　飲 ㄧㄣˇ (yiin) (To drink.)

說文「㱃,歠也。从欠酓聲。　,古文㱃从今水。　,古文㱃从今食」。於錦切。
按字倚"酉"畫人俯首伸舌就飲形。由物形"　"生意。故託以寄飲歠之飲。動詞。

秦篆變為从欠从酉。今聲壁中經字或有作㱃作㱃者。故許君據引以為古文。隸沿周末俗體，變為从食从欠。殊非飲歠字所宜取也。

⑨ ○

盂鼎

醉　醉　醉 ㄗㄨㄟˋ (tzuey) (Drunken)

說文「醉，卒也。卒其度量不至於亂也。一曰潰也。从酉卒聲。（大徐本从酉，从卒。茲從王筠徐灝等說補聲字。）將遂切

按此倚酉畫人醉形。由物形"醉人"生意。故託以寄醉酒之意。狀詞。醉之初文。見"大盂鼎"。秦人改為轉注字。从酒省，卒聲。

⑩

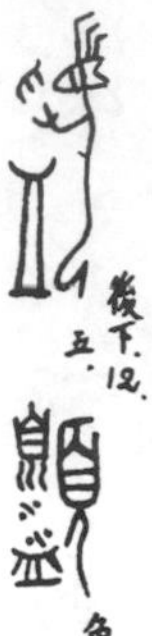
後下12.5

魯伯匜

頮　頮　頮 ㄇㄨˋ (muh) (To wash the face.)

沬　沬　沬 ㄇㄟˋ (mey)

沐　沐　沐 ㄇㄨˋ (muh)

書顧命「王乃洮頮水。」陸釋文曰「頮，說文作沬。古文作頮。」又書顧命，顏師古曰「沬，即頮字。」

說文「沬，洒面也。从水，未聲。湏 古文沬，从頁。」荒內切。

又「沐」濯髮也。从水。木聲」莫卜切。

按字倚皿畫人臨之而以雙手濯髮形。由物形""生意。故託以寄濯髮之意。動詞。後世改作沐。从水。未聲。又改作沐。从水。木聲。音義均不殊。

又我國文字洗頭曰沐。洗身曰浴。洗手曰盥。洗足曰洗。各造專字。與英文不同。

⑪  前一.31.1　○　浴　浴　浴ㄩˋ (yuh) (To bathe.)

說文：「浴，洒身也。从水。谷聲」余蜀切。

桂馥曰：「顏注急就篇『澡身曰浴。』論衡譏日篇『沐，去首垢。洗，去足垢。盥，去手垢。浴，去身垢。』」

羅振玉曰：「注水於般，而人在其中，浴之象也。許書作浴。从水。谷聲。變象為形聲矣」

按桂羅說均是。此字惜周文未見。甲文倚文"人"畫其用盆水去身垢之形。由文生意。故託以寄去身垢之浴。動詞。秦時變為形聲。作「浴」。从水。谷聲。

⑫  前五.19.1　 拍舟　　永　永ㄩㄥˇ (yeong) (To swim.)

□ 藏99.一 □ 不嬰簋 □ 泳 泳止 (yeong)

說文：「□，長也。象水巠理之長。詩曰：『江之永矣。』」于憬切。

又：「□，潛行水中也。从水，永聲。」為命切。

按此永字，即潛行水中之泳字之初文。原从人在水中行。由文"人""彳"生意。故託以寄游泳之意。動詞。金文或加止以足行意，作□。益證从彳之確。後人借用為長永，久而為借意所專。乃加水旁作泳以還其原。

⑬

□ 菁5.一 □ 圉作嬉 疒偏旁 □

□ 前1.35.二 □ □

□ 後下35.二 □ 毛公鼎

疾 (疒) 疾止 (疒) (jyi) (To lie sick.)

說文：「疒，倚也。人有疾病，象倚箸之形。」女戹切。

又：「疾，病也。从疒，矢聲。□，古文疾。□，籀文疾。」秦悉切。

按甲文□字，董作賓氏从孫詒讓說，釋為疒字。胡光瑋釋為癘。葉玉森釋瘳。近人郭氏釋□。吳其昌釋痛。皆驗之卜辭而不盡通。惟丁山以為疾字。謂象

人臥大版而體流血之形。並引秦詔量刻詞"去疾"疾字作疒為證。說確鑿可信。董氏改釋構造曰,象人臥牀上流汗之形。今從丁釋為疾字,從董後說解其構造,而定之曰:疒,乃倚人臥牀,畫其流汗之形。由文人臥牀生意,故託以寄疾病之意。動詞。如武丁時卜辭"王疒首","疒耳","王其疒目","疒口","有疒鼻"(見前人體,金本)皆用為動詞。後或用為名詞,或狀詞。俱出引申段借。至周人所造疾字,則本意為疾速。从矢,疒聲。副詞。而文人用字,又常通段疾以代疒,久之而疒字廢。疾遂兼有疾速,疾病兩意。許書釋疒為倚。釋疾又混通段意為本意。兩失之。甲文疾,當是疾病之疾之異文。从大(人)矢聲。金文疒,取國佐鑪"字偏旁。

⑭

藏121.三.　後下3.十八.　前六32.二.　前八.5.三.

○

𡬀

𡬀 公　(meng)(To dream.)

說文:"𡬀",寐而有覺也。从宀。从疒。夢聲。周禮以日月星辰占六𡬀之吉凶。一曰正

寤。二曰噩寤。三曰思寤。四曰悟寤。五曰喜寤。六曰懼寤」莫鳳切。

按甲文寢字屢見，約有四形。丁山氏初發明之。其釋寢一文，載在中央研究院史語所集刊第一本第二分。言之詳矣！茲據以說本書甲文四形。(一)象人臥牀上而頭與手皆恍惚有動作之形。應是最初象形文。由物形"𠃨"生意，故託以寄寢想之寢。動詞。(二)(三)(四)三形皆會意字。从𦫳从爿(牀)會意，𦫳亦聲。𦫳，象人用手蔽目。"罒"象人目眩之形。"𦫳"則上半聲化而為眉，均是𦫳之初文。說文：「𦫳，目不明也。」是見後人又加目於其下，故作𦫳耳。𦫳在牀上，是臥中似見不見也。故為寐而有覺之寢。此字惜金文未見，無由徵其演變之跡。小篆作寢，則从宀者在家中也。从爿者，倚在牀也。以夢為聲。說文：「夢，不明也。从夕，𦫳省聲。」此夜間昏暗之本字。从夕者，即月字，讀為夜者也。𦫳省聲者，即"𦫳"聲也。後人用字，率因同音通段，以夜不明之"夢"代寢想之寢。久而成習，遂昧其本。

克

⑮

克ㄎㄜˋ (keh)(To be able.)

說文：「克，肩也。象屋下刻木之形。𠅏，古文克。㲴，亦古文克。」苦得切。

按克字本意為能荷重也。象人肩荷重物形。由文"𠃨"即人"生意，故託以寄能

(荷重)之或助動詞。許書「象屋下刻木形」及「古文克」云云，應是彔字下語。錯簡在此。今本說文彔「彔，刻木彔彔也。……」可證。克後人又通以代勉動詞。爾雅，「勉，勝也。」如「鄭伯克段於鄢」勉後譌作剋，剋後又有譌作尅者。

⑯  前一28六  石鼓  允 允(ㄩㄣˇ)(yeun)(To consent.)

說文：「允，信也。从儿，㠯聲。」樂準切。

按：倚「人」畫其點首允許之形。由點首之形生意。故託以寄允許之意。動詞。後人每借用為果然意。副詞。說文以為从儿，㠯聲，與古形不合。

⑰  前一11五 ○  挈 攜 挈(ㄑㄧㄝˋ)(chieh)(To lift in the hand.) 攜(ㄒㄧ)(shi)

說文：「挈，懸持也。从手，㓞聲。」苦結切。

又「攜，提也。从手，雟聲。」户圭切。

按：字近人郭氏釋為挈，是也。象人手提攜什物之形。倚「人」畫其手提攜什物。由文「人」生意。故託以寄提攜之意。動詞。如甲文：

貞：王勿命卑眔伐鬼方。(後上16十)

戊寅卜，㱿貞：王往以眔黍于囧。(前五.20.二)

其字甲文又借為"貢"，如：

辛丑卜，卜[illegible]以鹿王于門[illegible]。(後下.9.四.)

貞：追弗其以牛。(後下.40.六.)

字惜金文無覯。周秦時有挈。周禮有"挈壺氏"。禮，王制："班白不提挈。"漢以後以"攜"為"攜"。攜與挈音義皆同。

⑱

毓 前二.25.三. ○ 毓 毓ㄩˋ (yuh) (To give birth.)

𠫓 前六.24.六. 𠫓 (𠫓) (𠫓)

㐬 前六.30.五. 㐬 (㐬) (㐬)

育 商冂卣 育 育ㄩˋ (yuh)

說文："育，養子使作善也。从𠫓，肉聲。虞書曰：'教育子。'毓，育或从每。"余六切。

又："𠫓，不順忽出也。从倒子。易曰：'突如其來如。'不孝子突出，不容於內也。㐬，或从倒古文子，即易突字。"他骨切。

按字倚女畫其生子形，手生必倒出，故畫倒子形。由文"女"生意。故託以寄生產之意。動詞。商文第四形見"冂卣"商王器也，稱"用作毓且・隮卣冂"(殷末王

稱其祖武丁之器。）其第三形見甲文。王靜安以為后字之所由變。及變成后形，又借用為"王"意。（說文「后，繼體君也。」）又通以代後。（上文毓祖丁是。）其第二形流變為毓，用為天地含蓄意。如鐘鼄毓秀。又秦或於下加肉聲，作。用為生育，意少。用為撫育，養育，教育，意多。

⑲ ○

禿　禿　ㄊㄨ（tu）（Bald headed.）

說文「禿，無髮也。从人，上象禾粟之形，取其聲。王育說，蒼頡出，見禿人伏禾中，因以制字。未知其審」。他谷切。

按字原是倚人畫其頭有短髮形。由物形短髮"生意。故託以寄兀禿（短髮）之意。狀詞。故禿上原不从禾。金文取壽老字偏旁可證也。小篆譌變从禾。故許書云然。老字从禿化。非从人毛化。玉篇，毛部「禿，籀文禿字」。乃毛兀省人為毛。非禿字从毛人。玉篇錄古禿字。上从毛，下从人。亦沿轉寫之譌。

⑳

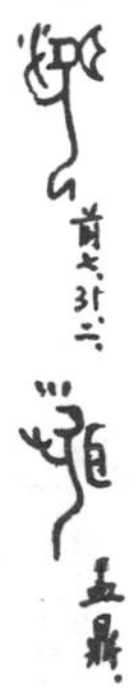

前七，卅一，二　五鼎

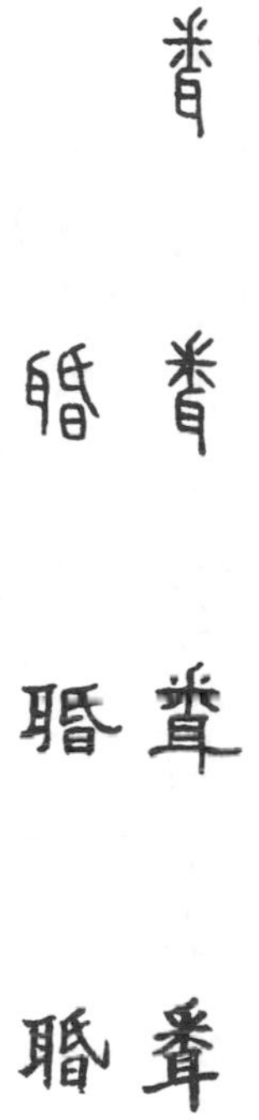

門　聞　聞（ㄨㄣˊ）(wen) (To hear.)

說文：「聞，知聞也。从耳，門聲。䎽，古文聞」。無分切。

按甲文此字，人初不識。唐蘭以為即金文 [古文]。乃聞之本字。容庚金文編並引「盂鼎"我聞殷墜命"」為證。是也。但原文是殷述命。述，通遂。遂，終也。其初形當為倚"耳"畫人掩口屏息靜聽之狀。由文"耳"生意。故託以寄聽聞之聞意。動詞。晚周古文作䎽者，當是从耳昏聲。或作 [古文] 者，見三體石經古文。玉篇亦存聳。應从耳釆聲。秦人改造聞字。从耳，門聲。聞行而古字俱廢。

㉑

○

[古文] 盂鼎　[古文] 克鼎　民　民（ㄇㄧㄣˊ）(ming)

氓　氓（ㄇㄤˊ）(mang)

盲　盲　盲（ㄇㄤˊ）(mang) (Blind.)

說文：「民，眾萌也。从古文之象。[古文]，古文民」。彌鄰切。

又：「氓，民也。从民，亡聲。讀若盲」。武庚切。

又：「盲，目無牟子。从目，亡声」。武庚切。

按此字初文象眸子出眶之形。即盲字也。字倚目畫其眸子出眶之形。由文"目"

生意。故為盲目之盲。盲狀詞。後借用為人民之民。又或加"亡"為聲符，作氓。乃另造盲字以還其原。是故原字人民之民為借意，盲目之盲為本意。

㉒ ○

四（石鼓）　四　四　四ㄙ (syh) (To breathe through the mouth.)

呬　呬　呬

說文：「四，陰數也。象四分之形。𠀀，古文四。亖，籀文四。」息利切。

按字原象口中有气形。由文"口"生意。故託以寄口呼吸之意。及東周之末，因同音通段以代亖(4)。久而不返，乃另造呬字，以還其原。口呼吸曰呬（古作四）：鼻呼吸曰息（古作𦣻）。四即呬。本丁山甫氏說。說文「呬，東夷謂息為呬。从口，四聲。詩曰：『犬夷呬矣』！」虛器切。

㉓ ○

只　只　只　只ㄓˇ (jyy) (An interjective voice of pause used in the classics in Chou dynasty.)

說文：「只，語已詞也。从口。象气下引之形。」諸氏切。

按字象气已出口之形。由文"口"生意。故託以寄語止之詞。嘆詞。略同"哉"！。如詩，柏舟：「母也天只！不諒人只！」樛木「樂只君子！」是。亦用為助詞。略同"兮"。如燕燕「仲氏任只。其心塞淵。」是此只，或亦以止代之。如草蟲「亦既見止。亦既覯止」是只，

俗又用同副詞僅，如「只是」「只有」「只可」是。

㉔ 㕣 後下.28.十一 ○ 㕣 (㕣) (㕣)

兌 後下.9.十二 兌 師兌簋 兌 兑 兌ㄩㄝˋ(yueh)(To smile.)

說文：「㕣，山間陷泥地。从口。从水敗皃。讀若沇州之沇。九州之渥地也。故以沇名焉。㕡，古文㕣。」以轉切。

紐樹玉曰：「按谷部有㕡。訓深通川。不應重出。疑後人增。」

說文：「兌，說也。从儿。㕣聲。」大外切。

徐灝曰：「兌，即古悅字。」

按㕣，即喜悅之本字。人悅則口兩旁有紋理（相命家稱為法令）。倚口畫其兩旁紋理形。故託以寄喜悅之意。動詞。後加「人」於其下作兌。言人喜悅則其口如此也。後㕣，漸失其本意。只為鉛船沿等字之音符。兌，易卦有之。皆用喜悅本意。周人或段說字以代之。說文無悅字。徐鉉等新附有之。由今日言之，知㕣，兌，悅乃一字之纍加，非有二義也。至兗，說文失收。應為山間沼泥地之本字。从土省。兌聲。說詳本書轉注篇。兗乃禹貢九州之一。許蓋謂古以兗名州者謂九州之渥地。即所謂山間沼泥地也。兗亦省作兖。沇，周

作㳄。見"沇兒鐘"。為水名。說文謂「水出河東垣，王屋山。東為泲水。从水。允聲。」以轉切。

兗與沇本是兩字。後因兗州適有沇水。又因同音而通段沇以代兗故史記稱沇州。而許書本之。

㉕ ○ 𠯑　𠯑（毛公鼎 湛偏旁。）　𠯑（甚諆鼎。）　甚　甚ㄕㄣˋ（shenn）(To be more than.)

說文：「甚，尤安樂也。从甘。甘匹耦也。𠯑，古文甚。」常枕切。

按象口含食物，復有匙引物而食之形。由文"口"生意。故託以寄太甚（口食不止）之意。副詞。

㉖ ○ 𦣻　𦣻　息　息ㄒㄧ（shyi）(To breathe through the nose.)

眉　眉　眉

說文：「𦣻，喘也。从心。从自。自亦聲。」相即切。

按息鼻呼吸也。字原倚自（古鼻字）畫有气出入之形。由文"自"生意。故託以寄呼吸之意。動詞。秦時文字聲化，變作𦣻。从自。心聲。說文釋構造誤。又周有息國姬姓。查"息伯卣"（清乾嘉時徐籀莊，同柏，從古堂款識，光緒三十二年十月出

版。錄此器。誤認息為臬。）：「唯王八月，息伯錫貝于姜，用作父乙寶障彝。」三代吉金文存十三卷，卅六頁亦載此銘。「息」又文存六卷，四十七頁，載一彝，銘曰：「公史（使）張事又有息。用作父乙寶障彝。风[illegible]土」。確似周初器。孜成王后姜氏或係息女。據此二銘。則錫息伯貝之姜，必姜后。而公使張事有息者，公必周公也。西清古鑑，卷十三，載此彝題曰周公史彝。知編者亦未通讀之也。又息字，自周秦以後，或作眉。从自。尸聲。說文：「眉，卧息也。从尸自聲。」虛器切。誤以尸為意符。而訓解加卧字。宋人且誤以眉字之音許介切當之。大惑後人矣！林義光文源，息字下曰：「古有息、息字，疑即息之變體。」雖未加詳解。其思甚精。

㉗

〇　石鼓　　孔　孔ㄎㄨㄥˇ（koong）（Very much.）

說文：「孔，通也。从乙。从子。乙，請子之候鳥也。乙至而得子，嘉美之也。古人名嘉，字子孔。」康董切。

按字之本意應為甚。象小兒食乳形。小兒食乳，往往過甚也。由文「子」生意。故託以寄過甚之意。副詞。如詩：「其新孔嘉。」「父母孔邇。」等是。後人以同音，通段以代空。故有孔隙，孔穴之意。名詞。說解云云。非也。

㉘ [甲骨文] 前一.47.五.　[甲骨文] 前五.23.二.　[甲骨文] 前六.35.五.

○ [古文] 洗 洗 ㄒㄧˇ (shii) (To wash the feet.)

説文：「洗，洒足也。从水，先聲。」穌典切。

羅振玉曰：「此从[字形]（即足形），从⺀⺀（即水形），置足於水中，是洗也。或增[字形]，象般形。是洒足之般也。中有水，置足其中。由字形觀之，古者沐盥以皿，洗足以般。」

按羅説是也。字本象形。秦時變為形聲。惜周文未見。甲文原倚"止"（足）畫其在水中洒滌之形。由文"止"生意。故託以寄洒足之洗。動詞。後世通以代洒。日久而洒字廢（或通以代灑掃之灑。）而洗意亦變專用為通用。

(七) 服飾 缺　(八) 飲食 缺

(九) 宮室 Dwelling

① ○ [古文] 四戲釜.　[古文] [古文] 關 ㄍㄨㄢ (guan) (To close.)

説文：「關，以木橫持門戶也。从門，𢇍聲。」古還切。

按寄倚門畫其已關。自外見其門紐之形。由文門生意。故託以寄關門之關之意。動詞。後世亦借用為名詞。

② ○ 閉 豆閉簋 閉 閉 閉ㄅ一ˋ (bih) (To shut.)

說文:「閉,闔門也。从門才。所以歫門也。」博計切。

按字倚門,畫其已閉,自內見其門楨之形。才非文字,乃物形。由文門生意。故託以寄關閉之閉之意。動詞。

(十) 行動 Movement and Actions

① ○ 歆 魯侯觴 歆 歆 歆ㄒㄧㄣ (shin) (To accept the fragrance of sacrifice.)

說文:「歆,神食气也。从欠,音聲。」許今切。

徐鍇曰:「禮,周人上臭,灌用鬱鬯。又曰:『有飶其香。』神靈先享其气也。」

徐灝曰:「戴氏侗曰:『飲食者,先歆其气。故曰歆羨。鬼神饗气臭而不饗味。故曰歆饗。』」

按金文歆字只見於魯侯觴。(觴,爵名。大戴禮,曾子事父母篇:「執觴,觚,杯,豆,而不

敢醉。」穆天子傳：「觴天子於磐石之上。」郭注：「觴者，所以進酒。」吳語：「觴酒，豆肉，簞食。」韋注：「觴，爵名。」秦策：「王觴將軍。」高注：「觴，酒爵也。」是觴為器。穆傳，秦策，皆用作動詞耳。而說文謂「觶實曰觴，虛曰觶。」非其本意也。惟說文載。謂籀文觴。从爵省。今"魯侯觴"作。是从（爵）昜省聲。"觴仲多壺"作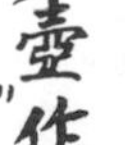。从爵。昜聲。孫詒讓曰：「疑即段觴為唐。」潘嫼簋作。从爵。昜聲。（丁佛言曰：「左下象爵之足形。篆書誤為从角。」足見魯侯器確為觴。而或云爵，或云角，所當正也。）孫詒讓讀為祼。近人郭氏讀為莤。並將王靜安解甲文字，謂即無以莤酒之「莤」。連為一貫。又引證卜辭，，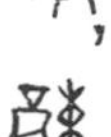，諸形。謂均於王說無礙。釋之構造曰：「从，乃朿之緐文。與卜辭或體同。八八象酒滴形。从自。自，鼻也。示神之歆也。」緍謂此字與王氏釋卜辭字，不能一貫。說文：「莤，禮，祭束茅加于祼圭，而灌鬯酒。是為莤。象神歆之也。从酒艸。」王氏以象雙手奉束于酉（酒）旁。殆莤之初字是也。而篆文莤字，从酒省。从艸。仍有束茅灌鬯之意。至金文，則束茅灌酒之形雖存，而與上下甲文篆文之均从酉者相較。去酉增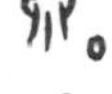。則其意重在鼻歆矣！不宜廁乎其中。吾故謂此非莤字。乃歆字之初文也。歆為神食气。而食气以鼻，不以口。莤字之意重在束茅灌鬯。歆字之意則重在鼻食鬯气。所重不同，故結構相異。且字較

〔古文〕字，所減者為西，而易之以點滴。其意固不殊。而復減去艸。則東茅無動力矣！況益之以〔自畀〕。〔自畀〕乃息字古文。見"息伯卣"。一呼一吸之謂息。故象自(鼻)出入气形。秦時譌變，聲化作〔自疋〕。从自。心聲。是故歕字古文於東茅蘿邕之上加〔自畀〕者，意符亦聲符也。魯侯觴銘，當讀為「魯侯作觴，用隮歕邕〔古文〕盟」。附正於此。

又三代吉金文存，卷十一，第卅三頁，載"拍尊蓋"銘。有𩫖字。文曰：「隹正月乙丑。拍作朕配平姬𩫖祀彝」。疑即〔自畀朿〕字之異文。而三體石經載為庸之古文。何也？又查一舟器蓋銘曰：「唯正月吉日乙丑，子𦃃作朕配平姬𩫖宮祀彝。用祀。永世保之」。與"拍尊"應是一人之器。拍為名。子𦃃為字。而𩫖，即鼻𩫖字甚明。歕(與)字古作〔自畀朿〕者實為一字。而三體石經以𩫖為庸者蓋誤以為𩫖也。

②

前五33.四

曾伯霥簠

燮

燮

燮 ㄒㄧㄝ (shieh) (To adjust.)

說文：「燮，和也。从言。从又，炎。籀文燮，从羊。羊音飪。讀若溼」。穌叶切。

按燮和，猶調和。原从又(手)持棍疏火使燃之形。故曰燮理。字倚"又"，畫其持棍入火中疏之使燃之形。由文"又"生意。故託以寄燮理之意。動詞。周文火亦作〔古文〕。

字之構造仍不異。秦時，棍變為言聲。（唐蘭古文字學導論所謂「象意聲化。」）與其他聲化字同例。隸楷本之故為今形。疏水使流曰治（理），疏火使燃曰燮。

③  前七.31.三.　○　椎　椎　椎 ㄓㄨㄟ (juei) (To strike.)

說文「，擊也。齊謂之終葵。从木，隹聲。」直追切。

按字原倚"手"畫其執棒擊蛇蟲出血之形。由文"又"生意。故託以寄椎擊之意。動詞。如甲文「牛。」（後下.23.三.）「甲子卜，㱿貞。勿麂百十三月。」（藏176.二.）「亦人。」（前七.31.三.）此明明以木棒擊蛇。引申為以木棒擊牲，擊人。史記，張釋之馮唐傳：「五日一椎牛。」甲文「牛，」用意合。

④  前四.27.八.　 前七.14.一.　○　震　震　震 ㄓㄣˋ (jenn) (To strike by lightning—thunder.)

說文：「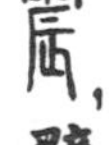，劈歷振物者。从雨，辰聲。春秋傳曰：『震夷伯之廟。』，籀文震。」徐鉉曰：「今俗別作霹靂，非是。」章刃切。

按字原倚"又"（手）畫其持硾硾椿狀，似雷震劈歷。由文"又"生意。故託以寄雷震之震。動詞。如甲文「壬辰卜，貞。司（祠）室。」（前四.27.八.）（林二.1.一.）同文異版。

「ロロ卜，口。貞：[古文字]六人。」（粹.五〇三）[古文字]字葉玉森引孫詒讓初釋"報"，後疑為"設"，兩存其說。今按皆非也。震祠室，與震夷伯之廟，字法句法正同。震六人，則雷震之意甚明也。字亦用為名詞。如：「☐有[古文字]。虹于西。☐」（前七.7.二）「☐王占曰：其有[古文字]。其佳庚吉。其佳☐。」（前七.32.三）「☐允有[古文字]。明有格雲☐。昃，亦有[古文字]。有出虹自北，飲于河。在十二月。」（前七.43.二）皆所以言天象。非雷震之震莫屬。粹編有[古文字]字，釋震，文曰：「今夜（原釋夕，非）師亡[古文字]。」「今夜師不[古文字]。」云云。釋震甚是。蓋駐兵在外，常慮有無夜譁，或驚恐之事也。但是[古文字]字意為騷動驚恐。[古文字]字意為雷擊，兩字原別。後世通以震字代之，日久而古字皆廢。

⑤
○ 叏　夬　夬 ㄍㄨㄞ (guay)　(Broken.)
○ 𦈢　缺　缺 ㄑㄩㄝ (chiue)

說文：「叏，分決也。从又。ㄓ，象決形。」古賣切。
又「𦈢，器破也。从缶。決省聲。」傾雪切。
按夬原倚"又"畫其持棍擊缶缺形。由文"又"生意。故託擊缶破缺之形，以寄破缺之意。動詞。亦用為狀詞。秦人或加缶為意符，作缺，以言所夬者缶也。缺行而

夬之本意亡。湯有夬卦。音古快反。其意為決。則引申借用也。

⑥ 前四.29.二 ○ 叜 叟 叟ㄙㄡˇ (sooŭ)(To search for.)

說文：「叜，老也。从又。从灾闕。𡨥，籀文从寸。傁，叜或从人。」穌后切。

按字初見前四.28.七片。原象手持炬在屋中搜查之形。倚文「又」(手)畫其持炬在屋中搜查。由文「又」生意。故託以寄搜查之意。動詞。後變炬為火。為會意字。又借為長老之稱。後人雖後造長老專字作傁。而老叟字仍通用不息。於是後人又造搜字以還其原。搜行而叟之本意亡。叟即搜之古文。由朱駿聲初次發明。林義光，丁山等均有說。

⑦ 前五.45.四 ○ 釣 釣 釣ㄉㄧㄠˋ (diaw)(To fish with a hook and line.)

說文：「釣，鉤魚也。从金。勺聲。」多嘯切。

按字原倚「手」畫其持綫釣魚之形。由文「又」(手)生意。故託以寄釣魚之釣。動詞。惜金文無覯。小篆易為形聲字釣。甲文用為地名。前人多釋為漁字。非。

⑧ 前六.45.一 季叔盤 盥 盥ㄍㄨㄢˋ (guann)(to wash the hands.)

說文：「盥，渜手也。从臼水臨皿也。春秋傳曰：『奉匜沃盥』。」古玩切。

按字原倚𠂇（手）畫其於皿水中渜之之形，由文𠂇生意，故託以寄渜手之意。動詞。周人變水形為水字，又增隻手為雙手，意自不殊。但可从臼水皿中會意。後世承之，不知其初文為象形也。

⑨

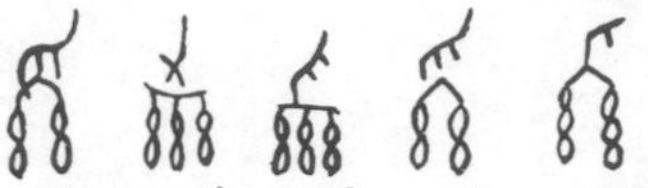

前五.36.六. 前七.7.二. 林二.12. 前七.4.一. 藏2.六.

系

系 ㄒㄧˋ (shih) (To connect.)

說文：「系，縣也。从糸，丿聲。𣪠，系或从毄處。𦃇，籀文系，从爪絲。」胡計切。

按系字初文俱象手持絲形，與許書籀文合。原倚𠂇（手）畫絲相聯系之形，由文字𠂇生意，故託以寄聯系之意。動詞。金文𦃇字，見顯字、溼字偏旁，亦象二絲聯系形。小篆作系，殆又省之耳，非必以丿為聲也。後世多通叚繫字以代之。其實系與繫不同意。說文：「繫，繫褫也。一曰惡絮。从糸，毄聲。」古詣切。

(10) ○　𤔔 番生簋　𤔔　(𤔔)　𤔔 ㄌㄨㄢˋ (luann) (To manage.)

說文：「𤔔，治也。幺子相亂，𤓷治之也。讀若亂同。一曰理也。𤔔，古文𤔔。」郎段切。

按𤔔既為治理，故字倚"爪與ㄡ(手)"畫其清理架上之絲之形。由文"爪與ㄡ"生意，故託治絲之形，以寄治理之意。動詞。說文讀若亂同者，擬其音也。論語，泰伯：「予有亂臣十人。」亂通𤔔，即予有治臣十人也。至於淆亂之亂，叛亂之亂，金文原作䜌，謂多言之惑，如絲之淆也。虢季盤："錫用戉，用政䜌方"，即錫以鉞，以征亂國也。三體石經，亂字古文作⿱爫𢆶。即䜌字之變。秦人又造敽字以代䜌。形復譌為𤔔。故後世有亂字。亂又通段以代𤔔。故亂兼有治意。於是𤔔字廢矣！

(11) 爰 後下.30.六.　(爫于)

爰 虢季盤　爰　援　爰 援　爰 ㄩㄢˊ 援 ㄩㄢˊ (yuan) (To lead on.)

說文：「爰，引也。从𠬪，从手。籀文以為車轅字。」羽元切。

又「援，引也。从手，爰聲。」雨元切。

按象二手執繩牽引之形。由文兩手生意。故託引繩之形，以寄援引之意。動詞。後借用為虛字。如「虢季子白盤」「宣榭爰饗」，詩「爰有寒泉」「爰伐琴瑟」，皆借用為接續字，於是意。周時繩尾有端緒可見。秦時繩形變為于聲，即唐立庵所謂「象意聲化」也。自借用為虛字，秦人乃又加手為意符，作援。援行而爰之本意亡。

⑫ ○  寒箕.  塞 塞ㄙㄜˋ (seh) (To stop up.)

說文：「𡨄，窒也。从㠭，从廾窒宀中。㠭，猶齊也。」穌則切。
又「塞，隔也。从土，从𡨄。」先代切。
徐灝曰：「𡨄隸變作実，実塞古今字。実訓窒，與隔義相因也。邊塞亦隔絕蔽塞之義。」

按字倚廾畫土塊堵塞穴中之形。由文廾生意。故託以寄堵塞之塞。動詞。小篆省為𡨄。後乃加土為意符。故作塞耳。詩七月「塞向墐戶」。用本意。後人亦通以代寨。故有邊塞意。

⑬  後下.8.西. ○  糞 糞ㄈㄣˋ (fenn) (To clean up.)

原字中㠭視為土塊形。不視為㠭列字。

𦔮 後下、8、十三、

說文：「糞，棄除也。从廾。从𠦒。棄米也。官溥說：似米非米者，矢字。」方問切。

按甲文明為兩手持箕帚糞除渣土之形。由文「廾」「⊠」「帚」生意。故為糞除之糞。動詞。官溥就小篆想像立言。不知其所畫⺌者乃渣土之形。不必矢也。後世以矢為大糞者，乃出於通叚。謂矢通屎。轉糞除之意而為名詞也

⑭

棄 後下、21、十四、

棄 散盤、

𠤻　棄

棄ㄑㄧˋ (chih) (To cast aside.)

說文：「棄，捐也。从廾推𠦒棄之。从𠫓。𠫓，逆子也。𠤻，古文棄。𢍹，籀文棄。」詰利切。

按古有棄嬰之惡習。此倚雙手持箕，畫其棄子與渣土之形。由文「廾」「⊠」「子」生意。故託以寄捐棄之棄。動詞。所棄者嬰與渣土。並非逆子。且逆子亦未可以手持箕棄之也。徐灝曰：「逆子說未確。」周文散盤棄字變子為倒形。又變箕形致不可識。小篆存渣土為三點。又沿倒子形。又譌⊠為𠦒。故許說構造，違於事理。又契文後下，20，有𦔮字。羅振玉釋為僕。今按應是棄之異文。僕之給事甚廣，此象人戴辛，而飾柔尾，不過罪人服役，持箕棄渣土也。

⑮

莤 前六、16、二、

○

莤

莤

莤ㄙㄨˋ (suh) (To pour wine on a bundle of grass to emit fragrance for sacrifice.)

 後下.8.二

說文：「莤，禮，祭，束茅加于灌圭。而灌鬯酒。是為莤。象神歆之也。一曰榼上塞也。从酉。从艸。春秋傳曰：『爾貢包茅不入。王祭不供。無以莤酒。』」所六切。

按莤酒之意，乃灌鬯於束茅之上。俾神歆其臭也。故字象束茅於酒旁之形。或更从二手。為束。為灌。由文"𠬞"生意。故託以寄束灌之意。動詞。經傳多段縮字為之。

⑯

 前四.20.四.　 畢仲簋.　○　○　○

 前四.20.二.　 孟鼎.

 前四.20.五.　 姬賸鼎.

（　烝　烝）（ㄓㄥ）(jeng)(To sacrifice with new rice.)

按此字說文所無。羅振玉曰：「卜辭从禾。从米在豆中。廾以進之。"盂鼎"與此同。而省禾。春秋繁露，四祭，冬曰烝。烝者，以十月進初稻也。與卜辭从禾之旨正符。」字倚"廾皿"畫其進享禾米之形。由文"廾皿"生意。故託以寄進初稻之祭之意。動詞。後亦變米形為米字。則為會意字矣！變皿為豆，其所以盛飯之意固不殊。而豆亦聲也。至金文則直是形聲字。或从米，豆聲，或从米，𢍏聲矣！進初稻

之意。即月令「天子嘗新，先薦寢廟」之說。亦即吾中原俗所謂"進新米飯。"亦曰"嘗新"也。禾，春種，秋收，進新米飯，多在夏曆八月。則董仲舒所謂十月進初稻，當就周曆言之(周建子)至於"田侯午錞"「以𣪘以嘗」則是通段𢍏以代䒥也。𢍏，進也。从廾。登聲。登聲與豆聲同。詳見會意篇𢍏字下。秦漢人用字常通段烝以代䒥。(彼時烝音與䒥音同)漢人寫經一律段烝為之。於是古字廢矣！說文「𤍅，火气上行也。从火。丞聲」與䒥祭之䒥形義迥別。秦漢人以其同音，而通段用之。致令經典習見烝而不復見䒥。詩天保「禴祠烝嘗于公先王」詩僅列舉四種祭祀之名。而毛傳，爾雅(爾雅亦漢初人作品。並有抄毛傳痕跡。)並謂春祠，夏禴，(曰礿)秋嘗，冬烝。今考之甲文，金文，皆無證據。商周殆不以四季分祭名也。

⑰  前六.17.二

○

 繹山刻石數字偏旁。

婁　摟

婁ㄌㄡˊ (lou) (To capture.)

摟ㄌㄡˇ (loou)

擄ㄌㄨˇ (luu)

說文：「婁，空也。从毋中女。空之意也。一曰，婁，務也。𡢃，古文。」洛侯切。

又「摟，曳聚也。从手。婁聲」洛侯切。

按倚"曰"畫其摟掠女子之形。由文"曰"生意。故託摟掠女子之形,以寄摟掠之意。動詞。如詩唐風「子有衣裳弗曳弗婁」是也。秦繹山碑"數字偏旁作婁。猶略存古形。漢人篆作婁。故許君誤解。漢人抄孟子作「踰東家牆而摟其處子」。婁增手旁其意不殊。許云摟，曳聚。即曳取。後人又作擄从手虜聲。則全為形聲字矣！擄又通作虜。故有俘虜之稱。於是許君誤釋「虜，獲也。从毌，从力，虍聲」。今按虜與努疑是一字。虜从力盧聲（與盧之从皿，盧聲者，聲符正同。不从毌。）說文無努字。當是晚出。努从力，奴聲。與虜从力盧聲。音義不異。知為古今字。

⑱

後下21.5

○

解

解 ㄐㄧㄝˇ (jiee) (To take off.)

說文：「解，判也。从刀判牛角。一曰，解廌獸也」。佳買切。又戶賣切。

按字原象雙手解除牛角，並有血形。由文"曰"牛角"生意。故託以寄解脫之意。動詞。秦時血形省去。而雙手變為刀。故為以刀解牛角。會意。動詞。後以同音通段以代廌名詞。廌又作獬。故說文引或說及之。其實解字通段之用，不止於此。又通懈。詩：「不解于位」。注：「解，怠惰也」。又通邂。解后，即邂逅。又通澥。揚雄傳：「勃解之鳥」。勃解，即渤澥。又通嶰。漢律曆志「嶰谷」。作解谷。又通蟹。呂覽：「大解陵魚」。山海經作「大蟹」。又通廨。玉篇：「署也」。左思吳都賦「解署棊布」。

⑲

○　䙴　䙴　䙴　遷

䙴ㄑㄧㄢ　遷ㄑㄧㄢ　(chian)(To remove.)

說文：「䙴，升高也。从舁囟聲。䙴，䙴或从卩。䙴，古文䙴。」七然切。又「遷，登也。从辵䙴聲。拪，古文遷从手西。」七然切。

席記「䙴」古遷字。地理志引春秋經云「衛䙴于帝丘」。

按字倚"舁"畫物形。囟。囟，即所舁之物也。由文"舁"生意。故託䙴物之形，以寄搬䙴之䙴。動詞。後人加辵增移動意，作遷。遷行而䙴廢。三體石經，遷之古文作䙴。即許書䙴下古文。毛公鼎"䙴"字作"䙴"。所䙴之物為囟形。从廾與卩（同即聲）聲。卩與䙴陰陽對轉。又"駁方鼎"作"䙴"。所䙴之物為覀。及物形變為囟，故許以為囟聲。

⑳

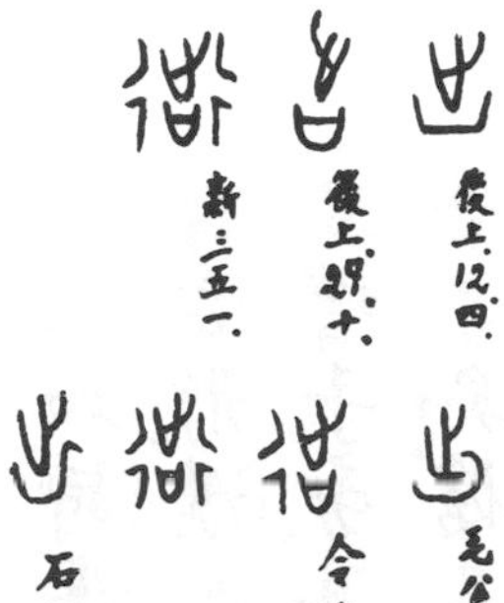

後上12.四　後上29.十　新三五一

毛公鼎　令彝　石鼓

出　出ㄔㄨ　(chu)(To go out.)

說文：「𡳿，進也。象艸木益滋上出達也。」尺律切。

孫詒讓曰：「金文毛公鼎作『𡳿』，石鼓文作『𡳿』，皆从止。龜甲文則作『𡳿』。中亦从止。明古出字取足行出入之義，不象艸木上出形。蓋秦篆之變易，而許君沿襲之也。」

按孫說是也。字甲文第一形象止(足)在門口，向外行之狀，由文「止」生意，故託足離門口外出之形，以寄外出之意。動詞。第二形門口形逕變為口。第三形又增行。其構造之意，皆不異也。甲文「𢓜」字，見卜辭通纂別一、新八。並解曰：「董彥堂氏釋為出之繁文。至確。」說文據譌形立說，故歧誤甚遠。

㉑ 各

各《ㄍㄜˋ》(Geh) (To come to.)

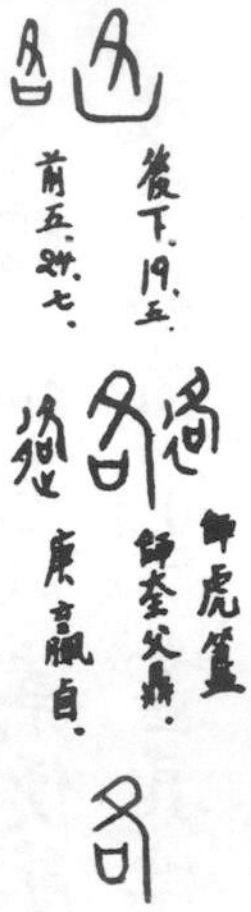

說文：「各，異辭也。从口，从夂。夂者，有行而止之不相聽也。」古洛切。

按各字初意為行到。經典多段格為之。字原象「夂」(足向後)在門口，向內行之狀。由文「夂」生意，故託足內行之形，以寄行到之意。動詞。金文有作「𢓜」，作「𢓜」者，加彳或辵，於「行到」字增意符，於構造之旨不異。各與格非一字。經典作格者，同音通段也。至說解謂「異辭也」，乃後世借用之意，非其朔也。

(22) ○

□ 不嬰簋駁偏旁
□ 石鼓駁偏旁
□ 目右
□ 師虎簋

□　更　更 《ㄥ (geng) (A horse-whip.)

說文：「□，改也。从□。丙聲。」古孟切。又古行切。
又：「□，驅也。从革。便聲。□，古文鞭。」卑連切。
按字初倚□畫其端有革結形，由文□字生意。故託以寄鞭策之鞭。動詞。□後變為□。从□。丙聲。已趨聲化矣！其或作□者，丙形複作也。字又借為更改之更。久而不返。乃另造鞭字。又盄侯鼎駁字偏旁作□。不嬰簋駁字偏旁作□。均與說文所載鞭字古文同。石鼓文駁字作□。右从更。即鞭。鑾車鼓駁字作□。右旁明明更字。則金文鼓文駁字不从又乃从鞭馬會意也。金文有□。舀鼎□。師虎簋□。趩尊□。□。師嫠簋均可證丙聲有繁文。

(23) ○

□ 散盤

□

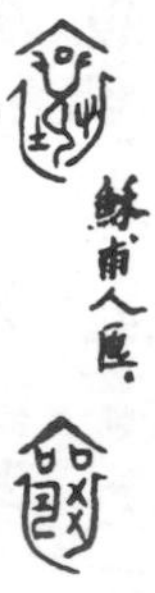

鮇甫人匜

襄

襄 ㄒㄧㄤ (shiang) (To take off the clothes and plough.)

說文：「𤕦，亂也。从爻工交吅。一曰窒𤕦。讀若穰。𤕦，籀文𤕦。」女庚切。又：「襄，漢令解衣耕，謂之襄。从衣，𤕦聲。𦅾，古文襄。」息良切。

徐灝曰：「𤕦，蓋即古襄字。」

按此字本意為解衣耕。周文兩形一字。第一形見厲王時"散盤"，象人舉兩手解衣之形。从攴从土。由文生意，即治土之意。所謂耕也，動詞。第二形見"鮇甫人匜"，就第一形略變而加"衣"為意符。故仍為解衣耕。形變為襄。襄復引申為奮勇致果之意。凡攘臂、攘夷狄之攘，古只借襄字為之。如詩「玁狁于襄」之襄是也。至攘，本揖攘字。讓，本責讓字。兩字因通段習用而移易其意。其本則咎在說文已失𤕦字之本意也。

㉔

監

頌鼎

監 ㄐㄧㄢ (jian) (To look in a water mirror.)

說文：「監，臨下也。从臥，衉省聲。𧬽，古文監。从言。」古銜切。

按字象人下見皿中水。由文見"生意"，故託監照皿水之形，以寄監照之意。動詞。見亦聲。後亦用為監察、督察意。亦動詞。如監殷之監，亦用為名詞。如三監之

監。至其盛水之銅製器皿，後人作鑒作鑑。皆初為名詞。後漸借用為動詞者也。與此別。

㉕ ○ 𥁑 仲伯簋　𥁑 畢鮮簋　泌　泌　泌（ㄅㄧˋ）(bih)(To drain the water off something in a basin.)

說文：「泌，俠流也。从水，必聲。」兵媚切。

徐灝曰：「俠流，恐非取俠士之義。多用俠為夾。上林賦『偪側泌瀄』。」蓋其本義也。

按金文有𥁑字。象皿中淘物，而分泌去其水也。字倚八（分）畫皿中盛水形。由文八生意。故託以寄分泌之泌。動詞。秦時另造泌字。變為形聲。

(十一)器用 Implements

① ○ 鬲　鬲　䰜　䰜（ㄌㄧˋ）(lih)(To boil.)　䰜

說文：「䰜，歷也。古文亦鬲字。象孰飪五味气上出也。」郎激切。

按字倚鬲畫其烹煮上有熱气形。由文鬲生意。故託烹煮有气之形，以寄烹煮

之意。動詞。如䰞(煮)，𩱴(炒)，鬻(省作粥)，均从䰜得意。

②

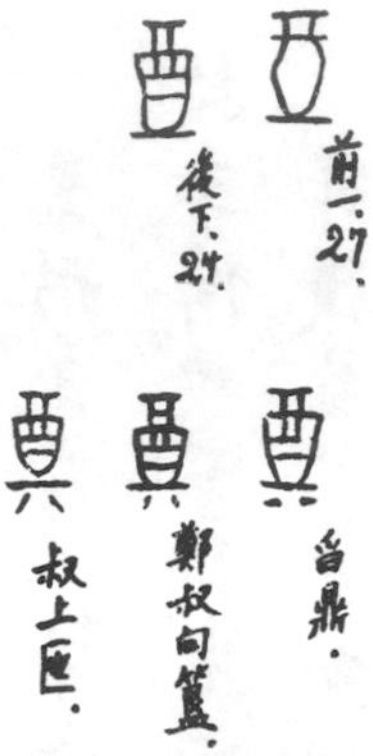

奠

奠 ㄉㄧㄢˋ (diann)(To put down.)

說文：「𡗝，置祭也。从酋；酋，酒也。下其丌也。禮有奠祭者。」堂練切。

徐灝引戴侗曰：「奠，措酒於丌上也。古之命爵者必相授受，其不授者，與受而未飲者則皆奠之。禮所謂奠爵，奠酬也。奠幣，奠雁，皆此義。引之為奠定。」引錢坫曰：「此云置也，祭也。」

按戴錢之說皆是。此字本意專指置酉於丌上而言。酉為盛酒之尊，底形尖圓，必須置於有圜孔之小丌上，乃能平穩。說詳本篇酉字下。置酉必於丌上，而酉必置於丌上，始謂之奠。奠字原倚「酉」畫其置於丌上之形，「一」非文字，乃丌之形也。由物形「一」生意，故託以寄奠置之意。動詞。又凡以酉享神者，必奠置，故奠又引借為祭。亦動詞。詩采蘋：「于以(何)奠之？宗室牖下。」即用祭義也。毛傳謂「奠，置」乃探其本義言之。又以酉必奠置，乃能穩定，故奠又借為定。亦動詞。書禹貢「奠高山大川」是也。

③

前五.37.八.　後下.3.十.

○　益　益　益ㄧˋ (yih) (To overflow.)

說文：「益，饒也。从水皿。皿益之意也。」伊昔切。

徐灝引戴侗曰：「疑益本為溢字。水在皿上，溢之意也。用為增益。故溢後加水。」

按字初形倚皿畫其上有水溢形，由物形「」生意。故託以寄滿溢之溢。動詞。後借為增益損益等意。乃又於益旁加水為意符作溢。溢行而益之本意亡。

王筠以為今本說文衍一皿字。

④

○　盇　盇　盍　盍ㄍㄞˋ (gay) (To cover.)

說文：「盇，覆也。从皿大。」胡臘切。

林義光曰：「按即覆蓋之蓋之本字。盇，象物在皿中。與血同形，非血字。大，象蓋形。盇盍雙聲旁轉。」

按字倚「皿」畫其中有物，其上有蓋形。由物形「大」生意。故託蓋皿物之形，以寄覆蓋之意。動詞。後通段為榼。名詞。又借用為何不意副詞。乃通段茅蓋之蓋（即苫蓋。李巡曰：「編菅茅以覆屋曰苫。」）之蓋以代之。久而成習。而盍之本意幾

為人所志。

⑤ ○ 央 虢季盤　央　央　央ㄧㄤ（iang）（Middle.）

說文：「央，中央也。从大在冂之内。大，人也。央旁同意。一曰久也。」於良切。

按字倚大（人）畫其肩擔物形。由物形「冂」（象扁担及其所担之物）生意。担物必在扁擔之中央。故託以寄中央之意。狀詞。如詩：「夜未央。」言夜尚未至半中也。後亦用為名詞。謂中點。央旁兩字，均就物形託寄狀詞。故許曰：「央旁同意。」

⑥ 方 前六、15、三　方 前五、13、一　旁 前二、3、二

方 毛公鼎　旁 旁尊

方　旁

方　旁

方ㄈㄤ（fang）（Near.）(adj.)（Side.）(n.)　旁ㄆㄤ（parng）

說文：「方，併船也。象兩舟省總頭形。汸，方或从水。」府良切。又「旁，溥也。从二。闕。方聲。旁，古文旁。旁，亦古文旁。旁，籀文。」步方切。

按字原意為旁邊之旁。倚刀畫其靠架冂形。由物形「冂」生意。故託刀倚架旁之形，以寄旁邊之意。狀詞。亦用為名詞。儀禮，大射禮：「左右曰方。」易，象傳：「大人以繼明照于四方。」或又用為副詞。如書，立政：「方行天下。」即旁行天下也。用本意。

商周借為方國之方。名詞。又通叚以代口員之口。久而成習。遂失其本意。甲

文第二形，乃就原字加 月（凡字）為聲符者。傳為今旁字。說解於此兩形分釋，均未得其本。至說文旁字兩古文，乃晚周人由 𢁻 傳寫之譌。所舉籀文 雱，乃另字。（从雨，方聲）周人或偶通叚以代旁耳。方字之叚借通叚各義，詳見於本書第七篇，可參閱以見說解「方，併船也」，「汸，方或从水」，所以致誤之由。

⑦ ○ ○ 𢇍 𢇍 𢇍ㄉㄨㄢˋ
𣃔 斷 （斷）斷ㄉㄨㄢˋ（duann）（To cut off.）

說文：「斷，截也。从斤，从𢇍。𢇍，古文絕。𠜵，古文斷，从𠧪，𠧪，古文叀字。周書曰：『𠜵𠜵猗無他技。』𠜵，亦古文斷。」徒玩切。

按𢇍原从刀斷絲形。由文「刀」生意，故託以寄斷絕之意。動詞。絕亦从刀斷絲。卩（䜌聲）故𢇍𢇍為古文絕。秦人加斤為意符，作斷（為兒似形聲字）後人變作斷。𢇍為繼字初文，从𢇍，从斤，則會意字也。至說文所稱古文，乃壁經所載周末齊魯之破體俗字，形多不可說。此疑作𠜵之譌變，从刀，叀聲。

⑧ ○ 𠬞 秦公簋 升 升 升ㄕㄥ（sheng）（To raise up.）

升

說文：「升，十龠也。从斗，亦象形。」識蒸切。
按此升起之升字。倚斗畫其已挹取有物，而升上傾注之形。由文"ㄡ"(斗)生意。故託以寄升起之意。動詞。後世借為十合之名。非本意也。凡度量衡單位之名，皆借字。至後起日昇之昇，陟陞之陞，皆與升通用。

⑨

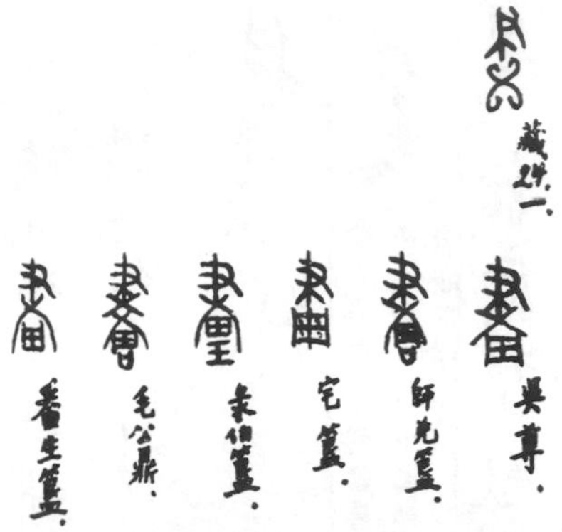

畫 畫 畫 ㄏㄨㄚˋ (huah) (To draw.)

說文：「畫，界也。象田四界。聿，所以畫之。畫，古文畫省。𤲨，亦古文畫。」胡麥切。
按此字甲文倚聿(筆)畫其所畫之花紋形。由文"聿"(筆)生意。故託以寄繪畫之意。動詞。周人加田，或𤱪，或周，或凋，為聲。(周人所加者，均與周同音之字。故為聲符則可通，為意符則不可通也。況有畫字，从日，畫省聲，可互證。)秦篆又略變之也。至許稱畫，古文畫者，當是金文畫形之譌變。稱𤲨，亦古文畫

者。當是周末劃字通叚以代畫者也。劃為割劃本字。與用筆繪畫意別。

⑩

○　𤛫　𤛫　犂(ㄌㄧ)(li)(To plough.)

說文：「𤛫，耕也。从牛。黎聲。」郎奚切。

按：□字，原象「□」(古耒字)發土之形。倚「□」畫其所發之土。由文「□」生意。故託以寄犂耕之意。動詞。字亦借為雜色。狀詞。於商時既借用為雜色。乃另造「□」字。□與□音義皆同。嗣後分傳。茲再將「□」字理之如次：

金文代六.五.𢑴銘有此字。象手推耒之形。殆亦古耤字。

耤　耕

耤　耕

耤(ㄐㄧˊ)(jyi)(To plough.)　耕(ㄍㄥ)(geng)

說文：「耤，帝耤千畝也。古者使民如借。故謂之耤。从耒。昔聲。」秦昔切。

又「耕，犂也。从耒。井聲。人曰耕。牛曰犂。(據輔行傳引補六字。)畊，耕。或从井田。(據丁福保考補或文)」古莖切。

按：□字原倚「□」(古耒字)畫人持之而耕之形。由文「□」生意。故託以寄耕田之耕。動詞。甲文前七.一五.三片：「丙子，呼□受年。」周人加昔為音符。如「令

鼎：「王大耤農于諆田。」𢦏簋：「命女作司土，管司耤田。」是也。後人用字，亦通叚以代借。秦人另造耕，以代耤。耕行而耤少用矣！後又有畊字。

⑪ ○ 弟（齊侯鎛） 弟 弟 弟ㄉㄧˋ (dih)（The ordinal.）

說文：「弟，韋束之次弟也。从古字之象。(?) 𠂆，古文弟。从古文韋省。丿聲。」特計切。

按次弟之弟，應為狀詞。字倚「𠂇」(弋即橛)而畫「己」形。「己」，纏束之繩索也。繩索纏束於弋上，必有次弟。其解之也亦然。由物形「己」生意。故託纏索之形，以寄次弟之意。狀詞。後借為兄弟之弟。乃通叚第字以代之。久而成習。第又省作第。人遂莫知其朔。說文無第字。漢書，高帝紀：「賜大第室」。文選，古詩，注：「出不由里門面大道者，曰第。」西京賦「北闕甲第」。薛注：「館也」。今按第之本義，疑為竹屋。从竹，弟聲。

⑫

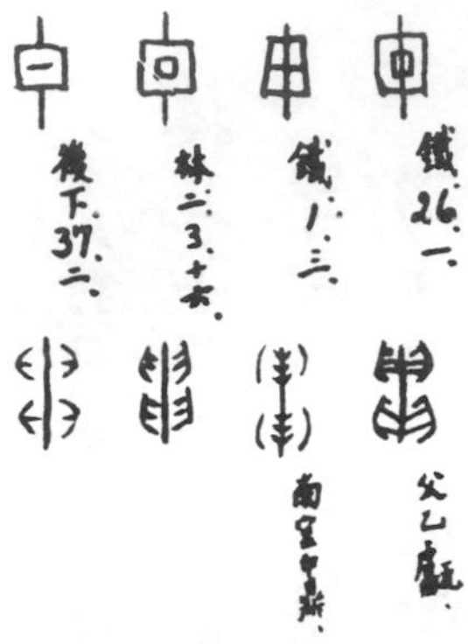

毌 毌 毌ㄍㄨㄢˋ (guann)（To string on a thread.）

串 串 串ㄔㄨㄢˋ (chuann)

貫 貫 貫ㄍㄨㄢˋ (guann)

說文：「毌，穿物持之也。从一橫毌。毌，象寶貨之形。讀若冠。」古丸切。

又：「貫，錢貝之貫。从毌貝。」古玩切。

按此字甲文各形，均為貫穿之貫。孫詒讓，葉玉森均有所發明。今查毌為動詞。字原倚回（古壁字。原為圜形，作方者，契文善為方不易為圜也。）畫有繩索貫之之形。由物形繩索「—」生意。故託以寄貫穿之意。甲文毌字，用為國族名。殆即詩，皇矣「串夷載路」之串。周文四形：第一形取于父乙甗，第二形取于南宮中鼎，第三形取于父乙彝，第四形取患字古文偏旁。均象貫貝之形。其後甲文流而為毌。金文流而為串。說文無串字。毌與串古音義皆同。秦人復於毌下加貝作貫。音義亦不殊。

⑬

前五．36．四．

兮甲盤．

㚔丮　執ㄓ (jyr) (To arrest.)

說文：「㚔丮，捕罪人也。从丮，从㚔，㚔亦聲。」之入切。

按字甲文見前．六．十七。象古枷枷人手之形。倚文「⇕」畫人手被枷之形。由文「⇕」生意。故託以寄枷縛之意。動詞。後世變為从㚔。丮聲。故得通以代丮。而有執事之執。說解謂㚔亦聲者，誤也。

⑭ 

藏95.四.　藏253.二.

○　𩠐　𩠐　𩠐ㄓㄢˇ (jaan) (To behead.)

(斬)　斬　斬

說文：「𩠐，截也。从首，从斷。𩠐，或从刀，專聲。」大丸切。又旨沇切。

按字原倚戌(戚)畫其斬人頭之形，(其人頭上象髮鬃，雙手反縛，而頭已斷。)由文(戌)生意。故託以寄斬殺之斬，動詞。周文無覩，秦以來變為从斷首會意作𩠐。讀旨沇切。而文人用字，常通以斬字代之，久而成習，而𩠐字廢。其實斬之本意，應是伐木為車。會意。而說文「斬，截也。从車，从斤。斬法車裂也」側減切。林義光曰：「車裂不謂之斬。斬，伐木也。攷工記，輪人『斬三材』。从斤从車，謂斬木為車。」說解明明就其通叚𩠐字之意言之，而又附會其所以从車之故，遂不覺其車裂之不切合斬也。又先期銅器銘文常有單字作或者。應亦古𩠐字。或與甲文同時，或在甲文之前也。

⑮ 

前五.8.三.　前五.8.五.　前五.8.二.

○　⿰弓丸　⿰弓丸

彈　彈　彈ㄊㄢˊ (tarn) (To shoot out a metal ball with a bow.)

說文：「彈，行丸也。从弓。單聲。𢏚，彈或从弓持丸。」徒案切。

按字原倚弓畫其行丸形，由文弓生意。故託以寄彈射之意。動詞。羅振玉曰：「今卜辭字形正為弓持丸，與許書或說同。許君兼存眾說之功亦鉅矣！」此字惜金文未見。說文載二形。一作𢏚。从弓持丸。會意。繫傳作从弓打丸。一作彈。从弓。單聲。形聲。玉篇彈下重文作弞弙。汗簡古文四聲韻引說文有弓字。謂彈古文。似遠承甲文。但不知所據何本。或古本說文彈下有或文弓字，至二徐而脫之歟！

(十二)形容　缺

(十三)聲音　缺

(十四)鬼神　Divinity

禱　ㄉㄠˇ　(dao) (To pray.)

①

[illegible] 1前六.3.八

[illegible] 後下.23.十七

[illegible] 1前六.16.七

𥜥　籀篆　禱　䄔

說文：「禱，告事求福也。从示，壽聲。䄔，禱或省。𥜥，籀文禱。」都浩切。

按字原倚示畫一人拜手𩒨首之形。由物形"𥛰"生意，故為祈禱之禱。篆變為从示，壽聲。或又作𥛰。甲文、金文四形，前人皆掍為祝字。今正。

②

歺 林一.30.五.

歺 合甲盤死偏旁.

歺

歺

歺ㄜˋ (eh)ˋ (To break the bone.)

說文：「歺，列骨之殘也。从半冎。讀若櫱岸之櫱。𣦵，古文歺。」五割切。

按字倚"卜"畫殘骨形。冎。由文"卜"生意，故託以寄列骨之列。動詞。从卜者，於骨卜時見骨之列也。說解列通裂。亦所以擬其音也。半冎，非其構造。

③

亡 新二八.

亡 新二〇.

亡 毛公鼎.

亡

亡

亡ㄨㄤˊ (wang) (There is not, without.)

說文：「亡，逃也。从入，从乚。」武方切。

按卜兆向邊即落空亡。乚，為甲殼之邊形。非如說文所釋隱字。字倚"卜"畫其兆向邊形。由文"卜"生意，故託以寄空無之無。作亡。動詞。甲文「無咎」「無尤」「無害」等辭，無皆作亡。用作存亡之亡意者，乃後起。秦人於亡加音符𣞤（古舞字）作𣞤亡。漢人復省亡作無。說文：「無，亡也。从亡，無聲。」无，奇字。无通於元者。王育說「天曲西北為无」。武扶切。

④ 用 前.9.六、 用 毛公鼎、 用　用　用　用 ㄩㄥˋ (yong)(To be useful)

說文：「用，可施也。从卜中。衛宏說。用，古文用。」余訟切。

按卜兆向中，即為可用。由　為中形，非中字。字倚卜畫其兆現於中形。由文卜生意。故託卜兆現中可用之形，以寄可用之意。動詞。卜辭「茲用」常見，是其本意。作「兹卬」者，乃通段字也。

右象形字共四百二十三文完。

第三篇 Part Ⅲ 指事 Demonstrations

第一章 Chapter 1 指事字定義及其類目 Definition and Classification of the Demonstrations

第二十六節 §26. 指事字定義 Definition of the Demonstrations

許序：「指事者，視而可識，察而見意，上下是也。」按此指事字之義例也。若引申其說則凡於字之結構上有所指明者，皆謂之指事。指事者，指示其意也。許序六書定義十二句，「三」「事」字皆有「意」，意可互證。其所用以指示之符號，作● ○ 一 二 三 八 八 丨 ᘐ ( ) ⊕ ʃ ∧ ◡ ⌒ ㄹ ⼏ ᘓ 个等等。形狀不一，均隨其所需而意構之。故亦謂之意象。指事字取意象，故與象形字之為物象者不同。物象者，觀察實物而得其象也。意象者，想象意構而得其象也。一實一虛，迥然有別。說文於定義只云視而可識，察而見意。語意空洞，不能使人知與象形會意區分。而說解於各指事字之下，又往往云象某某之形。遂令學者迷惑，視易為難。清人王筠說文解字釋例八下云：「指事而云象形者，避不成辭也。事必有意，意必有形，形象人意中之形，非象人目中之形也。凡非物而說解云象形者皆然」是也。此不但善讀說文，且使指事字界說得此要言而頓致明確，殊可寶也。

第二十七節 §27. 指事字分類 Classification of the Demonstrations

指事字分為三大類：1.文字加意象。2.物形加意象。3.全部意象。意象之性質，

又分三項。一曰通象。通象者各物之通象，非某物之實象。故與象形不混。二曰假象。假象者意構之假象，非實有可見之象也。三曰動象。動象者，動力之方向也。第一二兩類下之假象又有甲乙二種作用。甲指部位。乙表意義。而指部位者又有子丑寅三種區別。子，正指其處。丑，指其上。寅，指其下。茲為簡明起見，類項之下，只分

(一)天文　(二)地理　(三)艸木　(四)蟲魚　(五)鳥獸　(六)人體　(七)服飾

(八)飲食　(九)宮室　(十)行動　(十一)器用　(十二)形容　(十三)聲音　(十四)鬼神

等目。上述子丑寅各區別，僅於各字之下分別注明，不另分題。

第二十八節 § 28. 指事字目錄 Contents of the Demonstrations

指事字 Demonstrations

1. 文字加意象 A Simple Character Plus a Symbol

一 通象 A Common Symbol for Various Concrete Things

(一)天文　(二)地理　俱缺

(三)艸木 Plants

①

生　八

(四)蟲魚　(五)鳥獸　俱缺

(六)人體 Human Body

①  (配)　九

②  夾，(閃)。　一〇

③  立，位。　一〇

④  亢。　一〇

⑤  丏。　一一

⑥ 并,併. 一一

⑦ 甘,含. 一二

⑧ 父,把. 一三

⑨ 敓,(奪). 一四

⑩ 是,提. 一五

⑪ 之,適. 一五

(七)服飾 (八)飲食 (九)宮室 俱缺

(十)行動 Movement and Actions

① 公. 一六

② 卯,剖. 一六

(十一)器用 Implements

① 典. 一七

② 至,到,垤,經. 一七

(十二)形容 Modifiers ·

① 三 氏(氐). 一八

(十三)聲音 (十四)鬼神 俱缺

四 假象 A Symbol for an Idea

甲 指部位 For Pointing out a Position

(一)天文 缺

(二)地理 Ground Features

① (石). 二〇

(三)艸木 Plants

① 本. 二一

② 末. 二二

③ 朱,株. 二二

④ 丕,胚. 二三

(四)蟲魚 (五)鳥獸 俱缺

(六)人體 Human Body

① 元,兀. 二三

② 亦,腋. 二四

③ 寸,肘. 二四

④ 叉. 二五

⑤ 足脚. 二五

(七)服飾　(八)飲食　(九)宮室

(十)行動　俱缺

(十一)器用 Implements

① 王旺 二六

② 刃 二七

乙. 表意義 For Showing Significance

(一)天文 Heavenly Phenomena

① 雷 二七

(二)地理　(三)艸木　(四)蟲魚　俱缺

(五)鳥獸 Birds and Beasts

① 牟 二八

② 羊 二九

③ 馬 二九

④ 馬 三〇

(六)人體 Human Body

① 耴. 三〇

② 曰, 說. 三〇

③ 亟. 三一

④ 尹. 三一

⑤ 爭. 三二

(七)服飾 Apparel

① 卒, 褚. 三三

② 尚, 敝. 三三

(八)飲食　(九)宮室　(十)行動　俱缺

(十一)器用 Implements

① 弘. 三四

② 刅, 創. 三四

(十二)形容　缺

(十三)聲音 Onomatopoeia

① 音. 三五

三 動象 A Symbol for Movement

(一)天文 Heavenly Phenom na

① 昜,(陽). 三五

(二)地理 Ground Features

① 凶. 二六

(三)艸木 (四)蟲魚 俱缺

① 牽,件. 三六

(五)鳥獸 Birds and Beasts

② 犮,跋. 三七

(六)人體 Human Body

① [illegible] 眷,睠. 三七

② 失. 三八

③ 尤. 三八

④ 冉. 三九

(七)服飾 (八)飲食 (九)宮室

(十)行動 俱缺

(十一)器用 Implements

① 引 引,弘,扔. 三九

(十二)形容

② 戚. 四〇

(十三)聲音 (十四)鬼神 俱缺

① 旬 四〇

2. 物形加意象 A Picture Plus a Symbol

(一)通象 A Common Symbol for Various Concrete Things

(一)天文 Heavenly Phenomena

① 亘(宣). 四二

(二)地理 Ground Features

① 壹,曀. 四四

② 土,地. 四七

(三)艸木 Plants

① 乇,(宅). 四八

② 才,(纔). 四八

③ 亥,荄. 四九

④ 韭. 五〇

⑤ 耑. 五一

(四)蟲魚　(五)鳥獸　俱缺

(六)人體　Human Body

① 丂(考,攷)

(七)服飾　(八)飲食　(九)宮室

(十)行動　俱缺

(十一)器用　Implements

① 弗,拂. 五二

(十二)形容　(十三)聲音　(十四)鬼神　俱缺

二 假象　A Symbol for an Idea

甲. 指部位: For Pointing out a Position

(一)天文　(二)地理　(三)艸木

(四)蟲魚　(五)鳥獸　俱缺

(六)人體　Human Body

① 頤. 五三

---

② 脊. 五四

③ 而,髵,耏. 五四

(七)服飾　(八)飲食　俱缺

(九)宮室　Dwellings

① 京. 五五

(十)行動　缺

(十一)器用　Implements

① 弋(杙). 五五

② 中. 五六

(十二)形容　(十三)聲音　(十四)鬼神　俱缺

乙. 表意義　全缺

三 動象　A Symbol for Movement

(一)天文　至　(十)行動　俱缺

(十一)器用　Implements

① 率(帥),達,衛. 五七

(十二)形容　(十三)聲音　(十四)鬼神　俱缺

3. 全部意象 A Character Composed of a Simple Symbol

一 通象 A Common Symbol for Various Concrete Things

① ∧ 入。 五八

② 丂，(兮)。 五九

③ 雨。 六〇

④ 上。 六〇

⑤ 下。 六一

⑥ 文，彣。 六一

⑦ 彡 彡。 六二

⑧ □ (方)。 六五

⑨ ○ 員，圓。 六三

二 假象 A Symbol for an Idea

① 一 一，(壹)。 六四

② 二 二，(貳)。 六五

③ 三 三，(參)。 六五

④ 亖 (四)，(肆)。 六五

⑤ 〓 (五)，(伍)。 六六

⑥ | 十，(拾)。 六六

⑦ ✕✕ 爻。 六七

⑧ 彡 (彤)。 六七

三 動象 A Symbol for Movement

① ∫ 曳，拽，抴。 六八

②)(八，分。 六八

③ 十 切。 六九

④ 冓，遘，覯，逅。 七〇

⑤ 再。 七二

⑥ 夲。 七二

指事字共九十五。

第二章 Chapter II 指事字舉例 Examples of the Demonstrations

第二十九節 § 29. 文字加意象 A Simple Character Plus a Symbol

一 通象 A Common Symbol for Various Concrete Things

(一)天文　(二)地理　俱缺

(三)艸木 Plants

	商	周	秦	漢	晉	字音	英文
①	 前一.46.五	 師寰簋		生	生	ㄕㄥ (sheng)	(To grow.)

說文：「生，進也。象艸木生出土上。」所庚切。

徐灝曰：「从屮在土上，指事。」

按字原象屮(古艸字)生地上。地有山川陵谷，概以一表之者，表其通象也。屮為文字，一為地之通象。故生為指事字。動詞。周人於屮下復加一點，旋又變為一橫。於是下一橫變為土字。仍是屮出土上。土即地也。故為生長之生。說解謂出土上者就篆文言之也。

(四)蟲魚　(五)鳥獸　俱缺

(六)人體 Human Body

①  前一、34、二  令彝 ○ ○ ○

 後上、2、16.（ 毛公鼎、  配 配）ㄆㄟˋ（pey）（To balance.）

 後上、2、七.

 後上、1、七.

 後上、2、五

按此字說文所無。其意當為配稱之配之初文。動詞。亦用為名詞。从大（人），而左右手持相等之物。兩物之形狀大小輕重相等。左右手持之，可謂配稱矣！兩物相等，而不拘為何物也。故以通象象之。象其等也。配也。是為指事。此字殷人用以稱君夫人。如：

（一）癸酉卜，貞：「王賓祖丁妣癸。啓。」亾尤。（後上、3、十四）

（二）庚午卜，貞：「王賓祖乙妣庚。啓。」亾尤。（後上、3、二）

（三）庚辰卜，貞：「王賓示壬妣庚。翌。」亾尤。（後、上、1、七）

（四）辛口卜，貞：「王賓大甲妣辛。肜。」亾尤。（後、上、2、五）

周人用字，以「酒之顏色」之配字代之。久而成習。而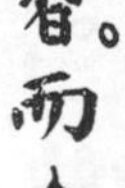字廢。

②　○　○　　夾

夾(ㄕㄢˇ)　(shaan)　(To hide something under the arm with intention of stealing it.)

說文：「，盜竊褱物。从亦有所持。俗謂蔽人俾夾是也。弘農陝字从此。」失冉切。

徐灝曰：「夾與閃音同意近。門部『閃，窺頭門中也。』盜竊懷物，慮為人所見。行蹤隱蔽，謂之夾。古通作陝，亦作閃。」

按字从亦（古作，即腋字。）有所持，故有盜竊褱物之意。所持之物，不拘為何物，而以ㄨ通象象之，故為指事字。動詞。

③　 前七.16.一　 頌鼎　　立

立(ㄌㄧˋ)　(lih)　(To stand upright.)

說文：「，住也。从大立一之上。」力入切。臣鉉等曰：「大，人也。一，地也。」

饒炯曰：「指事。立者，兩足丽地，無所偏倚。義與行對。古人行禮，為表人立於前。因名其處亦曰立。後始加人以為位字。」

按立本為動詞。後借以名其所立之處，始為名詞。从（人）立地上。以一表地之通象。故為指事字。

④　　 令彝　　亢

亢(ㄎㄤˋ)　(kang)　(Too high.)

說文：「亢，人頸也。从大省象頸脈形。頏，亢或从頁。」 古郎切。
按字原象人立高處之形。應為高亢之意。易曰：「亢龍有悔。」朱子本義曰：
「亢者，過於上而不能下之意也。」是為確詁。立高處而不能下。金文形與義
合。亢 為高處之通象。故列指事。動詞。亦借用為狀詞。小篆形變而義不可
說。說文云：「人頸也。」乃頏字訓誤著于此。頡頏亦另字。頭向下曰頡頭向
上曰頏。均从頁與亢之為高亢者意別。餘詳形聲篇頏字下。

⑤

○ ○ 丏 丏

丏 ㄇㄧㄢˇ (mean) (Invisible)

說文：「丏，不見也。象壅蔽之形。」 彌袞切。
徐灝曰：「从丏之字，眄，目偏合也。𡨦，冥合也。皆與壅蔽義近。」
饒炯曰：「指事。丏篆次於面下。當是象面壅蔽之形，以示不見之意。」
林義光曰：「篆作丏者，从人。即人之變。乚 象有物在其上及前壅蔽之。」
按林饒之說與字之形義極合。乚 為壅蔽之物之通象。故為指事字。 狀詞。

⑥

後下、34、三

前四、47、五

并

并 ㄅㄧㄥ (bing) (To unite.)

說文：「幷，相從也。从从，开聲。一曰从持二為幷。」府盈切。

按象有繩索束二人使之併也。一或二為繩索之通象。故為指事字。動詞。

⑦

甘

甘ㄍㄢ (gan). (To hold in the mouth.)

說文：「甘，美也。从口含一。一，道也。」古三切。

按此字近人以為「含」之初文，是也。从口含物。所含之物，不拘何物。只以通象「一」表之。故為指事字。動詞。後借用為甘美之甘。狀詞。自甘為甘美之意所專，乃另造「含」字。說文：「含，嗛也。从口，今聲。」胡男切。釋名：「含，合也。合口而停之也。」是甘之本意。

⑧

父

父ㄈㄨˋ (fuh) (To hold.)

說文：「，矩也。家長率教者。从又持杖。」扶雨切。

按字从（手）有所持。所持之物，無由知其必為杖也。或就金文之形而言之，以為象手持石斧形。父為斧之初文。自借為父親之父，乃加斤為意符作斧耳。然金文作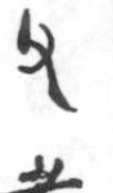者，乃殷周間作肥筆取姿之體態，不可以其形似而臆測他物。如「又」作。象右手形。而周康王時大盂鼎「又」字作。「大」字本作。象正面人形。而大盂鼎「大」字作。「小」本作。象雨點之形。而大盂鼎「小」字作。畎為田溝。从田。犬聲。其古文作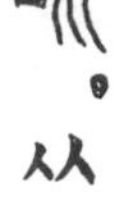。从田。从川。會意。其初文作。象小水之形。古借為天干第二位之名。變為乙。乙字商彝作。凡此皆商周間肥筆取姿之證。宗周自夷厲以後，肥筆之習無觀。是以釋金文字之丨為石斧之形者，實因不知殷周間有肥筆取姿之習而致誤。又前人有因甲乙之乙作而釋乙為刀者。其致誤之由與此同。羅振玉釋父字曰：「許釋丨為杖。然古金文皆从丨。疑象炬形。」羅氏此疑，一、不知肥筆取姿乃商末周初之特習。前此後此皆無有也。二、涉許訓「矩也」二字而聯想。說文炬作。解曰：「苣，束竹葦以燒也。」足徵炬必有竹葦之束。故甲文炬作、作。均从丮从火。而火下均有竹葦形。（是為倚文畫物之象形字。）徒作火焰形、或火炷形、如丨者，未

可定其為炬。且亦未能以手執之也。總之[古文]或[古文]者，非手舉杖，非手執斧，亦非手執炬。其字當與「尹」字同構。尹字甲文作[古文]，作[古文]。說文：「尹，治也。从又丿，握事者也。」臣鍇曰：「周公尹天下，治天下也。此指事。」是也。準此，愚意[古文]為「把」之初文。从[古文]（手）有所把也，與尹字均為動詞。尹字所治者事。事以丿之假象表之。[古文]（把）字所把者物。物以丨之通象表之。故均為指事字。自[古文]借為父親之父，乃另造[古文]字。說文：「把，握也。从手，巴聲。」把字行而父之本意廢。今人鮮知[古文]為把之初文矣！俗稱父為爸。猶存把之古音。

⑨  前七.17.二  驫羌鐘  敓 敓 ㄉㄨㄛˊ (dwo) (To snatch.)

說文：「敓，彊取也。周書曰：『敓攘矯虔。』从攴，兌聲。」徒活切。

按爭敓二字，後世用意相似，而遠古造意不同。爭所爭者事，故从二手[古文]爭事。以[古文]表事，為假象。故[古文]為指事字。敓所敓者物，故从二手[古文]敓物。以[古文]表器物，為通象。故[古文]為指事字。[古文]卜辭用為人名。至周變為形聲，作[古文]。从攴，兌聲。（又變為攴，古文嬗變通例。）其意不殊。秦漢以後多假奪失之奪以代攘敓之敓。久而成習，鮮能知其朔也。

⑩

是　是ㄕˋ (shyh) (To walk carefully.)

說文：「昰，直也。从日正。𣆪，籀文是。从古文正。」承旨切。

按是古文从𠂇(手)遮日光。从止。止為腳。有行走意。「是」之本意當為審諦安行。說文：「諟，理也。」荀子：「難進曰偍。」注：「謂弛緩也。」說文：「偍，行貌。」又：「媞，諦也。」廣雅：「媞，安也。」說文：「禔，安福也。」皆以是為聲。由右文之意推之，則「是」之本意為「審行」可知也。是非之是當由審諦之義引申。積久是字為引申義所專，乃別造「偍」字。故「是」實「偍」之初字。昰字从日下一垂。表光之通象。若光之實象則不只一垂矣！故昰為指事字。動詞。

⑪

之　之ㄓ (jy) (To go away.)

說文：「㞢，出也。象艸過屮，枝莖益大，有所之。一者地也。」止而切。

羅振玉曰：「按卜辭亦从止。从一。人所之也。爾雅釋詁：『之，往也。』當為『之』之初誼。」

按羅說是也。从止从一。一為出發線通象。止為足。有行走意自出發線而行走。故其意為往也。指事字。動詞。周秦間又造適字。說文：「適，之也。从辵啻聲。適，宋魯語。」施隻切。故之與適實古今字。而後世分化為二。

(七)服飾　(八)飲食　(九)宮室　俱缺

(十)行動　Movement and Actions

① 公 前二,3,七　公 毛公鼎　公　公　公 ㄍㄨㄥ (gong) (Just or public)

說文:「公,平分也。从八,从厶(音私)。八,猶背也。韓非曰:「背厶為公。」古紅切。

按八為八。乃分之初文。□為物之通象。物平分則為公矣指事字狀詞。此字甲文金文俱不从厶。而韓非子竟有「自環為厶。背厶為公」之語。則此字形體之省變。必在戰國末期。其後小篆沿之耳。

② 卯 前六,之,三　卯 靜簋　卯　卯　卯 ㄇㄠ (mao) (To cut in two.)

說文:「卯,冒也。二月萬物冒地而出。象開門之狀。故二月為天門。卯,古文卯。」莫飽切。

按卯即剖字之初文。从八(分)一物為二。物不知何物。合之為○。分之為()。乃物之通象也。故卯為指事字。動詞。甲文「剖+牛」俱作「卯+牛。」自卯借為地支第四位之名。久段不歸。乃另造剖字。說文:「剖,判也。从刀。音聲。」是即卯字之初誼矣!說解就其借義而言。又採曆數家語。既

曰冒地。又曰天門。支離不可從。所載古文，亦見三體石經。乃戰國末年齊魯通行之破體文字。魏人據漢人之壁中經。

(十二)器用 Implements

典 典 典ㄉㄧㄢˇ (dean) (A classic.)

① 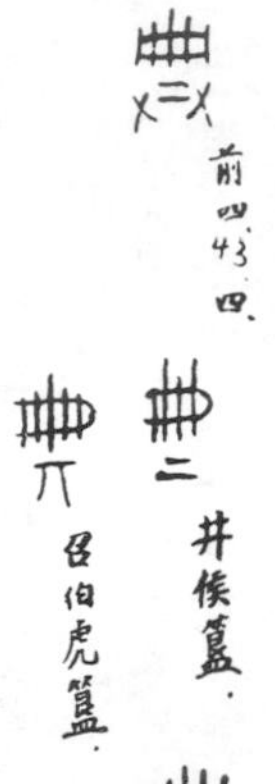
前四.43.四. 井侯簋. 召伯虎簋.

說文：「典，五帝之書。从冊在丌上。尊閣之也。莊都說。典，大冊也。古文典，从竹。」多殄切。

按典為書冊之尊貴者。故曰高文寶典。說解謂尊閣之也。即尊擱之也。甲文从(拱)冊擱於物上。其下畫二畫，即所以擱之之物(或架或丌)之通象也。故為指事字。名詞。金文以降，變為从冊在丌上會意。古人用字，亦借為典守之典。動詞。後雖另造典守之典之正字「敟」(从攴典聲。)而敟卒以不用而廢。

至 至ㄓˋ (jyh) (To come to.)

② 
前一.2.二. 宗周鐘.

說文：「，鳥飛从高下至地也。从一。一，猶地也。象形。不，上去，而至，下來也。

古文至。脂利切。

林義光曰：「按與鳥形不類。古矢或作 。則  者，矢之倒文。从矢射一。一象正鵠。有至之象。」

羅振玉以為象墜矢及地。故有至意。

按羅說是也。而實源於林說。惟林氏以為一象正鵠。正鵠不應在下。不如象地之說為長。一象地。其例極多。且古文至下从土。桂馥曰：「從土與篆文从一，猶地意同。」是也。至从倒矢一為地之通象。故為指事字。動詞。亦借用為介系詞。後至秦而加聲符「刀」作 。故至到為古今字。後世兩字並行。古音刀與至同。今垤逕耋等字，猶與刀為雙聲。說文又載銍字。而遷字偏旁从臺。段氏謂重至與並至一也。今按均同至。

（十三）形容 Modifiers

①　三

 箸二　 石鼓文　氐　氐 ㄉㄧˇ (dii)(The bottom)

說文：「，至也。从氏。下箸一。一，地也。」丁禮切。

按㈢字原為器物之下當。今通以底代之。說文：「底，山居也。一曰下也。从广。氐声。」都禮切。蓋山居所以釋底。下也則釋氐。氐為器物之下當，後人用字

亦以底代之耳。氐爲器物下當。其字初作（三。从下。从一。一非他。乃下當之通象也。故爲指事。石鼓文作𡈼。變爲形聲。从一。（下當形。非文字。）氏聲。篆隸楷沿之。甲文通（二 爲「逮」。如：

「（三 至七日己巳。」（菁二）

「（三 至九日辛卯。」（菁六）

「丙寅（二 壬申。」（粹一二五○）

「戊子（二 丁酉。」（同右）

又通用爲「至」。如骨臼刻辭「自某（三。」或「（三 自某。」（二，即氐。即底。詩：「伊于胡底。」箋：「底，至也。」甲文又用爲「卒」。遂也。如「貞：（三 令伐鬼方。」又通用爲「大」。如：「今三月有（二 雨。」「庚申卜，今日（三 雨。」石鼓文作𡈼。从一。氐声。一非他。下當之通象也。甲文（三、爲指事字。鼓文𡈼，則形聲字。物之下當。故爲名詞。

（十三）聲音　（十四）鬼神　俱缺

二　假象　A Symbol for an Idea

甲 指部位 For Pointing out a Position

(一)天文 缺

(二)地理 Ground Features

①

前四.53.四 前八.6.一 藏104三

鍾伯鼎

石 (shyr) (stone.)

說文：「石，山石也。在厂之下，口象形。」常隻切。

按石之為物，大小方圓無定形。許言口象形者謂口為匡郭之形，象石之形也。語已不足據。況今查驗石之古文，皆从口舌之口，不為匡郭之形。則許說未可信也。考卜辭𠂆為石之初文，近人已有言之者。厂為岸字古文，象石岸壁立之形。茲復於厂之隅角着一斜畫以指明其部位，言此即石也。若不為石而為土，則此岸決無廉隅而只為土坡矣！此一斜畫，即是意象。厂隅加斜畫，即所謂文字加意象，意象指部位而正指其處也。故石之初文𠂆，為指事而非象形。名詞。甲文磬字作，實从𠂆。𠂆即石也（明乎此，則古字後變為殸。其中尸者，即石之古文𠂆之後身，而後世於殸下加

石為意符作磬者，為贅出矣！𢼄 上𡈼 上之屮，疑為象形，非磬鼓之本體。亦非其飾也。）至於甲文 □ 字，葉洪漁釋「石」。似也。而未得其本。竊以此字从口 □（石）聲，當為與「石」同音之動詞。疑即「喫」之古文。卜辭：「貞 □ 又 □ 一生□」（林一、25十二）可釋為「貞：□ 又喫一生□（武雞）。」□ 為武丁時將領之名。字不可識。前人釋「戉」，不確。蓋自 □ 通段以代 □（石）乃段「食」（原為名詞）字補之。如論語：「食夫稻」是也。秦時又造喫字。後又段口吃字代之。要當與甲文 □ 字為同音同義之異體字也。而甲文 □ 既代 □，久之而 □ 廢，而 □ 亦省變為 □。此在周時已然。今本說文載磬字古文作 □。其偏旁石作 □。殆即 □ 之譌變也。又甲文有祏字，作 □（前、六、三、七）作 □（林二、10、六）亦可證石之古文為 □ 或 □ 也。墨子以后代祏，殆亦古 □ 或 □ 之通段。漢人誤抄為后耳。

(三) 艸 木 Plants

本 本ㄅㄣˇ (been) (Root)

𣎵 本肇鼎 𣎵

〇

説文：「𣎵，木下曰本。一在其下。𣎵，古文。」布忖切。

徐鍇曰：「一、記其處也。本末朱皆同義。」

按本末朱三字，皆屬文字加意象，而意象表假象，假象指部位之指事字。就文字指事，而正指其處也。本字，就木而以假象指其根處，故為根本之本。音讀亦由木音而轉名詞。金文本字見本[舉]鼎。說文所載古文，皆壁經字，乃晚周齊魯之字體，故𣡲殆由金文譌變。

②

○　末 距末.　末　末　末 ㄇㄛˋ (moh) (Tree top.)

說文：「末，木上曰末，从木。一在其上。」莫撥切。

按末取木梢為意，故就木而指明其梢，為末字，音亦由木轉名詞。新出土蔡昭侯編鎛，亦有末字，作末(春秋末年新蔡)。

③

朱 後上.九.八.　朱 毛公鼎.　朱 師酉簋.　朱　朱　朱 ㄓㄨ (jū)(The trunk of a tree.)

說文：「朱，赤心木。松柏屬。从木，一在其中。」章俱切。

徐灝曰：「戴氏侗曰：『朱，榦也。木中曰朱。木心紅朱，故因以為朱赤之朱。』條以枚數，榦以朱數，別作株。」灝案戴說是也。朱株蓋相承增偏旁。」

俞樾曰：「一在中，並無赤意。何以為赤心木乎？此篆說解疑為淺人竄改……

蓋朱字與本末同意。……三字一例。於六書為指事。至赤色之朱，許書作絑。……而經傳皆叚朱為之。……木部又有株字，曰「木根也。从木，朱聲。」夫朱既从木。而株又从木。緟複無理。今按株即朱之或體也。」

按朱株一字。原為榦。故从木。而从•或二指明其部位。正指其處也。名詞。

④ ○

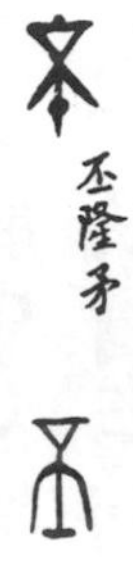

丕　丕 (pi) (The bud.)

說文：「丕，大也。从一。不声。」敷悲切。

按丕即今所謂蓓蕾也。从不。（不，萼跗也。詩言「鄂不」。）而以•指明其部位。正指其處。故為指事字。名詞。不从一。蓓蕾碩特，故引申而有「大」意。後世又造胚字。與丕同意。在植物曰丕。在動物曰胚。皆種子始生之處。經典以丕為不，以不為丕者甚多。皆因同音通叚。

(四)蟲　魚　缺　　(五)鳥　獸　缺

(六)人　體　Human Body

① ○

元　兀

元 (yuan) (The head.)　兀 (wuh) (The head.)

說文：「兀，高而上平也。从一在人上。讀若敻。茂陵有兀桑里。」五忽切。
又：「元，始也。从一。从兀。」愚袁切。
按元兀一字。意為人之首也。名詞。从人。而以•或=指明其部位。正指其處。故為指事字。左傳僖公三十三年：「狄人歸其元。」孟子，滕文公下：「勇士不忘喪其元。」兩元字皆用本意。訓「首」。後世元兀二字分化。其段借之意亦相差異矣。高而上平為兀之段借意。始也亦元之段借意。兀不从一在人上。元亦不从一从兀。

②
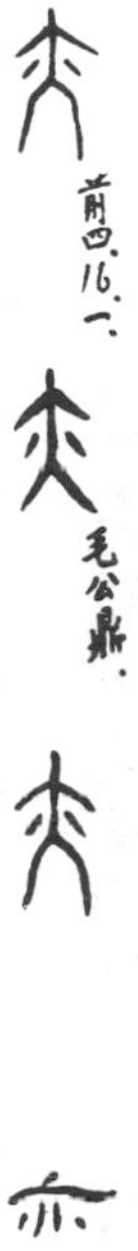

前四.16.一 毛公鼎

亦 (yih) (The arm-pits.)

說文：「亦，人之臂亦也。从大。象兩亦之形。」臣鉉等曰：「今別作腋。非是。」羊益切。
按亦，即古腋字。从大（大即人）而以八指明其部位。正指其處。故為指事字。名詞。後世段借為副詞。有重覆之意。久而為借意所專。乃另造腋字。

③ 〇

寸 (tsuenn) (The forearm.)
肘 (joou) (The forearm.)

說文：「寸，十分也。人手卻一寸，動𧖴謂之寸口。从又。从一。」倉困切。

又：「肘，臂節也。从肉，从寸。寸，手寸口也。」陟柳切。
按寸，即古肘字。从又。(右手)而以丶指明其部位，正指其處。故為指事字名詞。後世叚借為度名，十分。久而為借意所專，乃另造肘字。今守、由寸得音。猶可證寸音古同肘。

④  前二.19.三.　○　　叉　叉 ㄔㄚ (cha)(A forked shape.)

說文：「叉，手指相錯也。从又，象叉之形。」初牙切。
按叉為名詞。凡歧首之具皆曰叉。从又(手)而以丶指明其部位，正指其處。言二指之間即名曰叉也。故首笄亦曰叉，今作釵。說文魚部，鱷下云：「大如叉股。」是也。後世亦用為動詞，如孔叢子：「叉手服從」是也。「手指相錯」釋動意。

⑤ ○　○　　尺　尺 ㄔˇ (chyy)(The foot.)

說文：「尺，十寸也。人手卻十分動脈為寸口。十寸為尺。尺，所以指尺規榘事也。从尸，从乙。乙，所識也。周制，寸、尺、咫、尋、常、仞諸度量，皆以人體為法。」昌石切。
按尺之本意為人之脚。故从尸。(尸即人臥之狀)而以乁指其處之下，為指事

字。名詞。後世借用為度名。十寸為尺。久而為借意所專。故另造脚字。至咫，周八寸，尋，度人兩臂之共長也。漢八尺。倍尋曰常，仞，一人之高也。普通一人兩臂之共長，等於其人之（身）長。故尋與仞恆等，均為漢八尺。

(七)服飾鈌　(八)飲食鈌

(十一)器用 Implements

①

前四.31.一、　前一.7.五　前四.14.三　後下.16.十六

王 盂鼎

王　王　王　ㄨㄤˊ (wang) (Of the hottest part of the fire.)

說文：「王，天下所歸往也。董仲舒曰：『古之造文者三畫而連其中謂之王。三者，天地人也。而參通之者，王也。』孔子曰：『一貫三為王。』王，古文王。」雨方切

按字之本意為旺盛。故從△。（△為火炷之古文。甲文具匡郭，金文小篆填實作▲。篆文另作王。）而以一或＝或≡指明其部位。正指其處。言此處最旺盛也。故為指事字。狀詞。後世借為帝王之王。久而為借意所專。乃另造

旺字。董仲舒云云，乃呂忱字林所引。並非說文原本。董說與字之初形不合。孔子曰云云，亦後人所臆託，蓋出緯書。王國維曰：「當以旺盛為本意。」是也。

②

前四、51、一、

刃　刃　刃　刃 ㄖㄣˋ（renn）（An edge）

說文：「刃，刀堅也。象刀有刃之形。」而根切。

林義光曰：「按、以識刃處。」

按刃為刀鋒。故从刀。而以、指明其部位，正指其處。是指事字名詞。甲文刃字見前四、51、一。（殷虛書契前編四卷五十一頁第一片）

乙、表意義 For Showing Significance

（一）天　文 Heavenly Phenomena

①

前二、19、三、　前四、11、七、　前七、26、二、　粹一五七〇、

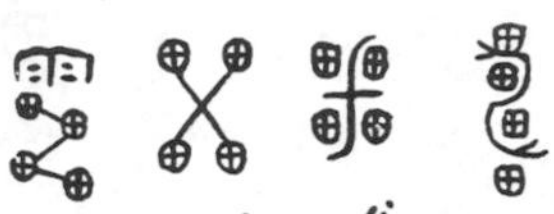
雷甗、　父乙罍、　洺秋口罍、　楚公逆鎛、

雷　雷　雷 ㄌㄟˊ（lei）（Thunder.）

說文：「雷，陰陽薄動，雷雨生萬物者也。从雨畾，象回轉形。古文靁。，古文靁。、籀文靁間有回，回，雷聲也。」魯回切。

按雷之為物，可聞而不可見；電之為物，可見而不可聞。而雷與電常相伴而作。故古文造雷字，必因電字。，，，，，等皆電字古文（甲文中字即古電字。說見象形篇）之變。其，，，，則皆雷聲之意象也。聲不可象，以假象象之。王充論衡曰：「圖雷之狀，纍纍如連鼓。」是正狀其隆然也。名詞。周人或加雨為意符，作。（見楚公逆鎛）說文所載雷字之古文，籀文共三形。今皆於銅器無睹。然其構造之意，亦有可說。古文者，雷聲之加意符雨者也。者，雷聲之加雲形者也。籀文者則又古文之加意符雨者，至於小篆作，可知為籀文之省。而隸楷作雷，又小篆之省也。甲文數字定為雷，參予省吾說。

(二)地理　(三)艸木　(四)蟲魚　俱缺

(五)鳥獸　Birds and Beasts

① 〇 〇　牟　牟　(mou)　(To low.)

說文：「，牛鳴也。从牛，象其聲气从口出。」莫浮切。

徐鍇曰：「指事也。莫浮反。」

按：厶，象牛之聲气从口出。聲气不可象，而姑以厶象之。是假象，而非實象也。故牟為指事，而非象形。厶是假象，而非文字。故牟為指事，而非會意動詞。牛鳴曰牟。猶烏鳴曰嗚，犬鳴曰吠，羊鳴曰羋。皆動詞。

② 〇 〇 羋 羋 羋ㄇㄧˇ (mii) (To bleat.)

說文：「羋，羊鳴也。从羊，象聲气上出。與牟同意。」緜婢切。

段氏曰：「凡言某與某同意者，皆謂其製字之意同也。」

按：— 象羊之聲气上出。聲不可象，而姑以 — 象之。是假象，而非實象。故羋為指事，而非象形。— 是假象，而非文字。故羋為指事，而非會意動詞。

③ 〇 〇 ⿻馬一 ⿻馬一 ⿻馬一ㄏㄨㄢˊ (hwan) (A yearling pony.)

說文：「⿻馬一，馬一歲也。从馬一。絆其足。讀若弦。一曰若環。」户關切。

段氏曰：「絆其足三字蓋衍文。衹當云从馬一而已。」

按：字从馬，而一歲不可象。姑从一畫丶識其假象。故為指事名詞。若如段說从馬一，則為會意。然不必為一歲。且就字形察之，丶信非一二之一也。

④ ○ ○ 𩣡 馵 馵ㄓㄨˋ (juh)(A horse with a white left hind leg.)

說文：「𩣡 馬後左足白也。从馬。二其足。讀若注。」之戍切。

王筠曰：「釋畜：『後右足白驤，左白馵。』又曰：『駒上皆白惟馵。』許所未用。」

按字从馬，而以〃表假象，以識左後足白而已。既非一二字，亦無由定其必指後左足之部位。故列假象指事字名詞。

(六)人體 Human Body

① ○ 𦔮 耴 耴ㄓㄜˊ (jer)(The flapping of ear lobe.)

說文：「𦔮，耳垂也。从耳下垂。象形。春秋傳有鄭公孫耴者，其耳下𠂹。故以為名。」陟葉切。

按耳垂之字从耳，而以乚表下垂之假象。故耴為指事字。　狀詞。

② 𠙵（後下.40.六） 𠙵（毛公鼎） 曰 曰 曰ㄩㄝ (iue)(To say.)

說文：「𠙵，詞也。从口。乙聲。亦象口出氣也。」王伐切。

段氏曰：「各本作『从口。乙聲。亦象口出氣也。』非是。孝經音義曰：『从乙在

口上。乙象人將發語，口上有气。』今據正。」

按甲文篆文俱象聲气在口上。金文與隸楷俱象聲气在口中。均得以示「曰」字之意。然聲不可象，气之形不必為「一」，而以「一」表之者，假想之象也。假象非實象，故為指事而非象形。動詞。「曰」與後起之「說」，應是同音同義之古今字。說文：「說，說釋也。从言，兑聲。一曰談說。」弋雪切。今按說應以談說為本義。以其从言也。以悅懌為通叚意。論語：「不亦說乎？」說實通以代兑。兑即後世悅字之次初字也。最初字為八口。見象形篇。

③  嵒（ㄋㄧㄝ）(nieh) (Talkative.)

說文：「嵒，多言也。从品相連。春秋傳曰：『次於嵒北。』讀與聶同。」尼輒切。

按多言而从三口相連，其義備矣。惟 ⺌ 表相連之意。是為假象。故嵒為指事。狀詞。王玉樹曰：「與山部訓山巖者不同。」

④  尹（ㄧㄣˇ）(yiin) (To govern.)

說文：「尹，治也。从又丿，握事者也。𡰥，古文尹。」余準切。

徐鍇曰：「周公尹天下。治天下也。此指事。」

按字从彐(手)。挃事。動詞。尹字自甲文以降，均為一形之變。說文所載古文之形不經見。(丨為事之假象。)

⑤ 〇  石鼓文 靜偏旁  國佐𦉜 靜偏旁  爭 爭ㄓㄥ (jeng) (To strive.)

說文：「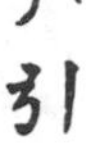引也。从𠬪。丿。」臣鉉等曰：「丿，音曳。𠬪，二手也。而曳之，爭之道也。」側莖切。」

姚文田、嚴可均校議曰：「一切經音義卷二十四引作『彼此競引物也。』」

徐鍇曰：「丿，所爭也。指事。」

按爭从爪，从又。不从𠬪。丿為假象。以表所爭之事物。故爭為指事字。動詞。

(七) 服飾 Apparel

①  前四.3.五.   卒 卒ㄗㄨˊ (tzwu)(A servant's livery with insignia.)

說文：「，隸人給事者衣為卒。卒，衣有題識者。」臧沒切。

王筠曰：「卒為衣名。故入衣部。其衣名卒。而衣此者即謂之卒。猶甲士訓之甲也。人皆知卒為人，而不知其為衣。故曰『隸人給事者衣為卒』。若刪衣字。是訓

卒為人也。从人所皆知之義。何煩費許詞乎？然何以衣為卒也。故又申之曰、：『卒，衣有題識者。』／以象題識。而非於小切之／。……卒篆之下繼以褚篆。說曰：『卒也。』謂衣之名卒者又名褚也。方言：『楚東海之間，卒謂之帑父，或謂之褚。』郭注：『衣者赤也。褚音赭。』案許說固本方言。然以其衣卒而謂之卒。以其衣褚而謂之褚。皆從其衣而名之也。」

按王說甚精。卒字本意為衣有題識者。此項有題識之衣，常為隸役所著。故因以名隸役曰卒。是隸役曰卒，乃卒之叚借意也。衣卒之卒，以㸚表題識之假象。故卒為指事字。名詞。後人以其常借為「隸卒」，「士卒」等意。乃又造「褚」字。說文：「褚，卒也。从衣者聲。」

② ○　○　㡀　㡀　㡀ㄅㄧˋ (bih) (Ruined clothing.)

說文：「㡀，敗衣也。从巾，象衣敗之形。」毗祭切。

又：「敝，帗也。一曰敗衣。从攴，从㡀。㡀亦声。」毗祭切。

徐灝曰：「㡀敝實一字。」

按㡀字義為敗衣。故从巾。林義光曰：「八八，象毀裂處。」今按乃假象也。故㡀為指事字。名詞。至敝从攴。應是動詞。即論語：「敝之而無憾」之敝。後人用

字偶通以代帗耳。當分別觀之。徐說非是。赦應从攴甫會意。甫亦聲。

(八)飲食　(九)宮室　(十)行動　俱缺

(十一)器用 Implements

①

弘　弘 ㄏㄨㄥˊ (horng) (The vibrating of a bow.)

說文「弘，弓聲也。从弓厶声。厶，古文肱字。」胡肱切。

按字从弓而以丿象弓聲。聲不可象。姑以假象表之。故為指事字名詞。後世聲化。故亦釋為厶聲。(厶，古肱字。)

② ○
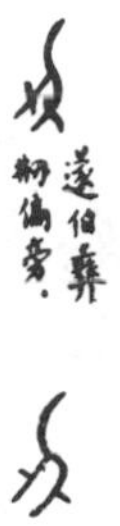

刅　刅 ㄔㄨㄤ (chuang) (A wound.)

說文：「刅，傷也。从刃。从一。創，或从刀。倉聲。」楚良切。臣鉉等曰：「今俗別作瘡，非是。」

按徐鉉曰：「一，刃所傷。指事也。」

王筠曰：「當入刀部。左右兩一，則傷痕也。」

按王說是也。傷痕本不在刃。茲姑誌其意象而已。从丶、丶表傷痕之假象。故為指事字名詞。至於創造之創，古原作刱。後世通叚創字為之耳。

⑴ ○

(十二)形 容 缺

(十三)聲 音 Onomatopoeia

音 沇兒鐘　音 韽偏旁　音　音一二 (in) (A sound.)

說文：「音，聲也。生於心有節於外謂之音。宮商角徵羽，聲也。絲竹金石匏土革木，音也。从言含一。」於今切。

按字意當為言之音。故从言。而以一表音之假象。指事字。名詞。

(十四)鬼 神 缺

三 動 象

(一)天 文 Heavenly Phenomena

⑴ 昜 前四、3、四　昜 周簋　昜 昜叔簋　昜 安昜刀　昜　昜　昜一九 (yang) (Sunny.)

說文：「昜，開也。从日，一，勿。一曰飛揚。一曰長也。一曰彊省眾皃。」與章切

林義光曰：「雲開日見也。……从日。……一蔽之。……从丿。丿，引去之象。」

按林說是也。丅為引去蔽日之雲之象。彡或彡亦均引去之動象。非「勿」字。昜為指事字。狀詞。

(二)地　理　Ground Features

①　○　凶　凶　凶 ㄒㄩㄥ (shiong) (Unfortunate)

說文：「凶，惡也。象地穿，交陷其中也。」許容切。

徐鍇曰：「易曰：『入坎窞。凶。』」

王筠曰：「此是凶惡。特假象以明之。」

饒炯曰：「蓋凵，即坎之古文。而乂象交陷於中，以指事。」

按各說俱是。惜甲金文皆未之見。凵為古坎字。乂為交陷之動象。

(三)艸　木　(四)蟲　魚　俱缺

(五)鳥　獸　Birds and Beasts

①　○　○　牽　牽　牽 ㄑㄧㄢ (chian) (To lead an ox.)

說文：「牽，引而前也。从牛。冂象引牛之縻也。玄聲。」苦堅切。

按玄為繩之初文。見象形篇。牽从玄。从牛。冂為引前之動象。不為引牛縻。指

事字。動詞。據鈕樹玉新附攷：「件，疑牽之俗字。」「玉篇雖有件字，而在人部末俗字中。所引說文云云，則後人本新附增也。」

② ○ ○ 犮 犮 犮 ㄅㄚˊ (bar) (To make laborious strides.)

說文：「犮，犬走皃。从犬而丿之。(丿，曳)曳其足，則剌犮也。」(剌犮，即蹴跋。)
蒲撥切。

按人跋曰癶（癶）。犬跋曰犮。犮从犬而以丿表曳之動象。故為指事字動詞。後世通用跋字。而癶與犮俱廢。

(六) 人體 Human Body

① ○  瞏篆 瞏偏旁 䀠 䀠 䀠 ㄐㄩㄢˋ (jiuann) (To follow with the eyes.)

說文：「䀠，目圍也。从䀠，丿。讀若書卷之卷。古文以為醜字。」居倦切。

徐鍇曰：「丿，翳目也。瞏字从此。俱便反。」

段氏曰：「䀠與眷顧意相近。故讀同書卷。」又：「圍當作回。回，轉也。」

林義光曰：「眷顧之眷，當以此為本字。」

按段林之說是也。眷顧二字當有別。詩皇矣：「乃眷西顧」。眷，應從廣雅釋：

「嚮也。」由此嚮彼而視也。顧，回首視也。故曰反顧。眷字既為由此嚮彼而視。故其初文㫐从䀠。而乙表目之動象。故㫐為指事字。動詞。金文㫐，取㫐字偏旁。眷為㫐之後起字。从目。𠔉声。詩，大東：「睠言顧之。」其意即「眷而顧之」是眷又變作睠也。

② ○ ○ 失 失 失尸(shy)(To fall down.)

說文：「失，縱逸也。从手。乙声。」式質切。

按字从手而有物自手中逸失。乀非甲乙之乙。乃物逸失下墜之動象。故失為指事字。非形聲字。動詞。

③ 尤 前一.18.三 尤 麩伯彝 尤 尤 尤一文(you)(stop!)

說文：「尤，異也。从乙。又聲。」羽求切。

按甲文「先尤」字俱作「尤」或「尤」。金文見麩伯彝。尤實从又(手)。而以一橫畫表禁止之動象。言手有作為，而有外力以禁止之。其本意應為「禁阻」。動詞。禾，留止也。加尤為意符作「秖」。後又加音符「旨」作「稽」。均「留止」意。於此可悟尤之本意。惟手必須禁止，以見不當

作而作也。不當作而作者，必有過失。故尤之引申借意為「過失」動詞。亦用為名詞。論語：「言寡尤，行寡悔。」是也。後世尤又借為「特別」意。副詞。故有尤異，尤善，尤佳等稱。許慎舉其第二借意而言。「从乙。又聲」又聲猶可。从乙則不可說矣！

④ 
前四.46.六　前五.21.四　前四.37.六

皀生簋　爯簋

𠕁

爯

爯 ㄔㄥ (cheng.) (To lift up.)

說文：「𠕁，并舉也。从爪，冓省。」處陵切。

按  為向上之動象，从爪。爪猶手也。手提物向上為爯也。指事字動詞。

(七)服 飾　(八)飲 食　(九)宮 室　(十)行 動 俱缺

(十一)器 用 Implements

① 〇

〇

引

引

引 ㄧㄣˇ (yiin) (To draw a bow.)

說文：「引，開弓也。从弓丨。」臣鉉等曰：「象引弓之形。余忍切。」

丁福保曰：「案慧林音義三卷六頁：『引』注引說文：『古文从人，作弘，或从

手作扚。』……蓋古本有重文。……今二徐本奪。宜補。」
繫傳：「引，開弓也。从弓丨聲。臣鍇曰：『丨音衮。以矧反。』」
林義光曰：「按丨，引之之象。說文云：『丨，下上通也。引而上行讀若囟。引而下行讀若退。』按經傳未見。當即引之偏旁。不為字。」
按林說是也。甲文「丨」字為「十」不得另有讀「衮」之下上通意。然則引字偏旁丨 非字。而繫傳：「从弓。丨聲」聲字宜刪，從大徐。丨 既非字，應為引之之動象。故「引」為指事字。動詞。

② 戌 前五.10.六　戍 善夫克鼎　戚　成　成 ㄔㄥˊ (cherng) (To cease fighting.)

說文：「戌，就也。从戊，丁聲。戚，古文成。从午。」氏征切。
按成之本意應為休兵言和也。故从午。午。為戌字。即古戚字。乃兵器斧之屬也。从丨。丨 為休止動象。斧鉞休止，故有和好之意。戚有和好意。故春秋經傳求和曰求成。至「成功」「完成」之成，應是叚借。說解與古形不合。从戊，亦無由得「就」意。

(十二)形容

① 旬 前五.15.五　旬 古鉢　旬　旬　旬 ㄒㄩㄣˊ (shyun) (Ten days.)

 前一.7.一
 王孫鐘
 前二.14.四
 藏29.一
 前六.66.七

說文：「旬，徧也。十日為旬。从勹日。𠣘，古文。」詳遵切。

王國維釋旬曰：「卜辭有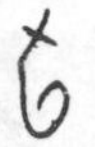諸字，不下數百見。案使夷敦云：『金十』，𡎸敖敦蓋云：『金十』。說文：『鈞之古文作』，是即字。即旬字矣！卜辭又有『之二日』語。（縉按此見藏龜第六頁。之字原作㞢。近人讀為有，是也。之古作，不作㞢。王先生彼時不別。）亦可證即旬字。余徧搜卜辭凡云『貞旬亡』者，猶易言『旬无咎』矣！日自甲至癸而一徧，故旬之義引申為徧。爾雅釋詁：『宣，旬，徧也』。」

按王釋為旬，極是。此字之創造，必在古以十日為計算時日之單位之後。古人計算時日之法，雖不可詳考，但甲文中有日，有旬，有月，有祀（亦作巳，作司，間亦稱年。）而白晝之分段，武丁時有明，大采，大食，中日，昃，小食，小采，莫，等八名。迨帝乙之初，更有昧，昕，中日，莫，昏等六名。然絕無以子，丑，寅，卯，辰，巳，午，未，申，酉，戌，亥等十二名畫分一晝一夜之說（或曰十二時始於漢代）。最初紀日之法，以意推之，當是採用天干。甲，乙，丙，丁，戊，己，庚，辛，壬，癸等十名周而復始。

是為一旬。旬字之造應即本此。此項天干紀日法，後漸配以地支而為甲子乙丑，丙寅，丁卯，等六十名。周而復始。是為干支紀日法。干支紀日法，在甲文時已通行習慣矣！然則盤庚以前初民造　字，原本於最通行之天干紀日法。在當時為人所共曉，殆以丨(古十字)表十日之意，而以　表回復之動象。故　為文字加動象之指事字。名詞。其字殷末變為　。周時變為偏旁　。形已不可說。秦人沿周加日，又變　為　，作　。日猶可釋為意符，　則與　字之偏旁無別。隸楷本之，遂成旬字。彼軍字，勻字皆从古　字得聲。而其意則軍在車，勻在二也。至包之偏旁勹，乃抱字之初文。由　字變文會意作　。與旬字古文作　或　或　者各別。

(十三)聲　音　(十四)鬼　神　俱缺

第三十節 § 30. 物形加意象 A Picture Plus a Symbol

一 通象 A Common Symbol for Various Concrete Things

(一) 天文 Heavenly Phenomena

亘 (shiuan) (Free as the clouds.)

① 前七.12.一　前七.13.一　虢季盤　趄偏旁　虢季盤　宣偏旁

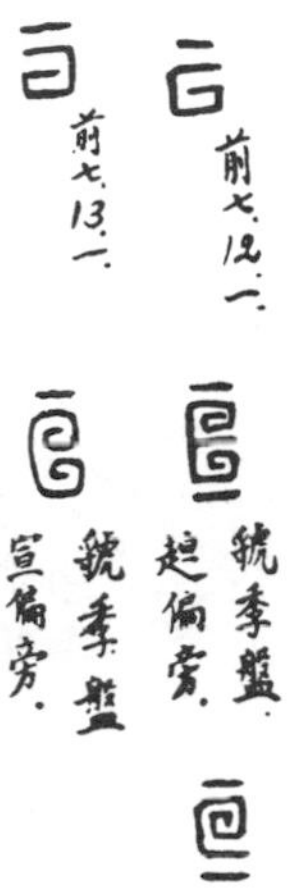

後上31.一

田侯因資簋

前七40.二

封仲簋趄偏旁。

說文：「亘，求亘也。从二，从回。回，古文回，象亘回之形。上下所求物也。」須緣切。

徐灝曰：「宣字从亘。亘，風回轉，所以宣陰陽也。」

按此宣揚之宣之本字。从雲气在天下，舒卷自如之象。回雲气之形，一，天之通象。金文作回者，象雲气之卷而舒也。作回者，象雲气之卷而自如也。其上著一者天也。上下並著一者，天與地也。甲文初形其上或著天之通象。或省。為指事字，動詞。後人用宣字以代之。久之而亘字只見於偏旁之中。其實宣暢，宣揚，宣達皆亘字之意。宣字从宀（音棉，房屋也。楷書作宀，俗稱寶蓋頭。）亘聲。乃通光透气之室也。說文：「宣，天子宣室也。」此許氏就漢制言之。徐鍇曰：「按漢書音義『未央前正室也。又有宣室殿。』」按通光透气之室。不獨天子可有也。宣而通光透气，故取宣揚宣達之「亘」為聲。通光透气之「宣」，故引申而有「明也」「通也」諸義。自「宣」代「亘」，而「亘」字廢。而宣之本義亦廢。

(二)地理 Ground Features

① 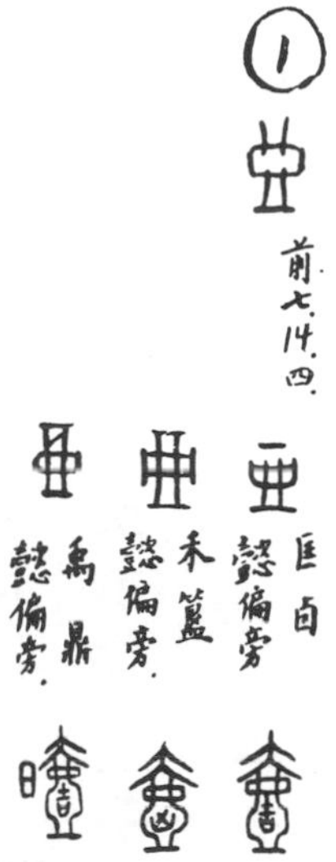

前七.14.四.　匡白懿偏旁　禾簋懿偏旁　爲鼎懿偏旁

壹　壹　噎

壹(i)(Dark and lowering.)　壹ㄧ　噎ㄧ(ih)

說文：「，專壹也。从壺吉聲。」於悉切。
徐灝曰：「壹之本意為壹壺声轉為抑鬱閉塞之意也。」
按後人通段壹以代一，故有專一之訓，非本意也。
說文：「，壹壺也。从凶，从壺。不得泄，凶也。易曰：『天地壹壺。』」於云切。
段玉裁曰：「今周易作絪縕。他書作烟煴、氤氳。蔡邕注典引曰：『烟烟煴煴陰陽和一相扶皃也。』張載注魯靈光殿賦曰：『烟煴，天地之蒸氣也。』思玄賦舊注曰：『烟煴，和皃。』許據易孟氏作壹壺，乃其本字。他皆俗字也。……合二字為雙聲疊韻，實合二字為一字。……其轉語為抑鬱。」
按壹壺乃古者複音字之分化。如琵琶蟋蟀之類。二字原是一字，不可分釋。
說文：「，天地霒霠也。从日，壹聲。詩曰：『終風且曀。』」於計切。
段氏曰：「各本作陰而風也。今正。玫開元占經引作『天地陰沈也。』太平御

覽引作『天陰沈也。』邶風曰：『終風且曀。』爾雅、毛傳皆云：『陰而風曰曀。』釋名：『曀，翳也。言雲氣晻翳日光使不明也。』小爾雅：『曀，冥也。』曀主謂不明。爾雅、毛傳因詩句兼風言耳。

按今本說文：「曀，陰而風也。」應是脫爛以後，宋人據毛傳、爾雅補綴之文也。毛傳傳詩。詩云終風且曀。傳在解經，連類而及。西漢人撰爾雅者鈔錄毛傳，此亦證據之一。說文曀字原解應以開元占經所引、及太平御覽所引為正。是故壹也，壹壹也，曀也，皆一字之演。而其意為「天地陰沈」。然推原其始，甲文作。象陰气塊然下沈及地之形，以一為地之通象。故列入指事。狀詞。例如：

(1) 甲辰大(驟)風，之(茲)(夜)(曀)。（菁三）

(2) □卯，(夜)(曀)。（前七、14、四）

(3) 辛亥(曀)。壬子，王亦夢……（前七、33、一）

(4) ⊠七日己巳，(夜)(曀)。……（後下、9、一）

(5) 三日乙酉(夜)(曀)。丙戌……（庫一五九五）

(6) 七日己未(曀)。庚申……（庫一五九五反面）

(7) □丁酉雨。之(茲)(夜)(曀)丁酉，允雨小。（續四、6、一）

(8)貞巳亥□(殪)。庚子。□　(續五.19十三)

(9)丙辰卜，穷貞。乙卯□(殪)，丙辰，王夢自西。□　(外二)

□釋殪。無不怡然順理。而孫詒讓疑為豊之省。葉玉森疑即壹通禋。郭氏謂即蝕之初字。唐蘭以為即良字。于省吾釋為亞。天象讀為覡。然今考之各說皆非。

字又用為殺牲之意。乃殪字也。動詞。例如

(1)……□牢……　(院乙六七三二)

(2)……□羊……　(院乙三三八三)

(3)……□羊……　(院乙三三八三)

(4)……□彘……　(林二.12.四)

(5)……□牡三……　(續一.39.三)

(6)……□十犂牛。……　(續一.44.四)

說文殪死也。戴古文(戰國末年字)□。从死。壹省聲。今以甲文推之，應為从□。□聲。字或原作□也。不从壺。又壹字金文雖不可明見，今審懿字，匡卣作□。沫簋作□。所从□若□，即甲文□字之變。讀之曰壹也可。讀之曰殪也可。則懿字之本義與構造當曰氣沉而怡美也。从欠壹聲。簋文增

心為意符，亦不殊。今小篆作𢡱。隸或變作懿。故說文曰：「專久而美也。从壹，从恣省聲。」蓋形變而說異。說文既从壹訓專一，又以懿从壹，故着專久二字以完其說。而隸體適可曰恣聲不省。若不詳勘甲文金文，孰知說解之非也。今併正於此。

②

前六.61.五　林二.12.一　前七.28.一

盂鼎　司土簋　召卣

土　土　土 ㄊㄨˇ (tuu) (the earth.)

說文：「土，地之吐生萬物者也。二，象地之下，地之中。丨，物出形也。」它魯切。

按此字驗之甲文，◇ ◇ ◇ 殆象土塊形。一則地之通象也。土本為地初文。不以一表之者，嫌於一二之一也。不以◇表之者，徒土塊不足以賅地也。土塊作◇者，羅振玉曰：「契刻不能作粗筆，故為匡郭也。」是也。隸篆又由粗筆變橫直矣！知土為地之初文者，甲文無地字。凡祭地皆曰祭土。金文無地字。凡稱地皆以土。古經言高天厚地，則謂皇天后土。秦小篆始加也為聲符作地。故許氏釋地曰「从土，也聲。」然則土地古今字也。漢以後始分化為二。土為泥土，地為天地。孰知於古不然。惟◇為土塊之形，一為地之通象。故◇

為指事字名詞。

(三)艸木 Plants

① 乇 前四.14.七. 乇 宅簋 宅偏旁 乇 乇 乇 ㄓㄜˊ (jeh)(Grass roots.)

說文:「乇,艸葉也。从垂穗,上貫一,下有根,象形。」陟格切。

林義光曰:「按乚不類艸葉,本義當為艸木根成,貫地上達一地也。湯解卦『百果艸木皆甲宅』鄭注:『皮曰甲,根曰宅。』宅即甲宅之本字。」

按林說是也。乇為艸木初有根芽貫地上達之意,故从乚表其形,而以一表地之通象,故乇為指事字名詞。(甲文乇,取宅字偏旁。金文乇,取钍字偏旁。)

② 十 義5.四. 十 毛公鼎 才 才 才 ㄘㄞˊ (tsair)(Just now.)

說文:「才,艸木之初也。从丨上貫一,將生枝葉。一,地也。」昨哉切。

林義光曰:「按古作十,从一、一地也。丨,艸木初生形。」象種

按才為才始之本字。从種子下才生根,上才生芽之形,而以一表地之通象。故才為指事字。副詞。商周借為介系詞。在此在彼之在,形仍為十,周始加土

旁為意符(言種子之芽才出土,根才入土也)作𠂇。隸變作在。楷變作在,本意仍為才始副詞。盂鼎十 為在。𠂇 為及,秦漢借才為才能,人才之才。而在只用為介系詞。乃沿周人之習,以同音通叚之故叚初為才始之才。(其實初字乃裁字之本字。从刀,从衣,會意,動詞。及初代才,乃另造裁字。初裁古今字也)其後初由才始意引申而為昔者。(仍為副詞)用意範圍畧廣,乃復以同音之故叚纔為才始之才。其實纔之本意非才始剛才。說文纔「帛雀頭色也。一曰微黑色。如紺。纔淺也。讀若讒。从糸毚聲」嘗攷文字之源流,因通叚字行而本字廢,而通叚字之本意亦廢者多矣!於此才字可見一斑。

亥 ㄏㄞ (hay) (Grass roots.)

③

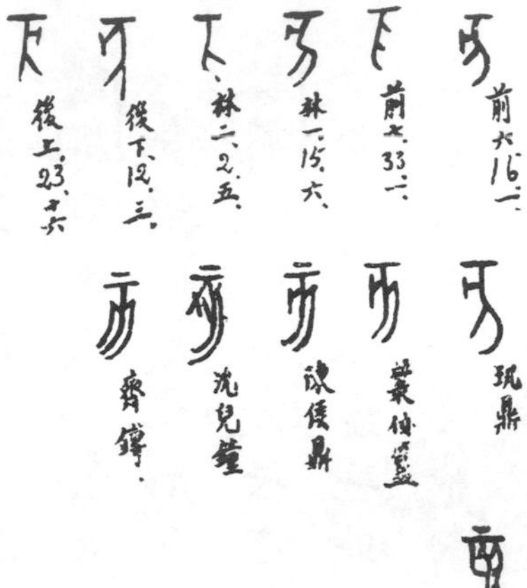

亥

說文「亥,荄也。十月微陽起,接盛陰。从二,二,古文上字。一人男一人女也。从乙,象

褱子咳咳之形。春秋傳曰:「亥有二首六身。」𠀅、古文亥。亥為豕。與豕同意。豕而生子，復從一起。」胡改切。

饒炯曰:「桊亥即荄之本字。下象草木根荄。或萌而歧上出。或萌而歧下引。皆象奇耦亂竄之形。」

林義光曰:「說文云亥荄也。……按說不可曉。亥，荄也。古作𠀅，作𠀅、一象地，𠀅象根荄在地下形。或作𠀅。𠀅象根自種而出。又變作𠀅。（二亦象地）」

按饒林之說是也。說文:「荄，艸根也。从艸，亥聲。」段氏曰:「見釋艸及方言。郭曰:今俗謂韭根為荄。」似此則𠀅本為韭根。𠀅象其形。一則為地之通象。故𠀅為指事字。名詞。後世(殷已然)借為地支之名。秦乃加艸為意符作荄。亥荄古今字。

④ 〇 〇 韭 韭 韭 ㄐㄧㄡˇ (jeou) (Leeks)

說文:「韭，菜名。一種而久生者也。象形。在一之上。此與耑同意。」舉友切。

徐鍇曰:「一，地也。故曰與耑同意。韭，刈之復生也。異於常艸，故皆自為字也。象形。」

徐灝曰:「按韭葉最長，與莖相疊。韭象其形。」

按韭象韭葉相疊之形。非歧枝也。而以一表地之通象。故韭為指事字。名詞。

⑤ ○ 𡰥 徐王耑 𡰥 耑 耑 ㄉㄨㄢ (duan) (Two opposite ends.)

說文：「耑，物初生之題也。上象生形，下象其根也。」多官切。

徐鉉曰：「中一，地也。」

徐灝曰：自其顛言之，則為末，自其初生而言，則為本。故耑訓為末，亦訓為本。廣雅：「耑，末也。」鄭注禮器：「端，本也。」引申為凡始之稱。

按：草木初生之題，原作𡰥，加一為地之通象，故耑為指事字，名詞，引申之，亦為兩耑之耑。後世通段端以代之，端行既久，而耑字少用。其實端之本意為端正。从立，耑聲，與耑別。

(四)蟲魚　缺

(五)鳥獸　缺

(六)人體 Human Body

① ○ 丂 司土簋 丂 丂 丂 ㄎㄠˇ (kao) (To obstruct.)

說文：「丂，气欲舒出，𠄎上礙於一也。丂，古文以為亏字，又以為巧字。」苦浩切。

徐鍇曰：「丂，猶稽丂之意也。」

按：字从𠄎，象气欲舒之形，而上礙於一，一為物之通象，气為物所礙，不能舒出，故丂有稽留考察之意，為指事字，動詞。說解謂古文以為亏字，甲金文

皆未見此例。以意推之，亐為吁之初文。亦叚為迂，稽亐之亐，亦得引申而有迂迴意。說文又謂古文以為巧字。今甲金文雖未見此例，然同音相代，為通叚之通例。巧，技也。从工，亐聲。故亐可叚為巧。今人常因同音之故，用考或巧代亐。其實考，老也。从老省，亐聲。攷，敂也。从攴，亐聲。皆與稽亐之義異。自考或攷代亐，而亐字廢。

(七)服飾　(八)飲食　(九)宮室　(十)行動　俱缺

(十一)器用　Implements

①弗 前三.27.三.　弗 毛公鼎　弗　弗　弗　ㄈㄨˊ (fwu) (To staighten something by binding.)

說文：「弗，撟也。从丿。从乀。从韋省。」分勿切。臣鉉等曰：「韋，所以束枉戾也。」

按弗即拂之初文，其意為矯枉。从)(。象不平直之兩物，而以繩索 S 束之使之平直，故有矯枉拂正之意。惟 S 為繩索之物形，而)(則為兩不平直之物之通象，不拘何物也。故拂為指事字。動詞。後世(殷代已然)借為否定之否。副詞。與不相似，而畧有別。段玉裁曰：「凡經傳言不者，其文直，言弗者其文曲。如春秋『公孫敖如京師，不至而復』，『晉人納捷菑于邾，弗克納』。弗與不之異也。禮記『雖有佳肴，弗食，不知其旨也。雖有至道，弗學，不知其善也』。弗與不

不可互易」是也。又林義光曰：「說文云：『丿，右戾也。象左引之形。』乀，左戾也。从反丿。讀與弗同。」按丿乀經傳未見。當即弗之偏旁。不為字」亦是也。

二 假象 A Symbol for an Idea

甲、指部位 For ointing out a osition

(一)天文 (二)地理 (三)艸木 (四)蟲魚

(五)鳥獸 俱缺 (六)人體 Human Body

① 〇  鑄子盨  𦣞 𦣞 (yi)(The chin.)

說文：「，頤也。象形。頣，篆文。，籀文从首。」與之切。

徐鍇曰：「指事。」

段氏曰：「此文當橫視之。」「𦣞者古文頤也。」

按𦣞即俗所稱下巴。下巴動而向上，則嚼物以養人。故謂之頤養。下巴掀起可示意使人。故曰頤指。字之古形，誠如段氏說，當橫視之。作形。而以一符號，指明其部位。作。側之則為矣！故為指事字名詞。籀文加旁。篆文加旁。俱意符。後世頤行而𦣞只於偏旁中見之矣。

②○ 𠦬　脊　脊　脊ㄐㄧˇ (jyi) (The back bone.)

說文：「𠦬，背呂也。象脅肋形。」又：「脊，背呂也。从𠦬。从肉。」資昔切。

徐灝曰：「𠦬，脊古今字。隸變作脊。……戴仲達謂𠦬脊為一字。是也。呂為脊骨之專名。脊兼背言之，故仌象脅肋。⺊象背呂中。引長成一畫也。」又徐灝于脊字下箋曰：「此由𠦬相承增肉，實一字也。」

按徐說是也。惟一非背呂之形，乃所以指明其處之上之符號。謂此處之上即脊也。故𠦬為指事字，名詞。後世加「肉」為意符作脊。脊行而𠦬廢。

③○ 而　而（俋兒鐘）　而　而ㄦˊ (er1) (Whiskers on the jaws of a man)

說文：「而，頰毛也。象毛之形。周禮曰：『作其鱗之而。』」臣鉉等曰：「今俗別作髵，非是。如之切。」

按而之本意，為兩頰下垂之毛。其可以上理之長髮則稱為鬚也。「而」短，不能上理，故只下垂作巛形。今以一為界，指其處之下。言此下之毛即「而」也。若在此上則非「而」，而為鬚矣。故「而」為指事字，名詞。「作其鱗之而，」係周禮，攷工記文。鄭注：「之而，頰頟也。」頟，秃也。戴東原曰：「鱗屬頰側上出

者曰『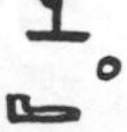。』下垂者曰『而。』此以人體之稱施於物也。「」皆足徵「而」為兩頰下垂之短毛。後世加彡(音衫，毛飾也。)為意符作「耏」。亦加髟(髮字之初文。)為意符作「髵」。今「而」借為語詞。久而不返。而頰毛之意乃專屬於「耏」與「髵」矣！

(七)服 飾 (八)飲 食 俱缺

(九)宮 室 Dwellings

①  前五.8.四.  靜簋  京 京 ㄐㄧㄥ (jing)(A high foundation)

說文：「，人所為絕高丘也。从高省。丨象高形。」舉卿切。

按—丨不能象高形。字意既為絕高丘。故借高字之屋宇與基地之形，以丨指明其基址。謂此即人為之高丘也。正指其部位。為指事字名詞。詩，定之方中，傳：「京，高丘也。」皇矣，傳：「京，大阜也。」引申之可借為形容字高也，大也。

(十)行 動 缺 (十一)器 用 Implements

①  前二.27.五.  曹辰卣.   弋 ㄧˋ (yih)(A stake.)

說文：「，橜也。象折木衺銳著形。从丿。象物挂之也。」與職切。

孔廣居曰：「弋，木橜之卓于地而繫物者。俗所謂椿也。丨象弋之榦。／象弋首小枝。一象繫物之索也。榦何為而衺卓？弋衺則繫物固也。首何為而枝？首有枝則起弋易也。其起弋奈何？則將一木橜，橜著小鐵環，以環貫于弋之枝，橫其橜而轉之，一轉而弋起矣！」

按弋本為橜為椿。自後世（秦漢）通叚以代矰繳之□，（□為□射之本字。周人借以為伯叔之叔。）故有「弋射」之稱。於是乃加木旁為意符作「杙」，以還橜弋之原。故原作□射之□，秦人雖另造惟字，然卒以不用廢。弋之本意為歧首之椿。故原作丫，象其物形。復以・意象指明其部位，言此即椿也。所以指明之意象，初為一點，後變為一斜畫。既非象物挂之，亦非繫物之索也。惟其為意象，故弋為指事字名詞。玉篇：「杙，果名。如梨。又橜也。」

②　□（前六.16.一）　□（頌鼎）　中　中　中 ㄓㄨㄥ (jong) (Middle.)

說文：「中，內也。从口。丨，上下通。□，古文中。□，籀文中。」陟弓切。

王國維曰：「案此字殷虛卜辭中作□，作□，作□。頌鼎作□，小盂鼎作□。其上下或一斿，或二斿，或三斿。其斿或在左，或在右，無如□字作者。田齊時之子禾子釜作□。其斿略直，與籀文相似，而上下四斿亦皆在

右。羅參事殷虛書契攷釋云：『古中字斿或在左、或在右。象因風而或左或右也。無作 中 者。蓋斿不能同時既偃於左、又偃於右。』其說至精。然則此字當為傳寫之譌矣！」（語出史籀篇疏證。中 字下。）

按中之本意為中心中點。从⺊⺊。象旗竿及其斿偃之形。而以口或○為符號以指明其部位。指中點，為中。故為指事字。亦用為狀詞。小篆作 中。从口。乃形變之譌。其實非从口舌之口也。

(十二)形　容　(十三)聲　音　(十四)鬼　神　俱缺

三動　象　A Symbol for Movement

(一)天　文　(二)地　理　(三)艸　木　(四)蟲　魚

(五)鳥　獸　(六)人　體　(七)服　飾　(八)飲　食

(九)宮　室　(十)行　動　俱缺

(十一)器　用　Implements

(1)

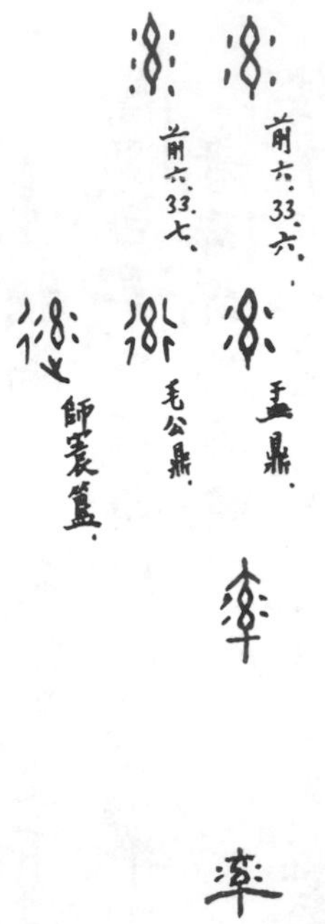

率 ㄕㄨㄞ (shuay) (To lead.)

說文：「率：捕鳥畢也。象絲罔，上下其柄也。」所律切。

徐灝曰：「畢，田网。所以捕鳥。而率又為捕鳥畢，則一物二名。傳注未有訓率為畢者。許說殆非也。」

按率之本意為牽引。故字就繩索 8 而旁著動象 ⁚⁚ 。動詞。指事字。金文盂鼎仍沿甲文形，盾鼎改以行旁，代表動象。其義不殊。師寰簋以 辵 旁代表動象。亦猶是也。小篆於索之兩端各加一橫筆。謂可手執之也。金文第三形傳為達，先道也。盾鼎字傳為衛，訓將衛也。均通以帥之代之。皆本義之引申。後借用為名詞。故有帶率之稱。意與索略同。又作綷。又作繂。又作綍。徐灝曰：「索有約束義。故又為約計之稱。凡言大率，猶大約也。……又或讀若律。音轉而義略遷。」

第三十一節 §31. 全部意象 A Character Composed of a Simple Symbol

一通象 A Common Symbol for Various Concrete Things

①

入 前六.八.三. 前五.卅一.三.　入 宅簋.　入　入　入 ㄖㄨˋ (ruh) (To enter.)

介 前一.18.四.　介 兔卣.　内　六　六 ㄌㄨˋ (luh) (To enter.)

說文：「入，內也。象从上俱下也。」人汁切。

又：「六，易之數，陰變於六，正於八。从入从八。」力竹切。

按入為出入之入之本字，全為意象。林義光曰：「按从上俱下無入意，象銳端之形。形銳可以入物也。」是也。銳形不拘何物，故為通象。是以入為指事字。動詞。後世（殷代已然）叚借入字為數目六，乃加八（八古分字。）為意符（言物分乃可入也。）作介，以還出入之源。及後人（殷代已然）用字，又借介為六（6）。於是入介兩形，俱為出入之入。又同時俱為6。久而嫌其無別也，周人乃專以入為出入之入，以介為數目字6。自此分化為二字。秦時有入入字，說文載之。殆出入之入之複体，或即本於籀文也。後世無傳。

②〇

ㄋ 臣辰盉 餘偏旁 ㄋ （㔾） （㔾）ㄨㄢˇ（woan） （Meandering.）

按金文ㄋ字，見臣辰盉餘字偏旁。ㄋ，疑宛轉之宛之本字，象宛曲之形，狀詞。後㚖犯、氾等字，从之得音。𢐀字从之得意。ㄋ應入指事通象項下。至金文𠬝字，應即說文所謂舌体ㄋㄋ。从肉，从ㄋ，會意，ㄋ亦聲。𦚰，即𠬝之或文，篆變作夗。說文：「夗，轉卧也。」許意應為夗轉也。因字形誤肉為夕，故增卧字以足其意。且釋借意，非本意也。夗，宛、鴛、苑、眢、怨等字从之得

音。又宛說文訓屈艸自覆也。徐灝謂「未詳其指。从宀，蓋謂宮室窈然深曲。引申為凡圓曲之稱。」

③

○ 㒳（守簋） 兩 兩 兩（ㄌㄧㄤˇ）（leang）（Two or both）

兩（函皇父簋）

說文「㒳，再也。从冂。闕。易曰：『參天㒳地。』」良獎切。

又「兩，二十四銖為一兩。从一㒳。㒳平分也。㒳亦聲。」良獎切。

徐灝曰：「㒳兩古今字。」

林義光曰：「㒳象二物相合，各有邊際也。」又謂兩即㒳字。

按徐林說是也。輕重單位之名乃借意，非本意也。㒳當為兩物之通象，故以入指事。狀詞。

④

二（後上28.十四） 二（毛公鼎） 二 上 上 上（ㄕㄤˋ）（shang）（Over.）（adj. adv.）

說文「上，高也。二，古文上。指事也。」時掌切。

按上下之上為形容詞。我初民作一仰弧形，而以一點指明其上。弧形不拘何

物。作通象以表之。故上為指事字。金文變為兩橫畫。短者在上。春秋末人復加一直畫作上。見蔡昭侯墓出蔡侯盤。秦人曲其直作 ⊥ 上。見嶧山刻石。均為隸楷之所本。又按今本說文有 丄。謂為古文上。驗之甲金文均無睹。當是壁經用晚周齊魯之俗字。段氏改丄丅 為 二 二。羅振玉贊其冥與古合。精思可驚。

⑤

 後上8.二　二 毛公鼎　二　下　下

下 (shiah) (Under.) (adj. adv.)

說文：「下，底也。指事。」胡雅切。

按上下之下為形容詞。我初民作一俛弧形。而以一點指明其下。弧形不拘何物。作通象以表之。故為指事字。金文變為兩橫畫。短者在下。秦人復加一直作下。見嶧山刻石。為隸楷之所本。又按今本說文有 丅。謂為篆文下。但與嶧山刻石不同。應是晚周俗體。

⑥

文　文 (wen) (Stripes)

說文：「文，錯畫也。象交文。」無分切。
段玉裁曰：「紋者，文之俗字。」
按以錯畫表紋。紋不拘何物也。蓋以錯畫表其通象而已。故文(紋)為指事字。名詞。後世引申以為文字，文章，文彩等意。

⑦ 〇 〇 彡 (彡) (彡)[illegible] (shan) (Design.)

說文：「彡，毛飾畫文也。象形。」所銜切。
王筠曰：「文當作彣。毛飾者，須影是也。畫彣者，形彣是也。」
朱駿聲曰：「按毛髮之飾，繪畫之文，皆从之。」
按毛飾之形可象也。毛飾意之彡應為物形。非文字。此處專述畫文意。而繪畫之形，實不拘何質。蓋俱作彡者，圖其通象也。故彡為指事字。名詞。彣

彧彩彭㣎彫彬彰形影等形聲字，从之得意。會意字彗與彪亦从之得意。衫杉等字从之得音。字形自篆以降，與毛髮意之「彡」，連綿不絕意之「彡」無別。當分別觀之。

⑧ 口　口　(匚)　(方)　(方)　(方)ㄈㄤ (fang) (Square.)

按口字說文所無。城子崖圖版十六陶文口字兩見。乃夏代後期之文字。亦見商周金文錄遺第14號鼎文，真方圓之方之意象字也。後人以同音之故，通段匚(方竹器)或方(古旁字)以代之。久而成習，而口字廢，而匚與方俱失其本義矣！

⑨ ○　○　〇

鼎 石鼓　員　員　員ㄩㄢ (yuan) (Round.)

圓　圓　圓ㄩㄢ (yuan) (Round.)

說文：「口，回也。象回帀之形。」羽非切。

段玉裁曰：「按圍繞字，周圍字當用此。圍行而口廢矣！」

徐灝曰：「囗圍古今字。凡物四帀之形，及圍繞之皆曰囗。古文蓋作圓形。小篆變為方体。」

按○為意象字。本即方圓之圓之初文。見商周金文錄遺第15號鼎文。狀詞。後加鼎為意符作員。言鼎之口正為圓形也。後又省从貝作說文「員，物數也。从貝○聲。員，籀文从鼎。」王權切。是見方員之員，又借用為物數名詞。於是後人又於員外加囗為意符作圓以還其原。說文「圓，圜全也。从囗，員聲。讀若員」王問切。○字雖不見經傳，而文字偏旁有之。如園圃等字从之得意。韋袁等字从之得音。○字又借用為圍繞之意。動詞。說文「圍，守也。从○，韋聲。」羽非切。是○又用借意以造字也。

二 假象 A Symbol for an Idea

① 一 後上，5，一 一 毛公鼎 一 一 一 (1) (One)

說文「一，惟初太始。道立於一。造分天地，化成萬物。弌 古文一。」於悉切。

按此為數目之始之字也。數非物，不可象，作假象以表之。如此而已。初非有哲理至道存乎其間也。惟為假象故為指事。狀詞。後世哲學家每以數字代

表虛玄概念。曰一畫開天，二畫開地。三者，天地人也。於是字之含義乃複然未可以說字之初形也。羅振玉曰：「說文解字一二三之古文作弌弍弎。乃晚周字。錢先生大昕汗簡跋云：『有一二三，然後有从弋之弌弍弎。許叔重注古文于弌弍弎之下。以是知許所言古文之別字，非弌古于一也』」是也。

②
二 前二、一、一、　二 吳彝、　二　二　二ㄦˋ (ell) (Two.)

說文：「二，地之數也。从偶一。弍，古文二。」而至切。
按字形為二數之假象指事。詞。

③
三 前三、一、一、　三 頌鼎、　三　三　三ㄙㄢ (san) (Three.)

說文：「三，天地人之道也。从三數。弎，古文三。从弋。」蘇甘切。
按字形為三數之假象指事。狀詞。

④
亖 前三、一、二、　亖 毛公鼎、　(四) 陳侯鼎、　四　四　四ㄙˋ (syh) (Four.)

說文「四，侌數也。象四分之形。𦉭，古文四。亖，籀文四。」息利切。

按亖為四數之假象指事字。狀詞。自殷至周皆用此字。未嘗改也。周末乃漸以同音之故，通叚四以代亖。久而成習，至秦而四行而亖廢。其實四，息也。从口。八，象气形。气出口中，息之意也。一呼一吸之謂息。气由鼻曰息（息从自。心聲。自即古鼻字）。气由口曰四。自周末以四代亖，秦人乃另造 呬 字以還口息之原。四 本字見象形篇。

⑤

亖 前一.18.主　亖 丁巳尊

（㐅 前四.50.七　㐅 伯仲父簋　㐅　五　五ㄨˇ）（wuu）（Five.）

說文「㐅，五行也。从二。陰陽在天地間交午也。㐅，古文五省。」疑古切。

按亖為五數之假象指事字。狀詞。殷時（或殷以前）以此字積畫太多，驟難與亖字識別，乃叚同音之㐅字以代之。殷及周初，亖㐅兩字並行。東周以後亖字漸廢。其實㐅，乃收紗之具。見象形篇。秦以來既專以㐅字表數，乃另造篗字以還收紗具之原。說文：「篗，收緣者也。从竹。蒦聲。」王縛切。

⑥

｜ 前三.23.六　｜ 克鐘　十　十　十ㄕˊ（Shyr）（Ten.）

說文「十，數之具也。一為東西。丨為南北。則四方中央備矣」是執切。
按丨為假象數目字。作豎畫者，以別於橫畫之一也。指事字。狀詞。周初於豎畫之中點作肥筆，以取姿。後漸變為直中加點。周秦之際，點復變為一橫。小篆本之。隸楷皆依小篆。是則東西南北之說，非其本矣！

⑦  後下.41.一　 父乙簋　　爻

爻 ㄧㄠˊ (yau)（To intertwine.）

說文「爻，交也。象易六爻頭交也」胡茅切。
按爻為假象。象其交也。指事字。動詞。亦用為名詞。學字从之得音。

⑧  前一.9.四　 前一.8.二　 前一.2.二

 虢季盤，彤偏旁。　 [illegible]侯鼎，字叚為彤。　 [illegible]侯鼎，字叚為彤。　

（彡）

（彡）ㄊㄨㄥˊ (torng)（Continuous.）

按此字說文失載。原為連綿不絕之意象字。甲文用為祭名。金文用為彤字。伯晨鼎「彤弓彤矢」，銘文書之為「」。小篆以後，字形變與毛飾畫文之彡

無別。今查各字偏旁，猶可細為摘出。

一、攸字从之得意。攸，長也。（會稽刻石：「德惠攸長」。繹山刻石：「咸思攸長」）从……。……，（即此連綿不絕之字。音與彤同）攸聲。（攸，飾也。手飾人。見甲文小篆作㣧。又取意於畫文之彡。修，从彡，攸聲）

二、彤（紅色）彭（鼓聲）肜（舟行）尋（兩臂之長）等字从之得音。

三、動 象 A Symbol for Movement

① 〇 〇 厂 (厂) (厂) (To pull)

說文：「厂，抴也（引也）。象抴引之形。虎字从此。」余制切。

段玉裁曰：「抴者，捈也。捈者，臥引也。臥引者，橫引之。又按虎字从虎，而以為聲。又若系从糸厂聲。寫者短之。……曳字从申，厂聲。寫者亦不察。」饒炯列入指事。字以厂為抴之古文。

按此象抴引之動象。饒氏列入指事是也。動詞。後世加申為意符作曳。後又有抴字。俗又有拽字。皆古今字也。

② 八（前三.乙.一） 八（𠁣皇父簋） 八 八 八ㄅㄚ (ba) (To divide)

八 前五.15.七. 分 鄭公牼鐘. 𠔁 分 分ㄈㄣ (fen) (To divide)

說文:「八,別也。象分別相背之形。」博拔切。

又:「分,別也。从八。从刀。刀,所以分別物也。」甫文切。

林義光曰:「八分雙聲對轉,寔本一字。」

按林說是也。八之本意為分,取假象分背之形。指事字。動詞。後世(殷代已然)借用為數目八九之八。久而不返,乃加刀為意符(言刀所以分也。)作分。以還其原。殷以來兩字分行。鮮知其本為一字矣!說文又載"八八"字。訓別。殆八之複体。

③

十 十 切 切 切ㄑㄧㄝ (chie) (To cut asunder.)

十 前三.1.一. 十 伊簋 七 七 七ㄑㄧ (chi)

十 前一.5.五. 十 頌鼎

田 前一.38.四. 田 兮甲盤 甲 甲 甲ㄐㄧㄚ (jea)

說文:「切,刌(倉本切)也。从刀。七聲。」千結切。

又:「七,陽之正也。从一。微陰从中衺出也。」親吉切。

又甲，東方之孟。昜气萌動。从木戴孚甲之象。一曰人頭宜為甲。甲象人頭。古狎切。

按十為切斷之切之初文。近人丁山說是也。一為物之通象。｜為切物之動象。言用此力以切之為兩段也。故十為指事字。動詞。後世(殷代已然)借用為數目六七之七。又借為天干第一名。乃加刀為意符(言刀所以切也。)作切，以還其原。秦時六七之七由十變為七。故切字亦變為切。(今隸作切者存古文也。非本於小篆)而天干第一名，則商代已另造⊞為專字。似从口。(甲骨文字之丁字。即頂字之象形文。)十(古文切字。)聲。蓋十已借為天干第一名。殷人嫌其與七切無別，乃加意符口(頂)作⊞。以示不同也。殷先公上甲微之甲作⊞。周兮甲盤之甲亦作⊞。秦篆本之作甲。後人誤篆為甲。隸楷沿之作甲。甲亦通段以代介。故介胄亦稱甲胄。介殼亦稱甲殼。介蟲亦稱甲蟲。龜介亦稱龜甲。

④

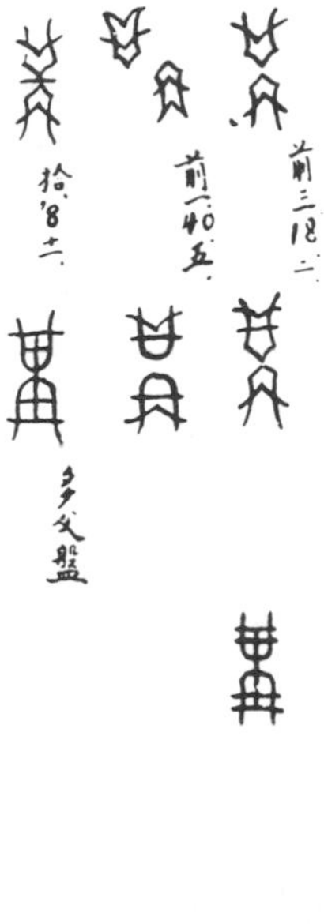

冓

冓 ㄍㄡˋ (Gow) (To meet.)

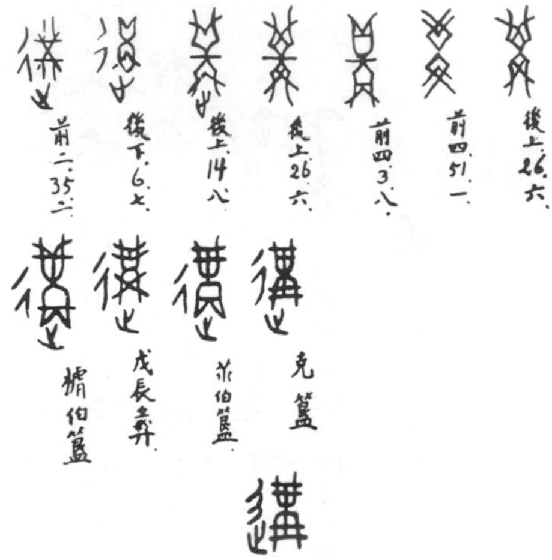

遘

遘 ㄍㄡˋ (gow) (To meet.)

說文：「冓，交積材也。象對交之形。」古候切。

又「遘，遇也。从辵，冓聲。」古候切。

按 字之  ，為物向下之動象。 為物向上之動象。今兩動象相遇作  形。故有遘遇之意。指事字。動詞。後加一橫畫於其中，所以誌其相遇之界也。後又加 (止為足，有行走意)或加辵(辵即疾走意)以示人行走而相遘遇也。其意無別。故冓與遘為古今字。冓非交積材也。後世又有逅覯等字，皆同意。交積材，應為構字意，與此別。

⑤ 再 前七、一、三　再 陳騂壺　再　再　再 ㄗㄞˋ (tzay) (Again.)

說文：「再，一舉而二也。从一，冓省。」作代切。

按 再，為向上之動象。茲作再。動力下有一橫畫。而其上復有橫畫。象動力已過一關又遇一關也。故有再二之意。副詞。金文再字見陳騂壺（舊稱冀壺）於甲文原字下又加二為意符作再。則再二之意益顯。說解之誤，由於未見古文也。

⑥ ○　夲 石鼓奏偏旁　夲　夲　夲 ㄊㄠ (tau) (To move upward.)

說文：「夲，進也。从大，从十。大十，猶兼十人也。讀若滔。」土刀切。

按 夲 為上進之意象字。由石鼓文奏字偏旁，繹山碑暴字偏旁，知其中直不斷。並非上从大，下从十。乃全象上進之動象。與今人畫↑者同意。重其首作↑，誌其柄作夲耳。說文據漢篆誤其形，隸楷本之。

右指事字共九十七文完。

第四篇　會意

第一章　會意字定義及其類目

第三十二節　會意字定義

許序：「會意者，比類合誼，以見指撝，武信是也。」按會意者，會合兩體（或兩體以上）之意，以造新字之謂也。故象形指事為獨體，會意為合體。獨體為文，合體為字。然必須成文始得謂之體。象形字中雖有倚文畫物一類，而所畫之物，並未成文，故其字不得謂兩體之合。指事字中雖有文字加符號一類，而所用以指事之符號並未成文，故其字亦不得謂之兩體之合。體也者，吾亦謂之原素文字。以合體字均由此原素字二個或三個或四個結合而成也。

第三十三節　會意字分類

會意字依其構造可分二大類：一曰本文比類。二曰異文合誼。本文比類即一文之虛實相比，反正相比，重並相比，以見新字之意義之謂也。異文合誼，即不同之二文（或二文以上）相合以成新意之謂也。而異文合誼之字，又分甲、合誼不省，乙、合誼省體，丙、合誼變體三項。項下各依十四目為次。茲列會意字之小目錄如次：

第三十四節　會意字目錄

(一)本文比類(類)　(a+a)共一一七字

1. 虛實相比(項)

(1) 倒文(目)

(2) 反文

(3) 省文

(4) 變文

2. 反正相比(項)

(1) 左右反對(目)

(2) 上下相對

(3) 上下錯縱

3. 重並相比(項)　(a+a)；(a+a+a)；(a+a+a+a)；

(凡複體字如屾林余魚等非會意者應除外)

(二)異文合誼(類)　(a+b)；(a+b+c)；(a+b+c+d)；

甲、合誼不省(項)

順成並列，分別於字下注明。有供聲者並記「某亦聲」。

乙、合誼省體(項)

順成並列，分別於字下注明。有供聲者，並記「某亦聲」。

丙、合誼變體（項）

順成並列，分別於字下注明。有供聲者，並記「某亦聲」。

以上三項均就「主要意符」按天文地理等十四目分次。

第二章　會意字舉例

第三十五節　本文比類（P+P）共一一七字

本文比類者，本文與本文相比之謂也。此類又可分為三項：甲、虛實相比，乙、反正相比，丙、重並相比，其義均詳各項之下。

甲、虛實相比

本文隱去為虛，新文書出為實。新文與本文相比，其義乃見。此項又可分為四目：(1)倒文，(2)反文，(3)省文，(4)變文。

(1)倒文

倒文者將某字倒書而成另一文字者也。然必有正文（本文）始知此為倒文。茲不出正文（隱去為虛），只出倒文（書出為實）故曰虛實相比。

①  ○  （屰） （屰）ㄋㄧㄝˋ (nieh) (Upside down)

說文：「屰，不順也。从干下屮，屰之也。」魚戟切

羅振玉曰：「案  為倒人形」。按即倒「大」字，「大」即古「人」字。

商錫永曰：「案秦繹山石刻逆字从 ，尚存古誼。後世小篆移一於中間，形益晦矣。」

按繹山石刻逆字从倒「大」，倒「大」與倒「人」，「大」，均是倒「人」。倒人不順，故為順屰之屰。狀詞。後世「逆」字从之得聲。說文：「逆，迎也。从辵，屰聲。」動詞。秦漢以來人多以迎逆之逆兼代順屰之屰。日久而屰字廢。說文釋屰意是，釋屰形非。

② ○   （匕） （匕）ㄏㄨㄚˋ (huah) (To change)

說文：「匕，變也。从倒人。」呼跨切

按倒人為屰，倒亻為匕。吾人胸中必先有大為順，始知  為屰。必先有亻為正，始知匕為匕。茲不出本文，只出新文，故曰虛實相比。下仿此。匕為變匕之匕。動詞。至於「化」字，說文：「化，教行也。从匕，从人，匕亦聲。」乃教化之化，「學以變化氣質」，教學生，所以變化學生也。故字从匕人者，謂所以變人也。化與匕為二

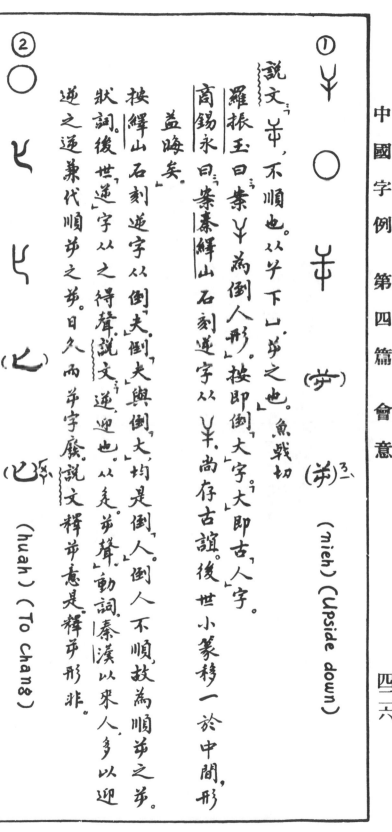

字。後世以教化之化兼代變乜之乜，日久而乜字廢。

③

（県）　ㄒㄧㄠ (Shiaw) (to hang a man's head upside downly)

說文：県，到首也。賈侍中說，此斷首到縣，即県字也。古堯切

慧琳引顧野王云：謂縣首於木上及竿頭以肆其辜也。

徐鍇曰：漢律有縣首，多借梟字，堅蕭反。

段玉裁曰：県首字當用此，用梟於義無當。

按首字古作，倒之則為県，故為倒文，虛實相比，會意，動詞。

④

（夂）　ㄓˇ (juh) (to go backward)

說文：夂，从後至也。象人兩脛後有致之者，讀若黹。陟侈切

按ㄓ即足，有進意，倒止為夂，或夂，有退意。會意字，動詞。凡夂字後字各字皆從夂為意符，故有行遲，行後，行到等意。而說文另收夊，謂：行遲曳夊夊，象人兩脛有所躧也。楚危切　夊應與夂為一字。說文誤分之。

⑤

帀　ㄗㄚ (jag) (around a circle)

說文「帀，周也。从反之而帀也。周盛說。」子荅切
段玉裁曰：「反之謂倒之也。」
按之，往也。茲倒之，不前往則必周帀，帀為副詞。

⑥ ○ ○ 𣆪 (𣆪) (𣆪)反 (how) (kind)

說文「𣆪，厚也。从反亯。」胡口切
徐鍇曰：「亯者，進上也。从進上之具反之於下則厚也。」
徐灝曰：「依許義，凡篤厚敦厚本作𣆪。物之厚薄則作厚。今通用厚矣。」
按二徐之說均是。此所謂倒亯為𣆪也。狀詞。亯，周文作亯，倒之則為𣆪。

⑦ ○ 皿 襾 (襾) (襾)反 (fuh) (to overturn)

說文「襾，覆也。从冂，上下覆之。讀若晉。」呼訝切
徐鍇曰：「表裏反覆之也。晉音火下反，賈字亦如此。」吼迓切。
林義光曰：「按象蓋覆之形。」
按字从倒皿會意，即覆蓋之覆之初字，動詞。小篆以後形稍變而音亦略差。
許氏存其字而未能溯其源。倒皿為覆(皿)，周文沐字偏旁，迄今猶可考見。

如交君簠[沬]鑄子簠[沬]，魯侯簠[沬]，買簠[沬]。均象覆水於頭，是沬字也。其增𦥑（兩手）者，亦沬字。如鑄公簠[沬]。其省水者，亦沬字。如交君簠[沬]，郘友父鬲[沬]，諶鼎[沬]，畢鮮簋[沬]，諸沬字，均以同音之故，通叚以代釁。釁古音門，形作[沬]等等，（變形甚多）。意為塗牲血於新鑄之器，以求經久耐用也。以鑄有沬聲，周人借釁為「長久」之意。稱長壽曰釁壽。漢人復以同音之故，通叚「眉」以代「釁」，故經籍「釁壽」漢人俱改為「眉壽」。凡此均於周文偏旁中察得兩字古形。

（2）反文

反文者，將某字反書而成另一文字者也。然必有正文，始知此為反文。茲不出正文，只出反文，故曰虛實相比。商周文字，反正不拘，秦始以反文為另字。

①

◯

◯

（𠂢）

（𠂢）文分

（pay）（branch）

說文：「 水之衺流別也。从反永。讀若稗縣。」匹卦切

徐鍇曰：「永，長流也。反，即分𠂢也。」

按商周文字反正不拘，則所謂反永為𠂢殆始於秦也。且永為泳字初文，所

謂長流，乃借用其意。借意亦可用為偏旁，故反永為𠂢，與通例合。

②

○　㐆　㐆　（㐆）　（㐆）一　(i)　(cling)

說文：「㐆，歸也。从反身。」於機切

徐鍇曰：「人之身有所為，外向趣外事，故反身為歸也。古人多反身修道，會意。」

惠棟曰：「歸依之依，當作㐆。」

按商周文字，反正不拘，亦有例外，反文為另字，國文反身為㐆，反身歸依，故依之初字㐆，从反身。虛實相比，會意，動詞。

③

匕　匕　匕　（匕）　（匕）ㄅㄧˇ　(bii)　(female)

妣　妣　妣　妣　妣

說文：「匕，相與比敘也。从反人。匕亦所以用比取飯。一名曰柶。」卑履切

按丁福保考，以為相與比敘也句，乃比下說解之文，後人誤竄於此，當刪去。則匕下訓釋意原奪，至取飯之柶，乃另字，屬象形，當分。訓柶之匕，許君誤合此而釋之，本篇於象形篇出柶匕，此則列於會意篇。

王筠曰：「匕字蓋兩形各義，許君誤合之。」
朱駿聲曰：「二義當異形，許君誤合之。」
楊樹達曰：「按王朱二君謂訓柶者當別為一字，其說不可易。」
又按：商文本是反正不拘，此反人為匕，乃例外歧出字也。人為男人，反之為女人，作匕。故甲文祖妣字只作匕。周始有妣字，亦通以牝字代之。戰國以後作妣匕，又引申而有靜止意，如卓立之卓，古作𠦝，从匕早聲。停止之止，古作此，从匕止聲之類可證也。

④

○

○

𠬧

仉

仉掌

(Jaang)(Palm)

說文：「𠬧。亦丮也。从反爪。闕。」諸兩切

鈕樹玉曰：「玉篇引，無闕字。」
段玉裁曰：「亦者，亦上篆，此亦持也。」
錢坫曰：「此古文掌字也。孟母姓仉氏，即此字耳。」
徐灝曰：「反體字無與正體字同義者，𠬧既从反爪，不當與爪同訓為丮。亦丮之訓，後人妄增，許君蓋未詳其義而闕之，非謂闕其音也。揚子雲賦：『𠬧華蹈衰，』即用𠬧為掌。」

按、錢徐之說是也。ㄇ為名詞，後世形變作爪，又另作掌。說文：掌，手中也。从手，尚聲。諸兩切。是其字也。名詞亦用為動詞。

⑤ ○ ○

ㄊㄚ (tah)

說文：𣥂，蹈也。从反止。讀若撻。他達切

按此字經傳未見，徐灝曰：「𣥂，古蹋字。」是亦可通也。止之引申為行，今反之，故為蹋。動詞。

⑥ ○ ○

ㄔㄨˋ (chuh)

說文：亍，步止也。从反彳。讀若畜。丑玉切

按：彳，小步也。亍，反之，故為步止。

又按⑤⑥兩字，只說文有之，而小學家多論兩存之。若細衡以甲金文或小篆以後之偏旁，則仍以不視為文字為長。林義光曰：「亍，即行之偏旁，不為字。」是也。

⑦ ○

ㄏㄜ (he) (to expel the breath)

說文：丂 反丂也。讀若呵。虎何切
徐灝曰：丂者气有礙不得達也。反之則達矣。故反丂為丂，與呵音義同。
按：丂為動詞。西周厲王時散盤有此字。亦商周文字反正不拘之例外。

⑧ ○ ○ 叵 叵

叵 ㄆㄛˇ (Poo)(cannot)

說文：叵 不可也。从反可。普火切
徐灝曰：叵者，不可之合聲。
按說文序曰：雖叵復見遠流。後漢書呂布傳：大耳兒最叵信。皆叵訓不可之證。此字義為不可，音為不可，形為反可。助動詞。

⑨ ○ ○ 臾 臾

臾 ㄩˊ (yu)(to rest a little while)

說文：臾 束縛捽抴為臾。从申从乙。羊朱切
徐灝曰：戴氏侗曰：臾，少愒也。从反臾。罷極而少愒之義也。燕禮曰：請吾子之與寡君須臾焉。灝按：戴說是也。少愒謂之須臾，因謂時不久曰須臾。束縛捽抴乃申之字義，故反申為臾，以為少休息之稱。後人誤移申之說解於臾下耳。

按徐鍇之說是也。此當為動詞。

⑩ ○ ○ 𢇍 繼 繼(𢇍) 繼(𢇍) ㄐㄧˋ (jih) (connect)

說文：「繼，續也。从糸𢇍。一曰反𢇍為繼。」古詣切

鈕樹玉曰：「當是反𢇍為𢇍。」

按𢇍古文絕，从刀斷絲。今反之則為𢇍續矣。動詞。秦人又加糸為意符作繼耳。

⑪ ○ ○ 丸 丸 丸 ㄨㄢˊ (wann) (small) (pill)

說文：「丸，圜傾側而轉者。从反仄。」胡官切

按仄，傾側也。反之則不傾側。丸有永不傾側之物也。故取反仄為意。名詞。

⑫ ○ ○ 乏 乏 乏 ㄈㄚˊ (far) (lack)

說文：「乏，春秋傳曰：反正為乏。」房法切

林義光曰：「按此伯宗論酆舒之言。乃設辭取譬，非造字本義。正古作足，與足相混之，不足也。蓋當作𣥂，反足為乏。變口為•，亦書作𣥂，變作乏耳。」

按林說極是。足滿足也。反之則不足為之矣。狀詞。又徐灝曰：之又為避失之名。……爾雅釋器：容謂之防。郭注：形如今牀頭小曲屏風，唱射者所以自防隱。……大射儀：凡乏用革。鄉射禮：乏參侯道。鄭注：所以為獲者御矢也。據鄭注，則乏之實通叚以代防，故為御矢之名，非本義矣。

(3) 省文

省文者，將某字書寫不完，即以成另一文字者也。然必有正文，始知此為省文。茲不出正文，只出省文。故曰虛實相比。

① 片 ○ 片 片 片 ㄆㄧㄢˋ (Pjann) (board)

說文：片判木也。从半木。匹見切

按：木之直剖者為㫁。故片从木省。名詞。片疑㫁之初文。

② ○ 非 毛公鼎 非 非 非 ㄈㄟ (fei)

說文：非違也。从飛下翄，取其相背。甫微切

按：鳥飛羽動，象人之揮手示不，故非从飛下翄。動詞。篆作非者是。作非者乃唐人傳寫之譌。

③ ○ 卂 卂（石鼓文） 卂 卂 卂 ㄒㄩㄣˋ (shiunn) (quickly)

說文：「卂，疾飛也。从飛而羽不見也。」息晉切

按：飛而羽不見，其孔可知也。故後世加意符「辵」作迅。副詞。

④ ○ ○ 了 了 了 ㄌㄧㄠˇ (leau) (crippled)

說文：「了，尥也。从子無臂。象形。」盧鳥切

按：應从子省。虛實相比，會意。非象形。狀詞。

⑤ ○ ○ 孑 孑 孑 ㄐㄧㄝˊ (jye)

說文：「孑，無右臂也。从了乚。象形。」居桀切

按：應从子省。虛實相比，會意。非象形。狀詞。

⑥ ○ ○ 孓 孓 孓 ㄐㄩㄝˊ (jyue)

說文：「孓，無左臂也。从了亅。象形。」居月切

按：應从子省。虛實相比，會意。非象形。狀詞。

⑦ ◯ 毛 毛公鼎 屮 毛

毛 ㄇㄠˊ (maw) (the hair of a man or an animal)

說文："屮 眉髮之屬及獸毛也。象形。」莫袍切

按：此不象毛形，毛不得分叉。考：髮，首上毛也。古字原作□（增變作髟。後又加聲符犮乃作髮。）象人頭上毛長形。耂字古應作□。象人頭上毛短形。頭上長毛曰髮。短毛曰耂。短毛之□說文謂"从人。上象禾粟之形。」形誤而說差也。年古作□。从禾，人聲。變作秊（年）从禾，千聲。千聲與人聲同。耂字不應與禾人（年）字混。故耂字原為人短髮之形。老字古作□。應从耂匕會意，不从人毛匕。凡古文壽、考、耇、耋等字，均可查見耂字古文。耂字已見象形篇。今此字从□（耂）而省人。故只存毛耳。是為省文會意。非象形。名詞。

⑧ 彳 彳 彳 (彳)

彳 ㄔˋ (chyh) (to step)

說文："彳 小步也。象人脛三屬相連也。」丑亦切

按：行本為巷道字，名詞。後通以為人行步趨，動詞。行既為步趨，此彳从行省，故曰小步。動詞。

⑨ ◯ ◯ 幺 (幺)

幺 ㄧㄠ (iau) (diminutive)

說文：「幺　小也。象子初生之形。」於堯切

按：此字本意為細小，从糸省。（說文：「𢆶，微也。从二幺。」）幺𢆶為一字，亦猶之糸絲為一字。幺从糸省，𢆶从絲省。糸或絲可謂細小矣，而又省之，故更細微也。狀詞。麼字从之得意。

(4) 變文

變文者變更某字之形體，即以成另一文字者也。然必有正文，始知此為變文。茲不出正文，只出變文，故曰虛實相比。

① 〇 〇 朩 禾 禾 ㄐㄧ (jī) (to cease)

說文：「禾　木之曲頭，止不能上也。」古兮切

玉篇：亦作「礙」。

徐鍇曰：「木方長上礙於物而曲也。」

徐灝曰：「按从木，木上曲會意。」

按：字从木而折其首，故有礙止不能上達之意。動詞。後世加「尤」為意符作「𥝌」。（尤之本意為禁阻）後又加「旨」為音符作「稽」。均礙止之意。故「禾」「𥝌」「稽」一字。今「𥝌」字書多失載。然說文「𥠖、𥡴」二字从之得意。而「[illegible]」字从之得音。不可認為非文

字。今特補誌於此。又「禾」與「丂」字略同意。气有礙之不能上達曰「丂」。木有礙之不能上長曰「禾」。後世通用稽，稽行而「禾」與「秖」俱廢。

②○

○   弱 ㄖㄨㄛˋ (rouh)(weak)

說文：「 橈也。上象橈曲，彡象毛氂橈弱也。弱物并，故从二𢎗。」而灼切

王筠曰：「疑說文弱字斷爛。後人誤入彡部，說解亦所自作，故云从二𢎗𢎗，非字，而以屬文。許君無此例。」

徐灝曰：「疑从羽而曲其上。會意。故曰上象橈曲。抑後人有所增竄，未可知也。」

按：此字許書說解既支離，各注家亦乏善見，獨徐說可從。弱从羽而曲其末，羽既柔弱，今謂曲毫，則更弱矣。是變文會意也。狀詞。此字惜甲金文俱未見。

③○

  夨 夨 ㄗㄜˋ (tzeh)(slant)

說文：「 傾頭也。从大，象形。」阻力切

王筠曰：「夨是左右傾側，非謂頭傾於左。」

按：字从大(人)而傾其頭，故有傾側之意。夨，仄也。此亦變文。虛實相比。會意。非象形。狀詞。

又按此字後人或加「吉」為聲符，作奊。說文「奊，頭傾也。从矢，吉聲。讀若子。」古屑切。與矢不二。

④ 〇　〇　夭　夭　夭 (ㄧㄠ) (iau) (to bow)

說文：「夭，屈也。从大，象形。」於兆切

王筠曰：「屈謂前後，字無前後，故向右屈之。然非反夨為夭。」

按字从大(人)而屈其首，故有夭屈之意。變文。虛實相比。會意。非象形。狀詞。但由夨字周文作夨，亦作夭例之，則古文反正不拘。夨、夭古蓋同形，依上下文辨之，秦時始為分別。偏左者曰夨，偏右者曰夭也。

⑤ 𡗕　𧺆　𧺆　徒　走　走 (ㄗㄡˇ) (tzoou) (to run)

說文：「𧺆，趨也。从夭止。夭止者，屈也。」子苟切

林義光曰：「按古作𧺆，象人走搖兩手形。从止，象其足。」

按字原从大(人)而屈其兩手，象人奔走之狀，故有走意。變文。會意。動詞。後世加意符「止」作𧺆。止，足也。有行走意。金文後有加彳作徒者。彳亦行走意

也。犬止、小篆或誤書為犬止。說文遂誤以為夭止。後又誤書為犬止。乃解為犬止。皆由未見初字故也。走字秦漢間又加聲符「芻」作趨。後世與走字並傳。

⑥ ◯ 交 交 交

交 ㄐㄧㄠ (jiau)(to inter lace)

說文：「交，交脛也。从大，象交形。」古爻切

按：字从大而交其兩脛，故有交叉之意。變文。會意。動詞。

⑦ ◯ ◯ 尢 尢

尢 ㄨㄤ (wang)(a lame person)

說文：「尢，𨁍曲脛也。从大，象偏曲之形。𡯂，古文从㞷。」烏光切

徐灝曰：「尢，从大而曲其一足，當為會意。」

按：字从大而曲其一足，故為曲脛之人。變文。會意。跛也。狀詞。後人加㞷聲作𡯂。尢、𡯂古一字。

⑧ ◯ ◯ 勹 (勹)

(勹) ㄅㄠ (bau)(to embrace)

說文：「勹，裹也。象人曲形，有所包裹。」布交切

按：字从人而以兩手內抱，作勹，即抱之初字。動詞。後人加勹為意符作勹。說

「文勹，覆也。从勹覆人。」薄皓切。亦抱字之意。(包、胎、胞初字包，从巳，勹聲。後借為包裹之包，乃循胎字例，加肉旁作胞，以還其原。)動詞。勹，後世又作抱，抱字行而勹字廢。勹字亦廢。

⑨  尸 (shy) (to lie down)

說文：「尸，陳也。象臥之形。」式脂切

按：字从乃而躺臥，故有陳尸不動之意。動詞。俗云：「尸位素餐。」尸，守也。守則不動也。字當从臥為本意。以陳也、守也、不動也為借意。周人以同音通叚以代神主之示，故有祭尸之義。詩采蘋：「誰其尸之？」即「誰其神主？」

⑩ 

跪跽(卩)

跪ㄍㄨㄟˋ跽ㄐㄧˋ(卩) (guey) (jye) (to kneel)

說文：「卩，瑞信也。守國者用玉卩，守都鄙者用角卩，使山邦者用虎卩，土邦者用人卩，澤邦者用龍卩，門關者用符卩，貨賄者用璽卩，道路者用旌卩。象相合之形。」子結切

按㔾字从卩而屈膝下跪，即跪之初字。動詞。甲文又有𧾷字，見前六25。商承祚曰：从止从㔾，殆即許書之跽字，是也。㔾𧾷(跽、跪)一字。㔾變文，會意。𧾷，从止，㔾聲。跽與跪則更晚出之形聲字也。許說㔾字乃節字之段借各意，與㔾字無涉。㔾字後以聲符加於𠂆(从人行厂(岸)邊，會意，為危險之本字)下作危。(仍為危險字)秦人造跽，音義俱同𧾷。又造跪(从足，危聲)。跽與跪行而㔾與𧾷俱廢。說文：跽，長跪也。讀與節音近，而即从㔾得音。節从即得音。許氏以符節意當㔾，實由音變致誤。

⑪  (旡) (旡) ㄐㄧˋ (jih)(to have finished speaking)

說文：旡，歓食气逆不得息曰旡。从反欠。旡古文旡。居未切

徐鍇曰：欠，息也。故反欠為不得息。

按欠字古作欠，从ㄇ(張口)，㔾聲。有就食或發言之意。旡字古作旡，从欠而掉首。有食畢言畢之意。副詞。後世作「既」。於是旡專為說畢，既專為食畢。旋，既字通行而旡只用偏旁。

⑫  多 多 ㄉㄨㄛ (dwo)(many or much)

說文：多，重也。从重夕。夕者，相繹也。故為多。重夕為多，重日為疊。𡖋，古文多。」得何切

按古多字不从二夕，乃从𠕁字傾仄。甲文𠕁字可取雚字偏旁。𠕁即喧字初字。𠕁兩傾口，益覺其多矣。變文會意。狀詞。許氏重夕為多，就後世變形臆說，殊無理由。

乙、反正相比

本文一正一反相比，以成另一新字之謂也。此項又可分為三目：

(1)左右反對。(2)上下反對。(3)上下錯縱

(1)左右反對

①

(suey) (a tannel)

說文：𨺅，兩阜之間也。从二阜。房九切。又，似醉切。

徐灝曰：𨺅蓋古隧字。左氏襄十八年傳：「夙沙衛連大車以塞隧而殿。」莊子馬蹄篇：「山無蹊隧。」釋文並云：「隧，道也。」此即𨺅之本意。从反正二阜相合會意。其中為徑路也。引申之闕地通道亦曰隧。周禮冢人：「以度為丘隧。」左氏隱元年傳：「隧而相見。」是也。

按字从二𠂤相對，其中有道。名詞，引申為動詞。說文無隧字，而經傳有之，疑秦漢人始造隧字，以代𨸏，隧行而𨸏廢。

②

(卯)ㄒㄧㄤ (shiang) (to opposite)

說文：卯，事之制也。从卩、㔾。闕。去京切

羅振玉曰：此為嚮背之嚮。卯象二人相嚮，猶北象二人相背。許君謂為事之制者，非也。

按羅說是也。卯从二人跽而相嚮。動詞。後段向字為之。又另作嚮。

③

北ㄅㄛˋ (boh) (Conter march)

說文：北，乖也。从二人相背。博墨切

按此乃違背之背。動詞。从為順從。卯為相嚮。北為違背。皆取象於人。自後世借北為南北之北，通段肩背之背以為違背，而肩背之背，說文解釋甚明。背，脊也。从肉，北聲。與違背意別。

④

(廾)ㄍㄨㄥˇ (gonng) (to join two hands)

說文：「𢍏　竦手也。从𠂇、从又。居竦切。𢪏，揚雄說：𢍏从兩手。」

林義光曰：「今字以拱為之。」

按：𢍏為動詞，周時加口為音符作𢍒（周自），後𢍒變作𢍒（戰國鉨），後戰國借為公共之共。秦乃又加手為意符作𢪏，是𢍏、𢍒、𢪏本為一字之累加，後世拱行而𢍏字廢。而共之本意亦廢。又𢍏字卜辭亦借用徵集之意。如「癸巳卜㱿，貞：𢍏人呼伐鬼方。」（後上一七、一）是也。後又加㠯為聲符作𢀜，其意不殊。如「庚子卜穷，貞：勿𢀜人三千呼伐（原奪）鬼方，弗受有祐。」（前七、二、三）是也。所加者是㠯非豆，奈何說甲者俱釋登。

⑤　○　𠬜　𠬜　（𠬜）　（大）ㄆㄢ　(pan) (climb up)

說文：「𠬜　引也。从反𠬞。普班切。𢹬　𠬜或从手、从樊。」

徐灝曰：「𠬜、樊古今字，樊、攀亦古今字。隸變為攀。漢張壽、劉脩碑皆作攀。」

按：字从雙手向外攀引，動詞。後加楙為聲符作樊，後又加手為意符作攀，作𢹬。後世攀行而𠬜廢，而樊之本意亦廢。

⑥　○　𣥠　𣥠　（𣥠）　（癶）ㄅㄛ　(boh) (to climb up, to climb to a hill)

說文「癶，足刺癶也。从止少。讀若撥」北末切

王筠曰「人曰剌癶，犬曰剌犮，字異義同。」

按癶之後字有䟣字。說文「䟣，步行獵跋也。从足，貝聲」後世通用跋字，而癶、䟣兩字俱廢。

⑦

〇 〇 舛 舛 舛 ㄔㄨㄢˇ (choan)(contrary to)

說文「舛，對臥也。从夊㐄相背。踳，揚雄說舛从足春」昌兗切

按舛之意乖違，故从兩止（止之變足也）相違狀詞。

⑧

〇 𠬞 𡉉(𡉉) 握 握 握 ㄨㄛ (woh)(to grasp the hand of a friend)

說文「握，搤持也。从手，屋聲。𡉉，古文握。」於角切

按𠬞字為說文所無。見叔向父𣪕銘曰「……𠬞明德，秉威儀……」𠬞字與秉字對文，其為動詞無疑。金文學家釋為拱，但拱字甲文作𠬞，金文偏旁習見，俱作𠬞，無作𠬞者。則釋拱非也。考𠬞字之形，實類古文「叉」字之反正對比。而乜字余定為「把」之初文。說詳指事篇。較前人各說俱勝。後世借乜（把）為叉

母之叉。俗作蚤，仍留其音。茲𠬪為對把應為握之初文。握之意為搤持。周公一沐三握髮，又握手，把臂，疑雙曰握，單曰把。說文握，古文作𡱿，應是𠬪字加𡰪省聲作𡱿，以後之譌變。故叔向父𣪘之原銘即「……握明德，秉威儀，……」伯𢦏𣪘及善鼎均有秉德𠬪(握)純字樣。𠬪即握也。動詞。

(2) 上下反對

① 　○　○　○　○

按字見甲文(後下三、八)从兩虎上下反對。原文為地名。未審其義。

②　○　○　歰　歰　歰 ㄙㄜˋ (seh)(stopped)

說文：「歰不滑也。从四止。」色立切

王筠曰：「歰者，兩人之足也。故倒上兩足以見其意。四足相迕，豈能行哉。故歰即濇也。」又曰：「方言作𨄞，東方朔傳作澁，皆俗字。」

按：字又作澀。蓋後人或又加水旁為意符耳。並狀詞。

③ 　戔　戔　戔　戔 ㄘㄢˊ (tsarn)(to fight with weapons)

戰　戰　戰　戰ㄓㄢˋ (jann)

說文：戔，賊也。从二戈。昨干切

說文：戰，鬥也。从戈、單聲。之扇切

按：據甲文前六、三十八、四片戔字原作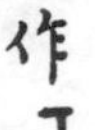。乃从二戈相向，非二戈相重。羅振玉謂二戈相向，示兵相接之意，乃戰之初字。許書訓賊，其引申之誼也，是也。三體石經載古文戰字作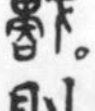。則所謂从戈、單聲之字，至遲始於戰國也。動詞。

④ ◯　◯　𢧢　𢧢　𢧢ㄅㄟˋ (bey) (obstinate)

說文：𢧢，籀文誖。从二或。蒲沒切

按：或為國字之初文。此字从兩國敵對不順，故有誖意。狀詞。

① 　(3) 上下錯縱 　　步　步ㄅㄨˋ (buh) (to walk)

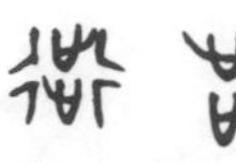

說文：步 行也。从止𣥂相背。薄故切

王筠曰：背當作承。是一步也。又曰：止，象足形。本不分左右，若以兩足取象，則必分左右矣。

羅振玉曰：象步象前行時左右足一前一後形。

按：步从兩足前後踏繼會意，動詞。甲文亦有作𣥠者，加彳，步行於路上也。其意無別。後人益足旁作踄。說文：踄，蹈也。从足，步聲。旁各切。楊遇夫曰：踄與步當為一字。是也。

②  (夅) (夅) ㄐㄧㄤˋ (jiang) (to step down)

 降 降

說文：夅 服也。从夂㐄相承，不相並也。下江切

按：夅即陟降之降之初字。从兩足(止)向下行。會意。後以陟从兩足登阜而陟降兩字常相連並用，故亦於夅加阜為降，而為从兩足下阜矣。動詞。其降服之降，乃借意，非本意也。甲文有𨸏字，見前七、三八、一。金文有𨸏字，見函皇父𣪘。說文：䧄，下也。从阜，夅聲。古巷切。段氏曰：此下為自上而下，故廁於隊隕之

聞。釋詁曰「降落也。」徐灝曰「夅與降相承增偏旁。降从阜者，自高而下之意耳。」

③ 巫 𢀖 巫 巫 巫×

說文「巫，巫祝也。女無事無形以舞降神者也。象人兩褎舞形，與工同意。古者巫咸初作巫。𢀖，古文巫。」武扶切

按：巫字古文橫直从工。工，百工百官也。故巫字橫直皆為工。名詞。說文工下謂「與巫同意」。巫下謂「與工同意」。其意可驗。甲文後上5、二「其用巫米且戊若。」後下42四、「癸酉下巫𠕧風。」粹56、「癸巳巫𠕧土河𡉚」郭氏曰「祖楚文巫字如是作。古形可確證。周變為𢀖者，以為一形之變，增二口二手者，以其善而善舞也。」

(3) 重並相比（應祛除複體字如屾、㴇、孖、㚇、[illegible]之類。非會意字。乃混珠之魚目也。當別之。）

本文左右相並，或上下相重以成新字之謂也。此項各字就原素文字依天文地理等十四目之次序敘列。

(一) 天文（缺）

(二) 地理

① ○ ○ 磊 磊

磊 ㄌㄟˇ (leei) (a heap of stones)

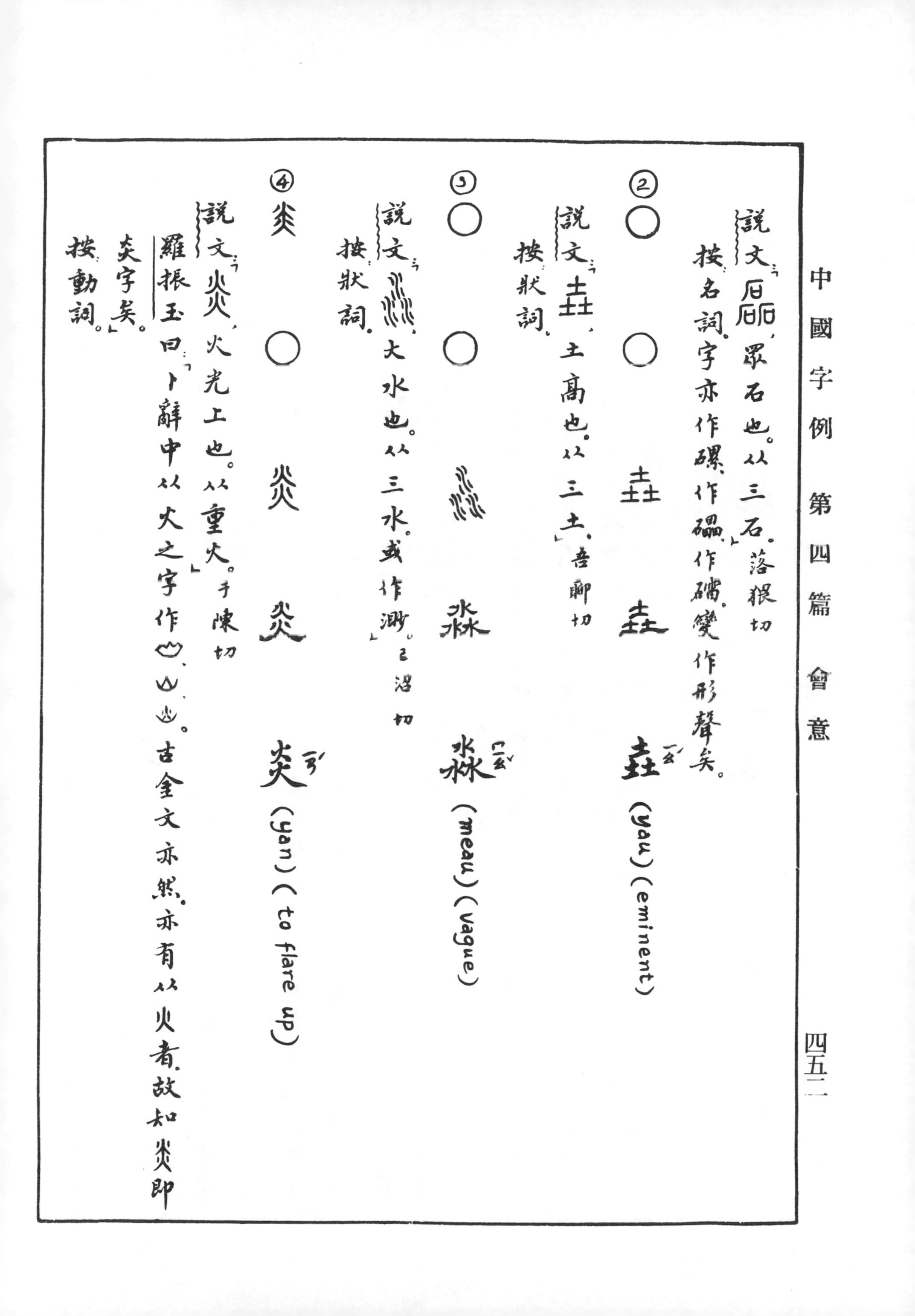

說文：「磊，眾石也。从三石。」落猥切

按：名詞。字亦作磥，作礧，作礨，變作形聲矣。

②　○　○　垚　垚　垚ㄧㄠˊ (yau) (eminent)

說文：「垚，土高也。从三土。」吾聊切

按：狀詞。

③　○　○　淼　淼　淼ㄇㄧㄠˇ (meau) (vague)

說文：「淼，大水也。从三水。或作渺。」亡沼切

按：狀詞。

④　炎　○　炎　炎　炎ㄧㄢˊ (yan) (to flare up)

說文：「炎，火光上也。从重火。」于陳切

羅振玉曰：「卜辭中从火之字作[glyph]、[glyph]、[glyph]。古金文亦然。亦有从火者，故知炎即炎字矣。」

按：動詞。

⑤ ○ ○ 焱 焱 焱 焱ㄧㄢˋ (yan) (flames)

說文：焱，火華也。从三火。以冉切

按：名詞。

〔三〕艸木

① ○ ○ 卉 卉 卉 卉ㄏㄨㄟˋ (huey) (flowering plants)

說文：卉，艸總名也。許偉切

按：从三屮。名詞。

② 茻 茻 茻 茻 茻ㄇㄤˇ (maang) (grassy)

說文：茻，眾艸也。从四屮。讀與冈同。模朗切

按：冈，網之初文。茻字甲文或从四木。艸木叢多，均為榛莽之象。後世或通以莽字代之。以其同音也。實則莽為犬屬動物。意大別。（莽，南昌謂犬善逐兔艸中。見說文。應从犬、茻聲。）

③ 林 林 林 林 林ㄌㄧㄣˊ (lin) (forest)

說文：林，平土有叢木曰林。从二木。力尋切
按：名詞。

④ 森　○　森　森　森ㄙㄣ (sen) (grown)

說文：森，森多貌。从三木。所今切
按：副詞。

⑤ ○　○　棗　棗　棗ㄗㄠˇ (tzoo) (a date tree)

說文：棗，羊棗也。从重朿。子皓切
按：植物名。

⑥ ○　○　棘　棘　棘ㄐㄧˊ (jyi) (jujube tree)

說文：棘，小棗重生者。从竝朿。己力切
按：植物名。

⑦ 秝　○　秝　秝　秝ㄌㄧˋ (lih) (trees stand sparsely)

說文：「秝，稀疏適秝也。从二禾。」音歷

按：狀詞。徐灝曰：「適秝，重言之則為歷歷。聲轉為離離。又珠光曰玓瓅。水下曰滴瀝。」並字異而義同。

（四）蟲魚

①〇 ○ 鱻 鱻 鱻 鱻 ㄒㄧㄢ (shin) (fresh)

說文：「鱻，新魚精美者也。从三魚。不變魚。」相然切

段玉裁曰：「周禮𩟄人辨魚物為鱻薨。鄭司農曰：鮮生也。薨乾也。」

按：此即新鮮之鮮之本字。狀詞。

（五）鳥獸

①〇 〇 雔 雔 雔 ㄔㄡˊ (chour) (comrades)

說文：「雔，雙鳥也。二隹。讀若醻。」市流切

錢坫曰：「此儔侶字。」

徐灝曰：「即述匹本意。」

按：錢徐說是也。名詞。

②

雥 ㄐㄧˊ (jí) (a group of birds or to gather together)

說文：雥，群鳥也。从三隹。徂合切

按：甲文見霍字偏旁。金文見商周金文錄遺第七十三號。亦見叔男父匜霍字偏旁。雥為群鳥，本是名詞。亦借用為動詞，即集合、聚集之初字也。而集之本意原為棲止，後人段集以代雥，日久而雥字廢。

③

羴 ㄕㄢ (shān) (a group of sheep)

說文：羴，羊臭也。从三羊。羶，羴或从亶。式連切

羅振玉曰：从四羊，與羴同誼。

近人馬氏以為羴是群羊，羶是羊臭，非一字。

按：馬氏說是也。名詞。羅說待考。

④

㹜 ㄧㄣˊ (in) (two dogs bite each other)

說文：「㹜，兩犬相齧也。从二犬。」語斤切
按：動詞。王國維曰：「楚辭九辯：『猛犬狺狺而迎吠』之狺，當即此字。」

⑤ ○ ○ 猋 猋 猋 ㄅㄧㄠ (biau) (like dogs run)

說文：「猋，犬走皃。从三犬。」甫遙切
按：副詞。

⑥ ○ ○ 驫 驫 驫 ㄅㄧㄠ (biau) (a group of horse)

說文：「驫，眾馬也。从三馬。」小徐：彼虯切。大徐：甫虯切
按：名詞。

⑦ ○ ○ 豩 豩 豩 ㄅㄧㄣ (bin)

說文：「豩，二豕也。豳从此。」伯貧切。又呼關切。
按：此字豳與燹均从之得聲。或曰：「音邠。亦音銑。」許說闕其意。後世遂莫能補也。今疑說文「㒸下：豕走也。」乃此字之意。後由鈔者亂之。

⑧ 㚘 ○ ○ ○ ○

羅振玉曰：疑即豩字。按此字本意待考。从犾、猋等字例之，三豕應非二豕。羅說殆非。

⑨

○ ○ ⿱兔⿰兔兔 ⿱兔⿰兔兔 ⿱兔⿰兔兔 ㄈㄨˋ (fuh) (to rush forward)

說文：⿱兔⿰兔兔，疾也。从三兔。芳遇切

段玉裁曰：赴、⿺走孚，皆即⿱兔⿰兔兔字。今字⿱兔⿰兔兔、⿺走孚，皆廢矣。

王筠曰：今作⿺走孚。⿺走孚，疾也。亦作赴。

按：動詞。

⑩

○ ○ 虤 虤 虤 ㄧㄢˊ (yan) (tigers angry with each other)

說文：虤，虎怒也。从二虎。五閑切

徐灝曰：虎之自怒為虒，相怒為虤。

按：動詞。

⑪

丽 丽 麗 麗 麗 ㄌㄧˋ (lih) (a couple)

丽 儷 儷 儷

說文：「麗，旅行也。鹿之性見食急則必旅行。从鹿，丽聲。禮：麗皮納聘。蓋鹿皮也。丽古文。丽籀文麗字。」郎計切

葉玉森曰：「从二鹿，疑古文麗。說文：『麗，旅行也，鹿之性，見食急則必旅行。』旅即侶。卜辭正作二鹿侶行狀。」又曰：「說文麗下出古文丽。篆文丽。……並二鹿形之譌變。」

按：許書所載古文，皆取壁經字乃戰國末年齊魯之文字。則此字於丽下加鹿，至早必在秦矣。麗本儷儷本字。後借用為美麗，習用不返，乃另造儷字。玉篇：儷、偶也。是也。說文訓儷為棽麗。徐鍇中之曰：「參差繁茂皃也。」段氏云：「於从人之意未合。於全書大例未符。恐非許書之舊。」

⑫

○ 麤

○ 麤

麤

麤 ㄘㄨ (tsu) (to precede)

說文：「麤，行超遠也。从三鹿。」倉胡切

段玉裁曰：「鹿善驚躍，故从三鹿。引申之為鹵莽之稱。」

按：動詞。後世通段以代「粗」。故亦為狀詞。二鹿即儷之初字。此从三鹿，應相別異。商永錫謂二鹿與三鹿同。非。

⑬

○ 龖

○ 龖

龖 ㄊㄚˋ (tah) (flying dragon)

說文：「龖，飛龍也。从二龍。讀若沓。」徒合切

按：名詞。

⑭ ○　○　毳　毳　毳 ㄘㄨㄟˋ (tsuey) (the fine hair of animals)

說文：「毳，獸細毛也。从三毛。」此芮切

按：名詞。

【六】人體

① 比　比　比　比　比 ㄅㄧˇ (bii) (to compare with)

說文：「比，密也。二人為从。反从為比。𣬉，古文比。」毗至切

丁福保曰：「案慧琳音義九十一卷二頁比注引說文『密也』。六卷十六頁引作『相與比敘也』句，竄入匕下非是……古本當如音義作『比，密也。相與比敘也。』宜據補。」乾一案比古音陛

按：比字初形，明明从二大（人）相比。其為比較之初字審矣。戰國末改作𠤎。仍為二人相比。二人反身相比也。今本說文匕下「相與比敘也」句，應移歸𠤎下。比敘即比次比較。而比例其引申也。動詞。如詩六月：「比物四驪」是也。

甲金文有比字，皆从字之反書，非比字。(一)易比卦乃从卦，其卦爻辭皆就从字立言。(二)皆古作皆，亦應从从。方言說文并言僉皆也。僉下从从。又毖，慎也。从比必聲，亦應从从。(三)大雅皇矣「克順克比，比于文王」。比應為从。(四)論語里仁「子曰，君子之於天下也，無適也，無莫也，義之與比」。比應為从。與同是。(五)書盤庚「非汝有咎比于罰」。比應為从。非因汝有咎从而罰汝也。後依非引申例借為

1. 為。(ㄨㄟˋ)介詞。如孟子梁惠王上「願比死者一洒之」。

2. 及。連詞。如孟子梁惠王下「比其反也，則凍餒其妻子」。

又以同音通段

1. 代甫。副詞。如論語先進「比及三年」。左傳莊十二年「比及宋」。

2. 代密。狀詞。如詩良耜「其比如櫛」。論語為政「君子周而不比，小人比而不周」是也。

从 ㄘㄨㄥˊ (tsong) (to follow)

②

前二.19.四

前四.11.二

駢攸从鼎

說文「从，相聽也。从二人」。疾容切

徐灝曰：「从、從，古今字。相聽猶相從。……從二人相隨即從行之義。」扶動詞。甲金文或正書或反書，皆是从字。周人或加辵為意符作從。隸作從或从辵。說文：「從，隨行也。从辵、从从，从亦聲。」

③

（𠨍）

（𠨍）ㄒㄩㄣˋ (Shiunn) (Complaisant) (to be obedient)

說文：「𠨍，二卩也。巽从此。」士戀切

羅振玉曰：「案易雜卦傳：『巽，伏也。』又為順，（漢書王莽傳）為讓，（書堯典馬注）為恭。（論語子罕集解）故从二人跽而相從之狀，疑即古文巽字也。」

林義光曰：「說文云：『頭，選具也。从二頁。』按二頁無選具之義，頭即𠨍之或體，象二人謙遜，見於顏面之形。」

按：羅林說是也。狀詞。巽，具也。顨，巽也。巽、頭、顨三字訓同義近，當即一字重文。說見引經考。今審與𠨍同字。四字為一，而丌應為所加之聲符。

④

○　○

㚘

㚘ㄅㄢˋ (bann) (a companion)

說文：「㚘，並行也。从二夫。輦字从此。讀若伴侶之伴。」薄旱切

按：動詞。亦用為名詞。輦應从二夫引車會意，不得从扶（伴）。

⑤ ◯ 奻 ◯ 奻 奻 ㄋㄢˊ (nan) (to dispute)

說文：奻，訟也。从二女。女還切

段玉裁曰：周易睽傳曰：二女同居，其志不同行。革傳曰：二女同居，其志不相得。此奻从二女之意。

按：疑女亦聲。動詞。

⑥ ◯ 姦 ◯ 姦 姦 ㄐㄧㄢ (jian) (selfish)

說文：姦，私也。从三女。㤅，古文姦，从心，旱聲。由顏切

按：狀詞。

⑦ ◯ 聑 ◯ 聑 聑 ㄊㄧㄝˋ (tieh) (suitable)

說文：聑，安也。从二耳。丁帖切

段玉裁曰：凡帖妥當作此字。帖其叚借字也。

按：狀詞。

⑧ ○ ○ 聶 聶 聶ㄋㄧㄝˋ (neih)(whisper)

說文：「聶，附耳私小語也。从三耳。」尼輒切
鈕樹玉曰：「玉篇引無私字。」
按：動詞。

⑨ 吅 吅 吅 吅 吅ㄏㄨㄢ (huan)(to cry)

說文：「吅，驚嘑也。从二口。讀若讙。」況袁切
玉篇曰：「吅與讙通。」
徐灝曰：「今俗別作喧。非是。」
按：二口齊言，喧雜之意也。動詞。甲文金文均取雚字偏旁。

⑩ 品 品 品 品 品ㄆㄧㄣˇ (piin)(crowd)
　 㗊 㗊

說文：「品，眾庶也。从三口。」丕飲切
按：口為物形，非口舌之口。三口謂眾物也。故品有眾庶意。狀詞。亦借用為名

詞。

⑪ ◯ ◯ 㗊 㗊 㗊ㄐㄧˊ (jiji) (talkative)

說文：「㗊，眾口也。从四口，讀若戢。阻力切。一曰呶。」
徐鍇曰：「呶，讙也。臻邑反。」
按：口為口舌之口。四口齊言，讙呶之意也。動詞。

⑫ 𦫵 𦫵 𠭧 友 友ㄧㄡˇ (yeau) (to be friend)

說文：「𠭧，同志為友。从二又，相交友也。𦫵古文友。習亦古文友。」云友切
按：字从二又（手）合作，原為動詞。周末漸與朋字同稱，遂為名詞。𦫵、或為戰國末年古友字之異。習、當是金文𦫵（友）字，後人鈔譌。

⑬ ◯ ◯ 𢍏

按：𢍏字僅見於金文，係人名。未審其意，說文失載。

⑭ ◯ ◯ 惢 惢 惢ㄙㄨㄛˇ (suoo) (to douth)

說文：惢、心疑也。从三心。讀若易旅。瑣瑣（又才規、才累二切）

段玉裁曰：「今俗謂疑為多心，會意。今花蘂字當作此。蘂、繠皆俗字也。」

按：動詞。

⑮ 　○　○　○　○

按：此字說文所無。从二止。

⑯ 　○　○　○　○

按：說文所無。从三止。

⑰ ○　○　　　

說文：孨、謹也。从三子。讀若翦。（前彥切）

徐灝曰：此當以弱小為本意。……三者皆孺子是弱小矣。

按：徐說是也。後世以同音之故，遂段孱字以代之。孱之本意當為謹。从人（尸）即人。王筠曰：「尸字祇作人字用。」孨聲。凡稱孱弱當作孨弱。狀詞。

〔七〕服飾　〔八〕飲食　〔九〕宮室　俱缺

〔十〕行動

① ○ ○ 甡 甡 甡ㄕㄣ (Shen)(numerous)

說文：甡，眾生竝立之皃。从二生。所臻切

按：狀詞。亦用為副詞。

② 竝 ○ 竝 竝 竝ㄅㄧㄥ (bing)(together with)

說文：竝，併也。从二立。蒲迥切

朱駿聲曰：今隸作並。

按：取二人並立之意。動詞。亦用為連詞。

③ ○ ○ 覞 覞 覞ㄧㄠ (yaw)(to look around)

說文：覞，竝視也。从二見。弋笑切

王筠曰：蓋兼聽並觀之意。廣韻曰：普視也。

按：動詞。

④ ○ ○ 哥 哥 哥ㄍㄜ (ge)(to sing)

說文：哥，聲也。从二可。古文以為謌字。古俄切
徐灝曰：哥歌古今字。
按：動詞。哥歌謌一字之異形也。

⑤ ○　○　誩　誩　誩 ㄐㄧㄥˋ (jing) (to argue)

說文：誩，競言也。从二言。讀若競。渠慶切
按：動詞。競下曰：彊語也。一曰逐也。近人馬氏曰：逐也是競字本義。彊言乃誩字義是也。

⑥ ○　○　譶　譶　譶 ㄊㄚˋ (tah) (to speak too much)

說文：譶，疾言也。从三言。讀若沓。徒合切
按：動詞。

⑦ ○　○　劦　劦　劦 ㄒㄧㄝˊ (shye) (to cooperate)

說文：劦，同力也。从三力。山海經曰：鷄號之山，其若劦。胡頰切
按：動詞。

⑧　○　○　兟　兟　兟（shen）

說文：兟，進也。从二先。贊从此。闕。所臻切

按：桂馥以為經傳贊多通以代兟。訓進，知此處許說是也。

⑨　八八　○　八八　○　○

（冎八　冎刀　冎刂）

說文：八八，分也。从重八。八，別也。亦聲。孝經說曰：故上下有別。兵列切

徐灝曰：玉篇八八，補徹切。分也。古文別。……三國志虞翻傳注引鄭注尚書：分北三苗。云：北，古別字。者，蓋謂北即八八之譌。……又孝經說上下有別，本當作八八。蓋八八古書罕見，惟孝經緯有之，故引以為證。

按：此為分別之別之本字。說文：別，分解也。與此異義。後人通叚別以代八八。久而成習，而八八字亡，而別亦失其本義。

高承祚曰：段氏謂八八為兆之初字。以誼繩之，殆有所誤矣。

【十】器用

①　𣠔　𣠔　𣠔　𣠔　𣠔 ㄗㄠ（tzau）

說文：𣝣 二東。曹从此。闕。

段云：謂義與音皆闕也。

按：甲文見後上一五。金文取曹字偏旁。字應从二槖。从二槖故有兩造意。音義與曹同。

② ○　○　轟　轟　轟 ㄏㄨㄥ (hong) (to rumbling)

說文：轟 群車聲也。从三車。呼宏切

朱駿聲曰：字亦作輷、作[illegible]、作軥。

按：副詞。

③ ○　○　賏　賏　賏 ㄧㄥ (ing) (neck ornament)

說文：賏 頸飾也。从二貝。烏莖切

王筠曰：字亦作嬰。荀子富國篇：處女嬰寶珠。……字又作纓。繫傳：蠻夷連貝為纓。絡是也。

按：名詞。亦用為動詞。

④ 玨　○　玨　玨　玨 ㄐㄩㄝ (jyue) (two chains of jades)

說文：「玨，二玉相合為一玨。瑴，玨或从㱿。」古岳切

王國維曰：「余意古制貝玉皆五枚為一系，合二系為一玨，若一朋。釋器：玉十謂之區。區瑴雙聲，且在侯部，知區即瑴矣。知區即瑴，則知區之即為玨矣。貝制雖不可考，然古文朋（𠦃）字確象二系。」

㢸 弜 弜 弜 弜 弜ㄅㄧˋ（bìh）（to strengthen）

說文：「弜，彊也。从二弓。」其兩切（段玉裁曰：「案此音後人以意為之也。」闕。段曰：謂其讀若不聞也。」）

弼 弼 弼 弼 弼ㄅㄧˋ（bìh）

說文：「弼，輔也。重也。从弜，㐁聲。」房密切

羅振玉曰：「弜，卜辭數見，兩曰弜改（前四、四。前五十七）疑弜乃弼之古文。」許君云弜彊殆後起之誼矣。」

王國維曰：「毛公鼎番生毀均有簟弼魚服語。弼字二器均作弻。余謂此弼之本字也。說文：『弜，彊也。从二弓。』又：『弻，輔也。重也。从弜西聲。』……因者，古文席字。說文席之古文作㕻。……因象席形，自是席字。由因而譌為西，省為西，宿弼二字同。」

按：字原从二弓，弓以用久而力弱，茲以簟茀輔之，使弱者轉強，故弜有輔意。動詞。或引申而有彊意。狀詞。故許君云弜，彊也。弻，輔也。重也。弜，周人加因（古席字）為聲作弻。後變作弼作弼。故弜與弼實古今字。弜，甲文亦段以代「不」。

〔三〕形容

① ○ ○ 皛 皛 皛ㄐㄠˇ (jeau)(prominent)

說文：「皛，顯也。从三白。讀若皎。」烏皎切

② ○ ○ 焱 赫 赫ㄏㄜˋ (heh)(flaming)

按：狀詞。

說文：燚、大赤貌。从二赤。呼格切

按：狀詞。後亦變作赩、作焃。

〔三〕聲音　缺

〔四〕鬼神

① ○ ○ 嚞 嚞

嚞 喆 ㄓㄜˊ (jer) (sage)

說文：嚞、古文哲。从三吉。

王筠曰：大雅抑「靡喆不愚」。省从二吉。

按：狀詞。

② ○ 圭 圭 圭

卦 卦

圭 ㄍㄨㄟ (guei)

卦 ㄍㄨㄚˋ (guah)

按：士即筮。士原象竹籌縱橫之形。詳見象形篇。筮始於周初，商則用龜卜。卜曰兆。士(筮)曰圭。圭从重士(筮)。後始加卜旁作卦。名詞。說文：圭、瑞玉也。上圜下方。實珪字意，非圭字意也。周始用竹籌筮。有筮而後有卦。故士字不見於商代卜辭。而周始有易。左傳凡言遇某卦之某卦，其上必曰筮，而不曰

卜。筮原用竹籌、故筮字从竹、巫。會意。後世始用蓍艸為之。卦不用龜卜、字不應从卜。而加卜者、明是後人所為。俞曲園兒笘錄曰：圭者卦之古文也。圭之為卦、猶兆之為𠁼也。……其从卜者、後人所加耳。今知圭為卦之初文並知从二土、不从二土。說文誤列土部。

以上本文比類會意字、共一百二十字。

附錄合文（非會意字）以資辨識。

①　廿　ㄋㄧㄢˋ（niann）

說文：廿、二十并也。古文省。人汁切

按：此兩个十字合文。應讀為「二十」。並非一字。秦漢人以為一字、並構一音、非是。

②　卅　ㄙㄚˋ（sah）

說文：卅、三十并也。古文省。穌沓切

按：此三个十字合文。應讀為「三十」。並非一字。秦漢人以為一字、並構一音、非是。石鼓文為卅里、讀為「為三十里」四字句。與全篇四字為句者合調。可資

證明。

③   卌 卌 卌 工、(shih)

按：廣韻引說文有此字。

朱駿聲曰：「二廿併也。會意。古文省作四十形。讀若趿。」

按此四个十字合文，應讀為「四十」，並非一字。秦漢人以為一字，並構一音，非是。

④ ○ ○ 皕 皕 皕 夂、(bih)

說文：「皕 二百也。讀若秘。」彼力切

按：此兩个百字合文，應讀為「二百」，並非一字。秦漢人以為一字，並構一音，非是。

第三十六節　異文合誼

(a+b)；(a+b+c)；(a+b+c+d)，約一千餘字。

(一) 要義概述

(1) 各意符排列之位置

異文合誼之會意字，由二個或二個以上意符連合而成。此所謂意符者，即所謂原素字也。惟原素字與原素字排列之位置可分四型：

a、左右排列　如鳴、吠、牝、牡之類是也。

b、上下排列　如果、杳、雀、集之類是也。

c、內外排列　如衍、楙、闖、閉之類是也。

d、穿合排列　如爽、囂、衷、鄉之類是也。

(2) 各意符結合之方式

a、順讀其（二或二以上）原素字即得新字之意者，語句文字也。王筠稱之為「順遞為義」。今改稱「順成結合」。

b、展列其（二或二以上）原素字而細思其關係乃得新字之意者，圖象文字也。王筠稱之為「並峙為義」。今改稱「並列結合」。

(3) 「某亦聲」之了解

意符或亦有兼供聲音者，其字仍為會意字，並非形聲字。說文解此等意符曰「某亦聲」。今當仍之。惟今本說文頗多鈔譌，當詳細審閱說文解字詁林予以釐正。若謂六書字音之來原，此所謂「內取」者也。象形、指事、字音謂之「外命」。形聲、轉注字音謂之「內取」。會意字音則或外命或內取。段借本是無體，其形與音皆自他字借來。

(4) 部首之審定

異文合誼之字，必有一主要之意符。此一主要之意符，即其字之部首。此項部首，當獨立記錄，另為系統，不合與形聲字部首相混（轉注字部首亦當另立系統）。異文合誼字既有部首，自可分為十四目，依次序編列。

(二) 分類舉例

異文合誼之字之舉例可分三項言之。

甲、合誼不省（即意符不寫省體之謂）

乙、合誼省體（即意符書寫省體之謂）

丙、合誼變體（即意符改變形體之謂）

【一】天文

凡(一)順成結合，related compound 或(二)並列結合，unrelated compound 以及

「亦聲」者，均分註於各字之下。不另分別立目，以求簡易。下倣此。

① ○ ○ 杲 杲 杲 ㄍㄠˇ (gao) (bright)

說文：「杲，明也。从日在木上。」古老切

按：日在木上為明。言日上三竿，天已大明也。並列結合，外命狀詞。應入日部。

② ○ ○ 杳 杳 杳 ㄧㄠˇ (yeau) (dark)

說文：「杳，冥也。从日在木下。」烏皎切

按：日在木下為冥。言日沒於西，天已冥合也。並列結合，外命狀詞。應入日部。

③ ○ ○ 昆 昆 昆 ㄎㄨㄣ (kuen) (identical)

說文：「昆，同也。从日从比。」古渾切

徐鍇曰：「日月比之，是同也。」

按：今日與昨日相比而同也。从日、比。會意。順成結合，外命狀詞。應入日部。

④ ○ ○ [illegible] [illegible] [illegible] ㄧㄡˇ (yeou)

說文：「旻，望遠合也。从日，从匕。匕，合也。讀若窈窕之窈。」烏皎切

按：此字意義與構造均有可疑。外命。

⑤ ○ ○ 炅 炅 炅 ㄐㄩㄥˇ (jeong) (light)

說文：「炅，見也。从火，从日。」古迥切 音炯

按：桂馥云：「見，當為光。」廣韻：「炅，光也。」集韻作「㷡」，云「火光。」意若為光，則从日，从火，自可會意。並列。外命。名詞。應入日部。

⑥ ○ 昶 昶 昶 昶

說文：「昶，日長也。从日，永，會意。」丑兩切

按：日本太陽，用為時日之日，是為叚借。永本泳字，用為長永之永，亦是叚借。故日永會晝長之意。順成。外命。狀詞。應入日部。昶字見說文新附補錄，非晚出。

⑦ ○ 𦚏 朏 朏 朏 ㄈㄟˇ (feei) (The appearance of the moon when two or three days old)

說文：「朏，月未盛之明也。从月，出。周書曰：『丙午朏。』」普乃切

按：朏為新月之時。與「哉生霸」異名而同實。霸者、月之光體也、朏為曆名。名詞。

从月出會意、順成結合。外命、名詞、應入月部。

〔二〕地理（山、石、谷、阜、厂、土、田、行、口、邑、水、冰、火）

① ◯ ◯ 岳 岳 岳 ㄩㄝˋ（yueh）（a high mountain peak）

說文：「岳作嶽。解曰：東岱、南靃、西華、北恆、中泰室。王者之所以巡守所至也（應為王者巡守之所至也）从山、獄聲。岳、古文。象高形」。五角切

按：岳為初字。从山上有丘、會意。並列。外命。名詞。應入山部。後世另造嶽字。變會意為形聲。岳、嶽古今字。許以今字為本字、失之。岳字周時當有之、惜金文未見。今或以甲文岳即岳字、待證。

② ◯ ◯ 㕡 㕡 㕡 ㄐㄩㄣˋ（jiunn）（to dig a valley）

說文：「㕡、深通川也。从谷、从歺。歺、殘地、阬坎意也。虞書曰：『㕡畎澮距川。』濬、㕡或从水。濬、古文㕡。」私閏切

按：㕡應从歺谷會意、順成結合。外命。動詞。應入歺部。即古濬字（歺、剔骨之殘也。从半冎。凡歺之屬皆从歺。讀若櫱岸之櫱。）

③ ○ 里 里 里 里ㄌㄧˇ (lii) (open country)

說文：「里，人所居也。从田，从土。」
按：此為田野之野之初文。从田，从土會意。並列結合。外命。名詞。應入土部。後世加「予」為聲符作「野」。「人所居」之字，原作「⿰里阝」，與鄰字、鄉字、鄙字俱从邑。後人用字，同音通段，以里代⿰里阝，以啚代鄙，久而成習，而本字遂以不用而廢。

④ 啚 啚 啚 啚 啚ㄅㄧˇ (bii) (a border country)

說文：「啚，嗇也。从口㐭。㐭，受也。」方美切
按：此乃都鄙之鄙之初字。从口。口示區域。从㐭。㐭示宅外近郊之所。會意。並列結合。外命。名詞。應入口部。後乃加邑作鄙。

⑤ ○ ○ 衍 衍 衍ㄧㄢˇ (yean) (to overflow)

說文：「衍，水朝宗於海也。从水，从行。」以淺切
按：字从水行會意。順成結合。外命。動詞。應入水部。

⑥ ○ ○ 砅 砅 砅ㄌㄧˋ (lih) (water flowing over shallows)

說文：「砅、履石渡水也。从水、从石。詩曰：『深則砅』。濿、砅或从厲。」

按：字原為名詞。石而淺水曰瀨，亦作濿。石鼓：「濿有小魚」。故从石上水會意。並列。外命。名詞。應入石部。後世亦借用為動詞，故曰履石渡水。引詞同。

⑦ ○ ○ 汓 汓 汓 ㄑㄧㄡˊ (chyou)(to swim and float)

說文：「汓、浮行水上也。从水、从子。古或以汓為沒。泅、汓或从囚聲。」似由切

按：字應从子泅水會意。並列結合。外命。動詞。應入水部。

⑧ ○ 昚 昚 慎 慎 慎 ㄕㄣˋ (shenn)(to be careful)

說文：「慎、謹也。从心、真聲。昚、古文慎。」時刃切

按：字為古慎字，从火在日間會意。句日之火不易見，故當慎。並列結合。外命。動詞。應入火部。

⑨ 赤 赤 赤 赤 赤 ㄔˋ (chyh)(red)

說文：「赤、南方色也。从大，从火。烾、古文。从炎土。」昌石切

按：字从大火會意。順成結合。外命。狀詞。應入火部。「南方色」為緯學家言。从炎土之字全文未見。

⑩ ◯ ◯ 炙 炙 炙 ㄓ (jyh) (to toast before a fire)

說文：炙，炮肉也。从肉在火上。𤊶，籀文。」

按：字从火炮肉會意。並列結合。外命。動詞。應入火部。

⑪ 焚 ◯ 燓 燓 燓 ㄈㄣ (fern) (burn)

焚 焚 焚

焚

說文：燓，燒田也。从火、楙。楙亦聲。」附袁切

按：字从火燒木，从火燒艸，从火燒林也。並列。外命。動詞。應入火部。焚艸木所以田獵也。秦變作燓。从火，楙聲。隸楷从古，不从篆。篆用楙亦聲。後亦可作楙有聲。

⑫ ◯ ◯ 灾 灾 灾 ㄗㄞ (tzai) (calamities from heaven)

烖

說文：烖 天火曰烖。从火𢦏聲。灾 或从宀火。㷔 古文从才。災 籀文从巛。祖才切

按：灾字从火燒屋會意。並列。外命。名詞。亦用為動詞。應入火部。

⑬ ○ ○ 粦 粦 粦 ㄌㄧㄣˊ (lin) (phosphorescence)

說文：粦 兵死及牛馬之血為粦。粦，鬼火也。从炎舛。良刃切

按：字从二火舛會意。並列。外命。名詞。應入火部。後世變作粦。乃又加火旁作燐。

〔三〕艸木

① 苗 ○ 苗 苗 苗 ㄇㄧㄠˊ (miau) (growing corn)

說文：苗 艸生於田者。从艸从田。武鑣切

按：字从田上艸會意。並列結合。外命。名詞。應入艸部。

② ○ ○ 葻 葻 葻 ㄌㄢˊ (lan) (grass shaking with wind)

說文：「𦬠，艸得風皃。从艸風，讀若婪。」盧含切

按：字从艸从風，並列結合，狀詞，應入艸部。小徐本从艸風下有「風亦聲」三字。嵐諸風聲，與來母與唇音互通之例合，據此則此字當補「風亦聲」三字。

③ ○ ○ 蒐 蒐 蒐(ㄙㄡ)(sou)

說文：「蒐，茅蒐，茹藘。人血所生，可以染絳。从艸，从鬼。」所鳩切

按：字似从鬼艸會意，順成結合，外命名詞，應入艸部。

④ ○ ○ 采 采 采(ㄙㄨㄟˋ)(suey)

說文：「采，禾成秀也，人所收。从爪禾。穗，采或从禾惠聲。」徐醉切

按：字从爪（抓）禾會意，言禾之可爪收者曰穗也，並列結合，外命名詞，應入禾部。

⑤ 㐭 嗇 嗇 嗇 嗇(ㄙㄜˋ)(seh)

說文：「嗇，愛濇也。从來，从㐭。來者，㐭而藏之，故田夫謂之嗇夫。𤲸 古文嗇从

田。」所力切

按字从來(麥)从㐭會意。或从田、从二禾會意。並列。外命。動詞。應入來部。種曰稼，收曰嗇。後世用字涉稼加禾旁作穡。說文：「穡，穀可收曰穡。从禾，嗇聲。」作名詞解。嗇訓愛濇，非本意。

⑥ ○ ○ 索 索 索ㄙㄨㄛˇ (suoo)

說文：「索 艸有莖葉，可作繩索。从朩糸。」蘇各切

按字為繩索之索。从朩从糸會意。並列結合。外命。名詞。應入朩部。後世亦通以代索，故有索取、索求意。(動詞)

⑦ ○ ○ 桀 桀 桀ㄐㄧㄝˊ (jhe) (a hen-roost)

說文：「桀，磔也。从舛在木上也。」渠列切

按字意即所乘之木也。杙也。从二止在木上。止亦聲。並列。名詞。應入木部。詩「雞栖于桀。」許訓磔以為動詞，乃通段。

⑧ ○ ○ 棥 棥 棥ㄈㄢˊ (farm)

說文：「棥，藩也。从爻从林。詩曰：營營青蠅，止于棥。」附袁切

按：字从爻林會意。爻，交也。交錯之林，可以為藩也。順成。外命。名詞。應入林部。

⑨ ○ ○ 曅 曄 曄 ㄧㄝˋ (yeh)

說文：「曅，艸木白華也。从華从白。」筠輒切

按：字从白華會意。順成。外命。名詞。應入華部。

〔四〕蟲魚

① 蠱 ○ 蠱 蠱 蠱 ㄍㄨˇ (guu)

說文：「蠱，腹中蟲也。春秋傳曰：皿蟲為蠱。晦淫之所生也。梟磔死之鬼，亦為蠱。从蟲从皿。皿，物之用也。」公戶切

按：字从皿中蟲會意。謂腹中蟲由於皿中蟲，即後世百病由口入之意。並列。外命。名詞。應入虫部。

〔五〕鳥獸

① 雀 ○ 雀 雀 雀 ㄑㄩㄝˋ

說文：雀，依人小鳥也。从小隹。讀與爵同。即略切
按：字从小隹會意。順成。外命。名詞。應入隹部。俗名麻雀。古人以麻雀為小鳥也。

② ○　翟　翟　翟　翟 ㄉㄧˊ (dyi)

說文：翟，山雉也。尾長者。从羽，从隹。徒歷切
按：字从隹尾有長羽者意。並列。外命。名詞。

③ 集　集　集　集　集 ㄐㄧˊ (jyi)

雧

說文：雧，群鳥在木上也。从雥，从木。集，雧或省。秦入切
按：字原意為棲。从隹棲木上。並列。外命。動詞。後世通叚以代雥或聚。故有聚集之意。乃另造棲字以還其原。(後又有俗字栖。)雧為籀文。許採以為正字。故說義徽舛。

④ 進　進　進　進　進 ㄐㄧㄣˋ (jinn)

說文：「進，登也。从辵，閵省聲。」即日切

按：字从隹，从止會意。止即脚。隹脚能進不能退，故以取意。並列。止亦聲。動詞。

周人變為隹辵，意亦同。不當為形聲。

⑤

鳴　鳴　鳴　鳴　ㄇㄧㄥˊ

說文：「鳴，鳥聲也。从鳥，从口。」武兵切

按：字原从雞从口會意。並列。外命。動詞。入雞部。戰國時（石鼓文）雞變為鳥。

故秦篆从鳥从口。

⑥

○　○　奞　奞　奞ㄙㄨㄟ（suei）

說文：「奞，鳥張毛羽自奮奞也。从大，从隹。讀若睢。」息遺切

按：字从大从隹會意。並列。外命。動詞。疑周時有奞字，為此字之初文。鳥張羽如人振衣，故从隹，从衣會意。篆文變作奞也。參下文。

⑦

○　奮　奮　奮　奮ㄈㄣˋ（fenn）

說文：「奮，翬也。从奞在田上。詩曰：能不奮飛。」方問切

按：翬，大飛也。故奮从奞在田上會意。並列，外命，副詞。疑此字周時作奮。見令鼎。篆文變作奮也。爲由田起飛，如人振衣曰奮，意順。

⑧ 〇　〇　翏　翏　翏 ㄌㄧㄡˋ (liou)

說文：「翏，高飛也。从羽，从㐱。」力救切

按：字从羽从㐱會意。並列，動詞。㐱，新生羽而飛也。

⑨ 牡　牡　牡　牡　牡 ㄇㄡˇ (muu)

說文：「牡，畜父也。从牛，土聲。」莫厚切

按：字意當爲公牛。从丄牛會意。順成，名詞。丄字意爲雄。周時改从士牛會意。从士爲雄，亦猶詩以士女對稱也。秦漢改从土聲。牡，後世用爲雄獸之通稱。如「牡羊」「牡馬」。間亦借以代「大」字。如「牡丹」「牡蠣」「牡齒」。

⑩ 牝　〇　牝　牝　牝 ㄆㄧㄣˋ (piin)

說文：「牝，畜母也。从牛，匕聲。易曰：畜牝牛，吉。」毗忍切

按，字當爲母牛，从匕牛會意，順成。名詞。人意爲男，反人爲匕，匕意爲女，爲母，如甲文𤙭、𤛎、等等是。牝，後世亦爲母獸之通稱。如「牝馬」「牝羊」。亦用以代雌字。如書「牝雞司晨」。

⑪ 𤘦

○　○　○羝　○羝　○羝 ㄉㄧ (di)

說文：「羝，牡羊也。从羊，氐聲。」都兮切

按，字意爲公羊。从丄羊會意，順成。名詞。秦漢另造羝字，變會意爲形聲。爾雅釋畜有羒字，亦牡羊。

⑫ 𠂤

○　○牂　○洋　○牂 ㄗㄤ (tzang)

說文：「牂，牝羊也。从羊，爿聲也。」則郎切

按，字意爲母羊。从匕羊會意，順成。名詞。秦漢另造牂字，變會意爲形聲。

⑬ 美

美　美　美　美 ㄇㄟˇ (meei) (delicious)

說文：美，味甘也。从羊，从大。羊在六畜，主給膳也。美與善同意。
徐鉉曰：羊大則美，故从大。無鄙切。
按：字意為味美。羊大則味美，故从羊大會意。順成。狀詞。後人用字，借味美為凡美之意。

⑭ 𦍌　羊　牸　騂　騂　騂 ㄒㄥ (shing)

說文新附：騂，馬赤色也。从馬，觲省聲。息營切
按：字原為牛羊之赤色者（白色赤末），故从羊从牛會意。並列。名詞。或作𢆉。見珠1108謂赤色牛。石鼓文作牸。皆專以稱牛，為形聲字。後人又以稱馬作騂（應从馬羊牛聲）亦作騂（應从馬辛聲）。

⑮ 𠤎犬

按：字意為母犬。从匕犬會意。順成。名詞。說文無母犬字。

⑯ ○　○　肰　肰　肰 ㄖㄢˊ (ran)

說文：「肰，犬肉也。从犬肉。讀若然。」如延切
按：字从犬肉會意。順成。外命。名詞。應入犬部。周時必有此字。惜金文無考。

⑰ ○ 猒 猒 猒 猒ㄧㄢˋ (yann) 饜

說文：「猒，飽也。从甘从肰。」於鹽切
按：字意為飽足。从犬口含肉會意。順成。甘亦聲。動詞。應入犬部。秦漢改作饜。从食厭聲。（厭，笮也。从石省。猒聲。及厭借為厭惡意。乃加土作壓。）

⑱ ○ ○ 狊 狊 狊ㄐㄩˊ (chiuh)

說文：「狊，犬視皃。从犬目。」古闃切
按：徐鍇曰：「會意」。字从犬从目。並列。外命。動詞。應入犬部。朱駿聲曰：俗字作瞁。
通俗文：「驚視曰瞁。」

⑲ ○ ○ 吠 吠 吠ㄈㄟˋ (fey)

說文：「吠，犬鳴也。从口犬。」符廢切

按：字之構造，應與鳴字同例。从犬、从口會意。並列。外命。動詞。應入犬部。

⑳ 臭　○　臭　臭　臭 ㄒㄧㄡˋ (shiow)

說文：「臭，禽走臭而知其跡者，犬也。从犬、从自。」尺救切

按：犬善臭，故从犬、从自會意。自，古鼻字。並列。外命。動詞。應入犬部。後借用為「气味」兼美惡意（如繫辭「其臭如蘭」。左傳僖公四年「十年尚有臭」）名詞。後人乃復加鼻為意符作齅，以還動詞之原。說文：「齅，以鼻就臭也。从鼻、从臭，臭亦聲。讀若畜牲之畜。」許救切。誤分為二。

㉑ ○　○　伏　伏　伏 ㄈㄨˊ (fwu)

說文：「伏，司也。从人、从犬。」

徐鍇曰：「司，今人作伺。」房六切。

繫傳曰：「伺也。从人，犬伺人也。」

徐鍇曰：「會意也。」

按：字从犬伺人會意。並列。外命。動詞。應入犬部。

㉒ ○　○　戾　戾　戾 ㄌㄧˋ (lih)

說文「戾、曲也。从犬出戶下。戾者身曲戾也。」郎計切
徐鍇曰：「犬善出卑戶也，會意。」
按：字以曲戾為本意。其構造以犬出戶下為會意。並列。狀詞。

㉓

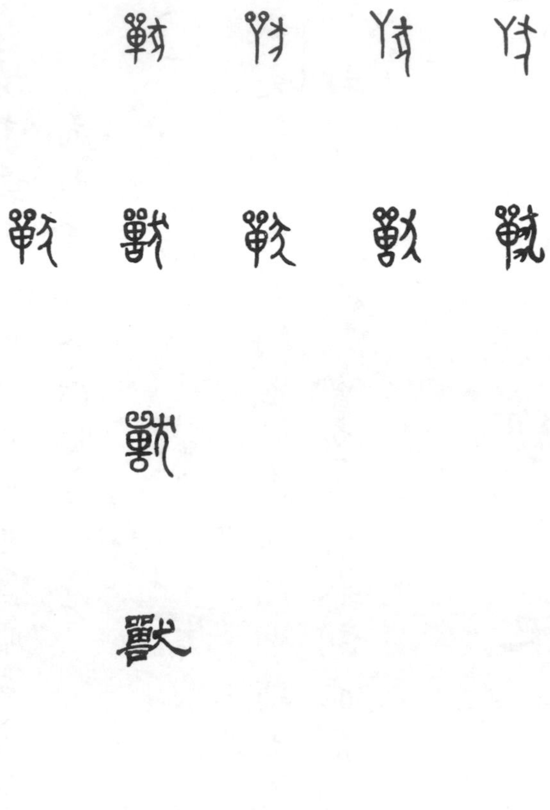

獸（show）

說文「獸、守備者。从犬、从嘼。嘼亦聲。」（就繫傳補）
說文「狩、火田也。从犬守聲。」易曰：「明夷于南狩。」書究切
按：爾雅釋天「火田曰狩。」孫炎曰：「放火燒草，守其下風。」王制「昆蟲未蟄，不以火田。」釋天又曰：「冬獵為狩。」詩車攻「搏獸于敖。」是獸即狩之初字。原从犬、从單、

會意。單即干，即盾，所以狩獵之具也。並列。動詞。後世借用獸為名詞。如禽獸。周末乃另造狩字。變會意為形聲。

㉔ 　○　騇　騇　騇 ㄕㄜ (sheh)

按字意為母馬。从匕馬會意。順成。名詞。爾雅釋畜：「牝曰騇。」可見秦漢改會意為形聲。說文無騇字。

㉕ ○　○　闖　闖　闖 ㄔㄣ (shenn)

說文：「闖，馬出門皃。从馬在門中。讀若郴。」丑禁切

按字从馬出門會意。並列。狀詞。亦用為動詞。

㉖ 

　○　豝　豝　豝 ㄅㄚ (ba)

按字意為母豕。从匕、豕會意。順成。名詞。秦漢另造豝字。說文：「豝，牝豕也。从豕、巴聲。」詩曰：「一發五豝。」伯加切　變會意為形聲。又廣雅有豝字，亦牝豕。

㉗ 　○　○　○　○

按：字意為母虎。从匕虎會意。說文無「母虎」字。

(28) ○ ○ 唬 唬 唬「ㄨˇ」(huu)

說文：唬，虎聲也。从口、从虎。讀若暠。呼許切

按：字从虎、从口會意。並列。動詞。與鳴吠同例。

(29) ○ 虐 虐 虐 ㄋㄩㄝˋ (niueh)

說文：虐，殘也。从虍。虎足反爪人也。魚約切

按：字从虎爪會意。順成。狀詞。

(30) ○ ○ 虣 虣 虣 ㄅㄠˋ (baw)

說文：虣，虐也。急也。从虎、从武。見周禮。薄報切

按：字即暴虐之暴之本字。从虎、武會意。順成。狀詞。周時秦詛楚文有此字。後世通段暴晒之暴以代虣。久而成習而虣字廢。

(31) ○ ○ 虨 虨 虨 ㄅㄧㄠ (biau)

說文：「彪，虎文也。从虎，彡，象其文也。」甫州切

按：字从虎彡會意。順成名詞。彡，音衫，畫文也。彪後變為彪，从虎省，彬聲。許書重出。

㉜ 麚　○　麚　麚　麚 ㄐㄧㄚ（jia）

按：字意為公鹿，从丄鹿會意。順成名詞。秦漢另造麚字。說文：「麚，牡鹿，从鹿段聲。以夏至解其角。」古牙切。變會意為形聲。鹿之牡者有角，而牝者無角，兩字俱見象形篇，則麚者，麚之或文。或以不具丄者為通稱，具丄者為特稱歟？

㉝ ○　○　塵　塵　塵 ㄔㄣˊ（Chern）

說文：「塵，鹿行揚土也。从麤，从土。塵，籀文。」直珍切

按：字从麤（行超遠也），从土會意。並列名詞。

㉞ ○　灋　灋　法　法 ㄈㄚˇ（faa）

說文：「灋，刑也。平之如水，从水；廌，所以觸不直者去之，从廌去。法，今文省。佱，

古文。方之切

按：字从廌去，如水平會意。並列。名詞。後世省作㳒。

35

○　○　逸　逸　逸 一ˋ (yih)

說文：逸，失也。从辵兔。兔謾訑善逃也。夷質切

按：字从兔辵會意。順成。動詞。

36

○　○　冤　冤　冤 ㄩㄢ (yuan)

說文：冤，屈也。从兔从冂。兔在冂下，不得走，益屈折也。於袁切

按：字从兔在冂下，會意。並列。狀詞。

37

○　○　毚　毚　毚 ㄔㄢˊ (charn)

說文：毚，狡兔也。兔之駿者。从㲋兔。士咸切

按：字从㲋兔會意。順成。名詞。（㲋，似兔，青色而大。丑略切。）

38

○　○　⿰歺肉　⿰歺肉　⿰歺肉 ㄘㄢˊ (tsarn)

說文：䏑、禽獸所食餘也。从歺从肉。昨干切

按：字从歺（裂）肉。會意。順成。名詞。

㊴ ○ 䨣 䨣 䨣 䨣 ㄅㄛˊ（bor）

說文：䨣、雨濡革也。从雨从革。讀若膊。匹各切

按：字意謂皮革得雨則䨣然起也。从雨革會意。並列。狀詞。霸字从之得聲。

〔六〕人體

① ○ 夾 夾 夾 夾 ㄐㄧㄚ（jya）

說文：夾、持也。从大俠二人。古狎切

按：王筠曰：似當作从二人持大（大即人）……竊以周召夾輔成王推之大者君也。二人者左輔右弼也。持之意當屬二人、不當屬大、是也。應从二人持大（人）會意。並列。動詞。

② ○ ○ 坐 坐 坐 ㄗㄨㄛˋ（tzouh）

㘴

說文：「坙，止也。从土，从留省。土所止也。此與留同意。㘸古文坐。」徂臥切

林義光曰：「按經傳皆作坐，象二人對坐土上形。作坙者，丣古作丣，蓋𠂎變作丣，形近丣，遂譌以丣耳。」

按：林說是也。古有丣無丣。丣者，乃酉為秋門之說，出於陰陽家，言不足據。留字古作畱，不作畱，則作坙者，乃坐之譌文。許誤以為正字耳。坐从二人對坐土（地）上，會意。並列。動詞。

③  卬　卬 ㄧㄤˇ（yeang）

說文：「卬，望欲有所庶及也。从𠂎，从卪。詩曰：高山卬止。」伍岡切

按：字意為卬望。說解違正文讀之。說文此例甚多。卬望，即欲有所庶及之意也。从一人立，一人跽而望之會意。並列。動詞。後人用字，亦通叚以代「我」。如詩：「卬須我友。」乃又加人旁作仰。不知者，竟誤分卬仰為二字。

④  見　見 ㄐㄧㄢˋ（jiann）

說文：「見，視也。从儿，从目。」古甸切

按：此字意應為知形色也，與聞知聲也相儷。甲文有二體。一作㒼从人睜目會意。並列。動詞。另一作㒼从目𠃊（古隱字跪字）聲。茲以第一體為正。第二體為後，為變。至許書以ㄋ為仁人，為奇字人，又為在人下之人，皆形變以後之曲說。

⑤

（𡈼）ㄨㄤ（wang）

按：此字為望遠之望之本字。第一體从人舉目會意。並列。動詞。不久而[字形]字廢。第二體从壬（人挺立地上）从目會意。並列。周人造「月滿」字作「朢」从月𡈼聲。名詞。後人又造「希望」字作「望」。說文：「望，出亡在外，望其還也。从亡朢省聲。」巫放切。動詞。並以希望字兼代𡈼遠字。望行而𡈼廢。

⑥

臥 ㄨㄛˋ（woh）

說文：「臥，休也。从人臣，取其伏也。」吾貨切

按：字意乃瞑目休息，如孟子「隱几而卧」。應从人垂目會意。並列。動詞。其左是目非臣。臣之古形為睜目。略異。安得甲金文證之為快。監字亦从人目下

視四水會意。今變从臣。

⑦

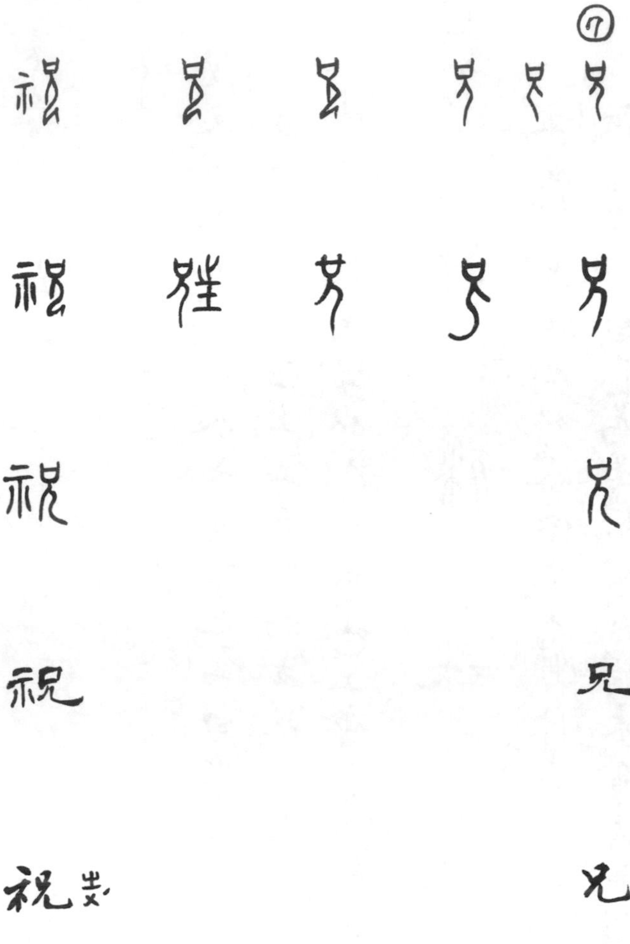

兄 兄 ㄒㄩㄥ (shyung)

說文：兄，長也。从儿从口。許榮切

按：此乃祝字之初字。从人、从口會意。其作𠙵者，乃从卩（古跪字）从口會意。均並列。名詞。祝官先述人求福之祝辭，次述神降福之嘏辭。為長於言辭之人也。後借用為兄長之兄，乃加示旁為意符作祝。說文：祝，祭主贊詞者。从示从人口。一曰从兌省。易曰：兌為口為巫。之六切。誤分一為二。以至說兄

長之構造「从八、从口」無由明瞭。而說卦爲漢初人作，其說更非文字構造。周時兄字口旁有變作廿者，他例可參，不必詫異。其有增加生(古往字)聲者，亦無異意。

⑧
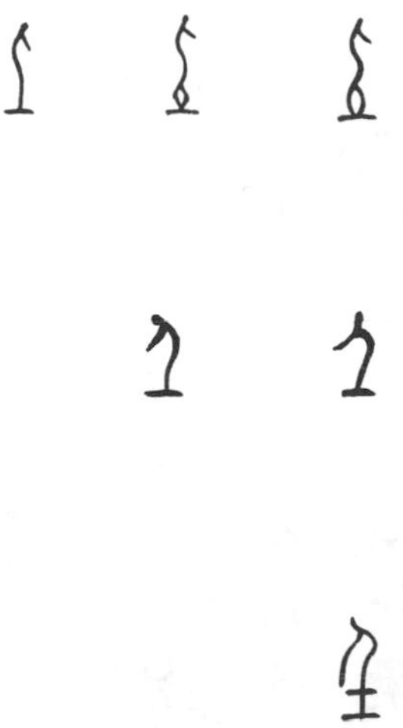
壬　𡈼ㄊㄧㄥˇ (ting)

說文：「𡈼，善也。从人士。士，事也。一曰象物出地挺生也。」

臣鉉等曰：人在土上，𡈼然而立也。他鼎切。

按：鉉說甚是。字从人立土(地)上會意，並列狀詞。不从士。

⑨

休　休ㄒㄧㄡ (shiou)

說文：「休，息止也。从人依木。庥，休或从广。」許尤切

按：休之本意應爲美好。从人得木會意，並列狀詞。亦用爲名詞。後人借作休息意，許以之爲本意。又依變形說爲人依木。

⑩ ○ ○ 宂 宂 宂 ㄖㄨㄥˇ (roong)

說文：宂，㪙也。从宀、人，人在屋下無田事。周書曰：宮中之宂食。而隴切

段氏曰：書當作禮，轉寫之誤。周禮稾人：掌共外內朝宂食者之食。許偁之，涉校人宮中之稍食而誤，記憶之過也。

按：字从人在屋下會無田事之意。並列，狀詞。

⑪ ○ 戍 戍 戍 戍 ㄕㄨˋ (shuh)

說文：戍，守邊也。从人持戈。傷遇切

按：字从人持戈會戍守意。廣韻云：从人荷戈也。並列，動詞。

⑫ 㫗 㫗 㫗 眾 ㄓㄨㄥˋ (jong)

㫗 㫗

說文：㫗，多也。从㐺目，眾意。之仲切

按：字原从日間三人，明見其人眾也。會意。並列，狀詞。周人或改日為目，亦取明見之意。後世或變作眾，更有譌作衆。其構造不可說。俗或省作众。說文

分為二字，解众曰「眾立也」，說不可曉。

⑬    旅 旅 ㄌㄩˇ (lü)

說文：「，軍之五百人為旅。从㫃，从从。从，俱也。，古文旅。古文以為魯衛之魯。」力舉切

按：字意與侶同。古之外行者，每結伴執旗，以屬耳目，以免襲擊。故字从二人執旗會意。並列。名詞。

後世借用：

(1) 為旅行。動詞。
(2) 為軍之五百人。名詞。
(3) 為眾。狀詞。
(4) 為同。狀詞。
(5) 為俱。狀詞。
(6) 為祭。動詞。
(7) 為嘉。狀詞。
(8) 為序。名詞

又通叚以代：

(1) 膂。名詞。
(2) 黸。狀詞。
(3) 纍。狀詞。
(4) 列。動詞。
(5) 盧。名詞。
(6) 夷。名詞。
(7) 魯。專門名詞。
(8) 肇。軍旅。名詞。

(9)爲道。名詞。

(10)爲容。名詞。

第五篇　形聲字

第一章　形聲字定義及其綜合研究。

第三十七節　形聲字定義

許序曰：「形聲者，以事為名，取譬相成，江河是也。」縉按：形聲字與會意字均為合體字。會意字者，意與意相合而成新字者也。形聲字則形與聲相合而成新字。新字之意，由原形孳乳而生。會意字兩體相合，謂之平等結合（Coodinative Compound）形聲字兩體相合，謂之主附結合。（Subodinative Compound）意符（形）為主，音符（聲）為附，意符之職在定新字之意，故曰：「以事為名」。事者，意也。名者，字也。以事為名，即以意造字。音符（聲）之職在定新字之音，故曰：「取譬相成」。譬者，如也。若也。取譬，即讀如、讀若之謂。相成，即完成其字之形與聲之謂。字既有意，必須有形與聲，始得完成其為字也。段玉裁曰：「以事為名，謂半義也。取譬相成，謂半聲也。江河之字，以水為名，譬其聲如工可，因取工可以成其名。」是也。

六書之中，除叚借字（可由一字一借二借三借，以至多借，雖不另造新字之形，而實已一造二造三造，以至多造者，其字最多。）外，其餘五書，以形聲字為最多。說文所載九千三百五十三字中，形聲字佔七千六百餘字。形聲字所以特多之故，可分四點言之：

一、由於以形聲造字之方法，範圍廣廓，遠非象形、指事、會意可比。鄭樵曰：「象形為本。形不可象，則屬諸事。事不可指，則屬諸意。意不可會，則屬諸聲。聲則無不諧矣。譬如從水之字，汝泗淮漢可也，溝洫湖沼可也，洗滌浮沈可也，液汁酒漿可也。从木之字，松柏楊柳可也，枝條榦杪可也，栽植桔桯可也，案杫棟楹可也。」凡此皆非象形、指事、會意之法所能賅。

二、由於文字形變，有聲化之趨勢，即原為象形指事之字，往往約略演變，即成形聲字。叜、本象又持火棍疏火使燃之形。故有治理通暢之意。後變為㸑，从又(手)理火，言聲。𡕝(奔)、本从大(走字初文，象人走狀)。多足(止為足)會意。不从二足而从三足者，言其速也。後世訛變為𡗗。故說文有「从夭賁省聲」之說。𣎳、本象樹枝上有葉形，後變為𣏟。从木世聲。(枼即葉之次初字。後又加艸為意符耳。)若此者甚多，皆文字聲化之證。

三、由於原用段借字，後世復加意符或音符，以示區別，遂成形聲字者。(此項形聲字，實為後起之專字。)如商周已借使命之使為事奉之事，形亦由叓省變為𠭥。秦人復於𠭥加意符「人」作使。商代已借D(太陰)為晝夜之夜，商周間復加亦省聲作𡖍(夜)是也。

四、由於後人各以方音任意制造新字，形與聲相合，即可成字。法至簡，而意至

明也。歷代字書所錄形聲字、如科學名物新字、氫、氧、鎢、銻、鈾、鐳、矽、碘、之類是也。

形聲字爲數既多、而所附加之聲、復以方音不同、古今異讀、流變所極、差別滋大。由今讀之形聲字聲符有諧有不諧、幾各居半數。諧者、固知其爲聲符矣、不諧者、或誤以爲意符而立異解。故非詳細研究、不能信其爲一聲之轉、同音之變。不非綜合探討、不能明其精微。而得其條理。於是遂專有聲韻之學。聲韻學者、字音之學也。以其繁重、故獨立爲科、實則並非文字學以外之事也。

第三十八節　形聲之綜合研究

(一)形聲字形(A)與聲(B)之位置

唐賈公彥謂：形聲字形與聲之位置、有六種排列不同。即左形右聲、右形左聲、上形下聲、下形上聲、外形內聲、內形外聲是也。縉細審之、尚有「形聲穿合」一種。續之爲七、茲分舉例證如左：

1. 左形右聲：

(1)曉　(2)昭　(3)晚　(4)晴　(5)睛　(6)銅　(7)錫　(8)釧　(9)鈿　(10)鉤

(11)楊 (12)柳 (13)松 (14)柏 (15)柱 (16)江 (17)涯 (18)河 (19)漢 (20)沖

(21)燒 (22)炬 (23)熮 (24)燭 (25)煙 (26)坎 (27)坡 (28)壙 (29)城 (30)境

(31)儕 (32)儔 (33)依 (34)倚 (35)俱 (36)騏 (37)驥 (38)馳 (39)騁 (40)驕

2、右形左聲

(1)邯 (2)鄲 (3)郎 (4)邪 (5)邦 (6)鷄 (7)鴨 (8)鵝 (9)鴿 (10)鴉

(11)睢 (12)雕 (13)雌 (14)雄 (15)雛 (16)翮 (17)翎 (18)翱 (19)翔 (20)翻

(21)觀 (22)靚 (23)覲 (24)視 (25)規 (26)削 (27)劍 (28)剖 (29)劃 (30)刺

3、上形下聲：

(1)嶺 (2)嶽 (3)崔 (4)嵬 (5)崇 (6)霜 (7)露 (8)霓 (9)霞 (10)霧

(11)菊 (12)荷 (13)芬 (14)芳 (15)萃 (16)笙 (17)笛 (18)簫 (19)管 (20)簾

(21)宣 (22)室 (23)安 (24)定 (25)宏 (26)廊 (27)廡 (28)庠 (29)序 (30)廳

(4)下形上聲：

(1)烝 (2)煮 (3)煎 (4)熬 (5)烈 (6)亲 (7)柴 (8)棠 (9)桌 (10)榮

(11)鶩 (12)駕 (13)騖 (14)鷲 (15)驚 (16)拳 (17)掌 (18)擊 (19)擎 (20)拏

(21)啟 (22)哲 (23)召 (24)含 (25)吞 (26)愁 (27)慮 (28)忠 (29)恕 (30)慈

(31)勞 (32)努 (33)募 (34)勢 (35)勇 (36)姜 (37)婺 (38)婆 (39)娑 (40)姿

(41)賃　(42)貲　(43)貪　(44)買　(45)貧

5、外形內聲：

(1)園　(2)圃　(3)圜　(4)圛　(5)囿　(6)閨　(7)閘　(8)闈　(9)闥　(10)闓

6、內形外聲：

(1)聞　「知聞也。从耳，門聲。」無分切

(2)問　「訊也。从口。門聲。」亡運切

(3)閩　「東南越蛇種。从虫，門聲。」武巾切

(4)悶　「懣也。从心，門聲。」莫困切

(5)與　按与象相與之形。舁聲。余呂切

(6)輿　「車輿也。从車，舁聲。」以諸切

(7)徽　「三糾繩也。从糸，微省聲。」許歸切

(8)黴　「物中久雨青黑。从黑，微省聲。」武悲切

7、形聲穿合：

①　◯　◯

　㯻　㯻

說文：「㯻也。从束，圂聲。」胡本切

按。⿻束囧字之形為束與囧穿合。

② 〇 〇 彥 彥 彥

說文。彥美士有文。人所言也。从彣。厂聲。魚變切

按。彥字之形為彣與厂穿合。

③ 千 千 千 千 千

說文。千十百也。从十。人聲。（繫傳）此先切

按。大徐作从十。从人。小徐作从十。人聲。人聲是也。从十。當為从一。一。數之整也。一與人穿合。

④ 〇 〇 夷 夷 夷

說文。夷平也。从大。从弓。東方之人也。以脂切

按。夷大也。从大。弓（尸）聲。形聲穿合。與奄。大也。奅。大也。夰。大也。奃。大也。𡗶。大也。意同。俱形聲字。夷訓大。詩周頌。降福孔夷。正用其本意。至經傳用其叚借與通叚各意。另詳本書第七篇。

⑤ 會　即膾初文。从𠕁形，合聲。𠕁與合穿合。

⑥ ○　○　衘　衘　衘

說文：衘，馬口中勒也。从金，从行。行，行馬者也。戶監切

按：字應从金，行聲。茲作衘。金在行中，形聲穿合。

⑦ 說文：章，樂竟為一章。从音，从十。十，數之終也。諸良切

按：章，明也。从日，辛聲。日與辛穿合。古作章。後世借為樂章、文章等意，乃叚彰為之。

以上七字之構造，皆應為形聲穿合。又𡨭，同寮。从宮，尞聲。形聲穿合。又衎、街、術、衕、衖、衙、衞、衝、衛等十字，皆从行，其中字為聲。形聲穿合。又哀，从口，衣聲。衷，从衣，中聲。衺，从衣，牙聲。袁，从衣，从止，○聲。衮，从衣，公聲。袤，从衣，矛聲。袌，从衣，包聲。袠，从衣，失聲。裏，从衣，里聲。裘，从衣，求聲。裛，从衣，邑聲。𧛔，从衣，臼聲。裵，从衣，非聲。裹，从衣，果聲。褎，从衣，𥝌聲。褢，从衣，鬼聲。褱，从衣，眔聲。褭，从衣，馬聲。褻，从衣，埶聲。𧝝，从衣，𥈠聲。襄，从衣，㠭聲。等二十二字皆形聲穿合。

(二)形聲字說解之通式

形聲字即形加聲，以成新字之謂。說文解曰：某，某某也。从某，某聲。茲以文代其

本字。丩代其訓詁。A代其意符。B代其聲符。則其公式為：

文、丩也。从A。B聲。

其中訓詁之文字及意符、聲符、各與其本字之關係如何？亦可綜合而分析言之：

1. 丩與文之關係

粗率言之，丩所以訓釋文。丩之含意似必與文之含意相同。然而比而觀之，頗不盡然。說文訓詁之文、九三五三條。形聲字亦七六〇〇餘條。茲研究丩之性質姑不以形聲字為限。

甲、丩之形式為句或數句而為定義式者，其含義必同於文。如

(1) 璜　半璧也。

(2) 璋　剡上為圭。半圭為璋。

(3) 禱　告事求福也。

(4) 祓　除惡之祭也。

(5) 嘗　口味之也。

(6) 箴　綴衣箴也。

(7) 江　水。出蜀湔氐徼外、岷山。入海。

(8)河　水。出焞煌塞外。昆侖山發原。注海。

其有定義包聲者，ㄗ亦同於文。

(9)神　天神。引出萬物者也。

(10)祇　地祇。提出萬物者也。

(11)祰　告祭也。

(12)禘　諦祭也。

(13)祫　大合祭先祖親疏遠近也。

(14)祡　燒柴尞祭天也。

乙、ㄗ之形式為短句。只漫言之，而實不確切。以大概念釋小概念，只可云相包。不可云相同。概念圖為◎圖。則是ㄗ不同於文。如

(1)琢、琱、理、　三字皆訓「治玉也」。

(2)珇、珢、瑰、璅、璡、瑂、璁、瓐、瑋、𡐨、瓔」玽、琂、璶、琟、瑦、瑂、璒、玖、玗、等二十字皆訓「石之似玉者。」

(3)䖒　古陶器也。

(4)瑩　玉色也。

(5)蒲　水草也。

如云「人動物也」則可。反之而云「動物人也」則不可。

丙、ㄐ為句、而乃包本借兩意言之。概念圈為∞者、ㄐ實不同於ㄨ。如：

(1)祖　始(也)廟也。　按祖之初文作且、廟也。為其本意象形。始也、為借意。

(2)天　顛也。至高無上。　按天之本意為頂為顛。後借用為天地之天。乃有「至高無上」之意。

丁、ㄐ為句、而許書誤以釋疊字之義釋本字者、非也。若此者、ㄐ實不同於ㄨ。如：

(1)闉　應為門屬之字。从門垔聲。而說解曰「闉闉、盛兒」。

(2)闐　應為門屬之字。从門真聲。而說解曰：「盛兒」。是猶以雎鳩之鳴聲「關關」訓關閉之關也。其誤甚明。

戊、ㄐ為句、而許書兼存異義、卒致本義迷失者、則ㄐ自不同於ㄨ。如：

(1)褔　編枲衣。一曰頭褔。一曰次裹衣。

(2)屆　「行不便也。一曰極也。从尸甴聲」。古拜切

己、ㄐ為句、而許書誤以借意為本意者、則ㄐ自不同於ㄨ。如：

(1)物　萬物。牛為大物、天地之數、起於牽牛。按物、耕田之雜色牛也。借用為雜物之物。

(2)戴　分物得增益曰戴。按戴即頂戴之戴、動詞。分物得增益、漢人語、乃其

引申借意也。

庚、字為句。而許書誤以通段意為本意者。則字亦自不同於文。如

(1)告　牛觸人角著橫木。所以告人也。　按。告為告語之告。从口。牛聲。許誤以告通牿為訓。牿。械繫牛馬防觸人也。

(2)介　畫也。从八。从人。人各有介。　按。介為介胄之本字。古作介，象人衣聯革之形。許誤以介通界為訓。

(3)御　使馬也。　按。御迎也。从辵。卸聲。許誤以御通馭為訓。

(4)厶　姦衺也。韓非曰。「蒼頡作字自營為厶。」　按。厶為耜之初文。象形。許誤以厶通私為訓。私。禾。借為姦衺。

辛、字為句。而許書誤用五經文。究不可以解文字之構造者。字自亦不同於文。如：

(1)「止戈為武。」語出左傳。　按。武從戈。止聲。是形聲字。

(2)「人言為信。」語出穀梁　按。信應从言。人聲。是形聲字。

許氏經生。泥於經文議論文章之語。而採以為文字構造之說。其失也迂。

壬、字為句。而許書誤用儒家言。則字亦不同於文。如：

玉　石之美者。有五德。潤澤以溫。仁之方也。䚡理自外。可以知中。義之方也。

其聲舒暢，專以聞遠，智之方也；不撓而折，勇之方也；銳廉而不技，絜之方也。

按，此只首句可用。餘則儒家之言，非文字構造所應有，可刪。

癸，乃為句，而許書誤用道家言、曆數家言、五行家言、陰陽家言、雜家言，以及緯書之言者，皆不合於文字之構造，乃均不同於文。例多不具。

子，乃之形式為單字，而與文為古今字，為或文，為同義字者，乃自同於文。如：

(1) 启(應作⿰戶又)(古)開(今)也。

(2) 自(古)鼻(今)也。

(3) 晚(今)莫(古)也。

(4) 適(今)之(古)也。

(5) 頭(今)首(古)也。

(6) 踰(今)越(古)也。

以下互訓：

(7) 走(古)趨(今)也。(或文)

(8) 信(古)誠(今)也。

(9) 頂(古)顛(今)也。

(10) 諫(古)証(今)也。

(11) 逐、追(或文)也。

(12) 蹟、路(或文)也。

(13) 譸、詶(或文)也。

(14) 栩、柔(或文)也。

以下同意字：

(15) 踰、跳也。

(16) 之、往也。　往之也。

(17) 虐、殘也。

(18) 右、助也。

(19) 禎、祥也。

(20) 玩、弄也。

(21) 陟、登也。

(22) 陂、阪也。

以下並互訓

(23) 福、祜也。

(24) 遇、逢也。
(25) 誦、諷也。
(26) 飢、餓也。
(27) 膺、胸也。
(28) 殺、戮也。
(29) 詠、歌也。
(30) 噓、吹也。
(31) 帬、常也。

丑 ㄐ為單字、而與ㄨ僅屬相似而不同、其概念圖為⚭者、ㄐ不同於ㄨ。如、

(1) 祿、福也。 按、所受食貨曰祿。所受幸運曰福。二者相似而不同。
(2) 祐、助也。 按、祐為神助。故祐與助相似而不同。
(3) 祇、敬也。 按、祇屬敬神。故祇與敬相似而不同。
(4) 冥、幽也。 按、冥為日昏、幽為火微、二者相似而不同。
(5) 蹇、跛也。 按、蹇力弱不易行。跛足病不易行。二者相似而不同。

以下互訓

(6) 轅、輈也。 輈、轅也。 按、雙曰轅、單曰輈。皆所以引車。二者相似而不同。

(7) 奉，承也。　承，奉也。　按雙手進於上曰奉，雙手受於上曰承。二者相似而不同。

(8) 謹，慎也。　慎，謹也。　按由言曰謹，由心曰慎。二者相似而不相同。

(9) 遼，遠也。　遠，遼也。　按空廣曰遼，長距曰遠。二者相似而不相同。

(10) 誡，敕也。　敕，誡也。　按警以言曰誡，警以手曰敕。二者相似而不相同。

(11) 考，老也。　老，考也。　按文老死曰考。名詞。年高曰老。狀詞。老考二者相似而不同。

(12) 髀，股也。　按髀以骨言，股以肉言。二者相似而不同。

(13) 吒，噴也。　按吒屬聲，噴屬氣。二者相似而不同。

寅、ㄐ為單字，而其概念大於ㄨ，兩字概念圖為◎者，ㄐ不同於ㄨ。如：

(1) 松，木也。　(2) 莧，艸也。　(3) 蔥，菜也。　(4) 桃，果也。

(5) 鰥，魚也。　(6) 笞，擊也。　(7) 斞，挹也。　(8) 淉，水也。

(9) 璙、瓘、璥、琠、瓇、璬、玒、珣、琍、璐等十字，皆訓「玉也」。

凡此皆以大概念釋小概念也。而絕無以小概念釋大概念之理。如云：松，木也。則可。反之而云：木，松也。則不可。

卯、ㄐ為單字，其概念本大於ㄨ。然大概念有時亦借用，如小概念者，故ㄐ得與

文互訓。此則一用本義，一用借意。仍不可視其同於文。如：

(1) 問，訊也。　訊，問也。　按：問有問答之問，有存問之問，有審問之問。訊，問獄也。問概念實大於訊概念。茲以二者互訓者，問有時亦借用作審問意也。

(2) 入，內也。　內，入也。　按：凡入水，入木，滲入，混入，皆曰入。內只謂入室。後世曰納。入概念實大於內概念。茲以二者互訓者，入亦有時借用作入室意也。

(3) 善，吉也。　吉，善也。　按：吉，古作，善言也。故从口𩰪會意。口亦聲。𩰪古作。象火炷之態也。善概念實大於吉概念。茲以善吉二字互訓者，吉亦有時擴大借用為善意也。

長、其為單字而與文詞性不同，詞性不同者，不可相訓。以其概念圈本為○○。若此者，仍不可視其實際同於文。如：

(1) 夙(名)，早(狀)也。　(2) 早(狀)，晨(名)也。

(3) 晃(副)，明(狀)也。　(4) 曉(名)，明(狀)也。

(5) 元(名)，始(狀)也。　(6) 耆(名)，老(狀)也。

以下互訓

(7) 明(狀)，照(動)也。　(8) 珍(狀)，寶(名)也。

巳、ㄐ為單字，與文意不相干，兩概念圈為〇〇。而二者只以同音，而訓詁其通段意者，亦不可視ㄐ實際同於文。如：

(1)蛾、羅也。　(2)狗、叩也。　(3)帝、諦也。　(4)政、正也。

(5)古、故也。　(6)臤、堅也。　(7)卯、冒也。　(8)辰、震也。

(9)燬、火也。互訓

午、ㄐ為單字，而許書誤以借意為本意者，ㄐ實際不同於文。如：

(1)皇、大也。　按：皇本煌之初字。　引申段借始有「大」意。

(2)共、同也。　按：共為拱之次初文。　引申段借始有「同」意。

(3)干、犯也。　按：干為盾。名詞。　引申段借始有「犯」意。

(4)夅、服也。　按：夅為陟降之降之初字。　引申段借始有「降服」意。

未、ㄐ為單字，而許書誤以通段意為本意者，實與上述巳條同例。ㄐ亦實際不同於文。如：

(1)葡、具也。　按：葡為箙之初文。具也，為備字意。葡則備之通段字也。

(2)桀、磔也。　按：爾雅雞棲于杙為桀。茲以磔訓桀者，可段桀為磔也。

(3)士、事也。　按：士為笠之初文。茲以「事」訓士者，釋其通段意也。詩東山三：勿士行枚。即「無事行通銜通含枚」也。

(4) 㠯用也。 按：㠯為耜之初文，象形。茲以用訓㠯者，釋其通段意也。金文，㠯享㠯孝，即，用享用孝。

中，訓詁家有以本字釋本字例。許書亦有之。是皆以借意釋本字而欲移易本字之意者也。y仍實際不同於x。如：易序卦蒙者蒙也。比者比也。孟子徹者徹也。許書巳，巳也。以借意巳經之巳，訓本字胎兒之巳。似謂胎兒之巳亦得用為巳經之巳也。若是者，表面為另例，實則與上述長條同，移本借動靜而一之。訓詁學中有此一例可也。非許書專究本意者所宜有也。

以上分究說解之異式，遂亦得訓詁學中之略例。

(1) $y > x$

(2) $y = x$

(3) $y \neq x$

而文字學中以 $y = x$ 為準確。

2. A與x之關係（x，y也。从A，B聲。）

A為意符，乃x之意義所由生。細究之，形聲字之意符分兩大類：

(1) 不成文字之意符。

此類意符，許書未曾明言，後人多迷而不察，茲摘之，分三項：

甲、象形符

乙、指事符

丙、會意符

三項詳例見後

(2)一個文字之意符

此類意符所造成之形聲字，爲數最多。許書釐訂其次序，由部首統領之。以五百四十部首，統領九千三百五十三字。而釋其部首曰：「凡某之屬皆从某。」部首者，意符也。詳論見後。

總之，文之涵義由A產生，A之概念範圍常大於文。極少等於文。而決不小於文。試以木部各字分析之。

木之概念爲樹木。(tree)

(1)由樹木之公名產生某種樹木之專名者，如：松、柏、楊、柳之類是也。

(2)由樹木之意產生樹木上某一部分者，如：根、柢、枝、榦之類是也。

(3)由樹木之意產生狀詞者，如：柔、條、枯、槀之類是也。

(4)由樹木之意產生木製物者，如：

屋宇部分：棟、楹、椽、榀之類是也。
家庭用具：牀、櫃、檻、柙之類是也。
農具：槈、梩、櫌、杷、之類是也。
織具：機、杼、滕、榎之類是也。
(5) 更由木製物產生動詞者，如：築、構、榁、梏之類，椎、析、檮、榀之類是也。
又以水部合字析之。

女　水之概念為河川。（river）

(1) 由河川之公名，產生某河川之專名者，如：江、淮、河、漢、之類是也。
(2) 由河川之公名，產生湖澤之專名或通名者，如：泑、淨、菏、澥之類，專名也。瀦、海、湖、沼、溝、洫、瀆、渠之類，通名也。
(3) 由湖澤之水，產生狀詞者，如：
深、淺、（多少）
瀰、滿、滂、沛、溥、浲、滔、浩、之類。（大）
清、瀟、瀏、洌、淑、澂、之類（清）
溷、濁、泥、滒、淤、湓之類是也。（濁）
(4) 由川水之流，產生水之動態者，如：波、濤、瀾之類是也。

(5) 由川水之流產生水流聲者，如：淙、渾、潺、潑、之類是也。

(6) 由川水之流產生動詞者，如：
流、衍、洄、溯、漂、汎、浮、沈之類（v.）
滕、涌、洶、淪、濤、澐之類是也。（v.）

(7) 由川水產生雨水而為名詞或動詞者，如：
淒、渝、潦、瀑、澍、涿、激、濛之類是也。（v.）

(8) 由川水雨水產生狀詞浸淫之意者，如：
漚、濡、渥、洽、濃、淡、涸、渴之類是也。（adj）

(9) 由川水雨水產生名詞液體各意者，如：
液、汁、瀋、滓、澱之類普通者也。（n.）
洟、泣、次、汗之類人身所出者也。（n.）

(10) 取水於井、動詞。如：
浚、滌、汲、瀝、之類是也。（v.）

(11) 溫水、名詞，如：
湯、渜、洝、洏、之類是也。（n.）

(12) 冷水、名詞，如：

滄、灝之類是也。（n.）

(13)
用水、動詞，如：
滌、洒、沐、浴、瀚、濯、汙、潔之類。（v.）

(14)
度水、動詞，如：
測、滴、注、澆、沃、泯、滅、消、減之類是也。（v.）

由此多方推演，可見由A生x，雖云由大概念生小概念，往往不一其道。或生其部分，或生其才德，或生其作用。造字者非一人、非一時，各隨其取意之所在。然而不以小概念生大概念，則斷斷可決也。故其式為：

$$A > x$$

極　頂

$$A = x$$

決　非

$$A < x$$

就多數形聲字而言，意符A用其本意為正宗，用其假借意者，亦頗不少。更有用其同音通假意者，說文載字，以其在同一部首之下，未予細為分別。茲均於下章舉例詳說之。然其A與x之關係，仍可由上列公式賅之。

又說文部首（即一個文字之意符）之研究，亦詳論於後。

3. B與ㄊ之關係

B為聲符，即謂ㄊ之音讀由B而來。說文釋ㄊ之音曰「某聲」。說文「某聲」之涵意，清代小學家，以講求過甚，各申己說，致有不同之見解。

甲派　雙聲說。　即認定B與ㄊ必是雙聲。今查形聲字音讀偶有不合於此者，乃後世聲類之變也。此說也，章太炎等主之。章著文始，均以聲轉為中心。

其例若曰：果聲之字，裸雙聲也。而顆則聲類之變。

乙派　疊韻說。　即認定B與ㄊ必是疊韻。今查形聲字音讀偶有不合於此者，乃後世韻部之變也。此說也，段玉裁等主之。段著六書音均表，以韻為綱，分古韻為十七部。

其例若曰：余聲之字，徐，疊韻也。而除則韻部之變。

丙派　有字為雙聲，有字為疊韻說。　即認定有一部分形聲字B與ㄊ為雙聲。　有一部分形聲字B與ㄊ為疊韻。　今查形聲字音讀偶有不合於此者，乃後世聲類韻部之變也。此說也，孔廣居等主之。

其例若曰：女聲之字，奴帑努必雙聲。　而如汝非雙聲者，

乃後世聲類之變也。

古聲之字、苦、枯、胡必疊韻。而居、箇非疊韻者乃後世韻部之變也。

丁派　同音說。

既為雙聲又為疊韻。即認定凡B必與A同音。又雙聲又疊韻。今查形聲字音讀偶有不合於此者，乃後世聲類韻部之變也。此說也，近世進步之文字學者主之。其例若曰工聲之字，攻、功、巩、鞏、貢，同音也。既雙聲、又疊韻，（古無韻調之別。）而今查有紅、虹、項、空、缸、江者，乃後世聲與韻或有變遷也。

同聲之字，桐、筒、銅、恫，同音也。既雙聲又疊韻。而今查有洞、峝、胴者，乃後世聲與韻或有變遷也。

以上四派，以第四派為合理。近徵甲、金文，早有形聲字，直至東漢許君之時，均無分辨字音為聲類韻部之說。聲類學說起於六朝，後世學者固不可以晚出之學理妄推古人立論之用意。許君所謂某字之音亦即A，以B字之音為音也。在造字之時，在造字之也，同音之說，應是不折不扣。

又聲之一字，意義如何？ 在一般文字學中、聲韻學中、訓詁學中，用者多端，涵

意不一。玆分析之、約有如下六種：

(1)作一般聲音解。如人聲、馬聲、風聲、水聲是也。

(2)作字音解。如說文，某聲」即某字之讀音是也。

(3)作字音之上半解。如雙聲疊韻之聲是也。

(4)作音調解。如平聲、上聲、去聲、入聲是也。

(5)作韻調之清濁解。如四聲又各分清濁。學者稱清者曰清聲、又曰陰聲。稱濁者曰濁聲、又曰陽聲。

(6)韻末有無鼻音之別。學者稱韻不帶鼻音者曰陰聲、帶鼻音者曰陽聲。

因恐煩惑、特清理之如此。讀者欲知其所讀書中、本處聲字之意義如何、應就此六者、試於上下文中審辨之、乃可得也。

第三十九節　形（意符）之分析

(一)「非文字」之意符

形聲字者，意符與聲符相加者也。許書構之，不曰意聲，而曰形聲者，避不成辭也。許所謂形，實即意也。就其體而言曰形，就其神而言曰意。惟形聲字之意符，實有兩大類：

一、「非文字」之意符。

二、「一個文字」之意符。

「非文字」之意符，乃確為形聲字之意符，但非文字者也。細究之，又有三項：

1. 象形符
2. 指事符
3. 會意符

象形符者，其構造如象形字，為物象，有意義，而非文字。指事符者，其構造如指事字，為意象，有意義，而非文字。會意符者，其構造如會意字，為合體，有意義，而非文字。此三項者，皆「非文字」之意符。許書未予分辨，任其散雜於各部之下。不但統系乖違，而說解構造，亦因之譌舛失理。清代小學家潛心此書，何止數百人。未聞一有揭發，以明形聲字之通義，而清意符包涵之實際者。長此沈埋，殊為可惜。

茲特專項摘集、詳為解釋、義中於此，而例列於下文第四十二節。將以顯邏輯之體系，而曉學者於不迷也。

此類「非文字」之意符，其與ｘ之關係，亦如前列公式：

A > x

頂極

A = x

非決

A < x

（二）「一個文字」之意符

以一個文字為意符再加聲符，以成形聲字者，即前人所謂一形一聲之形聲字也。此項意符亦即說文所謂部首。並解之曰：「凡某之屬皆从某。」說文以五百四十部首統領九千三百五十三文，始一終亥，據形聯系，許慎敘以為同條共貫，雜而不越也。今細考之，許書部首，大有可議。茲特條抒意見如左（六綱領十條目）

一、文字構造，分為六書，需用部首與否，六書之各書不同。

二、所有象形字、指事字皆獨體，無需部首。（另就其構造以分類項，而以天文、地理、艸木、蟲魚等自然之十四細目以統御之，已覺條理井然。）

三、會意字之a、本文比類，另有合理之綱目，亦不需部首。b、異文合誼一類，以字多而需部首部勒，用統計實際所有，而依天文、地理等十四目為次，亦屬

清晰明瞭。其部首之系統另列，不令與形聲字部首相混。

四、a、形聲字之「非文字」為意符者，不但自有次序（依其結構分為象形符、指事符、會意符，實際有序）而且無法分承部首。而許書乃分以隸入其他部首之下。是以說解構造，淆亂違理，使後世學者疑惑。　b、形聲字之「一個文字」為意符者，字數甚多，正需用部首以部勒之。但一形一聲字之部首，宜單獨按系統編列。不令與會意轉注字之部首相混。

五、轉注字詳見下篇。其意符原為省體。若就其不省體之意義，自可按天文、地理等十四目編列其次序。單獨成立系統，不令與形聲字之部首相混。

六、欲編「會意字部首」、「形聲字部首」及「轉注字部首」三專表，先可就說文所訂五百四十部首，用下列十條目整理之：

甲、部首必須為合體字意符。五百四十部首，其有非一字之意符者，應予剔除。

乙、部首為一文字。五百四十部首，其有非文字者，應予剔除。

丙、部首必須確有所屬。五百四十部首，其有無所屬者，應予剔除。（即表面似有所屬，經審核移易其字，以致無所屬者，亦應剔除。）

丁、審知一文字應為他字之部首，而說文部首表未列者，應予補入。

戊、審知其應為兩部首或三部首、而說文部首表誤合之為一者、應予分列。

己、審知其應為一部首、而說文部首表誤分之為二或三者、應予合併。

庚、今之文字學者既合甲文、金文、說文之字而考之、其有說文失收、應行增加之字、因增加部首、而說文部首表未列者、應予補入、

辛、會意字部首、形聲字部首、轉注字部首、無論專屬或公用者、均應分別釐定。統計無遺後、按天文、地理等十四目之次序、編列三專表、以成合理之系統、以部勒所屬之文字。(是編者用心於其間、言之成理、而讀者自有查尋易得之便)。

壬、部首字體、當以古體為主。(盡其先有者)其有原用籀文或戰國古文、而不可刪者、必須予以注明。

癸、部首既分列三表、各部首之音讀、仍依說文大徐本、參以段注、錄唐人切音於其下。

一個文字之意符

1. 說文部首之詳錄與研究(依六綱領、十條目、分、併、刪、補、存)
2. 新釐定之形聲字部首。(依天文、地理等十四目為次序)。
3. 意符用本意、亦用段借意、亦用通段意之例證：

(一)以日部形聲字爲例。

甲　意符用本意

如：日、太陽也。名詞。

(1)「暈、日光气也。从日、軍聲」。王問切

(2)「昭、日明也。从日、召聲」。止遙切

(3)「景、光也。从日、京聲」。居影切

(4)「暉、光也。从日、軍聲」。許歸切

(5)「晷、日景也。从日、咎聲」。居洧切

——以上名詞

(6)「昫(煦)、日出温也。从日、句聲」。火句切

(7)「晏、天清也。从日、安聲」。烏諫切

(8)「曠、明也。从日、廣聲」。苦謗切

(9)「旭、日旦出皃。从日、九聲。一曰明也」。許玉切

(10)「暘、日出也。从日、昜聲」。與章切

(11)「曬、暴也。从日、麗聲」。所智切

——以上狀詞

(12)「晞、乾也。从日，希聲。」香衣切　——以上動詞

乙、意符用借意

子、日借為天氣 (weather)

(1)「晵、雨而晝姓也。从日，啓省聲。」康禮切

(2)「晹、日覆雲暫見也。从日，易聲。」羊益切

(3)「旱、不雨也。从日，干聲。」乎旰切

(4)「暑、熱也。从日，者聲。」舒呂切　——以上狀詞

丑、日借為今日昨日之日 (day)(每一字之借意由零至多個)

(1)「曏、不久也。从日，鄉聲。」許兩切

(2)「曩、曏也。从日，襄聲。」奴朗切

(3)「昨、壘日也。从日，乍聲。」在各切

(4)「昱、明日也。从日，立聲。」余六切

寅、日借為時光 (time)

(1)「暇、閑也。从日，叚聲。」胡嫁切　狀詞

(2)「暫、不久也。从日、斬聲。」藏濫切 狀詞

(3)「時、四時也。从日、寺聲。」市之切 名詞

(4)「旻、秋天也。从日、文聲。」武巾切 狀詞

——以上指一年中之時

(5)「晦、月盡也。从日、每聲。」荒內切 名詞

——以上指一月中之時

(6)「昧、昧爽、旦明也。从日、未聲。」莫佩切 狀詞

按昒字應為其後起。

(7)「曙(睹)、旦明也。从日、署聲。」舒故切 狀詞

(8)「昕、旦明。日將出也。从日、斤聲。」許斤切 名詞

(9)「曉、明也。从日、堯聲。」呼鳥切 名詞

(10)「早、晨也。从日、十(甲)聲。」子浩切 狀詞

(11)「莫、日且冥也。从日、茻(改訂)聲。」莫故切 狀詞

按晚字應為其後起

(12)「昏、日冥也。从日、氏聲。」呼昆切 狀詞

(13)「旰、晚也。从日、干聲。」古案切 名詞

——以上指一日中之時

(二)以月部形聲字為例

甲、意符用本意

如：月、太陰也。　名詞

(1)「霸、月始生霸然也。承大月二日。承小月三日。从月、䨣聲」。普伯切

名詞

(2)「朖、明也。从月、良聲」。盧黨切　字亦作朗　狀詞

(3)「朦、月朦朧也。从月、蒙聲」。莫工切　狀詞

乙、意符用借意

子、月借為晝夜之夜（night）。　名詞。

說文誤以為夕字。（evening）

(1)「夢、不明也。从夕（夜）瞢聲」。亡貢切　狀詞

(2)「夝、雨而夜除星見也。从夕（夜）生聲」。疾盈切　即晴字

(3)「夙、早敬也。从夕（夜）丮聲」。息逐切　夙、夜之末。

(4)「𡖋、宗冥也。从夕（夜）莫聲」。莫白切　狀詞

丑、月借為歲月之月（month）　名詞

「朔、月一日始蘇也。从月、屰聲」。所角切　名詞

(三)以黃部形聲字為例

甲、意符用本意(無)

黃　即珩之初文。說文「珩、佩上玉也。所以節行止也。从玉、行聲。」戶庚切

名詞。形聲字無用黃之本意為意符者。

乙、意符用借意

黃為意符全用借意黃色之黃(yellow)。狀詞。

(1)「䵥、赤黃色。一曰輕易人䵥姁也。从黃、夾聲。」許兼切

(2)「䵍、黃黑色也。从黃、耑聲。」他耑切

(3)「䵋、青黃色也。从黃、有聲。」呼辠切

(4)「黇、白黃色也。从黃、占聲。」他兼切

(四)以麥部形聲字為例

甲、意符用本意(無)

麥、　本意為往之夂(come)。从夂、來聲。

後世通叚以代來。　來本意為六穀之一。(wheat)象形。

麥無用本意以造形聲者。

乙、意符用借意(無)

麥無借意。

丙、意符用通叚意

麥用通叚意（wheat）。

(1)「麰、來麰麥也。从麥牟聲。」莫浮切

(2)「麧、堅麥也。从麥气聲。」乎沒切

(3)「麩、小麥屑皮也。从麥夫聲。」甫無切

(4)「麪、麥屑末也。从麥丏聲。」彌箭切

(五)以帛部形聲字為例

甲、意符用本意

「帛、繒也。从巾、白聲。」旁陌切　名詞。

(1)「錦、襄色織文。从帛、金聲。」居飲切　徐鍇曰：「襄、雜色也。」

乙、意符用借意（無）

帛無以借意造形聲字者。

丙、意符用通叚意

帛以同音通叚為白色之白（white）。

(1)石鼓「汧沔沔，帛魚皪皪。」帛通叚為白。

皪字意符帛亦通叚代白。白即「白魚皪皪。」
皪，「說文失收。應是白色也。从白，樂聲。」狼狄切
皪皪，亦曰的皪。白皃。見司馬長卿上林賦及宋集韻。
總之，意符用本意，亦用借意，亦用通叚意。各字性質不同，其不同之性質可分七種。姑以b為有，列表如左，並各舉例為證。

	本	借	通	
(1)	b	b	b	酉
(2)	b	b	o	日、月
(3)	b	o	o	馬、牛
(4)	o	o	b	麥
(5)	o	b	b	辛
(6)	o	b	o	心、貝
(7)	b	o	b	行

(1) 以酉旁字為證：

本	借	通
b、	b、	b、
醆(盞)	醬、酢、酸、醋、	醉、醞、釀、醒、

(2)以日旁字為證：

通、○

借、b昨、昱、曩、鄉、

本、b、暉、曜、晃、昭

(3)以馬、牛旁字為證

馬旁牛旁之字，均用馬牛本意。

(4)以麥旁字為證：

麥為去之皮，通來。來為植物，故麪、麯、麩、等字皆从麥，

(5)以辛旁字為證：

辛為剞面曲刀，借為有罪，辠从之，通腥，辣从之。

(6)以貝旁字為證：

通、○

借、b、財、貨、賤、貴、

本、○、貝、海介蟲。

(7)以行旁字為證：

通、b、衍、衝、衚、衛、衢、衕、

借本○

b、衛、衞、衕、術、衛、衛、

第四十節 聲（音符）之分析

（一）形聲字加聲符之方式

1. 某聲

說文形聲字說解中凡言「某聲」者，皆謂此形聲字以某字之音為音也。義已見前三十八節，不贅。其例凡七千餘條，亦不備述。

2. 省聲

形聲字之聲符，往往有書其形體殘而不完者，說文稱之曰「某省聲」。其中又有籀文或古文不省而篆文省者，亦有籀文或古文已省，而篆文反不省者。更有聲符殘省，從未一見其不省之體者。若此者，雖於字意無關，而於字形構造有別，識字或說字者所不可忽視之一端。茲略摘其例如左：

(1)「嶨　山多大石也。从山，學省聲」。胡角切

(2)「礐　石聲。从石，學省聲」。胡角切

(3)「澩　夏有水，冬無水曰澩。从水，學省聲。讀若學。　澩或不省」。

(4)「⿱𦥯氐　闕」。補曰誤也。从氐，學省聲」。音效

(5)「鱟　說文無此字。山海經云：形如車，文青黑色，十二足。似蟹。雌常負雄，漁者取之，必得其雙。从魚，學省聲。胡遘切

(6)「鷽　雗鷽，山鵲，知來事者。从鳥，學省聲」。音握　或作鸒

(7)「⿱𦥯馬　馬行徐而疾也。从馬，學省聲」。於角切

(8)「觷　治角也。从角，學省聲」。古角切

(9)「覺　寤也。从見，學省聲」。古岳切　一曰發也。

以上九字，均學省聲。僅澩字或文作⿱學水，學聲不省。則文字構造含「其省聲」一例外，有無以說解之者矣。

又查「熒省聲」之字：

「熒，屋下燈燭之光。从焱、冂」。戶扃切

(1) 滎　絕小水也。从水，熒省聲」。戶扃切

朱駿聲曰：字亦作濴、作瀠、作潆、作瀯。又濴字出甘泉賦。段玉裁曰：濴即許之滎字。一為滎省。一不省也。」

(2)「營」，帀居也。从宮，省（省字依朱駿聲補）熒省聲。」余傾切

(3)「塋」，墓地也。从土，熒省聲。」余傾切　此从大徐。

(4)「鎣」，器也。（集韻：治器）从金，熒省聲。」余傾切

(5)「檾」，枲屬。从林，熒省聲。」去穎切

(6)「⿱𤇾瓜」，小瓜也。从瓜，熒省聲。」戶扃切

(7)「榮」，桐木華也。从木，熒省聲。」永兵切

(8)「鶯」，鳥也。从鳥，熒省聲。」烏莖切

(9)「嫈」，小心態也。从女，熒省聲。」烏莖切

(10)「⿱𤇾目」，⿱𤇾目惑也。从目，熒省聲。」戶扃切

(11)「謍」，小聲也。从言，熒省聲。」余傾切

(12)「褮」，鬼衣也。从衣，熒省聲。」於營切

(13)「縈」，收卷也。从糸，熒省聲。」於營切

(14)「⿱𤇾井」，深池也。从井，熒省聲。」熒从段正　烏迴切

(15)「瑩」，玉色也。从玉，熒省聲。」烏定切

(16)「罃、備火長頸瓶也。从缶、熒省聲。」烏莖切

(17)「醟、酗酒也。从酉、熒省聲。」為命切

(18)「⿱𤇾車、車輮規也。一曰一輪車。从車、熒省聲。」渠營切

(19)「禜、設緜蕝為營、以禳風雨雪霜水旱癘疫於日月星辰山川也。从示、从營省聲。」渠營切

(20)「⿱𤇾凡、回飛疾也。从凡、營省聲。」渠營切

以上說文所載二十字、从「熒省聲」者十八、「營省聲」者二。而營亦熒省聲也。後世又有

螢、說文無螢字。古只借熒為螢火蟲之螢。後人補造螢。从虫、熒省聲。蓋取螢光閃爍不定也。

惟說文解熒字構造及意義均有可疑。

王筠釋例曰：「熒字本不甚可解。說曰屋下鐙燭之光。冂非屋也。何不从宀？一可疑也。云屋下、則焱當在下矣、乃二火在上、一火在下。二可疑也。焱、火華也。下火壯而后上有華。上華必小於下火。上一下二、宜也。熒從之、則上二下一、華安能壯於火。三可疑也。如謂古人之燭在室中、不在堂上、故有四壁為之冂界。在冂內之火、此真火也。火之射戶牖而出者、則火光也。或自戶出、或自

牖出，火既不一，牖有櫺楯，光尤多矣；故二之耶。果爾，亦非火華也。……蓋博訪通人，考之於逵，皆不能通其義。許君亦聊存疑案而已。後學勿再塗附。

縉按：金文有字。見大盂鼎，亦見井侯彝。均用為人名。金文家多不識其字。楊遇夫井侯彝再跋云：「此器銘有字。而此字亦時見於他器。……宋人釋為艾。清儒自阮伯元、吳子苾以下，以至今日治金文諸家皆从之。余謂艾字从屮从乂。字形殊不類。其釋非是。……余按貞松堂集古遺文五卷載伯毀。即今縈字也。蓋古文形，隸變為冂。以彼證此，實當釋為𤇾。是也。象燭光交耀之形。託以寄燭光閃耀之意。閃耀後人稱閃爍。狀詞。秦失其形，變作，而又加火於其下作。說文有熒無𤇾。解熒曰：「屋下鐙燭之光。从焱冂。」戶扃切。於是字義與構造不協。大啟後人疑竇。今由楊說，知熒即𤇾，亦即金文之字。則所謂熒省聲者，皆即𤇾聲矣。而上述各字之說解，均當改正。此即小學家所謂「某省聲」者皆可疑也。

於是就上述「學省聲」與「熒省聲」究之，知許書所稱「某省聲」者可分二類：

甲、非採「某省聲」之說，其構造無法解釋者。如：

(1)「　昷溼也。从日，赧省聲。讀與赧同。」女赧切

(2)夜　舍也。天下休舍也。从夕，亦省聲。」羊謝切

按古月字已借用為夜意後乃加亦聲也。

(3)「霅　震電皃。从雨，譶省聲。」文甲切

(4)「埾　土積也。从土，聚省聲。」才句切

按因聲載意。

(5)「毀　缺也。从土，毇省聲。」許委切

(6)「畿　天子千里地。以遠近言之則言畿也。从田，幾省聲。」巨衣切

(7)「𨛜　夏后時諸侯夷羿國也。从邑，竆省聲。」渠弓切

(8)「澂　水清不流皃。从水，徵省聲。」直陵切

(9)「漩　回淵也。从水，旋省聲。」似沿切

(10)「炊　爨也。从火，吹省聲。」昌垂切

(11)「炭　燒木餘也。从火，岸省聲。」他案切

(12)「茸　艸茸茸皃。从艸，聰省聲。」而容切

(13)「茿　萹茿也。从艸，筑省聲。」陟玉切

(14)「𥡆　禾名。从禾，𦥷(舂)省聲。」匠鄰切

(15)「鮮　魚名。出貉國。从魚，羴省聲。」相然切

(16)「鶱　飛皃。从鳥，寒省聲。」虛言切

(17)「羔」羊子也。从羊，照省聲。古牢切

(18)「犖」駁牛也。从牛，勞省聲。呂角切

(19)「膋」牛腸脂也。从肉，勞省聲。洛蕭切

(20)「傷」創也。从人，𥏫省聲。少羊切

(21)「姍」誹也。从女，刪省聲。所晏切

(22)「珊」珊瑚。色赤。生於海。从玉，刪省聲。穌干切

(23)「𢟪」存也。从心，簡省聲。古限切

(24)「慯」憂也。从心，傷省聲。式亮切

(25)「恬」安也。从心，甜省聲。徒兼切

(26)「奐」取奐也。从廾，夐省聲。呼貫切。俗作換。徐灝疑𠔁自為一字。待考。

(27)「蹇」跛也。从足，寒省聲。九輦切

(28)「褰」絝也。从衣，寒省聲。去虔切

(29)「家」居也。从宀，豭省聲。古牙切

(30)「宕」過也。一曰洞屋。从宀，碭省聲。徒浪切

(31)「產」生也。从生，彥省聲。所簡切

(32)「麃」麞屬。从鹿，㶾省聲。薄交切　㶾古作

綜計說文中此項省聲之形聲字，約尚有半數，茲不備錄。是皆舍「某省聲」外，無法解釋其字之構造者也。更有「某省聲」之形聲字，清代小學家以為可疑，而吾以為可以更正為「某聲」者，如：

(1)「晵」雨而晝姓也。从日啓省聲。康禮切

按：甲文有𢼊字，启應即𢼊之變，故此可云启聲。

(2)「夢」不明也。从夕瞢省聲。亡貢切

按：字从D（借為夜）即為不明。𦫳古眉字，可以為聲。

(3)「䬝」北風謂之䬝。从風，涼省聲。呂張切

按：涼以京為聲，故䬝可以京為聲。

(4)「垶」赤剛土也。从土，觲省聲。息營切

按：甲文有𦍋字。故垶可以𦍋為聲。

(5)「崋」山在宏農華陰。从山，華省聲。胡化切

按：𢎘即古華字。故崋可以𢎘為聲。

(6)「厗」唐厗，石也。从厂（按石省）屖省聲。松兮切

按：屖亦以辛為聲。厗以辛聲可也。

(7)「厲」旱石也。从厂（按石省）蠆省聲。力制切

按：萬即蠆之初文。厲从萬聲可也。

(8)「黎 履黏也。从黍，称省聲。」郎奚切

按：勿即古𥝢字。此从勿聲可也。

(9)「蠚 螫也。从虫，若省聲。」呼各切

按：芓即古若字。此即从芓為聲可也。

(10)「旬 目搖也。从目，的省聲。」黃絢切

按：勹即古的字。此从勹聲可也。

(11)「緃 絨屬。从糸，從省聲。」足容切

按：從字古亦作𠀤。此即以為聲可也。

(12)「繩 索也。从糸，蠅省聲。」食陵切

按：蠅亦从黽為聲，則繩从黽聲可也。徐灝亦云。

(13)「紂 馬緧也。从糸，肘省聲。」除柳切

按：寸即古肘字。紂即从寸聲可也。

(14)「邁 遠行也。从辵，蠆省聲。」莫話切

按：萬為蠆之初文。此从萬聲可也。段逕改。

(15)「疛 小腹病也。从疒，肘省聲。」陟柳切

按：寸即肘之初文。此从寸聲可也。(與守字同例)

(16)「痋　動痛也。从疒、蟲省聲。」徒冬切

按：虫與蟲一字。此从虫聲可也。

(17)「甤　艸木實甤甤然也。从生，豨省聲。」儒佳切

按：豨為豕之累加字。此从豕聲可也。小徐作豕聲。

(18)「齋　戒潔也。从示，齊省聲。」側皆切

按：古齊字作亝，此从亝聲可也。

綜計說文中此項省聲之形聲字尚有若干。茲不備錄。是皆前人所謂可疑，而今覺其可以更正為「某聲」不省者。

3、併聲

一形一聲之形聲字，查其中有意符亦兼注音者，此殆偶合，近人言之而前人則未明言。茲略舉數例，聊以誌異。

(1)「釐　家福也。从里，𠩺聲。」里之切

按：里似亦聲。

(2)「新　取木也。从斤、亲聲。」息鄰切

按：斤似亦聲。

(3)「牄，鳥獸來食聲也。从倉，爿聲。」七羊切

按倉似亦聲。

(4)「牂，牝羊也。从羊，爿聲。」則郎切

按羊似亦聲。

(5)「哿，可也。从可，加聲。」古我切

按可似亦聲。

(6)「啎，逆也。从午，吾聲。」五故切

按午似亦聲。

(7)「羲，气也。从兮，義聲。」許羈切

按兮似亦聲。

(8)「孳，汲汲生也。从子，茲聲。」子之切

按子似亦聲。

(9)「靡，披靡也。从非，麻聲。」文彼切

按非似亦聲。

4. 拼音

一形一聲之形聲字，其意符有與聲符拼讀者，此亦偶合，前人未嘗言及，惟

林語堂初為此說，以為中國字亦有拼音之一法，以譏媢外薄己之徒。林氏之志美矣善矣，然而中國文字實未嘗以拼音為例也。茲姑摘錄其疑似者十數字，以證其說。

(1)「嚭　大也。从喜、否聲」匹鄙切　段云：「訓大當从丕。」集韻亦作⿰喜丕，是也」朱駿聲說同。　似為丕喜拼音。

(2)「斄　彊曲毛，可以箸起衣。从犛省，來聲」洛哀切　似犛來拼音。

(3)⿺辶⿰吾午　見石鼓文。吾字已足，又加午聲。則似迕吾拼音。

(4)羕　與永同，訓水長。「从永，羊聲」余亮切　似羊永拼音。

(5)嘏　古遐同，訓遠大。「大遠也。从古，叚聲」古雅切　似古叚拼音。

(6)⿱斯言　古音同鮮。鮮，善也。「从言，斯聲」先稽切　似斯言拼音。

(7)「諐　過也。同愆」去虔切

似侃言拼音。

(8)「欽，欠皃。从欠、金聲。」去音切

似欠金拼音。

(9)「𩐁，墜也。从韭、次𠂔皆聲。」祖雞切

似次𠂔拼音。

(10)「𥝩，𥝩䅩。多小意而止也。从禾、从支、只聲。」職雉切

似支只拼音。

(11)「䅩，𥝩䅩也。从禾、从又、句聲。」俱羽切

似句又拼音。

按以上各字之構造，均另有正確之解釋，林氏特摘說文中現成者以完成其說耳。

5、兼意

一形一聲之形聲字，其聲符往往有兼供意義者。聲符所供意義，非其本意，亦或非其借意，乃統計凡具本聲符之各形聲字，而得其聲符所供之公共意義。首倡此說者為宋代王聖美（名子韶）王氏據左形右聲之字，以為右旁聲符皆為有意義之文，故稱其說曰「右文說」。充其說者以為凡聲符皆當供

意名之曰因聲載意。清小學家如段玉裁、劉師培、沈兼士等皆宗王說。茲舉其最顯著之例如下。

(1) 凡从青聲之字，青皆供美意。

① 晴　晝姓也。从日、青聲。晵同。疾盈切
日之美者曰晴。

② 淸　朖也。从水、青聲。七情切
水之美者曰淸。

③ 凊　寒也。从冫、青聲。七正切
冰之美者曰凊。

④ 菁　韭華也。从艸、青聲。子盈切
艸之美者曰菁。

⑤ 精　簡米也。从米、青聲。子盈切
米之美者曰精。

⑥ 蜻　蜻蛚也。从虫、青聲。子盈切
虫之美者曰蜻。

⑦ 鯖　煮魚肉也。从魚、青聲。子盈切
按此逸字。

魚之美者曰鯖。

⑧ 猜

恨也。从犬，青聲。倉才切

犬之美者曰猜。（猜爲犬德。）

⑨ 倩

美好也。从人，青聲。倉見切

人之美者曰倩。

⑩ 婧

女有才也。从女，青聲。子盈切

女之美者曰婧。

⑪ 睛

目童子也。从目，青聲。說文段精字。見瞦下。

目之美者曰睛。

⑫ 情

人之陰气有欲者。从心，青聲。疾盈切

心之美者曰情。

⑬ 綪

赤繒也。从糸，青聲。倉絢切

絲之美者曰綪。

⑭ 竫

立竫也。从立，青聲。疾郢切

立之美者曰竫。

⑮ 靚

召也。从見，青聲。疾正切

見之美者曰靚。

⑯請　謁也。从言、青聲。七井切

言之美者曰請。

⑰⿰青彡　清飾也。从彡、青聲。疾郢切

彩之美者曰⿰青彡。

(2)凡从戔聲之字、戔皆供「小意」。

①淺　不深也。从水、戔聲。七衍切

水之小者曰淺。

②棧　棚也。从木、戔聲。士限切

木之小者曰棧。

③箋　表識書也。从竹、戔聲。牋同　則前切

竹之小者曰箋。

④俴　不著甲也。从人、戔聲。慈衍切

人衣之薄小者曰俴。

⑤踐　履也。从足、戔聲。慈衍切

足履之輕小者曰踐。

⑥帴　帬也。从巾戔聲。古青同翦。巾之小者曰帴。

⑦綫　縷也。从糸戔聲。私箭切　絲之小者曰綫。

⑧餞　以食送去人也。从食戔聲。才線切　食之小者曰餞。

⑨醆　爵也。从酉戔聲。盞同。阻限切　酒器之小者曰醆。

⑩𧗱　踐迹也。从行戔聲。𢓜同。才綫切　行之輕小者曰𧗱。

⑪賤　價少也。从貝戔聲。才線切　貝值之少(小)者曰賤。

⑫錢　銚也。田器。从金戔聲。即淺切　金幣(器)之小者曰錢。

⑬殘　賊也。从歺戔聲。昨干切　朽骨之小者曰殘。

若此者頗能言之成理。於是持右文說者，其勢甚張，且謂凡聲皆有意，因聲載義，成為不易之定律。許君說形聲字，好連聲符之意釋之。如下列各字之類。

①「神　天神，引出萬物者也。从示，申聲。」食鄰切

②「祇　地祇，提出萬物者也。从示，氏聲。」巨支切

③「禛　以真受福也。从示，真聲。」側鄰切

④「祀　祭無已也。从示，巳聲。」詳里切

⑤「禷　以事類祭天神。从示，類聲。」力遂切

第二章　形聲字解釋舉例

第四十二節　形聲字意符「非文字」之字例

1、象形符

(一)　天文

①◯

無㠱簋

宗周鐘

沇兒鐘

皇　ㄏㄨㄤˊ　(hwang)(glittering)

說文：「皇，大也。从自王。自，始也。始王者三皇，大君也。自讀若鼻。今俗以始生子為鼻子。」胡光切

按：皇即煌之初字。原从日上有光芒之形，故有輝煌之意。⊙為文字，則非文字也。王聲。或作皇者，乃王省聲。周時假借而有「大」意。秦時遂段以代王，故有皇帝、三皇、始皇等稱，乃又加「火」為意符作煌，以還其原。說解僅就小篆立言，與古形不合。

① ○

〔二〕地理

金 郘䵼鐘 金 金 金ㄐㄧㄣ (jin) (the metal)

金 許子妝簠

金 毛公鼎

金 庚敖簠

金 陵子盤

金 曾伯霥簠

金 番生簋

說文：「金，五色金也。黃為之長。久薶不生衣。百鍊不輕。從革不違。西方之行。生於土。左右注，象金在土中形。今聲。金，古文金。」居音切

按中國金屬礦之發現，銅為最早，錫、鐵、銀、金等次之。說解所云：「久薶不生衣，百鍊不輕」乃就黃金而言。其餘云云，則五金所同也。字原从土中有金(銅)

塊形。土為文字，出則非文字也。亼聲。亼音集。與金聲陰陽對轉。小篆形譌。似為今聲耳。

② ○ 回 冃 丹 丹ㄉㄢ (dan) (a red pill)

說文：「冃，巴越之赤石也。象采丹井。．象丹形。ㅂ，古文丹。彬，亦古文丹。」都寒切

按：．象赤石形，非文字。月聲。月，古凡字。凡字意為最括。从二、八聲。此是凡，非井。彤字訓赤色。从丹，彡聲。古亦借丹為赤色，故彤可代丹，並非彤為古文丹字也。說解誤以月為采丹井，鈔書者泥其說，遂書彤為彤耳。同字金文作同，从口、月聲。芃字从艸、凡聲。與丹之从．、月聲，可互參。

〔三〕艸木

① ○ ○ 𦮙 舜 舜ㄕㄨㄣˋ (shuenn) (the hibiscus)

說文：「𦮙，艸也。楚謂之葍，秦謂之藑。蔓地連華。象形。从舛，舛亦聲。」舒閏切

徐鉉曰：「今隸變作舜。」

孔廣居曰：「𦮙，从火，象其華之光華也。重火，象連華也。故帝𦮙號重華也。……」

隸省作𦥔變文作舜。
林義光曰：「按象形。舛聲。」
按：林說是也。意符匸，非文字。

②○

尗（師嫠簋叔偏旁）　尗　尗　尗 ㄕㄨˊ (shwu) (a pea)

菽

說文：「尗，豆也。象尗豆生之形。」式竹切

按：師嫠簋叔字偏旁作尗。尗即菽。菽為荳科植物。⺌象豆粒之形，非文字。而以弋為聲。故尗為形聲字。名詞。說文以尗象尗豆生之形。未見金文原字，故誤以形聲為象形。秦時造菽字。菽行而尗廢。漢人造荳以代菽。又荳省為豆。（其實豆乃籩豆之豆。古食肉之器也。與尗大別。）豆行荳與菽俱少用矣。至茮字必漢以後人懷古尗妄加艸頭。

③

康（前一.一二.七）　康（頌敦）　康　康　康 ㄎㄤ (Kang) (husks of grain)

說文：「穅，穀之皮也。从禾从米，庚聲。康，穅或省。」苦岡切

羅振玉曰：「穀皮非米。从⺌，象其碎屑之形。或作⺌，或作⺌，或作⺌，無定形。康

侯鼎作□。伊簋作□。同此。今隸作康。尚得古文遺意矣。」按羅說是也。字从八。象穅形。非文字。庚聲。正得穅意。後世借康為康安之康。乃加「禾」為意符作穅。說解以後起字為正文。以康為穅省。失之。墨子備穴「置康若炭其中」。畢氏注云：康即穅字。見說文。是也。後俗復有作糠者。非是。

〔四〕蟲魚

鼄 ㄓㄨ (ju) (a spider)

① □（魯伯鼄父鬲）　□

○ □　□　蛛（陟輸切）　蛛

說文：「鼄。鼅鼄也。从黽。朱聲。」

按依周文从□。乃鼅鼄之形。非文字。朱聲。後具意符變而為黽。又改為虫。其聲符則始終未變。

〔五〕鳥獸

巂 ㄙㄨㄟ (soei) (a cuckoo)

① ○　○　巂　巂

說文：「巂。周燕也。从隹。屮象其冠也。冏聲。一曰蜀王望帝淫其相妻。慙亡去。化為子巂鳥。故蜀人聞子巂鳴。皆起曰：是望帝也。」戶圭切

按：字从隹有冠，冏聲。雀非字，僅為倚文畫物之形。林義光曰：「冏非聲。」查冏字，女滑切，與此户圭切遠隔，而說文各家均未詳其故，待考。鄭廷楨以「一曰蜀王望帝」以下為非許語。

②〇

禽（禽簋）　禽（不嬰敦）　禽　禽　禽 qín (chyn) (an animal)

說文：「禽，走獸總名。从禸，象形，今聲。禽离兕頭相似。」巨今切

按：兕，周人所擬走獸之形，象頭足尾也。知為周人擬者，萬字甲文作[古文]，周始加畫其足作[古文]，可參也。兕非文字，乃形也。茲加亼聲作禽，始為走獸總名。名詞。後世借用為羽族之總稱，久而不返矣。經典亦通以代擒。動詞。

③〇　〇

禼　离　离 chī (chy) (a bogey)

說文：「禼，山神也。獸形。从禽頭，从禸，屮聲。（此从繫傳，大徐誤為从屮）歐陽喬（段云蓋即高）說。离，猛獸也。」呂支切　玉篇丑支切

段玉裁曰：「左傳螭魅罔兩。杜注，螭，山神，獸形。」……按山神之字，本不从虫。从虫者，乃許所謂若龍而黃者也。今左傳作螭魅，乃俗寫之譌。

按：段說是也。山神只作离。若龍而黃者始作螭。經傳通作螭，遂迷其本。离，从禸，非文字。屮聲。

④ ◯

能（毛公鼎） 能 能 能 ㄋㄥ （neng）（a bear）

說文：「能，熊屬。足似鹿。从肉。㠯聲。能獸堅中，故稱賢能，而彊壯稱能傑也。」如登切

按：能之為獸，即許書熊下所云「似豕，山居。冬蟄。蟄用舐掌，名曰蹯。味中最美。煑之難熟」者也。以其足掌特異，故其字先繪其足掌，以其似豕多肉，故又从肉。但𦙶、非文字。㠯聲。此獸名也。

至於「熊」乃火光熠盛之形容詞。从火、能聲。西山經：「其光熊熊」。注：「光氣炎盛相焜燿之貌」。是也。

後世借獸名之「能」以為賢能、能傑（狀詞或名詞）、能彀（助動詞）等義。乃通段火盛之「熊」以為山居冬蟄之獸名。久段不歸，數典忘祖，許君說字亦沿經典習用而未能辨之矣。

⑤ ◯

巤（師寰簋） 巤 巤 巤 ㄌㄧㄝ （lieh）（a mane）

說文：巤，毛巤也。象髮在囟上，及毛髮巤巤之形。此與籀文子字同。良涉切

按：巤乃牛羊豕馬等獸頭頸上毛。俗名曰鬃。从囟。囟象獸頭頸上毛形，非文字。用聲。用，甲文翼字，翼諧巤聲。亦猶之甲文翼亦作翊之取立為聲也。巤後人或作鬣，作鬛。

⑥ ○

番　番　番　番ㄈㄢ (fan) (a paw)

說文：番，獸足謂之番。从釆，田象其掌。蹞，番或从足煩。𠂂，古文番。附袁切

按：此左傳熊蹯之初字。田象形。釆聲。番、蹯、蹞皆一字。丁福保曰：「慧琳音義八十九卷十三頁、番注引說文：从田。釆聲。象獸掌文。」與今本異。存疑備參。今按慧琳引本較正確，今本當據正。

⑦ ○

尾　尾　尾　尾ㄨㄟˇ (woei) (a tail)

說文：尾，微也。从到毛在尸後。古人或飾系尾。西南夷亦然。無非切

按：字从尸。尸乃尾之形。並非文字。尸聲。尸古音夷。今湖北漢沔一帶猶念尾巴如夷巴。金文尾見犀伯魚父鼎犀字偏旁。

⑧ 几 ○

⿱幾皿　⿱幾皿　⿱幾皿ㄐㄧ (ji)

說文：「盭，从血有所刲涂祭也。从血，𢆶聲。」渠稀切

王筠曰：「刲，劃傷也。涂，如塗丹雘之塗。刲涂者，謂刲而塗之也。祭也者，謂盭為祭禮中之一名也。」

于省吾曰：「𠘧字从數點，象血滴形，从几，乃几字，象俎案形，當即說文盭之初文。𠘧、盭古今字。……几、凡、冂、凡等均象几形。冂乃几之變體。其或一足高一足低者，邪視之則前足高後足低。其有橫者，象橫距之象。……𠘧字當於說文之盭。……从几、从𢆶，並隸脂部。如飢、饑，机、機之類，經傳每互作，亦其證也。然則𠘧字从數點，象血滴。與盭之从血，其義一也。从几與盭之从𢆶，其音一也。……

黃以周禮書通故云：「刉字从刀，義取劃杜。說文訓斷，廣雅訓刺，山海經郭注訓刲，皆具證。……卜辭言刉，皆謂刉牲或人取血以祭也。」

按：刉字應从刀，（血滴形）几聲。形聲意符非文字，乃象形符也。

【六】人體

① ○

叔向父簋

身　身ㄕㄣ (shen) (the body of a man)

說文：「身，躳也。从人，象人之身。从人，厂（余制切）聲。」失人切

按：說解就小篆立言，與古形不合。古文應从𠂆象人身，千聲。形聲字。名詞。

②

前一.16.3.

前三.2.

師金父鼎

戊寅鼎

克鐘

伯仲父簋

寅　寅ㄧㄣˊ (yn).(the tenderloin) (the flesh by the two sides of a man's back bone)

陳猷釜

說文：「寅，髕也。正月陽氣動，去黃泉，欲上出，陰尚強也。象宀不達，髕寅於下也。」𡩟古文寅。弋真切

徐灝曰：「易艮九三：『裂其夤』。虞翻云：『夤，脊肉。』釋文引馬融云：『夾脊肉也。』蓋寅即古夤字。𦣞象脊肋，其中象脊，故為夾脊肉。借為辰名。夤當从夕(肉)，譌為夕。釋文云：『鄭本作膑』，是也。……小篆从宀，由古文變𡩟从土，乃大之譌。」

林義光曰：「即胂之古文，夾脊肉也。」

按：字意為夾脊肉。名詞。原从肉形。口，非文字。矢聲。作寅，音與矢同。後段矢字為之。金文各形均由甲文變。自借為地支之名，形變作寅。乃加肉為意符作寅變作夤。又作膑。又造形聲字「胂」，皆一字也。又眣與瞚一字，亦矢寅古同音之一證。

③ ○ ○ 余 余 余 (yu) (to speak slowly)

說文：「余，語之舒也。从八，舍省聲。𠎳，二余也。讀與余同。」以諸切

朱駿聲據許記文十二，重一，證𠎳為余之籀文。「二余也」三字為後人竄入。

按：八非分開之分。亦非七八之八。乃象氣越于之形，故得語舒之意。余聲。「徐灝曰：舍，古音讀若庶。故余以為聲」舒緩也。語舒曰余，行舒曰徐，均副詞。

又按：舍今有二義，一為茅舍，名詞。一為施舍，動詞。茅舍之舍，原作余。从屮。从亼（屋極之象形文）會意。或作余。从木。从亼。會意。皆謂草木房舍也。施舍之舍作舍。从口。口以命之也。余聲。後人用字，率皆通段施舍字兼代茅余字。久之而余字廢。

又：我國文字原無代名詞，皆段借他字為之。段借之後更有不用段借字，而用同音之通段字代之者。如第一人稱代名詞單數，本無專字，初借鋸之初字我為之。後遂用其同音字余、吾、予、台、以、[illegible]等字。周初通段余字，春秋末葉，始段余字為之，皆因與「我」同音故也。

④ 兮 前二.八.四　兮 兮甲盤　兮　兮　兮 ㄒㄧ (shi) (a sound marking the end of a speech)

說文：「兮，語所稽也。从丂。八，象氣越于也。」胡雞切

按：八非文字，只象氣越于形，丂聲。兮為語尾聲。

⑤ ○ 曾 曾伯簠　曾　曾　曾 ㄘㄥˊ (tserng) (the slowness of speech)

曾 呂伯簋　曾 曾突伯鼎

說文：曾，詞之舒也。从八。从曰。㗊聲。昨棱切

按：八非文字，象氣越于形。益之以曰，从㗊，故有言詞意。㗊聲，形聲字合。語首助詞。段氏曰：㗊，囪古文。㗊諧曾聲，亦猶之參加之參之于參商之參也。今

按：囪形古實作⊕，作⊗。

⑥ 〇

尚 陳公子甗　尚　尚　尚ㄕㄤˋ (shang) (yet)

說文：尚，曾也。庶幾也。从八，向聲。時亮切

尚 曶鼎

按：尚之从八，亦猶之曾之从八、从曰也。皆有言詞及氣出越于之意，而非文字。向聲。尚為副詞。

又按：楊樹達小學述林謂曾从㗊聲，尚从向聲。聲中有意，均謂口气分散於窗牖之外也。說甚雋。

⑦ 〇

分 師望鼎　㒸　㒸　㒸ㄙㄨㄟˋ (suey) (consequently)

說文：「㒸，从意也。从八。豕聲。」徐醉切

段玉裁曰：「全書說解或言詞，或言意，義或錯見。言从意，則知㒸者从詞也。」

徐灝曰：「㒸者，有所因而行之之詞。今皆作遂。」

按：八非文字，象氣越于之形，故有从詞之意。豕聲。副詞。㒸聲諧豕，猶辛聲之諧辭也。說文辵部遂訓亡。从辵，㒸聲。動詞。亦徐醉切。後人通段遂以代㒸。久之而㒸廢。

⑧ ○

詹（國佐譫） 詹 詹 詹 ㄓㄢ (jan) (talkactive)

說文：「詹，多言也。从言。从八。从厃。」職廉切

段氏曰：「此當作厃聲。淺人所改也。」

按：詹為狀詞。从八，亦猶之曾之从八、从曰也。八皆有言詞及氣出越于之意。詹非文字。（僅為倚文畫物之象形體。）詹字見春秋時齊國佐譫譫字偏旁。是字原从厂為聲也。秦時改為从厃為聲。厂聲、厃聲古同。（厃即危之初字。从人行厂（岸）邊，故有高危之意。厂亦聲。

⑨ ○

笑（推補） 笑 笑 （笑）

咲

笑ㄒㄧㄠ 咲 (shiaw) (to smile)

按：今本說文無笑字。徐鉉新修時補入。字形从犬，从夭，引說不一。今按應以笑為本字。从八。象氣越于形。夭聲。動詞。後又加口為意符作咲。詳見王筠說文釋例。漢書薛宣傳、谷永傳、及敘傳皆作笑。漢碑作咲。但後世通叚笑字代之。李陽冰誤以笑為本字。說之曰：「竹得風，其體夭屈，如人之笑。」迂曲難通。實則笑字不知為何字，當為竹屬。从竹，夭聲。自通以代笑，久而失其本意。後人復有誤書竹犬為笑者，說字者遂益迷惑不解。段氏改其篆从竹从犬。各家識之。

 師遽簋   乎ㄏㄨ (hu) (to call)

 師虎簋

說文：「，語之餘聲也。从兮。象聲上越揚之形也。」戶吳切

按：乎，即呼之初字。小原象气越于形。非文字。丂聲。動詞。後世借為語餘聲，乃加口為意符作呼，或加言旁為意符作評。或加虍（虎省）為聲符作虖。說

解構造，就小篆之變體立言，又以借意為本意，失之。

⑾ 　○　娩　娩　娩 ㄇㄧㄢˇ (mean) (to give birth)

說文：「娩，生子也。从子，免聲。」芳辯切

按：此字初形从兒，象子頭欲出女陰之形。故有生產意。𠬜聲。𠬜古攀字。𠬜聲與後字免聲同。皆脣音。今俗作娩。動詞。

〔七〕服飾

① ○　履　履　履 ㄌㄩˇ (leu) (the shoes)

說文：「履，足所依也。从尸，从彳，从夂。舟象履形。一曰尸聲。𩓨，古文履。从頁，从足。」良止切

按：字从彳，从夂。舟象履形。非文字。从尸為聲說較勝。尸古音夷。夷亦讀若黃。履讀若禮。故禮之或文作礼。从示，乙聲。

② 
前八.八.三　己亥鼎　祖子鼎

紆　紆　紆 ㄩ (iu) (vague)

說文：「紆，詘也。从糸，于聲。一曰縈也。」億俱切

段玉裁曰：「詘者，詰詘也。今人用屈曲字，古人用詰詘，亦單用詘字。」

按：此字原从丂，象屈曲之形。非文字。于聲。狀詞。秦人另造紆字而丂字廢。又商周之時，人或通段丂以代于，是以鮮能知丂為紆之初字。

王筠曰：「玉篇曰：『紆，曲也。詘也。』無縈義。又曰：『縈，旋也。』知紆與縈異。」

〔八〕飲食

① ○ ○ 膾 膾 膾 ㄎㄨㄞ (kuay) (the hamburger)

會 會 會 會「ㄨㄟ」

說文：「膾，細切肉也。从肉，會聲。」古外切

又：「會，合也。从亼，从曾省。曾，益也。」「㣛，古文會如此。」黃外切

按：會為膾之初字。字原从𡆧，象肉己切細，復合而為膾之形。非文，字。合聲。形聲穿合。名詞。後以同音通段以代迨。（迨與佮皆遇會，會見之會之本字。从彳或辵，合聲。乃又加肉旁為意符作膾。論語：「膾不厭細。」膾字原當作會。

小篆變而為會。

〔九〕宮室

①

◯　◯　臺　臺　臺 ㄊㄞˊ (tair) (a platform)

說文：「臺，觀四方而高者。从至，从之，从高省。與室屋同意。」徒哀切

按：人所為四方高平之土。其上可作屋者，謂之臺。故𦤶象臺及其上之屋之形。中其屋上飾也。至聲。名詞。至聲之可諧臺聲，猶臺(台)聲之可諧治聲也。

②

高　高　高　高　高 ㄍㄠ (gau) (high)

說文：「高，崇也。象臺觀高之形。从冂口。與倉舍同意。」古牢切

徐灝曰：「高非臺觀之名。乃為崇高之義而取於臺觀。造字有此一例。」

按：𩫏為臺觀之形。故託以寄崇高之義。口聲。狀詞。口高雙聲。而其韻則口之諧高，猶壽之諧濤也。

③

◯　◯　𩫖　𩫖　𩫖 ㄐㄩㄥˇ (jeong) (a small hall)

說文：「𩫖，小堂也。从高省，冋聲。廎，𩫖或从广頃。」去潁切

按：小堂不必从高得意。應是以𩫏為意符，畫觀」之形也。非文字。

④ ○ 亭 亭 亭 亭ㄊㄧㄥˊ (tyng) (an arbour)

說文：「亭，民所安定也。亭有樓，从高省，丁聲。」特丁切

按：應是从高省為意符，畫觀之形也。非文字。

⑤ 亳 亳 亳 亳ㄅㄛˊ (boh) (a certain arbour)

說文：「亳，京兆杜陵亭也。从高省，乇聲。」旁各切

按：應是以高省為意符，畫觀形也。非文字。

⑥ ○ 害 害 害 害ㄏㄞˋ (hay)

桷 桷 桷ㄐㄩㄝˊ (jyue) (a refler)

說文：「害，傷也。从宀，从口。宀，家也。口，言也。丰聲。害从家起也。」胡蓋切

又：「桷，榱也。椽方曰桷。从木，角聲。春秋傳曰：『刻桓公之角。』」古岳切

按：害為桷之初字。原作害。从宀。象屋宇上榱桷之形。非文字。古聲。名詞。後以同音罔段以代禍。秦人乃造桷字。椽方曰桷者，則知桷圜曰椽也。故椽桷同物。易漸六四：「鴻漸于木，或得其桷。无咎。」桷周初必作害。秦漢人鈔

經易□為□耳。

(十)行動　缺

(十一)器用

①◯　器　器　器　器 ㄑㄧˋ (chich)(vessels)

說文：「器，皿也。象器之口，犬所以守之。」去冀切

徐灝曰：「口象器物形，而非口齒之口。器从㗊，象眾器。……器不當犬守，義稍可疑。」

按：徐說是也。器从㗊，象眾器，非文字。犬聲也，非犬守。

②◯　缶　缶　缶　缶 ㄈㄡˇ (foou)(a crock)

說文：「缶，瓦器。所以盛酒漿。秦人鼓之以節謌。象形。」方九切

按：近人有謂缶从凵，象器形，非文字。午聲。其說是也。

③□　□　鬼　鬼　鬼 ㄍㄨㄟˇ (goei)

說文：「鬼，人所歸為鬼。从儿，由象鬼頭。鬼陰气賊害，从厶。䰟，古文从示。」居偉切

按：甶為人死後人所祭之神主，象物形，非文字。茲以之以寄託其神。口聲。故為人鬼之鬼名詞。甲文𢑚方，即鬼方也。周人改从鬼（古怪物之怪字）口聲。作鬼見田肪毀䰟字偏旁。小篆變為从鬼厶（古肱字）聲。隸楷本之。

④ 〇 甬 毛公鼎 甬 甬 甬 ㄩㄥ (yeong) (the handle of an ancient bell)

說文：「甬，艸木華甬甬然也。从马，用聲。」余隴切

按：甬為鐘柄，从卩，象形，非文字。用聲。徐灝曰：「此當以鐘甬為本意。」考工記鳧氏：「舞上謂之甬。」鄭云：「鐘柄」是也。

⑤ 〇 〇 𣐈 𣐈 𣐈 ㄐㄩ (jiuh) (spade)

說文：「𣐈，苿臿也。从木入，象形。𦥑聲。」舉朱切

按：苿、兩刃臿也。从木，丫、象形（互瓜切）同釪。𣐈似苿。其意符木為倚文畫物之

象形符非文字。

（十二）形容　缺

（十三）聲音　缺

（十四）鬼神　缺

2、指事符

甲、文字加符號

①○

或 毛公鼎　或　或　或ㄏㄨㄛˋ (huoh) (a country)

國 國佐𦉜

國 宗婦鼎

或 毛公鼎

䧙

說文：或，邦也。从囗，从戈，以守一。一，地也。域，或又从土。于逼切

按：或即國之初字。从囗，一爲地區之通象。合之爲有疆界之地區之意，爲通

象。故為意象而屬指事符。益之以戈聲。故為指事符加聲之形聲字。周時借用為或然之或。乃加口(即圍字)為意符作國。或加匚(即區之初文)作國。或加阝作䧙。但國字䧙字均不傳。徐灝曰：「邦謂之國。封疆之界謂之域。古但以或字為之。」是也。許錄國字或文。殆誤以䧙為域。

② ○

亟 毛公鼎　亟　亟　亟 ㄐㄧˊ (jii) (extreme)

說文：「亟。敏疾也。从人。从口。从又。从二。二。天地也。」紀力切。又。去吏切

按：亟乃亟端之亟。从口。在天地之間。(二為天地之意象)惟口能上亟於天。下亟於地也。「及」聲。(𠬝古文及字)後以亟與急同音。(同以「及」為聲。)乃通叚亟以代急。(古訓亟有敏疾之意者以此。)後人又通叚棘極之極以代亟。久之而亟之本意廢。今人只稱極端。而不稱亟端矣。

③ ○

 毛公鼎　 今甲盤　 師遽簋

𣪊　敢　敢 ㄍㄢˇ (goan) (to dare)

𠭥 盂鼎

說文：「𠭥，進取也。从𠬪古聲。𢽈，籀文𠭥；𣪋，古文𠭥。」古覽切

徐灝曰：「一切經音義十六引三蒼曰：『敢，必行也。』廣雅曰：『敢，犯也。』皆進取之之義。」

按：字从二手相隨，而另有外力𠂆內犯而欲分離之。（𠂆為內犯之動象。）可謂勇敢矣。𠂆為意象，故為指事符。甘聲。動詞。後世形變意不可說。今敢用為助動詞。

乙、物形加符號

①

〇

𦝠 庚贏卣贏偏旁　𦝠 楚贏匜贏偏旁

𦝠　𦝠

𦝠 ㄌㄨㄛˇ (lou) (a snail)

說文：「𦝠，或曰嘼名。象形。闕。」郎果切

姚文田嚴可均說文校議曰：「或曰上，象形上，皆有闕文。」

按：𦝠即螺之初字。蟲也，非獸也。从夕，象其殼形。外加彐者，所以指示其殼之旋轉也。彐為意象而非物象，故今為指事符。可列於物形加意象一類之表

意象一項。而益之以「能省聲」(𦙶為能省)。故𣎆為形聲字。此字後世只用作偏旁。而復加「虫」為意符作蠃。至用𣎆為聲之字。則有嬴、贏、羸、臝、𣎆、𣎆、𣎆、𣎆等十字。而其音歧變為三。(ㄧㄥˊ ㄌㄨㄛˇ ㄌㄟˊ。)

丙、全部符號

① 〇

𠀭(平聲古文) 𠀭 平 平 ㄆㄧㄥˊ (Pyng) (level)

𠀭(石鼓)

說文：「𠀭、語平舒也。从亏。从八。八、分也。爰禮說。」符兵切

按：从一。一、平之意象也。釆聲。釆即說文訓辨別、讀若辨之釆。石鼓作𠀭者、从一。釆省聲。又說文釆下錄古文釆作𠂔。則石鼓平字从古釆聲也。後世更復譌變。形不易曉。爰禮說、拘迂不清。且平字之意不必涉于語舒。許訓以「語平舒」、蓋牽於兮字之說解。說文：「兮、語所稽也。从丂。八象氣越亏也。」

② 小

少(鄦侯敦) 少 少 少 ㄕㄠˇ (shao) (few)

說文：「少、不多也。从小。丿聲。」書沼切

按：字原从丨。丨非文字。亦非物形。乃所以示少之意象。而以小為聲。小在字

之上部。故「少」屬下形上聲。狀詞。

③ 今（前一.45.五）　今（克鼎）　今（孟鼎）　今　今　今 ㄐㄧㄣ（jin）（this day）

說文：「今，是時也。从亼，从㇇。㇇，古文及。」居音切

按：字从一。此非一二之一，乃所以指示此時之意象也。亼聲。亼聲與今聲，陰陽對轉。今字之一，既像指事之意象，故金文亦變作乛。小篆變作㇇。均無害其為指事之意象也。甲文有「今日」「今夜」「今春」「今夏」等詞。知今為狀詞，後以同音之故，通段玆、之、斯、是等字代之。

3、會意符

甲、本文比類符

① 此　此（余森鉦）　此　此　此 ㄘˇ（tsyy）（to stop）

說文：「此，止也。从止，从匕。匕，相比次也。」雌氏切

王筠曰：「釋詁：已、此也。已止同意。」

林義光曰：「匕即人之反文。」

按：从人反身。男人之反，故為古妣字。借用為停止之意。此从匕，止聲。故有已止之意。動詞。止聲諧此聲。今音亦甚近。後世通段此以代兹、斯、之等字。故有彼此之稱。久段不歸，乃復通段「止」(腳)以代「此」(停)。亦久用成習而忘其本原焉。

②

〇 〇  卓

卓 zhuó (jwo) (to stand up right)

說文：「，高也。早匕為卓。」竹角切

按：卓、特立也。从人反身，非人字。非妣字。人反身則立也。早聲。「高也」是倬字意。詩曰：「倬彼雲漢」，與卓異字。

③

 後下以六次偏旁  魚匕次偏旁  欠

欠 qiàn (chiann) (to utter)

  古鉥江歡歡偏旁

說文：「，張口气悟也。象气从人上出之形。」去劍切

按：口之意所以言食也。欠之意則發聲或就食也。从口，變為コ。(非文字)コ有

張口之意。㔾(跽之初字)聲。動詞。欠之意為發聲，故歌字从之。欠之意又用為就食，故飲字从之。

④  藏219.一　 師奎父鼎 戴偏旁　韋　韋

韋 ㄨㄟˊ (wei) (to disobey)

說文："韋，相背也。从舛。囗聲。獸皮之韋，可以束枉戾相韋背，故借以為皮韋。，古文韋。" 宇非切

按：字以違背為本意。金文韋字亦象二D 韋背形。甲文小篆則从二止(為足)違背。囗聲。囗，即圍之初文。韋自借為皮韋(革縷也)字，乃加辵為意符作違。言背道而行，即謂之違也。(其實就甲文小篆言之，既已从二止相違，又加辵旁，意殊嫌複。)

⑤ ○　○　舝　舝

舝 ㄒㄧㄚˊ (shya) (the linchpin of a wheel)

說文："舝，車軸耑鍵也。兩穿相背。从舛。萬省聲。萬，古文偰字。" 胡戛切

按：車舝所以制轂之脫出，常與輪輻相違背，故从舛，从牛，取相背之意。萬省聲。秦人另造轄字。說文："轄，鍵也。从車。害聲。" 胡八切　或作鎋。均名詞。後人引伸借用為動詞。然詩載脂載舝，早已用為動詞矣。

⑥

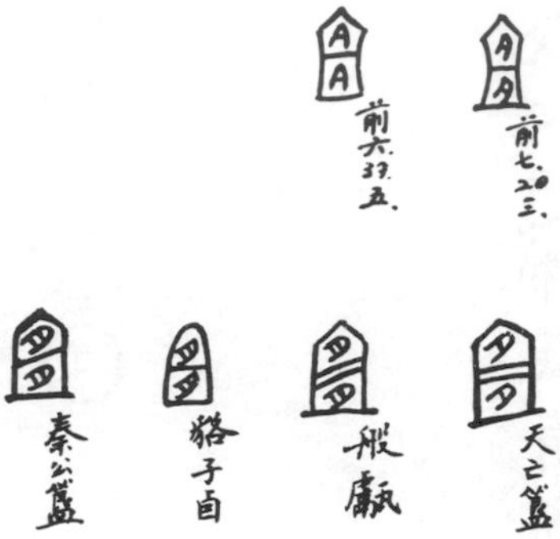

俎 ㄗㄨˇ (tzuu)(dressed meats)

說文：「俎，禮俎也。从半肉在且上。」側呂切

按：字初形从二肉，且聲。形聲穿合。原意為俎醢之俎。細切肉饌也。儀禮鄉飲酒禮賓辭以俎。鄭注：「俎，肴之貴者。」是也。名詞。至禮俎云者，乃鼎俎，樽俎之俎。為切肉其上之具，俗名椹板者也。亦即廣雅釋器：「俎，几也。」一切經音義引字書：「俎，肉几也。」亦名詞。从半肉者，形變而說歧也。是故肴俎與禮俎，樽俎意異。當以肴俎為本意。以禮俎，樽俎為借意。甲文用為祭名。金文多用其本意。

乙、異文合誼符

①

冥 ㄇㄧㄥˊ (ming)(dark)

說文：「冥，幽也。从日，从六，冖聲。日數十，十六日而月始虧幽也。」莫經切

徐灝曰：「此篆及說解乖舛。字形無十，而云日數十。已無所取義，況以十日為十六日，又不用十，而但从六。且既以十六日為月始虧，乃又不从月而从日。造字有如此支離惝怳者乎？」

按：出入之入，商有二形。一為∧，意象言尖首者易入也。二為介，乃就原字∧而加意符八（即分之初文）者。言分物乃可入也。或入必分物也。故介為入之後起字。而甲文均借以為數目6，可用阮、乙、九七一全片數目字參考之。明乎此，則冥字从日六即从日入。日入為冥，此至顯至顯之意矣。冖聲「即帽之初文。狀詞。似此則說解「幽也。从日，从六。冖聲。」均不誤。只須於六下注「古入字」可耳。日數十云云，刪之可也。

② ○  暴 暴ㄆㄨˋ (pù) (to sun)

○  

說文：「暴，疾有所趣也。从日，出，本廾之。」薄報切

文：㬥，晞也。从日、出廾、米。[篆文]，古文暴。从日。麃聲。玉篇步卜切，大徐薄報切。
段玉裁曰：日出而竦手舉米曬之。合四字會意。
林義光曰：按四語為文，煩鄙失古。暴與㬥形近，俗改夲為米，因以聯綴成句耳。
按：字正篆當从嶧山碑作[篆文]，為曝之初字。動詞。从廾、夲於日下。夲聲。（夲進趨也。楷變作夲。音叨。夲為豊茂之初文）豊聲古與曝聲同。孟子：一日暴之十日寒之。是其本意。後世因同音通段以代勃。故有暴疾之稱。暴疾猶勃疾也。左傳：其興也勃焉。勃，玉篇廣韻並訓卒（猝）也。又因同音通段以代虣。故有暴虐、暴戾等稱。徐灝於㬥下曰：㬥从日、出、夲廾之，與疾趨義不相協。疑此即暴之別體。蓋字本从廾夲於日下。夲聲。譌變為日出夲廾。後又譌為廾米出日。以牽合曝曬之意。許君未審，乃誤採而分說之。遂傳兩篆之形。隸楷復合為一。又別構曝字。

③ ○ ○ 碧 碧 碧 ㄅㄧˋ (bih) (the green stone like jade)

說文：碧，石之青美者。从玉石。白聲。兵尺切
段玉裁曰：从玉石者，似玉之石也。碧石青。

按：碧為名詞。亦用為狀詞。「白」只為聲符。

④ ○ 溼 溼 溼 溼 ㄕ (shy) (wet)

說文：「溼，幽溼也。从水。一所以覆也。覆而有土，故溼也。㬎省聲。」失入切

徐鍇曰：「今人不知有此字，以濕為此字。濕，水名。非此也。傷執反。」

按：籀文系作𦃃。溼从水，从土。𦃃聲。小篆變𦃃為㬎，又省作𢆶耳。

⑤ ○ ○ 蕅 蕅 藕 ㄡˇ (oou) (the root-stock of the lotus)

說文：「蕅，芙蕖根。从艸水。禺聲。」五厚切

嚴音福曰：「以水艸為義。以禺為聲。」

按：嚴說是也。後世變作藕，則从艸、耦聲。

⑥ ○ ○ 梁 梁 梁 ㄌㄧㄤˊ (liang) (a bridge over a brook)

說文：「梁，水橋也。从木，从水。刅聲。𣛚，古文。」呂張切

按：梁伯戈作𣶒。此津梁之梁也。水中之土梗。从水，刅聲。梁邑幣作𣓷，此橋梁之初字也。从木刅聲。大梁鼎作𨛫，地名之專字。後造。从邑、梁聲。皆先後用

為邑名、國名。

⑦ ○

竊 竊 竊 ㄑㄧㄝˋ (chieh)(to steal)

說文：「竊，盜自中出曰竊。从穴，从米，卨、廿皆聲。廿，古文疾。卨，古文偰。」千結切

林義光曰：「廿為古文疾，無攷。廿即口之變。」

按：廿非古文疾，乃鼠之口也。字从穴、从米、从口者，乃鼠自穴中探首於外，以食米，而身不敢出穴，是竊食也。卨聲。（卨，古文蠍字。）動詞。

⑧ ○

衡 番生簋 衡 衡 衡 ㄏㄥˊ (herng)(horizontal)

說文：「衡，牛觸，橫大木其角。从角，从大，行聲。詩曰：『設其楅衡。』[illegible]，古文衡如此。」戶庚切

按：衡字本義，即後世縱橫之橫。牛角矢。行聲。小篆變作角大，意稍晦。角大不必橫也。縱衡字本如此。詩南山「衡從其畝」是也。後以天秤之衡桿亦曰衡，又與其銓連稱銓衡，稱權衡。久為所專，乃另段「橫」以代衡。其實橫，闌木也。（闌，門遮也。）前人僅以同音通段以代「衡」。

⑨ ○

佩 頌鼎 佩 佩 佩 ㄆㄟˋ (pey)(to wear at the waist)

說文：㑶，人帶佩也。从人。从凡。从巾。佩必有巾。故从巾。巾謂之飾。蒲妹切

按：佩字全文見頌鼎。初學記引說文作从人。凡聲。與今本斠之。則應為从人从巾。會意。凡聲。故列於此。

⑩ ○ ○ 僉 僉 僉 (chian) (all)

說文：僉，皆也。从亼。从吅。从从。虞書曰。僉曰伯夷。七廉切

按：此字从亼二口。从从。二人一齊開口。故有皆（僉同）意。亼聲。副詞。亼音集。非三合之形。另詳象形篇宮室目下。亼與僉雙聲。

⑪ ○ 嗣 盂鼎 嗣 石鼓 嗣 嗣 嗣 (syh) (to heir)

說文：嗣，諸侯嗣國也。从冊。从口。司聲。孠，古文嗣。从子。祥吏切

按：嗣位必遵先君之命。嗣字之意。本於口。本於冊。故从口。从冊。司聲。動詞。金文或从司省聲。晚周古文蓋从子。子繼父也。司聲。

⑫ ○ ○ 尋 尋 尋 (shyun) (a fathom)

說文：「㝷、繹理也。从工。从口。从又。从寸。工口亂也。又寸分理之。彡聲。此與𤕦同意。度人之兩臂為尋。八尺也。」徐林切

按：尋之本意為度人兩臂之長。从又。从寸（即又）者，謂由手至手也。即左右手之距。从工。工者尺也，所以度也。从口者，所以告人也。彡聲。名詞。一人之高曰仞。兩臂之長曰尋。仞尋恆等，在周統為一尺。在漢統為八尺。引申之，凡度物之橫距者，以尋為準，如稱城圍千尋。凡度物之高者，以仞為準，如「稱牆高數仞。壁立千仞。」周官之法，度廣為尋。大戴禮：「舒肘知尋。」鄉射禮記注：「中人張臂八尺」。是也。尋繹非本意。甲文有徝字。金文有徝字。竊鼎：「師雝父循道至于䵼。」是也。說文失載，應即巡視之巡之初字，訓為「行且視也」。後世以尋字代之，於是尋有尋覓尋求等意。而循亦由此失傳。徝从目。从彳。十聲。另見。

⑬

〇 疌

〇 疌

疌 ㄐㄧㄝˊ (jye) (quick)

說文：「疌、疾也。从止。从又。又手也。屮聲。」疾葉切

徐鍇曰：「止，足也。又，手也。手足共為之，故疾也。」

按：字為狀詞。後世又加手旁作捷。捷行而疌廢。林義光曰：「說文：『疌、機下足

所履者。从止，从又，入聲。」尼輒切　按入非聲，疌形近，疑即疌之誤體，其說可從。至於機下足所履者，徐鍇曰：「今人作䌊。」名詞，或通段用躡（本為動詞）。

⑭ ○ 𥜽 ○ 𥜽 𥜽ㄙㄨㄟˋ (suay) (to inquire by divination)

說文：「𥜽，楚人謂卜問吉凶曰𥜽。从又持祟，祟亦聲。讀若贅。」之芮切

按：卜問吉凶，祀神事也，故从示；卜必以手，故从又。動詞。此字構造當云从又，从示，出聲，故特正之而列於此。祟亦出聲，故古籍祟𥜽有通用者。

⑮ ○ 𩰲 ○ 𩰲 𩰲ㄗㄞˋ (tzay) (to serve at table)

說文：「𩰲，設飪也。从丮食，才聲。讀若載。」作代切

按：說解甚是，動詞。石鼓文：「𩰲西𩰲北。」用如載，副詞，乃通段。周時字形亦變作𩰲，見師虎簋，通哉。爾雅：「哉，始也。」

⑯ ○ 學 靜簋 學 學 學ㄒㄩㄝˊ (shyue) (to learn)

說文：「斆，覺悟也。从教，从冂。冂，尚矇也。臼聲。學，篆文斆省。」胡覺切

按：斆乃晚出之教字，古亦作效，从攴，爻聲。至於學字，古無从攴者，學應从臼

有模仿意。从字，有孳生意。模仿而孳生，由不知而知，由不能而能，是即學也。文聲。動詞。

⑰ 斆 前五.二〇.二　斆 鄦侯簋　斆　斆　教 ㄐㄧㄠ (jiaw) (to instruct)

說文：「斆，上所施，下所效也。从攴，从孝。」古孝切

按：字原从尹子會意。文聲。動詞。亦作效。从攴，爻聲（學字亦以爻為聲，故教之後起字亦作斆。斆从攴學聲。）後變尹為攴，意亦得通。古者扑作教刑，扑子即所以教也。文聲。

⑱ 〇　𠩺 師嫠簋 嫠偏旁　𠩺　𠩺　𠩺 ㄌㄧ (li) (to depart)

說文：「𠩺，坼也。从攴，从厂。厂之性坼，果孰有味亦坼。故謂之𠩺。从未聲。」許其切

林義光曰：「按古作𠩺，本義當為飾。為治。从攴，从人（卜即人之反文）與攸修同意。來聲。經傳以釐為之。」

按：此即離別之離之本字。動詞。从攴來（古麥字）會意。麥扑則其子脫離而下也。卜聲。卜，反人字。飭、治、清理、等意之字作𠩺，篆文作𠩺，自叚用「理」字，而𠩺字廢。後加聲符「里」作釐，反書之作𨤅，見者減鐘，再省變之則為釐。故書

堯典，允釐百工。傳曰，釐，治也。是也。動詞。因其音同賚，故通段以代賚。（賚、賜也）如詩既醉，釐爾女士。傳曰，釐，予也。江漢，釐爾圭瓚。傳曰，釐，賜也。又因其音同僖，故通段以代僖。春秋僖公亦稱釐公，僖王亦稱釐王。說文，釐，家福也。則又禧字之訓矣。史記曰，帝方受釐。釐亦禧字之通段。然則釐或嫠之本意，只為治，為理。而此嫠字，坼也，則為別離之本字。

⑲

𢿍 散盤　𢿍　𢿍 石鼓攈偏旁　㪔　散

散 分 (saan) (to split)

說文，𢿍，雜肉也。从肉㪔聲。穌旰切

又，㪔，分離也。从攴林。林，分㪔之意。穌旰切

按，字从攴竹會意。竹攴則分散也。月聲。動詞。後或變為攴林，意亦不殊。仍為月聲。散从月聲，亦猶之儀射之射之諧弓射之射也。𢿍字見散盤。𢿍見石鼓文𢿍字偏旁。說文無𢿍，而增㪔訓分離。而誤書𢿍之異文𢿍為𢿍中筆聯邊，生雜肉之訓。千載而後之今日，人遂莫能明矣。

⑳

尌 後上13、二　尌 石鼓　尌　尌

尌 殳 (shuh) (to plant)

 前二.7.八.

 前二.8.二

說文：，立也。从壴。从寸，持之也。讀若駐。常句切

按：字為樹植之意。動詞。石鼓文从又(手)植木。豆聲。豆聲古與豰聲同。甲文从力植屮，或从力植木，或从力植華。从力與从又同。而植屮、植華，意無別也。均以豆為聲。小篆變又為寸。(即古肘字。)其意仍與又同。或誤以為尺寸之寸字，其意遂不可說。秦漢以後，更加木旁作樹，仍為動詞。如漢以後所鈔經籍、詩：樹之榛栗。孟子：樹藝五穀。均用後起之樹。而尌字廢矣。

㉑ ○ ○  泰 泰(ㄊㄞˋ) (tay)(to strain)

說文：，滑也。从𠬞从水。大聲。，古文泰。他蓋切

林義光曰：泰即洮汏之汏之本字。動詞。凡洮汏者，以物置水中，因其滑而脫去之。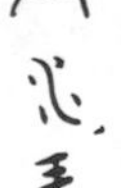手捧水形。

徐灝曰：宋尤叔晦曰：古文有因而重之以見意。从大而二之為太。是也。隸省作太。通作泰。

按：太非古文泰，乃大之過甚字。泰即汰之初字，林說是也。許說構造不誤。

(22)

將（ㄐㄧㄤ）(jiang)(to carry with)

說文：「將，帥也。从寸，牆省聲。」即諒切

按：將，扶送也。同將。从廾肉會意，爿聲。動詞。小篆變廾為寸(肘)，其意無別。自借為將帥之將，或將兵之將(名詞或動詞)，或將來之將(助動詞)，而本意浸廢。說解誤以借意為本意，釋構造亦非。

(23)

奏（ㄗㄡˋ）(tzow)(to represent)

說文：「奏，進也。从夲，从収，从屮。屮即上進之意。[illegible]，古文。[illegible]，亦古文。」則候切

按：奏，進也。从艸夲，屮聲。動詞。

(24)

袁（ㄩㄢˊ）(yuan)(the garment hanging down lonly)

說文：「袁，長衣皃。从衣，叀省聲。」羽元切

按：字形就金文遠字偏旁究之，當从止，从衣，○聲。止，腳也。衣垂至腳，衣長之皃可知。○亦為員字之聲，可為比例。

㉕

○

毛公鼎　休盤

廷

廷 ㄊㄧㄥˊ

(tyng) (the court)

說文：「廷，朝中也。从廴，𡈼聲。」特丁切

按：廷者，堂下至門不屋之所，中寬兩端後曲之地也，故初字（毛公鼎）从乚（曲）土（地）會意。人聲。休盤作㐱聲。㐱聲與人聲同也。金文餘字皆由此變。小篆形譌，構造遂不可說。朝中者，朝下中地之謂。古者臣見君，君南面坐於堂上。堂亦稱朝。臣北面立於堂下廷中，故統稱其所曰朝廷。王靜安曰：「古文但有廷字，後世加广作庭，義則無異。」由說文之例，庭字當爲廷下重文。

㉖ ◯ ◯ 牖 牖 牖 (yeou) (a window)

說文：「牖，穿壁以木為交窗也。从片、戶，甫聲。」與久切

段氏曰：「蓋用合韻為聲也。三部。」

徐灝曰：「當以甫為聲。古音魚侯兩部多相轉也。」

按：字从片、从戶，已足會為牖意。甫聲。徐說依繫傳，今疑「用聲」之譌。

㉗ 𢓊 前五.19. 循 史頌簋 循 師奎父鼎 循 巡 循 循 ㄒㄩㄣˊ (shyun) (patrol)

說文：「循，行順也。从彳，盾聲。」詳遵切

又：「巡，視行也。从辵，川聲。」詳遵切

按：一切經音義卷十一引「行示曰循。」行示即行視之通段。如月令：「命司徒曰循行國邑，周視原野。」「命司徒循行縣鄙。」「命有司循行積聚」之類是也。視行即行視之意。其字甲文作𢓊，从彳，从目。十聲。金文變作循，从彳，从省。省亦聲。構造與行視之意均諧。小篆變為循，从彳，盾聲。又變作巡，从辵，川聲。意雖勉強可說，但循或巡字構造，全為形聲，有行無視矣。

㉘

後　師望鼎　後　儼兒鐘　後　後　後 ㄏㄡˋ (how) (to walk behind)

說文：「後，遲也。从彳、幺、夊。夊者，後也。」胡口切

按：夊有後退之意。後字从夊、从彳、幺聲。金文有改彳為辵者，其意無別。

㉙

𢓴　退　退 ㄊㄨㄟˋ (tuey) (to retire)

說文：「𢓴，卻也。一曰行遲也。从彳、从日、从夊。衲，𢓴或从内。𨓚，古文，从辵。」他內切

按：夊有後退之意。退字原从夊、从彳、日聲。或文以內為聲。古文變彳為辵，其意無別。隸楷由古文變。又疑日聲者，原為瞙省聲也。此處用聲符與後字同例。後，幺聲。

㉚

𥷚　𥷚　鞫 ㄐㄩˊ (jyu) (to interrogate an offender)

說文：「𥷚，窮理罪人也。从㚔、从人、从言，竹聲。」居六切

按：字从言理罪人會意，竹聲。㚔，非吉而免凶之幸，乃古枷字，刑具也。應即說

文一曰讀若銛之字。

31 ○ ○ 𢓊 建 建 ㄐㄧㄢˋ (jiann) (to erect)

說文：「𢓊立朝律也。从聿，从廴。」居萬切

按：建立也。从聿(筆)立土(地)上會意。乚聲。乚與𠃊同字。見公伐徐鼎古曲直之曲。古曲音與今建音陰陽對轉。此據嶧山刻石，應小篆之正。从廴者，乃其譌變者也。不可據。

32 ○ ○ 劉 劉 劉 ㄌㄧㄡˊ (liou)

按：今本說文無劉字，而有劉字。解曰：「从竹，劉聲。」有瀏字。解曰：「从水，劉聲。」則明明脫劉篆也。劉本意應為兵器之名。書顧命：「一人冕，執劉。」鄭注：「劉，蓋今鑱斧。」其音則卯聲。卯聲讀劉，猶卯聲讀柳也。以其為兵器，故字从金刀以會意。金刀相合，非文字。(不可識為劉字。說文：「劉，刹也。」另義)乃會意符。

33 ○ ○ 盬 盬 盬 ㄍㄨˇ (guh)

說文：「盬，器也。从皿，从缶，古聲。」公戶切

按：字从缶，从皿，會意。缶皿相合，非文字，乃會意符。

㉞ ○ ○ 𢒉 𢒉 𢒉ㄇㄨˋ (muh)

說文：「𢒉，細文也。从彡，𡭴省聲。」莫下切 丁福保弟子沈乾一曰：按𡭴非聲，當作从小，皃省聲。俗作描，非。

按：沈說是也。字从小彡會細文之意。皃省聲。不過白即古皃字，此正从白聲也。

㉟ ○ 𠀍 世 世 世ㄕˋ (shyh)

說文：「世，三十年為一世。从卅而曳長之。亦取其聲也。」舒制切

按：字从三個十，會三十年之意。止聲。三個十非字（非卅字）乃會意符。

以上共錄「非文字」為意符之形聲字八十八字。

第四十四節 形聲字別錄

(一) 形聲字校許彙志

〔一〕天文

① 旦 旦 旦 旦 旦 ㄉㄢˋ (dann)

說文：「旦，明也。从日見一上。一，地也。」

按甲文旦字，粹編釋昌。于省吾作釋旦專文糾之。謂即旦之初文。从日。丁聲。丁旦雙聲，並端母字。契文丁字作口、◇。與金文旦字下从之填實形同。甚是。

② 莫 莫 莫 莫 莫 ㄇㄛˋ (mo) (evening)

莫

莫

說文：「莫，日且冥也。从日在茻中。」莫故切 又慕各切

羅振玉曰：「从日在茻中。从茻與許書从茻同。卜辭从茻从林多不別。如囿字

作亦作矣。

按：其構造如日在茻中，則朝暮無別。如云从日，茻聲，則與後世之晚字从日免聲者同。日且冥也之意，應是从日，茻聲，非會意也。繫傳獨著茻亦聲三字可參。狀詞。

莫自後世以同音通無，用為否定副詞。日久乃又加日（為意符）作暮，以還其原。後世或又作晚字。

③   爽 爽 爽ㄕㄨㄤ（shoang）

按：，免毀昧爽之爽作此。免毀在西周懿王時（依郭說）。字應為形聲。从日，聲。古穰字。穰，豐穰也。象枝繁果密之形。金文西周厲王時有爽字。即後世爽明也之爽。从㸚，大會意。㸚即說文爻字，為欞字之初文，窗楯間子（孔）也。此字先為形聲，後變為會意，構造取意不同，而均在西周。

④    夙 夙ㄙㄨˋ（suh）

說文：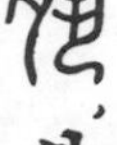，早敬也。从丮持事，雖夕不休，早敬者也。

按：應从月（借為夜字）丮聲。夜之殘末，故為早也。

⑤ 　　　恒　恒ㄏㄥˊ (herng)

按說文無亙字，有恒字。解曰：「，常也。从心，从舟在二之間。上下一心，以舟施恒也。，古文恒。从月。(此為上弦下弦之初字)詩曰：『如月之恆』。胡登切，」李敬齋以為从工聲。月工合體而省。甚是。又謂後作者，再加聲。亦是。

⑥ 　　　晋　晉ㄐㄧㄣˋ (jinn)

說文：「，進也。日出萬物進。从日，从臸。易曰：明出地上晉。」臣鉉等按：臸，到也。會意。

按應从日，臸聲。

⑦ ○　○　　普　普ㄆㄨˇ (puu)

說文：「，日無色也。从日，从並。」徐鍇曰：「日無光則遠近皆同，故从並。」

按應从日，並聲。

⑧ ◯  顯 顯 ㄒㄧㄢˇ (shean)

說文：㬎，眾微杪也。从日中視絲。古文以為顯字。或曰眾口皃。讀若唫唫。或以為蠒。蠒者，絮中往往有小蠒也。

按：金文作㬎字，義應為明也。从日，絲聲。絲，古系字。

⑨ ◯ ◯  孴 孴 ㄋㄧˇ (nii)

說文：孴，盛皃。从孨，从日。讀若薿薿。一曰若存。

按：應从日，孨聲。

(二) 地理

①  沙 沙 ㄕㄚ (sha)

說文：沙，水散石也。从水，从少。水少沙見。楚東有沙水。沚，譚長說沙或从尐。

按：小甲文少字。从丨，八聲。沙，从水，少聲。沙所以从水、少聲者，水少沙見也。

②  光 光 ㄍㄨㄤ (guang)

說文：「光，明也。从火在人上，光明意也。炗，古文。芡，古文。」
按：光應从火𠃊聲。𠃊，古跪字。

③ ○　○　𤇯　𤇯　𤇯 ㄐㄧㄣ (jinn)

說文：「𤇯，火餘也。从火聿聲。一曰薪也。」臣鉉等曰：「聿非聲。疑从𦘒省。今俗別作燼，非是。」
按：○疑从火乂聲。

④ ○　○　莧　莧　莧 ㄇㄧㄝ (mieh)

說文：「莧，火不明也。从苜，从火，苜亦聲。周書曰：『布重莧席。』（織蒻席也）讀與蔑同。」
按：應从火苜聲。苜，古眉字。

⑤ ○　○　焦　焦　焦 ㄐㄧㄠ (jiau)

按：焦，火所燒也。从火，雥省聲。𪚺，籒文焦。即消切。今二徐譌誤作「𪚺，火所傷也。从火雥聲。焦或省。」雥音同集，與即消切不符，遂啟清小學家歧

說。所當於本文正之。丁佛言說文古籀補之錄古鉨焦字作𩁹，可資參證。

⑥ ○ 甫 甫 甫 ㄈㄨˇ (fuu)

圃 圃 圃

說文：「甫，男子美稱也。从用父，父亦聲。」

又：「圃，種菜曰圃。从囗，甫聲。」

按：甫从田，父聲。古人尊他人曰某父。漢人皆通以甫字代之。而戰國時變其下體田為用。故許訓甫曰男子美稱。甫既易為男子美稱，故又加囗(圍)為意符作圃。

〔三〕草木

① ○ ○ 𠦪 𠦪 𠦪 ㄨㄟˋ (wey)

按：說文有𠦪字，解曰：「艸木𠦪字之皃。从𣎳，畀聲。」于貴切 段玉裁曰：「當作𠦪字。艸木之皃。周易拔茅茹以其彙。征吉。釋文云：彙，古文作蒷。」按蒷即𠦪之異者，彙則假借字也。」

當係彙之譌文。不為字。說文此字當刪。

②

○　　薈　薈 ㄏㄨㄟˋ (huey)

按：凡此皆薈字，用以代歲字也。說文：「薈，艸多皃。从艸，會聲。詩曰：『薈兮蔚兮。』」烏外切。此𣏟即薈字。从卄，或从艸，或作林，或作森，乂聲。乂即合字，聲與會同。會以合為聲，同近。會聲可以代歲，亦猶之穢聲之原于歲也。

③

○　○　蔖　蔖 ㄘㄨㄛˊ (tsuo)

陳邦懷曰：「此字从艸，从虘，乃古文蔖字。菌蔖字……見爾雅釋艸。說文解字艸部無蔖字……卜辭蔖字當是古文。从茻作蔖，猶說文莽字籀文作𦵔矣。」古

金文从艸之字多从茻，例多不悉舉。爾雅作蔖者，蓋[茻虘]之省文。

按：甲金文从茻之字，小篆多省為从艸，意同也。此字从虘為聲，或从𠭥為聲。

〔四〕蟲魚（缺）

〔五〕鳥獸

① ○ ○ 𦋺 罷 罷 ㄆㄧˊ (pyi)

說文：𦋺，遣有辠也。从网能。言有賢能而入网，而貫遣之。周禮曰：議能之辟。

按：遣有辠，應為貶字意。罷，獸名。从能（即熊）网聲。故字亦作羆。罷與羆一字。

② ○ ○ 𦽏 莽 莽 ㄇㄤˇ (mang)

說文：𦽏，南昌謂犬善逐兔艸中為莽。从犬，从茻，茻亦聲。

按：應从犬，茻聲。

③ 𤘽 𤛔 犅 𤚽 犅 ㄍㄤ (gang)

說文：犅，特牛也。从牛，岡聲。古郎切

按，刀部剛字下，考知网與罔，剛同音，則此處知剛與網同字。

④ 𦙫　○　胵　胵　胵 ㄔ (chy)

說文：「胵，鳥胃也。从肉，至聲。」處脂切
楊遇夫曰：「義爲鳥胃，故字从隹。非鳥莫屬也。篆文變爲从肉，則人與禽獸皆可通矣。」
按，楊說極是。字由肉部改屬隹部。从初字也，至聲。

〔六〕人體（缺）

〔七〕服飾

① ○　○　希　希　希 ㄒ
絺　絺　絺 ㄔ (chy)

說文：「絺，細葛也。从糸，希聲。」丑脂切
今本說文無希字。沈濤曰：「本書莃、睎、郗、稀、俙、欷、豨、晞諸字皆从希聲。」
錢大昕以爲希，當是絺初字。从巾，爻聲。
按，錢說是也。希絺一字，相承增偏旁耳。古文偏旁，巾、衣、糸，常相通。如說文：「給，

粗葛也。从糸谷聲。峪、綌或从巾。綺戟切

从巾與从糸無別。

②

○ 㡀 ○

帶 帶 帶 ㄉㄞˋ (day)

說文「帶，紳也。男子鞶帶，婦人帶絲。象繫佩之形。佩必有巾，从巾。」當蓋切

丁福保曰「案慧琳音義五卷十三頁、八卷十八頁帶注引說文「紳也。男子服革，婦人服絲。象繫佩之形而有巾。故帶字从巾。」二徐本均以服革二字譌併為鞶字，而又各有所竄改也。」

按：丁說是也。又金文敔毁蓋銘，有「玄衣赤㡀」字。近人郭氏跋㡀以為「舄之本字。从衣，从土。土亦聲。舊釋為裹，非是。」今謂郭釋亦非。㡀應是帶之初文。从衣，土聲。土聲與地聲同。商周二代土即地字，秦始於土加也聲作地字、蒂亦作帶。从衣與从巾同字。裳亦作常也。

〔八〕飲食（缺）

〔九〕宮室

①

○

○

屛 屛 屛 ㄆㄧㄥˊ (pyng)

說文：屛　屛蔽也。从尸，并聲。必郢切

按：从尸無義。屛前為門，屛後為人可居處之處，故从𡰪省，并聲。入轉注。

又按：㢲　蔽也。从广，并聲。必郢切　群經正字：二字音又俱同，蓋一字也。今經典有屛無㢲。據六書之義，正字當作㢲。屛从尸，無義。今說文尸部有屛，恐俗人因經典多屛字而增入也。文選洞簫賦：處幽隱而奧屛兮。李善注：屛與屛同。……玉篇云：屛或作㢲屛，是固以㢲為正字也。說甚是。

②　◯　◯　屒　屒　屒 ㄔㄣˊ (chenn)

說文：屒　伏皃。从尸，辰聲。一曰屋宇。珍忍切

段氏曰：伏皃未聞。一曰屋宇也，與宀部宸音義同。

按：从尸無義，尸應是厂字之譌。

(十) 行動

①　◯　保　保　保　保 ㄅㄠˇ (bao)

說文：保，養也。从人，呆聲。博裒切
按：金文或从任。从任，亦可生保意。

②　〇　局　局　局ㄐㄩ（jyu）

說文：局，促也。从口在尺下，復句之。一曰博局，所以行棊。象形。渠綠切
按：局之本意為局促，詩正月「不敢不局」，傳：「局，曲也。」采綠「予髮曲局」，傳：「局，卷也。」是局促卷曲之意也。言人之心理狀態。說文解其構造，全不可從。上尸字應是人字之寫變。下惟金文可據。㠯即句字。此从人尸聲，最為合理。狀詞後借用為他意。但象形二字，決不可採。

③　〇　企　企ㄑㄧˋ（chih）

說文：企，舉踵而望也。从人，止聲。古文企从足。去智切
按：徐灝曰：「止聲，正所謂因聲載義是也。」或刪聲字，以為从人止會意，非也。

④　反　反ㄈㄢˇ（faan）

反，覆也。从又厂，反形。孔廣居以為从又，厂聲。近人馬氏以為覆也，乃叟字之訓。古書通借反為叟，非紐雙聲也。反，當如孔說从又，厂聲，其本義亡矣。

按：反當為扳之初字。扳，援引也，挽也。後反通用為覆意，後人乃又加手旁為意符作扳。公羊隱公元年傳：「諸大夫扳隱而立之。」

⑤

○　○　𠷎　疇　疇ㄔㄡˊ（chou）

𢿌

說文：「𠷎，誰也。从口，𢏚，又聲。𢏚，古文疇。」直由切

又：「𢿌，棄也。从攴，𠷎聲。周書以為討。詩云：『無我𢿌兮。』」市流切

按：古有𠷎字，訓誰。此處非也。此有二形，从又與从攴同。𢏚聲或𢏚聲均可。从又或从攴之字，意均是「棄」，應為一字。

⑥

启　○　启

启　啓　啟　啟　啟ㄑㄧˇ（chii）

启　啟

啓　啟

按字原為報告之意。動詞。从口，𠬝省聲。或从口，𠬝聲不省。依上舉甲文次序。

(一) 曰：「乙乙卜爭貞：雀獲亘。𠷎雀。」即告雀也。

(二) 曰：「貞：□𠷎王□我咎。」即告王也。

(三) 曰：「洗割其𠷎雀洗割為ㄨ戜，乃武丁時將領之名。此即洗割將告雀也。

(四) 曰：「戊申卜㝐貞，有俘啓（報告）？」此具構造表意甚明。前三形金文無

觀，而說文訓小篆曰：「𠷎，開也。从户，从口。」康禮切 釋意與構造均誤。後一形金文或照傳，或攴又為攴，或攴為戈。意當無別。說文訓小篆曰：「啓，教也。从攴，启聲。論語曰：不憤不啟。」康禮切 蓋誤以借意為本意。第一次通段用啟以代戶攴（開）。第二次用開啟為教，乃段借。

今日之時，函達他人信封外稱某某先生台啟。此啟為開，乃通𠬝也。信內首云敬啟者，乃謂敬以報告也。啓為報告，是其本意。

⑦ 合

合　合　合

合

合 至 (her)

說文：「合，合口也。从亼、从口。」侯閤切

按：字从口，亼聲。乃對答之答之本字。凡對答必須用口，故合字从口。亼聲之變為給聲、洽聲、合聲、哈聲、答聲。應以古聲韻之變求之。

答字，說文所無。似即竹屬之字，今不得其解。作對答者，乃通叚以代合也。久而成習。合亦通叚以代匌。匌，說文：「帀也。从勹，合聲。」乃分合之合之本字。徐灝引戴氏侗曰：「匌，包裹重密也。」蓋帀者圍帀密接之意。允稱會匌。後人既假合字代之。答既代合，合遂代匌，久而不返。後遂兩失其本。今已查知合本為對答之字。故爾雅釋詁：「合，對也。」郭注：「相當對。」

甲文殷虛書契菁華第七版第二辭：「戊戌卜，㱿貞：王曰：『侯豹桎至。余不𣏟阻其合答攜貢。乃使歸魄。』」

左傳宣公二年：「既合而來奔。」林注：「合，猶答也。」

以上兩例皆古本字之用法也。

⑧ ○　舍　舍　舍　舍 ㄕㄜˋ (sheh)

說文：「舍，市居曰舍。从亼、屮。象屋也。口，象築也。」始夜切　古音署。

按：芳舍字即所謂市居或臨時外居也。古原作余、或余。是會意字。謂艸木之

亼(屋宇)也。乃字非此字也。此字乃施舍發布之意也。从口令聲。形聲。許君摹其文下著口。絕非此字之形。矢令彝「舍三事令」。「舍四方令」。毛公鼎「父㫚舍令」。令即命。舍命即傳命、布命也。詩羔裘「舍命不渝」。即布命臣下不變其舊也。皆用施舍之舍之本意。其字从口自明。而此本意後世亡之。或通叚以代茅舍(茅舍)。故許君誤釋曰市居。

⑨ 

吐

吐

吐 tu (tuu)

說文「吐。寫也。从口。土聲。」他魯切

朱駿聲曰:「蒼頡篇:吐、棄也。亦寫也。」

桂馥曰:「詩烝民『柔則茹之。剛則吐之』。史記魯世家『周公一飯三吐哺』。」

按:甲文此字原从口、土(古作Ω)有聲。與小篆作吐。許氏以為从口、土聲者

同。茲舉甲文四例：

一、甲申卜，亘貞：祟咎不于壴。吐八人，邦（通綁）五人。

二、貞：來乙亥，有吐于父乙用。

三、父乙吐害王。

四、貞子㱿疾，亡吐。

　　貞子㱿疾，有吐。

吐，均為吐字無疑。

⑩ 問

問　問　問　問　問 ㄨㄣˋ (wenn)

說文：問，訊也。从口，門聲。亡運切

按：訊問之問，从口得意，門得聲，內形外聲也。動詞。

⑪ 吿

吿　吿　吿　吿 ㄍㄠˋ (gaw)

吿

說文：吿，牛觸人，角箸橫木，所以告人也。从口从牛。易曰：僮牛之告。古奧切

按：俞樾兒笘錄曰：今宜以告字改隸口部，而附錄言部之誥為或體……至

牛部之牿篆說解曰：「牿，馬牢也。」義既兼馬，而形獨从牛，疑非本義，當以告下說解屬之。曰：「牿，牛觸人，角箸橫木，所以告人也。从牛从告，告亦聲。一曰牛馬牢也。」如此則告字之形之義皆正。而牿字之義……因之亦正矣。告字應改為从口牛聲。後人或增作誥 音古到切 口旁益之為言，意同也。牛字古音ao，戴g帽為gao。牛角箸橫木以告人為牿。後人音gao。

⑫ ○ 哀 哀 哀 哀ㄞ (ai)

說文：「哀，閔也。从口，衣聲。」烏開切

按：哀字本動詞，古亦用為狀詞。其音由衣變為哀，謂i韻變為ai韻也。

⑬ 吝 𠯛 吝 吝 吝ㄌㄧㄣ (linn)

說文：「吝，恨惜也。从口，文聲。易曰：以往吝。𠯛，古文吝，从彣。」良刃切

按：文聲者，其聲符m變為l (men變為lin)

⑭ ○ 媿 媿 愧 愧ㄎㄨㄟ (kuey)

說文：「媿，慙也。从女，鬼聲。愧，媿或从恥省。」俱位切

沈濤曰：「玉篇云醜與媿同。慙也。是古本重文作醜，不作愧，省心非省耳也。今則愧行而醜廢矣。」

吳大澂說文古籀補，鄭同媿鼎下曰：「媿，姓也。左傳狄人伐廧咎氏，獲其二女叔隗季隗。昭王奔齊，王復之，又通於隗氏。隗與媿通。後世借為慙媿字，而媿之本義廢。」

按：媿為女姓。愧與醜均為慙。愧从心。醜則从恥省。凡以同鬼聲而通段用之者，當明為訓解，以免後人之疑。似此則田⿰貝方𣪘所載，明明从心鬼聲之慙愧字也。應糾正說文。

⑮ ⿱辰止

按：⿱辰止騷動也。从止而亂動。辰聲。足亂動，故有騷動震驚之意。動詞。後世通以雷震字代之，日久而⿱辰止字廢。而震兼有雷震與震動二意。雷震字甲文作[illegible]。見象形篇。⿱辰止字見粹篇文曰：

庚辰貞，今夜（原釋夕，非）師亡⿱辰止

壬午貞，今夜師亡⿱辰止（粹一二〇一）

又丙子卜，在𡆥貞，今夜師不⿱辰止（粹一二〇四）

是皆騷動驚擾之意也。

⑯  ○ 過 過 過ㄍㄨㄛˋ (guoh)

說文：「過，度也。从辵，咼聲。古禾切」玉篇亦曰越也。

楊遇夫曰：「余疑此字从辵戓从彳，以戈為聲，即過字也。」

按楊說是也。過即禹三過其門而不入之過。甲文記王⿺辶戈于某地，往來無災，文內甚多，即殷王好田遊之證。⿺辶戈即遊。王⿺辶戈（過）于某地者，王遊于某地也。（⿺辶戈即過，猶至也。）

⑰ 

 征 征 ⿺辶正 征ㄓㄥ (jeng)

說文無征伐之征。⿺辶正下曰：「⿺辶正，行也。从辵，正聲。征，⿺辶正或从彳。」諸盈切 則本字為

征行。征行者，遠行也。並非征伐。後人用字，偶叚征行以代征伐，遂習焉耳。然則征伐字古為何字，猶謂楊遇夫以䟓為征伐之征之本字，是也。字从𠂤。（𠂤，古文師旅之師字）正聲。此征伐之本字。商周或以足（征行）字代之。日久而䟓字廢。

【十】器用

① 剛　○　剛　剛　剛 《ㄤ (gang)

剛

說文：「剛，彊斷也。从刀。岡聲。㓻，古文剛如此。」古郎切

按：岡，山脊也。从山。网聲。今讀岡與剛同音。則网與岡、剛俱同音。故擬此甲文與篆文同字。

② ○　○　屠　屠　屠 ㄊㄨˊ (twu)

說文：「屠，刳也。从尸。者聲。」同都切

按：从尸不得刳意。當从刀。者聲。古必有書刀於字之左上方，後人不察，誤為从尸耳。字應依散盤作[illegible]。从刀。者聲。小篆移刀於左，變作尸。故說解說

尸字意與屠字意不相應。

丁福保考引慧琳音義二卷十一頁屠注引說文：「刳也。分割牲肉曰屠。」今二徐本奪第二義，宜據補。

徐灝曰：「廣韻曰：屠，殺也，裂也，刳也。尸子曰：屠者割肉，知牛之長少。」

③  ○ 臬 臬 臬 ㄋㄧㄝ (nieh)

說文：「臬，射準的也。从木，自聲。」五結切

楊遇夫曰：「射臬為矢之所集。故字从矢。猶侯為射侯，字从矢也。篆文變為从木，則又泛而不切矣。」

按：楊說甚是。今由木部改屬矢部，從初字也。自聲。

④  ○ 鏑 鏑 鏑 ㄉㄧˊ (dyi)

說文：「鏑，矢鏠也。从金，啻聲。」都歷切

楊遇夫曰：「商字从帝聲。甲文从帝，與篆文从商同。字義為矢鏠，故甲文字从矢。篆文變為从金，又泛而不切矣。」

按：楊說極是。今由金部改屬矢部，從初字也。帝聲。

⑤

𠂤　𤕫　疒　疾　疾 ㄐㄧˊ (jyi)

說文：「𤕫，病也。从疒，矢聲。𤶖，古文疾。𤸪，籀文疾。」秦悉切

按：甲文𠂤為疾病之疾，篆為疒。𠂤為疾速之疾，篆為𤕫。兩字各別。說文以疾為病，誤也。今查卜辭𠂤步，勿𠂤步，𠂤為疾速之疾，意甚顯明。从矢，止聲。構造甚合。金文改為𤕫，从矢，疒聲，意亦不殊。及𤕫通以代疒，故兼有疾病意。實以速為本意也。餘詳象形篇疒字下。

⑥

𩰫　○　鑊　鑊　鑊 ㄏㄨㄛˋ (huoh)

說文：「鑊，鑴也。从金，蒦聲。」胡郭切

段玉裁云：「少牢饋食禮有羊鑊，有豕鑊。鑊所以煮也。」

楊遇夫云：「甲文字作𩰫，从鬲，鬲為釜鬲，示烹煮之器也。篆文變為从金。則從而不切矣。」

按：楊說極是。今由金部改屬鬲部，從初字也。蒦聲。

⑦

服　服　服　服　服 ㄈㄨˊ (fwu)

說文：「服，用也。一曰車右騑所以舟旋。从舟，𠬝聲。舠，古文服从人。」房六切

按：从舟（承盤）𠬝聲。

⑧ 𣳚　○　洗　洗　洗　ㄒㄧˇ (shii)

楊樹達氏云：「𣳚从止、舟，𣳚聲。乃古禮經之洗字。鄭注：『洗所以承盥洗之器，棄水者。』」

按：楊說是也。洗為盤類之物名詞。周末通以洗字代之，故今傳世器有所謂漢洗。古禮經中字經漢人鈔寫易以今之通段字耳。惜此字失傳。

⑨ ○　𩰫　觴　觴　觴　ㄕㄤ (shang)

說文：「觴，觶實曰觴，虛曰觶。从角，𥏫省聲。𩰫，籀文觴从爵省。」式陽切

按：觴韓仲侈壺有𩰫，从爵昜。孫詒讓曰：「疑即段觴為唐。」瀋嫼毀有𩰫。丁佛定曰：「左下象爵之足形，篆書誤為从角。魯侯觴作𩰫，从𩰫（爵），昜省聲。」是古觴字从爵省，省始於籀文也。

(十三)形容

① ○　夷　夷　夷　夷　ㄧˊ (yi)

說文「夷，平也。从大，从弓。東方之人也。」以脂切

按：夷、大也。从大，尸(尸)聲。形聲穿合與奄、大也。㚋、大也。夼、大也。奃、大也。𡗘、大也。奅、大也。意同，俱形聲字狀詞。如詩周頌「降福孔夷」是也。

② ○ 殷 殷 殷 殷 ㄧㄣ (in)

說文「殷，作樂之盛稱殷。从㐆，从殳。易曰殷薦之上帝。」於身切

按：俞樾以為从殳，㐆聲。當入殳部，訓擊聲也。近人馬氏曰，廣雅釋詁磤與𣪠並訓聲，磤即殷之或體，是其證。然則作樂之盛稱殷者，樂以鼓聲為主，鼓聲之聲如雷，詩曰殷其雷，或以此也。

③ ○ 悉 悉 悉 悉 ㄒㄧ (shi)

說文「悉，詳盡也。从心，从釆。𢚾古文悉。」息七切

按：繫傳作从心，釆聲。此字本應从釆(審)得意，心聲。繫傳从囧(明)(審)得意，心聲。字之本意乃得詳盡而心聲之解，大小徐均失。說文列之釆部是也。本意謂「悉心云云」是也。後世同音通段為咸，故有謂「悉有兄弟」云云。

④ 咸 咸 咸 咸 ㄒㄧㄢˊ (shyan)

咸　咸

說文：咸，皆也，悉也。从口，从戌。戌，悉也。胡監切

按：繫傳：咸，皆也，悉也。从口，戌聲。與下三字。林義光文源曰：从口與僉皆同意。戌悉之聲借。足證繫傳是。大徐非。

又按：咸有皆意，故从口。咸無悉意。悉，詳盡也。應从釆審，心聲。其古文作𢟪、从囧(明)審心聲。其本意與咸不同。如悉心如何如何。後以同音通叚以代咸，故有悉有兄弟云云。可云悉可代咸，並非咸可代悉。許氏誤舉其續。

【主】聲音

①○　○　𣍘　𣍘　曹ㄘㄠˊ(tsaur)

說文：𣍘，獄之兩曹也。在廷東。从棘，治事者。从曰。徐鍇曰：以言詞治獄也。故从曰。昨牢切

按：𣍘通叚以棘偶字。久而退。故後人又造嘈字以還其原。嘈行而曹之本義亡。

②　○

疇　疇　ㄔㄡˊ (chour)

按：此字說文失收。其意應為「誰也」。从口、𠷎聲。直由切　今書堯典「帝曰疇咨若時登庸」集傳「疇、誰。咨、訪問也。」疇為田疇，訓誰者乃其同音通段以代𠷎也。𠷎、亦作𠷎，从曰與从口同。𠷎見金文壽字作𠷎者之偏旁。

③

唐　唐　ㄊㄤˊ (tarng)

說文「唐、大言也。从口。庚聲。啺、古文唐，从口昜。」(聲)　徒郎切

清宋保諧聲補逸：庚古讀如岡。……與易聲同部相近。

按：大言是唐之本意。名詞。商第一王以為名。甲文常見。周齊叔夷鎛以為高且虎虎成唐。周秦其他典籍續稱成湯。蓋以湯同音代啺，故即代唐也。王靜安有說，後世多用此字。見詩經。

④

〇　㐰　信　信　信（shinn）

說文：信，誠也。从人、从言。會意。㐰古文从言省。𧦜古文信。息晉切

按：信應从言。人聲。為形聲字。非會意字也。穀梁傳：「人言為信。」乃衍文段用。並非此字之構造如此。如政者正也。仁者人也。義者宜也。自營為ㄙ。背ㄙ為公之類，皆非文字確詁。許君五經無雙，好引經籍之說以證文字。遂至序述六書義例，亦援經說。則漢人尊經之習，雖云可佩，亦太自囿矣。

⑤

〇　否　否　否　否（foou）

說文：否，不也。从口、从不。不亦聲。徐鍇曰：不可之意見於言，故从口。方久切

按：此字繫傳作「从口，不聲」是也。孟子有孟子曰：否，不然也。知否者緩詞，不然者決詞。否輕於不然。不然重於否。後世亦或用否同音通段以代不。

〔古〕鬼神

① 卸　○　禦　禦　禦ㄩˋ（yuh）

說文「禦、祀也。从示。御聲。」魚舉切

按：古者攘災之祭名作卸。應从卩（跪）。午聲。秦人改作禦。从示。御聲。字應由示部改屬卩部。從初字形也。

② □　○　鬼　鬼　鬼ㄍㄨㄟˇ（guei）

□、卜辭稱鬼方為□方。□即天神、地祇、人鬼之鬼、死者之魂靈也。□象木主之形。為祖宗死者魂靈之所寄。口聲。口聲諧□聲。亦猶之口聲之諧禮聲。禮字即鬼字。見田賆簋。甲文𩲡字从示。□聲。應亦鬼神之鬼。田賆簋鬼神之鬼、正作𩲡、从示與从□意通。

小篆鬼字當是通段□、以代𩲡、而又移口聲於右旁而又變作厶（古㠯字）聲也。厶非公私字。說文「鬼、人所歸為鬼。从人。象鬼頭。鬼陰氣賊害。从厶。𩲡、古文。从示。」居偉切 誤。

③ 嬉 嬉 ○ 蠱 蠱 蠱ㄍㄨˇ (guu)

說文「蠱，腹中蟲也。春秋傳曰『皿蟲為蠱』，晦淫之所生也。梟磔死之鬼亦為蠱。从蟲从皿。皿，物之用也。」公戶切

按腹中蟲从皿者，取其從食器中入也。至巫蠱、蠱惑、蠱禍，皆訓為淫迷陷害之意。與「腹中蟲」意不類，而甲文嬉字从女，壴聲，意與後世之蠱同，音亦不異。嬉蓋蠱禍之本字也。周失其傳，秦人乃通以腹中蟲之蠱字代之。久而成習，不但嬉字亡而蠱亦少用其本意者。梟磔死之鬼與蠱字何關，許君述其鬼蜮淫厲適與嬉字意合。

第六篇　轉注

第一章　轉注字定義及其類目

第四十五節　轉注理惑及許意分析

(由說文詁林第三冊六書總論審知歷代各小學家對於轉注定義解釋之紛歧。獨曾國藩致朱仲我書可細味也。)

許意分析：

注 — 流注　to — flows into

木 flows into 松

松 derives from 木

轉注者，轉注也，非直注也。

故老 flows into 考 indirectly through

「建類一首，同意相受(授之)」兩句，皆指意符。

「考老是也。」考由老轉注，从老省丂聲。(从A省B聲)

第四十六節　轉注字部首及目錄

轉注字與形聲字相似而不同、雖均為意符加聲而成新字、但轉注字之意符、必為省體。意符即所謂部首、轉注字之部首即就其不省者而言。與形聲字之部首多有不同。茲經統計共得轉注字部首三十七。按天文、地理等十四目列之如次。共領轉注字八十九字。

〔一〕天文（缺）

〔二〕地理

(1) 石省（十五）

(2) 岸省（二）

(3) 土省（一）

(4) 水省（一）

(5) 流省（一）

(6) 鹽省（一）

〔三〕艸木

(7) 桼省（二）

(8) 餘省（一）

〔四〕蟲魚（缺）

〔五〕鳥獸

(9) 虎省（五）

(10) 犛省（二）

(11) 尾省（五）

(12) 皮省（一）

(13) 筋省（二）

〔六〕人體

(14) 婦省（一）

〔七〕服飾

(15) 履省（八）

(16) 絲省 (一)

〔八〕飲食

(17) 歙省 (一)

〔九〕宮室

(18) 宮省 (一)

〔十〕行動

(19) 稾省 (一)
(20) 學省 (三)
(21) 詈省 (一)
(22) 圍省 (一)
(23) 衛省 (一)
(24) 良省 (一)
(25) 殺省 (一)
(26) 組省 (一)
(27) 逃省 (一)
(28) 㝱省 (八)
(29) 桒省 (一)
(30) 𨯳(鑄)省 (一)

〔十一〕器用

(31) 橐省 (四)
(32) 弦省 (三)

〔十二〕形容

(33) 老省 (七)
(34) 重省 (一)
(35) 眾省 (一)

〔十三〕聲音(缺)

〔十四〕鬼神

(36) 鬷(禱)省 (三)
(37) 祜省 (一)

(以上共八十九字)

第二章　轉注字舉例

第四十七節　轉注字舉例

〔一〕天文（缺）

〔二〕地理

(1) 石首

① ◯ ◯ 厎 底 底 ㄉㄧˇ (dii) (a smooth whetstone)

說文：厎，柔石也。从厂，氐聲。砥，厎或从石。 職雉切

段玉裁曰：柔石，石之精細者。鄭注禹貢曰：厲，磨刀刃石也。精者曰砥。……按厎者砥之正字。後人乃謂砥為正字，厎與砥異用，強為分別之過也。

按：厂為岸之初字。象形。厓、厜、㕒、厳、𥕢、㚒（峽）、仄、𠩵、厞等字从之得意。此處應从石首。與从厂（岸）意別。今本說文混之。當係後世淺人所亂。茲特摘出，列於轉注字內。下仿此。底从石首氐聲。砥則從石不首者。

② ◯ ◯ 𠪚 厲 厲 ㄌㄧˋ (lih) (a coarse whetstone)

說文：𠪚，磨石也。从厂，蠆聲。 力制切

按：今本說文作「旱石也」。茲依唐寫本文選集注引說文「厲，磨石也」，改正。又唐寫本玉篇引作「厲，摩石也」。摩與磨同音通段。是原作磨石無疑。厲應从石省，不應从厂（岸）。故摘出列入轉注。又萬，後人加虫作蠆。故厲亦作蠆。又厲既从石省訓磨石，後人復加石旁作礪。說文石部新附：「礪，䃺也。从石厲聲。力制切」蓋已忘其為累加之字矣。是厲、蠆、礪本一字之異形也。至厲有作癘作蠣者，則皆俗體，不足論。

③ ○ ○ 厥 厥 厥 ㄐㄩㄝˊ (jyue)

說文：「厥，發石也。从厂，欮聲。」俱月切

惠棟曰：「漢律有厥張士。厥，發石也。張，挽強也。」漢書作蹶。

按：字應从石省欮聲。漢人用以代周時之氒字，故得訓「其」。

④ ○ ○ 厱 厱 厱 (lian)

說文：「厱，厱諸，治玉石也。从厂，僉聲。讀若藍。」魯甘切

錢坫曰：「繫傳作讀若監。淮南子：『玉待礛諸而成器。』注：『攻玉之石，今之寶砂也。』」

王筠曰：「厱或借斂，易林：『斂諸攻玉。』群書多作礛諸。……玉篇：『礛諸，治玉之石也。』」

青礪也。或作厱。」
按：厱字應从石省僉聲。

⑤ ○ ○ 厤 厤 厤ㄌㄧˋ (lih)

說文：「厤，治也。从厂，秝聲。」郎擊切
王筠曰：「此治玉治金之治，謂磨厲之也。」
按：字應从石省，秝聲。

⑥ ○ ○ 𠩺 𠩺 𠩺ㄧˋ (yih)

說文：「𠩺，石利也。从厂，異聲。讀若枲。」胥里切
段玉裁曰：「謂石利也。漢書馮奉世傳：『器不犀利。』如淳曰：『今俗刀兵利為犀。』……
犀與𠩺雙聲段借。」
按：字應从石省異聲。

⑦ ○ ○ 𠪨 𠪨 𠪨ㄍㄨˇ (guu)

說文：「𠪨，美石也。从厂，古聲。」矦古切

按：字應从石省古聲。

⑧ ○ ○ 厗 厗 厗 ㄒㄣ (shin)

說文：「厗，唐厗石也。从厂，厗省聲。」杜兮切

段玉裁曰：「唐厗雙聲字，石名也。」……玉篇曰：「厗古銻字。」……厗固辛聲，然則厗亦辛聲也。蓋古辛亦讀如今西。」

按：字應从石省，辛聲。

⑨ ○ ○ ⿸厂兒 ⿸厂兒 ⿸厂兒 ㄋㄧˋ (ni)

說文：「⿸厂兒，石地惡也。从厂，兒聲。」五歷切

按：字應从石省，兒聲。

⑩ ○ ○ ⿸厂立 ⿸厂立 ⿸厂立 ㄌㄧˋ (li)

說文：「⿸厂立，石聲也。从厂，立聲。」盧荅切

按：字應从石省，立聲。

⑪ ○ ○ ⿸厂金 ⿸厂金 ⿸厂金 ㄐㄣ (jin)

說文：「⿸厂金，石地也。从厂，金聲。讀若紟。」巨今切

按：字應从石，省金聲。

⑫ ○ ○ 庯 庯 庯ㄈㄨ (ㄈㄨ)

說文：「庯，石閒見也。从厂，甫聲。讀若敷。」芳無切

按：字應从石，省甫聲。

⑬ ○ ○ 厝 厝 厝ㄘㄨㄛˋ (chuh) (whetstone)

說文：「厝，厲石也。从厂，昔聲。詩曰：他山之石，可以為厝。」倉各切。又七互切

按：字應从石，省昔聲。

⑭ ○ ○ 厖 厖 厖ㄇㄤˊ (mang)

說文：「厖，石大也。从厂，尨聲。」莫江切

按：字應从石，省尨聲。

⑮ ○ ○ 厭 厭 厭ㄧㄢˋ

說文：「厭，笮也。从厂，猒聲。一曰合也。」於輒切。又一琰切

按：字義取石笮，動詞，故从石省猒聲。經傳多通以代猒足（或饜足），故又加「土」為意符作壓。合也之訓，應為猒足之引申。

(2) 岸省

① ○　○　⿱山⿸厂隹　⿱山⿸厂隹　⿱山⿸厂隹 ㄓㄨㄟ (juei)

說文：「⿱山⿸厂隹，高也。从屵，隹聲。」都回切

② ○　○　嶏　嶏　嶏 ㄈㄟˋ (feir)

說文：「嶏，崩也。从屵，肥聲。」符鄙切（今本說文此字下又有⿱山⿸厂配字。解曰：配聲。段氏以為一字之正或二體。玉篇有嶏無⿱山⿸厂配，今从玉篇）

按：厂岸乃一字之累加，則屵乃岸之省，非另字也。以上二字說解皆謂从屵。今俱改為「从岸省」，列於轉注。

(3) 土省

① ○　○　兗　兗　兗 ㄧㄢˇ (yaan)

按此字說文所無，為貢有之。其意應即說文繫傳谷下「山間陷泥也」。其構造應从土省，儿聲。讀若沇州之沇。九州之渥地也。故以沇名焉。以轉切

(4) 水省

①

〇　谷　谷　谷 ㄍㄨˇ (guu)

說文：谷，泉出通川為谷。从水半見出於口。古祿切

按爾雅釋水：水注川曰谿，注谿曰谷。是字應从水省，口聲。許解構造略異，後人遂迷其所屬。

(5) 流省

①

〇　疏　疏　疏 ㄕㄨ (shu)

說文：疏，通也。从㐬从足，足亦聲。所菹切

按即為疏九河之疏。應从流省，足聲。入轉注。足非字，乃足之譌文。說解釋義是釋形非。

(6) 鹽省

①

〇　盬　盬　盬 ㄍㄨˇ (guu)

說文：盬，河東鹽池。袤五十里，廣七里，周百十六里。从鹽省，古聲。公戶切

按：盬从鹽省，古聲，說解構造是也。又鹼字說文以為从鹽省，僉聲，曾紀澤以為从鹵與鹽同意，可不入鹽部，說甚是。鹼與鹽一字。

〔三〕艸木

(7) 𠂹省

① [glyph]　[glyph]　每　每　每 ㄇㄟˇ (meei)

說文：[glyph]，艸盛上出也。从屮，母聲。武罪切

按：字商周作[glyph]，从𠂹省，母聲，篆文變為从屮。从𠂹省與从屮均得有花艸盛出之意。左傳原田每每，徐鍇曰：每，今別作莓，非是。

② ◯　[glyph]　嘉　嘉　嘉 ㄐㄧㄚ (jia)

說文：嘉，美也。从壴，加聲。古牙切

按：字意為善美，古作[glyph]，从華在豆（𧯛）上，𠂹省，加聲。古力字亦作[glyph]。

(8) 㱿省

① ◯　◯　[glyph]　[glyph]　[glyph] ㄆㄠˊ (paur)

説文：匏、瓠也。从包，从夸聲。包取其可包藏物也。薄交切

按字應从瓠省，包聲。

〔四〕蟲魚（缺）

〔五〕鳥獸

(9) 虎省（按虍不為字，亦不為虎文，凡从虍之字，俱是从虎省。）

(1) ○ 虞 虞 虞ㄩˊ (yu)

説文：虞、騶虞也。白虎黑文，尾長於身。仁獸，食自死之肉。从虍，吳聲。詩曰：于嗟乎騶虞。五俱切

按此應从虎省，吳聲。入轉注。

② ○ 虙 虙 虙ㄈㄨˊ (fwu)

説文：虙、虎貌。从虍，必聲。房六切

按字應从虎省，必聲。入轉注。

③ ○ 虔 虔 虔 虔ㄑㄧㄢˊ (chyan)

說文「虔，虎行皃。从虍，文聲。讀若矜。」渠焉切

按字應从虎省，文聲。入轉注。

④ ○　○　虘　虘　虘 ㄘㄨㄛˊ（tswo）

說文「虘，虎不柔不信也。从虍，且聲。讀若鄌縣。」昨何切

按字應从虎省，且聲。入轉注。

⑤ ○　○　豦　豦　豦 ㄐㄩˋ（jiuh）

說文「豦，鬥相丮不解也。从豕虍。豕虎之鬥不解也。讀若蘮蒘草之蘮。司馬相如說，豦封豕之屬。一曰虎兩足舉。」強魚切

按字意應為虎鬥不解。从虎省，豕聲。入轉注。

(10) 聲省

① ○　○　氂　氂　氂 ㄇㄠˊ

說文「氂，犛牛尾也。从犛省，毛聲。」莫交切

按大徐本作从犛省，从毛。里之切，疑誤。

② ○ 斄 ○ 斄 斄 ㄌㄞˊ（lai）

説文：「斄，彊曲毛，可以箸起衣。从犛省，来聲。」洛哀切

(11) 尾省（按：尾之一字本出於鳥獸，然亦借用施之於人。尾有後意。）

(1) ○ 尼 ○ 尼 尼 ㄋㄧˊ（ni）

説文：「尼，從後近之也。从尸，匕聲。」女夷切

按：尸，卧也、陳也。尼字从尸，不能得「從後近之」之意。應从尾省匕聲，入轉注。

② ○ 尻 ○ 尻 尻 ㄎㄠ（kau）

説文：「尻，脾也。从尸九聲。」苦刀切

段氏曰：「尻，今俗云溝子也。脾，今俗云屁股也。析言是二，統言是一。故許云尻、脾也。」

按：校錄與校議並謂「當作脽也。」沈濤古今考亦以脽尻互訓，則說解應是脽也。从尸未能得脽意。應是从尾省九聲，入轉注。

③ ○ 㞑 ○ 㞑 㞑

說文：「𡳐、㞩也。从尸、旨聲。」詰利切

按：从尸不能得㞩意，應从尾省，入轉注。

④ ○ ○ 𡲬 𡲬 𡲬

說文：「𡲬、從後相躡也。从尸、臿聲。」初戢切

按：从尸不能得從後相躡意，應爲从尾省臿聲，入轉注。

⑤ ○ ○ 𡰪 𡰪 𡰪

說文：「𡰪、𡲬𡰪也。从尸、乏聲。」直立切

按：从尸不能得「從後相躡」意，應爲从尾省乏聲，入轉注。

(12) 皮省

① ○ ○ 𤿭 𤿭 𤿭

說文：「𤿭、柔韋也。从北，从皮省，从敻省。讀若耎。一曰若雋。𤿭古文𤿭。𤿭籀文𤿭，从敻省。」而兖切

按：此字「林義光」以爲从皮省，敻省聲。今從之。「王靜安」以爲宀从一人在穴上。

[illegible]从二人在穴上。意則一也。古文作[illegible]，从皮省、人聲。音義不殊。今本說文有[illegible]字。解曰：「柔皮也。」唐人注人善切。是音義亦不殊也。本為一字，而說文誤重。釋[illegible]之構造曰：「从由尸之後，尸或从人又。」脫誤不可曉。[illegible]、䩑報以之為聲。

(13) 筋省

① 〇 〇 [illegible] ⿱⺮⿰月勹 ⿱⺮⿰月勹 ㄅㄠˋ (bow)

說文：「[illegible]，手足指節鳴也。从筋省，勹聲。[illegible]，筋或省竹。」北角切

按：字从筋省、勹聲。應入轉注。

② 〇 〇 [illegible] 䈂 䈂 ㄐㄧㄢˋ (jiann)

說文：「[illegible]，筋之本也。从筋省、夗省聲。[illegible]，䈂或从肉建。」渠建切

[六] 人體

(14) 婦省

① [illegible] 歸 歸 歸 ㄍㄨㄟ (guei)

歸

說文：「歸，女嫁也。从止，从婦省，𠂤聲。𡚒，籀文省。」舉韋切
按：字原从婦省𠂤聲。周時亦有變為⿰追帚者，从婦省追聲。其作⿺逯帚者，亦从婦省逯聲。逯古與追音意皆同。小篆偏旁作𠂤。𠂤亦古追字。

[七] 服飾

(15) 履省

① ○ ○ 屨 屢 屨ㄐㄩ (jiuh)

說文：「屨，履也。从履省，婁聲。一曰鞮也。」九遇切
按：前人已借婁為婁空字。後人乃通段屨以代婁，而又省作屢。故婁空亦書作屢空。今本說文新附有屢字，解為數也，而實贅出。

② ○ ○ 𡳐 𡳐 𡳐ㄌㄧ (lig)

說文：「𡳐，履下也。从履省，歷聲。」郎擊切

③ ○ ○ 𡱝 𡱝 𡱝ㄒㄩ (shiuh)

④ ○ ○ 屩 屩 屩 ㄐㄩㄝˋ (jyue)

說文：𡳐，履屬。从履省，予聲。徐呂切

說文：屩，屐也。从履省，喬聲。居勺切

⑤ ○ ○ 屐 屐 屐 ㄐㄧ (ji)

說文：屐，屩也。从履省，支聲。奇逆切

⑥ ○ ○ 屝 屝 屝 ㄈㄟˋ (fei)

說文：屝，履也。从尸，非聲。扶沸切

按：此字繫傳韵會引作「履屬」，玉篇「草屩也」，从尸，不能得履屬之意，應从履省非聲。

⑦ ○ ○ 屟 屜 屜 ㄊㄧˋ

屟 屟 屟 (tih)

說文：屟，履中薦也。从履省，枼聲。穌叶切

按：履中舄不宜从尸，字初形當作屧，从履省枼聲，屬於轉注字。或省作屜。又或省作屟。許書就省體述其本意，故形與意不相應。其作屜者，後世又借用爲抽屜字。

⑧ ○ ○ 屣　屣　屣 ㄒㄧˇ (shii)

按：說文無屣字。足部躧，舞履也。革部䩥，鞮屬。並所倚切。例當後起屣字，應从履省、徙省聲。金文恆借舄字爲之，後乃另造專字以實之歟。

(16) 絲省

① ○ ○ 𢇇　𢇇　𢇇

說文：「𢇇，織絹。以絲貫杼也。从絲省、丱聲。」古還切

按：字應入轉注。

【八】飲食

(17) 㱃省

① ○ ○ 歠　歠　歠 ㄔㄨㄛˋ (chouh)

說文「歠，㱃也。从㱃省，叕聲。」昌說切

按：古本有「一曰欼也。」字亦作「啜」作「吷」。

(18) 宮省

① ○ ○ 營 營 營 ㄧㄥˊ (yng)

說文「營，帀居也。从宮省，熒省聲。」余頃切

[十] 行動

(19) 亰省

① ○ 就 就 就 就 ㄐㄡˋ (jiew)

說文「就，就高也。从京，从尤。尤，異於凡也。就，籀文就。」疾僦切

王筠曰：語云就下。又云俯就，豈有就高之語。蓋古意失傳，姑以為說耳。

王國維史籀篇疏證：殷虛卜辭與古金文多見亰字。克鼎師克敦等均云「𩏂亰乃命。」乃重申之意。籀文就字，當从亰省。

朱駿聲、徐灝均以，尤為聲。

按：二王及朱徐說俱是。此字應从亰省，尤聲。亯，从亨。京聲，亨訓通達。亰意

應為布達。就从㚔故就訓過往。小篆由籀文形省，故許說不了。

(20) 學省

① ○　○　黌　黌　黌 ㄏㄨㄥˊ (hong)

按：今本說文無黌，疑脫。後漢書儒林傳注引說文曰：「黌，學也。」是原本有之。其構造應从學省、黃聲。胡盲切。後人用字，亦通以「橫」字代之。

② ○　○　嚳　嚳　嚳 ㄎㄨˋ (kuh)

說文：「嚳，急告之甚也。从告，學省聲。」苦沃切

按：此字說解可疑。應从學省、告聲。舒藝室隨筆云：「案風俗通引尚書大傳云：嚳者，考也。成也。言其考明法度醞美嚳然，若酒之芬香也。」朱駿聲曰：「按从斅省，从告會意，告亦聲。」存參　又俞樾兒笘錄曰：「其嚳字，則从學省告聲，應逐歸教部……嚳字之聲，因之亦正矣。」

(21) 詈省

① ○　○　罵　罵　罵 ㄇㄚˋ (mah)

說文：罵，詈也。从网、馬聲。莫駕切

按：字應从詈省、馬聲[22]，列轉注。詈字从言网辠人會意。罵字若僅从网，未能得詈意也。後人作駡，俗。

(22) 圍省

①

○　○　韓　韓　韓　ㄏㄢˊ (harn)

說文：韓，井垣也。从韋取其帀也。倝聲。胡安切

按：應从圍省[23]、倝聲。从圍，乃有圍帀意。

(23) 衛省

①

衛　衛　（防　防　防）ㄈㄤˊ (farng)

按：此即防衛之防之初字。从衛省方聲。入轉注。動詞。後世通段堤防之防（名詞）以代之。日久而衛字廢。

①

令　令　令　令　令　ㄌㄧㄥˋ (ling)

(24) 𠬝（艮）省

㕣　命　命　命 ㄇㄧㄥˋ (ming)

說文：「令，發號也。从亼卪。」力正切

又：「命，使人也。从口从令。」眉病切

按：甲文有令字。从又(手)制服一人使之跪下也。乃順服、服從之服之初字。令字从卪字省。謂服從之人，乃可以命令之也。亼聲。故為轉注。亼音集。亼聲諧令，猶見母之變疑母。ㄐ與广之同屬舌上也。令為動詞，或通叚令為良。狀詞。周人於令加口為意符作命，其意不別。令音之變為命，猶聊音之原於卯音也。舌上變為脣音也。是故令與命一字，後世用之微分區別。

(25) 殺省

①〇　〇　弒　弒　弒 ㄕˋ (shyh)

說文：「弒，臣殺其君也。从殺省。式聲。」式吏切

(26) 祖省

①〇　〇　豦且　豦且　豦且 ㄑㄩˋ? (chiuh)

說文：「𧻚，且往也。从且，豦聲。」昨誤切
徐灝曰：「且無往義，疑从徂省。玉篇作䞋，廣韻作䣊，皆誤。」
按：「徐說是也。𧻚字从徂省，豦聲，故入轉注。」

(27) 逃省

① 〇 〇 逭 𨗨 逭 𨗨 逭 𨗨 ㄏㄨㄢˋ (huann)

說文：「逭，逃也。𨗨，逭或从雚，从兆。」胡玩切 王氏云：「𨗨从兆，雚聲。兆即逃也。」
按：此字或文𨗨，應从逃省，雚聲。金文作𨗨，亦從逃省，轉注字。

(28) 寢省

① 〇 寤 寤 寤 ㄨˋ (wuh)

說文：「寤，寐覺而有言曰寤。从寢省，吾聲。一曰晝見而夜寢也。寤，籀文寤。」五故切

② 〇 〇 寐 寐 寐 ㄇㄟˋ (mey)

說文：「寐，臥也。从寢省，未聲。」蜜二切

③ ○　○　𡪫　𡪫　𡪫 ㄋㄩˋ (neu)

說文云：𡪫、楚人謂寐為𡪫。从㝱省、女聲。依據切

④ ○　○　𥧌　○　𥧌 ㄇㄧˇ (mii)

說文云：𥧌、寐而厭也。从㝱省、米聲。（厭、俗作魘）莫禮切

⑤ ○　○　𥨊　○　𥨊 ㄕㄨㄟˋ (shoe)

說文云：𥨊、熟寐也。从㝱省、水聲。讀若悸。求癸切

⑥ ○　○　寎　寎　寎 ㄅㄧㄥˇ (biing)

說文云：寎、臥驚病也。从㝱省、丙聲。皮命切

按此疑病省聲。暫存於此。

⑦ ○　○　寱　寱　寱 ㄧˋ (yih)

說文云：寱、瞑言也。从㝱省、臬聲。牛例切

按：此字俗作𡪢。

⑧ ○ ○ 𡪢 寢 寢 ㄑㄧㄣˇ (chiin)

說文：𡪢，病臥也。从㝱省，寑省聲。七荏切
按：此字後世省作寢。與寑字異。寑，臥室也。从宀侵聲。形聲字。而古人多通叚用之。如論語：宰予晝寢。宰予周晝其臥室也。而通叚寢字以代寑。晝字復譌晝。注家遂至誤解也。

(29) 𡴘省（𡴘，疾也。呼骨切　按蓋倏忽之忽之本字。倏應為儵疾也。）

⑦ ○ ○ 𡴞 𡴞 𡴞 ㄩㄣˇ (yeun)

說文：𡴞，進也。从夲，从屮，允聲。易曰：𡴞升大吉。余準切
徐灝曰：夲蓋以𡴘省，疾進意也。
按：𡴞既从𡴘省允聲，則應列入轉注。

(30) 𥂴省（𥂴，古鑄字）

① ○ ○ 釁 釁 釁 ㄒㄧㄣˋ (shinn)

說文「釁、血祭也。象祭竈也。从爨省。从酉。酉所以祭也。从分。分亦聲。」虛振切

按、此字本意為塗牲於所鑄之器，欲其經久耐用也。从𦥑(鑄)省，湏(沐)聲。周人借用為長久，為塗血，為血祭。秦漢以後字形譌變為釁，為釁，或加「文」為聲，作釁，作釁，作釁，作釁。後人又另造衅。文人用字，又通以代璺，代湄，代勉，代隙，代朕，代薰。說詳余著散盤集釋。

(十)器用

(31) 橐省

① 〇 〇 橐 橐 橐ㄊㄨㄛˊ(two)

說文「橐、囊也。从橐省，石聲。」他各切

② 〇 〇 櫜 櫜 櫜ㄍㄠ(gau)

說文「櫜、車上大橐也(玉篇：弓衣也)从橐省，咎聲。詩曰：載櫜弓矢。」古勞切

③ 〇 〇 囊 囊 囊ㄋㄤˊ(nang)

按、左傳：右屬櫜鞬。

說文「囊，橐也。从橐省，襄省聲。」奴當切

④ 〇 囊

〇 ⿴橐缶 ⿴橐缶 ⿴橐缶 ⿴橐缶 ㄆㄠ (pyau)

說文「⿴橐缶，囊張大皃。从橐省，缶省聲。」符宵切 玉篇 普到切 又 普刀切

按：石鼓文有此字。其文曰：「何以⿴橐缶之？惟楊及柳。」讀如詩「白茅苞之」之苞。毛公鼎「毋敢龔=橐=迺侮鰥寡。」似其字原从⿴橐缶(橐)、缶聲，籀文乃从橐省。

(32) 弦省

① 〇 玅

〇 玅 玅 玅 ㄇㄧㄠ (miau)

說文「玅，急戾也。从弦省，少聲。」俗作妙。彌照切

② 〇 ⿰玄曷

〇 ⿰玄曷 〇 ⿰玄曷 ㄧ (yih)

說文「⿰玄曷，不成遂急戾也。从弦省，曷聲。讀若瘞。」於罽切

【十二】形容

(33) 老省

① 考　考　考　考ㄎㄠˇ (kao)

說文「考、老也。从老省丂聲。」苦浩切

按：許序僅舉此一字為轉注字之例、考由老轉注也。本篇各字均由此例推。从A省B聲。

② ◯　◯　𡍲　耋　耋ㄉㄧㄝˊ (dye)

說文「𡍲、年八十曰耋。从老省至聲。」徒結切

按：今人或有作耋者、段氏曰「小篆既从老省矣、今人或不省、非也。下同。」

③ ◯　◯　𦒻　𦒻　𦒻ㄇㄠˋ (mau)

說文「𦒻、年九十曰𦒻。从老、从蒿省。」莫報切

按：繫傳「年九十曰𦒻。从老蒿省聲。」徐鍇曰「亦作耄。莫號反。」依篆形及耋壽各字例、與段氏說、應从耄為正文、𦒻為或文。作耄者、則後世鈔譌之文。經傳作眊或旄者、乃通段字也。耄从老省、毛聲。故列轉注。

④ ◯　壽　壽　壽　壽ㄕㄡˋ (show)

說文：壽，久也。从老省，𠷎聲。殖酉切

⑤ ○ ○ 耆 耆 耆ㄑㄧˊ (chyi)

說文：耆，老也。从老省，旨聲。渠脂切

⑥ ○ 耇 耇 耇 耇ㄍㄡˇ (goou)

說文：耇，老人面凍黎若垢。从老省，句聲。古厚切

⑦ ○ ○ 𦒱 𦒱 𦒱ㄉㄧㄢˇ (diann)

說文：𦒱，老人面如點也。从老省，占聲。讀若耿介之耿。丁念切

按：今本說文作占聲。今改作點省聲。玉篇老人面如墨點也。諸家訓無異言，則从點省聲是。

(34) 重省

① ○ ○ 量 量 量ㄌㄧㄤˊ (liang)

說文：量，稱物之輕重也。从重省，曏省聲。呂張切

按：字應入轉注。

(35) 眔省

① ◯ ◯ 聚 聚 聚 ㄐㄩˋ (jiuh)

說文：「聚，會也。从㐺，取聲。邑落曰聚。」才句切

按：㐺為眔之省體。此應从眔省，取聲。入轉注。

【十三】聲音（缺）

【十四】鬼神

(36) 𩰪（禱）省

① ◯ ◯ 𥜁 祟 祟 ㄙㄨㄟˋ (suey)

說文：祟下「𥜁，籀文祟。从𩰪省。」

朱駿聲曰：「籀文从𩰪省，出聲。𩰪，籀文禱字。」

按：此字籀文屬轉注，篆文屬形聲。他字因形變而隸屬六書不同。本篇概以初字為準。

說文：「祟，神禍也。从示，从出。」雖遂切。今按：神禍字从示已足。猶禍訓神不福而

从示岀聲也。朱駿聲曰「从示、出聲」是也。彼大徐从示从出。小徐从示出。段氏與王筠皆从示出。出亦聲。皆非。

② ◯ 𥜽 齋 齋 齋ㄓㄞ (jai)

說文：「齋、戒潔也。从示齊聲。𥜽、籀文齋。从襲省。」側皆切

按：襲籀文禱字。𥜽从禱省。與篆文从示意同。且均為齊聲。故先後相承。齋戒連語。「潔也」从目的釋之。

(37) 枯省

① ◯ 嘏 嘏 嘏ㄍㄨˇ (guu)

說文：「嘏、大也。遠也。从古、叚聲。」古雅切

按：嘏、福也。从枯省，叚聲。詩閟宮：「天錫公純嘏。」乃「天賜公大福也」。其所以亦訓「大」者，乃以其可通以代「假」之故。爾雅釋訓：「假、大也。」其所以亦訓「遠」者，乃以其可通以代「遐」之故。爾雅釋訓：「遐、遠也。」嘏字之構造，許既列於形聲，釋者又以从古不得遽有大遠之意。故林義光曰：「古叚皆聲也。」清小學家皆彌縫許說。獨徐灝謂祝嘏者，祝枯之叚借為得其本。

以上共錄轉注字八十九字。

第七篇　叚借與通叚

第一章　叚借字定義及其類目

第四十八節　叚借字定義

許序曰：「叚借者，本無其字，依聲託事，令長是也。」縉按，象形指事為獨體字，會意，形聲轉注，為合體字。叚借則無體之字也。有意念而不造形體，只借他字為之。是謂之叚借。本無其字，借他字以為字，借其形也。本無其聲，依他聲以為聲，借其聲也。有意念而無形體，無聲音，乃借他字之形與聲以表達之，是之謂叚借字。故曰：「本無其字，依聲託事。」叚借者，以不造字為造字也。叚者借也，假者偽也。兩字各別。茲稱叚借，不稱假借，用本義也。所舉令長為例，亦是側舉。取其義相關也。謂借號令之令以為縣令之令。亦稱縣長，即是借令為長也。與考由老轉注，同為側舉。與日或月，上或下，武或信，江或河，皆並舉者不同。許書六書舉例，前四者皆並舉後二者皆側舉，是則初學不可不知也。余初未悟此旨，一九五九年以前，猶以許書叚借之例字令長分二字述之，即借號令為縣令之令，借長短之長為長幼之長也。及門人吳森結業回港，抵余書以余釋轉注二例，既本曾國藩說連二為一，老會意字也，考轉注字也。「考老是也」，即謂考由老轉注也。似可索性釋令長亦連二為一。「令長是也」，即借令字為長意也。余賞其說之美，而驚其才之敏，足以起余

也，立改前說而從之。又以民國二十一，吳稚暉先生為說文解字詁林補遺所作一萬六千言長序。以許序轉注段借二書之例字，謂「考老令長皆側舉」，余從「側舉」二字之確當不移，而卒不引稚暉先生之說者，以其釋轉注支離，釋段借竟改令長為令良，以為寫刻傳譌，不敢苟同也。故未全用其說。余於古今學人，不分門戶，不拘顯隱，凡所引據，只求真理。雖披沙揀金，而不敢掠美也。段借也者，實先民造字之簡法。其法雖簡，其用無窮。人類思想界新起之意念（觀念）其數實為繁多，文化愈進步，觀念之數愈增多，不造字以表之，則無以抒情思而資記載。若各造專字，則又以數目過多，不勝其造。茲乃以借形借聲之法當之。此段借一書之所由起也。

一意念可借他字以表之，被借之文字，即所謂借入之字 borrowed character. 只借字形字音，而連合新意以成三要素者也。且一意念所借之他字，可有一個二個以至多個。若至多個，則即前人所謂一意多字。衍之遂為爾雅式。

一文字又可借用以表他意（新意）。此項文字又稱借出之字 lending character. 原字只借出形與音，而放棄其本意，而以表達新意者也。且每一文字借出以表新意，可由零次以至多次。若至多次，自是表達多意。亦即前人所謂一字多意，衍之遂為字典式。

叚借一書，實文字孳衍意義之名。歷史愈久，文化愈複，文字之叚借應用者亦愈多。所謂一意多字，一字多意者，孳乳不已，數目日增。雖不另造新形，不另增新音而已另造新字，班固謂六書皆造字之本。誠哉。叚借乃造字之事，即以不造字為造字者也。然六書至叚借，可以觀止矣。

六書中，前五書均所以述文字之本意。一字之本意只有一個。叚借一書，乃專述文字之借意。文字借意可有多個，然而從不作叚借用之文字，數亦不少。前五書所載之本意，均無代詞，無連詞，無介詞，無助詞。而叚借一書，乃為補充完足，遂能廣文字之用。

叚借字雖無形體，而字數極多。說文九千三百五十三字，實為六書中前五書之字。而叚借字則在此數之外。就說文所載文字，按六書之分配而言，則可云：

一、有意與聲而用象形之法以造字(形)者，曰象形字。約有三百六十餘字。

二、有意與聲，而用指事之法以造字(形)者，曰指事字。約有八十餘字。

三、有意與聲，而用會意之法以造字(形)者，曰會意字。約有一千一百餘字。

四、有意與聲，而用形聲之法以造字(形)者，曰形聲字。約有七千六百餘字。

五、有意與聲，而用轉注之法以造字(形)者，曰轉注字。約有八十餘字。

以上五者之總數，即為九千三百五十三字。此外

六、只有意念，而無本字，叚借他字之形與音者，曰叚借字。其數當逾二萬。此舊時治說文學者之統計也。

此二萬個叚借字，即二萬個意念。乃就說文九千三百五十三字中，按零至多個之原則推衍而得。故平均估計，每字叚借以表新意二個為準。所以若是其少估者，因

1、一字雖有叚借以表新意至三四十個者，但從不作叚借用之文字，實佔多數。

2、說文九千三百五十三字，查今字典，每字所含之借意，皆錄自古書，其中亦有通叚在內。通叚者，用音代用之字也。任意念為重複，應予減去。

說文之字，既可叚借以表意念至二萬之多，二萬意念，即二萬叚借字。茲論叚借字，自難一一例舉。姑依形聲字例，先採綜合研究之法，後擇舉若干例證以明之。

第四十九節　叚借字分類

叚借字本無類可分，但就側重新意或原字而言，亦有兩種說法：

(一) 以意為主，只有意念，乃借他字以表之，是為借字。A borrowed character to express such a meaning.

(二) 以字為主，一字只有本意一個，茲乃借用以表他意，此項他意，又稱新意，又稱借意。A lending character to express another new meaning.

(一) 以意為主，其字例略如下：

1. 名詞　叚借者，day 日、month 月、leader 長、officer 官、year 年歲之類是也。
　自造者：山、水、艸、木、魚、鳥之類是也。
2. 狀詞　叚借者：烏髮、灰布、麻雀、白馬、黃花諸狀詞是也。
　自造者：多、少、壯、小、紅、綠之類是也。
3. 動詞　叚借者：如(合)(往)晉、衣我、食我、帶上、履冰、諸動詞是也。
　自造者：往、返、飲、宿、踐、踏之類是也。
4. 副詞　叚借者：快、慢、緩、急(疾)、已、將(庶幾已經……)之類是也。
　自造者：尚、曾、甚、孔之類是也。

5.嘆詞　段借者：於、惡、愈(烏乎、哀哉、欽哉…)之類是也。

自造者：只、(仲氏任只)吁嗟、噫嘻、哉、喟、兮之類是也。

上列五品詞性半由自造，半由段借。

6.代詞　如彼(匪)此(斯是)、我你(女汝爾)他(渠伊)之類。

7.連詞　如與、及、和、逮(迨)故因、但、(是故、所以、因為、於是、但是)之類。

8.介詞　如在用(在上、在下、在左　在右、在前、在後、在旁)之類。

9.助詞　如者、也、邪、乎、哉、諸、之、焉(也哉、也乎、乎爾、乎耳、之哉)只、(母也天只、不諒人只)之類。

上列四品詞性、純由段借方法造成。以一意為主、亦可借多字為之。演之遂為爾雅釋詁式。

上項借入之字、審其意義可分兩類：

甲、引申的借入之字 relative borrowed character (新意與本意有關。)

①借太陽之日、以表今日昨日之日。

②借太陰之月、以表四月維夏、六月徂暑之月。

③借長短之長、以表首長之長。

④借官署之官、以表官員之官。

⑤借收穫之年，以表年歲之年。
⑥借超越之越（歲从步戌聲與越从走戌聲古同）以表年歲之歲。
⑦借烏雅之烏，以表烏黑之烏。
⑧借火灰之灰，以表灰色之灰。
⑨借麻子之麻，以表麻色之麻。
⑩借面貌之貌（古原作白）以表白色之白（謂髮黑面白）
⑪借衣服之衣，以表衣我之衣。（令我穿着）
⑫借食物之食以表食我之食。（飤字）
⑬借衣帶之帶，以表攜帶之帶。
⑭借襪履之履，以表踐履之履。
⑮借快樂之快，以為快慢之快。
⑯借急慢之慢，以為快慢之慢。
⑰借寬裕之緩以為緩急之緩。

以上皆引申段借之字，有理由的借入之字也。

乙、非引申的借入之字 Unrelative borrowed character.

①借佩玉之黃，以為顏色之黃。

②借合如之如以爲前往之如。

③借胎兒之已以爲已經之已。

④借攜持之將以爲將來之將。

⑤借於鴉之於以爲嘆詞驚愕之「於」。

⑥借善惡之惡以爲嘆詞驚愕之「惡」。

⑦借愈勝之愈（論語：女與回也孰愈？說文無愈字）以爲嘆詞了解之「愈」。（書：禹曰：「愈」。）

⑧借彼如之彼（彼、往也。有所如也。）以爲代詞「彼」，或狀詞「彼」。

⑨借停止之此（此、止也。从人、止聲。）以爲代詞「此」或狀詞「此」。

⑩借古刀鋸字（其形如斧鉞而有齒）以爲代詞單數第一人稱。

⑪借絡絲架之字（爾後作儞，省作你）以爲代詞單數第二人稱。

⑫借負佗之佗（佗隸變作他。晚出）以爲代詞單數第三人稱。

⑬借給與之與以爲連詞同與之與。

⑭借追及逮及之及，以爲連詞同及之及。

⑮借唱和之和以爲連詞和同之和。

⑯借逮及之逮以爲連詞逮今之逮。

⑰借故舊之故以爲連詞所以之故。

⑱借席因之因，以為連詞因為之因。

⑲借袒免之但，以為連詞但是之但。

⑳借副詞剛才之才（周初加土為意符作在，仍是艸芽剛才出土）以為介詞在此在彼之在。

㉑借有用之用（狀詞）以為介詞以用之用。

㉒借狀詞眾辭之者以為助詞半句讀之者。

㉓借水器之也（古匜字）以為助詞全句讀之也。

㉔借地名郎邪之邪以為助詞疑問符之邪。

㉕借呼叫之乎以為助詞疑問符之乎。

㉖借語間之聲之哉，以為助詞疑問符之哉。

㉗借狀詞眾辭之諸，以為疑問符之諸。

㉘借動詞往也之之以為助詞語尾（如手之舞之）之之。

㉙借名詞焉鳥之焉，以為助詞語尾之焉。

㉚借嘆詞只（只，如乎）以為助詞語尾（如樂只君子）之只。

以上皆非引申叚借之字，無理由的借入之字也。

(二)

以字為主，其字例略如下：

甲、引申的(有理由之段借) relative new meaning.(新意與本意有關)

1、凡實字虛用，虛字實用者，皆引申之段借。例多不勝枚舉。

2、凡字意由本意引申，或依次引而申之，甚至漸遠者，皆謂之「引申段借」。

3、引申段借之各意，其排列之先後次序，依其本意引而申之之程序定之，先作引申枝布圖，平列時先短後長，以順其自然之勢。實例見下。

乙、非引申的(無理由之段借) unrelative new meaning.(新意與本意無關)

1、凡人姓與名字、虛字，以及多數地名、山名等，均謂之「非引申段借」。

2、凡借用之意與本意絕無關係者，皆謂之「非引申段借」。

3、非引申段借各意之先後次序，依①名詞、②代詞、③狀詞、④動詞、⑤副詞、⑥介詞、⑦連詞、⑧嘆詞、⑨助詞等九品詞之次序排列。無者缺之。實例見下。

令

一字之引申段借與非引申段借常為零至多個，演之遂為字典式。譬如：

本意為號令之令。从亼(服從之初字)省。亼聲。詳見本書轉注篇。動詞。說文「令，發號也。」如

甲文前一、50、一、「帝(上帝)令雨。足年」，「貞，帝令雨弗其足年。」

②辭命書　名詞。如國語吳語「既命孫矣。」周禮春官序官「典命。」注「命、謂遷秩群臣之書。」又如書「微子之命」「文侯之命」是也。

③呼(之)名(之)　動詞。國語魯語上「黃帝能成命百物。」莊子人間世「是以人惡其有美也，命之曰菑人。」

④確指　動詞。如漢書李陵傳「射命中。」

⑤計也　動詞。見廣韻。

⑥召也　動詞。見廣韻。

⑦予也、賜也　動詞。如金文康鼎「命汝幽珩鋚勒。」

⑧受賜的　狀詞。如儀禮喪服「為大夫命婦者。」禮玉藻「一命……再命……三命……」

⑨命令　名詞。如金文師望鼎「出納王命。」論語陽貨「將命者出門」

⑩政令　名詞。如左隱十一「凡諸侯有命告則書。」

⑪瑞令　名詞。如國語周語「襄王賜晉惠公命。」

⑫天命、天之意向　名詞。如論語子罕「子罕言利與命與仁。」集解「命天之命也。」

論語憲問「子曰：道之將行也與，命也。」

⑬自然之性　名詞。如禮檀弓下「骨肉歸復于土命也。」注「命、性也。」言自然之性當歸復于土。

⑭運　名詞。如荀子正名「節遇謂之命。」注「當時所遇謂之命。」淮南子繆稱訓「命所遭於時也。」

⑮生命、壽命　名詞。如列子力命注「命者必然之期素定之分也。」列子「仲尼樂天知命故不憂」注「命者窮達之數也。」論語憲問「見危授命。」

茲作命字叚借各意引申枝布圖如次：

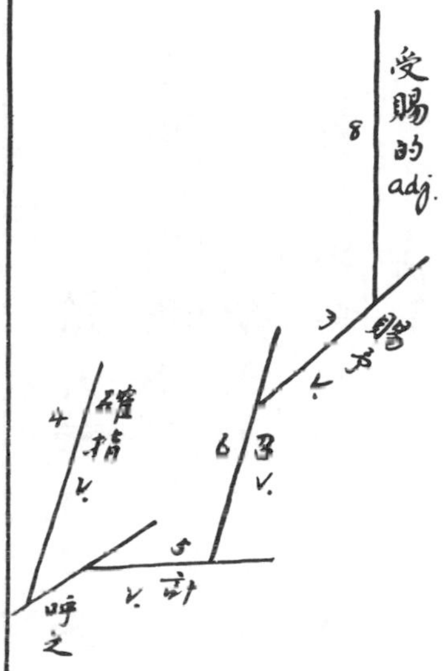

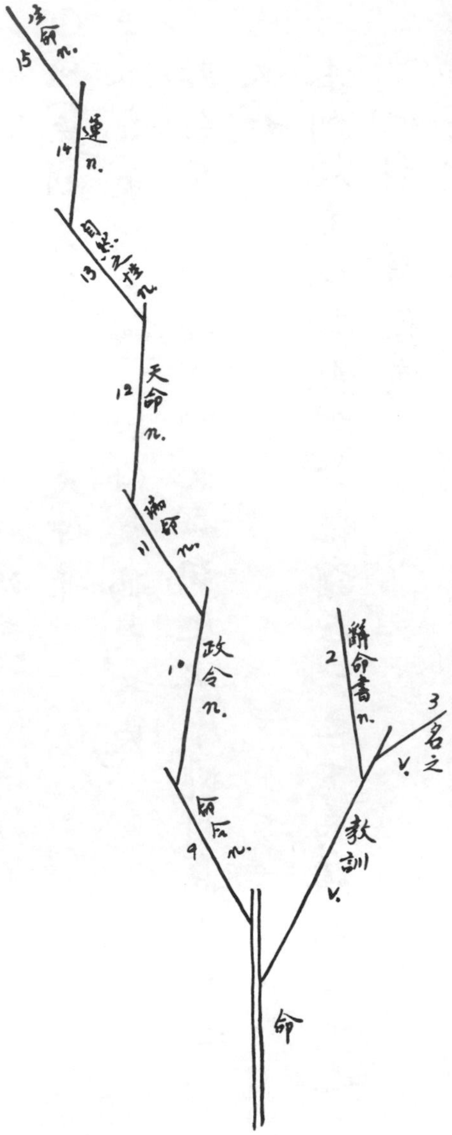

(二)非引申叚借為：

①姓　名詞。如姓苑：命。

②名籍、戶籍帳　名詞。如漢書張耳傳：嘗亡命遊外黃。師古注：命、名也。凡言亡命、謂脫其名籍而逃亡。

③道　名詞。如詩周頌：維天之命。箋：命猶道也。

非引申叚借各意按九品詞之次序排列無者缺之。

又如：

夷　本訓大。从大、尸聲。形聲穿合。狀詞。如詩周頌：降福孔夷。是也。後世用字乃

(一)引申叚借為

①平　狀詞。詩草蟲：「我心則夷。」出車：「玁狁于夷。」周頌：「彼徂矣岐有夷之行。」又如老子：「大道甚夷而民好徑。」等是。

②懿美之稱，安也　狀詞。如「夷公」「夷伯」等是。

茲作夷字叚借各意引申枝布圖如次：

(二)非引申叚借為：

①水名（專門名詞）　如：夷水出襄陽及康狼二山之間。水經：「漢水過宜城夷水注之。」

②姓（專門名詞）　如：夷仲年。

③人名（專門名詞）　如：「伯夷」「馮夷」「女夷」。

非引申叚借各意按九品詞之次序排列，無者缺之。

又如：

而

本訓頰毛。就物形加符號，謂在一之下為頰毛。在一之上為鬚而非「而」。

(一)引申叚借為

①下出鱗鬣毛也。　名詞。周禮考工記梓人：「作其鱗之而。」鄭注：「之而，頰頟也。頟，禿也。」戴東原曰：「鱗屬。頰側上出者曰之，下垂者曰而。」此以人體之稱施於物也。

茲作而字段借引申枝布圖如左：

(二) 非引申段借為：

① 此　代詞。this, pro.　周禮梢人：「帥而以至。」
戰國策趙策：「豫讓拔劍三躍，呼天擊之曰：『而可以報智伯矣。』」

② 他的(其)　代詞。one's, pro.　史記貨殖傳：「失勢則客無所之，以而不樂。」
左襄二十八：「必使而(汝)君棄而封。」
史記趙世家：「且令而國男女無別。」
春秋繁露保位權篇：「是以群臣分職而治，各敬而事，爭敬其功。」(上而字訓「以」，下而字訓「其」。)

③ 是乃　動詞。be, v.　論語顏淵：「為仁由己，而由人乎哉？」

④ 作為　動詞。do. v.

「左襄三十。非相違也。而相從也。」
「穀梁宣二。曰。天乎天乎。孰為盾而忍弒其君者乎。」
「墨子尚賢篇中。然則親而不善。以得其罰者誰也。」
「呂氏春秋禁塞篇。此七君者大而無道。不義。」

⑤ 成為　動詞。become. v.　「史記周勃世家。君後三歲而侯。侯八歲為將相。」

⑥ 稱為　動詞。be called. v.　「公羊定十二。五板而堵。五堵而雉。」
「管子乘馬。五家而伍。十家而連。五連而暴。五暴而長。」

⑦ 將(其)　助動詞。shall or will. aux. v.　「莊子天地篇。汝方將忘汝神氣。墮汝形骸。而庶幾乎。」
「說苑善說篇。歲饑。來年而反矣。疾疫將至矣。」

⑧ 應當　助動詞。should or would. aux. v.　「賈子保傅。不習為吏而視已事。」
「漢書蒯通傳。相君之背。貴而不可言。」

⑨ 尚　副詞。yet. adv.　「孟子萬章。千乘之君求與之友而不可得也。而況可召與。」

⑩ 何 副詞。why. adv.

莊子天道篇：「夫天地至神而有尊卑先後之序，而況人道乎？」（兩例下「而」字訓「何」。）

⑪ 竟乃 副詞。actually, adv.

史記呂不韋傳：「且自大君之門，而乃大吾門。」

漢書韓信傳：「上不欲就天下乎？而斬壯士？」

論語雍也：「斯人也而有斯疾也？」

⑫ 從由 介詞。from. prep.

論語泰伯：「而今而後。」即「從今以後。」（第二「而」訓「以」。例見上。）

⑬ 以後，在後 介詞。after, prep.

論語季氏：「生而知之者上也。學而知之者次也。困而學之，又其次也。困而不學，民斯為下矣。」

⑭ 但是 連詞。but, conj.

石鼓文：「執而勿射。」

論語學而：「人不知而不慍。」又述而：「子溫而厲，威而不猛，恭而安。」

莊子天道：「美則美矣，而未大也。」

⑮ 故於是 連詞。therefore, conj.

論語顏淵：「子欲善而民善矣。」

史記龜策傳：「自三代之興，各據禎祥，塗山之兆從而夏啟世，飛燕之卜順故殷興，百穀之

筮吉故周王。」

⑯則，猶今俗語「即」「就」 連詞。then, conj. 易繫辭：「君子見幾而作。」孟子萬章：「可以速而速，可以久而久，可以處而處，可以仕而仕。」公孫丑篇：「而並作，則。」

⑰之 連詞。as......as, conj. 莊子逍遙遊：「吾驚怖其言，猶河漢而無極也。」禮記哀公問：「如日月東西相從而不已也。」

⑱之 語中助詞，無義。just, emphasizing the context, no meaning. 呂氏春秋直諫：「使公毋忘出奔而在於莒也。使管仲毋忘束縛而在於魯也。使寧戚毋忘其飯牛而居於車下……」

凡非引申段借各意，按九品詞之次序排列，無者缺之。

第二章　通叚字定義及其類目

第五十節　通叚字定義

通叚者，同音通叚也。乃用字之事，非造字之事也。通叚不在六書之內，而與六書之叚借極似，魚目之混珠。茲特提與叚借比敘，以明區別。張守節史記正義論音例云：「鄭康成曰：其始書之也，倉卒無其字，或以音類比方叚借為之，趣於近之而已。」鄭氏之意，即指倉卒不得本字，而以同音比方，通叚為之，趣於近之，求其語音似之而已。鄭氏深得通叚之精義，而混用叚借之舊名。蓋謂用字之叚借，非造字之叚借也。許鄭用意各別，而稱述相同。於是一千數百年來小學家亦必知同音代用之事與六書叚借之事，是二非一。而震於鄭氏之稱述，乃與叚借混為一談。甚至以許氏叚借定義本無其字依聲託事之文，應予擴大範圍，凡本有其字，依聲託事者，（心中暗指用同音之他字以代本字之事，）亦得列於叚借之內。似此不但增改許書，且與班志六書皆造字之本相抵牾。倘能先正其名，次析其義，自知通叚之與叚借，截然二事也。多一叚借意，即增一叚借字，故叚借為造字之事，為六書之一。而通叚則不然，通叚用同音之他字以代本字，嚴格言之，即書寫別字，並未增加新意新字。不得在六書之內。然通叚與叚借之別，迷惘千數百年，直至清與民國間劉師培氏明白分辨其為二事，（見劉申叔遺書）惜劉氏早世，

未曾詳舉其例，申展其說，以劃示後人，而著為定論也。章太炎曰：「此乃同聲通用，非六書之叚借者也」，則立論甚為明白。故通叚誠不可與叚借相混。本書專言六書，本可不及通叚，只以我國歷代文籍無不喜用通叚字，尤以殷、周、秦漢為甚。是用專章提出。通叚與叚借合併研究，互相比較，以資識別，而清六書之界限。

第五十一節　通叚字分類

通叚字非本字。楊樹達曰：「本字者，造字之始，因義賦形。形與義密合之字也。叚字者，其義與本字無關，但以聲音與本字相近，姑叚作本字之用者也。本字惟一字，叚字則可無數也。」楊說極透闢。茲為初學易於識別起見，分通叚字為四類，舉例言之：

（下列通叚三類，姑以形聲字轉注字為例）

第一、以聲代字。（以其聲符代其全字。）

第二、以字代聲。（以其全字代其聲符。）

第三、共聲相代。（兩字同用一聲符者互代。）

第四、同音相代。（兩字全不相似，而只同音者互代）

通段第一例，以聲代字（B代AB）。在此形聲既造以後，不用此字，而用其聲符為代表，是為通段無疑。倘本字尚未製造，只借他字為之，其後乃續加偏旁，以示區別者，則借用之時，仍屬段借，不得稱為通段。惟年遠代湮，本字製造之時代，有可考明者，亦有不可考明者，在此無法畫分之際，姑兩存之。所以此處仍列「以聲代字」一類。如：

甲文巳代祀。前七、38、一、「我共巳（祀）宂乍帝降若。」「我勿巳（祀）宂乍帝降不若。」

帝代禘後上19、一、「貞帝于王亥。」

金文彔代祿　綦伯星父簋：「通彔曾命。」

丂代考　司徒簋「作厥丂寶尊彝。」周簋：「文丂」（即文考）

責代蹟　秦公簋：「鼏宅禹責。」

䨣代霸　「癸簋，既生䨣。」

隹代唯　「兮甲盤，其隹我者（諸）侯百生（姓）。」

生代姓　（同上例）

石鼓文丞代承　「丞皮淖淵。」

皮代彼　「丞皮淖淵。」

隹代唯　「其魚隹可。」

可代何　「其魚隹可。」

隹代維　「隹舟以行。」

湯代蕩　「徒御湯湯。」

按甲金、石鼓、或有先用借字、後人始造正字者，當會通觀之。

詩經：定代頞（頂）　「麟之趾，麟之定。」

具代俱　「大叔于田，火烈具舉。」

甲代狎　「芄蘭，能不我甲。」

會代旝　「大明，其會如林。」

刀代舠　「河廣，曾不容刀。」

王代㞷（往）　「坂，及爾出王。」（㞷、往之初字。从止、王聲。）

左傳夷代痍「子反命軍吏察夷傷。」（成十六年左傳）
禮記與代舉「禮運選賢與能。」
辟代避「中庸而莫之知辟也。」
辟代譬「中庸辟如行遠必自邇。」
壹代殪「中庸壹戎衣而有天下。」（戎，大也。衣通殷。）
孟子辟代闢「梁惠王欲辟土地，朝秦楚。」
辟代僻「梁惠王放辟邪侈。」
莊子冥代溟「逍遙遊北冥有魚。」「南冥者，天池也。」
漢書票代驃「霍光傳票騎將軍。」
通叚第二例，以字代聲AB代B
甲文狌（狂）代㞷（往）「王狌田鄘。」
沮代且（祖）「甲戌曰沮丁二牛。」
⿰女各代各「⿰女各雲自北。」
金文濼代樂「虘鐘用濼好賓。」
⿱期女代期「乙簋釁壽無⿱期女。」
征代正「父甲鼎征月。」

逑代求　秦詛楚文「逑取倍邊城」。

倍代吾（同上例）

詩經　匪代非　柏舟「我心匪石」。

翦（齊也）代前（古剪）　甘棠「勿翦勿伐」。

樊代楙　東方未明「折柳樊圃」。

惔代炎　雲漢「如惔如焚」。

孟子　蓋代盍　梁惠王「蓋亦反其本矣」。（矣猶乎）

其他　漢司徒代周時司土。

漢司空代周時司工。

漢以後女紅代周時女工。

通叚第三例、同聲符者相代。AB 甲 B 子 B 互相代用。

甲文　妹代昧　「己丑卜貞今日雪，妹雪。」（全、六六七）

金文　妹代昧　于鼎「妹辰」即「昧辰」（同未音）

石鼓文　邋代獵　「君子員（云）邋」。（同巤聲）

詩經　咺代宣　淇奧「赫兮咺兮」。（同亘聲）

紀代杞　終南「有紀有堂」（同己聲）紀讀杞，堂讀棠，此王引之說是也。

堂代棠（同上例）（同尚聲）　朱解為山之角、山之平、臆說。

將代壯　北山「鮮我方將」（同爿聲）「嘉我未老」「嘉我方壯」

禮記　絜代挈　大學「絜矩之道」（同㓞聲）

塗代途　中庸「半塗而廢」（同余聲）塗、泥也。从土、从水、余聲。說文作坔、涂聲。

孟子　時代是　梁惠王「時日害喪」（同止聲）

莊子　豪代毫　秋水「豪末」（同高省聲）

通段第四例、同音相代、完全不同之兩字、而只同音者、可以互代。

甲文　墉代肜（明日）「墉、兮至昏不雨」。

兮代昕（旦）　（同上例）

金文　膚代吾　齊侯鎛「保膚兄弟、保膚百姓」。

飤代嗣　惠仲鐘「福我後飤」。

石鼓文　員代云　「君子員（云）邋（獵）」（按云獵、如獵、往獵也。）

毆代也　「汧毆沔沔」。

詩經　服代彼　關雎「求之不得、寤寐思服」。（服古音逼）

逑代仇（俦）　關雎「君子好逑」（好逑即好仇、即匹俦）

肄代枿　汝墳「伐其條肄」。枿（櫱、蘖不桿）枝幹之斬而復生者。

調代朝　汝墳　惄如調飢。
肆代勩　谷風　既詒我肆。
蝱代莔　載馳　言采其蝱。
崇代終　蝃蝀　崇朝其雨。

禮記
分代婚　禮運　男有分，女有歸。
施代斯　大學　德者本也。財者末也。外本內末，爭民施奪。
服代逼　中庸　則拳拳服膺而弗失之矣。
衣代殷　中庸　壹戎衣而有天下。(壹通殪，見前。戎，大也。)
倍代背　中庸　為下不倍。
蚤代早　中庸　而蚤有譽於天下者也。

論語
微代非　憲問　微管仲吾其被髮左衽矣。

孟子
征代徵　梁惠王　上下交征利而國危矣。
由代猶　梁惠王　民歸之，由水之就下。

又如令字，本訓使令。後借為命令，長官等意(見前)。但文人用字，往往通叚以代同音之他字。如

① 代鴒　名詞。　如詩常棣　脊令在原。

② 代伶　名詞　如詩車鄰寺人之令。

③ 代瓴　名詞　如詩防有鵲巢傳甓令適也。

④ 代零　名詞　如漢書陳湯傳丁令注令與零同。

⑤ 代良（良、善也）狀詞。如詩凱風我無令人。又烝民令儀令色。
　論語巧言令色。

又如命字。本與令一字。後世分化為二。又借用為呼、予等意（見前）。但文人用字往往通段以代同音之他字。如：

① 代慢　動詞　大學舉而不能先命也。鄭注命讀為慢聲之誤也。

又② 夷字。本訓大。後借為平安等意（見前）但文人用字往往通段以代同音之他字。如：

① 代彝（彝、禮器也）名詞。如禮記明堂位夏后氏以雞夷。

② 代尸　國邑名。名詞　如殷末甲文征尸方。左傳杞人伐夷。

③ 代尸　外族名。名詞　如金文宗周鐘南尸東尸。
　師酉簋西門尸𥡴尸秦尸京尸捧腹尸。
　說文夷東方之人也。
　穀梁傳序四夷交侵。注四夷者、東夷、西戎南

蠻北狄之總稱也。

④代尸　尸通屍。　名詞　如周禮凌人注：寒尸之槃曰夷槃。牀曰夷牀。衾曰夷衾。

⑤代懿　狀詞，亦用為名詞。　如孟子引詩：民之秉夷。

⑥代痍　痍傷也。　狀詞，亦用為名詞。　如左傳成十六年：子反命軍吏察夷傷。

⑦代易　容易也。　狀詞　爾雅釋詁：夷易也。

⑧代迪　狀詞　如韓詩四牡：周道威夷。即周道逶迤。

⑨代儕　[illegible]詞　如禮記曲禮：在醜夷不爭。史記留侯世家：皆陛下故等夷。

⑩代移　動詞　如周禮凌人注：移尸曰夷於堂。

⑪代疑　動詞　如楚辭抽思：悱徊夷猶。後漢書馬融傳注：夷由，不行也。

⑫代尸　尸臥也。動詞。　如論語：原壤夷俟。

⑬代怡　怡悅也。動詞。　如詩風雨：既見君子，云胡不夷。鄉：亦不夷懌。

⑭ 代薙　薙，除艸也。音荑。動詞。　如周禮薙氏：「薙氏掌殺草……夏日至而夷之。」注：「夷之以鉤鎌，迫地芟之也。」左傳隱六年：「芟夷蘊崇之。」注：「殺也。」國語周語：「是以人夷其宗廟。」

又如「而」字，本訓頰毛，後借為鱗頷等十九意（見前），但文人用字，往往通段以代同音之他字。如：

① 代能　名詞。used as "adility", n.　莊子逍遙遊：「知效一官，行比一鄉，德合一君，而徵一國。」

② 代爾（或汝或女）　代詞。used as "you" or "your" pro.　書洪範：「而康而色。」傳：「汝當安汝顏色。」論語微子：「且而與其從辟人之士也，豈若從辟世之士哉？」

③ 代膩　狀詞。used as "mucilaginous", adj.　急就篇注：「餅之為言并，言其粘而也。」（而訓作膩）

④ 代安　動詞。used as "tranquilize", v.　易屯：「宜建侯而不寧。」釋文：「鄭讀而曰能，能猶安也。」

⑤代能　助動詞 used as "can" aux. v.

論語微子：焉往而不三黜？

戰國策齊策：子孰而與我赴諸侯乎？

⑥代已　副詞。already, adv.

論衡齊世篇：一文一質，一衰一盛，古而有之，非獨今也。

⑦代亦　副詞。also, too, adv.

孟子公孫丑：孟子將朝王。王使人來曰：寡人如就見者也，有寒疾，不可以風，朝將視朝，不識可使寡人得見乎？對曰：不幸而有疾，不能造朝。

左隱十一：王室而既卑矣，周之子孫日失其序。夫許太岳之胤也。天而既厭周德矣，吾其能與許爭乎？

戰國策趙策：秦雖善攻，不能取六城；趙雖不能守，而不至失六城。

禮記禮運：盜竊亂賊而不作，故外戶而不閉，是為大同。

⑧代以　副詞。here with, adv.

書顧命：其能而亂四方。

⑨代于　介詞。on, in, to. prep. 禮記學記：「相觀而善之謂摩。」說苑建本篇：「相觀於善之曰摩。」漢書敘傳：「封禪郊祀，登秩而神。」

⑩代以　介詞。with, prep. 論語微子：「柳下惠為士師，三黜。人曰：『子未可以去乎？』曰：『直道而事人，焉往而不三黜？枉道而事人，何必去父母之邦？』」（中「而」字訓「能」，詳前。）

⑪代如（或若）介詞。used as "like", prep. 詩小雅：「垂帶而厲。」箋：「而亦如也。而厲如鞶厲也。」孟子離婁：「望道而未之見。」

⑫代如（或若）連詞。used as "if", conj. 論語子路：「人而無恒，不可以作巫醫。」左襄三十：「子產而死，誰其嗣之？」孟子萬章：「而居堯之宮，逼堯之子，是簒也。」

⑬代與，並且　連詞。and, conj. 儼兒鐘：「余儀楚之良臣，而□之字父。」論語學而：「學而時習之。」孟子萬章：「余既烹而食之。」

左文十六、公子鮑美而艷。論語雍也、不有祝鮀之佞而有宋朝之美也。

⑭ 代然　助詞。used as "like" expletive, suffix to an adjective or an adverb.

（常用於狀詞副詞語尾。）如尚書皋陶謨、啟呱呱而泣。

⑮ 代耳（或爾）　助詞（語尾聲）used as the ending Sound of an expression like "er". expletive. 如論語子罕、唐棣之華、偏其反而。豈不爾思、室是遠而。又微子、已而已而、今之從政者殆而。

第三章 叚借與通叚例目

第五十二節 叚借與通叚合併例目

叚借與通叚例目待補

第四章 叚借字與通叚字合併舉例

第五十三節 叚借與通叚舉例

一日 本太陽之名。象形。名詞。廣韻正韻人質切。集韻韻會入質切。

(一)叚借（零個或至多個）

甲 引申叚借（由本意引而申之）

①衆陽之長。名詞。前漢書李尋疏曰「日者衆陽之長。」

②君也。名詞。廣雅釋詁曰「日君也。」書湯誓「時日曷喪。予及汝皆亡。」

③節也。名詞。廣雅釋言曰「日節也。」

④德也。名詞。漢書天文志星傳曰「日德也。」

⑤日期。名詞。甲文庫一五一六「三旬又六日辛亥。」前三、17、三「壬申卜今日不其雨。」小盂鼎「粵若翌日乙酉。」

縣妃簋：其自今日

詩十月之交：朔日辛卯。

禮記內則：教之數日（數，動詞）

⑥晝。名詞。甲文：院甲．六。八三：丁卯卜殼貞：今日月（夜）右于兄丁㞢宰。

孟子離婁：夜以繼日。

左襄二五：日夜思之。

禮郊特牲：郊之祭也，迎長日之至也。

⑦一晝夜。名詞。書洪範：五紀……三曰日。傳：紀一日。疏：從夜半以至明日夜半周十二辰為一日。

周髀算經注：從旦至旦為一日。

今西人航海行程，以今日午正至明日午正為一日。

書堯典：期三百有六旬有六日。按期年也。地繞日一周為一年，共需三百六十五又四分之一日。堯典云六日，舉成數也。一曰彼時曆數尚不臻於精密也。

⑧往日。昔也。副詞。左傳文七：日衛不睦。注：往日也。

漢書韓延壽傳：日者燕王為無道。

⑨別日、他日也。副詞。列子湯問「日與偕來。」注「別日也。」

⑩日日、每日也。副詞。詩大雅「日辟國百里。」論語子張「日知其所無。」孟子滕文公「日攘一雞。」左昭元年「日尋干戈，以相征討。」

⑪卜筮占候時日。動詞。列子辯命篇「豈日者卜祝之流乎」史記日者列傳注「卜筮占候時日、通名日者。」

其引申枝布圖如左：

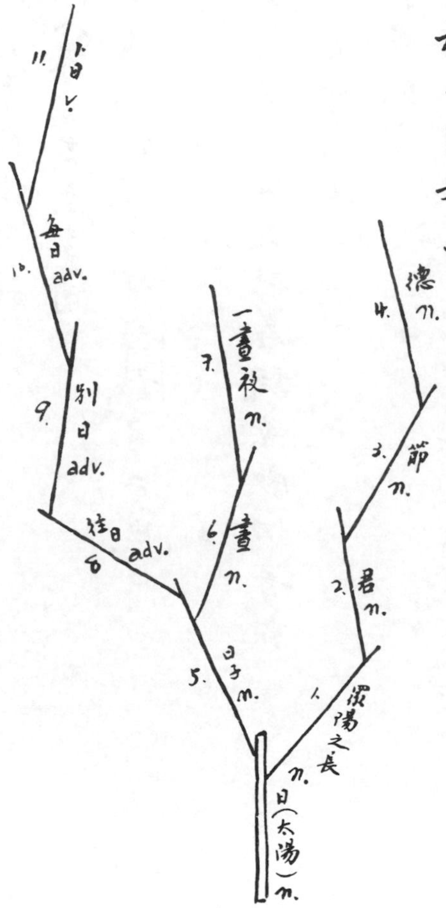

平列時先祖後長，得其次序如左。

乙、非引申叚借。　缺

(二)通叚(零個或至多個)

①代二。狀詞。廣雅釋詁：「弍、二也。」

二、

月　本太陰之名。象形。名詞。魚厥切，音軏。

(一)叚借(零個或至多個)

甲、引申叚借

①夜。名詞。甲文粹七六九：「庚辰卜吏貞：今月(夜)雨。茲月(夜)允雨。」院乙、七一二六：「丙戌卜永貞：今日不月(夜)風。」金文毛公鼎：「虔夙月(夜)惠我一人。」

②自朔至晦之總名。名詞。一年有十二月，殷與西周歸餘於終有十三月。春秋中葉始置閏於當閏之月。有閏某月。陰曆大月三十日，小月二十九日。如：

甲文前三、19、三：「乙酉卜大貞：及茲二月有大雨。」前三、18、五：「品貞：今三月帝命多雨。」

金文令簋：「惟九月既死霸丁丑。」
詩四月：「四月維夏，六月徂暑。」
③月月，每月，副詞。論語子張：「月無忘其所能。」
孟子滕文公：「月攘一雞。」
④衛星。名詞。天文家稱繞行星之衛星亦曰月。如火星有二月，木星有五月，土星有九月，天王星有四月，海王星有一月。
⑤眾陰之長。名詞。前漢書李尋疏：「月者眾陰之長。」
史記天官書注：「月者陰精之宗。」
⑥臣與后妃。名詞。後漢書李固傳：「月者大臣之體也。」
前漢書李尋疏：「月者后妃大臣諸侯之象也。」
⑦水氣之精。名詞。淮南子天文訓：「水氣之精者為月。」
⑧土地之精。名詞。公羊莊二十五注：「月者土地之精。」
其引申枚布圖如左：

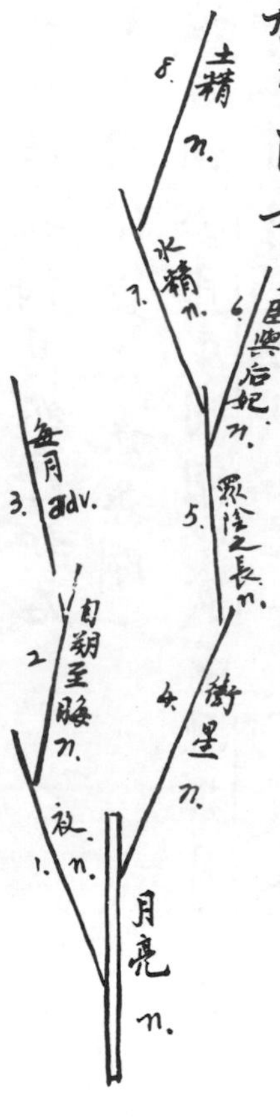

平列時先短後長，得其次序如右。

乙、非引申叚借（與本意無關）。

①姓。名詞。金月彥明，明洪武中月輝，月文憲。

②名。名詞。明李南郡市妓王月。（見板橋雜記）

(二)通叚（零個或至多個）缺。

三、方

方字古作方。倚刀畫其柄「丨丨」架形。由物形「丨丨」生意。故託以寄旁邊之旁。狀詞。亦用為名詞。儀禮大射禮「左右曰方」。唐韻府良切。集韻韻會分房切。並音芳。又廣韻集韻並符方切。音房。又集韻蒲光切。音旁。又集韻文紡切。又集韻甫兩切。音倣。又韻補叶膚容切。

(一)叚借（零個或至多個）

甲、引申叚借

①旁。副詞。書立政「方行天下」。周書皇門「乃方求論擇」。

②向。動詞。史記天官書「日方南」。正義「猶向也」。

③方向。名詞。周禮天官冢宰「辨方正位」。注「別四方」。禮記內則「教之數與方名」。注「方名如東西也」。

④處所。名詞。易繫辭，故神無方而易無體。

⑤正。狀詞。見廣雅。國語吳語，為萬人以為方。陳注，正曰方。

⑥義。名詞。見廣雅。論語先進，可使有勇且知方也。

左閔二年，授方任能。注，百事之宜也。

⑦道。名詞。禮記樂記，樂行而民鄉方，可以觀德矣。鄭注，方猶道也。又樂記方以類聚，物以群分。陳澔曰，方猶道也。

莊子秋水，大方之家。

左隱三年，臣聞愛子教之以義方。

⑧常。狀詞。亦用為名詞。論語里仁，父母在，不遠遊，遊必有方。鄭注，常也。

禮記檀弓，左右就養無方。

國語晉語，官方定物。注，常也。

⑨事。名詞。易復象傳，后不省方。王弼注，方，事也。

⑩等。狀詞。考工梓人，為侯廣與崇方。注，猶等也。

⑪類。名詞。見廣雅。詩緇衣，其惡有方。注，喻輩類也。

孟子萬章，君子可欺以其方。

其引申枚布圖如左：

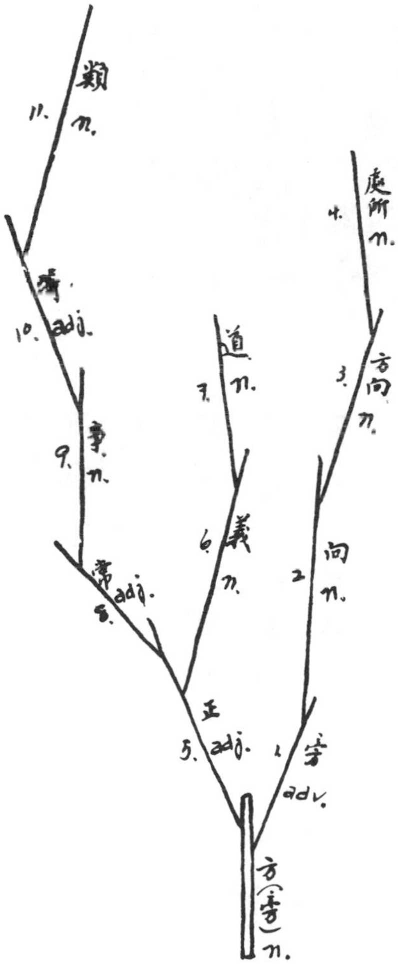

平列時先短後長得其次序如右。

乙. 非引申叚借

①國邑名。專門名詞。如卜辭前七、廿九、一：方其來于沚。又方恭井方女。

詩出車：往城于方。

周書世俘：呂他命伐越戲方。注：越戲方紂三邑。

②姓。專門名詞。後漢有方儼。

③名。專門名詞。詩采芑：方叔元老。近人有陳方。

④有也。動詞。見廣雅。書洪範：既富方穀。又漢書衛青霍去病傳贊：票騎亦方此意。

⑤始也。副詞。廣雅「方，始也。」如詩小戎「方何為期。」

⑥今也。副詞。莊子天地篇「方且本身而異形。」

⑦且也。正在也。副詞。詩正月「民今方殆。」鄘風「定之方中。」論語「血氣方剛。」左宣十五年「天方授楚。」

⑧尚也。副詞。孟子滕文公「周公方且膺之。」

⑨將也。副詞。史記魯世家「今允長矣。吾方營菟裘之地而老焉。」

⑩為也。去聲。介詞。呂氏春秋安死篇「其所非方其所是也。其所是方其所非也。」

⑪當也。連詞。莊子養生主「方今之時。」東京賦「方其用財取物。」

⑫於是。連詞。韓非子外儲說左上「故人來方與之食。」

(二)通叚（零個或至多個）

①代舫。名詞。舫，併船也。通俗文「連舟曰舫。」說文「方，併船也。」誤以通叚為本意。

②代豐。豐，文王所都邑也。名詞。詩六月「侵鎬及方。」（方通豐）

③代邦。名詞。殷有「𤰈」字。从田、丰聲。周人始另造「邦」字。从邑丰聲。殷人多叚「方」以代「𤰈」。如吕方、土方、尸方、虎方。皆謂某邦也。

詩大明：以受方國。大雅：監觀四方。(即監觀各邦也。)

④代板(版)。名詞。儀禮聘禮：不及百名書於方。注：方、板也。中庸：布在方策。(注同)

⑤代文。名詞。禮記樂記：變成方謂之音。注：方猶文章也。

⑥代法。名詞。左傳昭二十九年：官修其方。

論語：可謂仁之方也已。

荀子大略：博學而無方。注：方、法也。

法引申為術。漢人稱術士曰方士。

⑦代望。望表也。名詞。廣雅：四方表也。

詩皇矣：萬邦之方、下民之王。傳：則也。箋：猶鄉也。

⑧代祊。祭名。名詞。詩小雅甫田：以社以方。

⑨代房。名詞。亦用為動詞。詩鵲巢：維鳩方之。又小雅大田：既方既皁。箋：方、房也。

⑩代防。名詞。亦用為動詞。漢書張湯傳：掘地為坑曰方。

⑪代口（口原為方圓之方）狀詞。故方有方圓、方正等意。

易坤六二：「直方大。」注：「地體安靜是其方也。」

周禮考工記：「方者中矩。」

孟子離婁：「規矩方圓之至也。」日久而「口」字廢。

⑫代龐。狀詞。亦用為副詞。龐大也。詩生民：「實方實苞。」

漢書：「共工方鳩僝功。」又「方施象刑惟明。」

呂刑：「方告無辜於上。」

⑬代博。狀詞。漢書武帝紀：「方聞之士。」

⑭代縛。動詞。孫子九地：「是故方馬埋輪、未足恃也。」

⑮代汸。動詞。汸同泭。編木以為渡也。詩漢廣：「不可方思。」谷風：「方之舟之、」説

解以汸為方之或文、亦誤。

⑯代妨。動詞。書堯典：「方命圮族。」

孟子梁惠王：「方命虐民。」

⑰代倣。動詞。集韻：「方、效也。」

⑱代併。動詞。儀禮鄉射禮：「不方足。」爾雅釋水：「大夫方舟。」

史記蘇秦傳：「車不能方軌。」

莊子山木「方舟而濟於河。」方，併也。
史記酈食其傳「方船而下。」注「謂並船也。」

⑲代比。動詞。論語子貢「方人。」何晏注「比方人也。」
國語楚語「不可方物。」

⑳代甫。副詞。甫、方，纔也。史記齊悼王世家「方以呂氏故幾亂天下。」

㉑代溥。副詞。溥、徧也。詩商頌「方命厥后。」

㉒代凡。副詞。墨子非命「大方論數而三者是也。」

㉓代蜩。蜩蛃。雙音字。名詞。集韻「蜩或作方。」
周禮夏官方相氏「毆方良。」注「方良，罔兩也。木石之怪，夔、罔同。」
張衡東京賦「脁方良。」注「方良，草澤之神也。說文作蜩蛃。」

㉔代彷。彷徨。雙音字。動詞。集韻「彷或作方。」
前漢書揚雄傳「方皇於西清。」注「方皇猶彷徨也。」

四、肆　原由豸（即豺）加示（拭初字）為聲作豺。漸變成肆。故其本意為豺。動物名也。名詞。其音息利切。為豸、為豺、為易、為賜、為錫、為四、為肆。為息七切，音悉。

（一）叚借（零個或至多個）

甲、引申叚借

①伺殺。動詞。「廣雅釋詁：肆，殺也。」如「詩皇矣：是伐是肆。」「論語憲問：吾力猶能肆諸市朝。」

②犯突也。動詞。「小爾雅：肆，突也。」「左傳文十二年：若使輕者肆焉，其可。」注：「肆，暫往而退也。」

其引申枝布圖如左：

平列時得其先後次序如右。

乙、非引申叚借

①列也。名詞。「左襄十一年：歌鐘二肆。」注：「肆，列也。縣鐘十六為一肆，二肆三十二枚。」「周禮小胥：凡縣鐘磬半為堵，全為肆。」

②城內空地曰肆。名詞。見「禮記王制：市廛而不稅。」疏。

③姓。名詞。「姓苑：漁陽太守肆敏。」

④正也。狀詞。史記樂書「肆直而慈愛者」。

⑤今也。連詞。見爾雅。墨子兼愛「惟予小子履」，惟、今也。孔書作「肆台小子」，肆今也。

⑥故也。連詞。見爾雅。書舜典「眚災肆赦」。

書梓材「肆王惟德……」

(二)通叚(零個或至多個)

①代市。名詞。論語子張「百工居肆以成其事」。

漢書王貢兩龔鮑傳「則閉肆下簾而授老子」。

②代直。狀詞。易繫辭「其事肆而隱」。

③代四。狀詞。記數防人塗改，叚用肆代四。

④代餘。狀詞。禮記玉藻「肆束及帶」注「肆讀為肄，肄、餘也」。

⑤代勤。(陰陽對轉)狀詞。文選張衡賦「厥庸孔肆」。

⑥代次。狀詞。見玉篇。

⑦代極。極、張也。動詞。左昭十二年「昔穆王欲肆其志」。

說文長部「肆，極陳也」。

⑧代尸。尸、陳也。動詞。書牧誓「昏棄厥肆祀弗答」。

說文。長部。肆。極陳也。

山海經中山經。其祠皆肆瘞。

儀禮聘禮記。門大夫之辭侯于郊為肆。

⑨ 代恣。動詞。論語陽貨。古之狂也肆。

左襄二十三年。不可肆也。

史記魯仲連傳。寧貧賤而輕世肆志焉。

禮記表記。安肆曰偷。

文選揚雄賦。肆玉軑而下馳。注。賈逵國語注。肆。恣也。

⑩ 代失。動詞。穀梁莊二十二年傳。肆。失也。

⑪ 代施。動詞。左昭三十二年。伯父若肆大惠。復二文之業。

⑫ 代祀。動詞。周禮典瑞。以肆先王。

⑬ 代斷。斷。分離也。動詞。周禮大司徒。祀五帝。奉牛牲。羞其肆。注。進所肆解骨體。

⑭ 代置。動詞。見廣雅釋詁。

⑮ 代執。動詞。法言。五百。肆筆而成書。

⑯ 代申。動詞。老子。直而不肆。

⑰代信。音同伸　動詞。見廣雅釋詁

⑱代棄。動詞。漢書揚雄傳「故平而不肆險。」

⑲代踞。動詞。見廣雅釋詁。文選顏延之賦「肆於人上。」

⑳代滅。(陰陽對轉)動詞。見廣雅釋詁。

㉑代實。副詞。詩昊天有成命「肆其清之。」

㉒代疾。副詞。詩大明「肆伐大商。」

㉓代亦。副詞。詩崧高「其風肆好。」

㉔代以。介詞。書多士「予惟率肆矜爾。」論衡雷虛作「予惟率夷憐爾。」夷通「以」。

㉕代遂。連詞。書舜典「肆類于上帝。」

初、哉、首、基、肇、祖、元、胎、俶、落、權輿、各字之各義，均可得詳明之記錄。彙此各記錄均可知此即所謂一字多義也。倘於各字多義記錄中，由上至下，屈曲查尋而統計之，則得各字均有「始」意。由此統計，可知此即所謂一義多字也。

是故一字多義者，橫的推演一字之叚借與通叚各意之所得也。一義多字者，直的統計各字意義中之某義之所得也。是乃一字各義之橫直觀，是一非二。用知段玉裁氏以一字多義為叚借，一義多字為轉注，非說非也。一字多義為叚借尚未是。(但遺通叚之義)一義多字為轉注則全非。爾雅一書，乃秦漢間訓詁儒

家自錄之讀書雜記、其釋詁、釋言、釋訓等篇、所存各字之意、本意、借意、通叚意俱備。正本篇舉例所宜引用。並非班志所云「六書皆造字之本」之轉注所得舉以為例者。(參前轉注篇)、

由此推演得整理叚借與通叚各意之公式如下、

乂、本意一個及其構造見六書前五書中之某一書、加注詞性並錄例證、

唐人切音及後代各韻書所記之各音、

後人用字又往往借以表達他意、lending to show a new meaning 是為叚借

(一)叚借(零個或至多個)

甲、引申叚借 relative lending (零個或至多個。若有多個、則作引申枝布圖以明之。並平列時依先短後長之原則得先後之次序如右、)

乙、非引申叚借 unrelative lending (零個或至多個、若有多個則依詞性之次序。無者缺之。)

又或叚用以代同音之他字是為通叚。

(二)通叚 acting to be as homoym (零個或至多個。若有多個、則平列時依詞性之次序。無者缺之、)

又依公式、隹演

中國字例 第七篇 叚借與通叚

U0022605

ISBN 978-957-14-7583-7 (802)

9 789571 475837

NTD880